一路兵歌

首届"全军优秀参谋"罗克军个人作品集
以笔代歌！实现从农家子弟到现代军人的人生跨越
军歌嘹亮！抒发二十余载军旅生涯的光荣与梦想

罗克军 著

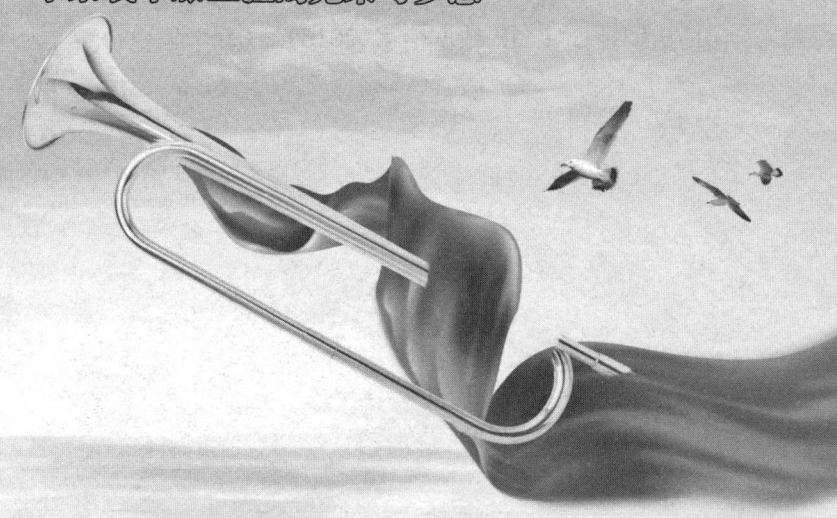

新华出版社

图书在版编目(CIP)数据

一路兵歌 / 罗克军著. -- 北京：新华出版社,2016.4
ISBN 978-7-5166-2405-0

Ⅰ.①一… Ⅱ.①罗… Ⅲ.①随笔–作品集–中国–当代 Ⅳ.①I267.1

中国版本图书馆CIP数据核字(2016)第056059号

一路兵歌

作　　者：罗克军	
出 版 人：张百新	
责任编辑：蒋小云	封面设计：力宝工作室
出版发行：新华出版社	
地　　址：北京石景山区京原路8号	邮　　编：100040
网　　址：http://www.xinhuapub.com	http://press.xinhuanet.com
经　　销：新华书店	
购书热线：010-63077122	中国新闻书店购书热线：010-63072012
照　　排：力宝工作室	
印　　刷：长沙裕锦印务实业有限公司	
成品尺寸：172mm×240mm	
印　　张：36	字　　数：530千字
版　　次：2016年4月第一版	印　　次：2020年7月第二次印刷
书　　号：ISBN 978-7-5166-2405-0	
定　　价：80.00元	

图书如有印装问题,请与出版社联系调换：010-63077101

序 Xu

战士出征歌嘹亮

改革强军风正劲,铁马金戈逐梦来。接到克军同志为他的新书《一路兵歌》作序并题写书名的邀请,作为一名老兵,我从内心里感到很高兴、很欣慰。在这里,首先对他个人作品集顺利出版表示祝贺。

对于克军,我是先闻其名后见其人的。打开《解放军报》《战士报》,我经常看到他写的文章,见得多了也就记住了他的名字。2010年12月,我到基层蹲点调研,正好是克军所在单位,当时他是这个单位的政治处主任。心中有数字,手中有招数,胸中有激情,政治工作搞得有声有色,给我留下了深刻印象。后来他升任这个单位的政委,虽然很少谋面,但我对他一直很关注。在政委这个岗位上,他也干得相当不错,经过三年打拼,所带团队跻身了广州军区先进旅团单位行列,自己也多次受到军区表彰。当兵26年,从一个农家子弟成长为优秀正团职领导干部,从一名普通战士成长为全军优秀参谋,实属天道酬勤,非常难能可贵。可以说,克军同志是广大基层官兵的优秀代表,是基层官兵学习成才的标兵。

文如其人。单从书名《一路兵歌》看,便可感受到浓浓的文化品味和灵动的军营生活,自然流露出作者对军旅的真挚情怀与执著追求。再看体例设计,七个篇章构思精妙,颇有新意。最后的附录,收集了克军同志在多个岗位的发言体会,反映了他成长的人生轨迹和对自身职责的感悟。仔细翻阅这本50余万字的书稿,全书字里行间是他深刻睿智的思考,力透纸背的是他奉为至高的使命,萦怀缱绻的是他质朴真诚的情怀,从中也不难读出一名现代军人难得的"三味品质":

——勤奋好学。全书涉及到多种文体，有消息通讯、经验总结、问题研讨、言论杂谈、电视文本、诗歌散文等。"书山有路勤为径，学海无涯苦作舟"。要掌握这些文体的写作技巧，没有勤的韧劲，没有学的钻劲，没有苦的干劲，是绝对做不到的。书中文章不一定篇篇是精品，却能真实反映基层部队发展的风貌、一线官兵亮丽的风采、个人心灵成长的轨迹，从不同角度、不同方位给人以启迪。

——善思明辨。基层是干事创业的沃土，也是星火闪耀的富矿。他长期工作在一线，善于结合工作实践深入思考成了他的一种习惯。"人思虑，始皆混浊，久自明快"。从《"放心人"也要放心上》《多指导，少指责》《承诺更要履诺》《莫进新房忘营房》《不到现场就会走过场》等文章来看，观点无不给人以耳目一新的感觉。这既是他对基层现象的深刻思考，更是他对工作实践的准确把握。

——务实干事。世上无捷径，实干是通途。翻遍全书，似乎都有他工作忙碌的身影。从所写文章来看，他曾多次被抽调参加军区、联勤部、分部的系列重大活动。重大活动一般具有时间紧、任务重、标准高、挑战多、压力大等特点，需要深入调查研究，撰写经验材料，策划新闻报道，制作电视专题，没有挑灯夜战的精神、没有扎实苦干的作风、没有深厚的文字功底，是难以出色完成任务的。从"模范军医"莫放林到"全军优秀青年标兵"罗先国，从当代革命军人核心价值观教育试点到全军首批后勤训练等级评定宣传等，基层一个个鲜活的典型、一桩桩感人的事迹、一次次有益的探索跃然纸上，让我们心中无不升腾起对基层官兵的浓浓敬意，对军队未来发展的坚定信心。

学无止境。毛主席说："学识是无穷尽的，要活到老学到老。"事业只有起点，没有终点。志行万里者，不中道而辍足，我们唯有拼搏进取。26年来，克军同志先后担任过指导员、政治处干事、政治协理员、政治处主任、政治委员等职，无论职务升迁、岗位调整、任务变化，他都始终保持了那颗求知的心、慎思的心、进取的心。读完全部书稿，掩卷沉思，我似乎看到了克军同志走过的长长的为文之道，看到了他在这条道路上求知上进、愈苦愈奋的身影。是的，脚步达不到的地方，目光可以达到；思想有多远，脚步就能走多远。

扬帆起航凌云志，中流击水正当时。在深化国防和军队改革如火如荼的今天，我们不能把自己当"小卒"，更不能当旁观者，能打仗、打胜仗永远是我们这支军队的崇高使命与追求。我们身处的这个时代需要大批俯而读、仰而思、起而做、躬而行的践行者，呼唤一种朝受命、夕饮冰、昼无为、夜难寐的精气神。"快马加鞭不下鞍"，衷心希望克军同志永不停歇自己前进的脚步。

周为民

二〇一六年一月于广州

（作者系广州军区政治部主任，中将军衔，硕士研究生导师。是中国散文学会会员、中国楹联学会会员、中国楹联学会书法艺术委员会委员、广东国风书画院顾问。）

自序

弹指间,我当兵已整整 26 年。

当兵的岁月,大都以艰苦为伴,与寂寞相随。有人说,读书是门槛最低的高贵之举。工作训练之余,为打发这寂寞的时光,我选择了潇洒读书。灿烂的阳光下,拾级而上,站立山顶,迎风展开书页,读着伟人"俱往矣,数风流人物,还看今朝"的词句,欣欣然,一股豪情油然而生,不禁惊叹"江山如此多娇"——这是登山诵读的潇洒;下雨的日子里,手捧一卷独坐书房,看窗外朦朦的一片,丝丝斜风细雨,缕缕缠缠绵绵,不闻车马人声之喧闹,静静地咀嚼"案中山水美,读书滋味长"的蕴意——这是雨季寻读的潇洒;柔和的烛光中,取一本散发着清香的书籍拥在胸口,骚动的心儿伴着火苗一起跳跃,细细品味"春蚕到死丝方尽,蜡炬成灰泪始干"的意境,世俗之念随着烛泪悄悄流逝,灵魂又一次得到净化,胸襟隐隐坦荡了许多——这是烛光伴读的潇洒。

正是凭着对读书的偏爱,新兵下连后,我一有时间就往图书室跑,成为当时读遍连队藏书的第一人。后来到重庆一所军校上学,古朴而陈旧的图书馆,便成为我业余时间的最好去处。但丁的《神曲》、莫泊桑的《项链》、方志敏的《清贫》……一本书就是一重天地,读累了便伏案而睡,睡醒了再读。有时睡过了闭馆时间而被工作人员叫醒,迷迷糊糊地出了图书馆,竟不知往何处去,冥冥之中诞生一个愿望:有一个不下班的图书馆该多好啊!学习不努力,工作就吃力。军校毕业后,我更是把读书充电作为提高能力素质、完成工作任务的主要途径。

军营男儿的情感日积月累,潮水般漫过心灵的堤岸,便有感而发,将篇篇放飞自己心灵的文字羞答答地投寄出去，居然有多篇变成铅字。读着飘着墨香的文字，我渐渐感悟到，小小方格蕴藏着美丽的风景，走进方格便走进了一片天地。结合本职工作加班加点爬格子便成为自己的一种习惯、一种追求、一种责任，没想到如今竟有3000余篇稿件散见于军内外报纸杂志。学中干，干中悟，也让自己收获了许多难以言状的惊喜：多次立功受奖，四次提前晋职，还被四总部评为首届"全军优秀参谋"，从一个农家子弟逐步成长为一名正团职领导干部，还赢得了"罗克思"的雅号。在感恩组织培养、感恩领导关爱、感恩战友鼓励、感恩家人支持的同时，我更深切体会到学习对于个人成长进步的份量。同事战友多次建议我出本集子，我觉得自己长期在基层工作，站位不高，文笔羞涩，拿不出手。同事战友却鼓励我说，贴近基层的文章接地气，也许更实用、更鲜活、更受欢迎。为纪念自己从军26周年，我产生了将发表文字整理成册的愿望。

　　遴选汇编的这些文字，有些是有感而发，真情流露；有些是指令任务，限时完成；有些是独自思考一气呵成，有些是得到了上级领导和同事们的指导帮带，在此我衷心地感谢他们。

　　这本集子，都是自己当初发表的原文，没有润色，没有加工，各个工作时期都选了一些，为的是记录成长，反映真实，更是为了永远记住在自己成长过程中关心和帮助过我的人们。

　　回顾过去，是为了更好地把握现在，奋斗明天。"不管风吹浪打，胜似闲庭信步"，我将以笔代歌，走好自己的人生之路。

　　是为序。

二〇一六年三月于湖南郴州

目录

001 | 序：战士出征歌嘹亮　周为民
003 | 自序

第一辑　闻松听涛（消息通讯类）

002 | 雾盖山下"气"盖山
　　　　广州军区某军械仓库聚焦强军目标加强部队建设
004 | 搭建未来战场保障"快车道"
　　　　——广州军区某仓库提升后勤管理规范化建设水平纪实
007 | 中国"白求恩"在非洲的日子
　　　　——广州军区援赞比亚军医组纪实
010 | 在紧张工作的背后……
　　　　——摘自军区援赞医疗队员们生活中的花絮
011 | 党旗辉映团旗红
　　　　——76119部队党建带团建促创先争优活动纪实
013 | "温馨医疗"暖兵心
　　　　——广州军区163医院创新军队伤病员管理模式
015 | 走出"怪圈"
　　　　——广州军区某油料训练大队改革职工管理纪事
017 | 破解发展不等式
　　　　——广州军区某仓库用科学发展观指导基层建设二例
018 | 求知潮涌深山沟
　　　　——76119部队引导官兵学习成才纪实
020 | 团员小分队宣讲"绿色奥运"
021 | 老典型评先落选之后

| 022 | 事业先丰收　爱情更甜蜜
| | ——广州军区某部开展"强筋壮骨工程"解决官兵婚恋难题
| 023 | "笔杆子"掉"链子"之后
| 024 | 畅所欲言聚兵心
| 025 | "八大员"荣登精武榜
| 026 | 三代标兵登台　喜说军营变迁
| 027 | 山沟军营里的不懈奋斗
| | ——某仓库党委坚持用科学发展观推动全面建设纪实
| 029 | 攥紧带兵管部队的"铁拳头"
| | ——联勤某分部激发团以上领导干部工作动力纪事
| 033 | 军中红十字　真情满三湘
| | ——163医院全心全意为群众服务纪实
| 036 | 拉紧纤绳争上游
| | ——163医院党委"一班人"抓部队全面建设纪实
| 040 | 新起点上绘蓝图
| | ——163医院用科学发展观指导医院全面建设纪实
| 044 | 用忠诚铸就钢铁运输线
| | ——联勤某分部汽车营抗灾救灾的事迹
| 046 | 危难之时又见子弟兵
| | ——驻湘76119部队官兵抗冰救灾纪事
| 048 | 鏖战淦田闸
| 048 | 7小时拯救生命之战
| 049 | 山沟秋点兵　鏖战硝烟起
| | ——76119部队按新大纲施训检验性比武实录
| 052 | 跋涉者的坚实步履
| | ——某分部推进后勤训练等级评定的探索与实践
| 057 | 让岗位直通战位
| | ——某分部大力掀起岗位练兵热潮闻思录
| 060 | 突破"瓶颈"向战场
| | ——某分部强化军事训练提高应急保障能力纪实
| 062 | 过节了,战备之弦不能松
| 065 | 一切为了战斗力
| | ——163医院抓卫勤保障建设侧记
| 067 | 花10万元买土搞绿化伪装值不值?
| | 某仓库党委着眼实战谋划部队建设一例

068 | 用战略思维统揽"战略工程"
　　——联勤某分部党委加强干部队伍建设纪实

070 | 办了好事官兵为何不领情？
　　——76119部队党委改进工作作风的一段经历

072 | 放开眼量算大账
　　——某油料仓库党委高起点谋划部队长远建设典型一例

073 | "零距离"育出真感情
　　——76119部队开展蹲连住班活动二三事

074 | 红红脸　出出汗　排排毒
　　——76119部队恳请基层官兵为机关领导揭短亮丑实录

077 | 唱响批评"好声音"
　　——76119部队提升批评与自我批评质量纪实

079 | 缕缕新风拂面来

081 | 大山深处党旗红
　　——76119部队运用鲜活载体开展创先争优活动二三事

083 | 大山深处有新景
　　——76119部队贯彻落实《纲要》加强基层建设纪事

084 | 键盘声声"话"过年

086 | 山沟军营铸就精神高地
　　——某仓库按照科学发展观要求加强思想政治工作纪事

089 | 强军动力更强劲
　　——76119部队学习贯彻十八届三中全会精神侧记

091 | 风生水起浪淘沙　云开雾散伴日行
　　163医院开展主题教育讨论辨析活动现场见闻

100 | 从心底里迸发出的赞歌
　　——76119部队官兵畅谈科学发展实录

103 | 行动的指南　奋斗的方向
　　——76119部队官兵热议争当"新一代革命军人"摘录

105 | 让培塑良好形象成为行为自觉
　　——76119部队开展"新一代革命军人样子"大讨论实录

108 | 讲述过去的故事
　　——76119部队利用部队历史搞活主题教育纪实

110 | 延伸课堂眼界宽
　　——76119部队借助驻地资源开展主题教育纪实

111 | 解渴·给力·提神
　　——某军械仓库开展"坚定信念、铸牢军魂"主题教育侧记

| 113 | 周末"法庭"好精彩
　　——某油料训练大队利用双休日开展普法教育侧记
| 114 | 艰苦励志创大业
　　——某仓库增强官兵事业心责任感纪事
| 117 | "学生官",这些带兵"痼疾"你有没有?
　　——来自76119部队加强新时期官兵关系的调查与思考
| 119 | 一路豪歌向明天
　　——76119部队即将退伍老兵座谈会现场实录
| 124 | 革命人永远是年轻
　　——衡阳黄茶岭干休所开展主题教育活动纪实
| 126 | 一片丹心映夕阳
　　——163医院老年病科服务患者纪事
| 128 | 对着"标尺"量长短
　　——某分部贯彻运用《指挥军官考核评价体系》纪事
| 131 | 着力锻造卫勤保障精兵
　　——163医院加强科技人才队伍建设纪实
| 134 | 挺直"军中脊梁"
　　——76119部队提高士官队伍素质侧记
| 136 | 畅吐心声花绽放
　　——某仓库依托网络信箱凝聚兵心促发展纪事
| 138 | 身边"大学"受益多
　　——某仓库开设"素质教育大讲坛"侧记
| 139 | 浏阳河畔,特色文化溢芬芳
　　——163医院建设先进军营文化侧记
| 141 | 美丽家园是这样打造的
　　——163医院构建和谐营区文化纪实(上篇)
| 144 | 奏响昂扬奋进之歌
　　——163医院建设军营文化纪实(中篇)
| 148 | "文化劲旅"耀三湘
　　——163医院建设医院文化纪实(下篇)
| 151 | 诗情满中秋
| 152 | 进一步拓展官兵的娱乐空间
　　——对某部基层连队开展娱乐活动的调查与思考
| 154 | "小能人"牟尼斯的烦恼
| 155 | 时髦女兵的"漂亮转身"

| 156 | 问渠哪得清如许
| | ——163医院抓新闻报道工作纪实
| 158 | 争当标兵牌匾的"清洁工"
| 159 | "爱兵班车"停开之后……
| 160 | "大力水手"失手之后……
| 161 | 筑牢安全工作的"堤坝"
| | ——某军械仓库加强安全管理工作纪事
| 162 | 没有围墙的"安全岛"
| | ——163医院狠抓安全管理工作纪实
| 165 | 中国"白求恩"在非洲
| | ——广州军区首批军医组援赞纪实
| 168 | 大爱无声润三湘
| | ——解放军第163医院创新发展纪实
| 175 | 弘敷仁爱　泽被群生
| | ——解放军第163医院创建全国百姓放心示范医院纪实
| 179 | 父爱如山高万仞
| 182 | 36年的包袱，解放军帮你"卸"
| 185 | 捡来的亲情惊天地
| 188 | 媒体联手寻找芳芳亲生父母
| 189 | 社会各界关爱小芳芳
| 189 | 家乡人送来无限关爱
| 190 | 身世可怜再遭烧伤　小芳12次整容重获新生
| 190 | 小女孩的痛连着我们的心
| 194 | 截瘫病人有望站立
| 195 | 军营双休亦忙亦乐
| 196 | 军嫂　飒爽英姿迎挑战
| 198 | 最好办法是依法　最大福祉是风正
| | 某仓库营造良好氛围积蓄强军兴军正能量
| 199 | 出院伴"绿卡"　随访成制度
| 200 | 诵读荣誉卡　提升精气神
| 201 | 同步跟进训练　如影随行保障
| | 广州军区某仓库逼真战场锤炼打赢硬功
| 201 | 帮大龄士官解决婚恋问题
| 202 | "健康快车"直达训练场
| 202 | 岗位公开"挂牌"　士官自主"点菜"
| | 某军械仓库开展岗位竞选活动激发士官创先争优热情

203 | 未雨绸缪抓稳定　揭短亮丑迈新步
　　　　某大队新班子坚决做到"三个确保"
204 | 人人有目标　个个有动力
204 | 搞好配合活动　注重理论武装
　　　　76119部队党委着力抓好理论灌输"回炉"
205 | 新年第一会：揭短亮丑
　　　　某油训大队党委抓部队建设注重求真务实与时俱进
206 | "洗漱七小件"送到深山哨所
　　　　76119部队党委细处着手增强为兵服务质量
207 | 庆功会前找出问题10多个
208 | 任务牵引训　实战环境练　对接机制演
　　　　76119部队创新训练模式锤炼后勤保障硬功
209 | 走前有教育　中途有联系　归队有汇报
　　　　某仓库全程监控押运确保兵撒千里心不散
210 | 收发演练风雨无阻　从难从严磨砺精兵
　　　　某军械仓库紧贴实战锤炼应急保障硬功
211 | 年终岁末不松劲　严抓细抠创先进
　　　　163医院认真做好年终考评下篇文章
211 | 扛着奖牌找差距　面对荣誉谋跨越
　　　　163医院新年度在揭短亮丑中扬帆起航
212 | 站岗不再日晒雨淋
213 | 基层随叫随到　缘何反遭批评
　　　　76119部队党委引导机关职能部门向科学要效益
214 | 不摆宴席不庆功　开门纳谏谋发展
　　　　163医院65周年庆典朴实节俭
215 | 卫星传输病理资料　荧屏会诊疑难杂症
　　　　163医院开展远程医疗实现跨地域全方位卫勤保障
216 | "优秀教员"为何无人摘冠
　　　　某油训大队用好激励机制出活力
217 | 某油训大队三招硬功砺精兵
217 | 优秀学兵居然开不动油泵
　　　　某油料训练大队得出教训：重在实际工作能力
218 | 破除论资排辈　坚持入党标准
　　　　76119部队严把党员发展质量关
219 | 讲台摆"擂台"　博得"满堂彩"
　　　　76119部队开展授课比武提升基层干部授教能力

| 220 | 战场"伤员"咋都是小个子？
| | 163医院瞄准实战锤炼卫勤保障硬功
| 221 | 课题牵引　基层调研　集智攻关
| | 某分部党委坚持用创新理论提高能力素质
| 222 | 跑3趟机关为啥没换成一件白大褂
| | 163医院纠正"小机关大架子"作风扎实服务基层
| 222 | 深入一线摸实情　满腔热情解兵忧
| | 某分部依托《蹲点手记》解决基层难题近百个
| 223 | 平战结合　动中救治　网络指挥
| | 163医院瞄准实战锤炼卫勤保障硬功
| 224 | 2人哨所迎来3人理论宣讲小组
| | 某仓库党委以务实作风确保十七大精神学习落到实处
| 225 | 服役学有所成　退伍求职顺当
| | 驻湘某部培养军地两用人才受欢迎
| 226 | 职高技校亟待走出困境

第二辑　润物无声 （典型人物类）

| 228 | 将军"打靶"在颅脑
| 231 | 执著的"着力点"
| | ——某仓库主任彭国成带领官兵提升部队新时期保障力纪事
| 234 | 愿做一辈子守山人
| | ——记军区联勤部"践行当代革命军人核心价值观标兵"石申红
| 236 | 一名平凡军医的精神高地
| | ——解读169医院肿瘤科原主任莫放林的"价值观"
| 245 | 老八路话当年打鬼子
| 248 | 樊光辉：医生首先要有一颗慈悲心
| 254 | 军中女大校的情和爱
| | ——记解放军163医院护理部主任刘跃晖大校
| 259 | 挑战癌魔铸军威
| 263 | 璀璨射线扫病魔
| | ——记163医院医学影像诊断介入放射治疗中心专家李山云
| 267 | 陈宏贵：维修世界很精彩
| 268 | 让梦想在字里行间流淌
| | ——联勤某分部新闻报道员、三级士官张海亮速写

271 | 点点滴滴暖人心
　　　——163医院老年病科副主任杨浩军为老干部服务二三事
272 | 丹心熠熠映晚霞
　　　——黄茶岭干休所卫生所所长阳家高服务老干部纪事
273 | 精彩的军旅跨越
　　　——记76119部队警勤二连上等兵赵明杰
274 | ICU病房里走出的标兵
275 | 网络"侦察兵"
　　　——记76119部队网络管理员上士黄雁飞
277 | 毛强：岭南军营"铁算盘"
278 | 军中"小徐虎"
　　　——记76119部队水电班班长李永胜
279 | 演兵场上排头兵
　　　——76119部队优秀军事教练员风采录
281 | 酸甜苦辣滋味长
　　　——某军械仓库士官队伍风采撷趣
285 | 平凡岗位真战士
　　　——广州军区劳动模范李帮清小记

第三辑　　中流撷贝（经验总结类）

288 | 优秀军医莫放林呕心沥血　为我军卫勤事业战斗到生命最后一刻
289 | 以班子好学推动部队发展
291 | 学出感情　学出兴趣　学出责任
294 | 坚持以创新理论为指导　推动仓库建设跨越式发展
297 | 认真落实从严治军要求　推进医院全面建设快速发展
300 | 打开心结敢批评　真查真改见行动
　　　——XX仓库党委常委专题民主生活会基本做法
303 | XX仓库会后持续用力抓深抓实问题整改
304 | 营造批评较真氛围　提高党性分析质量
306 | 抓龙头　讲团结　做模范　把党委班子建设成为坚强的领导集体
311 | 着眼保障打赢　创新组训模式　不断推动仓库岗位练兵深入发展
315 | 瞄准"打得赢"培养油料专业技术兵
317 | 校正航向坚信念　凝魂聚气谋发展
　　　——第163医院培育当代革命军人核心价值观主题教育基本做法

| 321 | 坚定信念奔小康　立足本职做贡献
| | ——广州军区某训练大队开展学习实践"三个代表"重要思想，为全面建设小康社会做贡献教育活动的做法
| 328 | 向岗位贴近　向服务延伸　向打赢聚焦
| | ——第163医院注重在通过教育促工作上下气力
| 330 | 适应编制特点　改进抓建作风　努力推动基层建设科学发展
| 333 | 大山深处一面旗
| 336 | 着眼培养高素质青年军人　努力做好新时期共青团工作
| 340 | 全面实施考评　促进整体素质提高
| 343 | 紧贴形势变化　把握特点规律　扎实抓好转业干部经常性教育管理
| 347 | 抓教育　严管理　送温暖　确保转业干部走得愉快
| 349 | 适应新形势　坚持高标准　确保完成离退休干部移交安置任务
| 354 | 紧扣单位、驻地、个人实际　搞好官兵读书成才
| 357 | 建立新闻网络　精心培育人才　确保群众性报道工作长盛不衰
| 361 | 科学谋划　精心组织　努力构建绿色生态医院

 第四辑　雾里看花 （问题研讨篇）

| 366 | 紧扣主题主线加快后方仓库保障力生成模式转变
| 369 | 战略投送装备保障能力浅析
| 372 | 让政治工作阔步走向训练场
| 373 | 从对268名官兵的调查看抓好全面建设小康社会教育应把握的几个问题
| 377 | 从对31个党支部的调查看抓好"五室"党支部能力建设应把握的几个问题
| 380 | 从公选36名科室领导的实践看深化公选任用干部机制应把握的几个问题
| 383 | 以科学发展观为指导推动党建科学化
| 385 | 党委书记要勇担从严治党责任
| 387 | 坚持用科学发展观统揽医院建设
| 390 | 深入贯彻以人为本思想　促进基层建设科学发展
| 394 | 实行民主科学决策应把握四个环节
| 396 | 思想政治教育改革创新探析
| 399 | 增强经常性思想工作实效初探
| 402 | 塑造人　感染人　陶冶人　吸引人
| | ——基层部队计划生育宣传教育创新探析
| 406 | 如何让转业干部走得愉快
| 407 | 基层官兵弘扬艰苦奋斗精神"四要"

| 408 | 坚持安全稳定工作中的辩证法
| 410 | 油库安全管理工作之管见
| 413 | 培养油料专业技术兵的几点思考
| 417 | 让俱乐部"乐"起来
　　　——兼谈切实发挥连队俱乐部的功能作用
| 418 | "三种阵地"助新兵完美起步

 第五辑　荧屏闪烁 （电视文本类）

| 422 | 浏阳河畔"连心桥"
| 426 | 苗女秀花的悲欢
| 430 | 兵者先国
　　　——记广州军区驻湘某分部汽车营营长罗先国
| 433 | 合编"安全网"　共筑"防火墙"
　　　——广州军区XX仓库开展平安建设活动纪实
| 435 | 旗帜高扬在千里联勤线上
| 440 | 千锤万击铸脊梁　履行使命保打赢
　　　——联勤某分部加强士官队伍建设纪实
| 443 | 为保障打赢插上信息化翅膀

 第六辑　文火微光 （言论杂谈类）

| 448 | 把争当新"四有"革命军人作为最高追求
| 449 | 立起革命军人新标准
| 450 | 推动科学发展观向基层拓展
| 451 | 学用"鹰视角"直击创先争优
| 453 | 把落实"两个经常"当日子过
| 454 | 当代革命军人核心价值观培育要常态化
| 455 | 将培育成果向军事实践拓展
| 456 | 教育切忌"舍本逐末"
| 456 | 莫让"红色之旅"变了味
| 457 | 上等兵"思想转型期"工作不容忽视
| 458 | "放心人"也要放心上
| 459 | 脑子里永远有任务
| 460 | "临时观念"当休
| 461 | 乐业　敬业　创业
| 462 | 克服"被学习"现象
| 463 | 基层干部也要注重理论学习
| 464 | 勇气·锐气·底气

465	批评莫变"味"	482	谨记"四不"塑清廉
465	不到现场就会走过场	483	发挥监督职能　预防违法犯罪
467	多指导,少指责	484	用好监督这把戒尺
468	承诺更要履诺	485	弄虚作假也是一种腐败
469	喊响"看我的"	486	落榜生要学会面对挫折
470	"走近"还须"走进"	487	理直何须气壮
470	"信用缩水"当照"荣辱镜"	487	莫进新房忘营房
471	做好官兵期盼的"下回分解"	488	"破蛹而出"方成蝶
472	关键是抓好整改落实	489	止谤莫如自修
473	以"眼中有敌"境界抓作风	490	倡"五官端正"
474	多"头"发力改作风	490	闲话"言"而无"信"
475	谨记基层至上	491	文明,从我做起
476	用好基层官兵这面镜子	491	学会宽容
477	密切官兵关系　营造良好氛围	492	家赌当戒
478	说兵话,请再朴实些	493	唱响国歌
478	辩证对待"牢骚话"	494	"双联"活动诚为先
479	强化党章意识　勇担党员责任	494	从群众立碑想到的
480	在"明目""洗耳""修身"上下功夫	495	治理城市"牛皮癣"应有对策
		496	谢师何须摆宴

第七辑　心灵吟唱（情怀随感类）

498	大爱无疆 ——读《邓小平时代》有感	507	父爱盈怀
		508	父亲送我去参军
499	让历史告诉未来 ——读惠梦的《烽火五台山》	509	雨中的妈妈
		510	烛光
500	延安窑洞放光辉 ——《论持久战》写作发表的前前后后	510	走过去,前面是片天
		511	走进图书馆
		513	读书伴我从军路
502	"寻章摘句"习惯好	514	潇洒读书
503	希望	514	寂寞的美丽
504	祖国,我的爱	515	军歌
505	在学史知史中坚定信仰	516	中秋有泪
506	父爱如炬	517	心愿

518	月上柳梢	528	"买"座位
519	战友情深	529	月色依旧
520	那抹燃烧的晚霞	530	山道弯弯
521	琴声悠悠	531	风中的承诺
522	老兵阿牛	532	春联拾趣
523	秋叶	532	同学,请写下毕业赠言
524	一抔黄土	533	送战友
525	海岛上的兵	534	绿色随想曲
526	米兰飘香	534	国庆感怀
527	享受孤独		

附 录

535	机关干部要能参善谋
537	不断密切官兵关系　汇聚保障打赢力量
	——2014年4月在分部教育实践活动典型事迹报告会上的体会交流发言
540	忠实履行"班长"职责　争当合格党委书记
	——2012年6月在军区联勤部新任团职领导干部培训会上的体会交流发言
543	立足"勤"字求作为　切实提升基层政治工作质量
	——2009年8月在军区联勤部政治部(处)主任集训会上的经验交流发言
545	善奏团结曲　共谱奋进歌
548	军营是成长的沃土　组织是进步的靠山
	——2007年4月在分部"感恩、尽责、自律"恳谈会上的体会交流发言
550	天道酬勤
	——2008年2月在分部新闻工作会议上的经验交流发言
552	岗位就是战位　工作就是事业
	——2005年3月在163医院典型事迹报告会上的经验交流发言
555	号角催征扬帆时
	——2013年6月4日在军区第十次党代会分组讨论会上的发言

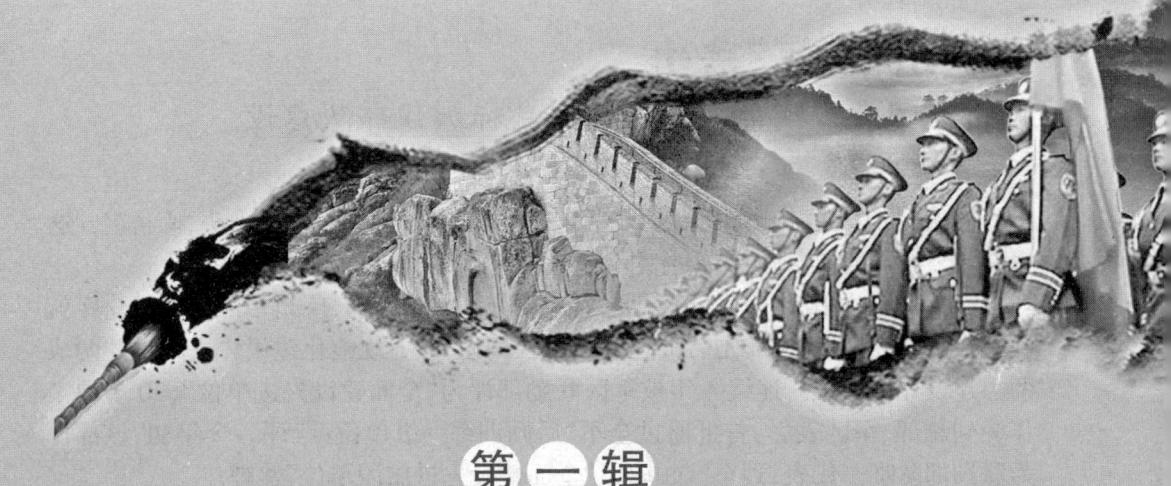

第一辑

闻松听涛

（消息通讯类）

- 雾盖山下"气"盖山
- 搭建未来战场保障"快车道"
- 中国"白求恩"在非洲的日子
- 在紧张工作的背后……
- 党旗辉映团旗红
- "温馨医疗"暖兵心
- 走出"怪圈"
- 破解发展不等式
- 求知潮涌深山沟
- 团员小分队宣讲"绿色奥运"
- ……

雾盖山下"气"盖山

广州军区某军械仓库聚焦强军目标加强部队建设

五盖山,坐落在南岭山脉之中,一年四季,霜、雪、云、雾、露盖山头,固得名。这里常年云缠雾绕,当地更习惯称之为雾盖山。

雾盖山海拔1691米,山峰耸立,气势雄伟。山脚一隅,广州军区某军械仓库就驻扎在此。近年来,该部先后被总部和军区评为"业务规范化建设先进单位""两成两力建设先进单位",连续4年被军区联勤部评为"全面建设先进单位",30多项工作受到总部、军区表彰,首批通过全军"后勤训练一级单位"考评。今年初,该部作为联勤部队唯一代表,到军区领取了"全面建设先进旅团单位"奖牌。

一个偏远的山沟部队,为何能取得如此厚重的荣誉?追问秘诀,上级首长机关和驻地老百姓给出了相同的答案:"雾盖山下的兵,气盖大山!"

多元时代永葆可贵"元气"

雾盖山,年平均降雨日182天。山风凛冽,矗立在主干道上的机关大型语录牌,一年都要被吹裂两三次。

山沟军营条件艰苦,一代代守山官兵以库为家。该部老主任彭国成25年如一日扎根山沟,先后三次放弃进城任职机会,把对家人的亏欠转化为工作动力,部队20多项工作受到总部和军区表彰,个人也被军区评为"优秀军事训练教练员""优秀旅团主官"。

保管二队上士姚立才在仓库工作已有9个年头,前两年患上了老寒腿,每到阴雨天,膝关节冰冷,疼痛难忍。该部平均每7名官兵中,就有一人患上了老寒腿。

"老寒腿现象是官兵们艰辛坚守的一个缩影。"据仓库现任主任石申红介绍,他们给连队和哨楼专门配上了吸湿机和干燥器,还给每名官兵们配发了护膝。可10多个哨所和执勤点散落群山之间,官兵们平均每天站岗5个小时、巡逻山路十几公里,仍不时有人患上老寒腿。

随着高铁时代到来,驻地经济也高速发展,一跃成为全国百强示范镇,雾盖山也被开发成旅游景点。面对人流物流的增多和多元思潮的冲击,该部官兵本色不变:请假外出比例没有增加,针线活传统没有丢失,每月走进老乡家开展学雷锋活动没有改变。

前些年,曾经有一个地方老板到山上采矿,主动找到仓库:"战士们帮我干活,每人每天给100元钱。"这对家底本不厚实的仓库来说,无疑是一个巨大的"馅饼"。

"这诱惑,那诱惑,信念坚定就不觉诱惑。"最终,仓库党委统一思想,果断回绝:"打仗,才是军人的主业。"

山中之虎蓄发震山"虎气"

"课目,某型高炮封存保养……"初冬清晨,天刚蒙蒙亮,训练场上已是一派龙腾虎跃的练兵景象。

地面积雪厚达10公分,气温零下五度。上炮、调位、取具、浇油……为提高动作精准度,不少官兵迷彩服里仅穿一件迷彩短袖,仍练得满头大汗。

"承担岗位练兵课目示范任务,官兵们都憋着一股子劲儿要干出彩。"该部副主任刘泽超时任保管队长,他难掩胸中自豪之情:"15分钟完成火炮保养,油层厚度均匀,封存纸下绝对找不到一个气泡。"

工作标准瞄准一流,官兵们有一股迎难而上、敢于担当的精神。2013年11月,该部受领一项示范观摩任务。课目内容新,时间紧,又恰逢老兵即将退伍关口,怎么办?战前动员,仓库领导敢于担当:"服役期满老兵可自愿参加!"第二天上午,67名老兵全部递交请战申请。一名老兵在申请书里这样写道:"参战,是老兵对军旅生涯最好的纪念!"

12月4日,老兵离队前两天,课目示范任务高标准完成。得知老兵全部参战,现场观摩的上级首长起身,庄重地敬了一个军礼!

虎气融入血脉,方能虎啸山林。去年春天,百余名校尉军官到该部观摩,两名战士就搞定整个接待任务:一名下士负责引导和解说,一名中士负责组织指挥课目演示。观摩结束,不少兄弟单位领导啧啧称赞:"雾盖山下的兵,就是有虎气。"

向上朝阳升腾蓬勃"朝气"

汽车连连长张志勇上任不久,恰逢连队改建。改建后的荣誉室比以前大了一倍,为此,张志勇"烦恼"起来:荣誉墙大了,现有的荣誉显得有点"单薄"。

崇尚荣誉,就是要让荣誉满墙。此后,连队官兵们铆足干劲。每名官兵都制定了阶段性成长目标,敢于承诺,接受监督;成立两人互助小组,取长补短,共同进步;拉到野外陌生地域,锤炼驾驶本领,提高心理素质。

两年时间里,连队先后捧回军事训练比武第一、基层全面建设先进单位等5块奖牌,荣誉墙又"丰满"起来。

雾盖山下的兵,有朝气。走进该部荣誉室,成才栏上写满了官兵们的故事。王长庆,从仓库一名战士,依靠过硬军事技能提干,一步一个脚印,走上将军领导岗位;周磊,初中文化,评为理论学习之星,退伍回家带领村民致富,现任某乡乡长……

朝气，绝不是一朝一夕形成的。追问动力源在哪里，仓库党委"一班人"给出这样的回答："只要你想干事，总能找到舞台；只要你能干成事，总会得到平台。"

保管三队战士彭增飞，对该部所有武器装备种类、保养方法都能做到一口清，在无光条件下做到一摸准，多次被评为红旗保管员。该部机关帮助小彭修改整理他的4本工作笔记，编印成《新任保管员实用手册》，大大缩短了新任保管员成长周期，被军区部队推广，小彭也荣获了军区优秀士官人才奖。

对人才最大的爱惜，就是人尽其才。战士黄琪从地方大学直招入伍，文笔扎实，爱好写作。政治处考察培训后，大胆启用他担任自办报纸《燕子窝兵语》主编。战士黄雁飞，自学成才考取了国家中级网络工程师，业务处破格提拔他担负部队网络维护管理员。

干成事有舞台，有进步给掌声。警卫勤务二连战士吴方伟，性格内向，站在台前两腿发抖。连队开展新闻点评，经常让他上台讲话，给予鼓励。如今，他退伍后因口才出众，被广东一家房地产公司聘用，现已升任项目经理，年薪数十万。

（与邓科良、魏凯合作，刊于2015年9月24日《法制日报》、10月7日《光明日报》、10月10日《经济日报》、11月22日《人民日报》）

搭建未来战场保障"快车道"
——广州军区某仓库提升后勤管理规范化建设水平纪实

Bian Zhe An

俗话说：没有规矩，不成方圆。努力实现后勤规范化科学化管理，是全面建设现代后勤的一项重要内容，也是不断提高后勤综合保障效益的根本保证。广州军区某仓库通过加大从严治军力度、创新工作管理方法、突出训战一致、信息化与正规化同步建设等有效措施，提高了各级人员的业务素质和管理水平，推动了后勤规范化管理深入发展，后勤保障能力跃上新台阶。其经验值得借鉴。

五盖山下，广州军区某仓库。随着电脑屏幕上发出一连串清脆的报警声，网上传来一条信息：为"一线作战"的某部紧急补充20套某炮种配套附件。

笔者在现场看到，在每套配件上，条码标签与仓库门口的感应器进行信息"自动对号"，显示放行绿灯后，配件就可出库集装上车。而在指挥所的管理系统上，出库配件的数量、型号、出库时间等信息要素，都会实时在系统上滚动弹出，并可随时打印成清晰的报表清单。

日前,在全军后方仓库业务管理规范化建设试点观摩会上,这个仓库围绕提升实战保障效益取得的业务正规化建设最新成果,赢得了总部考评验收组的高度评价:值得全军推广。

从硬件过硬到软件不软

一次,仓库某洞库接受上级检查,一流的硬件设施,过硬的业务水平,让工作组领导一路啧啧称赞。可在工作组正准备登车离开时,却在洞库门口发现了3个烟头。"禁烟重地"居然有烟头!工作组同志难看的脸色,让陪同检查的仓库领导好不尴尬。

仓库三令五申,不准携带火种进入技术区,严禁在技术区内抽烟,可为什么就是没有落实在行动上?此事引起了仓库领导的深思。他们深入基层实地考察,发现这样的禁令其实众所周知,可为何有的官兵敢把令箭当鸡毛?他们调查了解到,进入技术区的,要么是领导,要么是技术区工作人员,两者都是熟人,战士们不得不讲情面。一些官兵认为,作为军械洞库,火种并非"极危品",没有必要"小题大做"。于是,技术区"严禁烟火"的规定成了聋子的耳朵——摆设。

从这件事中吸取教训后,该仓库领导意识到,抓管理,建章立制是外在条件,日常养成才是内在关键,管理走向规范化,必须坚持"硬件"和"软件"一起抓。为此,他们在重视建章立制的基础上狠抓日常养成,大力开展了每年一次的"条令学习月"、每周一次的"制度落实日"等活动,采取专题讲座、办班培训、作风整顿等方法,着力打牢官兵遵章执纪的思想基础,使全库官兵自觉用条令条例约束自己的言行。

抓工作千招万招,没有严格的责任制都是"虚招"。针对仓库担负武器装备储存、收发、押运等特殊任务,他们严格建立完善了一人一责、一岗一责、一事一责、一物一责的联动责任制。管理重担千人挑,人人肩上有指标。过去,武器装备的管理、使用和维修是一项很繁杂的工作,联动责任制建立实施后,工作效率实现了大幅提高,原来需要3天的作业量,现在仅用1天即可完成。

如今,进入技术区主动上缴火种,步入库房齐进齐出,库房作业关闭洞门等已成为官兵的自觉行动,仓库管理逐渐步入了经常化、制度化、规范化的轨道。

从静态规范到动态集成

2006年仲夏,仓库奉命快速向某部发放一批军械物资,9门火炮被官兵迅速安扎在火车平板上,可车皮却迟迟未能起运。原来9门火炮既有高炮又有地炮,生产厂家、出厂年份、质量等级都不一样,由于入库时其备附件没有进行分类存放,部分附件一时没有找到,后来增派保管员多方查找,才避免了发放时间的延误。

对此,仓库领导认为,这化那化,关键在于观念转化。一些官兵认为,物资进了库,就如锁进保险箱,不会丢不会跑,用时可以"开箱"找。对此,仓库用现代战争观"校正"

官兵思想误区：现代战争追求精确保障，而战时的精确保障，则来自平时的精细管理。

先破才能后立。该仓库按照静态规范、动态集成的思路，对照应急保障标准，开展了为期两年的库房物资大清查，并按指挥保障要求分类定点存放，使各类物资管理实现了模块化、集装箱化和标准化。

按照"电话号码+区号"模式设置。先后对轻武器、火炮、车辆、油机和光学器材等进行"搬家"，将每一件物资与对应的存放位置统一建立登记册，录入信息系统，真正实现了海量信息奔流网上，金戈铁马一览无余。

组织"私人医生"式技术检测。去年，该仓库对所有库存物资进行了"全身体检"式技术检测，为每件装备建立"健康档案"，做到能实时掌握装备"健康状况"，准确提供预期信息。

正所谓"细节决定成败"。精细管理之下，仅去年下半年，仓库先后收发物资近40次共30多个车皮，派出押运员62名，行程近2万公里，均做到了准确、及时、安全。

从纸上预案到实案演练

部队编制体制调整后，仓库干部精简过半，日常保障任务成倍增加，他们在官兵中大力灌输"后方即前线"的现代战争观念，把仓库建设目标紧紧盯在保障打赢上，着力推进平时工作与未来战场的无缝链接。

针对人才短缺的问题，他们以"一专多能"训练为突破口，按照两个"1:3"储备战时急需人才，即1个岗位有3人能上岗履职，一种装备有3人会熟练操作。目前，该仓库98%的官兵达到上级规定的专业素质标准，其中70%的实现了"一专多能"。

为了使各类保障方案真正进入各级指挥员的头脑，他们结合战备演练、野战训练、联合演习等重大军事活动，采取作战方案跟着任务变、贴着实战演的方式，大力锤炼各级指挥员在各种复杂战场环境中的组织保障能力。如在收发过程中，有针对性地设置库区道路被炸、站台被毁的实战背景；在库内作业时，设置库房断电，强化官兵在停电状态下的作业能力，等等。

他们还积极整合信息资源，解决了信息网络系统中指挥、通信、装备互不兼容的难题，仅用4个月就完成了仓库光纤网络工程，在包括4大系统、14个子系统的信息化平台上，全面实现了业务处理网络化、综合监控数字化、保障资源可视化、基础数据标准化。

平时着眼战时，训练场对接战场，推动着该仓库保障力迅速跃升。去年6月，该仓库应急保障分队在一场装备野战保障演练中，仅对前方阵地某防空旅实施快速机动保障这一项，整个过程就比预定时间缩短了近20分钟。前来观摩的首长一致评价：平时训练有素，战时保障有力。

（与杨明伟、刘火球合作，刊于2009年4月19日《解放军报》二版头条、1月30日《战士报》二版头条）

2005年3月22日,是广州军区军医组到赞比亚工作一周年的日子。360多个日日夜夜,11名军中"白衣天使"在这片土地上播撒着中国政府和人民的友谊与爱心,无怨无悔……

中国"白求恩"在非洲的日子
——广州军区援赞比亚军医组纪实

微笑着面对危险

2004年7月10日,午饭时分,值班黑人护士跑来喊:"快!快!门诊有一鼻腔大出血病人,已经休克,请马上去抢救!"刘阳云医生立即放下饭碗直奔门诊。原来这是一个鼻骨开放性骨折病人,鼻背动脉断裂,鼻腔黏膜撕裂,出血非常凶猛,需立即手术。可周末手术室没人上班。门诊护士相当体谅地说:"如果这里不能处理,可转到别的医院,不管有什么严重后果,都与你无关!"看到病人血肉模糊的脸,看到那正汩汩流出的鲜血,刘医生二话没说,在吩咐护士去找手套与口罩的同时就在门诊的躺椅上开始了手术。手术中,病人打了一个喷嚏,血和鼻涕喷到了刘阳云的脸上、身上,白大褂成了"血染的战袍",而此时刘阳云脸上连最起码的防护设备——口罩都没有。

尽管嘴唇、脸上、衣服上全是血,尽管他当时也很紧张,但还是镇定地把病号处理完后才到水龙头下去冲洗。因为他清楚,医生在任何情况下都必须处变不惊,如果他紧张,病人会比他更紧张,出血就会更厉害。这不仅对控制病情不利,而且有损中国军医形象,一直在场的黑人护士事后对刘医生发出了由衷赞叹!

由于耳鼻喉科专业的特殊性,刘阳云必须每天都要和病人的唾液、血液、脓液与鼻涕等打交道。在这些液体中,也许含有大量的艾滋病、肝炎、结核及其它不知名的病毒。没有手套,没有口罩,每次用手将病人的舌头往外拉时,每次吸着从病人口腔里呼出的带有无数未知病毒的气体时,尽管心中有种种不适,但他从不因此而降低自己为病人服务的质量和医疗道德,从不因此而敷衍及搪塞病人!

队长曾昆仑也曾经成为意外受害者。一次,他刚刚为一位患者结束治疗,正准备擦拭用过的银针时,那位系好鞋带起身准备离开的患者一不小心正好撞在了他的胳膊上,那根刚刚扎完病人的针灸针立刻刺进了曾大夫的手掌。他当时所能做的也只是把伤口附近的血尽量都挤出来,然后用酒精局部消毒,他说:"如果这根针上真有病毒的话,就靠自身的免疫力去抵御吧。"

在他们心中,病人第一,中国军医的形象第一,决不能因为害怕被感染而拒绝诊疗病人,影响中国的形象,影响中国军人的形象,影响中国军医的形象!

时髦的"DIY 一族"

军医组所在的麦纳索科医院是赞比亚三军总医院，但规模仅相当于国内一般的乡镇卫生院，经费严重不足，条件相当简陋，一些最基本最常用的器械和药品都得不到保障。很多时候做手术时，队员们不得不将用过的一次性口罩和帽子从垃圾桶中捡出来，用微波炉消毒后接着再用。

儿科医生邹纬戏谑道："在这里做儿科医生就和当初我爷爷做郎中一样，不同的是，也许最没钱的病人也会照我爷爷开的处方自己到山上挖几味草药；而我开出的处方，几天后病人会带着它原封不动地回来，同时带给我淡淡一句：没有。可能没有药，也可能没有钱，很多时候也许是两者都没有。"

队员们并不因为"没有"而中止工作，他们充分发挥自己的主观能动性，因地制宜，自己动手制作一些简单器材，保证医疗工作的顺利开展，他们成为当今时髦的"DIY 一族（Doityourself 自己动手）。"

没有压舌板，刘阳云医生自己削制小木条、竹筷制作；没有凡士林纱条，将纱布剪开，涂上凡士林代替；没有鼻骨复位钳，用枪状镊套上输液管代替。没有灌肠仪器，放射科医生李大创用保温瓶制作了一个，并新开展气钡灌肠检查。

医院除眼科是与赞方医生共同工作外，其余所有医生都须独当一面，专业内一切工作由自己亲自完成。从手术病人入院那一刻起，办理住院手续、各种术前准备、病情观察与病程记录等等工作都必须亲力亲为。刘阳云及妇产科医生刘新都曾有过到外院借手术器械的经历。

播撒友谊的使者

虽实行免费医疗服务，但因药物短缺而使免费服务变得十分有限，很多病人需要自己掏钱外购药品。而针灸和手术治疗对药物的依赖相对较少，因此成为赞比亚人的首选。

队长曾昆仑针灸技术高超，技巧娴熟，治疗效果十分显著，为此针灸科总是门庭若市。凡接受过他治疗的人，无论是将军还是士兵，身居高位的达官贵人还是不名一文的贫民，本地人还是外国人，都对针灸的神奇和曾昆仑高超的医术、良好的医德赞不绝口。一位 25 岁的女中士因患"面神经炎"而致右眼不能闭合，讲话流口水，口角严重歪斜，爱美的她面对这样一张丑陋的脸，痛不欲生，哭着希望曾昆仑能帮她治好。经两个疗程针灸治疗后，病人恢复了原本美丽对称的脸，感激万分。一位在赞比亚做贸易的印度商人，许诺高薪请曾昆仑出诊，被婉言谢绝，他把在卢萨卡开诊所的华人医师介绍给了他。商人对曾医生良好的职业道德和中国军人不为金钱所动的品格极为敬佩，伸出拇指说"中国军人，太伟大了！"

2004年9月23日，一病人前来就诊，他左侧脸颊渐进性隆起，比右侧高出约3—4厘米，整个脸的轮廓严重变形、错位。按照临床诊疗常规，刘阳云让病人去做CT检查，以了解肿物的范围及与周围结构的关系。但病人一去没了消息。11月8日，病人再次就诊，却什么也没做。原来CT的费用是200美元，病人根本拿不出这笔钱，一进门病人就握住刘医生的手："请您一定想办法救救我！救救我的家！"医院院长助理得知情况后，与刘医生商量，"如果您不能为他做手术的话，那他就只有抱病终生了！"从医疗常规来说，术前准备确实是不充分的，如果贸然手术，需要承担的风险可想而知。可看到病人绝望和院长助理那充满期待的眼神，刘医生决定为病人实施手术。术后病人恢复良好。出院时，病人拉着刘医生的手高兴地说，"谢谢您救了我，也救了我的家，您不仅恢复了我的面容，也恢复了我做人的尊严！"

作为军医组在赞比亚的最高领导，中国驻赞武官王志勇大校对自己的手下非常满意。在每次与赞方高级军官的接触中，听着他们对中国军医们的高度评价，这位威严的中国武官总会露出会心的微笑。中国军医们在如此简陋与恶劣的环境中，承受着常人根本无法承受的巨大的心理压力，履行着医生的神圣职责。面对生死，没有后悔，没有退缩，勇往直前，圆满地完成了祖国和人民所赋予的各项使命。

"他们以良好的素质、崇高的敬业精神和精湛的医术为祖国和我军赢得了荣誉，无愧于军人的称号。"王志勇武官由衷地赞叹。

每天，拥挤在中国军医诊室门口的患者都在默默地证实着中国军医的价值。刘新谈到在赞比亚工作的最大感受时说："这里该做的事情太多了，但因为目前这里医疗条件的限制，想做的事情总是做不到，我们心里着急呀，觉得非常遗憾。""每一次，我们都为中国医生的离开而沮丧。"麦纳索科的代理院长卡松古上校总是对军医组说，"中国医疗队带来了非常专业的技术和感人的故事，我真希望他们能够永远留在这里……"

短评 为援赞医疗队的"窗口"形象叫好

屈指算来，广州军区医疗队代表国家医疗队援助赞比亚，迄今已近400天。在这近400个日日夜夜里，医疗队员们立足现有条件，克服诸多困难，严格自律，忘我工作。在帮助赞比亚人民医治疾病的同时，通过自己的言行成为传播文明的使者，为加深中赞两国、两军的友谊贡献着自己的光和热。他们的出色表现，受到上至国家元首，下至平民百姓，甚至在赞外国人的称赞。

然而，医疗队员们之所以能卓有成效地工作，靠的是什么？动力源何在？……追根溯源，是医疗队员们强烈的使命意识、责任意识和奉献意识，进一步说，是他们的"窗口"形象！因为他们深知自己的言谈举止、医德医风，都是赞比亚人民瞭望我军、我党和我国社会主义制度的"窗口"；他们深知自己的职责和使命，因而全身心地扑在工作上，用青春和热血捍卫着赞比亚人民的生命健康。他们以过硬的素质、崇高的敬业精神和精湛的医术，为祖国、为我党我军赢得了荣誉。

(刊于2005年4月18日《解放军报》、4月26日《人民日报》、5月27日《战士报》四版整版、《政治指导员》第7期、《基层政治工作研究》第12期)

在紧张工作的背后……
——摘自军区援赞医疗队员们生活中的花絮

"中国人出生后就不死吗"

援赞医疗队员们在与赞比亚人的交往中发现,对方最不可理解的是我国的计划生育政策。

"为什么一对夫妇只准生育一个孩子?"医疗队员经常碰到这样的问话。

"因为中国有13亿人,如果再不进行人口控制,就会引发诸如能源危机、食品短缺等灾难性后果!"

"天哪!13亿!我不能想象这个数字!难道中国人一生下来就不再死亡吗?"

据说,目前在赞比亚,每对夫妇生育5、6个小孩,一对夫妇生育10到20个小孩的也比较常见。医疗队曾到一个华侨开的农场参观,那里有名黑人雇员娶了两个老婆(赞比亚是一夫多妻制国家),生育14个小孩。可就是这样高的出生率,还是比不上死亡率。赞比亚目前人口仍呈下降趋势,平均寿命仅35岁。在他们看来,除非中国人从一出生就不再死亡,要不,每对夫妇只生一个小孩,怎么可能有那么多人呢!赞比亚人这样努力地繁衍,可人口总数还是有减少。因此,他们发出感叹,"中国人出生后就不死吗?"

"赞比亚逻辑!"

曾经一句客套话,一句无意的承诺,给刚到赞比亚的曾昆仑带来了意想不到的事情。

在赞比亚官方举行的一次大型酒会上,曾队长与一位黑人随意聊天。当黑人看到曾队长的手表时,象发现新大陆一样叫了起来:"哦!太漂亮了!您能把这块表送给我吗?"

曾队长随口答道:"现在我自己要用,以后再说吧。"

"那就以后再说!"黑人愉快地回应道。

一个月后,曾队长正在上班,突然接到黑人打来的电话。对方显然很兴奋,"现在是以后了,我可以来拿那块表了吗?"听黑人的口气,好像是开玩笑,他也以玩笑的口气说:"表我正用着呢。"黑人说:"那你要注意好好保管,不要弄坏了!"听到这话,曾队长差点笑出声:"你就不要操心了,我会保管好的。"挂上电话,曾队长把这事讲给同事们听。几位在此工作多年的老同志告诉他,这位黑人可不是开玩笑的,是认真的。"在他的意识里,你的那块表已经属于他的了!"

"这是什么逻辑!"

"赞比亚逻辑!"大伙都笑了。

几天后,那位黑人又打电话来索表。无奈,曾队长只好把手表送给了他。

都是光头惹的"祸"

2004年12月,国内已是大雪纷飞,赞比亚却异常炎热。医疗队员虽从祖国南方"火炉"城市来,也感觉有点受不了。28日晚,翻译王高飞和厨师江维干脆理了光头,这下可凉快了!可令他们疑惑不解的是,所到之处,黑人们都指指点点,并表露出"同情"。医院里的两名黑人女工,看到他们也是悲伤的表情。

第四天,黑人女工实在忍不住了,背着厨师和翻译向医疗队其他队员,"他们俩都死了老婆?"问得大家面面相觑,"没有啊!""没死老婆,他们为什么理了光头!"这一下,医疗队员们恍然大悟——原来,在赞比亚,只有死了老婆的人才剃光头!惹得医疗队员们哈哈大笑。如此一来,又轮到两个黑人女工面面相觑了!

(刊于2005年5月27日《战士报》四版整版的一部分)

党旗辉映团旗红
——76119部队党建带团建促创先争优活动纪实

创先争优热潮涌,党旗辉映团旗红。在创先争优活动中,76119部队坚持党建带团建,把共青团带在一起抓,融为一体建,使共青团的工作开展得红红火火,有力地推动了创先争优活动的深入开展。

上不给位子,下就撂担子——
让团组织坚强起来

3月底,该部警卫勤务一连准备召开党支部委员会议,其中一项议题是讨论第二季度党员发展对象。然而,该连团支部在推荐党员发展对象时,自己拿不出意见,却让党支部"点将",这让在连队蹲点指导工作的该部政委谢守平感到纳闷。推荐党员发展对象是团支部的职责,为什么要请示党支部呢?谢政委调查后发现,部分基层单位对团组织建设不够重视,认为党的工作是"大头",团的工作是"小头",开展创先争优活动关键在于抓好党支部建设,只要把党的工作做好了,团的工作也就自然上去了。部分团支部缺乏独立开展工作的意识,依附心理较强,有些本属职权范围内决定的事情,不能自行处理,事事请示,造成工作被动。

基层党组织的创争活动搞得轰轰烈烈,团组织建设却成了"盲区"。这引起党委"一班人"的深思。常委会上,大家统一了认识:团是党的助手,但不是机械的助手;团组织是群众组织,但不是松散组织。创争活动中要落实党建带团建的要求,做到"党有号召,团有行动",充分发挥团组织在创争活动中的生力军作用。

该部把团组织建设纳入党委议事日程,把党团建设捆在一起抓,绑在一起建,坚持以"选好书记、配好班子、建好队伍、铺好路子"为目标,以创建"五四红旗团支部"为牵引,狠抓团组织建设。结合实际制定了《关于在基层团组织和团员中深入开展创先争优活动实施方案》,细化先进团组织和优秀团员的具体标准,设置了"五星评比"活动、"岗位建功"活动、"学习成才"活动等6个载体,使党团组织争创目标一致、活动载体衔接、推进节奏协调,真正做到了党支部有号召,团支部有行动;党支部有计划,团支部有安排;党支部有要求,团支部有措施。目前,该部7个团支部已成为"上级放心用,自己有地位"的重要力量。

"补钙"强筋骨,帮带出活力——

让团组织活动丰富起来

3月初,保管队党支部会议室热火朝天,支部"一班人"正对全体党员进行每月的支部鉴定。而班排宿舍却是另一番景象:战士们三三两两坐在一起,有侃大山的、有玩扑克的、有上网冲浪的……

团日活动缺少统筹安排,内容单调、形式单一,不是搞球赛,就是甩扑克,咋提得起团员青年的兴趣?政治处深入调查后发现,一些基层团干部能力水平低,职责不清、套路不熟,认为"大伙选了咱就干,领导让干啥就干啥"。有的团支部书记不会开支委会,连主持发展团员的基本程序都不懂;还有的组织活动办法少,每逢团日活动"临时抱佛脚",搞形式,走过场,使团日活动缺少吸引力,不能满足团员青年的精神需求。

群雁高飞头雁领,团的活动没有吸引力,关键是团员骨干组织能力欠缺。按照"忠诚党的事业、热爱团的岗位、竭诚服务青年"的要求,该部采取基层党支部提名、政治处考察和团员民主选举的办法,把思想作风好、文化水平高、工作能力强的干部选拔到基层团组织中来;本着缺什么补什么的原则,以难题会诊、示范观摩、经验交流、以会代训等形式,搞好思想引导和组织帮带;对问题比较多的基层团组织,实行定点挂钩,责任到人,给他们交任务、压担子,在实践中锻炼提高。党委和支部定期听取团组织工作汇报,积极为团支部组织活动提供帮助指导。通过一系列措施,目前各团支部围绕中心工作,适应青年特点,学雷锋学英模、学习成才和健康向上的活动在该部蓬蓬勃勃开展起来。

团员"战"党员,比翼齐高飞——
让团员作用发挥出来

4月7日,在该部轻武器分解结合比武竞赛现场,随着裁判员一声令下,只见警卫勤务二连参赛选手列兵赵明杰娴熟地将手中的步枪拆卸并迅速装好,一举夺得该项比武桂冠。

为备战此次比武,警卫勤务二连组织党员成立了"党员先锋岗""党员突击队"。然而动员会上却半路杀出个"程咬金":列兵赵明杰主动请缨参加轻武器分解结合课目比武。霎时,会上一片哗然,官兵议论纷纷,训练比武历来都是老党员、技术骨干担任,你一个入团还没几天的"愣头青"能行吗?赵明杰却振振有词:精武强能,为连队做贡献没有党员团员之分!

该连党支部没有早下结论,而是引导全连官兵认清比武竞赛不能把眼睛盯在名次上,通过重大活动锤炼官兵素质,推动全面建设才是最终目的。为在比武竞赛中夺得好名次,该连积极动员和组织团员青年努力钻研军事技术和本职业务,让党员和团员结对子帮扶,带领团员在活动中受教育、起作用、作贡献、长才干。此次比武,连队受表彰的10名标兵中团员就有4人。该部党委以此为契机,积极推广开展了"党员带团员,干部带战士"的竞赛活动,从作风纪律、内务秩序、军事训练、完成任务四个方面展开竞赛,增强团员青年"从自身做起,向党员看齐"的先进意识。近年来,该部有20名团员青年成长为班长骨干,16名团员青年受到上级表彰,3名团员青年在军区联勤部岗位练兵比武中夺得名次。

(刊于2011年5月5日《战士报》三版头条、11月4日《解放军报》)

"温馨医疗"暖兵心
——广州军区163医院创新军队伤病员管理模式

"警示会"后遭尴尬

2002年初,广州军区163医院接连收到上级转发的3份有关伤病员管理的电报,通报了兄弟单位伤病员住院期间不假外出等问题。对此,医院党委结合本院实际,及时组织军队伤病员进行教育整顿,传达学习了上级指示精神,并就军队伤病员外出请销假的权限、机关和科室管理伤病员的时间段分别进行了明确,制订和完善了《军队伤病员管理规定》。

然而,就在传达文件的当晚,4名住院战士深夜不假外出,与出租车司机发生纠纷,被地方告到了医院。为什么一边教育还一边出问题呢?院党委在对4名战士进行严肃处理的同时,查找了管理中存在的薄弱环节,大家一致认为,军队伤病员管理再也不能头痛医头、脚痛医脚,必须探索一种科学管理模式,从根本上解决军队伤病员住院管理难。

伤病员管理谁负责

军队伤病员管理究竟由谁来负责,出了问题板子应该打在谁身上?对此,医院党委成员深入体系部队、科室、伤病员及医务人员中间听取各方面的意见。

军队伤病员管理办公室的同志说,我们只有监督权,没有制约权,发现问题只能逐级上报,个别伤病员也不服我们的管理。

科室人员反映,随着体制编制调整,医务人员相对减少,加之工作繁忙,没有精力和时间去琢磨管理。

部队领导指出,住院官兵到医院后远离直接领导,想管住他们鞭长莫及,即便管也只能利用接送、探望等时机提提要求。

住院官兵则直言不讳地说,住院期间,没有训练执勤等任务,思想容易放松,加之身体有病容易产生忧郁等心理,造成对管理有抵触情绪。

顺潮探法创新路

必须对症下药!医院党委分析查找管理薄弱环节后,率先在军队医院推行了"温馨医疗"新举措。

"硬管理"实现"软着陆"。如何让伤病员既服管,又不产生抵触情绪?院领导在分析各种违纪现象原因时感到:对伤病员管理必须贯彻以人为本的思想,在人性化管理上下功夫。对此,他们取消了以往伤病员入院就组织学习管理规定的做法,把各项管理规定复制在病历本的背后,采取温馨提示的方式,让伤病员在潜移默化中自尊自律。

让关怀温暖病号心。医院在医务人员中广泛开展了评选"服务标兵""优秀医生护士"等活动,要求大家用实际行动感化住院官兵。护理部为每名住院官兵准备了一个免费的"温馨包",里面装有毛巾、香皂等生活必需品。值班医生护士耐心做好患者的心理疏导工作。

病房奏响"和谐曲"。记者在军人病区的娱乐室看到,电子阅览室、电脑上网、棋牌、台球等学习娱乐设施一应俱全。据医院政委李春华介绍,他们每星期都会组织医护人员编排文艺节目,深入病房演出;经常为住院官兵举行生日晚会和欢送晚会,送上生日蛋糕和鲜花。

"温馨医疗"的启示

连续3年没有一名部队伤病员违纪违规,连续3年被评为为兵服务先进单位。谈及这些,医院樊光辉院长深有感触地说:管理好伤病员,必须在动真情、办实事、真爱护上下功夫。

启示一:架通医患之间的"友谊桥梁"。以往,部分医务人员服务态度冷漠、责任意识不强,使患者产生抵触情绪,是出现不服管的主要原因。在医务人员中开展的"假若我是病号""微笑服务"等活动,让军队患者感受到关爱,自觉服从医院的管理。

启示二:让医务人员成为患者的"精神医生"。官兵生病住院,精神上往往十分脆弱。医务人员在给他们进行生理治疗的同时,要多到病房去,多和病人聊天,对他们进行心理疏导,鼓励他们增强战胜病魔的信心。

启示三:走出重"制度管理"轻"人文关怀"的误区。军队伤病员在住院期间,课外活动时间相对减少,生活枯燥单调。医院要从人文关怀的角度出发,把各项管理制度人性化,为伤病员营造一个温馨和谐的家园。

(与钟友国合作,刊于2006年8月9日《解放军报》)

走出"怪圈"
——广州军区某油料训练大队改革职工管理纪事

一方面50多名职工无所事事,另一方面临时工越请越多,这曾经是广州军区某油料训练大队职工管理中存在的"怪圈"。从去年3月开始,他们大胆改革职工管理,推行了一系列增强职工主人翁意识、争先创优的举措。走出"怪圈",使昔日的"包袱"变成了财富。

三请逼出新思路

1997年底,刚到任不久的大队政委左宗元针对干部职工子女入托难、接送不便、影响工作的实际,萌发了办一个幼儿园的念头,并提交党委讨论获准通过。然而幼儿园硬件设施完善后,左政委连续请了3位适合干幼师的职工,却没有一人愿意干，原因是天天与小孩打交道，既辛苦又麻烦。此事对大队领导触动很大。

尔后，大队对全队53名职工在岗情况深入调查，发现职工岗位不少是因人而设，或有岗无事，或一岗多人，80%的职工工作量不饱和。一些职工上班经常迟到、早退，甚至旷工，队里多是睁只眼闭只眼。而锅炉工、保洁员、炊事员等脏活、累活没有人愿意干，只得到地方请临时工。大队每年除支付职工工资近45万元外，还要支付临时工工资6万多元。职工成了大队经济上的"包袱"，管理上的难点。在现实面前，大队领导感到，改革职工管理模式，势在必行。

于是，一场改革职工管理的新思路，在阵痛中产生了。

一石击破水中天

大队职工多数是照顾干部随军家属和子女而安置的。实行职工管理改革，难度比较大。大队党委先后3次召开会议，一套改革职工人事制度的方案随即出台。

因事设岗，取消话务员、水电表抄写员等12个岗位，新增锅炉工、幼师等17个岗位，实行岗位公开、条件公开、招聘公开，择优录用。

职工人事制度改革方案的出台，犹如一石击水，在大队上下掀起层层波澜。习惯于月月领饷的职工们开始变得不安，一些职工认为军队职工端的是"铁饭碗"，搞改革是领导有意为难自己。有的职工闯进大队领导办公室，公开表示不支持改革。为此大队用十五大精神统一官兵职工思想，引导大家自觉服从大局，支持改革。6名干部主动吹"枕边风"，做好家属思想工作。大队党委先后4次召开职工座谈会，与职工交心通气，介绍国企改革形势，讲明大队经费来源和开支情况，让他们明白吃"皇粮"要吃出效益，必须进行职工人事制度改革。同时，组织职工到株洲田心电力机车厂和河西开发区参观，广泛开展了"摆正位置，争当主人翁，走自己养活自己之路"的大讨论。对思想包袱重的职工找其谈心，讲明"职工管理改革不是让大家没饭吃，而是让每个人有一份工作，有一份责任。"

模式一变天地宽

职工人事制度改革一年后，职工精神面貌发生了喜人变化。职工队伍中，加强学习提高自身素质的多了，聚集闲谈无事生非的少了；遵章守纪尽心工作的多了，迟到早退无事溜号的少了。打字员胡素群通过竞争上岗后，不到半年时间，打字速度从原来的每分钟不足60字提高到200多字。锅炉工李师傅热爱本职，潜心研究节煤技术，现平均每月比过去节约用煤50余公斤。在营院环境整治中，大队职工和官兵坚持自己动手，不请临时工，清运垃圾，填运土方，植树种草，仅此一项就节约经费5万余元。近一年来，11名职工受嘉奖，2名职工荣立三等功，修理工李帮清被军区评为"优秀职工"。

（与杨玲云合作，刊于1999年10月23日《解放军报》）

破解发展不等式
——广州军区某仓库用科学发展观指导基层建设二例

地处湘南腹地的广州军区某军械仓库,针对人员精简过半、保障任务成倍增加的实际,坚持以科学发展观为指导,不断破解部队建设发展中的不等式,较好地实现了在改革中定位、在调整中转型、在创新中发展的目标,多项工作受到上级肯定。

铺摊子上项目不等于科学发展

年初,班子成员调整后,面对事事待兴的局面,他们干劲大热情高,铺摊子、上项目,迫不及待想干几件出彩的事情。为提高官兵综合素质,仓库党委决定拿出专项经费抓官兵的知识升级。完善学习设施、购买学习资料、聘请驻地教授,他们利用业余时间一下子办起了电脑操作、英语学习等多个培训班。刚开始时,官兵们拍手称快,课堂门庭若市。然而好景不长,部分官兵开始厌学,其理由是培训内容大多不合自己"口味",没有太多兴趣;白天训练紧张,晚上还要参加培训,精力哪顾得过来?

精力花了不少,官兵为何不满意?这引起了仓库党委的反思:干工作仅凭满腔热情是不行的,工作热情高了,搞活动上项目多了,不等于就科学发展了,必须用"实效"这把标尺来衡量。为此,仓库领导带领机关人员通过问卷调查、座谈了解等形式,广泛征求官兵意见,使官兵学习意愿与岗位需要形成互动,实行双向选择,并决定每年举办一至两期官兵普遍感兴趣的计算机应用技术和后勤科技装备培训班,平时则主要根据岗位需要进行培训,缺什么补什么,需要什么培训什么。

仓库党委没有就事论事,而是坐下来用科学发展观重新审视仓库建设规划和各项工作,能整合的不铺摊子,能统建的不搞重复,该停的果断叫停,该上的则稳妥快上。原计划新建一座地面库,图纸设计完成准备开始施工。仓库党委多次实地考察后感到,如果建一座先进的立体库房,不但保障效益成倍提高,还可节约大量用地。于是,开工在即的建设被果断叫停,他们重新组织专家对有关建设规划进行调整和改动。

事无巨细不等于科学指导

近年来,仓库领导机关深入基层,手把手地教、面对面地帮、一招一式地带,对促进基层建设起到了积极作用。然而一件事却在仓库党委中引起了不小的震动。

今年3月,政委谢守平到勤务一连蹲点,恰遇这个连队正在讨论党员发展对象,两位基层主官却跑来向他请示谁列入对象合适?这件事引起了谢守平的思考:为什么一些本该连队自己做主的事,基层反而动不动要请示领导和机关?接连几天,他和政治处的同志分头沉到基层,找官兵座谈,寻找原因。原来,之所以出现这样一些现象,一个主要原因是平时个别领导和一些机关干部下基层后,事无巨细,包揽太多,时间一长弄得基层干部大事小事都汇报请示。

问题摆在桌面,引起了仓库党委的警醒:一级有一级的职责,一级要干好一级的事情。事无巨细、包揽过多,表面上看是作风扎实,其实却导致了基层自建功能的弱化,形成"你不放心,我就不用心;你不撒手,我就甩手;你要包揽,我就偷懒"的状况。必须强化层次指导,实施能级管理,明确各级职责。仓库党委达成共识后,他们按照科学发展观的要求指导基层建设,认认真真地抓好各项法规制度的落实,使依法指导真正成为领导机关的行为规范,保证基层建设健康有序地发展。部队驻在山沟,以往官兵请假上街要经机关有关部门批准。他们及时改变这一做法,把收回的权力归还给基层。实践证明,权力"归位",换回的是基层干部工作"到位",仓库没有出现一起违纪事件。

(刊于2011年10月22日《解放军报》)

求知潮涌深山沟
——76119部队引导官兵学习成才纪实

抬头天连山,出门山外山。驻扎在深山沟里的76119部队地处偏僻,条件艰苦。然而走进该部营区,扑面而来的却是一股浓郁的求知之风。

学历升级:提升素质的"动车组"

当"创建学习型军营,争当知识型军人"的号角响遍神州时,地处深山沟里的该部官兵掀起了一股学历升级的热潮。今年4月,又有9名官兵报名参加了全军自学考试。

为激发官兵学习热情,该仓库设立了成才基金和考评奖惩制度,把学习情况与个人进步挂钩。"向学习要素质"成为官兵的不懈追求,越来越多的官兵加入到学习新知识、掌握新技能的行列。据统计,通过参加自考、函授、电大和成人教育等手段实现自身学历升级的人数由过去的20%增加到现在的71%。如今,已有40余名官兵分别获得法律、财会、计算机等学科本科学历，10余名官兵获得"岗位技术能手""全军优秀士官人才奖"等荣誉。学历升级，让仓库官兵素质提升步入了快车道。

毕业于后勤工程学院的警卫勤务一连政治指导员刘火球，先后担任保管队技术员、政治处干事。几年来，他将自己工资的一半用在学习上，最近又报考了南京政治学院经济与行政管理本科自学考试。他说："尽管毕业这么久了，但我连驻地公园都没去玩过。不过话说回来，少玩点，多学点，花钱提高素质，值！"去年，他所带连队被军区联勤部评为标兵连队，个人被上级评为"优秀党务工作者"。

南岭讲坛：同台演绎的"堂堂彩"

"关系是泥饭碗，会碎；文凭是铁饭碗，会锈；素质是金饭碗，会升值……"3月26日下午，该仓库政治处干事正在与官兵分享他对真才实学的感悟，台上他讲得眉飞色舞，台下官兵一个个聚精会神，听得津津有味，不时报以热烈的掌声。这种让普通官兵走上讲台的"南岭讲坛"颇受官兵欢迎。

"央视有'百家'，仓库有'南岭'。"这是该库官兵广为流行的一句话。"南岭讲坛"每周四开坛一次，既有军事知识，又有信息技术，还有时事政治和人文素质等，契合了讲坛"科学品质、文化品位、教育品格"的定位。

以前搞教育，总是领导授课，一幅老面孔，一种旧风格，课堂气氛不活跃，教育效果难保证。为此，仓库党委征求官兵意见，决定开设"南岭讲坛"，让官兵走上讲台，授课内容不限，只要健康向上，或人生感悟，或分享佳作，或读报评报均可。各基层单位轮流执教，官兵自己报名，自行准备授课内容，经政治处审核把关后就可上台开讲，每半年由官兵投票评出"最佳十课"。此举让授课人得到了锻炼，听课人开阔了视野。

翻开《南岭讲坛：素质教育讲座资料汇编》，一篇篇优质教案令人肃然起敬。"南岭讲坛"不仅有军地院校专家学者主讲，仓库领导和干部带头，也有普通战士做客。军区联勤部优秀基层干部胡孟良在这里讲述过自己的成长经历；全军优秀士官人才三等奖获得者张练在这里与官兵分享过学习经验；军区联勤部优秀士官、网络尖兵黄雁飞在这里畅谈过人生理想……只要有一技之长，所讲内容有特点、够水平，普通官兵均可以"登坛开讲"。警卫勤务二连战士刘石磊说，昔日上课是为了点人头，如今听课很有嚼头，真是过瘾解渴。两年来，该仓库已有16名基层官兵从这个讲坛上脱颖而出，成为这个仓库思想政治教育骨干。

军营小报：官兵共育的"百花园"

在该仓库战士宿舍和各办公室的报架上，一份彩色的报纸《燕子窝兵语》特别引人注目。打开这份彩报，"部队要闻""战士心声""文学园地""军营之星"等众多栏目映入眼帘，一张张记载着火热军营生活、充满情趣的图片洋溢着基层文化的气息。

"别看这张报纸是官兵自己创办的,但它兵味浓郁、贴近基层、真实感人,是许多正规大报无法比拟的。官兵们昵称它为'百花园'。"谈起《燕子窝兵语》,保管队30多名官兵显得神采飞扬。

该仓库地处南岭深处的燕子窝,信息闭塞,环境艰苦,常年云雾缭绕。仓库党委感到,官兵的思想阵地,先进文化不去占领,腐朽思想就会乘虚而入。环境艰苦,更要跟上时代步伐,构筑好先进文化的载体。于是,《燕子窝兵语》便创刊了。没想到一创刊便得到官兵的普遍欢迎,仓库趁热打铁,特地从驻地报社请来编辑传授新闻写作和版面编排知识,还出台了《仓库新闻报道奖励规定》,鼓励官兵多学、多思、多写。如今,官兵请假外出的少了,钻研新闻的多了,玩电脑游戏的少了,伏案写作的多了。

仓库政委谢守平兴奋地告诉笔者:"办报不仅延伸了思想政治工作的课堂,丰富了官兵文化生活,更为官兵学习成才搭建了一个平台。"的确,官兵们自己采访新闻,自己编辑稿件,自己设计版面,乐在其中,学在其中。二连指导员沈琛乐于笔耕,多次向《战士报》投稿都"泥牛入海",对写作一度失去信心,自从《燕子窝兵语》创刊后,他的稿件经反复修改后经常上版,看到官兵们传阅自己的作品,他又燃起了写作的激情。近年来,先后在《解放军报》《战士报》发表稿件20余篇。据悉,这个仓库连续三年被军区联勤部评为新闻报道先进单位,已有5名战士退伍后应聘到报社工作,真真实实地从办报中受益。

(刊于2009年11月18日《解放军报》、9月2日《战士报》、5月2日《郴州日报》)

广州军区某仓库

团员小分队宣讲"绿色奥运"

南岭山中,团旗飘飘。7月11日上午,广州军区某仓库120余名团员青年沿着崎岖的山路,向驻地山村进发。他们今天团日活动的主题是绿色奥运,环保先行。

雨后山间,凉风轻拂。经过半个小时的跋涉,官兵们到达了驻地百丈村。

百丈村地处大山深沟,但随着当地社会主义新农村建设的推进,村里与山外的世界越来越近。这不,在一户村民家中的门楣上,就插着一面五环小旗。

"老乡,咱们北京奥运会马上就要开了,你最关心的是啥?"团委书记曾杰志和几名官兵来到这位老乡家,拉起了家常。

"当然是关心我们中国能多拿金牌咯。"

"老乡,举办奥运会可不光是要看我们这个东道主的金牌数量,更重要的是向全世界展现我们国家和民族的精神面貌与文明素质。这次我们北京奥运会就提出了'绿色奥运、科技奥运、人文奥运'理念。我们每一个公民都要在看不见的赛场上为国家赢得荣誉,为民族赢得尊严。"

围观的村民越来越多,人群中不时传来爽朗的笑声。

"迎接奥运,我们需要激情满怀,更需要环保先行。"机关团支部副书记、管理处助理员郑海涛制作了"绿色奥运小报"一一发给村民,不到5分钟,100多份还飘着墨香的小报就被老乡们要光了。

"今年6月1日,国家颁布了限塑令。"勤务一连团支部书记刘火球在百丈小学开起了"小小塑料袋,危害不一般"的知识讲座。他告诉乡亲们,塑料袋虽然使用方便,但它抗腐性能极强,自然消解需要600年时间,对土壤和地下水有极大的破坏作用。如果将其燃烧,又会严重污染空气。如不停止使用,我们美丽的家园就会不再美丽。

既要金山银山,更要绿水青山。听了刘火球的介绍,村民段发胜感慨地说,没想到小小塑料袋,危害这么大,今后再也不用塑料袋了,像城里人那样,上街采购自带竹篮或布袋,既文明,又时尚。段发胜一席话,赢得了乡邻啧啧赞声。

勤务一连官兵还组织部分小学生举办了"奥运环保,从我做起"的签名活动。小朋友们纷纷用自己稚嫩的手庄重地签下自己的名字。

"解放军同志,请给我一个。"再看保管队团支部宣传点,人声鼎沸,好不热闹。原来他们"有备而来",官兵们利用业余时间,编织了上百个环保小竹篮,贴上了奥运福娃画,写上了"绿色奥运,环保先行"的字样,村民们好不喜欢。

汽车连官兵不怕脏累,拿起铁铲,帮助村民清除常年无人管理的卫生死角,捡拾塑料垃圾,并集中处理。

刚劲的舞姿,青春的笑脸,蓬勃的朝气……勤务二连官兵寓教于乐、轻松活泼的歌舞形式把今天的团日活动推向了最高潮。

3个多小时很快就过去了,在清脆的部队集合哨声中,官兵们向村民挥手告别。此时,"我们看见未来,一起用汗水来灌溉五环的色彩……"的奥运歌曲在大山中唱响。

(刊于2008年7月21日《解放军报》)

老典型评先落选之后

在创先争优活动中,76119部队党委精心制订了评先的"硬杠杠",定期开展"明星党员"评选活动。国庆前夕,"明星党员"评选却爆出一个冷门:官兵公认的老典型、业务处干部石申红,竟"败"给了警卫勤务一连下士班长周发志。消息一出,引发大家关注。

石申红工作一直勤勤恳恳,业务上是一把好手,为该部业务工作跨入全军先进行列作出重要贡献。由于成绩突出,他连续3年被评为"优秀党员"。去年7月,在上级组织的岗位练兵比武中,他一路过关斩将,荣获军械专业比武第二名。

老典型落选的消息,不但出乎一些官兵意料,就连当选的"明星党员"周发志也有点意外:"我仅是一个党龄不满2年的下士,为何让连续3年的老典型落选?"

定期评选"明星党员"的初衷,是为了给官兵树起"看得见、够得着、学得来"的身边明星。为此,该部党委在创先争优活动中,按照上级相关文件精神,逐一细化标准,明文规定:参评对象不但本人表现优秀,而且要过个人自评以及党小组、党支部、挂钩帮带领导和群众评议"五关",综合评定为优秀的方能获选。

相比之下,平时专心业务的石申红,虽然业务技能、重大活动表现得分遥遥领先,但近一段时间未能很好地落实早操、日常教育等规定;而周发志平时学习积极,严于律己,还带出了一个响当当的标兵班,综合得分比石申红稍高一筹。

面对评选结果,一些官兵认为:业务工作是部队的"重头戏",评先应向业务骨干倾斜,才能更好地提升保障力。然而也有人提出:石申红虽然专业素质拔尖,但近期参加集体活动有时不太积极。既然是典型,不论平时还是关键时刻,都要经得起考验,样样都应走在官兵前面,这样才真正够得上"明星党员"标准。

灯不拨不亮,理不辩不明。该部党委以此为契机,围绕"单项冒尖是不是等于素质全面""个人素质强是不是等于模范作用好"等问题组织官兵讨论,让大家在析事明理中提高对创先争优活动的认识。经过一番教育讨论,该部官兵形成共识:作为典型,既要"一招鲜",更要"招招硬",只有专业技能精、综合素质硬的典型,才更有说服力和感召力。通过这次讨论,石申红也深受触动,针对自身短板弱项认真制订了切实可行的整改措施,决心在今后的评选中争当"明星党员"。

(刊于2011年10月16日《解放军报》、10月27日《战士报》)

事业先丰收　爱情更甜蜜
——广州军区某部开展"强筋壮骨工程"解决官兵婚恋难题

9月12日,是广州军区某部技术员贺永保双喜临门的日子,他不仅获得了计算机专业本科文凭,相恋一年多的女友也终于答应和他订婚。即将告别单身的他谈起自己的喜事,由衷地感谢部队实行的"强筋壮骨工程"。

3年间,52名符合结婚条件的官兵谈不上对象,3名三级士官直到转业还是单身。为此,部队积极与地方民政部门、学校等单位联系,开展各种联谊活动。然而事隔不久,大家却发现:"鹊桥工程"只热闹了一阵子,"老大男"还是"老大难"。原来,长期信息闭塞的环境使官兵知识单一,视野不开阔,综合素质相对落伍,自然无法吸引地方高素质女青年。

只有提高官兵素质,才能真正解决官兵的婚恋难题。经过讨论,一项名为"强筋壮骨工程"的活动与"鹊桥工程"联袂登场了:一是加大培训力度。有计划地选送部分官兵到院校轮训,定期举办电脑操作、网络知识、摄影等专业培训班,提高官兵的专业技能。二是开展学历教育。借助驻地军地大专院校教育资源,采取进修、函授和自考等形式,实现官兵的学历升级。三是完善激励机制。鼓励官兵参加自学考试和学历教育,凡获得大专以上文凭的,报销70%的学习费用和全部差旅费。被上级评为"学习成才标兵"的,优先立功受奖,优先晋职晋衔,优先提拔使用。目前,部队70%的官兵实现了学历升级,90%的官兵掌握了两项以上的专业技能,军事素质和文化素质得到了全面提高。业务处助理员石申红通过自学获得了南京理工大学机械自动化专业硕士学位,担任"火炮质量升级"课题攻关小组组长,使单位成为全军"火炮质量升级"先进单位。在获得荣誉的同时,他找到了如意伴侣。

不到两年时间,这个部队16名大龄官兵走进了婚姻殿堂,24名官兵正在"热线"联系中。

(与沈琛合作,刊于2007年9月19日《战士报》、10月8日《解放军报》)

"笔杆子"掉"链子"之后

广州军区某部政治处干事罗衡辉,是上下公认的"笔杆子",出自他手的材料领导放心,群众夸奖。可近日他写的半年工作总结却掉了"链子"。

有意思的是,部队政委李春华开始还以为是别的同志写的哩,指示将材料交给罗衡辉来重写。当政治处尹年春主任说这就是罗衡辉写的时,李春华感到惊讶,便找来罗衡辉问究竟。罗衡辉道出实情:"我一年到头泡在材料里,已有几年没休假。今年我母亲70岁,领导批准我休假回去给母亲做70大寿,可没等我母亲生日那天,部队就打电话催我回来写材料。心里藏着对母亲的愧疚,静不下心来,干脆就把去年的半年工作总结找出来,改头换面,以图交差。"

听罗衡辉这么一说,李春华批评政治处主任尹年春:"小罗给老母亲做70大寿,以尽孝心,当领导的应该给予方便,这是人文关怀,就为一个材料而中断他正常休假很不应该。罗衡辉不在,可以交给其他人写嘛。"尹年春面有难色地说:"政委,开始我们也不想让小罗回来,可算来算去除了他别人拿不起来呀!"

"一份材料离开了一个人就没别人可以顶替,假如打仗缺了一个人这仗就不打了吗?加强机关能力素质建设,不能只停留在一般号召上,必须拿出具体方法步骤。"党委会上,李春华郑重提出了这个问题。部队党委为机关干部确立了"站起来能讲、坐下来能写、走下去能帮"的培训目标。其中有两条措施使大家很受震动:一是领导要多给能力素质弱的同志压担子,让他们在实践中锻炼提高,不能只用"顺手"的;二是把能力素质建设与个人的升迁走留相挂钩,经一定时期的培训,能力素质不达标者实行淘汰。如此一来,机关干部人人感到既有压力更有动力,掀起了自觉提高能力素质的热潮。

编辑感言

"旱涝不均",恐怕不是个别单位的现象,它有一定的普遍性。忙的人永远忙,闲的人永远闲,这在个别单位已成定式。究其原因固然很多,但很重要的一条与领导爱用"顺手"的人有关,越顺手越使唤,越不顺手越没事干。这不仅仅是领导图省心省事问题,还有个能力素质建设思路问题。顺手都是由不顺手开始的,不顺手的用多了自然也就顺手了。为了整体素质的全面提升,当领导的还是应该宁愿自己多费点心,多给不顺手的人在实践中增长才干的机会,眼睛不能总盯着一两个能人。"旱涝不均",永无生机。

(刊于2006年8月19日《解放军报》)

广州军区某军械仓库"燕子窝兵语"网页热——

畅所欲言聚兵心

"押运途中,我们在布满灰尘的厢板里,畅谈身边发展变化,感悟肩头使命……"深秋时节,广州军区某军械仓库战士徐鑫波执行任务归来,在局域网"燕子窝兵语"网页发表图文帖《士兵风采》,很快引起战友关注,大家纷纷点击浏览。

这个军械仓库驻守在湘南某山腹地,担负任务点多面广,驻守营区相对分散,官兵学习交流空间受限。

官兵的烦心事,成为仓库党委"一班人"的"目光聚焦点"。他们借助仓库网络建设硬件基础,整合资源,制作板块内容丰富的"燕子窝兵语"网页,方便官兵分享生活中的趣闻轶事、交流工作中的方法技巧、畅谈学习训练中的心得体会。

如今,"燕子窝兵语"网页不仅成为官兵学习休闲的好去处,还被大家用做思想政治教育的"集思地"。

前不久,仓库开展"赞颂科学发展成就、忠实履行历史使命"教育活动。政治处干事郭睿在"燕子窝兵语"网页发帖:"8月初,我的一个亲戚患重病住院,治疗费用高达十几万元,多亏了国家大病医保新政策,他才顺利渡过难关。祖国的发展,让老百姓有了依靠,生活越来越幸福。"

帖子刚发出,就被"顶置",大家争相参与,讲述身边的发展变化。

鲜活的事例,真实的故事,切身的感受,仿若一股股清泉,滋润着官兵爱党、信党、铁心跟党的信念茁壮成长。

(与张海亮、魏凯合作,刊于2012年10月30日《解放军报》)

"八大员"荣登精武榜

初秋时节,一场群众性岗位练兵比武在广州军区某部紧张进行。

谁也没想到,比武第一天,保管队中士炊事员陆全红就以5发50环的佳绩,夺得了自动步枪精度射击第一名。

一名炊事员如何取得如此佳绩?这要从去年演练中发生的一件事说起:去年底,该部队组织紧急出动演练。由于救护车突然"抛锚",两名参演的卫生员因为体力不支掉了队,成了俘虏。

演练复盘,"卫生员被俘"事件引起了该部队领导的重视:看似是两个卫生员体能素质不达标,实则是公勤人员平时训练与实战要求没有紧密相连。

该部举一反三,查找日常训练中薄弱环节。针对公勤人员体能基础差、实战意识薄弱等实际,该部队制定《岗位练兵实施细则》,为各级各类人员建立训练"电子档案",建立党委常委分片负责、各级主管跟踪督导问效的考评机制,对照新大纲要求对训练成绩不达标的个人和单位评功评奖不予考虑。

训练场上练兵忙,比武场上创佳绩。公勤人员训练有了紧迫感、危机感,训练热情空前高涨。据了解,在这场为期一周的群众性岗位练兵比武中,一批"八大员"荣登精武榜。

(刊于2012年9月16日《解放军报》)

不同年代的典型,都代表着其所属年代的特征
典型绝活的变化,见证着部队科学发展的足迹

三代标兵登台　喜说军营变迁

7月5日,广州军区某军械仓库的教育课堂上,这个仓库在不同时期涌现出来的3名先进典型走上讲台。

1993年入伍的退伍老兵胥永贵,当年曾是军事训练尖子,多次在上级组织的军事比武中捧回金牌,为此曾两次荣立三等功。回忆当年在训练场冲锋的情景,胥永贵仍豪情满怀:"那时候,部队体能训练强度很大,谁体能好,谁在连队说话就硬气。"

当年为啥对官兵体能如此看重?胥永贵介绍说,那时每年要执行上万套(件)枪械的收发任务,可仓库仅有一台小型搬运叉车,根本忙不过来,绝大部分收发作业只能靠大伙儿肩扛手抬。所以,扛沙袋跑步、原地举石头、单双杠等体能训练课目很流行,"米数、秒数、环数"成为当时评选先进的标准。

一阵笑声中,3年前才从该仓库转业的汪励维接过话茬:"到我们那个时候,就不光比体能了,更多的是比记性!"

2004年,汪励维任一连指导员,他带领连队参加军区组织的军事大比武,夺得"高炮封存保养"课目冠军。谈及那次比武,他很是感慨:"那几年军队机械化建设步伐明显加快,仓库收发了大量机械化新装备,如何把这些装备保管好,成为我们的头等大事。保养不再是传统的抹布除尘、通条清洗和日常巡查,还得适时进行动态评估,这就逼着我们掌握装备基本知识、技术特性,光学习装备保养的书堆起来就有一米多高!"

坐在这两位先进典型旁边的,是该仓库某保管队上士黄雁飞。他是广州军区"网络通信专业技术能手",牵头建起了仓库管理信息平台。这个平台拥有4个大系统、14个子系统,可以实时监控每个库房物资的账目和调度状态。轻点鼠标就能轻松进行保障作业,实现了业务处理网络化、综合监控数字化、保障资源可视化、基础数据标准化,使传统的后勤保障"物资流"变成了如今的"数据流"。

黄雁飞举起手中的一个小U盘,自豪地向战友们介绍:"过去,玩叉车是我的绝活。可如今,我的绝活全都在这个小家伙里……"

掌声中,3名先进典型的发言结束了,官兵却陷入了沉思。仓库主任曹平咏的一席话道出了大家的心声:"新老典型绝活的变化,传达出的是时代的进步,折射出的是科学发展观在军营开的花、结的果。从3名典型身上,我们看出了部队发展的足迹,坚定了对明天的信心!"

(与魏凯、张海亮合作,刊于2012年7月6日《战士报》、7月14日《解放军报》)

山沟军营里的不懈奋斗
——某仓库党委坚持用科学发展观推动全面建设纪实

驻守在山区的某仓库官兵以艰苦为伴、以寂寞为伍,在库党委的团结带领下,以一流的标准干事业,把偏远的山沟部队建成了标杆部队,营区面貌焕然一新,先后有28项工作受到总部、军区表彰,连续3年被军区联勤部、分部评为全面建设先进单位、先进党委;今年3月被军区评为"抗灾救灾先进单位"。

隆冬时节,笔者走进该仓库,追寻他们的奋斗历程。谈起这些年的经历,仓库主任彭国成、政委雷兴华深有感触地说,坚持以科学发展观为指导抓建设,是单位全面建设保持健康发展的可靠保证。

"精英"败北催生前瞻决策

3年前,发生在军事比武场上的一件事,至今让党委"一班人"记忆犹新:作战指挥室内,一台台电脑荧屏闪烁,一场以实战为背景的信息化条件下紧急收发演练正在进行。只见素有"一口清""一摸准"雅号的2名技术干部自信地走上擂台,谁知经过半小时鏖战,竟败给了操作"数字化库房管理系统"软件的战士保管员张练。昔日靠传统方式收发作业的"精英"败在了"无名小卒"手上。此事在官兵中产生强烈反响,也引起了党委"一班人"的深思。

仓库要不要搞信息化一时成为官兵议论的焦点。有的认为后方仓库信息化建设条件不具备,最好等一等;也有人觉得缺少现成经验,没有必要出这个头。守摊熬日,只会错失发展良机;登高望远,方能勇立变革潮头。搞信息化建设是提升仓库保障力的必由之路,有利于战斗力建设,我们应该迎难而上,主动作为。党委会上,彭主任说话掷地有声,赢得了大家的一致赞同。

谋求长远发展,培养人才是关键。基于这种理念,仓库制订了人才培养规划,设立人才培养专项基金,每年投入5万元用于官兵学习培训,鼓励官兵参加各类函授、自学,对学习成绩优秀、取得毕业证书的报销部分学费。在抓好送学深造、学历升级的同时,仓库投资二十多万元建成了集学习培训、信息网络于一体的学习室,添置了45台电脑,主动与国防科大等军地高校"联姻",与地方网络公司"结盟",定期举办军事科技、计算机操作、网络系统管理培训班,专门选派2名干部到地方院校就读信息化专业研究生,请专业人员对仓库官兵进行网络系统管理培训。目前,仓库干部人人会上网查阅资料,会操作监控系统,会与战士开展网上谈心。

让训练与未来战场接轨

10月下旬,军区检查组对这个仓库进行快速机动保障演练拉动,该仓库保障分队时而隐蔽疏散,时而快速开进,时而精确保障,出色完成野战仓库开设、物资快速收发、野战生存等多个课目演练,受到检查组的一致好评。

取得这样的成绩,得益于仓库党委抓军事训练的思路:未来战争怎么打,仓库保障就如何搞。为提高快速保障能力,仓库在抓好日常收发保障的同时,推出了一系列提高战时整体快速保障能力的举措,先后完成快速发出等6项课题演练,基本上形成了上下配套、平战结合的保障模式;运用条码技术对库存物资进行二次包装,使库存物资的等级标准、技术状态和构造性能等要素实现快速准确的识别,大大缩短物资识别收发时间;利用现代网络技术,建立起装备可视化远程协同维护、武器装备维护保养信息跟踪管理等5个系统,大大提高了库存物资的快速跟进保障能力。仓库还定期把部队拉到生疏地域,设置复杂环境,组织机动保障演练,从装载伪装到山地机动,从战术训练到抗敌干扰,逐个课目开展训练,在训练场解决战场上的问题,让官兵在近似实战的环境中摔打磨砺。

平时练就十八般武艺,战时就多一分胜算。仓库坚持把保障有力作为官兵岗位练兵的出发点和落脚点,从健全制度入手,制定了《仓库岗位练兵实施细则》,对各级各类人员需要参训的课目、时间和要求都做了明确规定,并对训练先进单位和个人给予重奖。全库官兵自觉叫响了"科技练精兵,一切为打赢"的口号,积极开展争当行业状元、训练尖子、技术能手和革新能手的群众性练兵活动。目前,全库98%的官兵达到上级规定的专业素质标准。

时刻把官兵冷暖放心上

山高路又陡,出门就爬坡的大山深处,惟一能消闲解闷的是白天闻鸟鸣,晚上听松涛。为此,仓库党委把创造拴心留人环境作为"兵心工程"来抓。

近年来,仓库党委按照科学规划、合理布局、全面统筹、打造精品的思路,先后投入1000多万元,新建了仓库大门、文化活动中心、体育馆、业务培训楼;改建了心理咨询室、医疗室等场所;维修了机关办公楼,更新了大型宣传画,新建了文化长廊,树起了宣传灯箱;建起了亭台楼榭,安装了灯光喷泉,四处种花养草,种植各类花木4000多株,铺植草皮1万多平方米。在营造拴心留人环境的同时,还注重开展形式多样的文化活动。每年拿出3万元作为文化活动专项经费,为官兵订阅了50多种报纸杂志,购买了先进的灯光音响设备和文化娱乐器材,引导官兵自编自演文艺节目,经常举办各种知识竞赛和文体活动,课余文化活动丰富多彩。战士们说,仓库就是山沟沟里的都市花园。

帮助官兵排忧解难,实现好、维护好官兵的根本利益,是领导份内之事,更是应尽之责。仓库还多方筹措经费对干部和士官公寓楼进行了装修改造,给每户安装了太阳能热水器。针对驻地长年雾多潮湿,投资2万多元,购置了4台烘干式自动洗衣机免费为官兵服务,解决了困扰多年的衣服换洗难问题。坚持每年从家底经费中拿出3万元补助家庭困难的官兵;积极协调地方有关部门,帮助官兵解决子女入学入托、随军家属就业、转业干部安置等难题。

真情关爱暖人心,履职尽责添动力。仓库领导的真情关怀,点燃了官兵爱岗敬业、争创一流的工作激情,他们安心本职,奋进开拓,仓库建设焕发出勃勃生机。

(刊于2008年12月24日《战士报》头版头条)

攥紧带兵管部队的"铁拳头"
——联勤某分部激发团以上领导干部工作动力纪事

Bian Zhe An

> 军委胡主席强调指出,各级领导机关和领导干部担负着领导部队建设的重大责任,在增强事业心责任感上必须以身作则,身体力行,以自身的模范行动影响和带动部队。近年来,联勤某分部党委着眼加强军队现代化建设和认真做好军事斗争准备需要,全面落实科学发展观,围绕建设信息化后勤、保障打赢信息化战争的目标,积极探索新形势下干部教育管理的新路子,不断增强干部事业心责任感,促进了分部全面建设。

抗洪抢险,他们在洪峰面前筑起了一道道"防洪大堤";参加军事演练,他们指挥若定,运筹帷幄,完成了一次次保障演练任务;参加岗位练兵比武,他们身先士卒,顽强拼搏,夺得了一枚枚金光闪闪的奖牌;抓部队教育管理,他们履职尽责,率先垂范,成为官兵心中一面面高高飘扬的旗帜……

他们,就是军区驻湘某分部富有朝气和活力的团以上领导干部,一支常年肩负着带兵管部队重任的中坚力量。

初冬时节,笔者置身该分部营区,采访了奋战在各条战线上的近百名团以上领导干部,深深被他们爱岗敬业、不辱使命、开拓进取、奋勇争先、淡泊名利、无私奉献的精神和事迹所感动。分部政委曾桂荣告诉笔者:今年来,分部有56项主要工作、32名先进个人受到军区和联勤部以上机关表彰,无不彰显了团以上领导干部的表率与风采。

"动力危机"引出的思考

这个分部团以上领导干部的工作动力问题,经历了一个由衰到盛、由弱到强的转变。

那是一段令人心悸的经历。前些年,由于受各种负面因素的影响,分部少数团以上领导干部事业心责任感减退,工作动力出现了危机,导致部队事故频发,"警报"不断。去年上半年,分部发生的4起车辆事故,都是因干部私自开车造成的,有的甚至是顶风违纪、擅闯"红灯",给分部建设带来了重大损失和负面影响……

笔者从分部一份《关于对团以上领导干部工作动力的调查与思考》中发现:一段时期内,这个分部少数团以上干部理想信念淡化,人生观价值观发生偏移;有的名利思想严重,对个人问题考虑过多;有的工作标准不高,抓工作满足于"守摊子""混日子";还有的工作精力不集中,忙于迎来送往、交往应酬……团以上领导干部事业心责任心的萎缩,致使部队管理出现松散,战士不假外出、违规上网、酗酒滋事等现象时有发生。

"动力危机"带来的冲击波,引起了分部党委"一班人"的高度警觉。为探明原因,分部7名常委率工作组分赴郴州、衡阳、株洲、长沙、武汉等片区,找团以上领导干部逐个谈话,认真解剖"麻雀",查找"病源"。半个月后,一份沉甸甸的调查报告,道出了团以上领导干部动力不足的主要根源:受社会大环境的影响,少数团职干部向往地方舒适生活,不能正确对待部队的"苦"与"累";有的感到当了团职干部,已是"船到码头车到站";有的片面认为成长进步靠关系,"干好干坏一个样";还有的由于家庭实际困难多,难以集中精力干事业。

兵熊熊一个,将熊熊一窝。分部党委深深感到,团以上领导干部是部队建设的中坚力量,是带兵管部队的"龙头"和"脊梁"。他们的工作动力如何,直接关系到部队建设的兴衰成败。为此,分部把解决团以上领导干部的动力问题,作为一项战略工程拉开了序幕。

固本强基挺"脊梁"

灯火通明,分部党委"一班人"夜不能寐。他们在苦苦思索着:如何帮助团以上领导干部强动力、明责任、履使命,真正扬起部队建设的风帆,挺起带兵管部队的"龙头"? 他们对症下药,走出了"四步棋"。

思想教育立支柱。去年来,分部围绕增强团以上领导干部动力问题,认真抓了坚定理想信念、保持党员先进性、使命党章荣辱观等5个专题教育,帮助大家校正人生价值取向,固牢重事业、轻名利、作奉献的思想基础。每次教育,要求团职领导干部全程参与,积极发言,自我"画像",认真整改。针对少数同志对个人得失、职务升迁考虑过多的问题,今年3月,分部结合20名新任团职领导干部履职,组织团以上领导干部围绕"当官为什么?为谁干事业"开展专题教育,引导大家牢记使命、知恩图报、履职尽责、忘我工作。为巩固教育成果,9月份,结合抓干部事业心责任感教育,又重点对团以上领导干部"人生观、价值观、权力观"问题进行"回头看",通过狠抓几个回合,使大家较好解决了精神状态和动力方向的问题。国庆期间,分部参加上级军事演习,25名团职干部主动放弃休假和外出旅游的机会,带领官兵全力投入到演习中,圆满完成了任务。

典型引路树标杆。分部采取召开典型事迹报告会、组织典型巡回演讲、给典型披红戴花等形式,先后培养宣传了12名团职干部典型,使每名典型都成为一面鲜艳的旗帜,激发了"团官"们立足本职干事业的"源动力"。某油料仓库主任彭乐丰,入伍25年挪了4个山沟部队。他始终围绕保障打赢履行新使命,走到哪就把红旗带到哪,先后担任两个单位主官,部队年年被上级评为先进。今年7月15日,驻地发生特大洪灾,为了保住洞库上千万吨油料安全,他奋不顾身冲进齐胸深的洪水中,带领官兵在洞库中搏斗了3天2夜,排除险情13起,用生命和忠诚捍卫了国防油库的安全。他的先进事迹,在团以上领导干部中产生了强烈反响。

批评整风治"顽症"。积极开展批评整风,着力解决团以上领导干部在工作动力上存在的主要问题,是分部坚持党管干部的重要举措。分部每季度对团以上领导干部存在的带倾向性问题搞好归类疏理,按照一个时期解决一个突出问题的方法,采取自己讲、群众议、领导点等形式,积极开展批评整风,对"问题个人"重点帮带,限期改正。同时,利用民主生活会,开展"照镜子""解扣子""拉袖子"活动,组织团职领导干部揭短亮丑,见人见事见思想。近年来,通过开展批评整风,较好解决了团以上领导干部玩心重、打牌带彩、私自开车、不假外出、作风漂浮等突出问题,使大家受到强烈警醒。

建章立制严管理。从严治官是催生干部事业心责任感的有效途径。分部通过严明制度、严格管理,强化团以上领导干部履职尽责的自觉性,先后修订完善《团以上领导干部教育管理措施》《党委班子成员行为规范》,对理论学习、作风纪律、社会交往、履职用权等作了明确规范。同时,邀请基层官兵担任监督员,设立举报箱和监督热线电话,建立了部队、社会、家庭"联管机制",定期与驻地政府及家属开展座谈交流,抓好团职干部"八小时外"管控,确保任何时候任何情况下思想不越轨、行为不失控。今年来,该分部团以上领导干部无一人受纪律处分,群众满意率达98%。

选准用好"铁拳头"

让有为的人有位,让干事的人吃香,这是分部选拔任用团以上领导干部的标准和导向。去年来,他们本着任人唯贤、优中选优的原则,先后提拔43名团职干部,群众普遍反映较好,成为一支重事业讲奉献、抓部队严管理的中坚力量。

过去,由于分部在选拔任用干部中存在迁就照顾现象,致使群众有怨气,挫伤了大家的积极性。分部党委感到,团以上领导干部是治军带兵的骨干,选准用好了可以造福一方，用不好就会危害部队建设。为此，他们坚持公道正派选人，严格落实干部推荐、考核、提名任用责任制，把民主推荐、民主评议、民主测评作为必经环节，扩大群众的知情权、参与权、选择权和监督权，使新提拔的团职干部过得硬，上级满意，群众服气。

看资历不唯资历，讲台阶不抠台阶，重德才不求全责备。为选准用好"铁拳头"，分部建立健全团以上领导干部任用奖惩机制，把工作实绩、现实表现与提拔使用挂钩，营造了"凭实绩进步、靠素质立身"的良好氛围。对自身要求不严、工作能力不强、群众反映不好的团职干部，及时诫勉谈话、岗位调整；对德才兼备、政绩突出、群众公认的团职干部，敢于大胆提拔、委以重任。分部战勤科科长肖志贤，业务精、素质好、责任心强，多次组织重大军事演习和岗位练兵比武，次次出色完成任务。今年3月，分部党委将他提拔到某军械仓库担任主任，10月底，又破格将他提拔为分部副参谋长。对作风不实、交往应酬频繁、群众反映不好的2名团职干部，分部公开点名批评，并对其中1人作出调离领导岗位、改任非领导职务的处理。此外，分部还采取推荐使用、交叉任职、改高工、调老干所、推荐到省军区任职等途径，想方设法拓宽任用渠道，解决优秀团职干部的职级待遇问题，营造了良好的用人环境。

抓好在职培训，努力提高现代军政科技素质，是分部激发团职干部工作动力的重要举措。每年，分部在狠抓新任团职干部岗前培训和业务对口培训外，还积极依托军队和地方高等教育资源，选送优秀团职干部进院校深造，支持和鼓励团职干部参加本专业的函授学习、自学考试和研究生课程班，引导大家增强学习的"含金量"和"含军量"。近年来，分部瞄准未来战场超前培养人才，先后选送21名团以上领导干部到院校培训，8名攻读研究生，为分部的长远发展储备了骨干。

"拳头"砺得硬，部队事业兴。分部所属163医院原来基础设施薄弱，全面建设一度处于"低谷"。近年来，医院领导着眼一流谋发展，立足使命搞建设，医院全面建设迅速摆脱被动跃上快速发展轨道，医院先后被评为"全国百姓放心示范医院""军区医院建设先进单位"。某综合仓库、某油料训练大队等80%的团级单位步入了分部全面建设先进单位行列。

真情关爱促动力

"分部领导对我们团职干部的个人成长、家属就业、子女上学、转业安置等，可以说倾注了一腔真情，我们还有什么理由不把工作干好？！"采访中，许多团职领导干部谈起分部党委的关爱，心里就洋溢着感激和责任。

近年来，分部党委坚持把为团职领导干部排忧解难，营造干事创业的良好环境，作为激发其工作动力的"暖心工程"来抓。分部坚持每年对团以上领导干部个人和家庭困难进行一次调查统计、登记造册，指定政治部门逐个逐项解决。为每名团以上领导干部建立了健康档案，每年组织一次集中体检；设立医疗专项经费，分批次组织优秀团职干部到风景名胜区休假疗养；每逢团职干部住院，分部领导主动打电话慰问或前往看望；团职干部到分部机关出差，分部领导都要热情陪他们吃一顿饭；分部还设立了特殊困难基金，对边远地区的团职干部给予相应的生活补贴。某油料仓库政委彭再强，妻子长期卧床不起，儿子又得了慢性肾炎，家庭经济十分拮据。当分部党委每年给他发放困难补助时，他激动地说："钱虽不多，却体现了组织的真情关怀，我唯有努力工作才能报答组织！"

安居才能乐业。分部党委根据现行的住房政策规定，积极抓好团以上领导干部的经济适用房建设，实施"安居工程"。目前，分部分别在部队比较集中的长沙、株洲、衡阳、武汉等大中城市建起了经济适用房，使团以上领导干部均有1套属于自己的房子，较好地解决了住房难题。

小孩上学、家属就业、转业安置，堪称团职领导干部最"关心"的问题，也是分部党委心中的牵挂。近年来，分部7名常委按照责任分工，积极与地方党政领导协调，不知跑了多少路、说了多少好话，先后为16名团职干部小孩联系上学，为28名团职干部家属安排就业，帮助52名团职转业干部找到满意的工作。去年9月，原某军械仓库政委彭晓林转业后，想安置进郴州市民政局工作，可苦于没有门路，一直为安置问题忧心忡忡。得知情况后，分部主要首长亲自出面，先后3次找郴州市党政军领导推荐，最终使他如愿以偿，还担任了民政局副局长职务。提起这件事，彭晓林对分部领导的关爱充满了感激之情。

真情关爱暖人心，履职尽责添动力。分部党委的真情关怀，点燃了团职领导干部爱岗敬业、争创一流的工作激情。目前，尽管分部条件比较艰苦，多数单位驻在山沟，但广大团职领导干部带头安心本职，部队建设焕发出勃勃生机。

（与吴剑辉、李海斌合作，刊于2006年11月24日《战士报》头版头条）

军中红十字　真情满三湘
——163医院全心全意为群众服务纪实

编者按 *Bian Zhe An*

拥政爱民是我党我军的优良传统。军区部队无论战争年代还是和平时期，始终把继承和发扬这一优良传统作为思想政治工作的重要环节，在支援地方建设、抢险救灾、为民服务活动中，谱写了一曲曲全心全意为人民服务的鱼水新歌。这里刊登的163医院官兵视群众为亲人，把党的温暖送到千家万户的事迹，就是一个缩影。新春佳节即将来临，各部队一定要进一步发扬拥政爱民传统，为加强新时期军政军民团结作出新的贡献。

"干革命、打土匪,老区人民是靠山;地域偏、收入少,老区人民跟不上,看病就医有点难,人民军医不能忘……"去年12月初的一天,地处湘江河畔的163医院为民医疗小分队在院长樊光辉、政委李春华的带领下,唱着自编的歌谣,翻过一座座山,拐过一道道弯,再次向浏阳革命老区进发,对一年前出院的吴文根等3名患者进行回访,并广泛开展巡诊活动。该院医护人员视人民群众为亲人,把党的温暖送到千家万户,用真情挚爱谱写了一曲全心全意为民服务的鱼水新歌。

树起军队医院真心为民的形象

2004年6月4日,对163医院官兵来说,是一个让官兵们难忘的日子。

这天下午,军区杨德清政委在百忙之中视察医院。首长在门诊大楼前下了车,一边看一边向陪同的院领导仔细询问医院建设情况。在神经外科病房,杨政委看到一位患脑肿瘤的农村小患者,将军停住了脚步。这个小孩叫吴文根,年仅11岁,来自浏阳革命老区,患的是脑部顶叶星形细胞瘤,由于病情特殊,好几家地方医院在未查明病因的情况下,给小吴下了死亡通知书,抱着最后一丝希望,小吴住进了163医院。历经4个多小时的手术,医护人员终于把小吴从死亡线上拉了回来。杨政委详细询问了小文根的病情,还与他拉起了家常,鼓励他病愈后抓紧时间补习功课,将来成为社会的有用之才。

和小患者告别时,杨政委动情地对陪同的院领导说,农村特别是革命老区经济条件还不够好,有的乡亲为治病倾家荡产,生活很不容易。医院在保障部队官兵健康的同时,还要想方设法为民解除病痛,搞好跟踪随访,让病人早日康复。杨政委离开医院时还强调,和平年代,一定要把军队医院建成为民服务的窗口,真正树立起人民军队爱人民这面旗帜。

医院党委牢记首长嘱托,下大力建设好为民服务的窗口。2004年7月13日,医院回访小分队经过两个多小时的山路跋涉,对家住浏阳市达浒镇的吴文根进行回访。神经外科主任王连元、肿瘤科主任周光华对他的身体作了仔细检查,配发了常备药品,交待注意事项。院领导将书包、《汉语大词典》《英汉大词典》等学习用品和1000元助学金赠送给了他,鼓励小文根好好学习。吴文根全家非常感动,没想到自己的孩子离开医院了,军队医护人员还在关怀着,这让他们终身难忘。

让特困群众看得起病住得起院

院领导带医疗队在山区巡诊时了解到,一些村民因为贫困看不起病,有的甚至因延误诊断而失去生命。这引起了院党委"一班人"的深思:作为军队医院,要树起人民军队爱人民的大旗,要让特困群众看得起病住得起院。很快,医院出台《为民优质服务细则》等制度,向社会作出了"医疗质量升上去,医疗费用降下来"的承诺,规定了"四项免费"措施:即双休日门诊挂号免费;开设"扶贫病房",对贫困患者免除护理费、床位费、检查费等,对特困患者根据情况实行部分免费或全免费;手术复诊免费;健康教育听课免费等。同时畅通为民就医"绿色通道",定期对患者跟踪随访,真正把以病人为中心落到实处。

去年8月,地方患者杨克泉的脸和右手等处被猎枪击伤,伤处残留猎枪散弹30余颗,在长沙某大医院住院半个多月,先后3次手术,花费4000余元,仅取出散弹5颗。如再取则须交15000元住院费,无奈之下,他想到了亲人解放军。在转入163医院当天下午,急诊科蒋瑞山主任亲自主刀,在透视下历时4个多小时,取出全部散弹27颗,病人直到伤口愈合也仅收费600余元。患者的父亲看到蒋主任等医护人员接受了4个多小时的放射线照射,很是过意不去,想请客吃饭,送个红包,被婉言谢绝。老人跪在蒋主任面前泪流满面:"解放军是我们的恩人哪!"

蓝山县土市乡高家村学生高仁芳因一场火灾,全身烧伤面积达75%。虽然经过抢救脱离了生命危险,但身体多个器官功能丧失:头发全没了,下巴和脖子连在了一起,眼睛和嘴巴都无法闭合,手指、脚趾挛缩成一整块,身体无法正常排泄……父亲高阳志带着小芳来到长沙,辗转于各医院,被告知小芳的整形手术费用在10万元以上。此时高家已负债累累,父女俩欲哭无泪。163医院得知小芳的遭遇后,主动将小芳接到医院,进行全面会诊,拟定了包括10余次手术、费用达10余万元的治疗方案。考虑到高的特殊困难,医院决定全部免除小芳的治疗费用。6个多月时间里,小芳接受了下巴、眼部、膝关节、面部、头部等部位12次整形手术,实现了生活基本自理的目标。出院那天,高阳志夫妇亲手做了一面"军民鱼水情情深意浓,爱心救烧伤恩重如山"的锦旗送给医院,表达对医护人员的感激之情。

像这样尽最大努力为特困群众排忧解难的事,在163医院不胜枚举。记者在该院政治处10余本捐款捐物名单簿上看到,全院医护人员每年为特困患者捐款不下2万元,捐物上百件;许多医护人员还主动为贫困患者送汤送药。医院领导和全体医护人员用自己的实际行动,树起了为民爱民的良好形象,受到社会各界赞誉。

在贫困山区留下不走的医疗队

一次,医院李春华政委带领医疗队到湘西贫困山寨进行病情回访,路过当地一家卫生所时,他们进去察看了一番。眼前的一切让他们心里沉重起来:里面只有一张看病用的办公桌和药柜上稀稀拉拉摆放的几瓶药,一件像样的医疗器材也没有。李政委在医院党委会上感慨地说:"医疗爱民,单纯在为病号减免医疗费,提高服务质量上做文章还远远不够,要把医疗队留在山区,用实际行动帮助群众解决看病难的问题。"

医院在经费紧张的情况下,拿出200多万元,购买了X光机、B超、心电图检验仪、手术台等设备,用于为山区群众服务。前不久,院领导还亲自带领专家、教授和医护人员31人,奔赴浏阳山区为患者诊疗疾病。一大早,在镇政府临时搭起的义诊台前就已经聚集了数千群众。大家说,得知163医院医疗队来义诊的消息,他们就自发从四面八方赶来了。近年来,163医院为贫困山区群众看病治病1.2万余人次,发放上万份卫生科普知识宣传单,救治危重病号数十人,还为各县区人民医院举办了30余场(次)医疗技术知识专题讲座。

为了让群众不出远门就能享受到较好的医疗服务,医院近年来先后投资40多万元为条件简陋的卫生院(所)改善医疗设备,无偿提供10多万元药品,并定点挂钩免费为贫困地区乡镇卫生院(所)技术人员培训,一批优秀的"赤脚医生"遍布三湘四水。湘西山区的"赤脚医生"刘小金在163医院进修后医技大有长进,回到家乡行医深得苗胞信赖,群众赞誉他是"大山里的华佗"。

(与李海斌、李虔合作,刊于2006年1月6日《战士报》头版头条、《政治指导员》第3期、2月13日《家庭导报》)

拉紧纤绳争上游
——163医院党委"一班人"抓部队全面建设纪实

近年来,163医院党委坚持贯彻科学发展观,以强烈的责任意识和使命意识,着眼提高卫勤保障能力,扎扎实实打基础,聚精会神谋发展,激活了医院全面建设的"一池春水":对外医疗收入增长率连续3年在40%以上,医疗设备总值由3年前的3000万元增长到超亿元,先后荣获"全国百姓放心示范医院""全面建设先进单位""先进党委",并荣立集体三等功。

不久前,军区领导在视察该医院工作后给予了这样评价:医院党委班子是个学习型、团结型的班子,是个干事业、谋发展的班子。

学习不是"软指标",而是创新发展的"金钥匙"——
学深悟透正航向

新一届党委班子成立之初,摆在"一班人"面前的是一个不容乐观的摊子:官兵住的是破瓦房,喝的是泥沙水,走的是泥巴路,医疗设备陈旧,病房条件简陋,成了都市里的"乡村医院"。

医院发展滞后导致的尴尬深深刺痛着党委"一班人"的心。如何走出困境?对此,有人流露出畏难情绪,认为长沙医院强者如林,仅"二甲"以上就有23家。而军队医院资金严重不足,发展难有作为。是守摊子还是求作为?医院党委"一班人"认真学习"三个代表"重要思想和胡主席关于科学发展观的重要论述,一致认为:医院既面临着严峻的挑战,同时也面临着难得的发展机遇,关键在于更新发展理念。守摊熬日,只能淘汰出局;创新发展,方能不辱使命。院长樊光辉带领机关干部和科室主任,到军内外8所大学和医院参观学习,横向对比找不足,并大刀阔斧进行改革:实行成本核算,堵塞浪费渠道,降低运营成本;采取"借船出海"战略,合资引进先进仪器;美化亮化营区,改善就诊环境;科主任、老专家门诊坐堂,提高诊断准确率;公布监督回访热线,加强对医德医风的监督;实行"首问首诊负责制",对患者实行"星级"服务;开展科研攻关,用新技术吸引更多患者……一项项新举措出台,医院迅速与长沙大中医院接轨,不仅避免了淘汰出局,而且在医疗市场上切下新的"蛋糕"。随后,他们还结合实际,出台《医院建设十年发展规划》,确立了2010年"进入湖南前三强,创建全军一流中心医院"的建设目标。

随着新军事变革的发展,信息化条件下的卫勤保障模式成为探索的紧迫课题,医院党委形成共识:学习不是"软指标",而是创新发展的"金钥匙"。保障打赢强素质,自己必须是领路人。他们根据履行岗位职责所需的知识结构和能力要求,进一步规范了中心组学习、集中辅导、个人自学、学习考评等学习制度和激励机制。8名常委自觉把学理论作为一种责任。无论工作多忙、任务多重,几十个专题的理论学习,党委成员一个也没落下,人人撰写了20余万字的心得体会。针对科室党支部建设普遍质量不高、制度不落实、作用不明显的问题,李春华政委深入调研,并就加强科室支部建设采取了一系列举措:合并党员人数少、工作性质相近的科室支部;定期培训科室支部成员,提高管党务政的能力;统一全院的党日活动时间,并加强检查指导等。医院党委"一班人"带着问题思考,联系实际钻研,在学习中长才干、求创新、谋发展,提高了领导部队建设的能力。

人才缺失曾是制约医院发展的瓶颈。为此,医院党委"一班人"牢固树立"人才是第一资源"的观念,制定了《人才建设发展规划》,实施"名医工程",设立人才培养基金,按照"长计划、短安排、分层次、多渠道"的思路,加大在职培训、送学深造、多方引进的力度,并积极创新条件,用政策留人、事业留人、感情留人、环境留人,先后为高学历人才解决住房20套,办理家属随军16人。这些举措的出台,使一批年轻专家脱颖而出,仅博士、硕士由过去的5名增加到现在的48名。

==一根竹篙难渡海,众人划桨开大船==

广开言路聚人心

团结出战斗力。医院党委"一班人"坚持把团结共事作为加强党委班子建设的核心问题来抓,用主官的团结带动班子的团结,用班子的团结带动部队的团结。

为增强班子的凝聚力和战斗力,他们组织党委成员深入学习贯彻上级党委的有关规定,修订完善了《党委常委议事规则》《加强医院党委班子建设措施》。班子成员在工作和生活中做到经常沟通,坦诚相待,对任何问题做到不隐瞒自己的观点。2004年2月,在酝酿干部调整配备时,考虑到勤务连连长上任两年多了,表现和成绩均突出,从激励干部的角度出发,樊院长建议将该同志调整到院务处任职。然而,李政委有自己的想法。连队原来基础较差,这两年才有了进步,正呈向上发展势头,如果此时将连长调离岗位,加之该连指导员任职时间不长,可能会引起单位建设滑坡,因此主张连长继续留任。经过思考,樊院长觉得李政委的想法更有利于部队建设,于是很高兴地赞成李政委的意见。他俩在共同的事业追求中建立了深厚的友谊,谁的意见正确就采纳谁的意见,从不争你高我低。为克服常委议事的随意性、盲目性,防止和避免决策失误,他们坚持做到"五个不上会",即:临时动议的议题不上会、正副书记没有交心通气的问题不上会、属于首长办公会解决的问题不上会、常委成员没有充分酝酿的问题不上会、常委成员不足三分之二的不上会。去年,医院经济适用房设计方案是官兵职工最关心的敏感问题,樊院长、李政委没有擅自拍板定案,而是拓宽民主渠道,先后4次召集科室主任、护士长、职工开会,向全院张榜公布5种设计方案,广泛征求大家意见,不到半个月,经济适用房设计方案敲定出台,官兵职工人人满意、个个高兴。近3年来,医院30多项重大决策无一失误和造成浪费。前不久,军务、财务、医疗等3个上级业务部门不打招呼到该院检查,结果令人满意。对党委班子的民意测评,官兵满意率达99%。

胸怀使命方能上不愧党,下不愧兵——

心系打赢保健康

去年8月,上级在该医院组织了一次以实战为背景的卫勤保障演练,4名医务人员在转移两名"伤员"时,因体力不支,晕倒在抢救的路上。一石激起千层浪。大家对此议论纷纷,有的认为现在是和平年代,医院应把主要心思放在创收上,军事训练差一点没关系;有的认为医院姓军为兵,没有必要收治地方病号追求经济效益。问题出现后,引起了党委"一班人"的反思:我们的最高目标是保障明天的战争,服务"市场"是为了更好地保障"战场"。如果淡忘姓军为兵的使命而片面追求经济效益,那是最大的失职。党委会上,李政委的话掷地有声:"作为军队医院,衡量工作成绩不能光看创造了多少经济效益,更主要的是看能否做好战时卫勤保障。如果淡忘了姓军为兵的使命,那我们就失败了。"经过激烈思想交锋后,"一班人"最终达成共识:宁可少创收,也要确保打得赢。

基于这种认识,他们把医务人员逼上体能训练的"前台"。分管医疗训练的副院长彭世喜亲自制定了《医务人员体能训练细则》,对医务人员每次参加体能训练的课目、时间都做了明确规定,并将"背伤员""登山"等趣味性的健身活动穿插其中,有效地提高了医务人员的体能素质。

针对信息技术条件下一体化作战机动性强、作战距离大、伤员多为复合伤的特点,彭副院长还大胆改革,抽调精兵强将成立卫勤应急保障分队,变"先后送,再救护"的传统卫勤模式为车载机动、跟踪保障、战地手术的保障路子,即战场开设到哪,救护跟随到哪,实现了全程伴随卫勤保障。同时,他们还积极组织卫勤应急保障分队参加各类军事演练,跟随部队练救护,成功地开展了野战条件下的全麻手术,真正做到一声令下,拉得出,展得开,救得下。同时,紧盯未来战场,先后砍掉了与战场救护联系不紧的科研项目40余项,组织医护人员围绕战伤中的创伤、烧伤、四肢修复及功能重建、皮肤病等方面攻关。迄今,医院先后完成了科研攻关近200项,其中5项获国家级科研成果奖,78项获军队科技进步奖。

使实招,用实劲,动真格,凭着一股"谋求军事斗争卫勤准备大作为"的强烈意识,医院卫勤保障能力有了明显提高。去年在上级组织的岗位练兵大比武中获得团体、个人6个课目的冠军。

金杯银杯,不如群众的口碑——
严格自律树形象

"常思肩上担子的分量,常想党和人民的重托,常怀基层官兵的疾苦。"医院8名常委中,樊院长、李政委、彭副院长任现职都超过4年了,在别人看来该考虑个人进步问题了,但他们从不计较个人得失,一心扑在工作上,不怕事,不躲事,敢抓敢管难管的事,党委像磁铁一样深深吸引着部队。

使用干部是一个敏感问题。近年来,医院先后提拔了35名科主任、护士长,全部都是按照"三个民主"要求公开选拔的,没有一例是"暗箱操作"。在士官选改、干部送学、经费使用等热点敏感问题上,医院党委讲原则,严格按程序办事,让基层官兵全程参与监督。基层官兵说:我们对党委的决定服气,这些决定都是我们投过票、举过手的!

医院党委"一班人"常说,领导干部不能搞特殊化,搞一次特殊,就会降低一分威信;破一次规矩,就会留下一个污点;谋一次私利,就会失去一片人心。去年初,医院文化活动中心准备翻新改造。分管后勤的副院长李伦华一个搞工程施工的表弟得知消息后,特地从280公里远的老家赶到医院,想请表哥帮忙把此项工程交给他做。面对表弟的苦苦哀求,妻子不忍心看下去,晚上"吹风"想让丈夫帮这个忙。李副院长诚恳地说:"这个忙我不能帮。如果搞以权谋私,我内心难安,官兵也会戳我的脊梁骨!"医院这几年大大小小的工程3000多万元,各项建设项目确定后,地方不少商家通过各种渠道和医院领导套近乎,拉关系,在这种情况下,如何面对伸手既得的利益诱惑?医院党委"一班人"认识统一:面对利诱不伸手,对上对下不愧疚。去年4月,医院要为军区从严治军现场会提供观摩现场,确定了环湖文化墙工程、污水处理站、伤病员食堂等8大工程,驻地几家建筑企业老板闻讯,立即登门拜访请求关照,并许诺事成之后必定重谢。面对丰厚的物质和金钱诱惑,医院党委成员一律唱黑脸，始终不为所动，最终他们通过招标，选定了3家信誉好、要价低的施工单位。

　　违心的钱再多不拿，违规的事再小不做。这是医院党委"一班人"的共识。从日常办公和生活开销到大项经费开支，医院党委都始终坚持做到"阳光作业"，实行账目公开，接受官兵监督，医院党委以廉洁自律的良好形象，赢得了官兵赞誉。医院连续两年被分部评为"全面建设标兵单位""先进党委"，院长、政委被军区联勤部评为"一对好搭档"。官兵们说：有这样清正廉洁的好班子，事业哪有不兴旺发达的。

（刊于2006年10月11日《战士报》头版头条）

新起点上绘蓝图
——163医院用科学发展观指导医院全面建设纪实

　　163医院着眼提高军事斗争准备卫勤保障能力，扎扎实实打基础，聚精会神谋发展，全面建设驶入了"快车道"：对外医疗收入增长率连续3年超40%，医疗设备总值由3年前的3000万元增长到近亿元，博士、硕士由过去的5名增加到48名，先后荣获"全国百姓放心示范医院""全军老干部保健工作先进单位"、军区联勤部"人才建设先进单位""全面建设先进单位"。3月下旬，军区党委给该院记了集体三等功；院长樊光辉、政委李春华双双荣立三等功。

　　数字昭示着医院的发展变化，荣誉见证着今日的辉煌。医院政委李春华深有感触地说："只有坚持用科学发展观指导工作实践，大胆迈开改革创新的步伐，医院建设才能不断跃上新台阶。"

是守好摊子还是放眼长远——
把握机遇攀新高　谋求更大发展

　　位于长沙市北郊的163医院，美丽的浏阳河从院门前流过，院内有山有水，美不胜收，真是个疗养的好地方。经过这些年的努力，医院基本实现了人才建设、医疗设备、经济效益的跨越式发展。面对医院的好环境好条件，一些同志陶醉了。有的认为，医院能发展到今天，已经相当不错了，守好摊子过点好日子算了；也有的认为，作为省会城市的长沙，医院云集，强者如林，军队医院已是在夹缝中求生存，要再发展谈何容易。

　　是满足于现状守摊子，还是奋发图强谋求新发展？院党委一时陷入了迷惘之中。2004年6月,军区杨德清政委视察医院,对医院全面建设给予了充分肯定,并根据医院实际情况,作出了163医院"争创湖南医院前三强"的重要指示。首长刚离开医院,院党委"一班人"深入学习领会军区杨政委的重要指示精神,认真领会科学发展观的深刻内涵,开展座谈讨论,很快达成共识:医院发展面临挑战,同时也面临机遇,只要坚持科学发展观谋划医院发展,再大的困难我们也有信心克服。"搭一届班子,负几茬责任。小进则满,就会错失良机;放眼长远,方能勇立潮头。"院长樊光辉说出了大家的心声。

随后,樊院长、李政委带领机关的同志和科室主任,到军内外8所大学和医院参观学习,横向对比找不足……很快,《医院建设十年发展规划》出台,确立了2010年"进入湖南前三强,创全军一流中心医院"的奋斗目标,并拿出了具体举措。

——内引外联激活人才。人才是兴院之本,培养和造就大批高素质卫勤人才,是提高医院卫勤保障能力的根本大计。基于这一认识,医院党委启动"三个一百万"工程:分别拿出100万元奖励科研成果、引进人才和加强学科建设。医院成立了人才资源领导小组,通过内部培养、公开选拔、送出进修、多方引进、重奖人才等办法,大幅度改善人才结构;对优秀人才在晋职晋级、立功受奖、科研经费、住房分配等方面,给予政策倾斜,创造拴心留人环境。

——"借鸡生蛋"更新设备。设备是医院发展的前提和基础。"不求所有,但求所用",这是医院为更新设备确立的一个宗旨。他们采取与有实力的企业、公司等实体合作合资的方式,抓好医院设备设施建设,做到"引进一套设备,带动一个学科,培养一批人才,确立一个优势",初步实现医学诊疗信息化、医学图书电子化、远程会诊现代化,构建设备先进、设施配套、功能完备,与医院规模发展相适应的信息化平台,为医院持续快速发展提供硬件支撑。

——创新技术勇攀新高。技术创新是医院发展的源泉和动力。医院按照"技术上有优势、学科上有特色、品牌上有名气"的目标,大力建设优势学科和特色项目。他们瞄准未来战场搞科研,开展新业务、新技术攻关,打造品牌、特色和拳头项目,推出一批名家、名医、名刀,继续保持好微创手术、颅脑战伤、烧伤整形、嗅鞘细胞移植等技术专科特色。同时采取有效措施完善整体护理,提高医院整体护理的能力和水平。

是着眼战场还是服务市场——

高质量服务军民　注重协调发展

军队医院到底该为谁服务?这在医院曾有过激烈的争论。有的同志认为,姓军为兵是军队医院的宗旨,地方的病号可收可不收;也有不少人认为,军队医院代表军队形象,要全心全意为人民服务,和平时期更是如此。于是,在收治病号过程中,这两种思想都有了一定"市场",军队和地方病号都有不同程度的反映。问题出现后,医院党委"一班人"进行了深层思考:我们的最高目标是保障明天的战争,服务市场也是为了将来更好地保障战场。不能因为强调为兵服务就忽略了为民服务，二者犹如车之双轮，缺一不可，协调发展才是根本。

于是，一场军队宗旨教育在全院拉开：举办"适应市场谋发展，加快发展保打赢"专题讲座，由医院李政委为官兵授课；开展学习"雪域神医"李素芝的系列活动，宣扬护理部主任刘跃晖、神经外科主任王连元等为患者服务的10名先进典型，充分发挥榜样的示范作用。在提高官兵思想认识的基础上，医院对全体医护人员开展了文明礼仪和护士职业礼仪培训，转变大家的服务观念，提高服务水平。医院建立健全医德医风监督机制，聘请医德医风监督员，制作医务人员胸牌和医疗行为公示牌，公布监督举报电话，与各科室签订了《医德医风建设承诺书》。同时，医院还定期召开医患关系座谈会，不定期对患者进行问卷调查，征求意见建议。针对群众"看病难、看病贵"的问题，医院向社会作出"医疗质量升上去，医疗费用降下来"的承诺，并出台"四项免费"措施：即双休日门诊挂号免费；开设"扶贫病房"，贫困家庭适情减免费用；手术回访复诊免费；健康教育听课免费。经过教育整顿，医护人员为民服务的意识增强了。门诊部定期组织医疗队深入体系部队和革命老区巡诊，受到广大军民好评。去年底的一项调查结果显示，医院医疗质量信任度、服务满意率均在98%以上。

在为兵服务上，医院出台了一系列措施，如开通军人诊疗"绿色通道"、开设军人病房、设立军队危重病号救治补贴基金、定期派医疗队到体系部队巡诊等。只要是军队患者医疗所需，医院都尽最大努力满足，每年补贴军队病号医疗费用数百万元。此外，医院坚持平战结合，投资500多万元成立长沙地区交通创伤救治中心，把其作为岗位练兵和为民服务的平台；出台《应急卫勤保障方案》《各级卫勤保障人员职责》等制度，刻意按战时卫勤保障标准在为民服务中摔打磨炼医务人员，真正做到一声令下，拉得出，展得开，救得下。去年6月，地方一辆双层大巴在107国道长沙段翻入10多米深的山涧，创伤急救中心火速组织人员救治，连续奋战19个多小时，完成大小手术48台，12名肝胆颅脑破裂的危重伤员全部脱险，救治成功率100%，被驻地群众誉为"生命保护神"。

要单项冒尖还是重整体过硬——

高标准固强补弱　坚持全面发展

前几年，这个医院曾发生4名住院战士私自外出结伙抢劫案件。医院建设一度步入"一边出经验一边出问题"的怪圈。党委"一班人"在制定整改措施时，有人提出"一俊遮百丑"，强调要使医院建设尽快走出被动局面，应加大对外创收力度，让医院的"亮点"更靓。院长樊光辉、政委李春华不约而同提出反对意见。他们认为，科学发展必须是全面发展，基层建设是一项系统工程，必须谋求整体结构优化，一味追求单项冒尖，一手硬一手软，忽略整体建设，只能是"按下葫芦浮起瓢"，医院建设不可能有大的突破。院党委很快形成了均衡发展、整体推进的工作思路。

既重医疗质量又重行政管理。针对医院行政管理薄弱的问题，党委"一班人"以总结教训为契机，举一反三查不足，细化了《干部管理规定》《车辆管理规定》《军队伤病员住院管理细则》等12项措施，完善了一整套管理模式："小"的放大管，"远"的拉近管，"散"的集中管，明确各级各类人员职责。专门设立军人病区，将非传染性、非卧床等病情较轻的部队住院伤病员集中到一个科室，进行统一管理和治疗。开发了军队伤病员管理软件，对伤病员表现和医护人员的服务情况实行全面监控，很快使医院管理步入正规化轨道。去年7月，军区从严治军现场观摩会在医院召开，医院管理受到军区首长好评。

既强机关素质又强支部能力。医院制定机关干部培训计划，做到缺什么补什么，哪项弱补哪项，从文电拟制、调查研究到检查指导等，帮助机关干部明确工作思路，提高解决问题的能力，增强"一线指挥部"的工作活力。同时，针对科室党支部政治意识淡化、党务工作行政化、党管干部弱化等问题，采取短期培训、以会代训、跟踪帮带等措施，全面提高支部成员开展党务工作的能力，充分发挥战斗堡垒作用。

既抓美化环境又抓文化熏陶。环境出凝聚力，文化出战斗力。为彻底改变营区旧貌，他们采取"向上级申请一点、自己投入一点、找地方支持一点"等办法，筹资1000多万元，新建了综合楼、食堂、污水处理站，美化亮化营区；同时修建了功能齐全的文化活动中心，建起了文化长廊、文化墙、英模灯箱，做到让绿色永驻、让墙壁说话、让官兵生活在浓郁的文化氛围中，在潜移默化中陶冶官兵情操。如今，医院每一片都有景点，每一个景点都赋予诗情画意。"人在院中走，如在画中游"，和谐优美的营区环境，让人感觉不是到了医院而是误入了公园。

既突出品牌特色又扶持普通科室。院党委认为，要提高整体保障力，既要"指头粗"又要"拳头硬"，做到特色科室与普通科室统筹兼顾，整体发展。他们既对肿瘤科、神经外科等特色科室重点扶持，又对发展缓慢的科室全面帮带。鼾症治疗中心成立初，由于基础较差，收容、技术、收入等多项指标在全院垫底。去年帮助引进等离子刀等一批高新设备后，中心很快发展，迅速跨入医院中上游。医院在固强补弱中推动了全面建设再上新台阶。

"屹立在美丽的浏阳河畔，沐浴着新世纪的阳光，担负着救死扶伤的神圣使命……"如今，全院官兵正高唱着院歌，在院党委的带领下，以科学发展观为指导，团结进取，创造着新的辉煌！

(刊于2006年4月21日《战士报》头版头条)

用忠诚铸就钢铁运输线
——联勤某分部汽车营抗灾救灾的事迹

1月中旬以来,联勤某分部汽车营官兵紧急出征,战冰斗雪,历经一次次艰苦跋涉,将各种保障物资源源不断地运送到救灾重建前线。据统计,该营先后出动车约800多台次,运送物资1800余吨,安全行车16万余公里,出色完成了保障任务。湖南省委书记张春贤称赞他们"浇铸了一条风雪挡不住、冰冻隔不断的钢铁运输线"。

驰骋万里摆战场

风雪骤,灾情急。衡阳地区电网遭到严重破坏,急需抢运电线、光缆、电杆等电力设施,确保春节期间居民用电。面对被冰雪封锁多日的道路,地方司机谁都不敢出车。关键时刻,地方政府想到了98'抗洪立下赫赫功勋的这支英雄部队。

人民的需要就是号令。该营迅速成立由营长罗先国任队长、25名技术好、能力强、经验丰富的官兵为组员的抗雪救灾突击队。1月28日,担负衡阳城区主要电力输送的2座高压线塔倒塌,造成城区大面积停电。抢修刻不容缓,向冰天雪地的山坡紧急输送电力技术人员和器材的重任就落在了该营官兵身上。天上风雪交加,路面冰层覆盖。官兵们驾驶着卡车,在冰雪上缓慢前进。特别是进入乡级公路后,由于冰雪覆盖,分不清哪是路,哪是沟。带车干部下车先探路,再用身体作路标。10多公里的路程竟用了3个多小时才到达。供电正常后,他们又奉命奔赴长沙、株洲、衡山、耒阳、郴州等地,辗转10多万公里,保障湖南省电力公司抢修电网。在大年三十这个合家团圆的日子里,在凛冽的寒风中,该营25名官兵却战斗在恢复电力第一线。就是靠着战士的忠诚,他们成功协助电力部门抢修好了20多座电塔,日运送物资达100余吨,为千家万户送去了光明。

京珠高速是国家南北主干线,素有"黄金大动脉"之称。1月29日,京珠高速公路因长时间被冰雪覆盖,2万多台车辆被堵在路上,五六万名群众被困在极度寒冷的高速公路上。次日凌晨,该营奉命派出5台运输车配合驻地政府运送救助食品、药品和棉被等到高速公路。当时,气温零下4度,天空还在下着冻雨,路面冰层厚度达15厘米。漆黑的雨夜,教导员周仁辉带领军车缓慢碾冰前行,凭借过硬的技术和良好的车况,当先锋,打头阵,引导救灾车队到达京珠高速受困车辆处,沿途为90公里长的车队受困人员及时送去食品、御寒衣被、医疗药品等急救物资。雨夹着雪打湿了官兵的衣服,钻进他们的脖子,落到头发上结成了冰,却没有让官兵停下忙碌的脚步。河南籍驾驶员李向春已断粮断水两天,当周教导员把馒头和矿泉水送到他面前时,他泪流满面,喃喃地说:"感谢党,感谢政府,感谢解放军!"

沿途播洒情和爱

哪里灾情最紧急,哪里群众最需要,哪里就有子弟兵的身影。在战冰斗雪的钢铁运输线上,不时涌现出一个个感人的场景,让人深刻体会到:冰雪无情人有情。

1月31日上午11时,在向株洲运送救灾物资的返程途中,官兵们在107国道衡山段发现一辆拉运蔬菜的货车瘫痪在路边。得知司机李师傅已被大雪困了7个多小时,他们立即驱车从县城买来了喷灯,对受冻的车进行解冻维修。官兵们脸冻红了,鞋子被冰雪浸湿了。二级士官刘洪良手被刺伤了,血流不止……官兵们全然不顾,心中只有一个信念,早点将李师傅的货车发动起来。李师傅感动得热泪盈眶,称赞解放军是天底下最好的兵。

2月5日,湘潭旅游公司一台小轿车因路面结冰打滑不慎滑入路边的泥潭。路过此地的该营官兵,虽然已经极度疲倦,但二话没说,立即拿着铁锹和钢丝绳跳进泥潭。冬季的寒风像刀子一样尖削地迎面刮来,官兵们的脸被吹得出血,眉毛、睫毛、髭须粘上了一层冰霜。经过一个多小时的艰辛努力,终于将车子拉出。后来这位司机在感谢信中写道:官兵的迷彩身影,是最让人心动的符号,走到哪里都能融冰化雪,让人倍感春天的温暖。

一名党员一面旗

冰雪,是一面镜子,映射出每名共产党员的忠诚。党员是面光辉的旗帜,党员是份沉甸的责任。在这场罕见的冰雪灾害中,钢铁运输线上的党员骨干用自己的忠诚向党组织交上了一份合格的答卷。

2月3日,上级要求该营派出11台车辆去长沙执行为期20天的运输保障任务。党委副书记、营长罗先国二话没说,带着治疗胃病的药品就爬上了车,饿了啃一口方便面,渴了喝一口雪水,困了趴在方向盘上打个盹。领导的带头作用感染着全营每一名官兵。被上级表彰为优秀党员的二连连长崔志桥结婚不到两天放弃休假,主动请缨参战。原定于春节结婚的士官党员何冬初也推迟了婚期。二连战士党员夏爱杰,因奶奶病重请假回家看望,小夏是奶奶一手带大的,对奶奶的感情很深。当他得知部队已开往长沙执行紧急运输任务时,他立即租车从常德老家赶往长沙参加救灾物资运输保障任务。大年正月初四,传来奶奶去世的噩耗。自古忠孝难两全,小夏强忍泪水,一直战斗在抗灾救灾第一线。

(刊于2008年2月22日《战士报》二版头条、《汽车管理杂志》第4期)

危难之时又见子弟兵
——驻湘76119部队官兵抗冰救灾纪事

自1月25日以来,严重的雨雪冰冻灾害使得驻地电网受损,交通受阻。驻湘76119部队官兵不畏严寒,紧急出动600余人次,全力帮助驻地群众抗冰救灾,谱写了一曲全心全意为人民服务的颂歌。驻地群众纷纷竖起大拇指称赞说:"关键时刻,还是要靠人民子弟兵!"

良田市场大营救

1月26日,大雪纷飞,寒风凛冽,温度零下3摄氏度。整个郴州银装素裹。

"叮铃铃……"下午15时许,76119部队部队长彭国成的电话骤然响起。"驻地良田镇农贸市场被冰雪压垮倒塌,数名群众被掩埋,请求部队紧急驰援!"

该部点多线长,全体集合会浪费时间。时间就是生命。部队长彭国成立即命令部队,从三个不同方向火速赶往事发地点。

10分钟后,部队长彭国成、政委段菊生带领机关片官兵赶到,分队长周泽傅带领保管队官兵、指导员刘火球带领一连官兵等陆续赶到。倒塌的场棚是一个整体,钢架结构。官兵们一到就迅速投入抢救遇险群众的行列。他们从北面开始,一字排开,逐个地段逐个地段查看,看是否有被掩埋的群众。"这儿有位老人!"不知谁惊呼了一声,于是官兵和地方群众一道将场棚上的冰雪铲掉,移开场棚,然后将偌大的钢架用力抬起,将老人从钢架下面移到担架上,火速抬上早已守候在这里的救护车送往医院抢救。

搜索到西南边时,有群众反映此处可能有一妇女被埋在下面。官兵们几次想将钢架抬起,无奈太重只好作罢。下面情况不明,必须尽快将钢架移开才能查看。"用电机切割!"官兵们迅速找来电机进行切割,然后将钢架抬起仔细查看,搜索三遍确认无人被掩埋后,官兵才舒了一口气。

雨夹着雪打湿了官兵的衣服,钻进他们的脖子,落到头发上结成了冰。周围群众纷纷伸出大拇指,"危难时刻还是要靠解放军!"

晚上19时许,官兵们和群众一道将倒塌的农贸市场全部清理完毕,共抢救出9名受伤群众。迎着飘飞的雪花,官兵疲惫的脸上露出了笑容。

高速路上破坚冰

1月27日,寒冰封冻。京珠高速郴州段全线积雪成冰厚达5厘米,南北车辆均无法通行,受困车辆2000余辆。

上午8时许,76119部队出动100余名官兵,在部队长彭国成、政委段菊生带领下,紧急奔赴京珠高速公路,主要负责良田服务区上下坡路段破冰。官兵们用锤子、镐头砸破冰块,然后用铁锹将冰块铲向路的两边,再用扫把把雪块打扫干净,撒下工业盐,防止再次结冰。结婚不到三天的某连连长兰福松主动放弃假期,带领连队官兵奋力破冰。官兵们脸冻红了,手磨出茧了,鞋子被冰雪浸湿了,却全然不顾,心中只有一个信念,早点开凿出一条通道让车辆通行。尽管中午官兵们只吃了块面包,但战士们还是把自带的部分食品分一些给被困的司机吃。官兵的举动感动了周边村民和受困司机,他们自发地提着热水瓶、拿着一次性纸杯为官兵们送茶送水,并纷纷加入破冰队伍。

经过5个多小时的艰苦作战,良田服务区危险路段铲出约3公里长的无冰路段,使受困车辆顺利通行。

107国道疏交通

因冰雪天气,高速公路全线封闭,107国道上的车辆骤然增多。加之国道出现冰冻路面,一时交通受阻。特别是良田至宜章路段,交通阻塞十分严重,被困车辆4000余台。

29日清晨,76119部队迅速派出100余名官兵在107国道上执勤,维护交通秩序。部队长彭国成根据情况作了具体分工,副部队长殷宗发带领部队负责万寿桥至良田镇路段,业务处长阳跃军带领部队负责宜章至廖家湾路段,他自己带领部队负责良田至廖家湾路段,政委段菊生负责全线来回巡察,宣讲交通规则,纠正违章行为。同时明确,必须将所有占道车辆挤压在各自行驶道上,确保所有车辆不占道行驶,官兵们为了赢得司机的理解,还向每台车辆发放温馨提示,"您想平安返乡团圆过年吗?请您遵守交通规则,服从调整指挥。"记者看到,部队长彭国成利用良田镇的宽阔街道,将车辆有序调度停放在街道上,以减轻国道上车辆拥挤的压力,并向每个司机一一解释,将占道车辆全部压缩在行驶道上。

巡察中官兵还将军车上所带食品全部分发给受困乘客,以解燃眉之急。中午时分,北上郴州市的交通线终于通了,而官兵们的午餐却是三个馒头和一瓶矿泉水。16时许,107国道郴州良田至宜章20多公里的路段终于全线通车。南来北往的车辆看见76119部队的执勤官兵无一不鸣喇叭向官兵致谢。

(刊于2008年2月3日《三湘都市报》、2月8日《战士报》、2月16日《郴州日报》)

鏖战淦田闸

"预备,投!"

"咚!咚咚!……"

6月20日上午9时30分,随着军区某油料训练大队大队长刘白杨一声令下,大队参加抗洪抢险的140多名官兵兵分两路,轮番上阵,将一大包一大包沙卵石、片石、水泥不停地投入淦田水闸左侧的湘江大堤内。至此,他们已连续在湘江抗洪一线奋战了三天两晚。

6月17日晚10时许,由于湘南地区连降暴雨,位于湖南省株洲县湘江境内的淦田水闸发生涵洞穿孔险情,直接危害着淦田水闸下5个村民小组、7000多名村民、3000多亩良田和株洲县境内的京广线安全。

灾情就是命令!6月18日晚7时许,军区某油料训练大队接到株洲市防汛指挥部求援电话,请求部队迅速派兵支援,急需向淦田水闸运送200多吨沙卵石包。受领命令后,大队长刘白杨、政委吴剑辉对部队作了简短动员,便带领140多名官兵手拿铁铲快速驱车驶向灾区。铲石装袋,肩扛装车,三天两夜官兵没合眼,转场抢险,官兵个个将生死置之度外,用身躯保卫水闸安全。湖南省省长张云川看着整整两天三晚没有睡好觉、眼睛里布满血丝的战士们说:"淦田水闸险情得到缓解,子弟兵立了大功,你们不愧为人民群众的保护神!"

(刊于2002年7月1日《战士报》)

千里之外,一名基层干部探亲突患急症,联勤某分部领导和163医院医护人员展开了一场——

7小时拯救生命之战

9月5日1时30分,联勤某分部部长王健中房间的电话骤然响起,电话中传来163医院院长樊光辉的声音:"报告部长,虞飞已经脱离生命危险……"听到这里,王部长心里的石头终于落了地。

虞飞是分部所属某油料分库干部，8月下旬回湖南常德老家探亲。9月4日下午，分库杨学军主任突然接到虞飞父亲的急救电话。原来，虞飞回家后身体不适，住进了桃源县人民医院，前后花费三万多元，病情未见好转，好几天都滴水未沾。经诊断为急性胰腺炎，但医院条件有限，需火速转往省城医院，否则将有生命危险。

正在基层检查工作的王健中部长得知虞飞的病情后，了解到虞飞的体系医院是169医院，考虑到距离远会耽误病情，便立即放下手头的工作，通过电话与163医院医务处主任郭立新联系，指示医院立即做好收治准备，全力以赴挽救虞飞的生命。同时，王部长又与虞飞父母联系，让他们尽快将病人就近送往163医院。

18时40分，护送虞飞的救护车抵达163医院。早已等候着的医务人员将病号抬上担架直接送到相关科室检查。19时35分，所有检查结果被紧急送到肝胆外科会诊室，6名专家早已等候在那里。看片、对症、研讨，专家们诊断出虞飞的真实病因。他除患有胆总管结石、胆囊结石、胆源性胰腺炎外，还患有继发性胆道感染和梗阻性黄疸。这种情况死亡率很高，如果抢救不及时，后果不堪设想。

病情刻不容缓。专家组争分夺秒，紧急制定了一套救治方案，医院立即组织力量实施救治，抗炎、纠正酸碱平衡、监测生命体征……四个多小时后，患者的生理指标开始好转。

这是一个不眠之夜。医院肝胆科主任李介秋带着两名医生护士寸步不离守在病床前，一边观察患者的病情，一边随时调整治疗方案。9月5日凌晨，虞飞的病情得到有效控制，大家才长长舒了一口气。

(与王金林合作，刊于2007年9月10日《战士报》头版)

山沟秋点兵　鏖战硝烟起
——76119部队按新大纲施训检验性比武实录

骄阳如火，热浪袭人。南岭腹地，铁骑滚滚，尘土飞扬，湘南暴动旧址又起硝烟。初秋时节，76119部队为检验落实按照新大纲施训成效，紧密结合担负的任务，组织了为期7天的岗位练兵比武竞赛，百余名官兵在36个课目上一决高下。该部部队长彭国成介绍说："我们着眼实战开展的练兵比武竞赛活动，就是希望真正促进部队战斗力的整体跃升！"

"冷课目"升温比武场

【现场直击】8月26日下午3时整，烈日炎炎，酷暑难当。然而该部训练场却是如火如荼的练兵场面：刺杀操比武正火热进行。这三支刺杀操方队分别来自警卫勤务二连、技术队和机关公勤人员，每个方队40人。

随着指挥员江立军"预备用枪"的口令，警卫勤务二连官兵"哗"的一声将枪刺送出，动作准确到位，气势咄咄逼人，杀声震天。第一个动作一亮相，便吸引了众多眼球。突刺、防刺、对刺……一招一式刚劲有力。完成16个分解动作后，紧接着的连贯动作又一环套一环，环环相接，整齐划一的动作，震耳欲聋的"杀"声，让人精神振奋。

此时，战场救护比武竞赛也擂响了战鼓。来自基层单位的卫生员正紧张地进行战地救护竞赛。只见他们快速匍匐到"伤员"身边，仔细检查伤情，止血、清洗、包扎……个个动作干净利落，程序演练到位。卫生员张建国娴熟地避开重要组织神经，右手紧握针头，用左手在"伤员"的手背处仔细探查后，针头一刺而进，瞬时血液回流，静脉通道快速建立，伤员恢复知觉，安全转移到后方作进一步治疗。

【背景链接】 刺杀课目曾是这个部队的"品牌"，多次在上级组织的比武中摘金夺银，自然也就成了比武的传统课目。

然而，随着军事训练转变潮流席卷军营，刺杀训练等我军传统优势课目逐渐退出组训者的视野，成了训练场的"冷课目"。该部党委认真学习新大纲，深感未来战争虽然强调武器装备技术，但基础课目仍是战斗力生成的重要环节，也是培育官兵英勇顽强战斗精神的有效途径。特别是刺杀训练可以锻炼军人的勇气，鼓舞斗志，不能"冷"下去。

今年开训后，该部将一批"冷课目"纳入训练和比武计划，按照大纲要求，从严组织训练。同时，还加大了基本技能和战术基础的训练力度，使射击、军体等一批传统基础课目得以强化，"冷课目"开始在训练场上"升温"。

【笔者感言】 人吃偏食，容易缺乏某些营养元素，导致身体发育不良。同理，训练如果只注重"热课目"，忽视"冷课目"，就容易出现"瘸腿"，战时就会掉"链子"。"冷课目"受冷落，原因是训练难组织，效果难体现，吸引不了领导和机关的目光。但任何训练课目，都会在战场上体现其意义，攥指成拳方能硬。因此，抓训练必须把课目练全、训实、训精，部队战斗力整体提高才有保证。

"八大员"沙场展雄姿

【现场直击】 8月25日上午9时许，该部射击比武场。参加自动步枪精度射击课目比武的官兵严阵以待。

随着主考官一声令下，第一组8名官兵迅速进入射击状态。"砰！砰砰！"霎时，射击场枪声大作，一股浓浓的火药味弥漫开来。射击比武人员中，最引人注目的是保管队一级士官炊事员陆全红。也许是长期在炊事班工作的原因，他身体有些胖，但相当结实，很可爱的样子。为赛出好成绩，他每天都要抽出一小时练据枪、瞄准、击发,趴在地上练的时间一长,右手虎口长了一层老茧,右脸颊由于枪托贴腮过多过紧,稍有洼陷。只见他屏着呼吸,凝神聚气,一声枪响,命中10环!结果,与枪炮打交道并不多的陆全红五发五中50环,夺得这个课目的冠军。

记者辗转各共同课目比武场,发现"八大员"摘金夺银的为数不少。五公里越野,放映员农品侣榜上有名;100米短跑,通信员陶佳佳获得冠军;队列指挥,驾驶员左文肖获得亚军。

人人参与竞赛、个个都是选手。记者了解到,这次比武,事先不确定人员,主考临时随机从花名册中点将,"八大员"自然成为重点对象。

【背景链接】 去年底,该部一次紧急拉动演练中,两名卫生员因体力不支,竟倒在抢救"伤员"的路上。"伤员"没有抢救成,自己反倒成了俘虏。议训会上,该部剖析"卫生员被俘"事件,组织官兵围绕"战斗力从何而来""打赢靠什么"等进行讨论,明确规定,"八大员"比武场上也要唱主角,并完善了器械训练场、障碍场等训练设施。

他们还从健全制度入手,制定了《岗位练兵实施细则》,对各级各类人员需要参训的课目、时间和要求都作了明确规定,并以基础训练为重点,开展了各类型、各层次、各专业、各岗位爱军精武比武竞赛活动,掀起了群众性岗位练兵热潮。该部党委成员深入训练一线检查督导,安排没有达标的"八大员"补课,确保训练不漏一人,军事训练呈现出全面提高整体推进的良好格局。

【笔者感言】 与正规班排相比,"八大员"岗位特殊,平时不那么引人注目。比武场上,他们唱不了主角似乎是正常现象。但战场无配角,个个是主人。每个官兵都必须树立战斗员的思想,主动担当好自己的职责,演好自己的角色。每个单位都要抓好全员额训练,要通过全员军事素质的提高来促进部队整体训练水平的跃升。

"真刀枪"对抗磨利剑

【现场直击】 8月27日上午10时许,实战背景下的野战抢修课目考核拉开序幕。"红军在进攻中遭受蓝军侧翼攻击,出现多辆火炮受损,请立即组织抢救。"随着指挥所下达的指令,滚滚浓烟中,3辆野战装备抢修车呼啸而去。警卫保障组兵分两路,采取火力突击、迂回穿插等手段,迟滞蓝军行动,确保装备抢修车安全。装备抢修车灵活通过蓝军监视区域,迅速到达指定地域,立即对7辆战损火炮抢修,一个多小时后,火炮修复。

"前方火炮受损严重,请火速铁运补给10门火炮到一号阵地!"还来不及歇一口气,新的指令又到。随即,军械运输保障分队拖着火炮赶往站台准备装载。这时,蓝军导弹袭来,固定台站被炸,功能瘫痪。应急分队立即占据有利地形实施防空警戒,军械保障分队迅速开设折叠便携式野战平台,10门火炮被紧急输送到作战保障地域。

考核场上，该部军械保障分队大显身手，合理运用各种战术战法，时而隐蔽疏散，时而快速开进，实施精确保障。该部政委谢守平深有感触地说："坚持练为战、比为战原则，才能缩短考场与战场的差距，实现平时与战时的无缝对接。"

【背景链接】去年初，该部组织了一场检验性演练。一名指挥员把行军方向搞错，将保障分队带进"敌"阵。"走麦城"的教训，给党委"一班人"注入了清醒剂：只有平时按实战标准练，战时才能立于不败之地。他们查找一系列影响战斗力生成的"瓶颈"问题，修订完善了10多种应急预案，先后拿出百万余元购置训练器材和加强战备设施建设。同时，将各种战术课目贯穿于训练中，做到分练与合练结合、静中练与动中练结合、战法研究与实兵演练结合，先后探索出在强敌精确打击、遭敌火力阻隔等复杂情况下的十多种保障方法。

训练中，他们突出战役战术基础，变过去单一作业为多线作业，提高了保障效益。他们还主动与友邻部队建立起协作训练关系，通过伴随保障演练，发现和解决问题，不断提高动中应急保障能力，实现由"静态保障"向"动中保障"转变。

【笔者感言】时下，军区部队正在全力推行实战化比武考核，这是一个有利于战斗力建设的举措。但个别单位也存在玩虚招的现象。考核如果不能与实战接轨，最终吃亏的还是自己。因此，要提高部队战斗力，当务之急是要克服训练、比武中华而不实的东西，敢于把对手设强、情况设险、难题设够。只有平时真刀枪，才能战时刀枪硬！

（与杨明伟合作，刊于 2009 年 9 月 1 日《战士报》）

跋涉者的坚实步履
——某分部推进后勤训练等级评定的探索与实践

He Xin Ti Shi

军委、总部和军区首长多次就加快转变战斗力生成模式、强化军事训练全过程全要素精细管理作出重要指示，强调要以训练方法的创新实践为后勤训练又好又快发展注入新的时代内涵。组织开展后勤训练等级评定工作，正是深入贯彻上级指示、提高后勤训练质量效益的实际举措。今年，各级后勤将全面推开训练等级试考试评，评什么、由谁评、怎么评成为摆在大家面前的一道新课题。某分部作为此项工作的试点单位，受领任务后，进行了许多有益的探索，形成了一批实在、管用、有效的经验，或许于其他行将铺开此项工作的单位有启迪和借鉴意义。

训练管理不规范,根基不牢制约保障力增长——
纠偏治粗防漏,需要"尺子"量长短

两年前,该分部部长舒跃华走马上任,就带着工作组下基层"过筛子",调研部队训练情况。

在某汽车营,抽考汽车分队运输途中防卫与应急抢修科目,几个动作一气呵成。原以为会得表扬,舒部长却一连提出几个问题:分队长判断敌火力点出现明显错误;在危险区没使用应急牵引……

战场观察是指挥员非常重要的一项能力,为何在训练中轻易"省略"?战场汽车维修时间存在不确定性,为何分队长能"未卜先知"?随即,在分部范围内掀起了一场如何让训练实起来的大讨论。随着讨论的深入,问题清晰地浮出水面:后勤部队业务工作重,官兵中存在重保障技能轻实战素养的模糊观念;有的认为,临阵磨枪不快也光,从而助长了偏训、粗训和漏训现象。

联勤部队不是全训部队,保障技能训练平时主要依托岗位强化,勤务训练多为集中组织,这种分散与集中的组训模式对后勤训练管理带来挑战,也影响了对训练质量的调控。能否在后勤训练管理中安装一把"尺子",使各类后勤单位和人员能够找准自己的定位,看到自己的差距?

大家的目光不约而同地聚焦到军事训练等级评定。此举才是衡量部队战斗力水平和训练质量的重要指标,能够较好地解决"训好训坏一个样"的问题,对推动训练落实、提高部队战斗力作用不可小觑。去年10月,分部接到担负军区后勤训练等级评定试点任务,探索用等级评定的方式对后勤训练进行试考试评。

然而,试点单位没有现成的经验可供参考,一切得摸着石头过河。该分部参谋长于书忠幽默地说:"上级给了我们一把只有大刻度的尺子,小刻度得我们自己试着画上。"

教案是组训的教范,更是战时保障的脚本——
课目杂、内容多、任务重,上下齐心解难

开展后勤训练等级评定,首先就是用"尺子"对课目教案进行量化评分。

然而,分部下辖油料、运输、军械、医疗等数十个保障专业,囊括各类训练课目近千种。各种保障单元存有"各自为政"的组训现状,教案编撰、战备训练、业务开展和保障能力无法准确检验。无论是单兵训练,还是分队训练、综合演练,都面临着没有明确"尺度"的尴尬。

为破解这一问题,该分部常委先后10多次分头沉到基层调研,确立了"细化训考标准,分类分线编写"的指导思想。

他们按照大纲要求,采取逐级分解任务、分类组织编写、集中研究会审等方

法,对所有教案进行"过筛子"式审核。针对人手少、任务重的实际,实施"两手抓、同步审"的做法,抽调精干组训力量,负责共同课目教案的编写、审定;细化专业课目,分解下放到各库、队、站、所,由所属保障领域的组训骨干编撰,司令部汇总把关。他们还开展"教案大PK""欢迎你来说"等活动,广泛吸纳群众智慧。

该分部破除以往"教案不能跨专业、跨领域、跨单位使用"的惯例,建立教案资源数据库,制作了后勤训练教案网页,优化组训资源。据了解,专题网页开放仅5天,点击量就突破了上千次,提供下载服务2677次,收到跟帖400余条。

点击该分部后勤训练教案专题网页,只见9个专业700多个课目的训练方案尽收眼底——既有仓储专业的装备(物资)紧急发出教案、野战仓库开设教案,又有医疗领域的野战医疗所开设、野战血站编组等组训教案;也有运输系统的紧急疏散、复杂地形驾驶等教学方案,堪称一部容量大、存货多、内容实的"教案宝库"。

不少基层骨干从网上跟帖,众口一词:有这么"给力"的教案库,组训真省事!

法规就是铁律,标准就是追求——
正规训练秩序,让人为因素"出局"

该分部有上百个不同类型岗位,定级考查很难做到面面俱到。此外,由于考核没有统一规范的流程,只有粗线条的达标要求,再加上评分细则不够具体,给考核员留下较大的"自由裁量权"。

为确保考评程序的严谨性和结果的准确性,该分部着力把好"三关"。严把执行关,严格按照大纲要求设置条件,确保执行不走样;将大项课目分解细化为若干评分点,规定相应的分值,最后进行衡量。严把考评关,采取交叉对检、互考互评,运用微机点题、指挥作业等信息化考评手段,实现考题自动生成、考核过程实时监控、考核成绩动态更新、考核结果机上评判。严把考评监督关,采取设置意见箱、开设举报电话、公开考评结果等多种形式,接受群众监督,严肃考评纪律。

与此同时,他们还按照规定的"等级申报、资格审查、定级考查、等级审批"4个步骤,不折不扣地抓好落实。对每个环节各个阶段工作重点、展开程序、实施方法等作了具体规范。

在湘中某地,记者现场观看了一场实战背景下的卫勤演练考核:"战斗"打响后,"红十字"指挥车、医疗保障车快速抵达。不到20分钟,一座"野战流动医院"拔地而起,数十名"白衣战士"在硝烟中往来穿梭,战场上处处演绎着紧张的"生命接力"。

与以往不同的是,多名考核员全程跟进,按照规范的考评流程实施量化打分。看似简单的卸载过程,也有"硬框框":搬运配合不密切扣2分、位置安排不合理扣2分、物资器材受擦碰扣5分……

岗位多、行业杂,训练质量"瓶颈"难突破——

统筹专业力量,多管齐下抓考评

联勤部队有着制约训练质量提高的固有"瓶颈":大大小小数十个单位,分散广,大多数单位驻地偏远,而且专业较多,涉及军交运输、油料保障、物资供应、伙食给养、营房保障、卫勤保障,以及军械、弹药保管等数十个大专业,这其中又可细分出许多小专业。

大专业训练考评是重点,小专业同样是关键。过去,小专业训练考评一直是弱项,由于编制体制受限,各单位在水电工、驾驶员等岗位上人员少,又缺乏相关专业权威级的专家,难以形成集中力量对小专业训练情况进行考评。为此,该分部着眼实际主动行为,针对小专业岗位分布散、行业门类多、专业人员少的实际,统筹专业力量,双管齐下抓好考评工作。

一方面,针对驾驶员岗位这样在部分单位是小专业,但在汽车营是大专业的情况,采取捆绑结合的方法,按照以大带小、就地就近的原则组织考评。另一方面,对水电工、炊事员等小专业,采取大集中的方式,集中分部所有的专业力量,由分部统一组织考评。

小专业大集中,不仅解决了基层单位考评力量不足的问题,而且有效地利用了分散的专业力量,节约了资源,提高了效益。

在湖南某地域,记者现场观看了一场特殊的演练:"3区2号库房遭敌常规导弹袭击,小分队携带各种专业工具,迅速向库房机动。""库房损毁程度达三级,执行第二套应急预案。"初步判定情况后,队长田交林立刻开始部署力量转移库房装备,抢修"被损"部位……数十分钟的考核,"险情"不断,敌情数变,一套战时抢修应急预案在"炮火"中接受检验。

一支部队刚刚占领"敌"阵地,数辆"东风"大卡车便风驰电掣般地赶到,10分钟之间,一个野战指挥所的水电保障单元便开设完毕:识图、选材、布局、走线、安装……整个操作演练一气呵成、紧张有序、美观实用,一旁观摩的官兵不禁鼓掌喝彩。

据悉,完成这两个课目的十多名成员,分别来自八个不同地域、不同类型的单位。

训练要上台阶,考评人才准备需先行——

抓队伍、补弱项,全力打好主动仗

编制体制调整后,后勤部队熟悉部队训练情况、具有扎实理论基础、能考会评的人才捉襟见肘,严重制约了等级评定工作的常态运行。为建强考核和评定两支队伍,该分部走出了三步快棋:

打破建制选。按照"覆盖全面、专业齐全、结构合理"的原则,他们从全分部范围内遴选训练骨干84名,分8个专业建立了统一的考核人才库,并实行末位淘汰制，确保考评队伍的相对稳定性、权威性、专业性和多元性。

借助外力训。为培养等级评定工作的"明白人"，该分部3次邀请后勤指挥学院专家，围绕总部下发的"两个办法"和"两个标准"进行专题辅导，按照《后勤训练等级评定办法》规定的等级申报、资格审查、定级考查、等级审批四个步骤，他们集中组织考评人员细化流程，制定细则，明确要求，使各级考评人员心中有数。

整体联动考。主要实行"三个联动"：即共同课目片区联动，依托片区人才队伍，对片区单位共同课目实施考评；专业课目系统联动，由业务部门牵头，抽调本系统本行业专业骨干，实施业务课目考评；综合演练课目上下联动，对指挥所演习、实兵演练等课目，抽调机关基层精干力量实施考评。由于措施有力，两支队伍力量薄弱的问题迎刃而解。

在某综合训练场，记者看到，某仓库车辆紧急发出、消防灭火与管线抢修等5个训练课目正在接受考评。准确判断"敌军"企图，果断下令，各战斗小组闻令而动，火速投入战斗。只见3名考核员一丝不苟，一边看一边记，根据评分标准随时跟踪打分。考核一结束，主考员便对考核情况进行综合讲评，当场指出得分扣分项目，宣布考核成绩，让受考人员心服口服。

活跃在综合训练场的这支戴着红袖章、手拿考核簿的队伍，有的来自基层一线，有的来自训练机构，个个理论基础扎实、军事素质过硬，并经过集中培训、综合考核才获得"上岗资格证"。像这样的"铁面裁判"，该分部共有84名。

树立鲜明导向，牵住训练"牛鼻子"——
以评促训，让保障离实战贴得更近

该分部在探索按后勤训练等级评定考核实践过程中，注重发挥好等级评定的"指挥棒"作用，坚持紧贴实战以考促训，以评促建。

他们在专业操作考评中把条件设"难"，根据战时要求严格设置障碍、增加干扰，让官兵在高难度、高险度情况下操作。室内作业考评把情况设"活"，多角度、全方位设置考核内容，确定考评形式。综合演练考评把环境设"真"，模拟战场复杂环境设置背景，让应急兵站、抽组分队等保障实体在实战条件下组织实施保障。突出信息能力考评，依托作战指挥平台、211K数据库和各类专业信息系统，对不同类型专业进行整体考评。

为让平时和评时"对表"，防止训练、成绩"两本账"，将等级评定分解到平时，坚持全面查、随机考、全程评，引导部队训在平时、比在平时。全面查各单位4类登记、9类统计资料，抓训练落实情况；采取定人员随机抽取内容、定内容随机抽取人员考核；给所有官兵分类逐人建立训练成绩档案，把正常训练、岗位练兵比武和重大演训活动等一并纳入考评成绩。

考评方式的改变激起官兵真抓实练的热情。某综合训练场，一场汽车分队运输途中防卫与应急抢修课目考核让人眼前一亮。汽车分队运行途中,一阵枪响突然从前方传来,一号车左右前轮遭敌袭击爆胎。分队长程文迅速叫停车队,收拢人员,研判敌情,分3个战斗小组采取正面火力压制和左右迂回歼敌,展开班组防卫。

一场考核下来,程分队长和队员们满头大汗,直呼惊险。主考官公布成绩,综合考量敌情意识、战场环境、课目难度等因素,官兵按实战标准施训的观念得到了强化。

延伸阅读

今年6月底,军区在该分部组织军区后勤训练等级评定集训观摩活动,召集军区各大单位后勤部长、建制师、旅后勤部长、联勤各分部军事主官、参谋长,后勤应急保障旅旅长、应急兵站站长等近百人,学习了试点单位经验做法,观摩了试点单位的课目演示和静态成果。

活动结束后,军区领导对分部试点成果经验提出了很高评价:"试点单位在重大任务多、保障任务重的情况下,克服各种困难,创造性地开展工作,紧密结合本单位实际,在完善考评体系、创新方法手段和规范运行机制等方面,形成了一批实在、管用、有效的经验,为军区部队推开后勤训练等级评定趟出了路子、树立了样板。"

(与向勇、张海亮、魏凯合作,刊于2011年7月18日《战士报》三版整版)

让岗位直通战位
——某分部大力掀起岗位练兵热潮闻思录

Bian Zhe An

编者按 某分部围绕实战、贴近实战,以担负的使命任务为练兵主课题,以熟练掌握战场需要、岗位需求、时代要求的岗位技能为主线,不断将岗位练兵热潮引向深入,牵引练兵场向信息化战场快速抵近,带来了一系列新变化。他们的做法颇有借鉴意义。

强本领时刻不离"本"

【现场回顾】"课目,57高炮封存保养……"随着教练员、某仓库主任彭国成下达课目,8名操作手迅速奔向各自岗位,上炮、调位、取具、浇油……他们动作干练,技术娴熟,短短15分钟就完成火炮保养,油层厚度均匀,表面光洁,封存纸下无气泡，保养质量高、外观美，比传统的火炮保养方式节约时间一半以上。去年，该分部炊事、油料等专业先后参加总部、军区组织的岗位练兵比武，一路摘金夺银。

【背景链接】 每个人、每个岗位基本技能过硬，整体保障力提升才有可靠保证。该分部围绕各层次形成作战能力的基本要素，优化设置训练课目，把构成战斗力的各项基本内容训全、训实、训精。他们指导部队把基础理论学习和基本技能训练摆在突出位置，对各类人员的训练内容、目标进行了明确。该分部把深化使命任务教育、加强实践锻炼紧密结合起来，贯彻于岗位练兵活动全程。同时，采取大力宣扬训练先进、让训练尖子得实惠、有前途等手段，激励官兵攻坚克难、勇于进取的顽强斗志。

【笔者感言】 树高千尺不离根，战争万变不离"本"。这个"本"，自然是人的基本素质、基本技能。军人基本功过硬，才能临阵不乱。练就过硬的基本功，不会一蹴而就，也不能一劳永逸，必须常练不止，苦练不懈。

"融合"成就多能人才

【现场回顾】 去年 8 月，某仓库接到紧急发出一批军械装备到达某保障区域的命令。当时，仓库一批红旗车驾驶员、优秀搬运机械操作手正在千里之外参加后勤综合保障演练。怎么办？"让我们上！"此时，修理工胡万里、钳工石东海等一批士官挺身而出，主动请缨。留守人员临难"客串"，身手不凡。圆满完成任务，受到上级通报表彰。

【背景链接】 多样化任务呼唤"多能化"人才。三军联勤后，这个分部人员精简过半，保障任务增加，人少任务重的矛盾十分突出。为此，分部广泛开展岗位练兵活动，区分义务兵、士官、干部三个层次，采取相近专业互补、不同岗位轮换的方法，强化"一专多能、一兵多用"训练。对于干部，根据个人实际情况和发展需求，采取交叉任职、相互兼职等方式训练。对于士兵骨干，采取轮岗练兵、兼岗履职等方法训练。各专业保管员之间、各修理工之间实行交叉训练；基层干部与机关干部、政治干部与业务干部之间实现岗位互换训练。目前，这个分部 80% 以上的干部达到精通本职业务、熟悉相关岗位的"一专多能"要求，岗位履职能力明显增强。

【笔者感言】 多艺挑重担，是新时期新阶段履行使命任务的必然。练武艺，方法是关键。方法对路，事半功倍。方法不能凭空设想，只能基于实情产生。

岗位标兵即战位尖兵

【现场回顾】 2008 年春节前夕，冰雪封南国，万人千车被困京珠路。该分部汽车第一营承担着湖南重灾区 90% 的器材和救灾物资运输任务。急重任务、险难地段都是由岗位标兵当首发,跑头车。一个多月的征途,他们以雪当水、以方便面充饥,纵横转战十多万公里,被赞誉为"雪天冰地里最温暖的绿色符号"。这样的事,在该分部屡见不鲜:某军械仓库上士杨海波,能用叉车夹毛笔写字;某油料仓库上士李某春,比武竞赛次次是"常任"骨干……

【背景链接】近年来,该分部始终紧盯世界军事发展的前沿,跟踪现代局部战争的动态和现代战争保障方式的新变化,梳理出10多个岗位练兵中重点解决的课题,集中攻关,先后取得数十项理论研究成果。他们经常有意识地组织部队在丛林密布、道路崎岖、缺水少电的野外,锤炼保障人员过硬岗位技能。为了真正发挥战时保障要"保战"的功能,他们采取与军事演练同步跟进的方法,全程伴随练指挥协同、练技术保障,最大限度地发挥保障装备和人员的战时保障力。

【笔者感言】军事训练是一种对未来作战具有能动作用的实践活动。今天像打仗一样训练,才能做到明天像训练一样打仗。岗位到战位的距离有多大,关键看操场到战场距离有多远。操场服从战场,岗位就是战位,这样才能真正做到平时岗位得心应手,战时岗位从容不迫。

变革牵引能力升级

【现场回顾】方寸荧屏,千里连线。数所军地高校信息专家,通过远程教育系统,经常"做客"分部领导机关新理论、新知识、新装备学习讲座,一堂堂生动形象的军事理论课,推动官兵向世界军事领域前沿迈进……在该分部,学用信息化已成为一种日常坚持的硬性制度:选调机关干部、优秀机关干部评比等等,均把学习能力、信息素质列为必考、必学、必训内容。

【背景链接】该分部长期坚持定期邀请国防大学、国防科技大学等军地院校的专家教授,围绕现代军事科技等内容,到部队或通过远程教育手段作学术报告、办专题讲座;结合岗位练兵实践,引导大家掀起学习新知识、掌握新装备、熟练新技能练兵热潮。利用连接到班排、哨所的网络,广泛开展网上演练等岗位技能实践,引导广大官兵向掌握军事信息技能聚焦。走开联合育才的路子,分批选送干部、士官到院校培训、到新装备厂家跟踪见学,提高人才培养质量,牵引能力素质同步升级。

【笔者感言】变革面前,人人是学生。过去强调兵马未动,粮草先行。打赢未来信息化战争中,"粮草官"在"先行"的脚步上,不能落后,只能赶前。

(与杨明伟合作,刊于2010年4月13日《战士报》)

突破"瓶颈"向战场
——某分部强化军事训练提高应急保障能力纪实

"兵马未动,粮草先行"。作为担负平战物资保障任务的后勤部队,如何跟上科技发展,迎接军事变革的新挑战?近年来,某分部坚持以三军联勤的深刻变革为牵引,聚精会神抓训练,突破"瓶颈"谋打赢,实现了训练与实战的"无缝衔接",部队保障力连年攀升,多次被上级评为军事训练先进单位,连续5年在军区组织的军事大比武中创下佳绩。

平时建设聚焦实战保障

走进地处南岭腹地分部所属某油料仓库,浓郁的现代军营气息扑面而来:气势雄伟的办公大楼功能齐全,现代化的信息指挥中心设备配套,宽阔的综合训练场、整齐的战备库房和优美的文化广场,把整个营院装扮得清爽亮丽。然而说起营区的变迁,还有一段耐人寻味的经历。

2006年3月,分部党委决定投入60万元购买该库营区附近20多亩农田,以解决仓库战备库、训练场拥挤,营门出入道路狭窄、人员装备不能快速机动的尴尬,从根本上破除制约仓库发展的"瓶颈"。没想到在官兵中却引发了一场"花60万元买块地到底值不值"的大讨论。有的说,只听说部队卖地,从没有听说部队买地的;有的说仓库组建至今就是这样子,没必要别出心裁;还有的说,现在是和平时期,花钱买地搞战备不值得。

不树立真打实备观念,平时建设不聚焦实战保障,怎能提高打赢现代战争的能力?分部党委因势利导,引导官兵牢固树立当兵打仗、带兵打仗、任期内打仗的思想,只要有利于战斗力建设,我们就要大刀阔斧地干。平时谋打赢,战时不吃亏。一场花钱买地大讨论变成了增强官兵战备观念的教育课堂。

守摊熬日,只会错失发展良机;登高望远,方能勇立变革潮头。分部党委以花钱买地之事为契机,对部队基础设施建设进行全面审视,确立了"实战牵引,人才为本,科技先行,全面发展"的建设思路。近年来,他们按照"统筹规划、合理安排、分期投入、逐年建设"的原则,先后投入上千万元,建起了分部作战室、值班室、战备资料室、战备物资库、指挥自动中心的"三室一库一中心";加强了以局域网为核心的指挥自动化建设。走进分部作战室,记者看到机关电视电话会议系统、作战电子显示系统、网上战术对抗作业系统等各种现代化手段一应俱全。近年来,他们先后研究开发出"战时远程医疗会诊指挥系统""后勤保障自动化作战指挥系统"等高科技成果,并多次在模拟实战演练中发挥重要作用,为分部向机械化和信息化发展打下了良好基础。

全员参训填补实战遗憾

去年仲夏,分部组织了一场以实战为背景的紧急拉动演练,4名医务人员在转移两名"伤员"时,因体力不支,晕倒在抢救的路上。

医务人员晕倒"战场"的遗憾,给分部党委以警醒:战斗力是一种规模效应,"五指成拳"才能过得硬。每一名官兵都是组成整体战斗力的一个单元,必须突破军事练兵中"主要岗位人员冒尖,辅助岗位人员旁观"的"瓶颈"。只有紧盯未来战场,全员全装参训,才能真正提高实战保障能力。

平时练就十八般武艺,战时就能多一分胜算。他们从健全制度入手,制定了《分部岗位练兵实施细则》,对各级各类人员需要参训的课目、时间和要求都做了明确规定,并以按纲施训为载体,以基础训练为重点,广泛开展了各类型、各层次、各专业、各岗位爱军精武比武竞赛活动,掀起了群众性岗位练兵热潮。

比基础课目。围绕形成作战能力的基本要素,优化设置比武竞赛内容,把构成战斗力的各项基本内容训全、训实、训精,打牢部队战斗力基础。

比综合素质。按照综合应用和要素集成原则,把反映使命任务特点、基础训练重点、战斗力关键节点和分部特色亮点的内容综合起来,突出实战能力综合演练,检验提高官兵的综合素质能力。

比整体水平。以首长机关、军官、士官等为重点,突出全员整体训练水平,促使全体官兵投身练兵比武实践。

比实战能力。引导官兵牢固确立练为战、比为战的思想,按照实战要求设置条件,按照实战进程组织演练,把实战要求转化为评定指标,依据实打实的能力素质排名次,让参赛人员接受近似实战的考验。

全员参与,训练跃升。通过比武竞赛,分部涌现出了"全军优秀指挥军官"王斌绪、"全军优秀参谋"李峰、"神枪手"谢小金、"一摸准"曾杰志、"火炮修理神医"汪励维等一大批训练典型,分部军事训练呈现出全面提高整体推进的良好格局。

网上练兵对接实战演练

2006年初,分部组织检验性后勤保障指挥演练。演练刚刚过半,2名公认的"网络指挥高手"竟败下阵来:一个因识图用图不过关,行军作战方向判断失误,将保障分队带进了"敌"阵;另一个因不懂协同战术而遭惨败。

"网络指挥高手"缘何在实战演练中败走麦城?硝烟未散,分部领导现场议训,深挖根源,发现部分干部对网上练兵存在误区,认为网上指挥能力强实战能力就强,忽视了对实战指挥基础知识和基本技能的训练。

键对键永远代替不了实战。只有夯实指挥知识和技能,才能提高实战能力。分部党委以此为契机,因势利导,澄清官兵对网上练兵的模糊认识,在打牢实战指挥知识和技能上下功夫,让网上练兵与实战对接。根据指挥素质层次,分期分批培训,让干部系统掌握信息处理、方位判定、合成运用、文书起草等指挥知识和技能;下发《分部指挥军官训练达标细则》,突出"坚持按纲施训,突出实战应用"的原则,明确指挥训练、网上练兵、综合演练的标准和要求;完善军官指挥训练升级软件,设置多种实战背景情况,将网上练兵成果转化为实战能力。

课堂上系统学,模拟中逐级训,实战中综合练。这种网上演练与实战对接的组训模式,突破了制约保障力跃升的"瓶颈"。今年3月,记者在该分部组织的快速机动保障演练场上看到,面对复杂多变的信息化"准战场",担任主角的8名网络尖兵大展身手,合理运用各种战术战法,指挥着医疗、油料等保障分队时而隐蔽疏散,时而快速开进,时而精确保障,在多个课目演练中激烈对抗,胜负难分。打赢必备的能力素质在实战摔打中得到全面砺练和提升。

(刊于2008年3月29日《战士报》)

过节了,战备之弦不能松

Yue Du Ti Shi

> 战备工作是指军队为执行作战和非战争军事行动任务而进行的准备和戒备活动,是一项全局性、综合性、经常性工作。春节期间,官兵探亲访友多,军地交往多,领导力量相对薄弱,人员思想容易松懈。居安思危,忘战必危。在真正的军人眼中,没有和平时期,只有战争时期和准备战争时期。如何让部队在过好欢乐祥和的春节同时,正规战备秩序,把战备工作落在实处?76119部队认真落实《中国人民解放军战备工作条例》,确保部队一声令下,拉得出,打得赢。他们的做法值得借鉴。

在位率保证战斗力

【现场直击】2月3日晚,76119部队副部队长曹春晖来到机关士兵队吹响了点名哨音,只用了4分50秒,全队35名官兵迅速集合列队完毕,紧跟着一声声呼点后面的是洪亮的答"到"。这次突击点名,士兵队人员全部在位,军容着装严整,各类战备物资摆放到位配套齐全,表现出高度的战备意识。

随后在警勤二连、汽车连突击点名,同样达到了良好效果。不仅人员保持在位,同时携行武器装具、车辆装备均保持了完好率。曹副部队长不禁感慨:"能够保持这样高的人员在位率,是坚持学习贯彻《战备工作条例》带来的丰硕成果。"

【背景链接】 去年春节长假期间,上级机关来到该部汽车连突击检查,结果发现该分队值班人员在位率不达标、车辆封存保养比例低等问题,受到上级通报批评。

该部领导认真学习《战备工作条例》,狠抓官兵战备观念和战备意识培养。领导组织学习贯彻战备工作条例要求,不打折扣抓好人员、装备战备管理和定期战备检查制度,确保人在营车在库。政治处邀请院校专家教授就热点话题进行专题辅导,引导官兵认清"仗可百日不打,兵不可一日不备",强化对战备工作重要性的认识;组织教唱百首战斗歌曲,从激昂的旋律中催生官兵的战斗精神;利用节日战备防护教育和节前国防设施安全检查等时机,检验官兵战备观念认知程度,督促官兵时刻绷紧"战备"这根弦,确保闻令而动,迅即行动。

【条例要点】《战备工作条例》第四十六条规定:各级应当加强人员管理,保持规定的人员在位率。担负战备值班任务的连级以上部(分)队,军官在位率保持编制数的50%以上,且至少有一名主官在位,士兵在位率保持编制数的80%以上。

值班员也是战斗员

【现场直击】"我是八号哨所,营区附近有不明身份人员游荡,请指示!""迅速查明身份,并注意自身安全,有情况及时报告!"这是2月6日,76119部队对战备值班系统进行应急情况处置模拟演练。该部先后3次组织所有担负战备值班任务的机关干部进行演练考核,并由司令部门对每名值班干部的表现进行综合打分排名,成绩全部达到优良。

该部地处岭南腹地,每年驻地都会发生不同程度的森林火灾、山洪和雨雪冰冻灾害。该部以战备工作条例为依据,着力打造了办事程序规范、能力素质过硬的战备值班队伍,在多次支援地方抢险救灾和处置营区突发情况发挥了重要作用。

【背景链接】 去年下半年,该部罗政委检查战备值班室工作时发现,只有保密员小李在位,经过仔细询问得知,值班干部施助理员把值班室的电话呼叫转移到了军线手机上,安排小李坚守值班室阵地,自己则回办公室处理工作去了,出现了战备值班干部"挂空挡"的情况。

该部领导经过深入研究剖析,认为事务性工作较多并非值班干部不在位的主要因素,根源还是少数人员思想认识不到位。他们明确提出了"岗位就是战位"的理念,把对战备值班员职责掌握程度作为机关干部考核重要内容列入经常性检查考评。该部主动请缨承担了上级战备库室建设试点任务,并整合建设可监控营区22处重点区域的视频监控电视墙,不定期对战备值班员进行紧急情况处置模拟演练,多次培训和反复演练,该部战备值班员保持24小时在位,并能够熟练操作使用视频安全监控操作平台,表现出了很强的战备工作能力素质。

【条例要点】《战备工作条例》第二十七、第三十四条明确指出:各级必须按照规定建立战备值班,保持常备不懈和指挥不间断,保证及时有效地应对各种紧急情况。战备值班人员必须强化战备观念,坚守值班岗位,熟悉战备规定,认真履行职责。

真刀枪方能铸利剑

【现场直击】2月8日上午9时许,伴随着紧急集合号令响彻营区,76119部队的综合训练场顿时"战云"密布。

"百丈村周边距我库约5公里处出现较大火情,可能对我库存武器装备安全造成危害,令你部迅速前往扑灭。"随着指挥所下达指令,1辆消防车呼啸而去。到达现场后,6名战士分为两个小组手握水枪进行灭火。笔者在现场看到,消防灭火官兵处变不惊,从到达指定地域到彻底扑灭零散火星用时不到12分钟,在规定时间内圆满完成任务。业务处处长石申红深有感触地说:"抓好战备工作,必须坚持练为战的原则,基础打在平时,功夫下在用时,才能缩短演练与实战的差距,才能实现战备演练与遂行任务的无缝对接。"

【背景链接】去年年底,该部组织战备演练时抽点演练方案,个别单位不熟悉非战争军事行动演练预案,造成集合动作迟滞,装具不齐整,影响了演练效果。

这事给该部党委注入了清醒剂。基层分队作为战备值班应急处突主要力量,应始终保持良好战备状态。由司令部门召集基层分队干部骨干进行了新战备方案预案的熟悉和规范性程序演练,重点对各类不同战备预案的信记号联络方式进行了学习检验,使得全体干部骨干能够在接收到警报信号的最初几秒时间里迅速判明情况类型,作出快速准确的行动组织反应。该部还针对预案实际需要,按照新标准改造连队战备器材库室,实现了各类战备预案需求器材分类上架管理,细化了"三分四定"管理制度落实。每月1次拉动演练,使该部基层分队应对各类情况的反应时间大大提高,保证了人员、装备器材的携行标准规范无误。

【条例要点】《战备工作条例》第五十九条、第六十条规定:各级应当根据战备计划和部队任务,有针对性地组织战备演练,检验部队战备水平和执行任务的能力。各级应当结合实际,有针对性地组织抢险救灾、维护社会稳定、反恐等非战争军事行动的演练,做好执行处置突发事件任务的准备。

(与胡孟良合作,刊于2013年2月9日《战士报》)

一切为了战斗力
——163医院抓卫勤保障建设侧记

走进163医院,不禁让人刮目相看:近4年间,医院实现对外医疗收入、医疗设备总值、对军队伤病员补贴三个"翻番"。今年7月底,该医院作为军区管理教育集训和从严治军座谈会的观摩点,受到与会首长和代表的一致好评。一所中心医院,何以有如此强大的发展潜力?经过深入采访,记者终于拉直了心中的问号——

拓宽管理渠道,改进管理模式——
向科学管理要效益

前几年,这个医院曾发生4名住院战士私自外出结伙抢劫案件。事情发生后,医院党委在查找教训时,5名受处分的医护人员颇有微词,什么"医护人员主要职责是救治病人,管理上的问题应由患者单位和医院机关负责,自己不能当'垫背'",等等。

思想认识上有偏差,就不能从深层次理解管理与发展的内在联系,医院建设就不可能有大的突破。医院党委以此为契机,举一反三,翻箱倒柜找问题,建立了一整套管理模式:"小"的放大管,"远"的拉近管,"散"的集中管,明确各级各类人员职责。他们专门设立军人病区,将非传染性、非卧床等病情较轻的部队住院伤病员集中到一个科室,进行统一管理。还成立伤病员管理办公室,聘请两名责任心强的退休干部,和护理部派出的一名干部到办公室工作,并从体系部队轮流选拔工作能力强的干部,联合办公,全面负责部队住院伤病员的管理工作。

同时,这个医院加大监控力度,由伤病员管理办公室印制规范的入院证明卡、住院期间意见卡、伤病员思想情况卡,将伤病员表现和医护人员的服务情况全面监控。去年11月份,某部战士小王,因患急性肠胃炎入院,病情刚有所好转,便请假外出,吃了"闭门羹"。小王仍不甘心,趁吃晚饭的机会偷偷溜出去。事后,小王不仅挨了处分,还被医院亮了"黄牌"。

随着部队精简整编,大批聘用护士进入医院工作,给医院管理提出新要求。为此,医院护理部指定专人负责,成立预备役卫生连,实行军事化管理,规定8小时内归科室管理,8小时外由卫生连统一管理。护理部结合医院实际制定了《医院聘用护士管理规定》《探望制度》《请销假制度》等,每季度组织1次座谈会和全院聘用护士大会,征求意见,使聘用护士管理走上了正轨。

紧盯战场练招术,为官兵撑起健康保护伞——
追求战场"零失误"

面对未来战争中杀伤力、破坏力极强的高技术兵器的应用,给战伤救护提出了严峻挑战。"现代战场上,战伤救护谁也不敢打'零伤亡'的包票,但我们却要追求战场'零失误'!"院长樊光辉的话掷地有声。

前年底,上级在该医院组织了一次以实战为背景的卫勤保障演练,4名医务人员在转移两名"伤员"时,因体力不支,晕倒在抢救的路上。

医务人员为何晕倒在"战场"上?医院领导把"板子"打在自己身上。平时,医院只考虑到要求医务人员在专业技能上精益求精,在加强医学研究、创品牌医院、出名刀名医上下了不少功夫,而很少考虑医务人员在战时抢救伤员必须具备过硬的体能素质。

把医务人员逼上体能训练的"前台"。他们从健全制度入手,制定了《医务人员体能训练细则》,对医务人员每天参加体能训练的科目、时间都做了明确规定,并将"背伤员""登山"等趣味性的健身活动穿插其中,有效地提高了医务人员的体能素质。

医院党委深知,要全面提高战时卫勤保障能力,必须时时紧盯未来战场。据医院政委李春华介绍,他们先后砍掉了与战场救护联系不紧的科研项目40余项,组织医护人员围绕战伤中的创伤、烧伤、四肢修复及功能重建、皮肤病等方面攻关。迄今,医院先后完成了科研攻关近200项,其中5项获国家级科研成果奖,78项获军队科技进步奖。

为确保随时能"拉得出",医院出台了《应急卫勤保障方案》《各级卫勤保障人员职责》等制度,并投资500多万元扩建急诊科,与地方联手成立长沙地区交通创伤救治中心,把急诊科作为练兵平台。去年6月份,地方一辆双层大巴在107国道长沙段翻入10多米深的山涧,医院领导受领任务后,组织急诊科人员连续奋战19个小时,完成大小手术48台,12名肝胆颅脑破裂的危重伤员全部脱险,救治成功率达到100%,受到当地政府和群众的一致好评。

情系体系部队,令患者宾至如归——
人文关怀暖兵心

"无论医疗制度怎么改,服务方向不能变;无论医院发展有多难,服务质量不能降。"第163医院党委不光这么说,更注重落实到实践中。

给部队官兵用什么样的药,一直令医务人员头疼。公费医疗的患者常希望用的药越贵越好,可大多数常见病用一般药品即可。但一般药品的包装粗糙,患者从心理上容易排斥。为此医院采取了不少办法。比如用中药,过去煎制时一次一大袋,3次的服用量混在一起,包装也不讲究,对于家庭生活条件较好的年轻官兵来说,这种包装不美观、携带也不方便的药品,不大受欢迎。医院了解到这一情况,在中药的包装上加以改进。当得知国内已研制出中药自动煎药包装机时,立即投资购进。这样,中药实现了小袋包装,既美观又便于携带,服用也省事,就医的官兵都说医院为他们想得周到。

实行联勤保障后,医院承担的卫勤保障任务明显加重,但医院领导始终要求全院人员对官兵"高看一眼、厚爱一分"。他们坚持每年组织机关干部和科室主任到干休所、体系部队征求为兵服务的意见和建议,组织两次以上综合性为基层服务活动,做到普查到基层、送医送药送技术到基层,把医疗常识编成快板、三句半、说唱段子、绕口令、小幽默等,融健康知识于文艺娱乐之中。

医院还借鉴一些军地医院推行"微笑服务"的成功经验,要求医务人员挂牌上岗,文明用语,笑脸相待。他们依据患者需要,及时修订了《优质服务措施》,规定出院通知书一律打印成便于携带的"绿卡",便于患者及家属准确掌握病情,并实行随访制度。他们统一印发了《医德医风规范手册》,引导医护人员在工作中自觉按照职业道德规范要求自己,公开医疗收费标准,拒收"红包";定期进行民意测评,将结果与评选先进、立功受奖等挂钩。据最近进行的一份调查资料显示:该医院的医疗差错、纠纷和事故明显减少,部队官兵和地方患者对医院的满意率达98%。

(与李海斌、李虔合作,刊于2005年8月26日《战士报》)

花10万元买土搞绿化伪装值不值?
某仓库党委着眼实战谋划部队建设一例

初夏时节,走进地处湘南腹地的某仓库,记者看到昔日光秃秃的洞库四周,如今已是绿草茵茵。然而说起洞库四周环境的变迁,官兵们讲述最多、感受最深的是仓库党委花10万元买土的新鲜事。

4月中旬,仓库党委决定花10万元向地方买土,伪装洞库,美化库区。消息一出,全库哗然,各种议论纷至沓来。有的说,洞库的环境多年来都是这样,维持现状就可以了,现在花钱去买土实在没有必要;有的说,仓库经费不足,需要花钱的地方很多,洞库的伪装改建工程还是暂缓的好;还有的说,现在是和平时期,花10万元买土搞绿化伪装是多此一举,还不如省下这笔钱为大家谋点福利。

花10万元买土到底值不值？面对官兵思想上的疑问,仓库党委在全库军人大会上向官兵算起了部队长远建设这本"大账"。原来,这个仓库虽然地处深山沟,但土少石多,植被稀疏,隐蔽性差,洞库目标容易暴露。而花钱买土,既可以搞好伪装,且能改变山沟植被少、风吹石头跑的现象,美化营院,改善生态环境。

灯不拨不亮,理不辩不明。仓库党委的一番算账,让官兵明确了一个理:军人没有和平时期,只有战时和备战。低层次思维必然导致低层次发展,没有新突破就不会有真作为。深刻的反思,热烈的讨论,使仓库官兵很快达成共识:这10万元值得花、应该花、而且还要尽快花！机关慷慨投钱,基层热情出力,洞库的伪装防护工程全面展开。

如今,经过洞库伪装改建工程,营区绿化面积提高了3倍多,各个洞库附近林茂草密,形成了一道天然的伪装带；洞库前足够的场地可供停车装卸物资,新辟的快速通道在几分钟内就能直达交通主干道,营区面貌焕然一新。

（与沈琛合作,刊于2007年7月2日《战士报》）

用战略思维统揽"战略工程"
——联勤某分部党委加强干部队伍建设纪实

近年来,联勤某分部党委着眼建设信息化后勤,提高保障打赢能力,科学谋发展,主动抓关键,干部队伍建设呈现出欣欣向荣的发展格局,先后有近百项工作、177名干部受到军区和联勤部以上机关表彰,成为保障劲旅的中坚力量。政委曾桂荣欣喜地告诉笔者:"只有用战略思维来统揽'战略工程',锻造出一支精干高效的干部队伍,才能确保部队建设健康发展,不断跃上新台阶。"

大局之中摆位,抬高起点谋划

干部精简过半,保障任务成倍增加,这是该分部体制编制调整后面临的新情况。这样的背景下,如何高扬起部队建设的风帆？分部党委宏观统揽,把加强干部队伍建设放在科学发展的大局中谋划,作为一项战略工程抓紧抓好,《分部干部队伍建设规划》《分部干部教育管理规定》等文件随之出台,明确了干部队伍建设目标,即坚持既立足平时管用,更立足战时顶用,着眼解决近期急需,又兼顾长远发展,努力培养和造就一支政治坚定、素质优良、敬业奉献、奋发向上的后勤保障干部队伍。

所属部队驻扎分散,服务保障面宽,工作独立性强,管钱管物多等,必须更新管理模式。分部就近划片,成立3个教育管理协作区,明确责任分工,整合教育资源,实行区域统管。7名常委分工挂钩帮带,使广大干部时时处在组织的管理监督中。

着眼使命牵引,锤炼过硬素质

干部素质不高是制约分部建设快速发展的"瓶颈"。该分部党委坚持把能力素质培养作为干部队伍建设的重要环节来抓。

针对少数干部对个人得失、职务升迁考虑过多的问题,开展了"正确对待进退去留、正确对待个人进步"教育,引导大家以进取之心对待事业,以平常之心对待进步,以感恩之心对待组织。针对少数干部自律意识不强的情况,分部每半年对团以上领导和机关存在的带倾向性问题进行归类梳理,积极开展"照镜子""解扣子""拉袖子"等活动,对理论学习、作风纪律、社会交往、履职用权等作了明确规范,提出了"六条禁令",加大对干部的监督力度。

分部采取多种措施提高干部队伍素质。坚持在送学培训中提高,先后选送53名干部到院校培训,18名攻读研究生,为分部长远发展储备骨干;坚持在岗位交流中摔打,建立健全机关与基层双向交流、城市与山区交叉任职机制,丰富岗位任职经历;坚持在实战演练中淬火,积极选送优秀干部参加上级军事演习。

一名典型就是一面旗帜。分部还采取召开典型事迹报告会、组织典型巡回演讲、给典型披红戴花等形式,先后培养宣传了"全军优秀指挥军官"某教导队队长王斌绪、"军区优秀大学生干部"169医院消化内科主任周国华、"抗冰救灾先进个人"某汽车营营长罗先国等14名先进典型。广大干部自觉掀起了"学先进典型、当优秀干部、创放心岗位"活动热潮,涌现出了"全军优秀参谋"李峰、"全军护理操作能手"马明等一大批典型,成为分部干部队伍中的标杆。

端正用人导向,严格选拔任用

分部党委感到:干部是治军带兵的"脊梁",选准用好了可以造福一方,否则就会危害发展。为此,分部严格实行考核与考试相结合,把民主推荐、民主评议、民主测评作为必经环节,让干部选拔在阳光下运行,两年来先后选拔团营干部六十多人,没有迁就照顾现象,群众普遍满意。所属163医院、169医院大胆打破论资排辈、迁就照顾的条条框框,公开选拔科室主任、护士长,走出了一条能上能下、优胜劣汰的干部选拔任用新路子。

让有为的人有位,让干事的人吃香,这是分部选拔任用干部的原则。某仓库勤务一连地处深山沟,点多线长,5个执勤点分散在3.5公里沿线上。连长胡孟良以连为家,真抓实干,连队建设全面过硬,2007年3月被军区评为先进。今年2月,分部党委将他破格提拔为正营职保管队长。与此相反,对工作精力不集中、群众反映不好的2名团单位主官调离领导岗位;对责任心差、管理松懈的两名连队主官作降职降衔处理。"好的香,差的慌,位居中游也紧张"。广大干部危机意识明显增强,纷纷叫响了"振奋精神干事业,履职尽责作贡献"的口号,自觉立足岗位创一流。

实施"暖心工程",激发工作干劲

"真诚关怀是激发干部事业心责任感的'催化剂',只有积极实施'暖心工程',才能有效地推动部队建设。"部长王健中说。

针对一些干部存在的家庭欠债、看病就医等难题,他们积极排忧解难,设立了"干部解困基金",坚持每年对困难家庭进行慰问;为每名干部建立健康档案,定期组织体检;设立医疗专项经费,分批次组织"老山沟、老先进、老基层"的优秀代表到风景名胜区休假疗养等。某仓库政委彭再强的妻子、儿子身体都不好,家庭经济十分拮据。分部领导逢年过节都要到他家慰问,发放困难补助。把工作干好,让组织放心,成了他坚定的追求。

为解决好小孩上学、家属就业、转业安置等难题,分部党委下了一番苦功。某部地处深山沟,小孩上学成了广大干部的"挠头事"。分部党委积极与驻地教育部门协调,确保官兵子女由山沟农村学校转到城市重点学校就读,并想方设法在城区为干部分配一套公寓住房,使干部小孩上学需在城区租房成为历史。分部还利用军人服务社和医院系统非军事岗位等,优先聘用安置37名随军家属,主动邀请驻地妇联、团委牵线当红娘,帮助33名大龄干部找到了对象。

(与罗衡辉合作,刊于2008年6月23日《战士报》)

办了好事官兵为何不领情?
——76119部队党委改进工作作风的一段经历

1月中旬,76119部队党委考虑到下辖的独立哨所远离机关,官兵外出不便,便专门为其配发了装有沐浴露、护肤霜、牙膏等生活用品的"洗漱包"。孰料,当领导送去这份关爱时,官兵竟然不领情!期间引发的尴尬和争议,带给官兵诸多思索。

常委同遇"变脸"经历

1月16日,湘南地域寒意泛涌,大雾弥漫,该部部队长曹平咏一大早就迎着皑皑霜花,赶赴距离机关7公里的八号哨所,为官兵们送上了装有洗发水、护肤霜、唇膏等日常生活用品的"洗漱包"。然而，让他没想到的是：8名官兵除了班长陈银辉以外，其余都是又惊又喜地打开"洗漱包"，翻看几眼后就随手放到床头。

返回后，曹部队长找到政治处主任郑本领帮着分析原因，郑主任也是一脸诧异："大家的表情就像是川剧中的变脸节目，感觉有点不对劲！""看样子，官兵们好像不领情哦！"与其他分赴几个独立哨所派发"洗漱包"的6名常委交流，大家的遭遇竟然差不多。

"洗漱包"缘何受冷遇

"我的头发是干性的，不能用强力去屑的洗发水，配发的是去屑型的'海飞丝'，用这种洗发水，头发会越洗越干！"当日下午，部队局域网上出现的这张匿名帖子，顿时引来众多网虫的关注。

短短一下午时间，先后有40多条跟帖，围绕着"洗漱包"展开了激烈争论。官兵们在局域网上唇枪舌剑，有的认为，"洗漱包"是暖兵心的创举；也有的认为，"90后"军人拥有独特的个性和喜好，机关的心意固然值得表扬，但作风还应更加务实深入。

两种不同的声音，让党委"一班人"找到了答案：关爱官兵就要从尊重他们的生活习惯、兴趣喜好开始，配发洗漱用品应当预先征求官兵意见才能赢得喝彩；为兵服务没有尽头，只有以官兵需求为行动信号，才能为部队发展提供科学决策。于是，他们在躬身自省、向官兵郑重致歉的同时，连夜制定下发了涵盖个人爱好、皮肤性质等17项内容的调查问卷，摸清官兵的体征和喜好，重新为官兵配发了个性鲜明、符合个人需求的"洗漱包"。

举一反三强作风

"洗漱包"风波总算尘埃落定，但该部党委举一反三，把机关改进作风活动推向深入，党委"一班人"要求各职能部门深入一线察兵忧，短短数日就查找出了5大类14项问题，为科学抓建提供了翔实资料。

他们在明确每季度为哨所官兵配发"洗漱包"的同时，还指定了"哨所外出专用车辆"，每逢周末、节假日接送外出官兵，从根源上解除官兵的"出行难"痼疾，认真梳理各项措施制度，先后修订完善3项抓建基层的"硬杠杠"，对周末频繁点名、迎检先搞"预演"等7项"土政策"亮出了黄牌。

他们还引导基层官兵破除"基层遇难关，就要靠机关"的误区，大力激发基层官兵的主人翁意识，明确了"基层抓建靠基层"的主导思想；依托局域网、热线电话，收集基层官兵建议25条，为基层解决困难13项，深受官兵欢迎。

（与张海亮、严文科合作，刊于2013年1月24日《战士报》二版头条）

放开眼量算大账
——某油料仓库党委高起点谋划部队长远建设典型一例

深秋时节,记者走进地处湘南腹地的某油料仓库,浓郁的现代军营气息扑面而来:气势雄伟的办公大楼功能齐全,现代化的信息指挥中心设备配套,宽阔的综合训练场、整齐的战备库房和优美的文化广场,把整个营院装扮得清爽亮丽。说起营区的变迁,官兵们讲述最多的是这个仓库党委花钱买地的新鲜事。

此事还得从两年前说起。2004年3月,仓库新班子走马上任,决定投入60万元购买营区附近的20多亩农田。消息一出,全库哗然,各种议论纷至沓来。有的官兵说,只听说部队卖地,从没有听说部队买地,仓库组建至今就是这样子,没必要别出心裁,既省事又不用担风险;有的说,仓库经费不足,只需翻新改造一下就行;还有的说,仓库地处深山沟,官兵实际困难多,不如省下这笔钱发点福利,少搞些"面子工程"。

花60万元买块地到底值不值?面对官兵思想上的疑问,仓库党委在军人大会上算起了部队长远建设这本"大账":营区与驻地犬牙交错,被分割成大大小小14个点,没有围墙,没有营门,既不便于管理又容易诱发军民纠纷。如果出现意外,部队工作受干扰,军队形象受损害,其后果是60万元难以弥补的,此其一;战备库、训练场等拥挤在营区角落,营门出入道路狭窄,军事训练难以落实,人员装备不能快速机动。一旦出现战事,因出入道路不畅而贻误战机,其损失岂能用金钱来衡量?此其二;营区高度分散,无法整体规划美化营院,官兵吃水难、洗澡难、开展文体活动难等问题一时难以解决,不便于营造拴心留人的环境,此其三。而花60万元买下这块地,这些难题都可迎刃而解,从根本上破除制约仓库发展的"瓶颈"。

守摊熬日,只会错失发展良机;登高望远,方能勇立变革潮头。仓库党委的一番算账,让官兵明白了一个理:部队建设是一个永不停息的事业,不能只顾眼前利益,而应谋划长远发展,对部队战斗力负责。

思想上的统一带来行动上的自觉。他们请来知名营建专家实地考察,反复论证,因地制宜,确立了"收缩摊点、撤除废点、突出重点、建设亮点"的营建思路,拟制了12种营建方案,广泛征求官兵意见,确定了最佳方案。同时,他们深入驻地,挨家挨户谈判协商,一一做通村民的思想工作。一场大刀阔斧的营区综合整治如期启动。如今,综合训练场面积比以前增加了10倍,战备库房前留有足够的场地停车装卸物资,出去就是直达营门的快速通道;营区功能分区合理,新建了干部和士官公寓楼,给每个房间安装了太阳能热水器;整个仓库秩序井然,管理正规,实现了"四旁"林阴化、小区花园化、空地植被化,形成立体的绿化美化格局。官兵亲昵地称仓库是"山沟里的都市花园"。仓库党委以此为契机,认真落实科学发展观,有效地提高了党委的决策能力。据了解,近年来,他们先后下力抓了油料保障、人才培养、基层建设等打基础的工作,探索出"诸兵种联战联训、跨区域联保联供"的保障新路,推动了仓库保障力的快速提升。

(刊于 2006 年 8 月 24 日《战士报》二版头条)

"零距离"育出真感情
——76119 部队开展蹲连住班活动二三事

日前,76119 部队广泛开展蹲连住班活动,各级领导纷纷打起背包,以普通一兵身份来到基层营连哨所,住班排房、睡硬板床、叠方块被、坐小马扎,在与基层官兵"零距离"接触中,面对面体验官兵疾苦,实打实解决发展难题,受到基层官兵的普遍好评。

"听着战士的呼噜声入睡,我才睡得踏实"

11 月 8 日,前来保管队蹲点的该部部队长曹平咏刚把背包撂到一班排房,保管队队长钱双池赶紧过来劝道:"首长,您还是睡到队里的单间去吧,战士晚上睡觉打呼噜,会影响您休息的。"

"我是来保管队当兵的,不是来享受的,听着战士的呼噜声入睡,我才睡得踏实。"他对钱队长说。在收拾行李时,一班班长唐伟眼疾手快,从曹部队长背囊里抽出军被铺在床上准备叠"豆腐块",他赶紧制止小唐说:"今天让我给你露一手我叠被子的绝活,叠得不好请班长尽管批评啊!"一句话就拉近了与一班战士的距离。

当兵期间,曹部队长全程参与保管队日常工作,和战士们同吃、同住、同劳动、同训练、同娱乐,在与战士们朝夕相处中结下了深厚的情谊。一班战士列兵小张在日记中这样写道:"几天的共同生活,我俩还成了'忘年交'。"

"把战士记在心中,战士才会把你记在心上"

前来该部警卫勤务二连蹲连住班的联勤某分部财务处处长罗智刚到连队的第一个晚上,就和连队主官一起到各哨所去查铺查哨。来到 5 号哨时,罗处长发现哨兵在比较冷的情况下只穿着迷彩服。"这么冷的天站岗,怎么不穿上大衣呢?"正在站岗的列兵邓志文如实回答道："我们这一批新兵的大衣在新兵下连的时候全部收上去了,现在还没有发下来。"

第二天上午,罗处长立即给相关业务部门打电话联系询问,原来是上级机关因为系统错误而漏发了新兵的大衣。几天后,崭新的棉大衣就发到了战士们手中。

在接下来的日子里,罗处长铺接铺闻兵味、面对面听兵声、心贴心察兵情。当得知连队没有电脑室、娱乐室,战士们平时学习娱乐还要到部队文化活动中心去"抢位子"的情况后,他立即向上级申请经费为连队购置了12台电脑、12张电脑桌、一台点唱机、一台功放机。蹲连结束时,得知罗处长即将离开连队的消息,连队战士纷纷围在罗处长身边依依不舍。

"我是哨所普通一兵,哨位就是我的战位"

"彭班长,今天晚上安排我站咱们班两点到四点的岗。"10月20日晚,刚刚赶到该部最偏远的燕子窝哨所蹲点的政治处主任郑本领还没来得及放下背包,便径直找到哨所班长彭志城,主动要求将自己编入夜间执勤哨表。

"郑主任,今天晚上的岗我们已经排好了,要不您等明天白天再站吧?"小彭有点犯难地说。

"现在我是哨所普通一兵,哨位就是我的战位,你就放心给我安排吧。"郑主任亲切地说。

1时50分,正当哨所带班员唐献飞在纠结是否按时叫醒郑主任接岗时,没想到郑主任已经着装整齐地从排房出来了。到达哨位后,郑主任庄严地接过上一班岗的哨兵递过来的自动步枪和实弹弹夹。看着郑主任那一丝不苟的样子,小唐心中油然升腾起几分敬意。

(与金明华合作,刊于2013年12月2日《战士报》)

红红脸　出出汗　排排毒
——76119部队恳请基层官兵为机关领导揭短亮丑实录

政声人去后,民意闲谈中。8月初,76119部队组织官兵就如何克服形式主义、官僚主义,下大力整治庸散懒浮等不良风气,恳请基层官兵为机关领导揭短亮丑,基层官兵畅所欲言,纷纷"吐槽"其困苦烦忧。机关领导认真倾听战士心声,就存在问题躬身反思,承诺立行立改。

问卷调查走形式　作风飘浮不严谨

【兵音回放】 上等兵曾一冠：问卷调查本是机关了解基层情况、倾听基层意见的重要方法，然而，在当下我们很多基层官兵怕"被"问卷调查。问卷内容年年一个样，意见提了不少，真正落到实处能解决的却不多。这且不说，很多涉及官兵家庭隐私的问卷却没做保密处理，堂而皇之地摆在明处。前段时间我的父亲遭遇车祸住院治疗，连队干部骨干及时给我做通了思想工作。没想到在机关组织的问卷调查中我如实填写情况后，没多久全连都知道了。我的隐私成了战友之间"八卦"的话题，这让我很是苦恼。

【领导反思】 政治处主任郑本领：此类问题看似小问题，实则反映我们工作走形式、不细致、不严谨。"80后""90后"官兵的性格特点和时代烙印决定了他们更加看重自己独立的隐私空间，不想心底的"小秘密"变成"白纸黑字"。这就要求机关干部在组织问卷调查的时候，不仅要加强问卷内容的设计，更要保护官兵的合法权益，尊重官兵的个人隐私，避免问卷调查成了"选择题"。

逢赛必上武状元　校场难有接班人

【兵音回放】 四级军士长李永胜：当兵15年，是火热的军营培养了我，把我从懵懂的小伙子培养成为了一名优秀的水电工，不仅有一手水管电路维修维护的绝活，还多次代表单位在上级比武中夺魁，两次荣立三等功。今年本想把参加比武的指标让出，但是单位为了确保取得名次还是决定派我上阵。即将满服役期，很想把机会留给年轻同志，培养一个"接班人"，没想到还是我。特别是听到战友之间的议论"每年比武，获奖的总是那几个人，我们上也没戏"，心里很不是滋味。

【领导反思】 管理处处长刘泽超：一枝独秀不是春。比武的目的是催生战斗力的整体跃升。然而，荣誉至上，折射出我们的虚浮作风。让更多的战士走上前台，成为主角，则是每名战士的"明星梦"。我们要切实从单位建设实际出发，为每名战士搭建合理的成才平台、公平的竞争擂台，确保单位建设不断层，战士才华能发挥。

机关统筹不科学　还时于兵成空文

【兵音回放】 班长黄佐藤：俗话说：新兵怕岗，老兵怕哨。可如今在连队新兵老兵都怕哨，特别是休息时间，一听到哨声就知道是有公差任务了。机关各部门之间统筹不合理，有时同时接到两个部门的公差派遣单，甚至搬个桌椅板凳都要连队战士动手。上周，机关参谋要我们出10名公差去搬弹药。到那一看，只有15箱，机关干部就不能自己动手吗？基层战士白天训练，晚上还要站岗值勤，十分辛苦，还希望机关多多体谅,尽量合理安排公差,不要占用基层官兵休息时间。

【领导反思】 业务处处长石申红:基层的忙乱大都是机关所致。我们常喊还时于兵,落实到具体行动上又成了空话。机关各部门筹划工作,要善于倾听战士心声、建议,关起门来作决策、拿方案,只会让战士反感。要设身处地为基层着想,心系官兵冷暖,体察官兵困难。同时,喊破嗓子不如做出样子,自己动手,肯定会取得不一样的效果。

犯个小错挨处分　简单粗暴伤兵心

【兵音回放】 分队长黄小春:我们常说"批评是关心,关心才批评",但对于犯过错误的战士不能简单去对待。连队战士小唐,平时工作积极主动,但是在一次出公差期间,言语不慎与战友起了冲突。此事被机关通报批评,个人也因此挨了警告处分,从此就戴上了"后进战士"的帽子。干部骨干轮番上阵批评,大会小会都拿此事作为反面例子,导致小唐见了干部骨干直打哆嗦。小唐也很委屈,自己已经清醒地认识到错误,也作了深刻的检讨,在工作中也一如既往的卖力,为啥还总提旧事?

【领导反思】 副部队长曹春晖:我们曾经也是战士。关乎战士的小错误,我们不能动辄就处分,更多的是教育说服。每名战士都有自尊心和进取意识,连队干部应当用发展的眼光看待战士在成长过程中取得的成绩和犯下的错误,少一些批评指责,多一些肯定鼓励,用欣赏的眼光看待他们,用包容的态度理解他们。

敞亮照镜子　虚怀祛污垢

唯物辩证法三大规律之一的"否定之否定规律"告诉我们:事物的发展不是一次性完成的,是一个螺旋上升的过程,正所谓"前途是美好的,道路是曲折的"。可见,在部队建设高速发展的今天,出现这样那样的问题是不可避免的,也没有任何遮遮掩掩的必要。关键在于如何"去其糟粕,取其精华"。勇于揭短亮丑,方能迈开新步。

揭短亮丑需要勇气,更需要务实。76119部队党委恳请基层官兵为其照镜子找问题并且不留情面,这是一种自信,更是对单位、对官兵的负责。对症方能下药,群众的眼睛是雪亮的,让官兵们来监督,让官兵们来评议,最终结果就是官兵都点头,单位长发展。

(与郭睿合作,刊于2013年8月6日《战士报》三版头条)

唱响批评"好声音"
——76119部队提升批评与自我批评质量纪实

批评与自我批评是我党的三大法宝之一。近年来,受社会环境和各种错误思想影响,致使批评"失声跑调"。76119部队结合自身实际,教育官兵端正对批评与自我批评的认识,制定具体举措提升批评与自我批评的质量,确保了原则性战斗性。

缘何批评之音"跑了调"

镜头一:批评下级易,批评上级难。"模范带头作用不够好,训练时常溜边。""对战士批评指责多,关心帮带少"……在该部警卫勤务二连党支部民主生活会上,刚刚入党的下士副班长王德坐立不安,没想到自己成了"众矢之的"。大伙儿轮番批评他,而对正副书记和老党员的批评却是蜻蜓点水,一带而过,原因是其他成员都是连队主官和分队长,怕批评多了被"穿小鞋",只能把矛头指向新入党的同志。

镜头二:自我批评易,批评别人难。"今年8月,我家属来队住了两个星期,期间一直在饭堂吃饭却未交伙食费,侵占了战士利益……"在保管队民主生活会上,上士党员周泽傅自我批评敢于较真,然而批评别人时却避重就轻、遮遮掩掩,没有见人见事见思想。

镜头三:背后批评易,当面批评难。"我要对一分队长提出批评,今年周末回家次数明显增多,想小家多,想大家少。""我承认今年家庭因素牵扯了精力,但家庭确有实际困难,可还没有到影响连队建设发展的程度……"汽车连民主生活会气氛紧张,两名同志对批评的内容产生异议,进而脸红脖子粗地争执起来,会后还闹起了别扭。同时调查还发现,出差的党员基本上是重点批评对象。

"'批评难'的问题在各个单位不同程度存在",该部政治处主任郑本领告诉笔者:"不愿批评、不敢批评、不会批评的现象时常发生,导致批评和自我批评图形式走过场,没有达到'团结——批评——团结'的目的。"

缘何批评与自我批评之音"跑了调",失去了这把利器应有的光芒?

"批评难"究竟难在何处

带着种种疑问,该部在基层党组织之中深入开展调研活动,探究为何"批评难发声"。

怕得罪人。近年来,受社会错误思想和不良风气影响,淡薄了批评与自我批评的原则空气。有的信奉"多栽花、少挑刺,留下人情好办事";有的遇事不是首先考虑党的利益、组织原则,而是采取实用主义的态度;有的甚至拿原则做交易,明知不对却含糊其辞。在该部组织的问卷调查中,超过50%的同志认为怕得罪人是影响开展批评与自我批评的主要因素。

怕丢面子。有的同志听表扬眉开眼笑,遇批评一触即跳,谁稍有微词就觉得是和自己过不去,丢自己的"面子"。某连组织委员是名上士,在连队时间长,动不动就以老资格自居,甚至正副书记批评他也觉得是不尊重自己,不给自己面子,牢骚怪话比较多。

怕影响团结。批评本来是纯洁同志之间关系、增进团结友爱的催化剂。然而有的同志曲解团结的含义,错误地把开展批评与增强团结对立起来,认为团结就是"你好我好大家好",搞一团和气,对班子内部存在的问题或避重就轻、或漠然视之,当起了"好好先生"。警卫勤务一连支部副书记郑传刚就表示:自己刚上任,而书记是多年的老基层,批评多了怕影响团结。

怕丢选票。现在考核班子、选拔干部、评选优秀党员实行民意测验,增强了组织工作的透明度。有的党员、干部遇到问题绕道走,有了矛盾往上交,或大事化小、小事化了,对单位出现的问题不注意教育引导、有效化解,当起了"和事佬",牺牲原则去获取选票。某连连长在多次民主测评中都收获高票,然而连队建设却不断滑坡。原来该连长为了博取选票,平时讲感情不讲原则,部属有了错误不批评,影响了单位的风气。

对症下药调出"好声音"

针对调研中发现的问题,该部党委迅速召开专题会议,研究制订整改措施,让批评与自我批评这把利器重新彰显威力。

加强学习锤炼党性。创办"南岭党校",每周四一次专题讲座,先后开展了党内民主生活、党员党性修养等系列教育,引导官兵充分认清党内批评的意义作用,端正对批评的认识态度。

提高批评方法艺术。坚持实事求是,与人为善,坦诚相见,对非原则性重大问题,能个别提出的不集体批评,能会下解决的不会上讨论,能启发自我批评解决的不公开批评,能本级解决的不靠上级解决,创造了良好的党内风气。

严格组织生活制度。严格落实党日制度,明确要求常委领导必须参加基层组织生活。9月初,6名常委以普通党员身份参加基层支部民主生活会,带头开展批评与自我批评,以自身良好形象营造了敢说话、说实话的氛围,基层民主生活会质量比以往有了很大提升。

做好批评下篇文章。开展了"一帮一"谈心活动,帮助被批评者认识和改正错误。保管队士官党员彭增飞一段时间作风有些稀拉,认为关键时刻顶得上就行。在民主生活会上,党员对他进行了严肃批评,使他思想受到触动。保管队党支部书记钱双池多次找他谈心,较好地纠治了他的模糊认识。

(与郭睿合作,刊于2013年9月27日《战士报》)

缕缕新风拂面来

走进南岭腹地的76119部队,缕缕新风扑面而来。连日来,在"增强党性树形象,改进作风促发展"专题教育中,该部党委深入基层解难题,沉下心思创佳绩,用实实在在的行动赢得了官兵们的普遍称赞。

1名预备党员的宣誓大会

9月15日上午,该部举行第三季度新党员宣誓大会,然而台上却只有一名新党员宣誓。

8月底,各支部上报预备党员对象名单后,该部政治处集中对他们进行了党的基本理论和基本知识测试,成绩却令人大跌眼镜:8名预备党员对象只有警卫勤务二连战士农品侣合格。一时间,这8名预备党员对象能否入党的问题,成为党委会讨论的焦点。有的说,发展党员必须坚持党章规定的党员标准,建议暂缓审批;有的说,这次各支部上报的对象长年蹲山守库,没有功劳有苦劳,建议网开一面,予以发展。

党委会上,该部党委书记、政委谢守平带领"一班人"认真学习《党章》和《军队党组织发展党员工作规定》等文件,使大家充分认识到,发展党员工作必须坚持标准,保证质量。最后,"一班人"达成共识,严格坚持党员标准,只同意审批战士农品侣入党。同时,他们举一反三,作出硬性规定,今后凡是入党、评选优秀党员和优秀党务工作者,必须经过党的基本理论和基本知识考试;凡是考试不合格者,一律取消入党或评选优秀党员、优秀党务工作者资格。

6名常委的8次深山寻水

"夏天洗澡等雨水,冬天洗澡靠雪水。"这是在该部官兵中流行多年的一句顺口溜。由于该部地处深山沟,自来水无法引入营区,官兵平时用水只能靠山里的清泉。遇到干旱,用水就成了官兵的挠心事。

用水问题关系官兵的切身利益,也制约着部队的长远发展。该部领导痛下决心,把彻底解决用水难题作为工作的重中之重。于是,该部6名常委带领官兵不顾山势陡峭和树木杂草茂密进行寻水,终于在第8次上山考察时发现一处大水源。经勘测合格后,该部领导在与地方达成协议的基础上,立即组织施工,并投资20余万元,为所有建制班排和哨所装上了太阳能热水器。

经过20多天的艰苦努力,引水工程圆满竣工。清澈的泉水欢快地流向军营那天,基层官兵像过节一样热闹,笑逐颜开。

30名干部士官的"诸葛亮会"

"今天召集大家开个会,主要是探讨部队建设难题,请大家建言献策。"9月4日上午,随着部队长彭国成的开场白,一场由30名干部、士官参加的别开生面的"诸葛亮会"在该部会议室举行。

近年来,该部坚持以业务建设为中心,以重大活动为牵引,全面推动了部队建设上台阶。特别是去年,该部不仅在抗冰救灾中表现突出,被军区评为抗灾救灾先进单位,还圆满完成了全军后方仓库业务规范建设试点任务,受到总部表彰。但如何破解人少事多的难题,实现平时精细管理、战时精确保障的目标,成了大家讨论的热点问题。

"我建议领导机关减少中间领导层次,提高工作效率,防止和克服机关工作'空转''空耗'。"警卫勤务一连指导员刘火球首先发言。

"解决人少事多的矛盾关键靠提高素质,培养'一专多能'人才。"技术队士官陈宏贵快人快语。

……

发言在思考中深入,对策在讨论中明晰。"诸葛亮会"后,该部常委领导都分头带领工作组,针对官兵的意见建议,沉到一线搞调研,拿出对策举措。据了解,今年初,为保证广大基层官兵安排工作有自主权、敏感事务有知情权、单位建设有建议权、课余时间有休息权,该部党委综合官兵意见,制定了《机关工作规范》《公差派遣规定》等,真心实意地维护了基层官兵权益。

(与曾杰志、左书游合作,刊于2009年9月23日《战士报》)

大山深处党旗红
——76119部队运用鲜活载体开展创先争优活动二三事

湘南腹地,五岭山脉。在当年红军长征经过的地方,驻扎着76119部队。在创先争优活动中,该部注重运用鲜活载体,不断激发广大党员创先争优的热情,形成了比学赶超的浓厚氛围。

"生日"贺卡:牢记身份强党性

9月14日,该部本月入党的7名党员在高亢的国际歌声中,面对鲜红的党旗庄严地举手宣誓,重温入党誓词。宣誓完毕,每人收到了一份精致的"生日"贺卡。

"太漂亮了,大红的贺卡上有党徽、天安门、长城、中华柱!"保管队上士周泽傅喜滋滋地打开贺卡,政委谢守平的祝福寄语赫然映入眼帘:流动的岗位,不变的责任。你常年外出押运,完成任务好,希望你加强理论学习,争取更大光荣。

针对部分官兵党员意识淡化、模范作用弱化的实际,该部决定开展为党员过"政治生日"活动。政治处摸清每名党员的入党日期并登记造册,将同月入党的党员集中在一起重温入党誓词,组织他们回顾党组织的培养历程,汇报自己的工作、学习和生活情况,并赠上写有领导祝福话语的"生日贺卡"。

没有烛光,没有蛋糕,但这个特殊的"生日"让党员们深刻难忘。警卫勤务二连下士农品侣说:"去年的今天,我参加入党宣誓仪式的情景还历历在目,没想到今天党组织给我过了这样一个有意义的'生日',让我感到新颖的同时,也感受到一份温暖和亲切,更增添了一份责任和激情。"

《成长手册》:比照标尺量长短

9月2日下午,警卫勤务一连党支部会议室气氛活跃,支部评定党员活动正如火如荼。

"司务长何利保同志在本月工作中,伙食调剂科学,农副业生产抓得紧,帮带对象有进步,模范作用发挥好,经全体党员评议,综合大家意见,在《党员成长手册》中的'带头遵纪守法''带头爱岗敬业'栏目评定为'好',但没有坚持好每天一小时读书计划,在'带头学习提高'栏目评定为'一般',希望你继续发扬成绩,克服自身不足,更好地成长进步。"党支部书记金明华认真地宣布着10名党员的支部综合评定结果。

一名党员就是一面旗帜。为强化组织功能,加大党管党员、党管干部力度,该部在创先争优活动中印制了《党员成长手册》,将党员创先争优的"五带头"细化,制成具体表格,按照好、良好、一般、差四个等级,组织党员每月进行一次个人自评、支部进行一次讲评、每季挂钩领导进行一次点评、每半年进行一次群众评议、全年再进行总评,客观公正肯定成绩,实事求是指出问题,着眼发展提出要求,定期对党员的综合表现汇总打分,将评比结果与立功受奖、评选先进挂钩,并记录在册,公之于众,做到"平时算小账,年终算大账"。

小小一本成长手册,使党员的"工作圈""生活圈"和"社交圈"时刻处于组织和群众的监督之中,增强了官兵的党员意识、责任意识和自律意识。活动开展以来,在该部组织的紧急收发演练、岗位练兵比武等重大活动中,训练最刻苦的是党员,完成任务最坚决的是党员,表彰的"军事训练先进个人",党员占了80%。

"南岭党校":学习理论校航向

"据报道,2010年我国国内生产总值达到39.8万亿元,超过日本成为世界第二大经济体。数字见证辉煌,事实胜于雄辩,我们党是一个伟大、光荣、正确的党……"9月7日晚,部队长曹平咏在该部礼堂正与官兵们分享自己学习党的创新理论心得。台上他讲得眉飞色舞,台下官兵个个聚精会神,听得津津有味,不时报以热烈的掌声。

针对当前官兵主体是"80后""90后",对党的创新理论的巨大威力缺乏直观了解和情感认同的实际,在创先争优活动中,该部把深入学习党的创新理论作为首要任务,每周四上一堂党课,或党的光辉历程,或党的基本理论,或时事政策解读,官兵们昵称为"南岭党校"。

于是,从南湖的红船、井冈山的星火到第一面五星红旗的升起,从毛泽东思想的形成、邓小平理论的诞生到科学发展观提出,从远洋护航、'嫦娥'飞天、到上海世博等,都成了党课的主要内容。信念在学习中坚定,理想在交流中升华。荣获联勤部岗位练兵比武标兵的业务处助理员石申红说:"'南岭党校'融思想性、知识性、趣味性于一体,是我人生的'加油站',前进的'方向盘'。"

为鼓励官兵讲好党课,该部挤出经费3万元,为各支部购买了有关资料和辅导录像,组织集中培训,在党课选题、素材搜集、教案撰写等诸多环节,进行系统指导帮带,确保授课内容有"党味",授课特点有"趣味",授课效果有"回味"。

风拂过,万物更新;雨飘落,润物无声。"南岭党校"成为该部官兵学习党的创新理论、促进官兵成长进步的有效载体。一股学理论、创先进的热潮迅速兴起。

(与左书游合作,刊于2010年10月14日《战士报》)

大山深处有新景
——76119部队贯彻落实《纲要》加强基层建设纪事

倚山而立的"别墅式"兵楼、绿化面积达98%的生态营区、挂满"本土明星"照片的文化长廊……走进76119部队,扑面而来的是一股浓郁的现代气息,映入眼帘的是官兵们乐在其中的笑容,感受到的是绿色军营洋溢的青春活力。近年来,该部党委依据《纲要》狠抓基层建设,营区面貌焕然一新。

基层新颜:哨所有了DV机

【现场见闻】"有了这个,咱们自己也能刻光碟了!"11月17日,地处海拔1691米的五盖山腰四号哨所,班长曹杰手持着一台崭新的"佳能"DV摄像机,正在为战友们录制军营生活的"写真集"。据该部政委谢守平介绍,这是党委机关以实施"网络下连、DV进班"工程为契机掀起的又一轮"基层至上、士兵第一"服务热潮。

"哨所条件越来越好,咱们真是赶上好时候了!"走进崭新气派的宿舍楼,曹班长感慨地细数起了以前的"老黄历":两年前,官兵们住的还是阴暗潮湿的砖瓦平房,现在部队所辖的7个偏远哨所官兵都住上了功能齐全的"别墅式"宿舍;以前洗澡排队要等上二三天,现在每个班就有快捷方便的太阳能热水器;以前做饭烧开水共用一口锅,现在则是营养餐当家、"娃哈哈"纯净水天天喝;以前公路不通、黄土扑面,现在平整的柏油路直通每个连队和哨所……

【新闻解读】"DV进连、网络进班"工程,不仅折射出该部党委以科学发展观为指导,认真落实新《纲要》的务实风气,更反映出以人为本理念已经深入基层抓建的各个环节。官兵们即使身处大山深处,也能时刻感受DV摄像机、热水器等现代化设施的潮流时尚,领受到的是该部党委真情为兵的浓浓心意。

官兵新貌:科技"充电"成时尚

【现场见闻】来到长逾30米的文化长廊前,"军区网络通信专业技术能手"、三级士官黄雁飞的事迹特别引人注目。小黄多次被评为"优秀士官",曾两次荣立三等功。他利用业务信息网络自主开发的管理软件,大大提高了该部野战后勤保障能力,因此成为官兵们竞相学习的"本土明星"。

"我当新兵时,学电脑是件非常奢侈的事!"提及当年的经历,黄雁飞深有感触:6年前,由于该部基础设施建设相对滞后,每个连队仅有一台破旧的"奔腾586",只能用来给连队打印文件,想学电脑也没条件。现在,每个连队都配备了8台功能强大的"联想",该部还专门斥资建起了集学习"充电"、训练娱乐于一体的学习训练中心,并与军网实现了链接,真正实现了网络的便捷化、时尚化。

【新闻解读】官兵学习、娱乐方式的变迁,既反映出该部党委狠抓基层建设的决心、力度,更是军营科学发展的生动缩影。只有贯彻以人为本要求,走活基层建设这盘棋,官兵才能在军营这所大学校里更好地学习成才。

保障新景:信息手段来提速

【现场见闻】走进长达4公里的五号洞库,储存的数百类战备物资一眼望不到边。令人费解的是,这个昔日需要5名保管员才能管理得过来的偌大库房,如今仅编制2人管理。笔者不禁暗自担心:人手少了,保障任务没变,这样的配备是否科学合理?

仿佛看出了笔者的心思,保管员黄小春自信地打开了电脑。随着鼠标轻点,不到一分钟,一张综合了物资数量、品名、性能的库存综合表格已经自动生成。小黄自豪地指着电脑说:"根本不用愁,领导给我们每人都配上了高效的仓储助手了!"

以前,巡查库房、清点物资,曾是每个保管员共同的"挠心事",费时费力不说,还容易出差错。如今,该部为每个洞库都配备了电脑,并借助局域网进行了系统升级,使过去的人工化查库变成了信息化作业,基本实现业务处理网络化、综合监控数字化、保障资源可视化、基础数据标准化的目标。

【新闻解读】保管员的努力方向从原先的"一摸准""一口清",再到如今的"一键灵""一搜准",体现了该部党委运用信息手段,着力为保障"提速"的科学发展思想,更体现了与时俱进的抓建思路。只有与时代接轨,为后勤保障插上信息翅膀,才能真正实现拉得出、供得上、打得赢。

(与张海亮合作,刊于2009年12月1日《战士报》)

键盘声声"话"过年

1月19日,农历小年。这天上午,细雨纷飞,寒气逼人。沿着崎岖的山路,记者走进76119部队警卫勤务一连,对官兵过节准备情况进行探访。

这个连队地处常年浓雾迷漫的大山深处,保卫着数座军用物资洞库的安全,数个执勤点分散在五公里沿线上。

火红的灯笼高挂在连部门口，鲜艳的彩旗飘扬在营院四周。除看见连值日笔挺地站在门口值班外，偌大一个连队却悄无声息。连值日告诉记者，战士们正集中在网络室学习。来到网络室，只见20台电脑一字排开，官兵们正聚精会神地上网聊天呢！

原来，为让偏远连队官兵能过上一个娱乐、求知、审美和健身有机结合的春节，76119部队在局域网上增设了"谈心亭"，征求大家对如何过好春节的建议。

说起"谈心亭"，官兵们甭提有多喜欢，它不仅可以满足"80后""90后"官兵上网聊天的需求，而且不管是成长的苦恼、家庭的困难，还是部队发展的建议，官兵们都可在这里一吐为快，畅所欲言。官兵们昵称为"心之桥"。

鼠标轻点，马上跳出一个帖子：我是今天"谈心亭"的值班员，马上要过春节了，大家有什么好的想法和建议，请谈谈！

"我建议春节长假不要作太多硬性规定，安排太多集体活动，而是根据官兵爱好和个人需求建立各类兴趣小组，以小组形式开展适合我们自己口味的活动。""冒失鬼"小王以"小兵"发出帖子，然后朝战友们吐了吐舌头。

"这个建议很好，搞活动不能'一锅煮'，要适当照顾官兵的不同口味。我会建议政治处对各基层文化活动安排情况进行检查，督促集体活动安排过满的单位重新制定计划。"值班员答复很快。

"这个春节我希望有足够时间把《平凡的世界》读完……"

"请求开放部队图书馆，利用节假日充充电……"

"建议部队给战士家人发封慰问信……"

一会儿功夫，"谈心亭"热闹起来，一个帖子接一个帖子"飞"上来。

"战友们别急，春节期间，为让大家有个人自学和处理事务的自由时间，单位会严格公差派遣制度，除特殊情况外不得安排公差，对私派公差的干部一经发现将通报批评。"

"太棒了！"电脑前的官兵立刻欢呼起来。

"还有什么问题吗？"

"正月初一我在八号哨所站岗，不能参加部队组织的游园活动，好孤独哦！"一位战士用"谁懂我心"遗憾地说。

"正月初一集体团拜后，部队领导会带着贺卡、礼品和电话卡上基层连队、哨所给官兵拜年，把组织的温暖送到偏远哨所官兵的心坎。不仅如此，单位将成立综合服务保障小组，对偏远连队、哨所电缆通讯、营房设施、电视线路进行检修，调整卫星电视信号，确保电视图像清晰，新购一批图书、文体器材下发基层，确保官兵过一个平安祥和有意义的春节！"

键盘声声，官兵们的脸上荡漾着笑意。指导员刘火球感慨地说，部队党委如此关心基层节日生活,我们更应该兢兢业业地站好节日的每一班岗。

告别连队时已近中午,记者和官兵挥手告别,蓦然看到书写在黑板报上的一副对联格外醒目:"南疆军营苦万家灯火亮,哨位寒风冷祖国正辉煌"。

(与左书游合作,刊于2009年1月24日《战士报》)

山沟军营铸就精神高地
——某仓库按照科学发展观要求加强思想政治工作纪事

"燕子窝啊燕子窝,燕子从未来住过,山高路远人寂寞,官兵爱唱奉献歌……"这首主题凝练、旋律动人的《燕子窝兵谣》歌曲,再现了驻扎在深山沟76119部队官兵的艰苦生活,歌颂了一代又一代守山人的精神追求。而如今,该部官兵"身在山沟,使命崇高""扎根大山,心向战场"的斗志豪情,为新一代"守山人精神"注入了厚重的钢铁之气。着眼新的使命任务,按照科学发展观要求大力加强思想政治工作,在官兵心中筑就了新的精神高地,在异常艰苦的环境中创造了一个又一个优异成绩:该部连续3年被军区联勤部、分部评为全面建设先进单位、先进党委。去年,被联勤部评为"学习贯彻科学发展观先进单位"。

在铸牢军魂中砥砺政治品质

"明天要打仗,今天你准备好了吗?"每当官兵走进部队大门,就能看见矗立在路旁醒目的灯箱标语牌,时刻紧张着官兵的打赢"神经",催生着官兵"军人生来为战胜"的使命感危机感。

然而曾几何时,官兵的思想却遭遇了迷惘。"部队远离战场,山沟远离海峡,打仗轮不上我们。""天天管枪管炮,军人的使命离我们太遥远""比起驻城部队,在这里站着也是做贡献"……

听惯梨园歌管声,不识旌旗与弓箭。战争的硝烟真的离我们远吗?天下虽安,忘战必危,该部党委深深感到,军人如果忘记战争,就意味着丢掉了政治责任与崇高使命。为此,一场"砥砺政治品质,不辱崇高使命"的专题教育迅速在部队展开。

该部采取理论辅导、形势讲座、热点辨析等形式,让大家明确新的历史使命的新内涵、新发展、新要求,加深对胡主席"三个提供、一个发挥"重要论述的认识和理解。结合该部担负XX任务的实际,政委雷兴华组织大家认真回顾该部多次担负重大保障任务的辉煌历史,引导大家认清未来战争不分前线后方,每个岗位都是战斗单元,每项工作都连着战场,使命就在岗位,责任就在肩上。7个支部自觉开展了"履行崇高使命,我们的责任有多重"的大讨论,使大家清醒认识到,看洞守库责任重大、使命光荣。

居安思危,枕戈待旦。该部坚持把保障有力作为官兵岗位练兵的出发点和落脚点,从健全制度入手,制定《岗位练兵实施细则》,对训练先进单位和个人给予重奖,营造习武光荣的浓厚氛围。全库官兵自觉叫响了"科技练精兵,一切为打赢"的口号,积极开展争当行业状元、训练尖子、技术能手和革新能人的群众性练兵活动。目前,全库98%的官兵达到上级规定的专业素质标准。该部还定期把部队拉到生疏地域,设置复杂环境,组织机动保障演练,从装载伪装到山地机动,从战术训练到抗敌干扰,逐个课目开展训练,在训练场解决战场上的问题,让官兵在近似实战的环境中摔打磨砺。

在坚定信念中完善人格品质

今年5月,为配合抓好预防重大事故案件及政治性问题教育整顿,该部政治处编写了拒腐防变"十不准"手册下发官兵学习,没想到少数官兵却私下议论:该部地处深山沟,远离"酒绿灯红",拒腐防变是多此一举。

思想上的麻痹必然导致道德的滑坡和信念的动摇。该部党委感到,必须加强人品官德党性的修养,铸牢官兵的思想防线。该部向官兵一一列摆了驻地社情:旅游景点多、流动人口多、外资企业多、休闲娱乐场所多,特别是附近4家外资企业,尽管长期亏损,仍然惨淡经营,显然是"醉翁之意不在酒",引导官兵认清敌特就在身边,危险就在眼前,必须时刻绷紧拒腐防变这根弦。组织观看《拒腐防变》警示录相、参观广州军区政治部郴州监狱等方式,引导官兵把加强思想改造作为立身做人的基点。为巩固教育效果,该部还制定了《党委班子成员廉洁从政行为规范》《加强管理教育工作暂行规定》等规章制度,确保官兵思想不出轨,道德不失范,行为不失控。

一个典型就是一面旗帜。该部大力宣扬全军"优秀带兵爱兵基层干部"付靖华、军区"优秀连长"原其建等5名身边典型,把他们的事迹在库史馆和文化长廊展出。定期召开先进典型事迹报告会,让热爱该部的官兵讲主人翁精神,让扎根山沟的官兵讲奉献精神,不断掀起"学典型、争先进、作奉献"的热潮,激发了忠于使命、无私奉献的自觉意识。该部官兵长年执行装备器材押运重任,少则十天半月,多则一两个月,路上经常遇到各种诱惑和险情危局。在充满艰辛、寂寞和危险的漫长押运线上,他们以苦为荣,以苦为乐,始终牢记使命,先后行程50多万公里,押运危险物资器材近百万件(套),没有出现任何差错,在没有硝烟的特殊战场上书写着军人的忠诚和豪迈。

做思想政治工作,要言传,更要身教。前几年,部分新分配到该部的官兵,面对

"山高任鸟飞,路远没人走"的"原始"环境,身在山里,心向山外。该部领导一个个把家从城里搬进来,家属小孩从城里人也变成了地道的山里人。该部主任彭国成说,要想官兵安下心,自己必须首先扎下根。领导的行动就是无声的号令,官兵们说,跟着这样的领导干,蹲山守库也值!

思想教育栓心,改善环境留人,要让官兵懂得安心的理,就要为官兵办安心的事。近年来,该部先后新建了大门、连队宿舍、文化活动中心;装修改造干部公寓楼,给每户干部安装了电热水器;新建了大型宣传画、文化长廊和宣传灯箱,种植草皮1万多平方米,栽种花木6000多株,营区面貌焕然一新。官兵们说,这简直就是山沟沟里的都市花园。

在激发斗志中增强事业品质

路越走越窄,山越走越深,从陕西长安大学特招入伍的勤务二连排长王宇曾一度越干心越凉。

2003年夏,王宇大学毕业,满怀豪情奔赴军营。从美丽的"陕北江南"乘火车,转汽车,最后换上"小三轮"到了部队。这里群山环抱,信息闭塞,离城区有几十公里九曲十八弯的山路。天天面对的是大山,干的是收发保养的活,这哪是干事业的地方? 美好理想与现实生活的反差,让王宇感到呆在这穷山沟都是一种奉献,工作提不起神,不到一年就向党委打了份转业报告。

此事在该部中引起反响,也引起了该部党委的深思:现在的青年官兵特别精于自己的人生设计,必须加强教育,引导他们振奋精神干事业。为此,他们走出了几步快棋:

走出去看,横向对比找不足。组织官兵参观粤北片部队,围绕"同样是驻山沟部队,为何别人发展快"展开讨论,使大家看到机遇面前人人平等,金牌等不来,要靠拼搏;成绩等不来,要靠奋斗;发展等不来,要靠进取。

请进来讲,典型引路树标杆。邀请军区"模范科技干部"、某部高级工程师顾永顺作事迹报告,讲述自己扎根山沟40多年,始终保持昂扬的精神状态,取得60多项技术革新成果的人生经历,引导官兵认识到小地方也有大作为,深山沟也能干事业,环境越苦越要艰苦创业,条件越差越要争创一流。

到营区走,弘扬传统鼓斗志。该部地处五盖山腹地"燕子窝"。在艰苦环境中,历代官兵励精图治,敬业勤业,形成了"艰苦奋斗、不惧苦累、爱军精武、争先创优"的"燕子窝"精神。该部请"老山沟"到营区走一遍,给官兵讲单位荣誉的来历,讲每条道路、每口洞库、每个哨所的变迁,讲历代官兵自力更生、勤劳建库的感人事迹。通过教育引导,"燕子窝"精神在官兵思想上深深扎根,成为官兵续写大山雄风的精神动力。王宇主动撤回了转业报告,他在心得体会中写道,"换个心境看大山,山越看越美,水越看越秀。作为新一代'守山人',我们不仅要甘于奉献,更要有所作为！"3名干部放弃调往武装部的机会,5名干部打消调城部队的念头,铆在深山干事业成为官兵的追求。

2007年,上级赋予该部火炮维修任务,没有成熟的技术力量,没有配套的场地设施,没有可借鉴的经验。为啃下这块"硬骨头",检修所官兵把工作当事业干,加班加点摸索,先后制作、革新维修工具35种,顺利完成上级赋予的火炮质量升级任务,该部被总部评为火炮质量升级工作先进单位。2008年该部被确定为全军后方仓库业务正规化建设示范点。在时间紧、任务重、标准高的情况下,党委"一班人"亲历亲为带头干,精益求精细雕琢,一项一项抓落实,做到达不到要求不放过。该部官兵自觉叫响了"当样板、创一流,高标准完成试点任务"的口号,积极学习新知识,钻研新装备,掌握新技能,演练新战法,为全军后方仓库业务正规化建设提供了一流的样板,受到总部通报表彰。

"蹲山沟,守库房,收发储运练兵忙。踏遍青山走万水,联勤战士最荣光……"一首气势恢弘的新时代"库歌"唱出了该库官兵的责任与豪情。

(与杨明伟合作,刊于2008年11月15日《战士报》二版头条、2009年4月18日《郴州日报》)

强军动力更强劲
——76119部队学习贯彻十八届三中全会精神侧记

党的十八届三中全会作出了全面深化改革的总部署,发出了全面深化改革的总动员。全会召开后,76119部队始终抓住学习贯彻全会精神这条主线,注重在感悟成就中增强爱党情怀、在丰富形式中浓厚学习兴趣、在创新理念中明确职责使命,不断推动党的创新理论进入官兵头脑,在基层落地生根。

在感悟成就中学出感情

"1979年至2012年的34年里,中国经济年均增长9.8%,而同期世界经济年均增速为2.8%,创造了人类经济发展史上的新奇迹……"11月28日晚,笔者在该部南岭党校课堂上看到,刚刚结束的十八届三中全会精神成为这次党课的主要内容。

该部采取设置专题讲、联系实际悟、回顾变迁谈等多种方法,引导官兵在理清发展脉络中坚定信仰,在畅谈辉煌成就中坚定信赖,在历数军营变迁中坚定信心。他们外请专家进行《改革推进伟业,开创发展新篇》为主题的专题辅导,组织官兵认真学习《科学发展成就绘画本》，专题解读高速铁路天涯变咫尺的"中国速度"、"神州十号"箭射苍穹的"中国高度"、"蛟龙号"龙宫探秘的"中国深度"，激发官兵自觉感悟党的理论自信、道路自信和制度自信。

为进一步直观感受改革开放的巨大成果，该部组织官兵参观驻地金旺铋业股份有限公司。参观中，整齐的厂房、自动化流水作业、高新技术研发运用、废气废水节能减排等都让官兵啧啧赞叹。该公司负责人介绍说，受益于党和国家对高新技术企业的政策倾斜，自2001年成立至今，从年产值400万元到2013年产值30亿元，公司朝着"世界铋业明珠"目标阔步前行。数字知变迁，对比看发展，鲜活生动的发展历程让官兵对改革开放的英明决策感同身受。官兵们纷纷表示，只有爱党信党跟党走，坚定深化改革的信心，我们的明天一定更美好。

在丰富形式中学出兴趣

学习中，该部注重创新形式，充分利用部队网络板报、广播等多种载体，不断激发官兵学习全会精神的浓厚兴趣。

明确目标学。为防止学习教育大呼隆、"一锅煮"的现象，该部区分干部骨干和普通士兵两个层次，有针对性地设计学习内容，规范学习标准，明确学习要求：干部和理论骨干要精读原文，准确把握和深刻理解全会精神科学内涵，做到上台能讲、课下能教、工作受益；士兵在通读原文的基础上，重点掌握基本思想、基本观点，做到熟读一个观点、联系一个事例、讲出一个道理、解决一个问题。

剖析热点学。广泛开展"三找"活动，组织官兵熟读原文找亮点、问题牵引找难点、联系实际找落点。他们注重结合设立国家安全委员会、贫富差距拉大等官兵议论热点，引导官兵用辩证、发展、联系的观点正视矛盾问题，用新思想、新观点、新论断拉直心中问号。

拉近距离学。在情感上、语言上、方式上积极拉近理论与现实之间的距离，大力开展"谁不说俺家乡美"活动，在连队设立照片墙，支持官兵"晒"家乡美图、家庭靓照，引导官兵从家乡变迁、家庭变化中激发情感共鸣。刚刚探亲归队的河北籍战士马运合说："我爷爷身体一直不好，以前每年看病要花掉很多钱，现在好了，每次看病的医疗费用都能通过农村医疗合作报销70%以上。"

在创新理念中学出责任

描绘新蓝图，使命在召唤，梦想在起航。该部党委引导官兵把学习焕发出的热情转化为履职尽责的内在动力，以实干推动工作落实，以实干谋求科学发展。

弄不清存在问题，发展就会跑题。该部区分党委班子、机关干部、基层主官、普通战士4个层次，分别围绕"党委抓建，我的能力行不行""帮带基层，我的素质强不强""基层管理,我的水平够不够""建功军营,我的决心大不大"展开讨论,翻箱倒柜找问题,集中兵智查不足,查找出5大类共14项问题。

结合对全会精神的学习理解,党委"一班人"召开专题会议,按照全会公报"着力解决制约国防和军队建设发展的突出矛盾和问题"的精神要求,认真谋划新年度工作,确立了"提升机械化水平,锻造信息化能力,实行科学化管理,推进规范化建设"的工作思路,明确了争创"窗口"单位、军区标兵单位的奋斗目标。

该部还从年终考核入手,贴近实战设置考场环境,从严从难提高考核标准,并针对考核中暴露出的难课目训练少、险课目不敢训等5个训风不实的问题,强力推进整改,有针对性展开复训补训。结合当前士官选改、老兵复退、总结表彰等工作,细化选拔标准、正规评议程序、公示排序结果,有效激发官兵们精武强能、敢打胜仗的信心与勇气。

(与郭睿合作,刊于2013年12月10日《战士报》二版头条)

风生水起浪淘沙　云开雾散伴日行
163医院开展主题教育讨论辨析活动现场见闻

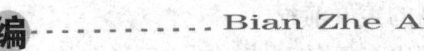

"轻装"好上路,伴日赶征程。163医院在主题教育讨论辨析活动中,紧扣官兵认识难点、话题热点、关注焦点,以单个"轮流"议论、分组"对抗"辩论、集体"自由"讨论等多种"论""辨"方式,广泛深入地进行观念较量、思想交锋,打牢官兵理解、认同、实践当代革命军人核心价值观的思想基础。对于这次正本清源的思想观念大讨论、大辨析活动,广大官兵深有感触地说:如同借得东风生,吹走思想的云雾,使价值更明;如同借得浪花起,淘去脚下的泥沙,让行动更快。

一、俗话说,"一招鲜,吃遍天;一招精,成明星"。专业技术干部只要业务过得硬,不犯政治错误,就是对党的最大忠诚吗?

对于这个话题,讨论一开始,可以说是百人百个理。

率先发言的是老年病科医生谭兵:"胡主席提出'忠诚于党,热爱人民,报效国家,献身使命,崇尚荣誉'的当代革命军人核心价值观,忠诚于党是灵魂。作为我们业务干部,听党的话跟党走,这个根本是不能动摇的。但我觉得,更重要的是业务技术过硬,解除病痛,救死扶伤,不犯政治错误,这是对党忠诚的现实体现。"

"谭医生的话不无道理,忠诚于党是革命军人最高的价值取向和政治信仰。任何信仰最终都是通过一言一行来体现,特别是要落实到我们具体的学习工作实践中。否则忠诚于党就是一句空话,成了无源之水,无本之木。"医生孟宪琴马上亮出自己的观点。

谭医生见有人附和,脸上露出了微笑。会场一下子变得热闹起来。

实际上,谭兵、孟宪琴这种思想观点,在医院干部中具有一定普遍性。主题教育前摸底调查显示,30%的同志认为,作为专业技术干部,讲对党忠诚、讲政治似乎和自己关系不大;一些人理论学习热情不是很高,过组织生活经常是'身在曹营心在汉';而少数同志对一些社会消极腐败现象缺乏鉴别力,对政治性谣言、小道消息津津乐道。

"这是一种典型的'王劲现象'。忠诚于党,我们不能把其仅仅当作政治口号喊,要有具体实在的行动,这是对的。但如果过分强调业务过得硬就是对党忠诚,就容易让坚定理想信念这个人生重大课题'俗'起来、'轻起来',难以经得起严峻的考验。"

副主任杨浩军针锋相对,顿时会场散发出浓浓的"火药味"。

王劲,曾是该医院药剂科的主治药师,毕业于第二军医大学,业务学习抓得紧,工作勤勤恳恳,仅 2003 年就发表论文 12 篇,可以说是科室的技术骨干。然而,他长期忽视政治理论学习,一遇到政治教育就以值班、工作忙等理由为借口逃课。久而久之,政治意识淡化了,政治敏感性弱化了,纪律观念这根弦在脑中放松了,最终导致擅离部队而被劳动教养,断送了自己的美好前程。

接下来,护士长杨霞、医生张勇等先后摆出自己的观点,你一言我一语,思想在交锋中升华。

灯不拨不亮,理不辩不明。政委任华东见大家的思想观点逐渐明晰,凝重的表情舒缓下来。"胡主席把忠诚于党作为当代革命军人核心价值观的第一条提出来,充分说明忠诚于党是革命军人的最高政治要求。从国际形势看,虽然和平与发展成为当今时代主题,但天下并不太平,敌对势力一天也没有放弃'西化''分化'我国的图谋;从国内形势看,市场经济的负面影响,各种思想文化相互激荡,对官兵的理想信念带来冲击。因此,作为一名军人,必须坚定理想信念,固牢精神支柱。然而对党忠诚不是与生俱来的,必须靠长期的政治学习、党性修养。一名哲人说过,理论是火,点燃引路的灯;理论是灯,照亮夜行的路。作为技术干部,我认为既要埋头拉车,更要抬头看路,做又红又专的优秀人才。"

政委任华东深入浅出的话语,让大家陷入了沉思。

二、对于军队医院来说，开好药、打好针、看好病，为患者提供优质服务就是热爱人民吗？

在这次辨析讨论中，"什么才是真正的热爱人民"的话题，一抛出来就引起了官兵的热烈争论。

"健康所系，生命相托。对于我们医院来说，开好药、打好针、看好病，为患者提供优质服务就是热爱人民。"一向快言快语的急诊科主任蒋瑞山开门见山，摆明自己的看法。

"没错，我军从诞生之日起，就把一切为了人民写在了鲜红的战旗上，融入官兵的心坎里。只有热爱人民，才能自觉地服务人民，全心全意为患者服务就是热爱人民的最好回答。"耳鼻咽喉科副主任江文马上发言。

军队医院对外开放，是向人民群众展示军队形象的窗口。近年来，医院修订完善了《为民优质服务细则》，提出了"医疗质量升上去，医疗费用降下来"的口号，公开向社会作出不接受各种形式的红包、回扣和提成等8项承诺，规定了双休日门诊挂号免费等"4项免费"措施，积极畅通为民就医"绿色通道"，真正把以病人为中心落到实处。特别是在去年年初的抗冰救灾工作中，医院官兵主动配合地方政府执行医疗救治任务，参与享誉全国的"抗冰英雄"罗景文等3名电力烈士抢救行动。"5·12"汶川特大地震发生后，67名同志主动递交请战书，官兵自发为灾区捐款近30万元。

"作为医生，开好药、打好针、看好病，为患者提供优质服务是热爱人民的具体体现，这个观点我赞成。"

多次参加浏阳、韶山等革命老区义诊活动，被医院评为"十佳医生""为民医疗队"队长的张登科体会比较深刻，略微停顿了一会，用目光扫了扫大家，"但我总觉得，热爱人民还有更高的要求。新闻联播经常有关于伊拉克国内情况的报道，不是这里爆炸就是那里骚乱，人民生活在苦难与恐慌之中。我常想，如果伊拉克军队不是'出师未捷身先死'，而是赢得了伊拉克战争，国家会遭难吗？人民会受苦吗？我们是医生，救死扶伤是我们的职责；我们更是军人，打得赢是我们的使命。"话声刚落，会场议论纷纷。

"一支军队，如果没有能力捍卫自己的国家主权，捍卫人民的劳动成果，就没有资格谈热爱人民。我觉得张登科同志讲的很有道理，军人热爱人民的最高境界是不辱使命打得赢。"院长徐力鹏接着张登科的话茬开了腔："热爱人民，就是要忠实践行全心全意为人民服务的根本宗旨，视人民利益高于一切。把热爱人民的感情转化为服务人民的本领，在忠实履行我军根本职能中为全面建设小康社会作贡献。"

讲到这里，徐院长话锋一转。"在这次教育调查中我们发现，为数不少的同志当兵打仗的思想准备不充分，参加军事训练的积极性不高，常借值班、上夜班、年龄大等原因,故意躲避军事训练。重视平时医疗收容,忽视战时保障训练,想完成经济指标的多,谋卫勤保障能力提高的少,成为我们医院部分官兵现实思想反映。这不能不引起我们的警惕。军人生来为战胜。我们的目光不能仅仅盯着市场,还要瞄准战场。平时保健康,战时保打赢,这才是热爱人民的根本点。"话毕,会场响起了热烈的掌声。

三、不思进取,两名技术骨干最终沦为平庸之辈。在当今信息时代,"老黄牛"精神还能走多远?

这是一个让全院官兵至今谈来仍如芒刺背的"老话题",也是一个在这次讨论辨析活动中,让很多官兵觉得"有很多话要说"的"新话题"。几年前,医院骨科在2名技术骨干的带领下,技术水平日益精进。有了技术这个"核心"竞争力作支撑,骨科逐渐成为展示军队医院优质服务的形象"品牌"、经济效益的创收"大户"。由此,从集体到个人,掌声、鲜花、荣誉纷至沓来,个别技术骨干把此当作骄傲的资本,那时,他们想得最多的是,技术创新,既劳心费神,也要冒一定的风险,只要保持这样的发展势头,在技术上就是"吃老本",再过好几年,在周围医院同类科室中,也难出现能"出其右者"的竞争新对手。保守终会退守,短短3年时间,驻地大型新兴医院如雨后春笋,傍该院而建,使该院领导真切感受到了"市场如战场"的强烈紧迫感。随着这些新兴医院引进新的服务理念和运用新的技术手段,使曾经炙手可热的这2名骨干,在"白热化"的市场竞争中,由当时的"执牛耳"者,渐渐沦为平庸之辈,全科也很快从"一览众山小"的领跑人,变成被他人拽着走的跟路人,科室不仅丢掉了"老先进"的牌子,还成了医院需重点帮建的对象。从高峰到谷地的强大落差,"震感"波及全科甚至全院官兵。近年来,骨科全科人员知"耻"后勇、知难而进,化过去的三年"守业"为如今的终身"创业",2名技术骨干重焕创新激情,使骨科很快从谷地一跃而起,迅速成为周边医院中叫得响的"品牌"科室。

讨论辨析活动中,医院领导还未"论理",一些官兵抢先"说事":在骨科陷入发展困境时,这2名骨干其实工作很辛苦、很敬业,对患者的医疗态度也"没得说",很多同事都称赞他们是"老黄牛",对于这种精神,当时一些人认为应该鼓励、值得提倡。

许多官兵转变眼光看问题,纷纷举出实例:当今社会,微机处理速度几乎每年增长10倍,通信能力和网络呈指数发展;短短几年,我们医院医疗设备就全变了样;10多年前,本科生当"高材生"用,现在硕士、博士还得为生计奔波。在飞速变革、分秒创新的时代列车上,"老黄牛"怎能赶上趟?军区优秀专业技术人才、优秀党员、耳鼻咽喉科硕士主治医师刘阳云接过话题:军人报效国家,是使命所系、职责所求,对于一名知识分子,要做到知识报国,不能只有"老黄牛"的态度,还要有"拓荒牛"的精神,不做只用一时的"高能电池",要当能用一生的"可充电池",这样,在知识报国的道路上才能动力不竭、走得长远。刘医师作为教育的先进典型,为全院官兵作过事迹报告,他不断开拓技术科研领域、努力拓展知识报国舞台的事迹,让全院官兵很受启发与感动。副院长彭世喜深有感慨地说,刘医生的发言,给当代军人留下了新的启迪:一名战士,如果不去努力学习、掌握现代作战新技能,平时再怎么能吃苦耐劳,战时也无法担当重任。

四、"知识就是力量,知识也是金钱"。作为有偿服务的医院,按市场经济规律办事,多干活者多拿奖金有错吗?

因涉及到切身利益,关于"对外有偿服务的医院需不需要按市场经济规律办事,多干活者多拿奖金"的讨论,是整个讨论辨析活动的焦点话题。

"当今时代,是社会大变革、观念大碰撞、文化大交融的时代,人们的思想观念、道德意识、价值取向越来越呈现出多元化的特点。军队医院实行对外有偿服务,主要是弥补正常经费不足,更好地服务官兵,服务战场。我认为,革命军人核心价值观在于奉献,不能按市场经济法则行事,干多少拿多少,更多的是要讲奉献。奉献是医院存在和发展的道德基石,是爱心和责任铸成的七色彩虹,是一种付出、一种责任、一种境界,更是一种荣光。"辩论开始,"一辩"马明首先阐述了观点。

而持不同意见者已是按捺不住,看起来文质彬彬的神经血液内科副主任王桂斌腾地一下子站了起来,"我认为,践行当代革命军人核心价值观需要讲奉献,更需要国家和社会给予奉献者应有的合理回报,多干活多拿奖金天经地义。如果我们不能给奉献者应有的回报,试问一种良好的社会风气要怎么形成?人人乐于奉献的风气要怎么推广?"王副主任为了让自己的观点更有说服力,还用古例论证:"吕氏春秋记载了孔子和他两个弟子子路和子贡的故事,子路救了一位溺水者,被救者送给子路一头牛以示感谢,子路收了。孔子的另一个学生子贡因为替一个奴隶赎身,得到政府奖励,他却拒绝了。孔子表扬了子路,却批评了子贡,他说:鲁国人从此将喜欢救人于危难当中,却不再有人愿作替人赎身的好事了。所以,在社会主义市场经济逐步确立的今天,我们更应该给奉献者以合理的回报,以此激励更多人加入奉献者的行列。"

这个有理有据的发言,引来了现场众多官兵的点头。"我认为奉献是一个人对他人、对集体、对国家所提供的一种纯洁的、高尚的道德义务。这种行为是建立在高尚的道德基础之上,自觉自愿的利他行为。如果不讲奉献,战场上谁会冒着生命危险英勇杀敌?地震了、发洪水了,谁会往前冲?还有,作为一名医生,当患者生命垂危需要手术的时候,在加班加点抢救病人时你想过奖金的问题吗?"文职人员粟典针锋相对,大有"剑拔弩张"之势。

"当然没有,但如果医院因此给了我们更多奖金,下次遇到类似的情况我会更积极地投入。"医生康健不甘示弱。"蚕和蜘蛛都是纺织能手,但目的不同,蜘蛛结网是为了'一日三餐顿顿足够',而蚕作茧却是为了给大家'奉献出美丽的丝绸',

那么你认为哪个更高尚?"

"我觉得两者不分伯仲,蜘蛛吐丝结网在消灭害虫的同时,得到果腹的回报;蚕吐丝结茧奉献蚕丝的同时得到闭体的需求,两者都是在奉献的同时获得一定的回报,分工有不同,贡献有大小,不能因为哪个奉献大,就说谁更高尚。"副院长郭立新表述自己的观点。场上难解难分,官兵们侧耳倾听,不时响起雷鸣般的掌声。"我始终认为有奉献,也有回报,两者良性互动,构成奉献这种价值观才能稳定。这样,奉献者才会一如既往地奉献,而且越来越多。否则,我们还将看到更多的'英雄流血又流泪'的悲剧。"这样的辩论结束语,尽管有点"不温不火",缺些"烈性",但奉献的无价已在官兵中深深扎根。

五、医院要创收才能谋求更大发展,要围绕这个中心来开展工作。在医疗收容高峰期,卫勤保障训练该不该为创收让路?

"我觉得要让路!院党委年初就提出要抓住机遇加快发展。当前我们医院正处在发展的机遇期,医疗收入每年都是以平均32%以上的速度增长,尤其是今年一月份增长率相比去年同期增长了35%,表明这是医院发展一个难逢的好时期。收入增加了才能提高医院的竞争力,才能提高为兵服务的质量。如果在这个时候搞训练,医疗骨干抽走了,那肯定会影响科室的收容。"骨科主任曾跃林先声夺人。

曾主任话音刚落,烧伤整形科医生王宇摆出了发生在自己身上的一次经历:"去年10月的一天下午,我正在参加野战医疗所展开训练。训练当中科室突然来通知,有三名被汽油烧伤的患者收入科里,情况十分危急。在这种情况下,我不得不请假放下训练往科里赶。接下来几天,患者需要每天换药和精心治疗,作为主管医生我肯定要对患者负责,然而,这时我却在训练场,患者家属难以理解,一气之下三名患者全部转院治疗。"

"就是,现在都是和平年代了,又不打仗,这样的训练是可以考虑减少或'见机行事'。"

"其实我们在各自工作岗位上也是练技术,不一定非得要穿上迷彩服到训练场上练。"……

大家你一言我一语,纷纷讲述着自己的观点和经历,整个会场变得热闹起来。

"平时大家都在手术台上给患者做手术,今天我想一些同志要为自己的思想做做'手术'。不要忘记,我们军人是因战争而存在的,'平时多流汗,战时少流血'这个道理大家非常清楚。眼前看我们是流失了病源,损失了收入,但是如果我们不练好保障硬功,战时流失的是鲜血,损失的是生命!"这时,心胸呼吸科主任龙建平站起来一吐为快。"不难发现,在去年的抗震救灾现场,我们军队医护人员总是冲在最前沿,无论是转移伤员、快速救治,还是翻山越岭寻找受伤的群众,我想没有迅速的应急能力和良好的体魄,那谈何解除人民的危难?"

"是啊,这也让我想起了去年的那场冰灾。我们医疗队成员在京珠高速公路上为群众巡诊三天两夜;2003 年,我们医护人员出征北京小汤山,在'非典'肆虐的情况下与病魔抗争、与死神搏斗。这些如果不是靠平时练就的敢打硬仗和吃苦耐劳的本领,我们能撑得住那么久吗?"口腔颌面外科主任王笃权回忆起曾经的经历,脸上马上显现出一种自豪感。

"说的也是,我们急诊科的医生护士基本上都是医疗所的成员,今年正月初五,长湘公路发生了一起客货车相撞 7 名乘客受重伤的重大交通事故,急诊科接到求救电话后,所有医护人员迅速集结,最先到达事故现场。因施救及时,受伤乘客全部脱离生命危险。如果我们次次都能这样出色地完成急难任务,得到人民群众的一致赞誉,医院怎样求发展还用得着在这里讨论吗?"急诊科医生刘伟的发言引来了大家的赞同声。

通过摆事实、讲道理,渐渐地,大家的思路变得清晰起来,答案也慢慢"浮出水面"。此时副院长郑春明站了起来:"'谋打赢'是我们军队医院的'根'和'本'。军队医院既要适应市场,积极参与医疗市场的竞争,更要牢记职责使命,保障战场、服务官兵,绝不能重市场轻战场、重平时轻战时,如果在这个问题上'迷失方向',那就失责于军队职能。其实,我们搞好卫勤保障训练,锻炼了队伍、练精了技术、擦亮了'品牌',就会实现战场与市场双赢的目标。"郑副院长一席话后,会议室内响起了热烈的掌声。

六、专业技术干部立功受奖是组织上给予的荣誉,既然要倡导军人为荣誉而奋斗,"争功"是不是就无可厚非?

"荣誉是军人血液里不可缺少的营养成分,是军人牺牲奉献的重要动力。去年底组织为我荣记三等功,使我能提前晋职晋衔,今年我要争取评上'先进学科带头人'。荣誉是一种珍贵'资源',不是人可皆得,既然要获得荣誉,就要敢于'争'"。普通外科主任李介秋自信地向大家讲起了为荣誉而奋斗的故事。

"我不赞成,如果只奔着好处去争功、去得奖。追求荣誉的方向就会发生偏差、就会变成图一己之利的'小人'行为,最后不仅得不到荣誉,反而会损害自己的名誉。"神经外科副主任彭立辉进行了反驳。

"其实我们争取荣誉也是为了科室的长远发展,荣誉多了科室的名气就大了,来就诊的患者也会多起来;科室立功受奖的人多了,干劲也就足了,那才会创造出更多的效益。难道这样的荣誉不是我们所追求的吗?"文职人员李兰带着疑问站了起来,会场空气顿时凝重。

"我们崇尚荣誉,努力工作,是使命所系,责任所求。荣誉要用我们的艰苦奋斗去创造,而不是伸出手来去索要。争创荣誉,就是要有强烈的进取精神和争创一流的意识,见红旗就扛,见第一就争。军人只有有了这样的荣誉观,才会做到'苟利国家生死以,岂因祸福避趋之',才会为了国家和人民的利益赴汤蹈火,万死不辞。"

彭立辉副主任的声音变得更加激昂："我想只有在这种争创荣誉的动力牵引下，我们才能一如既往地为军队和社会做贡献，院史馆的荣誉栏才会有'全国百姓放心示范医院''全军医院建设先进单位''雷锋式医院'等等这样的奖杯和奖牌，才会有王连元、张开诚、卢明等身边典型。"

彭立辉的发言赢得了一片喝彩。在场的观众频频点头，大家被这些来之不易的荣誉深深感染着。

"医院过去的荣誉书写着老一辈163人无私奉献和创新拼搏的崇高精神！在新的历史条件下，我们年轻的一代要继承和发扬医院的优良传统，立足本职岗位，勇于接受挑战，勇于担当责任，最大限度地发挥自身潜能，只有这样才能为医院建设再添荣誉。"研究生特招入伍的干部朱珺心中豪迈之情溢于言表。

"荣誉应该是结果，而不是行为的惟一动机。崇尚荣誉要把追求个人荣誉和维护国家、军队和集体的荣誉统一起来，把崇尚荣誉与淡泊名利统一起来，把践行社会主义荣辱观与遵守军人道德规范统一起来。我们要真正把'八荣八耻'作为评判行为得失、衡量价值取向、作出道德选择的依据和标准，真正用爱岗敬业、履职尽责、勇于创新对荣誉进行完美诠释。"见到时机成熟，政治处主任刘世奋作了总结发言。

争创荣誉，迎接挑战。医护人员的脸上绽放着灿烂的笑容，大家激情澎湃，信心满怀。

七、"救人一命，胜造七级浮屠。"患者怀着感恩之心，带着礼物登门道谢，这样的"谢意"该不该接受？

救死扶伤，是医护人员的神圣职责，就如同赢得战争，是军人的神圣使命。职责重如泰山，荣誉关乎生命。当讨论辨析活动中，有人抛出这个话题时，一些人谈到，回答这个问题要视"情况"而定，没有标准答案。为了表明自己论之有理，他抛出一个"情况"印证：前不久，神经外科主治医师滕晓华博士，为了抢救一名病重患者，在得知父亲已是肺癌晚期，生命垂危，家人紧急催回的情况下，滕博士想得最多的是患者的安危。当患者转危为安时，他却未能见上父亲最后一面。如果这名患者的亲属得知滕博士父亲的事情，带着礼物登门致谢，这样的谢意难道也受之有愧？此事一说完，见讨论现场稍一安静，持相似的观点护理部助理员熊钰似乎一下子找到了"说理"的由头，立马接过话茬：毕竟挽救生命、保护健康，是每个人"第一需求"，满足了这个需求，患者的感激、感恩、感谢是人之常情的"合理"体现，只要是自愿的，就应理解、尊重患者的心情表达，接受这样的"感谢"，否则会让人觉得"不近人情"。白衣唱"黑脸"，可能会让患者"笑脸"变"红脸"，心里咋能自在？熊助理"道道"还没摆完，迅即引来一片反对声：滕博士在人民最需要的关键时刻，勇于做出牺牲，体现了一名军人应遵循的道德规范和所应具有的道德品质。有些党员干部对某些看似"合理"的社会不良现象是非不明、美丑不分、善恶不辨，甚至干了

"缺德"的事也不以为耻,这都是与当代革命军人核心价值观格格不入的思想行为……"主流"的声音虽不绝于耳,但个别不同意见者也见缝插针地亮出自己的观点:道理没错,但现实却往往是"大道理"管不了身边事。此话未落,医务处主任段家怀以事说理加以反驳:原神经外科主任王连元将军,曾接诊过一名脑瘤患者,在得知这名患者为治病卖掉房子,到最后把家里唯一值钱的耕牛也卖掉,抱着对军队医院的高度信赖和无限期望,来到医院时,王连元不仅分文未取,还要妻子免费为患者及陪护的亲属做饭菜,每天由他带进病房,无论平时夫妻俩工作多么忙,免费餐一做就是一个多月!说到这,段主任激动的声音立即又升了好几度:军人就要把助人为乐、扶贫帮困、见义勇为、救死扶伤这些传统美德内化自己的价值观、荣誉观,热爱正义,追求高尚,疾恶如仇,爱憎分明,始终保持共产党员的浩然正气……话音未落,现场已是掌声雷动,久久不息。

八、搞科研,选择热门易得利,选择冷门易出名,在和平时期,军队科研的"指挥棒"是功名还是战场?

"瞄准战场搞科研,荣誉来得轻快,心情收获愉快,如果盯着名利干工作,我早就白发苍苍了"。医学科研创新奖获得者、心肾呼吸内科主任杨德辉在这次教育先进事迹报告会上的这番内心感慨,没想到成了这次讨论辨析活动的热门话题。一些官兵结合医院发展实际谈到,所谓医院科研热门,就是有庞大的病员群体,有广阔的市场需求,既能解决病人之急难、又能创医院之实惠,功在双赢;所谓物以稀为贵,选择少人涉及的科研冷门,容易取得新成果,也能因成为"独门"行家而得名,医生得名,医院也会获益,利在双方。

一番似有见地的分析论述后,接过话题的一名医护人员观点更直白:既然"科学无国界",那么科研就应无"姓名",不能一定要先盖上"姓军为兵"的章子,才发放科研"许可证"的"牌子"。"教师因为育人而尊荣,军人因使命而崇高,心系战场,军功章闪亮,追逐名利场,虚光易暗淡",院务处处长徐灿这番见哲理式的发言,让一些现场的官兵难以做到"一听就明",于是,有人迅速起身进行补充:"一家企业不会对一个与本行业无关的科研课题进行投资,一个老板更不会请一个拿自家薪水干他人活的员工,所谓行有行规,车有车道。我们穿军装、拿军饷、坐军车、住军队房,搞科研时,军队还得提供人才、资源、经费支持,如果索取时就想着军队,科研时却向着名利,不说军人的价值在奉献,就连基本的职业操守都不够格,不忠于职业哪能干出真正的事业?"

"……每想当年参军时,怎敢忘却报国志?!"医院的一名科研前辈一讲到此话时,激动得刘阳云主治医师"挺身而出",开始他在讨论辨析会上的第二次发言:"刚到医院,干的第一件事就是为老干部体检,当我得知这些白发苍苍的老人大都是身经百战的革命功臣,想到共和国的大厦就是他们不惜抛头颅、洒热血,用鲜血和汗水铸就而成时,一种为功臣服务的无比荣誉感激起全身暖流,记忆如今,前辈的浴血杀敌与我辈的科技强军,责任同等重大,事业同等荣光。"刘医师的亲身感受引起了现场广大官兵的强烈共鸣。

杨德辉主任的事迹报告,点燃了这个问题激烈讨论的"导火索",同科室的医生刘春慧沿着"谈亲身所感、讲亲眼所见"这条辨析"路径",借杨主任的事把理说了开来。杨德辉在该院从事医疗科研20年来,始终把科研课题的主攻点定在保打赢上,把科研实验室当作救死扶伤的战场,以一名战士冲锋的姿态抢占科研制高点。为了攻克"心脏介入"这个学科发展重大难题,尽管心脏介入手术X线对术者的较大伤害,使他体内的白血球数量逐日减少,但一想到这是一项提高卫勤保障能力的核心技术,他义无反顾地坚持一天做4、5台手术。有人说他不要命,他笑言:如果能用自己的少活几年,多换来战时战友的生命,风险再大也值得!让战场"指挥"科研转,使杨德辉收获一项项科研硕果,多次被表彰为优秀学科带头人。许多官兵通过解读杨德辉的事业之路,谈了这样一个共识:"融入共同的打赢目标,才能实现个人的事业理想",护理部主任刘跃晖说,讨论虽然话题在科研,但道理却相通。

越辩理越明,越论志更坚,在这场声势浩大的讨论辨析活动中,一些被一部分人奉为"人生信条"的"歪歪理"被完全批倒,"正道理"被广泛推崇;从医院领导机关到科室普通党员干部,自觉把大讨论大辨析作为党性锻炼和道德修炼的理论实践活动,紧紧联系身边人、身边事,寓事明理,激浊扬清,从我做起明价值,模范带头见行动。

(与杨明伟、罗衡辉合作,刊于2009年4月10日《战士报》二版整版)

从心底里迸发出的赞歌
——76119部队官兵畅谈科学发展实录

阅读提示 *Yue Du Ti Shi*

76119部队围绕"赞成就、话使命、迎盛会"主题组织官兵座谈,盛赞祖国成就,畅谈家乡新貌,历数军营变迁,让官兵真切感受到祖国昂首阔步奋进的强劲脉搏,从心底迸发出昂扬激越的赞歌,爱国之心报国之情油然而生。现撷取精华,以飨读者。

跨越发展

意气风发的崛起

马运合(中士班长):1949年,天安门前的阵阵礼炮轰鸣,宣告了中华人民共和国的诞生;1979年,从祖国的南海席卷而来的改革春风,吹响了中华人民共和国跨越发展、崛起振兴的号角。特别是党的十六大以来，我国的经济总量从12万亿元增加到47万亿元，以年均10%以上的速度增长，经济总量跃居世界第二，在世界经济普遍低迷的情况下，我国一枝独秀，"风景这边独好"。中华崛起，靠的是党的正确领导，靠的是改革开放的英明决策，作为中国人，我为祖国骄傲自豪；作为一名军人，我要为祖国站岗放哨，用自己的青春热血守护祖国的和平崛起。

张传聚（下士保管员）："中国速度""中国精度"和"中国深度"等等，一连串的辉煌成就，带给世人的是惊叹，带给国人的是振奋。十六大以来，我们见证了一个又一个"中国奇迹"的诞生。今年是喜迎党的十八大胜利召开的一年，意味着中国特色社会主义建设又有了一个新的起点，我们必须铁心向党，忠诚使命，不负重托，为祖国的跨越发展奉献青春才智。

石申红（业务处处长）：从非典时期的决战小汤山到汶川地震时的神兵天降；从奥运会、世博会全军将士的平安守护到国庆60周年阅兵时的威武雄风，从护侨撤侨时的万里海疆度若飞到航母入列服役……一个个场景举世瞩目，一份份捷报振奋人心。回顾过去，我们倍感自豪；展望未来，我们任重道远。作为人民军队的一员，唯有热血书写忠诚，汗水挥洒青春，立足本职建功业。军强才能国泰，国泰方能民安！作为新时期的革命军人，我们必须着眼于有效履行新世纪新阶段历史使命，把践行当代军人核心价值观作为自己的行为准则，在血脉相连的历史传承中担当起先辈的重托、人民的期望和庄严的责任。

科学发展——

昂首阔步的奋进

兰福松（汽车连指导员）：从"又快又好"到"又好又快"，从"转变经济增长方式"到"加快转变经济发展方式"，从重视"总量"到强调"人均"，从追求"GDP"到追求"幸福感"，从"效率优先、兼顾公平"到"首次分配和再分配都要处理好效率和公平的关系，再分配更加注重公平"……更新发展理念、调整发展思路、破解发展难题，重视科学发展成为一股洪流，势不可挡。正是坚持科学发展，才铸就了今日辉煌！军人的专业是打仗，军队的使命是打赢，作为担负保家卫国使命的军人，越是和平环境越要加强战备，越是形势平稳越要主动作为。

刘泽超（保管队队长）：这些年来，我伴随武器装备的变迁一起成长，也见证了后勤保障方式的跨越。潮平海天阔，扬帆正当时。我们要在平凡的岗位编织美丽的青春，让青春在军营闪光。

郑本领（政治处主任）：1994年，十四届四中全会确定"新的伟大工程"的建设目标；2002年，党的十六大明确提出一定要把思想建设、组织建设、作风建设有机结合起来；2007年，十七大报告第一次把反腐倡廉建设与其他四项建设共同确定为党的建设的根本任务。从三大建设到"五位一体",党的建设的科学化水平不断提升。新中国所取得的辉煌成就并非偶然,是党坚持用中国特色社会主义理论指引,不断完善自身建设,带领全国人民团结奋斗的必然结果。辉煌成就离不开科学理论指导,科学理论必然铸就辉煌成就。我们要坚定不移跟党走,深入贯彻科学发展观,中华民族的复兴之路必然越走越宽阔。

和谐发展——

韵律悠扬的吟唱

赵亮(上士分队长):儿时记忆中的家乡,没有精致的高楼、繁华的市场,只有着荒凉和破败,河床千疮百孔,污水四处横流,百姓生活十分拮据。而如今的家乡是一年一小变,三年一大变。今年休假回家,看到的是湛蓝的天空下,水草茂盛,碧波荡漾,渔人泛舟,飞鸟掠水,路变宽了,楼变高了,环境变美了。每当晨曦微露或夕阳西下,男女老少聚集广场,有的随着音乐起舞,有的做健身操,有的打太极拳,欢声笑语飞扬,老百姓的日子是越过越有滋味!

石帮明(上士班长):小时候,家中厨房的一幕幕被深深地刻在我童年的记忆;进入上世纪90年代,小镇上出现了液化气站,家家户户都用上了液化气;步入新世纪,随着一系列惠农政策的出台,农网改造也全面竣工,电价全面下降,家里也都用上了更加时尚节能环保的电磁炉。

李志明(管理处处长):十年前,我在单位的一个独立哨所当排长。"白天兵看兵,晚上数星星",是当时哨所官兵艰苦生活的写照。那时我最大的愿望就是哨所有个热水器,能够舒舒服服地洗上一个热水澡,但直到调离哨所也没有实现。现在的哨所是现代化的营房,里面有会客室、书房、文体活动室等等,电脑、电视、功放、多功能点唱机等一应俱全,网络、电话直通哨所,还配备了电热水器和冷热两用饮水机,高技术的24小时全天候电子监控设备更是筑牢了执勤防线。哨所的变化,不仅仅在于硬件设施的"升级",更体现了部队建设理念的"升级"。网上"首长信箱"的开通,让官兵反映问题畅所欲言;心理辅导走进哨所,关爱官兵的心理健康;法律援助来到军营,解决官兵及家庭的涉法问题……尊重官兵的主体地位,保障官兵的合法权益,官兵的主人翁意识愈发凸显,军营内部更加和谐,部队的发展势头更加持续有力。

(与郭睿合作,刊于2012年10月10日《战士报》三版头条)

行动的指南 奋斗的方向
——76119部队官兵热议争当"新一代革命军人"摘录

核心提示 *He Xin Ti Shi*

习主席在全军政治工作会议上,提出培养有灵魂、有本事、有血性、有品德的新一代革命军人,深刻回答了强军兴军征程中当代革命军人应当具备的政治信仰、专业能力、精神特质和道德情操,体现了社会主义核心价值观和当代革命军人核心价值观的本质要求。这一重要指示,为每名官兵的成长指明了方向。笔者走进76119部队,聆听该部官兵的内心独白。官兵们的热议,既赋有激情澎湃又饱含真挚质朴,既充满责任担当又展示理想追求。他们纷纷表示:新时期新阶段,争当"新一代革命军人"必须成为新常态。现将其部分发言摘录如下,以飨读者。

塑造灵魂,信仰如磐——
我们毕生的荣耀与追求

张志勇(连长): 曾经年少的我,难以理解红色影片中,共产党员牺牲前用颤巍的手递交党费的画面。入伍后,我加入了中国共产党,才开始体悟到先烈们的用心与用情。被鲜血浸染的党费,体现了他们对党员身份的高度认同,体现了他们对党的事业高度忠诚。从我庄严地举起右手、许下用一生去践行承诺那一刻起,我的一切已不仅仅属于自己,更属于培养我的党和人民。我是党员,毕生将为理想而奋斗。

刘建涛(上等兵): "唱支山歌给党听,我把党来比母亲。"这是我们早已耳熟能详的歌曲。来到部队后,我懂得了只有共产党才能救中国的道理。94年的风雨如歌,正是一代代共产党人前赴后继,奋勇当先,才有了现在的富强与和平。敬爱的党啊,加入您的组织,是我此生的夙愿。

赵亮(上士): "一切听党的指挥"就是军人的信仰,这信仰是军人坚毅的动力、献身的力量、军人的灵魂!军队是个大熔炉。普通士兵窦树军坚持自己对战机"伤痕"的判断,与飞机制造专家叫板;面对一个运用11项新技术、新技术含量达到80%的项目,江旻舟刻苦攻关,不仅研制成功,还不断升级改造,从这些优秀军人的身上,无一不体现着对党的事业的忠诚。国无兵则不强,兵无志则不刚。只要有魂,军队必将永远铿锵行进在听党指挥的康庄大道上。

锤炼本领，文武双全——
一切为了能打仗打胜仗

唐伟(保管员)：军人就应该在战场上冲锋陷阵。然而，战场无亚军，若无过硬本领，战场上就必然一败涂地。我曾因没有分到战斗岗位而闷闷不乐，技术员发现了我情绪消沉，带我来到他管理的红旗库房，指着那整齐摆放的大炮，对我说："库存武器质量直接影响战斗胜负，保管员岗位虽小责任重大。"如今我也是红旗保管员了，我可以自豪地说："洞库就是我的战场。"

金明华(指导员)：重温《甲午甲午》，我的内心久久不能平静。且不说甲午战争的失败有政治上的原因，只看水师官兵的训练水平低下，便知道失败之必然。以武方能止戈，能战才会止败，军事实力是处理国际关系的硬通货。当落后挨打已成往事，在经济建设高速发展的今天，我们面对的是更加严峻的考验，更需要我们军人去守卫这来之不易的繁荣安定。军人只有练就过硬本领，才能随时一跃而起，战无不胜。

谢沛锐(列兵)：军人是要打仗的。如果有一天战争真的来临，我们拿什么去取胜呢？打赢需有真本领，这本领如何练成？在我们每一次据枪射击中，在我们每一次攀爬障碍时，在我们每一次匍匐前进里。唯有把"能打仗、打胜仗"作为矢志目标，坚持在训练中培育过硬军事本领，才能在未来战场上纵横驰骋。让我们一起唱响那首歌："有一个道理不用讲，战士就该上战场！"

激荡血性，勇敢担当——
彰显精神特质男儿当自强

袁荆石(大学生士兵)："气为兵神，勇为军本"。记得《谁是最可爱的人》一文，描述了抗美援朝时松骨峰战斗的场景，战士们和敌人拼刺刀、肉搏，武器没了就用牙咬，甚至身中燃烧弹抱着敌人同归于尽。许多参过战的美国老兵回忆起来至今仍恐惧不已，称这种不怕死的精神为"谜一样的东方精神。"这就是血性，需要我们新一代官兵继承和发扬。

杨航(上等兵)：班长军事比武夺魁的场景，我至今记忆犹新。他参加的课目是"无光条件下轻武器分解结合"，每天的训练就是戴着眼罩一遍遍地分解结合枪支。目不可视，只能靠反复练习形成动作记忆。班长每天换下的带血创可贴都有五六张，可他从未退缩，最终一举夺魁。从班长身上，我看到了什么是血性。除了胜利一无所求，为了胜利一无所惜，这就是军人应有的血性！

王续(保管队队长)：战争年代，血性意味着牺牲；和平时期，血性更意味着坚守。敢不敢承担责任，能不能坚守责任，同样是衡量一个军人血性的重要标志。敢于担当,需要的是寂寞面前不计得失,挫折面前不丧斗志。军人,生来就是与寂寞为伴,时时与艰苦相逢,唯有不忘报国初心,方能建功军营。

坚守品德,情趣高尚——
培塑与升华必须新常态

马运合(上士):随着生活的逐渐富裕,有些同志丢掉了勤俭的美德。在连队,有的战士寅吃卯粮,月头大手大脚,月底捉襟见肘;有的战士喝水只喝带颜色的;有的一外出就下馆子,几个老乡聚在一起海吃海喝等等。我想,任何一个国家,任何一个民族,如果浪费成风,那么这个国家、这个民族也就没了希望。成由勤俭败由奢,军人应当做勤俭的表率。

杨诚鑫(上等兵):南泥湾的故事家喻户晓,从到处是荒山,到陕北的好江南,三五九旅官兵披荆斩棘,风餐露宿,开辟了百亩良田,养猪养羊,织布纺纱,创造出了自力更生、艰苦奋斗的"南泥湾精神"。在我们单位,也传承着"艰苦奋斗,争先创优"的"燕子窝精神"。二者共同点就是艰苦奋斗,这是我们新一代革命军人必备的优良品德。

夏焱祥(列兵):入伍时,班长告诉我的第一句话就是:军人以服从命令为天职。我想,服从命令,更可广义地理解为遵守各项法规制度。遵规守纪本应是军人的第一品德。各种规章制度并非是为了限制我们的自由,而是为了让我们有一个更加正规的外部环境,获得某种程度上的更大自由。作为军人,在部队要遵守条令条例,在外要遵守法律法规,确保军人的良好形象。因为,在人民眼里,每一名军人都是"军队"。

(与郭睿合作,刊于2015年2月9日《战士报》三版头条)

让培塑良好形象成为行为自觉
——76119部队开展"新一代革命军人样子"大讨论实录

阅读提示

Yue Du Ti Shi

最近,总政治部发出通知,对今年在"学习践行强军目标、做新一代革命军人"主题教育活动中,开展"新一代革命军人样子"大讨论作出具体部署。根据上级精神,76119部队运用典型引领、网上辨析、交流讨论等形式,广泛开展"新一代革命军人样子"大讨论,让官兵在思想的交流碰撞中深化认识、立起标准,真正做到对"四有"要求深刻领会。现撷取部分官兵发言,以飨读者。

忠诚坚贞——

革命军人的精神高地

赵春凯（分队长）：作为新时期的革命军人，对党忠诚是军人身份的一个最特殊标签。董存瑞舍身炸碉堡，把军人的忠诚化为一声巨响。和平时期，忠诚并不是一句口号，而是需要在日常工作生活中的点滴践行。所谓忠诚，应当就是思想上相信党，情感上热爱党，心理上依赖党，工作中对党负责。而我，作为一名军人，一名共产党员，书写忠诚的最好办法就是多学党的创新理论，多用党员标准严格对照检查，坚决完成组织上赋予的各项任务，做到听党话、跟党走。

袁荆石（大学生士兵）：再次翻阅《长征》一书，仿佛又受到了一次灵魂的洗礼。对于军人来说，灵魂即信仰。长征途中，无论是承受饥寒交迫的煎熬，还是忍受不眠不休的疲惫，抑或是直面生死的抉择，红军都坚信共产主义事业必将取得最后的胜利。时过境迁，如今万家灯火，歌舞升平，我们革命军人更要挺直自己的精神脊梁，让军魂永驻。

韩玉堂（政治处主任）：对党忠诚，既是我党我军的优秀品质，又是践行当代革命军人核心价值观的基本要求，更是人民军队提升打赢本领、矢志戍边卫国的动力源泉。忠诚的本源在信仰，忠诚的本质是有灵魂。当前，意识形态领域斗争尖锐复杂，"颜色革命"暗流涌动，各种错误政治观点竞相发声。尤其军队领导干部是敌对势力拉拢腐蚀的重点，革命军人特别是领导干部必须如饥似渴学理论、真心实意悟传统、以身作则讲党性，才能扎牢忠诚之根，练就政治定力，坚守精神高地。

精武强能——

能打胜仗的必然法则

黄小春（保管员）：电影《战狼》的故事让我热血沸腾。片中特战队员们与敌人斗智斗勇、激烈厮杀的场景，让我对军人的使命有了更直观的理解。"犯我中华者，虽远必诛。"若要远诛敌人，最需要的是我们军人有能打赢的本领，不然只是一句空话。军人要像军人的样子，就是要把当兵当事业，把打仗当专业，这是军人的职责所在。我是一名保管员，虽然不会直面枪林弹雨，但我也有自己的职责使命，那就是提高库存武器装备的保管保养质量，确保拉得出，能打仗。

刘建涛（上等兵）：在前不久构工与伪装课目训练时，我因偷懒掩体尺寸达不到标准，班长并没有严厉批评我，而是语重心长地对我说："在战场上，这可是要丢掉性命的。"那一刻，我恍然明白了军人的责任。军人是要打仗的，其报效国家的平台，战时在战场，平时就在训练场。立足岗位把本领练精练强是我们每一名官兵最基本的职责，更是未来打赢每一次战争的前提和保证。

何如龙(中士)：当兵就要当有本事的兵。在玉树抗震、舟曲抗洪期间，许多战士一上高原就有严重的高原反应，但经过几天的调整，战士们基本适应了当地的气候变化，这也是我们军人精武的一种体现，有好的体能素质，才能打赢抗震、抗洪这两场硬仗。作为一名警勤步兵，就是要把手中的枪学好、用好、打好。如果人人都是神枪手，何愁未来战争打不赢？我想，军人的样子，就是把自己的体魄练得壮壮的，把手中的武器练得熟熟的。

默默奉献——

写就绚丽的从容选择

彭鹏(参谋)：在单位组织的主题教育典型事迹报告会上，我被检修所四级军士长陈宏贵的报告所打动。他"宁让生命透支，不让使命欠账"，带伤参加军区比武竞赛力夺桂冠的感人事迹，深深地感染了我们在场官兵。这就是军人的血性！这就是军人的样子！古往今来，军人从来都是与战火硝烟相连，与流血牺牲为伴。战争的铁血法则告诉我们，战争胜败从来不由军人从容选择，只能靠血性拼杀博取。作为新时期的革命军人，必须在日常的摸爬滚打、严格管理中锤炼自己的血性胆气，做到"一不怕苦，二不怕死。"

梁鹏(下士班长)：《士兵突击》许三多那句"不抛弃，不放弃"，或许很好地诠释了军人的坚毅品格。当兵不是为了吃苦，但是当兵必须要学会吃苦。因为只有泥泞的道路，才会留下坚实的脚印。坚强更要执著，在充满艰辛和挑战的军旅生涯中，只有不忘初心，执著前行，才能收获成功。

刘宝文(上等兵)：和平时期，军人血性更多的是默默奉献、追求卓越。我们单位地处大山深处，条件艰苦，交通不便，官兵在"燕子窝精神"的感召鼓舞下，始终坚持坚守。像检修所所长岳云峰爱人在北京，长期两地分居，一年到头夫妻见不了几次面，可他从未有过一句抱怨，每天冲锋在工作第一线。我想，这就是军人的样子！奉献是军人的本色，军人的事业在奉献中成就，军人的价值在奉献中体现，军人的荣光在奉献中赢得。

严于律己——

人生道路的锦绣铺垫

李刚(列兵)：从我到新兵连的第一天起，班长就告诉我，"军人就要站如松、坐如钟、行如风"。作为军人，必须从队列动作做起，时刻以军姿标准要求自己，昂首挺胸，生机勃勃，做到刚毅挺拔，作风果敢，做事干练；必须从个人军容抓起，严格按规定着装，保持清洁整齐，处处展示军人的阳刚美。

王广礼(驾驶员)：我们常说的"兵味"，正是军人言谈举止间流露出整齐划一的气质，是军人举手投足间步调一致的样子。就像我们驾驶车辆要遵守道路交通法规一样,每一名军人都要主动学习法律法规,并贯彻运用到日常工作中来,从现在做起,从严于律己做起。

金明华(指导员): 在充斥着"跌倒老人扶不扶"争论的今天,一名真正的军人,就要做社会主义核心价值观的忠实践行者,人民利益的忠实捍卫者,不断激发内心深处向上向善的力量。或许我们没有遇见救灾救人、勇斗歹徒等考验内心道德准则的情况,但我们可以从培养自己的健康情趣入手,少些骄奢淫逸,多些道德砥砺;少近牌桌饭局,多靠书桌学习;少些冷淡漠视,多些助人为乐,用实际行动践行"为人民服务"的铮铮誓言。

(与郭睿合作,刊于2015年6月8日《战士报》三版头条)

讲述过去的故事
——76119部队利用部队历史搞活主题教育纪实

走进76119部队荣誉室,一本包装精美的部队史册特别引人注目,它记载着该部组建三十多年来的光辉历程,特别是近15年来官兵生活的点滴变化,见证着军营的变革和时代的变迁。近日,该部充分利用部队历史,拉开了"今昔对比话忠诚,献身使命保打赢"主题实践活动,把培育当代革命军人核心价值观主题教育不断引向深入。

老照片诉说军营变化

大屏幕上,显示着3张从该部史册上挑选出来的不同时期拍摄的照片,该部政委谢守平正向官兵一一介绍着:第一张是黑白照片,拍摄于1996年春。4名战士身着87式夏常服,脚穿解放鞋,正在草地上娱乐,照片背景是一栋砖瓦平房;第二张是彩色照片,拍摄于2002年秋。同样的地点,低矮的砖瓦房不见了,取而代之的是3层宽敞明亮的楼房。一名二级士官身着97式服装,手握81式步枪,正以楼房为背景摆"POSE";第三张是彩色数码照片,拍摄于2008年夏。5名战士正在池塘旁垂钓,悠然自得;碧绿的草地上,新建了一座漂亮的怡心亭,亭边几名身着07式军装的战士正在看书,好一幅人与自然和谐相处的美景。

【政委谢守平感言】 从低矮砖瓦平房到宽敞明亮的3层楼房,再到公园式营院,从87式服装到07式服装,3幅照片只是军营变化的一个小小缩影,却充分说明了党的伟大。作为一名军人,我们应该铁心向党、痴心为党,平凡岗位建功业,勤奋工作报党恩。

老典型激发官兵斗志

"全军优秀连长"付靖华、"军区百佳班长"周全意……部队史册上记载着一个个先进典型的光辉事迹。该部注重把身边典型事迹融入课堂,让官兵从典型身上汲取营养,从典型特征中感悟变化。

1998年的典型:胥永贵,二连战士,连续4年被评为"优秀士兵",先后两次荣立三等功。1998年,在上级组织的军事大比武中夺得400米障碍第一名,被评为"军事训练标兵"。

2000年的典型:汪励维,一连指导员,2000年3月被军区评为"学雷锋先进个人",先后4次荣立三等功。2000年7月,在军区组织的军事大比武中,他和战友们一举夺得"高炮封存保养"比武课目冠军。

2008年的典型:黄雁飞,三级士官,多次被上级评为"优秀士官",两次荣立三等功。2008年,该部被确定为全军业务规范化建设试点单位,他利用业务信息网络自主开发管理软件,大大提高了野战后勤保障能力。2008年10月,他被军区评为"网络通信专业技术能手"。

【部队长彭国成感言】 三十多年来,一代又一代的官兵扎根山沟,默默奉献,凝聚成了"艰苦奋斗、不惧苦累、爱军精武、争先创优"的精神,涌现出一批批先进典型。作为一名革命军人,只有顺应军事变革,勇立变革潮头,方能永立不败之地。

战士留言彰显军营进步

部队史册里,退伍战士的留言也是一道亮丽的风景,真实反映了不同时期官兵的心中愿望。

唐祖山,1998年退伍兵,河北邯郸人。他在部队史册上留言:3年的摔打磨砺,让我的生活充满阳光。印象最深的是靠天吃水,严重影响了官兵训练、生活,真希望部队领导早日解决吃水难题。

许敏,2000年退伍兵,他在部队史册上留言:军营5年,我以枪刺为笔,汗水为墨,书写着自己从一名地方青年成长为士官的荣光。要提建议的话,就是希望IC卡电话进军营,方便官兵与家人联系。

董伟,2006年退伍兵,他在部队史册上留言:连队条件真不错,家庭影院、太阳能热水器、洗衣机等生活设施一应俱全,篮球场、羽毛球场、健身房等活动场地配套完善。唯一遗憾的就是上网难,真希望部队早日实现网络进班排、到哨所。

【副部队长杨辉志感言】 退伍老兵的留言,从希望解决吃水难到解决通信难,再到解决上网难,充分反映了不同时期官兵的生活追求,同时从侧面反映了军营的进步。作为部队领导,贯彻以人为本要求,必须紧跟时代潮流,在解决基层难题中不断推动部队建设科学发展。

(与曾杰志合作,刊于 2009 年 7 月 16 日《战士报》)

延伸课堂眼界宽
——76119 部队借助驻地资源开展主题教育纪实

在"坚定信念、铸牢军魂"主题教育中,76119 部队注重丰富教育手段,把课堂搬到田间地头、工厂车间,让官兵在感同身受中思悟责任与担当。笔者置身教育现场,记录了官兵励志塑魂、岗位建功的心路历程。

看农村建设增进情感认同

斜披绿衣花香伴,亭台阁榭湖中看。走进驻地保和乡小埠村,映入眼帘的是三纵四横的水泥路,古色古香的民俗楼居和透着农村文化新气息的百米文化长廊,村民们用的是沼气,喝的是干净水,住的是装饰一新的楼房,一派新农村建设的和谐景象。

"小埠村是具有 500 年悠久历史的文化古村,2006 年新农村建设以来,我们将新农村开发与古村保护相结合。"讲解员兴致勃勃地为官兵介绍,"先后成立了蔬菜协会、养猪协会等经济合作组织,已发展和扩大生态菜园 1000 多亩,生态果园 600 亩,生态鱼塘 200 亩,带动专业养殖户 18 户,农民年均增收 3800 元。小埠村已打造成园林式、生态化、旅游型新农村,被湖南省评为'新农村建设示范村''五星级休闲农庄'。"

"十八大报告指出,解决好农业农村农民问题是全党工作的重中之重。要大力发展统筹城乡发展力度,增强农村发展活力,逐步缩小城乡差距,促进城乡共同繁荣。"坐在碧波荡漾的小湖边,感受着拂面的微风,该部部队长曹平咏趁热打铁为官兵讲解国家的"三农"政策。列兵揭卜豪联系近年来东北老家的深刻变化动情地说:"事实胜于雄辩。没有党的英明领导,没有科学发展观的引领,就没有农村的喜人景象,感党恩、跟党走是我们的责任与使命!"

观高新企业坚定"三个自信"

"快看,我们连队用的就是这种机顶盒。"在驻地高新企业高斯贝尔公司,二连战士唐伟指着样品展柜上的机顶盒兴奋地说。该部组织官兵参观高新企业,让官兵走进生产车间,体验流水作业的高效低耗,感受国家科技进步的巨大威力。

针对官兵特点搞教育,增强官兵主动参与的自觉性,才能让教育入脑入心。当前官兵主体是"80后""90后",他们组织官兵参观驻地高新企业——高斯贝尔公司。在样品陈列室,官兵对其自主研发的单人警察执勤监控系统赞不绝口;在工厂车间,官兵看到可视化操作的机械臂精准快速加工零件,感受现代化企业的发展活力。

回到营区,官兵纷纷将参观心得"晒"在网上。网友"亮剑"留言:"部队地处深山,以往都是通过电视了解'嫦娥奔月''天宫对接'等科技成果,如今实地参观高新企业,让我们深刻体会到中国特色社会主义制度的优越性。辉煌成就来之不易,这次参观更加坚定了我们对党领导人民走向富强的信心!"

听报告解读催生履职豪情

在参观科技工业园后,驻地市委党校教授邓云峰为全体官兵上了精彩一课。"今年初,我市数字化城市管理系统正式启动,率先在全国引入智能图像分析识别技术,实现可视化管理。下一步还将启动'千亿投资计划''百亿城建计划',整体形成'一核、一带、一廊、一圈'的发展格局……"

结合驻地政府规划,解读党的十八大报告精髓,官兵心中涌起了强烈的责任感。教育中,该部开展了"国家发展形势辨析""建功军营怎么办"等讨论交流会,引导官兵将教育中激发出来的政治热情转化为立足本职建功业的旺盛斗志。该部政治处主任郑本领一语中的:"'中国梦'落在军人这一特殊群体上,就是'强军梦'。发展需要和平,成就需要保卫。作为军人,我们唯有坚定信念跟党走,聚精会神谋打赢,才能不辱党和人民赋予的神圣使命!"官兵们自觉叫响了"岗位强素质、保障当先锋"的口号,一股群众性岗位练兵活动的热潮在该部蓬勃兴起。

(与郭睿合作,刊于2013年5月3日《战士报》)

解渴·给力·提神
——某军械仓库开展"坚定信念、铸牢军魂"主题教育侧记

鲜活故事讲道理

"我给大家讲个故事,题目就叫《一家三代感党恩》……"在某军械仓库主题教育课堂上,站在讲台上的并不是仓库领导,而是保管队副队长刘龙,台下不少官兵心里直嘀咕:以往主题教育授课的都是领导,今天怎么换人了?

没想到刚一开口,刘副队长的讲课就引发了大家的兴趣。他动情地说:"我的家乡在湘西一个小山村,旧社会家乡流传一句顺口溜:一年一大旱,背井离乡去要饭;连着两年旱,家破人亡骨肉散。我爷爷那时几乎每年都要外出逃荒。新中国成立后,党和政府把土地分还给了百姓,我爷爷也有了属于自己的一亩三分地,家人得以安定下来。"他接着说:"我父亲当年响应党'广大青年到边疆去'的号召,到新疆当了几年兵。退伍返乡不久因病去世,我们家一下子就失去了顶梁柱,但党和政府没有忘记我们,每年都会到我们家来慰问,让我们家渡过了最艰难的时期。"他最后感慨:"查遍中华民族五千年的历史,哪朝哪代的老百姓享受过这样的待遇?一滴水可以折射出整个大海。我们一定要坚定对中国特色社会主义的信念、对党的信念!"

故事生动鲜活,官兵们听得津津有味。"把大道理讲透彻,把小故事讲精彩,官兵们才爱听,才能让教育内容入脑入心。"该仓库主任曹平咏说,"讲大道理是主题教育的'重头戏',但怎么把大道理讲活讲实讲透,大有文章可做。"

时尚元素添激情

"新时期我军的强军目标是什么……"警卫勤务一连下士林晓波一登场便向保管队技术员黄小春发起挑战。4月11日晚上,该仓库文化活动中心格外热闹,一场紧张刺激的擂台赛正在上演。这本是江苏卫视王牌节目《一站到底》的经典场景,如今被搬进了主题教育的知识竞赛赛场。他们在开展教育时尝试引进青年官兵踊跃参与的时尚元素,使得教育人气大增。

如何提高教育效果一直是该仓库领导思考的问题。教育前,政治处主任郑本领看到官兵在电视机前观看《一站到底》时跃跃欲试的样子,思路豁然开朗:当下新兴媒体多元发展,时尚元素层出不穷,引进官兵喜闻乐见的形式和方法,肯定能激活政治教育一池春水。在几个干事的协调下,《一站到底》很快走进了教育课堂。

除了《一站到底》,笔者还从该部的《主题教育计划表》上见到,"南岭党校""士兵讲坛""素质教育大课堂"等10余个新节目赫然在列。他们还注重将网络引入教育全过程,对局域网进行改版,增设"战士微博""军营纪实""我型我SHOW"等网上交流平台,将各项教育活动都融入时尚元素。

红色教育补能量

"我是中国人民解放军军人,我宣誓……"4月26日,在朱德元帅铜像前,官兵们举起右手庄严宣誓,随后怀着激动的心情参观了湘南起义纪念馆。

"烽火连三月,旌旗遍湘南。1928年2月到4月,革命烽火燃遍整个湘南,朱德、陈毅的革命军队与湘南百万农工密切配合进行湘南起义,掀开了中国革命的崭新篇章……"看着一段段可歌可泣的光辉历史,官兵们内心掀起了阵阵波澜。

为配合主题教育活动,连日来,该仓库以"传承革命精神、继承先烈遗志、忠诚党的事业"为主题,组织官兵参观邓中夏故居、湘南起义纪念馆等驻地红色旅游景点,开展缅怀革命先烈、重温入党誓词、军人宣誓等实践活动,引导官兵不断强化忠诚于党的信念。他们还把红色资源引入网络,建起了影视和图书资料库,点击鼠标便能随意浏览《忠诚与背叛》《红岩》《苦难辉煌》等红色经典图书,欣赏《亮剑》《湘南起义》等经典影视,让官兵在红色文化的洗礼中提振精气神。

(与金明华、郭睿合作,刊于 2013 年 5 月 21 日《战士报》)

周末"法庭"好精彩
——某油料训练大队利用双休日开展普法教育侧记

"连队卫生员王冰不是指挥人员,他不假外出,只是违反纪律,而不是触犯了擅离、玩忽军事职守罪。"战士李长国口气坚定。

"连队卫生员虽然不担负全部指挥职责,但他是专业主管人员或属值班、执勤人员,因此王冰不假外出,造成严重后果,根据刑法规定,他触犯了擅离、玩忽军事职守罪。"战士钟志敏不容否认地反驳。

……

台上双方之间的唇枪舌剑引得台下数百名官兵时而埋头记笔记,时而鼓起阵阵掌声。这是笔者最近在军区某油料训练大队周末"法庭"上目睹的一幕。当时假设的案情是卫生员王冰不假外出,造成战士刘艺被毒蛇咬伤后因没有及时采取急救而死亡。刘艺的战友将王冰告上军事法庭,战士李长国和钟志敏分别充当原告和被告的辩护人。

在现场的该大队政治处主任胡才强告诉笔者:自从大队举办周末"法庭"活动以来,充分调动了广大官兵学法用法的积极性,并且越来越多的官兵愿意充当辩护人。"法庭"开庭,观众次次爆满。这已是周末"法庭"的第 30 次开庭。

说起周末"法庭"的来历,胡主任讲了一个有趣的故事。

那是两年前,大队认真按计划组织战士进行每月一堂的法制课学习,然而有的官兵感到法律条文太多又枯燥,学了也记不住,用不上,因而上课要么心不在焉,要么打瞌睡或干别的事;还有的人认为只要自己不犯法,学不学法律无所谓。来自贵州农村的战士王义春就是这样一个人。可有一次,小王的弟弟深夜起来上厕所,看到一个贼正在偷邻家的耕牛,他义愤填膺,抓起竖在墙角的一根扁担,朝贼手上劈去,当场打断了贼手,夺回了耕牛。没想到过了几天,那贼家里的人竟找上门来,扬言要弟弟陪5000 元钱的医药费和营养费,否则就去法庭告弟弟故意伤害罪。小王回去探家,恰好碰上这事,他的父母连忙问他有什么办法。面对父母的提问,小王深悔在部队没好好学习法律知识。最后他只好向部队领导请求帮助。指导员在电话中得知事情的来龙去脉后,立即告诉他弟弟的行为属于正当防卫,不仅不要负法律责任,反而应该受到表扬。听了指导员的话,小王在法庭上为弟弟进行了理直气壮的辩护,让偷牛贼受到了应有惩罚。回连队后,小王逢人便说学习法律的重要性。他看到有些战士对法律课还是不感兴趣,联想自己在法庭上的经过,就向大队提出举办周末模拟法庭的建议。党委经过分析研究后采纳了他的建议。这样,大队的周末"法庭"便诞生了。

近两年来,大队官兵将从每堂法律课上学来的知识运用到周末"法庭"上,在周末"法庭"上遇到的难题又到法律课上寻找答案。有了周末"法庭"这个舞台,官兵们重新认识到法律原来也是活生生的东西。现在,大队有数十名官兵攻读法律函授,3人拿到了律师资格证。

(与周峰合作,刊于2000年4月14日《战士报》)

艰苦励志创大业
——某仓库增强官兵事业心责任感纪事

近年来,某仓库党委着眼履行新的历史条件下我军历史使命,大力加强部队教育管理,不断增强官兵事业心责任感,使当代"守山人"在艰苦环境中,谱写了一曲曲"扎根山沟建功业,爱军精武保打赢"的新篇章。

军人,不能因环境艰苦"分心走神"

时间回溯到两年前的冬天,从湘潭大学毕业的排长黄朝阳,在连队干了不到半年就向政委段菊生交了一份"转业报告",理由是:山沟部队条件艰苦,在这里工作感到很郁闷……

这件事令该部领导大吃一惊。大学生干部刚到部队就闹转业,是个别情况还是普遍现象?党委"一班人"深入调查,发现官兵中有30%不太安心、闹转业、想进城、思调离者为数不少。

"我们驻在海拔1690多米高的雾盖山下,常年大雾迷漫,阴雨连绵,交通不便,信息闭塞,能'呆'得住就是一种奉献。"勤务一连排长兰福松感慨地诉说苦衷。

"我们已婚官兵家属中,就业率只有38%,一家三口靠一个人的工资过日子。驻地离城市有几十公里远,子女上学困难……"业务处助理员田交林动情地反映。

"由于部队地处偏远山区,通讯极为不便,与外界联系少,官兵婚恋成了'老大难',未婚官兵中28岁以上的就占了32%。"政治处干事刘火球"实话实说"。

该部党委感到,官兵能否安心尽心,直接关系到保障打赢。作为组织,既要认真解决好他们的实际困难,更要教育他们弘扬艰苦奋斗精神,扎根山沟建功立业。

从去年初开始,该部就采取学理论、讲形势、忆传统等方法,狠抓历史使命、理想信念、艰苦奋斗和社会主义荣辱观等教育,帮助官兵铸魂励志,打牢爱岗敬业的思想基础。利用驻地"红色资源"的优势,组织他们参观湘南纪念馆,邀请老红军、老八路话历史、讲传统,缅怀朱德、陈毅等老一辈无产阶级革命家出生入死闹革命的英雄壮举,使大家心灵得到净化、思想得到升华。注重发挥典型示范作用,大力宣扬了"艰苦面前不弯腰,抖擞精神干事业"的军区"优秀连长"原其建等6名先进典型的事迹。通过树标立杆,使官兵明确了努力方向。此外,该部党委积极营造拴心留人的良好环境,为官兵解决实际问题,激励大家履职尽责干事业。采取召开军地联谊会、发动军嫂介绍、组织大龄官兵到地方开展军训等形式,积极为青年官兵婚恋牵线搭桥,12名大龄官兵找到了幸福伴侣;争取驻地政府支持,采取城区租房、家属轮流照料等方法,使90%以上的干部子女上了好学校;实施"安居工程",先后筹集资金10多万元,修建干部宿舍楼,整修士官职工家属区,使官兵家属来队住上了"鸳鸯房";关注官兵身心健康,每半年为基层干部做一次健康体检、建一份健康档案、开一份健康处方,解决基层官兵在就医和心理健康方面的问题。

关爱到位,兵心凝聚。如今,"不畏艰苦创大业,地处深山作奉献"成了该部官兵的自觉行动。官兵执行装备器材押运重任,少则十天半月,多则一两个月,在充满艰辛、寂寞和危险的漫长押运线上,他们以苦为荣,始终牢记使命,先后行程50多万公里,押运危险物资器材近百万件(套),没有出现任何差错,在没有硝烟的特殊战场上书写了军人的忠诚和豪迈。

"看洞守库"就是履行新使命

"洞库远离战场,山沟远离海峡,打仗我们轮不上。"

"天天管枪管炮,军人的使命离我们太遥远。"

……

一段时间内,和平麻痹思想、军人职能意识淡化的问题,成了官兵的普遍思想反映。

听惯梨园歌管声,不识旌旗与弓箭。战争的硝烟真的远离我们吗?天下虽安,忘战必危,该部党委深深感到,军人如果忘记了战争,就意味着丢掉了事业心使命感,就不可能干好工作做出事业。为此,一场"牢记根本职能,不忘军人使命"的思想教育,迅速在干部队伍中展开。

该部采取理论辅导、形势讲座、热点辨析等形式,让大家明确新的历史使命的新内涵、新发展、新要求,加深对胡主席"三个提供、一个发挥"重要论述的认识和理解;邀请武汉通信指挥学院副院长季卜枚教授讲国际国内形势,引导官兵看世界并不太平,战争无时不在。同时,结合部队担负 XX 任务的实际,广泛开展"履行新使命,我们的责任有多重"大讨论和"小岗位连着大使命"主题演讲活动,使大家清醒认识到,"山沟连着海峡""洞库连着战场",看洞守库责任重大,使命光荣。

针对少数官兵认为"看洞守库难以体现新使命"的模糊论调,该部部队长彭国成组织大家认真回顾单位多次担负军事斗争抽组保障任务,多次承担军区重大军事演习后勤保障重任的辉煌历史,引导大家认清使命就在岗位,责任就在身边。官兵自觉把使命当生命,视责任如泰山,在干部编制减少、保障任务成倍增加的情况下,积极开展岗位练兵比武和技术革新活动,人人会"一专多能",个个是"行家里手",在本职岗位上创造了辉煌业绩。近年来,他们先后完成技术革新 10 项,参加上级比武夺得 2 个团体第一、1 个团体第二的好成绩。

从本职做起,从自己做起,从现在做起,把履行新使命付诸实际行动。该部党委组织官兵广泛开展了"忠诚使命、献身使命、不辱使命"主题实践活动,引导大家"扎根山沟建功业,看洞守库求作为"。今年 3 月,部队战备工程进入攻坚阶段,按计划必须在一个月内完成 100 多门火炮和雷达设备的转库任务。全体官兵发扬连续作战精神,轻伤不下火线,提前 3 天圆满完成任务,受到上级通报表彰。

争做新时期高素质的"守山人"

为适应新军事变革要求,努力提高官兵科技素质,激励大家争当新时期高素质的"守洞人",部队党委迅速出台一系列加速人才培养的强军举措:

——让学习成才向战斗力聚焦。针对少数官兵在学习成才中重民用轻军用、重出路轻本职,文凭"含金量""含军量"不高的现象,按照"立足本职,紧贴任务,全面发展"的原则,制定了《官兵岗位成才规划》,帮助大家明确学习目标,让学习成才为保障打赢提速。

——搭建信息化学习平台。先后拿出 300 多万元,新建多功能训练中心,完善网络室、控制室等配套设施,开发融办公、模拟训练、管理监控于一体的局域网,实现了机关与哨所、库房的光纤直联,网络直通。开设电子图书馆、视频点播库等栏目,为官兵学习创造良好条件。借助信息网络平台定期开展网上教学、网上演练,不断增强官兵胜任本级指挥、完成本职任务的能力。

——实行联合办学育人才。利用湖南高校林立的优势,与国防科大、湘南学院等高校"联姻",分层次开办计算机、英语函授和自考辅导班,引导官兵着眼部队信息化需要学习高科技知识。

——建立人才成长激励机制。建立学习档案,将干部学习成才和实践创新情况及时归档,作为考察使用干部的重要依据;对立足岗位成才的给予相应奖励。为充分调动官兵精武强能的积极性,部队还叫响了"科技是第一保障力""履行新使命、素质要过硬"等口号,激励官兵学习成才、提高素质。

人才强,事业兴。目前,该部60%的官兵顺利实现学历升级,其中大专以上学历由过去的23%上升到现在43%;参谋人员100%具备"六会"技能,均能独立组织完成综合性保障任务。此外,该部还受领总部赋予的火炮质量升级任务,修理所全体官兵克服技术力量薄弱、场所设施陈旧、任务难度大等困难,高标准完成了任务,使该部成为全军火炮质量升级先进单位,受到总部、军区首长的高度评价。

(与沈琛、左书游合作,刊于2007年6月14日《战士报》、12月3日《郴州日报》)

"学生官",这些带兵"痼疾"你有没有?
——来自76119部队加强新时期官兵关系的调查与思考

He Xin Ti Shi

近年来,随着编制体制调整深化,越来越多的"学生官"走进军营,成为抓建基层的骨干力量。然而,"一出校门就进营门、一穿军装就当干部、一提干就入党、一转正就当书记"的共性,使他们在带兵过程中,或多或少地暴露出轻兵、离兵、怨兵等诸多"痼疾"。近日,76119部队对56名基层骨干进行调查摸底,认真分析"学生官"任职特点和不良倾向,有针对性采取措施帮带培养,取得明显成效。他们的做法经验值得借鉴。

带兵"痼疾"面面观

【镜头一】去年9月,头顶着物理和计算机专业"双学士"荣耀的刘排长,来到了八号哨所。他不仅精通电脑、英语,还擅长吉他、二胡等多种乐器。这一消息,令战士们欣喜不已:"跟着'高材生',肯定有长进!"孰料,期望很快变成失望:正在备考军校的上等兵赖洋前来请教一道数学题时,刘排长张口就是"这么简单的问题都不会"的奚落,一副嘲弄的表情,让小赖闹了个大红脸。虽然最后解开了疑惑,可小赖觉得特别扫兴;大家邀请刘排长一起打"升级",他嘴角一撇,泼起了冷水:"现在都啥年代了,还玩这些幼稚的东西!"

【镜头二】士兵队施队长尽管能力出色,多次带队完成重大任务,但在工作、生活上却过分强调"官兵有别",刻意与战士拉开距离,成为连队公认的"孤家寡人"。出身名牌大学计算机专业的他,痴迷"红警""传奇"等网络游戏,一有空就躲到宿舍里上网"冲浪",很少和大家扎堆,并振振有词:"干部是管理者,就该有特殊的照顾和待遇！"在前不久的一次民主测评中,施队长的"人际关系"情况被亮"黄牌"。当领导找他诫勉谈话时,他深感不服:"和干部在一起,共同语言多;如果和战士整天扎堆,就会威信扫地,还谈什么带兵！"

【镜头三】 勤务二连杨连长虽然军校毕业还不满两年,却已拥有4个月的任现职经历。他来到连队后,感觉自己工作起来力不从心不说,战士们还处处"使绊子"。一次座谈会上,杨连长深感委屈的发言,引起了"学生官"群体的共鸣:"哪个连队没有'刺头兵'！我们连的大学生新兵小周,连队组织饭后练兵,他就跳出来说'饭后不能立即从事剧烈运动';连里组织饭前唱歌,他却泼冷水,'时间太长倒胃口',真是让人没辙！"勤务一连郑连长也颇有同感。

官兵"吐槽"析原因

林晓波(四号哨战士):我们可是玩着芯片、看着碟片、吃着薯片长大的"90后",也有打过工、当过老板的战友,社会阅历并不少。可连队干部总把我们当小孩子看,整天像家长一样忙来忙去,很少顾忌到我们的感受,一点也不阳光！

黄小春(保管队班长):干部的文化水平确实高,可文凭不等于水平,学历不等于能力,论起带兵管兵、巡逻执勤,还是我们这些扎根山沟多年的"老同志"有经验。群众的眼睛是雪亮的,而不是单看肩扛的军衔论高低。带兵就要动真情,走进战士的内心才能赢得他们的真心。

郑本领(政治处主任):要带好兵,先要知兵。不少"学生官"之所以处不好官兵关系,关键还是没有摸准带兵规律。当前的战士个性张扬,崇尚时尚,思想隐蔽,有心事对网友说不对战友说、对恋人说不对亲人说、对同乡说不对同志说……这种情况下,带兵人必须转变"带兵就是管兵、教育就是训导"的传统观念,当兄长不当家长,既管兵更要育兵,多用欣赏的眼光看战士。

曹春晖(副部队长):带兵的经历,就是干部成长过程中的一笔宝贵财富。客观地说,现在的战士在人生价值、思维方式、入伍动机、爱好需求等方面,较之以往有很大不同,他们渴望成才、民主意识强,是部队战斗力生成的"新鲜血液"。"学生官"在带兵过程中,应当辩证看待战士群体出现的新变化、新现象,多反思、少抱怨,多鼓励、少批评,多尊重、少轻看。

曹平咏(部队长):以前,一名"学生官"从军校毕业到成长为成熟的连队主官,一般需要10年时间。"十年磨一剑"的带兵经历,让他们积累起丰厚的实践经验。如今,"学生官"的成长周期被大大压缩,当兵经历缺乏,导致对兵感情不深、带兵办法不多,不能深知兵、真爱兵,实践"短板"比较明显。"学生官"在努力吸取带兵经验教训的同时,部队党委也应当对其采取帮扶措施,缩短他们的成长周期,帮助他们更好地成长成才。

和带兵"痼疾"说再见

说起带兵管部队，作为一线带兵人的"学生官"无疑是中流砥柱。引导他们正视带兵过程中的偏差，和带兵"痼疾"说再见，事关基层抓建，事关部队团结，事关战斗力生成，绝不能存有"小事一桩，小视即可"的侥幸心理。

加强教育引导，端正带兵认识。该部开展了以深知兵、真爱兵为重点的"尊干爱兵"专题教育，并为每个"学生官"配发了《带兵事例100例》《文明带兵30条》等相关培训资料，组织优秀带兵骨干传授心得，观看警示教育片，帮助"学生官"纠正带兵偏差。围绕"官兵关系怎么看，立足自身怎么办"进行主题辨析、网上"论剑"，在思想交锋中析事明理，短短一周就跟帖500多条。

多方会诊解惑，提升自身素质。该部针对"学生官"反映坚持"五同"却难以心同、发现"心锁"难以解锁的实际，别出心裁地开展了"岗位互换"活动，定期让战士和干部实现角色互换，共同分享感受，强化了"学生官"换位思考的自觉性。积极开展"心中有数、心中有责、心中有情、心中有招"活动，定期开办党务会务、谈心交流、组训管理等7个专题讲座，着力强化"学生官"知情功、说理功、疏导功、解难功等素质。

健全规章制度，凝聚兵心士气。该部明文规定：新毕业的学员，任职前必须集中培训两个月，着力强化日常管理、组训带兵等能力素质；带兵干部每年必须接受不少于两周的轮训，通过考核后方准"上岗"。该部党委还对照《基层建设纲要》相关要求，积极畅通民主渠道，每月召开战士代表座谈会，积极听取官兵意见建议，先后收集了"提倡文明用语""爱兵不分贫富"等20多条好点子。依托问卷调查、网上投票等信息模式，开展"我最喜爱的带兵人"评选活动，有效激发了"学生官"履职尽责的动力。

（与张海亮合作，刊于2013年5月2日《战士报》三版头条）

一路豪歌向明天
——76119部队即将退伍老兵座谈会现场实录

编者按 *Bian Zhe An*

又是一年枫叶红，军营再奏驼铃曲。随着退伍日子的临近，又一批战友即将脱下心爱的军装，背上厚重的行囊荣归故里。军营的岁月，几多憧憬，几多欢笑，几多收获，几多留恋，无论走到哪，血液里流淌的永远是军人本色，心灵向往的始终是那面鲜红的八一军旗。让我们走进76119部队老兵座谈会现场，去追寻普通战士军营成长的心灵轨迹，期待亲爱的战友明天会更好。

当兵不言悔　难忘军旅情

胡平勇(上等兵)：有句话说得好，生命里有了当兵的历史，一辈子也不会懊悔。两年的军旅生涯承载了太多美好的回忆，有开心，有失落，有挫折，最终收获的是坚强、自信和成熟。2009年，刚跨出成都电子科技大学校门的我携笔从戎，立志建功军营。然而一进军营就遭遇了巨大的心理落差，俯卧撑我做50个就趴在地上起不来，五公里总是最后一个到达终点，内务评比也经常是"黑名单"的常客。有一次军事考核我又拖了连队后腿。我开始怀疑自己，难道真的是"百无一用是书生"？指导员刘火球看到这一情况后，找我谈心："眼高手低是大学生士兵的通病。军营大熔炉，百炼方成钢。你首要的任务是要调整好心态，虽是大学生，要乐当小学生！"为过好军事训练关，我开始虚心向分队长讨"高招"，请求为我"开小灶"，每天为自己的体能训练加量。每次跑步时，我还在双腿上绑着2公斤重的沙袋，别人跑5公里，我就跑6公里。一分汗水一分收获，在去年岗位练兵大比武中，我勇夺一枚枚奖牌，被评为军事训练标兵。在抓好军事训练的同时，我注重发挥自身优势，在连队办起了写作、电脑等知识培训班，成为文化活动骨干，在《郴州日报》《战士报》发表了数篇稿件。今年8月，我还登上了素质教育大课堂的讲坛，为全库官兵讲了计算机基础知识一课，全库官兵报以雷鸣般的掌声。我感到每前进一步，都是一种收获，一种成长。如果再给我一次机会，我还会选择当兵，选择在军营书写风流。

周春增(中士)："十八岁十八岁，我参军到部队，红红的领章映着我开花的年岁。"我是怀揣梦想唱着这首歌走进部队的，当了一名光荣的汽车兵。入伍前已有两年驾龄的我，觉得开车是小儿科，没想到不久就遭遇了"滑铁卢"。那是2006年夏，驻地山洪暴发，一个深山村庄岌岌可危，必须紧急救援。我奉命输送一批人员和装备器材到抗洪前线，可面对蜿蜒崎岖的山路和满载的人员装备，我打起了退堂鼓，是老士官黄志军勇敢地站了出来，帮助我完成了输送任务。这件事给我上了生动一课，我悟出了一个理：军人不仅仅是一个称呼，而是意志、技术和智慧的结合体，更是一种责任和担当。把普通招数练到极致就是绝活，我开始钻研汽车理论，苦练驾驶本领，争当红旗车驾驶员。2008年初，驻地遭遇百年一遇的冰雪灾害，上级命令我部迅速救援被困群众。当时，路面结了厚厚的一层冰，人走在上面都不停打滑。面对这种险恶环境，我小心驾驶，顺利解救了50余名被困人员。一位大爷握着我的手激动地说："感谢党，感谢人民子弟兵！"是岗位的锻炼，给我完成任务的底气；是军营的磨砺，给了我勇于担当的勇气。脱下军装还是兵，我将用一生去捍卫绿军装的尊严与荣耀。

高文峰(上等兵)：今年7月，在部队组织的"信念·使命"主题演讲比赛中，我从容自信地走上演讲台，以《青春当在军营绽放》为题在全库官兵面前进行了激情演讲，荣获二等奖。可有谁知道，由于性格内向，加之家乡口音浓厚，我一直羞于与战友们沟通,开班务会、小组会,常常是一言不发,是连队有名的"闷葫芦",孤独、自卑常常袭击我的心。连队干部看在眼里,记在心上,有事没事陪我散散步、聊聊天,鼓励我大胆开口说话,帮我买来了相关语音学习资料,还要求战友们轮流纠正我的发音。每次连队的新闻点评,都点名要我发言。功夫不负有心人,慢慢地我擦亮了声音的"膛线",找到了信心的航灯,同时深感没有军营的培养就没有自己今天的进步。军营,是我一生无悔的选择!

曹平咏(部队长):男儿何不带吴钩,收取关山五十州。古往今来,军营一直是热血男儿施展抱负的最佳舞台。当兵的日子,鲜花和汗水相伴;平凡的岗位,荣誉与奋斗同行。只有用信念锤炼意志,用绿色装点青春,用生命书写忠诚,才能交出优秀的"成长答卷",让军旅岁月成为人生最靓丽的风景,这时你才可以说,当兵无悔!

同举一杆旗　战友情谊深

赵明杰(上等兵):好男儿志在金戈铁马。2009年12月,荣获贵州大学物理学学士学位的我,满怀憧憬来到部队,可很快发现军营并没有理想中那么美好。面对日复一日的队列训练、整理内务,我开始闹起了情绪,队列训练,我常以生病为由逃避;内务评比,我上了几次"黑名单"。"俗话说,出门看队列,进门看内务。走队列、整内务就是要去掉你的娇娇气,培养军人的英雄气。不管你是学士硕士,首先要当好战士。"是班长的教诲让我明白了一个理:小事干精致,大事才精彩。虽然自己是大学生士兵,但在军营却是一名小学生,我开始全身心投入到军事训练中。去年7月,军区联勤部组织岗位练兵大比武,我取得了军械专业岗位比武第一名的好成绩,并荣立三等功。站在高高的领奖台上,我深知军功章有我的付出,更有战友的关爱。

符荣才(下士):"多少句心里话,不要离别时两眼泪花,军营是咱温暖的家。"每当听到《军中绿花》这首歌,我总是泪眼涟涟,回忆起全连官兵为我捐款的情景。那是2009年3月,仓库正筹备分部岗位练兵现场观摩会,我奉命担任战备行动演示课目的教练员。天有不测风云,就在观摩会召开前两天,传来了家父病逝的噩耗,我悲痛万分。这时,连队干部主动找我谈心,帮助我树立起战胜挫折的信心,同时还发动全连官兵为我献爱心,一个仅50人的连队捐款竟达6000余元。正是战友们灿烂的笑脸和滚烫的爱心,让我很快走出了丧父的阴霾。那天,我在观摩会上表现出色,被评为"优秀四会教练员",并荣立三等功。经历这件事,我深切地感到军营是个温暖的家。

赵亮(中士):随着片片枯黄落下,我知道又到了战友离别的季节。作为连队的鼓手,每年这个时候,我都会敲响我心爱的大鼓,欢送老兵退伍返乡。当兵8年,我敲了8年的大鼓,唱了8年的《驼铃》,也送走了8批战友。难忘这8年来我们一起摸爬滚打、操枪弄炮;难忘这8年来我们一起挥洒青春、纵情高歌;难忘这8年来首长的谆谆教诲、战友的真诚鼓励,更难忘在火车站台上,战友们相互鼓励说不要哭，眼角却挂满串串泪珠。汽笛催断肠，欲语泪凝噎。特别是在列车开动的那一刻，军营男儿的情感漫过心灵的堤岸，一时间站台成了泪花的海洋。可如今，轮到自己退伍了，多想再看看那熟悉的军营，多想再看看那亲切的面庞，多想再听听那熟悉且铿锵的鼓点，只愿时间过的慢点、慢点、再慢点……

谢守平（政委）：当兵的经历是一笔宝贵的财富，战友的情谊是一杯飘香的醇酒。战争年代，战友意味着生死相依，荣辱与共；和平岁月，战友意味着一起成长，共同担当。在军营，我们一起经历磨砺，学会奉献，懂得责任，收获着浓浓的战友情谊。战友战友，亲如兄弟。凡没有当过兵的人永远不会懂得"战友"两字蕴意的凝重与深沉。部队是所大学校，军营是个大家庭。对于所有当过兵的人来说，任时光飞逝，军营永远是我们温暖的家。

危难显身手　奉献竞风流

聂绍锋（下士）：不经历风雨，怎么见彩虹！是一次抗冰救灾的经历，让我完成了从地方青年到优秀士兵的华丽蜕变。2008年1月27日，寒冰封冻，被誉为"黄金大动脉"的京珠高速郴州路段全线积雪成冰达5厘米，南北车辆均无法通行，受困车辆2000余辆。我们闻令而动，紧急奔赴京珠高速公路，主要负责良田服务区上下坡路段破冰。我和战友们用锤子、镐头砸破冰块，然后用铁锹将冰块铲向路的两边，再用扫把把雪块打扫干净，撒下工业盐，防止再次结冰。我们的脸冻红了，手磨出了茧，鞋子被冰雪浸湿，却全然不顾，心中只有一个信念，早点开凿出一条通道让车辆通行。尽管中午官兵们只吃了块面包，但我们还是把自带的部分食品分给被困司机吃。我们的举动感动了周边村民和受困司机，他们纷纷加入破冰队伍。经过5个多小时的艰苦作战，良田服务区危险路段铲出约3公里长的无冰路段，使受困车辆顺利通行。我因表现出色受到上级表彰。如今我要退伍了，但我相信，军人的使命已融入了我的血脉和灵魂，即使脱下军装，我依然会用行动践行我在军旗下的庄严承诺。

赵鹏军（上等兵）：信仰必然有牺牲，牺牲带来神圣，神圣强化信仰。当兵的日子里，一场扑救山火的战斗加深了我对这句话的理解。那是去年3月，正在参加训练的我们奉命支援地方扑救山火。来到火灾地点，只见漫天的浓烟遮云蔽日，风助火势，大火迅速蔓延，肆意吞噬着山林。没有犹豫，没有退缩，我们立刻投入扑灭山火的战斗。飞舞的烟灰，熏得人睁不开眼；炙热的火焰，把原本浸湿护鼻的毛巾烤得焦煳。置身火场的我，忘记了身上被火烫的泡，忘记从上午到晚上还未进食的饥饿，忘记了连续奋战十几个小时的辛劳，一心只想尽快扑灭这场大火。直到次日凌晨两点将火扑灭后才离去。归队的路上，虽然没有鲜花，没有掌声，但我想，和平安宁本身就是对军人的最高奖赏。

曹春晖(副部队长): 肩挑万里江山,心系祖国安危,这就是军人的使命。无数官兵为了祖国的和平与安宁,不惜流血流汗,默默奉献着自己的青春年华。正因为军人勇于担当,奉献为荣,他们生命的颜色因此而变得明亮而绚丽,他们的生命即使再平凡,但绝不平庸。沙场驰骋练打赢,峥嵘岁月铸军魂。纵然时光飞逝,军人的使命早已融入我们的灵魂。

精武长才干　豪歌向未来

彭小勇(上士): 身着绿军装,一晃已有12年,再过几天,我就要挥泪告别挚爱的军营。有战友问我,你在部队天天操枪弄炮,回到地方有什么打算?在部队过得硬,回地方有作为。我相信过硬素质就是靓丽的名片。退伍返乡后,我打算承包一片山林,搞绿色产品种植,创办农业科技股份有限公司,实行生产、加工、运输、销售一条龙服务,带领村民走上致富路。党的政策好,创业天地宽,相信明天一定会更美好!

潘振孟(上士): 随着退伍日子的临近,我越发感到军旅时光的宝贵,同时也开始了回乡创业的梦想。通过三年的刻苦攻读,我取得了南京政治学院法律专业大专文凭,实现了学历升级,还为家庭涉法的5名战友提供了法律援助,维护了军人合法权益。我还参加了部队举办的烹饪培训班,荣获二级厨师等级证书。我的家乡广西来宾,现在正大力发展旅游服务业。我打算返乡后,在家乡开个餐厅,自己当老板又当大厨。"潘氏连锁餐饮集团"是我的梦想,我相信,心若在,梦就在,我一定会梦想成真的!

唐运良(上士): 当兵12年,我通过自考取得本科文凭,光荣地加入了党组织,荣立了三等功,获得了许多荣誉,可以说以前在家连想都不敢想。逆水行舟,不进则退。前年,我就开始努力学习党的创新理论和党务知识。单位组织的支部工作培训,我主动要求旁听;开办的南岭党校,我积极报名;《政治指导员》杂志,我是每期必看。问我退伍之后有何打算,那就是返乡后担任村党支部书记,带领全村人民共同致富。经过军营的锤炼,我有信心当好支部工作的带头人,真可谓"戎装数载青春激昂,返乡村官续写辉煌"。

李志明(后勤处长): 精彩的军旅生涯即将结束,也意味着人生新的一页就要打开。当兵的岁月,让我们经历创新理论的洗礼、风吹雨打的磨砺,在付出汗水的同时也收获着信心和希望。军营,让我们从稚嫩变得坚强,从青涩走向成熟;追求,让我们退伍不褪色,勇敢向前行。衷心祝愿老兵一路走好!

(与郭睿合作,刊于2011年11月18日《战士报》)

革命人永远是年轻
——衡阳黄茶岭干休所开展主题教育活动纪实

日前,衡阳黄茶岭干休所在深入培育当代革命军人核心价值观主题教育心得交流会上,离休干部、八旬老人秦长清的动情发言,引起全体老干部的强烈共鸣,赢得了场上场下、新老战士的热烈掌声。在这次主题教育活动中,衡阳黄茶岭干休所采取学理论、讲党史、话传统等方法,进一步固牢了老干部的精神支柱。30多名老干部自觉站排头、当标兵,不仅升华了自身对创新理论的认识理解,还有力地促进了培育活动的深入开展。

追根溯源悟真谛　越学心里越亮堂

信念是人的精神支撑。针对老干部理论基础好、感悟能力强、实践经验多的实际,该所突出自主教育、自我感悟,自觉提高,让老干部在历史与现实的交融中增强对当代革命核心价值观的深切感悟。

在加强学习理解中深化理论认同。"两高期"老干部听不清、记不牢、坐不久的现象比较普遍。该所坚持集中辅导与个人自学相结合,将当代革命军人核心价值观的理论要点印刷成大字本下发,人手一册,在个人阅读的基础上,安排4个专题,分别请联勤部机关领导、所领导、驻地党校教授作专题辅导,每个专题不超过1小时。根据7名行动不便、卧病在床的老干部的个人意愿,该所及时将学习资料送到老干部家中,搞好登门宣讲,还精选出一些重要章节论述,朗读录音制成音频资料送到老干部床头,让老干部用"听书"的办法学习。

在重温党史军史中深化情感认同。今年是建党90周年,教育中该所突出党史军史学习,安排86岁的老八路陈有才等3名老干部在大会上回忆我党我军为民族独立、人民解放所作的卓越贡献,印发《党史军史知识100题》"口袋书",组织阅读《党建热点面对面》《中国共产党历史二十八讲》《苦难辉煌》等红色书籍,瞻仰衡阳保卫战纪念碑,观看红色电影《建国大业》等,让老干部从历史与现实的视角,深切感受当代革命军人核心价值观的深厚渊源和真谛所在,从而坚守为共产主义事业奋斗终生的誓言。

老干部越学心里越亮堂,越学感受越亲切。新四军老战士张春荇动情地说,"学习党的创新理论,了解党的发展进步,使我深刻认识到,当代革命军人核心价值观是我党我军长期实践和光荣传统的结晶,是许多革命先烈用鲜血和生命换来的,践行当代革命军人核心价值观不仅是历史的传承,更是现实的使命。"

知恩知足知责任　安享晚年感党恩

教育中,该所把满怀深情、竭诚服务融入到教育实践中,让老干部时刻感受到家的温暖、组织的关怀,引导老干部倍加珍惜荣誉,切实安享晚年。

宣讲休养政策,引导老干部知恩。近年来,为让老干部安享晚年,党中央出台了一系列政策法规。教育中,该所把讲清老干政策作为这次教育的重要内容之一,一方面大力宣讲党中央为关心老干部推出的改善医疗保健条件、增加离退休费标准、推进住房制度改革等方面的政策法规,让老干部充分了解政治待遇的新变化、生活待遇的新提高;另一方面列摆前苏联和东欧各国共产党丧失政权后,广大共产党员政治上遭受迫害、生活上凄惨悲凉的不幸遭遇,让老干部从正反的巨大反差中受到强烈震撼,深感只有党兴旺发达才有个人的幸福晚年。

解读服务典型,引导老干部知足。教育中,该所充分发挥先进典型的激励示范作用,采取召开典型恳谈会、演讲会等形式,请"扎根平凡岗位,倾注儿女真情"的军区保健先进个人、卫生所所长阳家高等3名典型谈体会,让老干部从身边典型实在、具体的动人事迹中感受孝子贤孙般的情怀。特别是"青春献夕阳、服务无止境"的"军中徐虎"杨湘林,子承父业,27年如一日,随叫随到,把保障老干部水电当作事业干的先进事迹,深深感染了老干部。

营造和谐环境,引导老干部知责。按照"医疗服务精细化,生活服务亲情化,文化服务多元化,特殊服务个性化"要求,近年来,该所修花坛、造凉亭、砌假山,做到一步一景点、一处一风情,把干休所建成了江南的园林;安装医疗报警系统,添置按摩床、超短波治疗仪和制氧机等医疗设备,提高救治快反能力;成立诗词、棋牌、秧歌等活动小组,让老干部人人有去处、个个有活动、季季有比赛、天天有笑声。

投身实践作奉献　老有所为谱新篇

保持晚节,贵在行动。通过这次主题教育,老干部普遍受到了很大的震动和鼓舞,他们自觉开展了"奉献夕阳余热,彰显党员本色"活动,纷纷表示要谱写人生最美夕阳红。

做红色文化的传播人。针对部分青年官兵对革命传统了解不多、重视不够的问题,20多名老干部一合计,决定办个"红色文物展览馆",将自己珍藏了几十年的"传家宝"拿了出来:有抗日战争时期用过的马灯、怀表,有解放战争时期的立功证书、缴获敌人的军刀,有抗美援朝时期的老照片、立功喜报等,56件珍贵文物,件件都在诉说着那段战火纷飞岁月的动人故事,一下子吸引了许多官兵驻足观看。

做公益事业的热心人。情系红领巾，丹心育新苗。老八路陈有才等老干部主动与驻地五中和实验小学"联姻"，定期向青少年学习进行思想品德教育，两名老干部被聘请为"解除网瘾"咨询师，5名老干部被聘请为育德顾问。113名老干部与常宁市塔山瑶乡贫困学子结成"帮扶对子"。

做单位建设的参与人。为推动干休所发展，教育期间，老干部在全所范围内发起了以"学习好、身体好、团结好、遵纪守法好、教育子女好"为内容的"争创五好老干部"活动，以实际行动践行当代革命军人核心价值观。他们还积极献计献策，提出关于加强组织建设、家政服务、营区管理等26条合理化建议，特别在制定完善《干休所建设五年规划实施细则》过程中，老干部畅所欲言。

（与胡志平合作，刊于2011年6月28日《战士报》）

享誉世界的白求恩大夫曾语重心长地对医护人员说："你必须把每个病人看作是你的兄弟，你的父亲，实在说，他们比兄弟还亲——因为他们是你的同志。"163医院老年病科医护人员，把病人当做父亲、同志，在平凡的工作岗位默默奉献着自己的青春和爱心，他们——

一片丹心映夕阳
——163医院老年病科服务患者纪事

163医院老年病科，创建于1955年，是军区老年病重点学科，主要担负驻湘部队师以上干部的预防、医疗和康复任务。近年来，该科先后被军区评为医德医风建设先进科室、护理工作先进单位、"白求恩杯"优胜单位、保健工作先进集体等，15人次受到军区、总部表彰。《中国老年报》《国防》等媒体先后报道了该科开展优质服务的先进事迹。

一束束鲜花，一张张贺卡，传递着情的炽烈，奉献着爱的赤诚

老年病科是一个综合性科室，服务对象主要是老年患者，病种多，病情复杂，这里不但有老红军、老干部、高级知识分子，还有外国友人。有的儿女长期不在身边，患病后深感孤独焦虑；有的革命一生，曾身居要职，失落痛楚改变了他们的脾性；有的重病缠身，生活不能自理……为了让老干部及家属满意，医护人员不怕劳累，不嫌脏臭，甚至忍受责骂和委屈，尽职尽责做好优质服务。

年过九旬的老红军刘光华,患老年痴呆症,完全丧失自理能力,唯一的儿子远在美国。医护人员除正常诊疗护理外,还主动照顾病人的饮食起居。老人对排便不敏感,医护人员就用手来帮助他,从没有过厌烦情绪。

在这里,爱心至上。病房曾收治过来自韩国的金志宪先生,由于语言不通,给医护工作带来一些困难。医护人员在更加精心治疗的同时,积极想办法与患者沟通,请来了外语学院的老师教一些简单的韩语。语言,在此已不是交流的障碍;爱心,成了医患交流的桥梁与纽带。

老年病科患者,都说自己犹如住进了宾馆。这里环境幽雅,住房舒适。每位病人一个套间,装配了治疗带(即有中心吸氧、中心吸痰、中央呼叫系统)、空调,新添了闭路电视、程控电话,卫生间整洁明亮,定时供应热水;科内设置了货柜,患者不出科便可购买到日用必需品;食堂实行点菜制,主副食合理搭配,供患者自由选择;病房前后栽树种花,绿树成荫,花香四季。

最让患者贴心的是科里那种情暖一家人的浓浓氛围。每位患者住院期间过生日,科里都会给他们送蛋糕、做长寿面。节日到了,科室就买来瓜果与病人一起联欢,送一束鲜花、一张贺卡、一份可口的饭菜,点点滴滴温暖着患者的心扉,闪烁着老年病科医护人员把患者当兄弟当父亲的思想光华。

一声声称赞,一面面锦旗,诠释着医德的高尚,彰显着医术的精湛

走进老年病科学习室,你会看到墙上挂满了患者送来的锦旗,写来的感谢信不下100封。普普通通的锦旗、感谢信是患者对医护人员医德医术的最高奖赏。

一个停止跳动6分钟的心脏能重新恢复跳动,听起来似天方夜谭,但在老年病科确有其事。五里牌干休所老干部张广弼,患病期间突然出现心脏骤停现象。科主任一马当先,率领医护人员全力抢救,轮流守候病人5天5夜。最终,病人心脑肺复苏成功,起死回生。老干部李继诵,因心肌梗塞,几次生命垂危,经科室医护人员全力救治,次次转危为安。康复后,李继诵用摄像机将他在科室的所见所闻拍摄下来,制作成题为《情注夕阳红》的专题片,并由他配上热情洋溢的解说词,作为特殊礼物珍藏在科室。

科室重视开展健康教育,根据患者不同需求和特点,确立健康项目,利用知识卡片、宣传手册等多种形式,采取一对一、集中上保健课、开设陪护学校等方式,为病人及家属讲授防病基本知识、用药常识、康复训练方式等全方位的健康知识。健康教育,使患者在出院后能及时发现不易注意的病情情况,避免危险发生。一位冠心病患者出院后,有一天突然出现牙痛。因为记住医护人员曾重点讲述过如出现牙痛症状,要引起高度重视。患者立即到医院就诊,经检查发现为早期心肌梗塞。由于病人得到及时治疗,很快痊愈出院。

近五年来,该科在病人年龄大、病情复杂多变、高危病人多、长期卧床病人多等特殊情况下,没有发生医疗差错、责任事故和医疗纠纷,病人满意率达99%。

**一篇篇论文,一项项成果,印证着勇攀高峰的勇气,
弹奏着服务患者的乐章**

　　为病人服务,只靠微笑与任劳任怨已不能适应当前患者日益增长的健康需求,必须把创新意识、科研意识渗透到工作中,不断提高医疗水平。多年来,科室坚持每月举办学术讲座,由中级职称以上人员讲课,介绍本专业国内外最新发展动态,并定期邀请省内知名专家和教授指导,活跃科室的学术氛围,提高了医护人员素质。为创造良好的科研条件,该科设立了实验室、资料室,成立了科研小组,先后开展了血液流变学检测、动态心电图(含动态血压)、运动平板心电图等课题研究并运用于临床。

　　由于重视业务学习和科研,科室年年都有科研成果。近年来,先后发表论文89篇,获军队科研成果奖11项,其中国家发明三等奖1项,军队科技成果一等奖1项、三等奖3项、四等奖6项。原科主任、现医院院长樊光辉和现任科主任杜万红合作开展的"老年心脑血管疾病小区防治微机远程监控系统研究""常见心血管微机防治监控系统研究""计算机临床医学词库的编制与应用研究",分别获军区科技进步三、四等奖,这些研究将分散在全省各地患者的健康情况输入计算机,方便了治疗和分类管理;输入电脑的心脏骤停等12种老年常见急性病、84种老年慢性病治疗处方,可随时调用于临床。该科的远程电话心电监测仪,将心脏检测和急救推向国际先进水平行列。该科治愈和好转率达91.1%,3日确诊率达到97%,初诊和最后确诊符合率达98.6%,病理诊断和临床诊断符合率达100%。

　　(与杨玲云合作,刊于2005年1月27日《湘声报》、2月5日《战士报》)

对着"标尺"量长短
——某分部贯彻运用《指挥军官考核评价体系》纪事

　　深秋时节,寒风乍起。联勤某分部在某仓库组织贯彻《指挥军官考核评价体系》试点。考评组对着"标尺"量长短,细考精评比优劣,颇有益于指挥军官队伍建设。

考出一个方向:为能力素质打上"升级包"

　　考评体系明确:作为一名指挥军官,必须对信息化条件下作战指挥和军事训练有深入研究。记者在现场看到,与以往军官考评内容不同的是,这次考评增设了

与信息化作战指挥相适应的指挥军官能力素质构成要素诸多新亮点,既兼顾了本职岗位当前需要,又突出了建设新型指挥军官队伍长远要求。

"十佳连长"、现保管队队长杨朝勇在考评前自我感觉非常不错,他曾一年就把一个长期落后的连队建设成军区先进连队。在年终军区联勤部军事考核中,连队合格率达100%,优秀率达95%,其中5公里武装越野还打破了联勤部纪录。指挥军官考评体系,把现代军事理论、高科技知识、信息化技能作为重点内容突出出来,这让杨朝勇有点始料不及。不考不知道,一考知长短。作为基层主官,他把心思和精力铆在连队日常工作上,忽视了对新知识新技能的学习训练。这次考评,使杨朝勇清醒地认识到了自身素质的盲点和短板,感到了前所未有的紧迫感和使命感。

在世界军事变革风起云涌的今天,素质提升如逆水行舟不进则退。考评结束后,很多受考干部如坐针毡,与其坐而叹短,不如行而补短。广大干部自觉对照考评体系,很快自购了《军队信息化建设概论》《信息化条件下的联合作战》《当代军事新装备面面观》等军事前沿书籍,点击军事思想热点,苦练信息化新技能,成了他们上网"时尚"行为。一些年龄稍大的"老基层",从信息化知识、计算机操作ABC学起,只争朝夕迎头赶上。考评冲击波,使校尉军官焕发出前所未有的冲劲。记者在采访中了解到,刚从名校毕业不久的黄道君等年轻干部,迅速消除了"知识学历高人一等、能力升级可以再等一等"的自我满足感,他们对照考评体系明确的素质提升"标尺",反复量自己、考自己、强自己,使整个仓库形成了各级各类干部迅速上路"赶考"的浓厚学习训练氛围。

评出一个导向:为寸功寸劳贴上"姓名牌"

从实绩看德才,凭德才识干部,是考评体系一个主要导向。通过精细化考评,使每一寸功劳都能真实地记在具体人的名下,为寸功寸劳贴上"姓名牌",从而为正确识人用人提供科学依据。

该仓库警卫勤务一连地处"湘南第一峰"五盖山下,点多线长,数个执勤点分散在几公里沿线上。可这个山沟连队却是仓库基层建设的一面旗帜,是"军区标兵连队"。考评组发现,在这次考评述职活动中,连队两名主官在谈成绩论功劳时,有多处重合点,一项成绩多人创,功劳算在谁头上?创建一个标兵连队,虽然主官的能力与努力很重要,但离不开领导机关的悉心帮带、连队官兵的共同辛劳,考评组到领导机关和该连班排深入调查了解后,客观真实地将功劳的"蛋糕""分名别姓"地分给了作出过贡献的各方,使寸功寸劳各归其主。述职考评结束后,两名主官深刻认识到,单位的建设,离不开集体智慧,功劳不能笼统地归于个人名下。

警卫勤务二连指导员邓剑辉,在这次民主测评中"优秀"得票不高。但在考评组与他进行的个别谈话中,却感到他的个人素质、领导能力并不像得票所反映的那样。为查明原因,考评组按照考评《实施办法》,对其进行了"延伸考察",考察中了解到,邓剑辉是一个月前刚从外单位调入到该连,由于连队官兵对他了解不深,在工作磨合上还处于"过渡期",因此,一些官兵没有在"优秀"栏里"划勾"。由于今年该连全面建设进步明显,前不久,仓库党委将该连作为"基层建设先进单位"表彰对象上报分部。考评组经过认真细致的实绩分析后,尽管对其考评结果未定为"优秀",但是他为连队建设所作的贡献都如实地记在了考评签定表里。此事在部队引起强烈反响:只要有实绩,不怕被漏记;扎扎实实干工作,定得组织好评价。

自己的功劳跑不掉,别人的成绩争不了,有效提高了考察、识别干部的科学性和公信力,在部队中形成了凭素质立身、靠实绩进步的良好导向。

指出一个朝向:为补短奋进装上"助推器"

考评是手段不是目的。考评组既给出考评结果,使每名考评对象对自身的不足和短处知根知底,又为补短想办法、教方法,为补短奋进装上"助推器",是指挥军官考评体系考评功能的最明显变化之一。

汤正军是仓库唯一学过光学仪器维修专业的高材生,属于紧缺专业人才。随着新装备陆续配发部队,仓库储备的新型光学仪器随之增多,在官兵眼里,他成了"香饽饽"。工作出色的他本以为在这次考评中可以得高分,没想到仅在民主测评这一关就"卡了壳":测评结果排名靠后。很多测评者反映,汤正军的性格有点像"独行侠",只专心于专业研究,对参加政治教育和集体活动不热心,对此,尽管领导有过批评,同事有过劝告,但他时常"老病重犯"。民主测评结果公布后,汤正军开始还不太服气,个别谈话中,考评组将调查反映的情况与他进行面对面交流、悉心帮教,使他深刻认识到,作为一名军队干部,参加政治教育、主动融入集体,对于个人成长进步具有重要作用。后来,他不仅成了仓库"素质教育大课堂"的"常任"授课人之一,也是参加组织生活的积极分子。对此,他深有感触:政治教育、思想改造,让工作目标更明、事业动力更足、思维视野更广、身上兵味更足。

考评体系的最大亮点之一,就是进行实绩分析时,既看个人素质,更看单位整体建设和履职成效。保管队长刘泽超是仓库响当当的业务尖子,但因带兵管部队的经验有所欠缺,致使队里的全面建设水平难以较快提升。本以为个人素质不错的他,这次不太理想的考评结果让他一时很难理解。考评组及时为他给出"补短"良方:作为一名军官,既要带好头,更要带好队。苦练业务技能值得表扬,但个人素质往上走,而单位建设不能同步升,说明综合素质还不过硬。之后,根据考评组意见,仓库指派管理行家与他结成对子,教他管理部队的方法,有力推动了其个人综合素质和单位建设的共同发展。

(与胡志平、杨明伟合作,刊于 2008 年 12 月 10 日《战士报》)

着力锻造卫勤保障精兵
——163医院加强科技人才队伍建设纪实

近日,163医院传出喜讯:医院被军区联勤部评为"人才建设先进单位",卢明、刘阳云等一批年轻专家分别被军区、联勤部评为"优秀专业技术干部",神经外科等两个科室被评为科技先进集体,《洁康舒治疗平战时痔急性发作的研究》等5项获得军队科技成果三等奖,《临床护理教学规范化管理的研究》等两项获得科技创新奖,4名同志成为军区卫生专业重点人才培养对象。

人才旺,事业兴。医院连续两年实现对外医疗收入、医疗设备总值、对军队伤病员补贴3个翻番,卫勤保障实现了跨越式发展。面对累累硕果,医院政委李春华一语道出了其中的奥妙,这是医院全面落实科学发展观,走人才兴院的结果。

用准一颗子,就能走活一盘棋——
调整视角识才

曾几何时,163医院一度出现过科主任队伍老化、拔尖人才匮乏、后备力量缺乏的状况。未来高技术军事医学领域呼唤高素质人才。新一届领导上任后,把人才队伍建设作为头等大事摆上议事日程。

用准一颗子,就能走活一盘棋。医院党委大胆更新人才理念,用辩证的眼光识别人才。前年初,医院要组建手外科,急需一名骨干来主持工作,两名同志列入候选名单。曾凯生,外科手术是一把好刀,创新意识强,但作风有些散漫。而另外一名干部踏实沉稳,群众基础好,可技术方面赶不上曾凯生。是求全责备还是用其所长?是担当风险还是求四平八稳?院党委经过研究,决定由曾凯生担纲手外科主任。消息传出,上下一片哗然。院领导派1名常委挂钩帮带。而曾凯生没有辜负组织的信任,不仅反躬自省改掉不足,工作上也更加投入。在他的带领下,全科积极拓展业务,科室建设呈现出勃勃生机,手外科很快享誉驻地,成为医院一张响当当的"名片"。他本人也先后获军队科技进步奖两项,在全国、全军医学杂志类刊物发表学术文章13篇。

对人不能求全责备,用人关键在于用人之才。医院党委的这种用人理念已深入人心。年轻的主治医师江文担任睡眠呼吸中心主任后,把中心建成了湖南影响最大的鼾症治疗基地,他本人被军区列为卫生专业第二层次培养对象。据统计,近几年来，医院党委按照"一年帮提高，两年成骨干，三年当一面"的培养思路，先后把5名有争议的但有发展潜力的骨干放在重要岗位，在重大任务中进行摔打锤炼，让他们在创新实践中实现自己的人生价值。

搬掉"铁交椅"，破除论资排辈——
设"擂"公开选才

过去，医院只要有了高级职务、当上科主任护士长，就等于坐上"铁交椅"，致使老的感到后继无人，新的感到熬不出头。为走出这一"怪圈"，医院党委大胆向能上不能下的"终身制"开刀，建立起科主任护士长优胜劣汰竞争机制，在全院范围内公开设擂选拔科主任护士长，变"相马"为"赛马"。

前年的人才"擂台赛"，至今让许多专家教授津津乐道。15名同志都是"毛遂"自荐、经科室党支部考察认可，通过医院党委的资格审查，一路过关斩将，从众多参与竞争人员中脱颖而出的优胜者，竞争的职位包括门诊部、老年病科、肿瘤科等8个科室主任。在全院官兵监督下，24名来自医院机关和科室的知名专家坐上了评委席。胡捷、张登科等6名靠论资排辈难以晋升的年轻医生，勇敢地登上擂台，剖析科室问题，提出施政方略，阐明自身优势，经过公开选拔而走马上任。"能者上，平者让，庸者下"的人事制度改革激活了医院人才队伍建设这池春水。

周光华，肿瘤科一名普通医生，一直从事肿瘤放射临床治疗工作，积累了丰富的临床经验，是科室工作的"顶梁柱"。医院公开选拔科主任，他通过竞争当上了科主任。走马上任后，他充分发挥自身优势，与湘雅医院等建立起科研协作关系，开展了50多项新业务、新技术，使这个昔日的普通科室一跃成为军区肿瘤放射治疗中心，并荣立集体三等功。近年来，全院先后有28名年轻干部通过"擂台"比武走上了科主任护士长岗位，为医院建设注入了强劲活力。现医院拥有各类专家、高级职称62人，中级职称78人，其中神经外科主任王连元等两人被军区评为"名医名刀"。

没有好舞台，岂能唱大戏——
搭起舞台用才

实践中，院党委深深体会到，建功立业是科技干部追求军人价值的共同目标，为他们施展才华搭好舞台就是最大的尊重。基于这种认识，医院党委倾心构筑干事业的舞台。神经外科副主任医师卢明，从美国学成归来。根据他的专长，医院投资100万元专门为他创建了实验室，并优先下拨科研经费。他结合临床实践，进行神经原性高血压病显微外科治疗的实验及临床研究，荣获军队科技进步二等奖，成功实施了全国首例单纯神经原性高血压病人手术治疗。两年前，他开始从事嗅鞘细胞移植治疗脊髓损伤实验及临床研究,于去年7月成功实施了嗅鞘细胞移植治疗截瘫手术,实现了中南地区脊髓损伤治疗零的突破。

创建一流的人才队伍,必须要靠制度政策搭台。为鼓励科技干部更好地施展才华,医院党委先后出台了《关于加强医院高学历人才队伍建设的实施意见》《"十五"青年重点人才选拔培养方案》,每年评选10名优秀专业技术干部,在给予物质奖励的同时,实行"五优先":优先晋职晋级,优先评功评奖,优先送学深造,优先分配住房,优先安排科研经费。设立了100万元人才培养奖励基金。院党委还充分借助地方教学资源,先后选送11名有潜力的科技人员攻读博士,30名科研人员攻读硕士。

为给科技干部创造一流的工作和科研条件,医院还相继建立了能容纳400人的学术厅、藏书5万余册的医学图书馆、科技网吧、全军卫生信息网,拉近了与科研院校的距离。投资8600多万元购置了各种先进的医疗设备,为科技干部开展新技术、新业务提供更加便利的条件。

既要留住人,更要留住心——

"暖心工程"聚才

医院党委在实践中体会到,部队建设没有人才不行,有了人才留不住也不行。医院实施"暖心工程",不但把人留住了,还让他们的心在军营扎根。

医院政委李春华讲述了一件事。前年3月份,正在英国伦敦大学学习的五官科副主任李正贤,回国前曾收到多家国内知名医院的聘请,而且薪水高出本院近10倍。医院领导在多方打听李正贤回国的班机后,悄悄地赶到机场迎接李正贤。在机场的出口处,李正贤被医院领导求才若渴的举动感动得热泪盈眶,当即答应一定回医院安心工作。几年来,李正贤通过潜心钻研本职业务,取得了21项科研成果。

为提高干部的工作的积极性创造性,医院还千方百计为他们排忧解难。罗敬河是医院屈指可数的中医学硕士研究生。由于夫妻两地分居,产生了调动的念头。院长樊光辉和其他院领导多次到上级机关汇报情况,积极协调解决其家属随调事宜。他收回了自己的调动申请,更加忘我地投入到临床科研一线。近年来,医院先后为35名科室骨干解决了两地分居难题,为38名干部解决了小孩入托入学难的问题,不少科技干部的后顾之忧在医院党委的帮助下一一解决。心贴心的解难,让医院处处弥漫着和谐之风,形成了"瞄准战场搞科研,发愤图强创佳绩"的良好局面,推动了卫勤保障能力的快速提高。

(刊于2005年12月5日《战士报》)

挺直"军中脊梁"
——76119部队提高士官队伍素质侧记

南国春早,乍暖还寒。从2月底开始,76119部队组织近百名士官挺进湘南雾盖山深处,开展了为期15天的"淬火加钢",大大地提高了士官队伍素质。该部部队长彭国成介绍说:"体制编制调整后,不少干部岗位改由士官担任。只有贴近岗位、贴近实战,多措并举提高士官队伍素质,把他们锻造成'军中脊梁',才能有效提高部队打赢能力。"

"课堂"充满硝烟味

【现场直击】在简易训练中心,围绕如何教育管理大学生士兵的一个典型案例,受训士官们正唇枪舌剑,展开激烈讨论。

"俗话说,'严师出高徒'。带好兵必须'严',严是关爱,更是塑造。不能因为他们学历高、知识丰富、思维活跃就放松要求。"警卫勤务一连上士、分队长李双阳首先亮出观点。

"如何培养大学生士兵?我觉得既要用普通战士的标准教育管理,更要充分发挥其优势,为部队建设增添活力。"业务处直招大学生中士张志勇的发言赢得一片喝彩,在场官兵频频点头。接下来,检修所分队长、上士陈宏贵,业务处网络管理员、上士黄雁飞等先后亮观点,士官骨干带兵管部队的思路在激烈辩论中明晰。

【背景链接】去年6月,该部警卫勤务一连大学生士兵小牟申请换班,原因很简单,他觉得班长文化水平低,思想落伍,跟着他难有出息。小牟毕业于武汉船舶学院,不仅精通汽车设计与修理,还是通过国家计算机三级资格考试的网络高手,连里的板报、广播稿、网站维护等都是他"唱主角"。

小牟申请换班风波给该部党委以警醒:必须适应时代发展,提高士官带兵管部队的能力水平。这次集训,他们在开展如何做好经常性思想和管理工作、如何正规组训等5课专题辅导的同时,筛选出10多个典型案例展开讨论,再由专家点评,提高士官骨干的带兵能力。

【笔者点评】只有先当好普通一兵,才有可能成长为高素质军事人才。作为教育管理骨干的士官,引导大学生士兵充分发挥自身优势,促进部队建设固然重要,但更重要的是切实帮助和引导他们通过严格摔打弥补不足,把学历转换为能力,立足军营成长成才。

心理素质大比拼

【现场直击】双休日上午,一阵刺耳的警报声突然响彻山谷。部队值班领导下达紧急出动命令后,正在休息的士官们迅即行动。20分钟后,16辆大车满载着装备物资快速向数公里外的目的地挺进。

在蜿蜒盘旋的山路上,车辆依次开进。忽然,在一拐弯处出现数只山羊。驾驶第一辆大车的是下士熊钱,只见他减速慢行,迅速察看情况,他目测判明能够通过后,便果断前进。其他车辆紧跟其后,小心翼翼地避过羊群。该部还模拟轮胎爆裂、路边油桶着火等险情,车队都顺利通过,装备物资安全准时送达站台。

【背景链接】去年10月的一次考核中,汽车连中士、驾驶员左文肖考拐弯倒车击靶这个课目时,面对众多考官,他心理紧张,方向盘掌控出了偏差。本是可以及时纠正的,因为心理素质不过关,导致操作接连失误,拿手课目反而考砸了。这次考核,还有部分平时训练有素的士官也没能完成车辆原地180度掉头、定点平衡、侧边通过独木桥等课目。

为啥平时优秀,关键时候"掉链子"?该部党委分析时感到,只有锤炼官兵沉着冷静的心理素质,才能在实战中掌握主动、打得赢。这次集训,他们把提高心理素质作为重要内容,制订与训练同步的心理训练方案,邀请国防科大教授作战场环境与心理防护等知识讲座,增加了应急处突中的心理疏导、异常路段驾驶中的心理调适等内容,开设了穿越火障、信任背摔、攀爬高墙等一系列的心理训练课目,以培养士官队伍过硬的心理素质,保持旺盛战斗精神。

【笔者点评】练兵要练胆,强兵要强心。打赢未来高技术战争,战场心理素质过硬同样重要。遂行多样化任务,就必须锻造士官战场心理素质,帮助他们提高心理应急能力,培养沉着冷静的心理素质,使他们始终保持顽强斗志,忠实履行好神圣职责。

训练场对接战场

【现场直击】2月11日下午,随着一颗信号弹升起,霎时该部野外综合演练场炮声隆隆,硝烟弥漫。一队队身着迷彩服的士官迅速向预定地域挺进。"复杂地域的快速机动""大型装备野外抢修""敌空袭条件下的紧急发出"……机动途中,一个个专业课目在实战背景下相继展开。

天色渐渐暗了下来,训练场笼罩在夜色之中。士官们又进入了夜间观察与报知、阻击"敌特"袭扰、重要目标警戒等夜训课目之中,大大提高了野战条件下部队"走打藏联供"的能力。

【背景链接】去年年终实弹射击考核中,有"神枪手"美誉的警卫勤务二连下士赵春凯打出的成绩让人大跌眼镜:10发子弹只有3发上靶。接下来的手榴弹投掷考核也让大家目瞪口呆,被官兵称为"大力水手"的警卫勤务一连中士、分队长石帮明,5枚手榴弹只有1枚命中目标。

"神枪手""大力水手"缘何连连失手?该部党委对照新大纲仔细查找原因。原来,新大纲射击训练由精确射击改为移动射击,手榴弹除了对距离有要求,更要投准。该部迅速掀起了学大纲、用大纲热潮。大家在认真学习新大纲的基础上,把部队拉到生疏地域,按大纲要求设置复杂环境,组织机动保障演练,从装载伪装到山地机动,从战术训练到抗敌干扰,逐个课目过关,在训练场解决战场上的问题,让官兵自觉把"练为战"要求落到实处。

【笔者点评】 新大纲由单纯考成绩向重点考能力,由注重考单一课目向突出考综合课目转变的新特点,必须把握重点、创新方法,通过实战演练,检验部队的战斗力。士官组训不能图形式、走过场。唯有着眼实战搞训练,才能提高战斗力。

(与左书游合作,刊于2010年3月18日《战士报》)

畅吐心声花绽放
——某仓库依托网络信箱凝聚兵心促发展纪事

小小信箱,温暖兵心。某仓库局域网开设的"首长信箱",不仅是众多军营"网虫"的好去处,更成为凝聚兵心促发展的见证。

上下互动架起"连心桥"

"政委您好,我现在思乡心切,工作没劲,该怎么办?"这是12月初"秋叶"网友向谢守平政委发来的求助帖子。

老兵退伍期间,看到相处多年的战友即将踏上返乡的征程,也勾起了部分战士思乡的情愁。谢政委当即回帖:"沉湎于思乡之情,终将一事无成。我建议你加强心理调适:一是乐一乐,欢快的音乐、激烈的比赛、丰富的节目会转移你的注意力;二是读一读,书是全世界的营养品,不妨读读《钢铁是怎样炼成的》《青春之歌》等励志书籍;三是走一走,看看大山美丽的风景、看看南岭蜿蜒的雄姿;四是干一干,手不停、脚不住,劳动最光荣,工作是快乐;五是说一说,知心话儿向人谈,思乡之情会减半;六是想一想,想想亲人的嘱托、父母的期望,激励自己不要做温室里的花朵,要做搏击长空的雄鹰。只有把思乡之情化作干好工作的动力,你就会收获成功人生。"

"主任您好,操枪弄炮是我的理想,可我们整天忙收发,这能履行使命吗?"面对网友"孤狼"的困惑,仓库主任曹平咏耐心支招:"部队是执行特殊任务的武装集团,兵种繁多,岗位各异,收收发发也是履行使命。只有每个人尽好自己的职责,军队就能打胜仗。让我们时刻准备着,只等党的一声召唤!"

"为什么大众场合发言我总是脸红且冒汗""母亲和邻居发生肢体冲突我该怎么办""我该如何消除与连队主官之间的误会"……打开"首长信箱",小到个人的心理困惑,大到国家政策的疑问,该部领导一一作答,在击键声声中传递着温暖和感动。没有了"面对面"的尴尬,有的是"键对键"的温馨,如同战友谈心,似和家人聊天。"网络信箱真是个好平台,架起了官兵连心的桥梁。"网友"星星"如是说。

求知好学搭建"育才室"

2008年7月,一名8号哨所战士发帖反映,能否创办一张仓库自己的报纸。环境艰苦,更要构筑好先进文化的载体。该部党委决定创办库报《燕子窝兵语》,每月一期。库报创刊后,官兵人人钻研写作,个个动手写稿,学习热情高涨。

"最近我读完了《中国共产党历史》下册,却找不到上册,有点郁闷……"今年7月,网友"影文"的帖子,让政治处罗主任坐不住了,经多方了解,"影文"网友原来是勤务一连列兵林晓波,罗主任当天就把"精神食粮"送到了距离机关10公里的小林手上。不仅如此,他还建议党委定期为战士配发书籍,丰富官兵的"书架子"。

"二战后日本无条件投降,台湾收复了,为何香港没有收复?"网友"书海"的询问,让业务处长石申红不敢怠慢,他连夜查阅相关资料,并准确回帖:"根据雅尔塔会议和《波茨坦公告》,日本所占领土一律归还,但那时中国不够强大,英国首相丘吉尔态度强硬,于是香港还是由英国占领。这充分说明弱国无外交,弱小受欺凌。因此,我们必须苦练精兵,不辱使命,绝不让历史悲剧重演!"

"文学发烧友"写了篇《如果祖国需要》的小诗,但又没勇气投稿,于是他把文字挂在了"首长信箱"。很快,稿件不仅被认真修改,还发表在《郴州日报》上。而组建摄影、街舞、书法等兴趣小组,开设"素质教育大课堂",开办"南岭党校"等创建学习型军营举措,无不源于网友的一张张小帖。

抓建基层构筑"寻呼台"

"现在天气渐冷,洗澡需要勇气,什么时候能洗上热水澡?"去年9月,网友"海洋"这张寥寥数语的帖子,让管理处处长李志明顿生诧异:仓库近年来配备了热水器、空调等现代设备,怎么还会出现"洗澡难"?他当即深入10多个驻扎点逐一了解实情,历时半天才弄清事情真相:5号哨所热水器发生故障。他马上组织力量维修,其回复也令战士们深受感动:"战士满意是标准,基层冷暖记心上。你反映的问题已解决,相信今天训练归来就可痛痛快快洗上热水澡!"

让"粉丝"网友始料不及的是,他渴望仓库加大心理咨询力度的小小网帖,竟真的为战友们"搬"来了2位知名心理咨询专家,定期开展专题辅导。

"希望多一些时尚影片和音乐,不要让网络成摆设!""小鸟"网友发帖直击仓库网络管理。很快,《关于加强仓库网络管理的措施》出台,地处深山哨所的官兵也能和繁华都市同步看上时尚影片。诸如"周末班车"复开、饮水机、擦鞋机等时尚设施落户班排等问题的解决,让官兵拥有了更多灿烂的笑容。战士黄雁飞深有感触地说:"以人为镜,可知得失。官兵的意见建议就是一面镜子,开通网络信箱就是畅通官兵建言献策的渠道!"

(与张海亮合作,刊于 2011 年 12 月 22 日《战士报》)

身边"大学"受益多
——某仓库开设"素质教育大讲坛"侧记

"有人说'学好数理化,不如有个好爸爸',难道干得好真的不如生得好么?"10月31日晚,某军械仓库下士林晓波正以《今天我们该拼什么》为题,在"素质教育大讲坛"和战友们探讨"军营如何成才"的话题。尽管小林的兵龄只有3年,但他却运用大量的"网络语言",把"关系是泥饭碗,会碎;文凭是铁饭碗,会锈;素质是金饭碗,会升值"这一道理讲得深入浅出,博得了阵阵喝彩。

"官兵把'素质教育大讲坛'称为身边的'大学',迄今已经上课241节,教案摞起来能有半人高!"说起"素质教育大讲坛"的来历,该仓库罗政委最有发言权。2007年4月,他刚走马上任政治处主任时,开展了一次尊干爱兵教育,没想到竟然闹出笑话:一篇仅有500字的心得体会,超过一半的同志都有错别字,语病百出。

"山沟条件本就苦,绝不能让战士们献了青春误了自身,我们要办起身边的'大学',让官兵入库即入学,退伍即毕业!"随后,仓库接连打出"组合拳":针对营区点多线长、人员难集中的实际,每周四晚抽出两小时,开设契合"科学品质、文化品位、教育品格"的"素质教育大讲坛",鼓励官兵自行备课,自发登台;改变以往的"干部台上教、战士台下听"教育模式,推行"官兵才艺大比拼",内容不仅涵盖理论学习,还包括武器保管、信息网络等专业知识;出台《官兵学习成才奖惩规定》,每年拨出5万元专款,奖励好学上进、学历升级的官兵,并在立功受奖、选改士官等方面优先……"素质教育大讲坛"自从开设时起,就受到官兵的热捧,成为仓库响当当的"文化品牌",受到了军区、联勤部领导的称赞。

仓库保管队四级军士长陈宏贵仅有初中学历,生性腼腆,一上台就口吃,战友们笑称他是"茶壶里煮饺子——肚里有货倒不出"。"业务骨干必须要达到'坐下来能写、站起来能说、动起手来能教'的水准!"惜才爱才的仓库主任曹平咏硬是逼着他登台"亮丑"。半年下来,小陈不仅补上了"短板",还担任了分队长。如今,他不但自己素质过硬,更带出了一批"高徒"。每年的军区武器保管员培训班,小陈都是铁定骨干教员。

勤务二连四班长彭德杨入伍前是家中的"小皇帝",入伍后是全库的"叫苦大王",还曾产生过想私自离队的念头。"大讲坛"上,指导员金明华聊起了"感恩"的话题,让小彭从此明白了一个理:年轻不吃苦,老了就要补。从那以后,小彭仿佛像变了个人似的,脏活累活抢着干,年底当上了班长,评上了"优秀士兵"。如今,他已经是全库公认的优秀思想骨干。

"走进'大讲坛',新鲜事说不完。"该仓库副主任曹春晖告诉笔者,他们把"每周一课"纳入年度政治教育计划,如今,"素质教育大讲坛"里,人人都能当主角,人人都是受益者,"兵说兵,兵教兵"的教育思路,摒弃了冷冰冰的说教式语言,更容易打动官兵的心灵。

一人一个观点,千人千种感受。"素质教育大讲坛"如今已满6岁了,它如同一种不评名次的比武,逼着官兵自我加压,近三年已有32名官兵实现了学历升级,拿到了专科以上学历证书,3名战士提干,12名战士考上军校。

(与郭睿合作,刊于2013年11月18《战士报》)

浏阳河畔,特色文化溢芬芳
——163医院建设先进军营文化侧记

位于浏阳河畔的解放军第163医院高擎先进文化的大旗,坚持走文化育人、科技兴院之路,开展丰富多彩、具有时代特色的军营文化活动,有力地促进了医院全面建设,先后有卫勤保障、人才培养、信息管理、营区绿化等13项工作被广州军区评为先进,其中5项工作受到总部表彰。

"红色之旅":唱响先进文化主旋律

"浏阳河,弯过了几道弯,几十里水路到湘江……"医院驻地是一片红色的沃土,巍巍韶山冲、风雨花明楼、雷锋纪念馆、浏阳文家市、岳麓山、橘子洲……医院党委意识到,驻地这些得天独厚、蕴藏革命激情的圣地文化就是一个激励官兵爱岗敬业、献身国防的有效文化载体。于是,每逢"五四""七一""八一"等重大节日,医院都要组织官兵到革命圣地参观游览,缅怀先烈,官兵们形象地称之为"红色之旅"。

"红色之旅"如磁石般牢牢吸引着官兵们的心。医院每次组织演讲、参观等活动,医护人员总是争先恐后报名。今年春节前夕,革命圣地韶山迎来了一批特殊客人——身着白大褂的32名163医院官兵。他们面对如火的党旗和矗立的毛泽东铜像庄严宣誓,敬献花篮。宣誓仪式结束后,这些"白衣战士"便在院长樊光辉的带领下走村串户,向村民发放健康知识小册子,宣传卫生防病知识,为村民进行义诊。这仅仅是医院"红色之旅"的一个场面。他们还经常组织新入伍的战士、地方大学生攀登岳麓山,瞻仰烈士陵园,领悟中国革命胜利的艰辛;组织转业干部、退伍战士参观雷锋纪念馆,追寻一名平凡而伟大的共产主义战士的足迹……医院把驻地红色文化与军营文化有机融合,结合瞻仰参观定期开展"读革命书籍,扬光荣传统,做忠诚卫士"为主题的演讲、书法、摄影比赛等活动,并组建了红色快板队、红色舞蹈队等文艺演出队,将老一辈无产阶级革命家抛头颅洒热血的革命故事搬上舞台,在赏心悦目中陶冶官兵情操,激励官兵斗志。医院自编自演的舞蹈《红旗飘飘》、快板《凯歌高唱铸辉煌》等一批优秀节目不仅成为军民联欢等盛大活动的保留节目,而且多次在上级组织的文艺汇演中获奖。

"绿色之行":给患者一个舒心"家园"

漫步在163医院,处处充盈的是浓浓的绿意和关爱:绿树花草,交相辉映;亭台楼阁,分布有致;别具一格的"蘑菇"音响,设计精巧的文化长廊……医院政委李春华告诉笔者,这是医院开展体现人文关怀的"绿色之行",为患者营造舒心家园活动带来的良好效应。

翻开医院的规划设计,医院党委精心打造"绿色之行"、构筑人文服务的决心跃然纸上。2000年以来,医院投入2100万元对营区环境进行了彻底整治和全面改造。在营区最显耀位置竖起了江主席"五句话"总要求的标语牌,建起了百米文化长廊,并在长廊两侧悬挂军人道德规范张贴画,在营区主干道两旁设置警语格言灯箱等。同时,医院积极引进含历史文化底蕴的江南园林风格,曲径、美石、人工湖、湖心岛、小桥流水、假山雕塑、林阴花卉、亭台楼阁……每一片都有景点,每一个景点都赋予诗情画意,让人感觉自己不是进了医院,而是在公园里漫步。现在,医院绿化面积已达91%。置身在浓烈的政治环境、优雅的人文环境、绿色的生态环境中,不少病人感动地说:"163医院真是个休养身心、净化心灵、启迪心智的好地方!"

"数字之路":为信息化建设"提速"

随着信息时代的快步走来,医院也加快信息化建设步伐,建成了以计算机网络管理为中心的局域网,200多台微机、10多套音箱遍布全院各科(处),平均每个临床科室拥有微机5台以上,并新建了集查找资料、阅读、上网于一体的综合性信息文化中心。

医院信息化建设为官兵学习成才打造了一个崭新平台,必须充分发挥文化的育人功能,提高官兵素质,提升部队战斗力。医院党委因势利导,积极倡导官兵学习以计算机知识为主体的信息技术,开展了"数字之路"活动:周末开办电脑知识讲座,对全院工作人员进行轮训;鼓励官兵参加计算机专业函授学习,取得毕业证后报销部分学费;开辟"网上百花园",让官兵享受多元文化等等。学信息技术、用信息技术、钻信息技术,成为医院文化建设的一大热点。目前98%的干部家中都购买了电脑,100%的干部通过了计算机操作考核验收,并涌现出了王连元、李正贤、温业兵等一批学用信息技术的"尖兵"。正在从事嗅鞘细胞移植治疗截瘫研究的神经外科主治医师卢明,欣喜地告诉笔者,过去搞科研攻关,查阅资料是一件很费神的事儿,一个课题要查个把月资料还不一定全。如今鼠标轻点,所需资料几分钟之内便全部呈现眼前。近年来,医护人员依托信息文化建设确定课题,开展科研攻关,先后获得医学科研成果奖数十项,其中军队科技进步一等奖3项,二等奖5项,国家发明奖1项。开展"数字之路"活动,把医院的科研、人才建设带进了稳步发展的快车道。

(刊于2004年4月5日《战士报》《基层政治工作研究》第7期)

美丽家园是这样打造的
——163医院构建和谐营区文化纪实(上篇)

来到军区163医院,只要在营区转上一圈,无不让人感到这是一方有着深厚文化底蕴、和谐气息扑面的"文化厚土"。

九层之台,起于垒土。这方位于浏阳河畔的"文化厚土"是医院党委"一班人"以科学发展观为指导,用先进的文化理念、细致入微的工作作风精心布局,倾力打造而成的。

着眼长远算"细账"

2000年底,163医院对营区环境进行较大规模的整治。在规划营区的绿化、亮化、美化工程时,院党委决定绕营区人工湖周围安装路灯、地灯,在大树周围安装射灯,营院大门两侧的绿地上"栽"上灯光树,在营区显著位置安装灯箱招牌,张贴英模画像,着力营造火树银花、清爽靓丽的文化营院。

在营区安装地灯、射灯、灯光树等,这在当时尚属"新生事物",大家在公园里见过,而由此也引起不大不小的"争议"。有的官兵为此叫好,认为医院地理位置本身有些偏僻,应该大力营造和谐优美、拴心留人的良好环境。有的官兵却认为这种作法欠妥当,部队要求艰苦奋斗,厉行节约,应该多算细账,如此"亮化"下来,光交电费一项就是一笔不小的开支。

"着眼长远算'细账',用这些电费'买'来和谐优美的营院环境,值!"当年6月份上任的院长樊光辉快人快语。事实证明,过去,由于营院较为破旧,文化设施滞后,营院没有灯光,缺乏文化气息,很少见到家属们在营院里散步的情景,一些住院的官兵也不愿走动。营院在铺设电缆、组织安装好这些灯光后,医院环境明亮了,也带出官兵心境的舒畅明亮。每当傍晚时分,华灯齐放,一家几口在营院里悠闲地散步,其乐融融的场景比比皆是。住院的官兵也愿意在营院里多走几圈,感受营院浓郁的文化气息。官兵们纷纷说,这是医院党委给大家办的一件大实事,不仅美化了休养环境,还愉悦了官兵身心。如果当初为几个电费钱而不安装这些灯,就没有现有这样和谐融洽的场面了。

"细账"连着大账。这件事给医院党委"一班人"深刻启示,也更加丰富充实了他们的文化理念。"可持续发展",不搞可有可无,不搞"一时一事",而是作为一项"经常性工作",作为领导干部的"战略意识"来全盘规划,谋求发展。这几年,医院用于营院文化建设投入了一些经费。用医院政委李春华的话说:对营区文化建设的投入只有"赚"的,没有"亏"的,我们每投入一笔钱都是精打细算下来的,而每投入一笔经费都收到文化丰富人、充实人、娱乐人的显著效果,使我们为兵服务、为患者服务更上档次、更有质量。

精心布局出品味

建筑的外墙是粉红色的,依山绕湖而建;护士们的"白大褂"全调换成淡绿色,与翠绿色的树木相映成画。湖光山色,草木葱翠,大树成林,鸟儿成群。掩映在树木丛中的建筑,以及护士们穿行于林间小道,成为一道流动的风景,处处透出自然和谐、明亮洁净之美,让人叹为观止。感觉这里是一座环境优美的公园、生态园。这是163医院党委对营区文化建设精心布局的结果。

一座"文化墙"见证了医院党委的巧于匠心。3年前,医院政委李春华走马上任,正值大家讨论研究在营区占地达10余亩的人工湖岸上建风光带。有人提出在一进医院大门的湖边立上一面喷塑墙,上面有我军仪仗队形象,以增强医院的"军味"。类似这样的喷塑墙,在不少部队营院里都有,既省钱又省事。李政委对营区地形地貌进行全面考察后,认为营区环境有山有水,立一面墙容易,却挡住了其他的风景。他提出在人工湖岸靠山体一侧依地势"贴"出一座"文化墙"。他的提议得到院党委的一致认同。如今这座投入10余万元建成的"文化墙",墙体与周围景观浑然天成,相得益彰,上面绘有毛泽东诗词、体育运动壁图等。这座"文化墙"成为营院里瞩目的风景,犹如一幅"画中画",让官兵享受到文化的滋润、艺术的熏陶和心灵的休憩。

　　细节彰显魅力。在医院人工湖的周围,每一块灯箱招牌都是竖立着,而不是横放着,这样就不会挡住寻找风景的视线,让每一处风景都展露出来。营区建有设施配套的篮球场、羽毛球场和门球场,他们把饭堂起名为"沁园",取意沁人心脾;把营院一角建成"融园广场",取意其乐融融,是官兵经常来玩的地方;把大家住的地方起名"馨园",取意做个温馨的梦。湖心岛上的谈心亭、人工湖岸边的顺心亭,建在小山上的怡心亭,三座亭台遥首相望,光听这个名字,就让人美不胜收。另外,营区百米文化长廊、八位英雄画像、警语格言灯箱,还有反映医院官兵精神风貌的大型宣传栏,都恰到好处地成为一处"风景",让人禁不住驻足观望。绵延起伏的山坡上,他们巧借地势、独具匠心地用花草栽种出"扎根军营不言苦,救死扶伤作奉献"的特色标语,在人工湖边巨大的美石上刻"人民军医""救死扶伤"等大字,赋予石头灵魂的生命和深刻的寓意。营区内曲径小道、假山雕塑、小桥流水……可以说每一个都是景点,每一个景点都赋予了诗情画意。樊院长风趣地介绍:医院努力打造向上的政治环境、优雅的人文环境和绿色的生态环境,如今医院绿化面积已达90%,许多身临其境的官兵感觉自己不是进了医院,而是感受自己在逛公园呢!

有所"不为"有所为

　　文化建设更讲究"软投入""无形投入"。医院党委深谙此中奥妙,他们在真金实银的资金投入上一点也不手软,底气颇足。在科学规划、精心布局营区文化环境上,按照"依山就水、错落有致、突出风格、体现和谐"的原则,注重不破坏原貌、不损坏植被,有所"不为"有所为地构建"生态营院""文化营院",收到喜人效果。

　　医院党委引导大家这样理解"有所'不为'有所为",有所"不为"在先,然后再有所为,需要科学审慎地界定。"不为"就是不违反自然的行为和活动,就是顺应自然。但"不为"并不是不做事,而是在有所"不为"中体现出"大为"来,做到与自然协作、协调、和谐。

　　一则"人给树让路"的佳话是对医院党委有所"不为"最好的诠释。去年,在湖边风光带整治工程中,医院决定绕人工湖修一条环形通道,供官兵散步有个好去处。在修建中,施工人员遭到一个特殊情况,有几棵大树正好长在湖边,该怎么办?有人建议把树推倒,反正营院里大树有的是。医院党委讨论后认为,这些大树都有一定的树龄,点缀在营区中就是一个"景点",此时"不为"就是"大为"。他们果断拿出"给树让路"的施工方案,采取向湖中延伸的办法修路,使数棵大树得以完好保存。医院这几年对营院进行了较大规模的整治,新盖了综合办公大楼、住院大楼、干部公寓楼,对院区人工湖进行拓宽、湖边风光带整治、修建污水处理系统等。可以说大兴土木的地方不少,一些植被树木被破坏有所难免。但在这里却是个"例外",没有一棵大树被推倒,没有一块草地被破坏。探寻个中原因,院党委有所"不为"有所为的思路功不可没。

思路决定出路。在该院还演绎着一个"桥文化"的美丽典故。紧靠163医院营区的浏阳河畔,有一座雄伟的大桥,就是被列为长沙市标志性建筑的洪山大桥。这座大桥是连接浏阳河两岸的重要交通枢纽,也是目前世界上排名第二的单臂斜拉桥。洪山大桥和医院营区不但紧密相连,而且还有一个非常偶然的巧合,大桥的高度正好是163米,与医院的番号完全相同。医院巧借这一地理优势,在全体官兵心中总结出一种文化精神:把医院党委比作是洪山大桥的桥臂,全院官兵就像桥上的一根根拉索和一颗颗螺丝钉,只要我们团结一心,奋勇向上,我们就能形成凝聚力、战斗力,架起医院和官兵、医院和群众的这座连心桥,并让这座桥和洪山大桥那样,永远矗立在美丽的浏阳河畔,耸立在官兵和人民群众的心中。文化是最容易进入人的心灵的。163医院坚持文化育人、科技兴院,坚持为兵服务、拥政爱民,他们开展的"桥文化"沟通了医患关系,温暖了民心,同时这座无形的连心桥与有形的洪山大桥已经完美地结合在一起,构成了浏阳河畔一道最美丽的风景线。

(与尹年春合作,刊于2007年3月2日《战士报》)

奏响昂扬奋进之歌
——163医院建设军营文化纪实(中篇)

健康向上的军营文化,是军人精神的火炬,是军队奋进的号角。位于浏阳河畔的163医院,面对繁华的都市生活,高擎先进文化的大旗,坚持走文化育人、科技兴院之路,开展丰富多彩、具有时代特色的军营文化活动,有力地促进了医院全面建设:对外医疗收入增长率连续3年在40%以上,医疗设备总值由3年前的3000万元增长到过亿元,博士、硕士由过去的5名增加到48名,先后荣获"全国百姓放心示范医院""全军老干部保健工作先进单位"、军区联勤部"人才建设先进单位""全面建设先进单位"……对此,医院政委李春华深有感触地说,军营文化不愧为政治教育的载体,陶冶情操的阶梯,成长进步的沃土,铸造军魂的利剑。

"红色文化"唱响主旋律

"浏阳河,弯了几道弯,十几里水路到湘江……"医院充分利用驻地红色文化资源开展活动。官兵们亲昵地称之为"红色文化"。

湖南是片红色的沃土,巍巍韶山冲,风雨花明楼,雷锋纪念馆,浏阳文家市,岳麓山,橘子洲……医院党委意识到,这蕴藏革命激情的"红色文化"就是一个激励官兵爱岗敬业、献身国防的有效载体。弘扬主旋律,坚持高格调,把"红色文化"作为军营文化的显著特色亮出来。于是,每逢"五四""七一""八一"等重大节日,总能看到官兵接受革命传统教育庆佳节的场面。

"红色文化"一进军营,就如磁石般牢牢吸引着官兵们的心。每次医院组织演讲、参观等活动,官兵们总是争先恐后报名。今年春节前夕,革命圣地韶山迎来了一批特殊的客人——身着白大褂的 31 名 163 医院官兵。在院长樊光辉、政委李春华的带领下,齐刷刷举起右手,豪迈誓言响彻韶峰上空,面对如火的党旗和矗立的毛泽东铜像,他们庄严宣誓,并敬献花篮。一束束鲜花,表达的是一个个跟党走的坚定信念。宣誓仪式结束后,这些"白衣战士"便走村串户,向村民发放健康知识小册子,宣传卫生防病知识,为村民进行义诊。曾 2 次参加韶山义诊的手外科护士长胡敏娟想起当时的情景总是心潮澎湃,逢人就说,"瞻仰革命圣地韶山犹如聆听伟人的谆谆教诲。每去一次就对中国革命的历史多一分沉思,对党和人民的感情多一分真挚,灵魂就多一次洗礼。"医院还定期组织医疗专家到刘少奇同志故乡花明楼送医送药,改善村民的就医条件;组织新入伍的战士、地方大学生攀登岳麓山,瞻仰烈士陵园,领悟中国革命胜利的艰辛;组织转业干部、退伍战士参观雷锋纪念馆,追寻一名平凡而伟大的共产主义战士的足迹……医院坚持用健康向上的先进文化占领官兵思想阵地,把驻地红色文化与军营文化融合,积极开展"读革命书籍,讲光荣传统,做忠诚卫士"为主题的演讲、书法、摄影比赛等活动,先后组建了红色快板队、红色舞蹈队等文艺演出队,陈铖、宁晓颖、李莎等一批能歌善舞、多才多艺的文艺骨干脱颖而出。医院自编自演的舞蹈《红旗飘飘》、快板《凯歌高唱铸辉煌》和小品《战场"红十字"》等一批优秀节目不仅成为军民联欢等盛大活动的保留节目,而且多次在军区联勤部组织的文艺汇演中夺得名次。

"特色文化"壮我军威

漫步在 163 医院,放眼满是勃勃的生机和活力:白衣天使们组成的"女子军乐队",正在为病人演奏铿锵雄壮的《中国人民解放军军歌》,医院变成了演出的舞台;专为老干部开设的"家庭式病房"内,医护人员和白发苍苍的老英雄一起,手拉手跳起了欢快的《袖子舞》,微笑和祝福在病室内久久回荡……这是医院党委因地制宜打造富有本土气息的"特色文化"的一个剪影。

医院党委在抓好中心工作的同时,提出了"坚持把特色文化建设融入卫勤训练之中,以文化促训练、鼓士气"的思路。他们结合自身"姓军为兵"的特点,先后成立了女子军乐队、篮球队、威风锣鼓队等10多支"文体小分队",成员全部由本院医护人员担任,成员个个既是创作员又是演员,不仅积极利用业余时间创作节目、组织排练,还及时把内容活、花样多、积极向上的文艺节目送到军地患者的病床前,鼓励他们战胜病魔、早日康复,深受广大病友欢迎。与此同时,文艺骨干们还围绕卫勤训练的内容、课目,自行创作编排出一台台短小、活泼的文艺节目,让训练标兵和瞄准战场搞科研的业务骨干一一"登台亮相",不仅鼓舞了官兵们参训的热情,振奋了医护队伍的精神面貌,也提升了医院卫勤保障能力。

今年年初,医院28名文艺骨干在繁重的工作之余,不断深入基层采访、挖掘素材,先后积累了大量卫勤医疗战线的新事新风。她们随后又不辞辛苦,围绕"欢乐和谐"这一主题,加班加点创作出一台时代感强、观赏性高的春节文艺晚会,向全院官兵和广大病友展示了163人勇立改革潮头、锐意创新进取的良好风貌。湖南电视台公共频道负责人闻讯前来观赏时,深为他们的表演和精神所折服,破例将这台别具风味的"本土晚会"搬到了电视荧屏上,向三湘人民作全程转播——这是医院"特色文化"绽放的一支奇葩,官兵们也从中品尝到了医院文化带来的喜庆和自豪。

实施"夕阳红工程",是这个医院"特色文化"的又一靓点。每年组织老干部到井冈山、韶山等地参观见学,缅怀革命先烈丰功伟绩,接受传统教育;每年返聘退休干部组队参加医院体育运动会,增强体质、增进团结;每年春节、重阳节,返聘退休干部都要组织编排精彩的节目与官兵同台演出。如今,八小时外及双休节假日都可以看到返聘退休干部各个文化小组活跃在院内的每一个角落,太极拳、健身操……应有尽有,他们那老当益壮、自强不息的精神风貌,已成为医院一道亮丽的风景线。

开展"特色文化",使医院出现了明显改观:医生主动向病人靠的多了,病人围着医生转的少了;规范式服务多了,随意性服务少了;主动向病人征求意见的多了,投诉医生护士的少了。医院涌现出了"全军优秀护士"张苏霞、"全军老干部保健先进个人"杨浩军、"军区抗击非典先进个人"王湘川等一大批典型。医院保障的体系部队3年来没有发生一次流行性疫情,官兵综合满意率达98%。医院被评为"全国百姓放心示范医院"。采访时,笔者看到这样一幕:一位江西籍战士要出院了,主治医生和病房护士不但把他送到病房大楼门外,而且反复叮嘱一些出院后的注意事项,这位战士感动得热泪盈眶,紧紧握着医生的手,喃喃地说:"你们真是战士的贴心人啊,我会永远记住163医院的!"

医院党委正是通过努力打造这一系列脍炙人口的"特色文化",不仅提高了医院的知名度,而且也向星城百姓和潇湘人民展示了我军的良好精神风貌。

"网络文化"引人入胜

或凝神阅读网上经典名著,或倾心于娓娓而谈的"心灵导航",或专注欣赏"影视大餐",或在军事仿真游戏中体验军人的果断……对于163医院官兵来说,"网络文化家园"是一个快乐的精神领地。

工欲善其事,必先利其器。军营文化只有不断适应时代和社会发展的要求,借鉴吸收一切优秀文化成果,在创新中求活力、求发展,才能拓展军营文化的新领域,提高军营文化的质量和品位。基于此认识,医院党委加快了信息化建设步伐。2001年初实施"军字一号工程",建成了以计算机网络管理为中心的局域网,200多台微机、10多套音箱遍布全院各科(处),平均每个临床科室拥有微机5台以上。2005年,医院在军区中心医院率先建成了卫星远程医疗会诊系统,投资30多万元新建了集查找资料、阅读、上网于一体的综合性信息文化中心,并与全军政工网实现了有效对接。

医院信息化建设犹如鞭打快牛,给医护人员带来一种危机感和紧迫感。医院党委因势利导,积极倡导官兵学习以计算机知识为主体的信息技术,开展了"网络文化"活动:开办计算机知识培训班,对所有工作人员进行一次轮训;举行业务技能大比武,将计算机知识列入重要考核内容;鼓励官兵参加计算机专业函授学习,取得毕业证后报销50%的学费等等;开展"网上百花园",让官兵享受多元文化……学信息技术、用信息技术、钻信息技术,成为医院一道亮丽的文化新景观。98%的干部家中都购买了电脑,100%的干部通过了计算机操作考核验收,并涌现出了王连元、李正贤、周俊等一批"科技迷""电脑通"。

为使"网络文化"发挥最大效能,医院院党委还巧妙地把网络与博客有机结合起来,开设了"党委博客""基层呼声"等网站,缩短了领导和官兵之间的距离,拉近了医患双方的心,使医院官兵凝心聚力、各项建设协调发展得到了有效保证。据统计,仅年初以来,医院党委就充分利用博客网站的功能,发现和排除安全隐患3起,为基层解决难题6件,进一步密切了内部关系,凝聚了军心。

以网促学,以学促进。医院信息网络文化中心成为官兵学习交流的乐园。已取得9项科研成果、目前正在从事嗅鞘细胞移植治疗截瘫研究的神经外科主任兼主任医师卢明,欣喜地告诉笔者,过去搞科研攻关,查阅资料是一件很费神的事儿,一个课题要查个把月资料还不一定全。如今鼠标轻点,所需资料几分钟之内便全部呈现眼前。近年来,医护人员通过信息中心查询文献,检索资料,收集信息,确定课题,开展科研攻关,先后获得医学科研成果奖138项,其中军队科技进步一等奖3项,二等奖5项,国家发明奖1项,医院被总部评为信息管理先进单位。开展"网络文化"活动,把医院的科研、人才建设带进了历史发展的快车道。

(与罗衡辉、周俊合作,刊于2007年4月11日《战士报》)

"文化劲旅"耀三湘
——163医院建设医院文化纪实(下篇)

"建院在1940年,挺进在抗日救国前线,肩负着红十字的使命,经受战争血与火的考验。铸造辉煌的诗章,迎来自豪的今天……"一首163医院院歌不仅在几代163人传唱,而且响彻着三湘大地。近年来,163医院把驻地厚重的湖湘文化资源和医院光辉的发展历程有机融合,并作为医院文化建设的主题,构建了和谐的医患关系,先后获得"全国百姓放心示范医院""湖南省精神文明先进单位""为兵服务先进单位"等殊荣。医院政委李春华深有感触地告诉记者:"铸牢医院之'魂',其根本就是大力弘扬医院精神,即通过具有鲜明特色的医院文化建设,营造出陶冶人、鼓舞人、教育人的良好环境,为医患关系的和谐统一注入强大的精神动力。"

"医疗文化"温馨无比

让优秀的医院文化促进医患关系的和谐与统一。这是该医院党委的一致认识。医院积极营造"服务军民、奉献社会"的文化氛围。近年来,医院在实践中先后总结和凝练出"以人为本、科技兴院、内强素质、外树形象"的办院方针,"团结、务实、严谨、创新"的院训,"管理科学、专家知名、技术精湛、设备精良、服务优质、环境优美、保障有力的军队现代化医院"的新时期发展目标等。通过确立建院方针、目标、院训、院徽、院歌及中长期发展规划,并以其丰富的载体,进一步加大医务人员理想信念教育,增强使命意识,弘扬奉献精神,铸造医院改革与发展的精神支柱。这些都是163医院精神的具体体现,它向全院人员和广大患者传递着医院文化的影响力和感召力,使医务人员真正感受到作为集体一员的意义,从而把个人价值的实现与医院发展的命运紧密联系在起来。如今,163医院全体官兵紧紧凝聚在医院发展的旗帜下,空勤科、手外科、中医肛肠皮肤科等一批新成立的科室很快成为了医院发展中的中坚力量,卢明、卢吉平、胡捷等一批年轻的医务工作者很快成为了学科建设的"领头羊"。

"我们将为您提供温馨服务,让您在住院治疗期间感受到家的温暖。"在163医院,你会经常听到这句出自医务工作者的话,他们用自己实际行动感化住院患者,真心把患者当亲人。伤病员从踏进医院的那一刻起,"导医"就会耐心地为官兵解答就诊中的疑难问题,热情地办理一切住院手续。

细节章显为兵真情。在老年病科采访时，记者看到科室专门为入院老干部准备的"温馨包"，里面装有毛巾、香皂、卫生纸等生活必需品，极大方便了住院老干部。护士长胡志辉说，这是我们针对一些老干部因入院前匆忙没有带齐洗漱用品，为每名住院老干部准备的一份"见面礼"。同时，医院在病区内廊、医院过道、文化长廊、门诊大厅、电梯口、林阴道摆放鲜花、悬挂服务公约、服务承诺、建院理念、医护守则、规章制度、收费标准，在门诊和病房建立醒目的就医标识、就医流程、科室布局、科室介绍、医院先进人物和学科带头人照片。文化品位的提高，直接带动了医院的形象。不少患者感慨地说："在163医院，让我们真正感受到了'明明白白看病，轻轻松松就医'！"

"科室文化"丰富多彩

"爱是什么？古人云：爱是持久忍耐，又以慈悲为怀；爱是心中永远不存嫉妒，不自吹自擂……"走进口腔颌面外科，一块醒目的标牌就会映入你的眼帘。爱是什么？口腔颌面外科医务人员用自己的实际行动作了最好的诠释。

这是一个感人至深的故事，它让我们感受到浓浓的人间博爱。

2002年，湘西沅陵苗寨，一个名叫张秀花的15岁苗女脖子上寄生了一个比她的头还大的肿瘤。由于家庭贫困，无法得到很好的治疗，为此痛苦不堪。163医院口腔颌面外科主任王笃权了解到小秀花的故事后，心里很不平静，立即向医院领导请示：这样一个特殊病例，一个如此困难的家庭，作为一名人民军医，难道能不站出来，伸出关爱的双手？他的想法得到了医院党委的大力支持。随后，他们把小秀花接到医院来，院长樊光辉组织5名专家、10名医务人员进行大会诊，对手术可行性进行了详细的分析。三天后，小秀花被送进手术室，经过6个小时的手术，他们成功地切下一个重达4200克的肿瘤。一周的危险期过去了，小秀花在医护人员的精心护理下逐渐康复。跟随了13年的肿块在一夜之间突然消失，秀花感觉像在做梦。在这里她感受到了人间的爱，军人的胸怀；在这里，她找回了一个爱笑、健康的自己。中央电视台、湖南卫视、《中国青年报》《湖南日报》等多家媒体进行了跟踪报道。没有博大无私的爱，谁愿意承担这样大的风险，口腔颌面外科正是把大仁大爱落实在了具体的行动上。

科室文化孕育一种精神，一种温情。"最伟大的职业莫过于挽救灵魂和生命""让爱充满生命每一分钟，使规范贯彻到工作岗位的分分秒秒"……置身每个科室，类似这样的爱心文化标牌随处可见，记者强烈感受到了"科室文化"的真正内涵和无穷动力。科室在医务人员中广泛开展了每周"服务标兵""优秀医生护士"等评比活动，并且张贴上墙，要求医务人员坚持微笑服务，每说一句话、每巡一次诊、每查一次房，都努力让伤病员感受到温暖，不断建立起医患之间良好的信任关系。同时，为了更好地了解患者需求，推行"零距离服务"，通过组织患者座谈会、定期走访等方式,听取患者意见和建议,加强医患双向沟通。舟桥某团上等兵黄正斌住院期间在日记中写到:来到163医院住院就如同回到了家一样,除了医务人员的精心治疗和护理外,更让人难忘的是他们为患者传递的微笑……

读书学习、谈心聊天、切磋棋艺、网上听音乐……在医院的军人病区休养连活动室,每当双休日和晚饭过后,病情较轻的官兵们三五成群地来到这里。官兵们昵称为"休养连文化"。在休养连医院女子军乐队和医务人员定期编排文艺节目,举办"心连心"文艺晚会,并与伤病员开展讲故事、卡拉OK等互动表演。时逢官兵过生日和出院等时机,医务人员都要为休养连伤病员送上生日蛋糕和鲜花,还把各自的祝福写在卡片上作为留念,进一步增进了伤病员之间和医生之间的感情。"润之以风雨,动之以温情"。科室环境不仅仅是官兵疗养、学习、娱乐的场所,也是文化建设的重要资源和载体。因地制宜地赋予科室休养连以丰富的文化内涵,把科室的"医病"与"医心"结合起来,休养连文化成为生动的教材、延伸的课堂,让官兵在"润物无声"中抚平伤口,增长知识,净化心灵,凝聚军心。去年10月份,一名陪护战士用自己的数码摄像机,全程记下了医务人员为住院官兵举办生日晚会的场景,被地方电视台优选播放。

在采访中,记者了解到,不少的科室主任、医生不仅能拿手术刀,而且还是先进文化的践行者。原检验科主任赵绪忠写一手很好的字,多次在军地书法大赛中获奖。神经外科主任卢明,拉一手很好的小提琴,每次科室文艺节目,都少不了他的参与。他深有感触地说:"文化点滴渗透到医疗工作中,带来的是医术的精益求精。文化、医疗相互促进,这是一种'双赢'。"

"廉洁文化"清风扑面

在医院的休闲广场左侧,一块圆柱形的花岗岩石上刻着硕大的"仁爱"两个字,字体黝黑刚劲有力,显得庄重而威严。时间一长,在过往的官兵见得多了,想得多了,更加理解了救死扶伤的内涵,渐渐在心中打下深深的烙印,他们自觉廉洁行医,把病友当亲人。

"如果我们今天接受的是患者的红包和吃请,那么明天我们丢失的是医生的良知和尊严""面对面问诊,心连心开方"……走进163医院的庭院、楼廊、活动室、会议室等场所,像以上清廉警句格言随处可见。

"红包"在这里没有市场,这是患者自身的感受,也吸引了更多患者前来就诊。记者在采访期间恰好遇到一名叫孙雪英的患者来政治处送"医德高尚医术精湛,情比海深恩比天高"的锦旗。她说,自己患胆肠癌两年,是慕名转院到163医院来的。为了让自己的病得到尽快控制,希望科室主任多"关照"自己。她想到了曾经"红包"在地方医院的作用,便想方设法送"红包"。半年过去了,"红包"成为送不出去的"红包",医护人员却经常到她的病床前嘘寒问暖,鼓励她战胜癌魔的信心。病情好转的她出院前亲手绣制了这面锦旗,表达对人民军医的崇敬之情。

据政治处主任尹年春介绍:医院规定,伤病员举报医务人员收受患者"红包"、接受请吃等问题,一经查实,除处理当事人外,将对于举报者减免全部费用的奖励。去年,专家教授到其他医院会诊200多人次,指导手术180余例,没有发现一人收受"红包"。

常修从医之德,常怀律己之心。医院通过多渠道、多形式狠抓医院廉洁文化建设,以崇尚廉洁从医为主题,采用群众喜闻乐见的形式,把廉洁文化传播到医务工作者的心坎上。开辟了"廉政百花苑""廉洁文化宣传栏",张挂醒目的廉政公益广告、清廉警句格言、书画作品。在医院局域网开辟"廉洁文化进医院"网站,开展"坚决抵制商业贿赂,争做合格人民军医"签名活动,给医务工作者温馨廉洁提示,让大家在浓厚的廉政文化氛围中受到熏陶。

去年,在开展"八荣八耻"社会主义荣辱观教育中,医院结合实际制订和出台了医务人员《医务人员廉洁行医规定》,以构建和谐的医患关系。同时,利用歌咏比赛、小品等形式对平凡岗位涌现出来的"视医德为生命,把病人当亲人"的军区"名医名刀"王连元、弘扬南丁格尔精神、被评为"全军优秀护士"的刘跃晖等10名先进典型进行宣扬。廉洁文化演于节目中,寓教于乐,在潜移默化中,接受价值观念和医学道德教育,使医院"救死扶伤"的人道主义精神得到认真实施。

(与罗衡辉、张海亮合作,刊于2007年5月30日《战士报》)

诗情满中秋

"中秋本是团圆夜,奈何明月寄相思。虽然我们不能和家人团聚,但一家不圆万家圆,我们用火热的心点燃了万家团圆的灯火。战友们,此时此刻,我们相聚于中秋明月之下,让我们用诗词直抒胸中的情怀,用真情挥洒心头的热血。无论是原创诗词还是颂咏佳作,只要赢得大家的掌声,就奖可乐一杯,大家说好不好?"76119部队警卫勤务一连指导员刘平松在中秋赛诗会的开场白既激情又诙谐,赢得了战士们的阵阵喝彩。

9月19日,该连召开"情满中秋"主题赛诗会,旨在丰富官兵的业余文化生活,化解官兵的思乡情绪,过一个积极向上的中秋佳节。这不,赛诗会刚开始,文书许呈祥当仁不让第一个站了出来,背诵了一首最经典的《水调歌头》:明月几时有?把酒问青天,不知天上宫阙,今夕是何年……瞧他摇头晃脑的样子,还真有些古人遗韵,自然赢得在座官兵的热烈掌声。大学生士兵王哲博不甘示弱,将他准备了许久的原创七言拿了出来:举杯邀月酒未酣,遥想寒宫舞姿漫,不知亲朋与谁饮,月在他乡一样圆。上等兵李孝兵错背了一句"遥知兄弟登高处,遍插茱萸少一人",引来了官兵们的阵阵哄笑。官兵们的诗情雅致还引得"特邀嘉宾"政治处主任郑本领诗兴大发,即兴作诗一首:岭南军营桂花香,更添月饼味芬芳,荷枪健步走崎岖,肩扛使命记心上。万盏灯火是故乡,不去思量自难忘,一杯浊酒家万里,固边安塞好儿郎。

诗言志,歌咏情。小小赛诗会,陶冶了官兵情操,也使得这个节日更有意义,该连分队长黄澄说:"一年一度的中秋佳节又来临,在这月圆之夜万家灯火之时,作为军人却要紧握钢枪,为国戍防。但是我们无怨无悔!"

(与郭睿合作,刊于2013年9月23日《战士报》)

进一步拓展官兵的娱乐空间
——对某部基层连队开展娱乐活动的调查与思考

近日,笔者通过问卷调查、集体座谈、个别谈话等方式,深入某部9个基层连队调研娱乐活动开展情况,调查结果喜忧参半。

现状的喜与忧

调查发现,随着近年来抓建基层工作的不断深入,上下各级积极为基层解难帮困,连队娱乐活动开展得有声有色。主要原因有三:一是党委重视,活动保障好。党委十分重视基层官兵的娱乐生活,在完善娱乐设施设备的同时,坚持年度有计划,节日有安排,每个节假日都要对娱乐活动开展情况进行专项检查,93%的官兵表示,领导的重视给娱乐活动开展带来了空间,连队也一改以往"囊中羞涩"的窘状,底气足了不少。二是官兵同乐,参与热情高。随着干部年轻化进程的加快,文化素质较高的"80后""90后"干部相继走上连队主官岗位,相同的成长背景造就了相似的娱乐需求,85%的战士表示,他们更愿意参加有连队主官参与的娱乐活动。三是注重创新,时尚气息浓。随着时代发展,网上冲浪、织围脖等新兴的娱乐形式已走进军营,同时,一些传统的娱乐活动也在不断创新形式,焕发出新的生机,83%的官兵表示,连队娱乐形式的创新符合自身娱乐需求。

然而,连队开展娱乐活动也并不如想象中那么乐观,笑声背后也存在隐忧:一是统筹不力,"被娱乐"情绪滋长。当前,大多连队主官是刚刚走出校门的大学毕业生,缺乏基层工作经验,在娱乐活动的安排上把不准官兵娱乐活动的兴奋点,有的是随意为之,有的是照搬往年,官兵感觉自己的娱乐时间是被占用了,自己是在"被娱乐",乐在脸上,怨在心中。二是崇尚自我,"玩个性"现象凸显。随着"90后"士兵比例的增加,彰显自我成为这些战士的人生最爱,娱乐也是如此。调查发现,56%的"90后"士兵表示,不喜欢参与集体娱乐活动,认为集体娱乐活动缺少对个人爱好的尊重,27%的官兵会找各种借口不参加自己不喜欢的集体娱乐活动。三是盲目跟风,"缺内涵"状况堪忧。现在的社会是知识爆炸的社会,一天不学习就会落后,指导员刘平松说:"虽然刚刚从学校毕业,但感觉自己已经落伍了,特别是同战士谈心,感觉自己还没有新同志懂得多。"知识的恐慌促使不断地学习创新,但由于盲目地跟风导致了娱乐活动形式占据了主导,内涵却被看轻了,其教育人、培养人、塑造人的作用被忽略了。35%的官兵表示,娱乐活动开展后没有什么思想触动,娱乐嘛有乐就可以了。

企盼的乐与愁

针对连队开展娱乐活动的现状,每个官兵都有着自己的企盼,但期许中也隐藏丝丝担忧,总体有两点:一是企盼活动自主,但自立隐忧多。调查显示,32%的官兵认为娱乐活动就是为了愉悦身心,应当充分考虑参与者的要求,希望"我的地盘我做主",自己喜欢的才是最好的,集体活动的安排肯定不能满足全体官兵的需求,还是自己娱乐比较好。针对这种提法,连队主官道出了自己的担忧:"这种要求一方面抛开了机关和连队,不可能得到组织的支持,巧妇难为无米之炊,活动保障难以跟上;二是这种活动方式不能凝聚兵心士气,官兵自娱自乐,缺少集体活动中的感情交流和意志感染,肯定不利于连队的工作开展"。二是企盼时尚领航,但跟风隐患多。当前,"80后""90后"官兵追求时尚,谋求高、新、奇。调查发现,64%的官兵希望娱乐活动要时尚化,要紧跟时代的发展进步,网游、围脖、灌水才是娱乐活动,拔河、猜谜、下棋都已经落伍了。盲目地跟风导致问题也接踵而至,一是官兵的思想还不够成熟,对网上不良信息缺乏免疫力,容易引发思想问题;二是连队的设施设备还不够完善,对于那些刚刚入伍的"90后"士兵来说,一旦没有了网络也就没有了娱乐;三是对传统认识不清,容易走进"破旧立新"的思想误区,为了跟风而丢掉了好的传统。

思考与对策

记者认为要彻底改变当前连队开展娱乐活动的现状,满足基层官兵的日益多元的娱乐需求,需要从三个方面下功夫:

一是活动统筹上,机关与基层合力。机关和基层要强化合力意识,机关要紧贴时代发展发挥好把关定向的作用,坚决抵制庸俗低级的娱乐活动,把健康向上的娱乐活动引进绿色军营，使官兵乐得健康；要紧跟官兵需求发挥好服务保障作用，切实把官兵需求放在第一位，不断加大经费投入，帮助基层完善设施设备，把组织的温暖化成欢歌笑语。基层积极发挥主观能动性，紧贴单位实际当好"主心骨"，认真听取官兵意见，合理安排娱乐形式，合理分配娱乐时间，合理利用娱乐资源，使官兵身在其中，乐在心中。

二是活动形式上，传统与时尚兼容。要不断创新活动形式，充分发挥集体智慧，围绕"80后""90后"官兵娱乐需求多样的特点，坚持兼收并蓄、集智攻关的理念，定期召开娱乐活动研讨会，充分听取官兵对娱乐活动的意见建议，研究娱乐活动形式创新，汲取群众智慧，弘扬传统精神，提取时尚精髓，把笑脸装进DV机，把比赛搬进电脑房，把时尚元素融入传统项目，把传统精神嵌入时尚娱乐，在兼容中互补互促。

三是活动内容上，娱乐与育人并重。要不断丰富活动内容，充分运用信息网络载体，围绕官兵求成才、求交流、求个性等特点，大力开展主题鲜明、趣味性强、官兵参与度高的娱乐活动，为官兵益智娱乐、求知成才提供帮助，引导官兵在围脖交锋中感悟真理的光芒，在上网灌水中交流学习的体会，在军营网游中锤炼战斗的本领，在high歌劲舞中培养健康的心理，真正使娱乐活动场所成为先进军营文化的重要阵地、官兵成才的学习园地、陶冶思想情操的思想高地。

（与严文科合作，刊于2012年10月25日《战士报》）

"小能人"牟尼斯的烦恼

9月底，一条新闻在76119部队官兵中间传开：素有"小能人"之称的一连直招士官牟尼斯，当副班长还不到两个月，就主动申请辞职。更令人诧异的是，小牟不但要辞职，还要申请调离荣获过"军区标兵连"殊荣的一连！

"小能人"的确名副其实：不光写得一手漂亮的钢笔字，还是通过国家计算机三级资格考试的电脑高手，连里的板报、广播稿、网站维护，都要靠他"唱主角"。看到"小能人"的突出表现，连队委以重任，不但让他担任了文书、板报组组长，还让他兼任二班副班长。而小牟也没有辜负大家的期望，工作干得呱呱叫，名号更是响当当。谁知，当"小能人"锋头正劲之时，他却居然要撂挑子！

指导员刘火球感到事出有因，于是找了个适当机会和小牟谈心。"我不是不想当副班长，是干得越来越吃力。当这个标兵连队的兵太累了！"站在"军区基层建设标兵连队"的金字牌匾下，看着刘指导员真诚的眼睛，牟尼斯忍不住倾诉了心声：

连队整天忙着迎检,仅上个月就接待了7次检查,训练时间也被一再压缩。这样下去的话,自己不但军事考核及不了格,还会拖连队后腿……

当天晚上的军人大会变成了连队的"检讨会"。刘指导员向官兵致歉:"牟尼斯同志的话让我们这些基层带兵人深感汗颜。连队迎检任务重,导致训练时间被一再压缩,反映出连队抓建思路产生了偏差。今天下午,连队党支部已向上级党委提出书面建议,我在此向大家保证,连队以后决不会因为迎检耽误正常训练!同时,连队给发现问题的牟尼斯提出表扬!"

掌声响起来的时候,牟尼斯的眼睛里多了一丝飞扬的神采。从此连队检查真的变少了,大家又能正常地训练、学习、娱乐了。

(与曾杰志、张海亮合作,刊于2009年10月9日《战士报》)

时髦女兵的"漂亮转身"

"时髦女兵"是163医院勤务分队女兵罗娉的一个"雅称"。罗娉爱赶时髦、爱追星,在医院小有名气。小罗对这个"雅称"起初是乐意笑纳的。可前不久,她遇到的一段"时尚"经历,让她下决心改变自己在战友心中的形象。

6月下旬,勤务分队组织了一次卫生评比,结果令官兵们大跌眼镜:平时常常独霸流动红旗的女兵宿舍竟然拿了个倒数第一!"罪魁祸首"就是罗娉的内务柜里不合时宜地挂着一套崭新的时装。

"一边搞教育一边赶时髦,看来对你的思想教育还得加强啊!"联想到小罗此前在医院主题教育理论测试中成绩不合格的事儿,分队长徐红心里有气,责令她作检讨。

"不就是没有放好便装吗,爱时尚有什么错?"小罗觉得委屈,跟身边战友大吐"苦水",可连续两次拖话务班后腿的事,本就让班里的战友对她有些看法,身边战友并没人理解她。心事无处倾诉,她便把自己的"遭遇"和想法挂在了医院局域网上,以求有人为她解闷、支招。

没想到,一石激起千层浪。这份署名为"时髦女兵"的帖子当天就引来了上百份跟帖。军人到底能不能赶潮流、讲时尚?有的跟帖认为:"90后"战士是自尊心很强的"个性群体",部队应当照顾女兵的感受,尊重她们的爱美天性。有的则认为:追时尚、爱时髦背离了当代军人核心价值观的行为准则,军人应当把心思放到部队建设上,盲目追星赶潮不妥……

军人眼里的时尚到底是啥样?该院组织主题教育先进典型报告会,军区"名医名刀"王连元、"全军护理操作能手"马明等身边典型走上台为官兵讲述他们全身心献身军队医疗事业、攀登技术高峰、争当岗位能手的事迹，赢得了无数的掌声。他们的大幅照片也闪亮挂在了营区主干道旁"明星"灯箱。尽管他们没有时尚着装，没有刻意打扮，却不时引来路过者的赞赏和关注。这些都让罗娉反思："明星"无需赶时髦，时装并不就是时尚；爱武装、精武艺、当标兵，才是当代革命军人应当追求的时尚。

解开思想疙瘩后，罗娉不但心悦诚服地在分队作了检讨，还主动参加了教育"回炉"补习班。她还积极参加医院"培育当代革命军人核心价值观辩论会"。辩论会上，她结合自身追赶时髦的经历，对当代革命军人怎样看时装与爱武装的心灵感悟，不仅博得了现场官兵的热烈掌声，也成了辩论会的优秀辩手。如今，尽管罗娉"时髦女兵"的称呼没变，且名气更大，但它在战友们心中的含义、分量已悄然改变。

（与张海亮、杨明伟合作，刊于 2009 年 8 月 13 日《战士报》）

问渠哪得清如许
——163 医院抓新闻报道工作纪实

12 月 5 日，163 医院传出喜讯：新闻报道在联勤某分部排名第一。近年来，该医院注重紧贴中心工作开展新闻报道，充分发挥舆论宣传作用，先后在《人民日报》《解放军报》《战士报》等报刊用稿 800 多篇，连续 3 年被军区联勤部评为新闻报道工作先进单位。当问及他们成功的经验时，报道员都说得益于医院党委对新闻报道工作的关心与支持。

——一花独开不是春，百花齐放春满园——
报道队伍网络化

"功以才成，业由才广。"李春华政委上任伊始，就注重抓好报道员队伍建设。他带着新闻兼职干事下科室挑选出一批有较好文字表达能力、观察思维敏捷的官兵重点培养，很快形成了科室有报道员，片区有业余报道小组，医院有"报道员之家"的新闻报道队伍网络。为提高报道员的写作水平，李政委经常组织新闻业务研讨，定期请来军地新闻媒体记者、编辑授课改稿，分期分批把优秀报道员送到新闻单位学习，对报道员"加钢淬火"。三级士官喻钰峰平时喜欢写写画画，多篇稿件见诸报刊，李政委送他到《湖南日报》社学习，提高写作能力。今年来，小喻发表文章 20 余篇，官兵亲切地称他"兵记者"。正是因为有报道骨干网络，发生在医院的任何新闻线索都能得到及时发现和采写。今年 11 月,报道员骨科医生宁晓颖在下班路上,突遇勤务分队战士朱德纪奋不顾身勇救落水群众的场景,他立即按下了快门,稿件很快在《湖南日报》《潇湘晨报》《长沙晚报》等媒体刊登。

有了好舞台,才能唱大戏——
报道设施现代化

"搭好台才能唱大戏,作为领导就要为新闻报道工作排忧解难。"院长樊光辉是这么说的,也是这么做的。过去,报道组大部分设施老化,已不适应开展军事报道工作的需要。樊院长了解到这一情况后,在机关办公用房比较紧张的情况下,为报道组腾出专用办公室,安装专用电话;在经费紧张的情况下,为报道组配备了数码照相机、摄像机等器材。报道组"鸟枪换炮",一下子走进了数字时代。为提高新闻的时效性,樊院长主张建起了"医院新闻信息网"。通过信息网,报道员可将新闻线索或新闻稿件迅速发送到政治处。政治处对发来的新闻信息或新闻稿件进行筛选、整理,对重要线索组织报道骨干进行采写。仅今年来,"新闻信息网"就收到新闻信息和稿件 256 条(篇),其中 154 篇稿件见诸报端。报道设施的现代化,给报道工作增添了快捷高效的活力。

没有规矩,不成方圆——
报道制度规范化

"说实话,办实事,作实文。"这是政治处主任陈福光常说的一句话。为规范新闻报道工作,他在长期的工作实践中摸索总结,确立了一整套新闻报道工作制度。

——新闻分析制度。定期总结讲评,分析报道形势,研究报道重点,明确下步目标。

——新闻会稿制度。每半月组织一次会稿,梳理新闻线索。

——参加会议制度。除研究干部等不宜让报道员参加的会议外,坚持新闻骨干列席会议和重大活动跟随采访。

——审稿制度。新闻稿件统一由政治处审,反映医院党委和先进典型的稿件由院领导审,签阅后才能发稿。

——新闻奖励制度。对报道员在同等条件下实行"三优先",即优先晋职晋衔、优先入党、优先立功受奖,并给予相应的物质奖励。

机制活,事业兴。3 年来,医院没有出现过失实稿件,发稿篇数逐年增长,先后有 2 人因新闻报道工作成绩突出提前晋职,3 人荣立三等功,50 多名报道员领到奖励费。

(刊于 2005 年 12 月 16 日《战士报》)

争当标兵牌匾的"清洁工"

在群山环绕的76119部队警卫勤务一连,形成一个不成文的传统:官兵乐当"清洁工"。清洁的对象,是悬挂在连队门口由军区颁发的"基层建设标兵连队"的光荣牌匾。

"我们一定要像爱护自己的眼睛一样爱护连队的荣誉!"列兵邓惠德清晰地记得,在刚下连的第一个班务会上,班长就特别强调,连值日员每天接岗的第一件事,就是擦拭悬挂在连队门口的"基层建设标兵连队"的光荣牌匾,让它一尘不染,光彩夺目。

"荣誉属于过去,没什么大不了的!"邓惠德开始并不服气,这个标准的"90后"大学生新兵,入伍前就是一个"网虫"。有一次,他请假外出,因抵挡不住上网冲浪的诱惑,偷偷钻进了驻地网吧。不巧被正在执勤的纠察逮个正着,被送到了连队指导员刘火球面前。就在他忐忑不安地等待着"狂风暴雨"的批评时,刘指导员却微笑着指着连队的"标兵牌匾",说:"牌子好像有点脏,我们俩一起来把它擦亮点。"于是,小邓和刘指导员俩认真擦拭起来。

"千万不要小看这块牌匾,它可凝聚着一代又一代守山人的心血!"抚摸着军区"基层建设标兵连队"的烫金文字,刘指导员讲起了荣誉背后的故事,听得小邓又感动又惭愧——常年驻守在这个素有"燕子窝"之称的深山远沟里,历代官兵为连队的荣誉而拼搏不息。前不久,准备休假的分队长、二级士官李双阳,得知连队缺少押运骨干后,立即把写好的请假单丢在纸篓里,自觉站到押运的队列中,一忙就是两个多月,累得嘴上到处是燎泡。他却说:"我是广州军区标兵连队的兵,为了连队的荣誉,吃再多苦头也值!"

"荣誉属于过去,可它承载的却是历代官兵'艰苦奋斗、不惧苦累、爱军精武、争先创优'的'燕子窝'精神。作为新时期军人,我们更有责任让荣誉光大,永不褪色!"一串串娓娓道来的故事,如春风化雨悄悄浸润邓惠德的心灵。当晚,他主动在全体军人大会上作了检讨。

此后,小邓像变了个人似的,全身心扑到工作上。看到很多海南籍战友讲不好普通话,他就主动请缨担任了连队的"小教员"——每天课余饭后,连队总会响起邓惠德"是'标'不是'包',是'胡'不是'服'"的洪亮声音。不仅如此,邓惠德还发挥自身网络特长,带动连队兴起了电脑学习热潮。

(与张海亮合作,刊于2009年4月15日《战士报》)

"爱兵班车"停开之后……

3月23日上午9时许,76119部队的进城班车准时停在了机关办公楼前,利用双休日请假外出的官兵个个兴高采烈:出行有班车接送,既省时又省心,甭提有多方便!

然而说起这趟班车,还有一段停开的经历。该部地处南岭腹地,交通不便。官兵外出必须步行5公里,在五盖山脚下的一个小镇才能搭乘公开汽车进城。去年初,为解决官兵"出行难",该部决定每个周日为官兵开通一趟进城班车,方便官兵购物或处理事务,上午9点准时出发,下午4点统一乘车归队。此举深受官兵欢迎,官兵亲昵地称之为"爱兵班车"。可去年底,进城班车在归队途中不慎与驻地一辆货车发生轻微碰撞。虽只是车身被擦掉了一点漆,却引起了该部机关的高度警觉。为确保安全,"爱兵班车"被勒令停开整顿,官兵进城又像以往一样不方便了。

今年3月,一张"'爱兵班车'兵想你,何日才能再开行?"的网上帖子引起了部队长彭国成、政委雷兴华的注意,并在官兵中引发了一场关于"周日究竟该不该派专车接送外出官兵"的大讨论。有的说车辆使用频率越高,出事概率越大,万一出事影响单位发展,建议停开;有的说进城班车停开,官兵出行困难,在位率自然就高,便于部队管理;还有的说,单位油料紧张,尽量把油料用于军事训练,更有利于提高部队战斗力。该部党委没有急于下结论,而是组织大家认真学习十七大报告中关于科学发展观的重要论述。大家越学心里越亮堂:安全发展是科学发展,但消极保安全绝不是科学发展。落实以人为本要求,就要坚持官兵至上。停开班车,实际上是消极保安全的思想在作怪。作为领导,必须正确处理好安全发展与为兵服务的关系,不能因为怕出事就把为兵服务仅仅当作一句口号喊。况且专车接送,官兵集中外出,集中归队,更有利于部队管理。党委"一班人"的思想很快得到统一,决定恢复进城班车派遣。同时,该部指定专人定期对驾驶员进行培训,开展作风纪律整顿,并严格落实车辆检查保养、车辆派遣和干部带车等制度,确保车辆行驶安全。

"爱兵班车"又开通了,官兵别提有多高兴了。

(与沈琛合作,刊于2008年4月1日《战士报》)

"大力水手"失手之后……

某军械仓库勤务一连二级士官石帮明,是官兵们眼中名副其实的"大力水手",俯卧撑一口气能做400多个,还是连队保持了三年的"扳手腕冠军"哩。每次繁重的收发任务,更是他露脸的时候——两个人合力才能抬动的箱子,他一个人能自己扛着小步跑。可就在6月初,一向以力大出名的"大力水手"却败给了一只仅有10公斤重的木箱。不仅如此,他的经历还引出了一场轰轰烈烈的讨论呢。

事情发生在6月3日下午4时,正在开展文体活动的勤务一连突然接到通知,紧急接收一批战备物资!看到队列中站得笔直的石帮明,大家顿时有了底:"有'大力水手'在,保证没问题!"

意外的是,刚刚开始接收工作没多久,被大家寄予厚望的"大力水手"却突然失手了:当一个仅有10公斤重的木箱刚刚扛到肩上时,石帮明突然一个趔趄,脚板差点被砸扁!看到他平时红润的脸色变得像张白纸,头上直冒虚汗,大家直嘀咕:"大力水手"到底咋啦?

原来,今天恰逢石帮明26岁的生日,他特地请假赶到驻地采血车,无偿献血400cc以庆祝生日。不巧的是,刚刚归队的他又赶上了这趟紧急收发任务,作为连队的一名老党员、老骨干,"大力水手"理所当然地撸起袖子,站到了队列前面……了解事情的原委后,尽管人手紧缺、任务繁重,但指导员刘火球仍然命令石帮明立即停止作业,归队休息。

"石帮明同志不顾身体虚弱,坚持参加收发作业的举动,到底值不值、该不该?"收发作业完成后,官兵们围坐在站台上,就"大力水手"的行为,展开了一场激烈辩论。分队长李双阳的发言,顿时引起不少战友的共鸣:"荣誉是军人的第二生命,石帮明的举动,是崇尚荣誉的生动体现,值得学习和提倡!"

"我觉得石帮明带病坚持参加收发作业,是对崇尚荣誉的误解,是违背科学的蛮干!"司务长任连卿边擦汗边反驳,"带病坚持工作,结果活没干多少,还严重影响身体健康!"

"崇尚荣誉是军人践行核心价值观的重要内容,作为军人就要珍惜荣誉、维护荣誉、创造荣誉,但决不能背离科学发展观要求和客观规律。试想,如果没有健康的身体,怎么完成任务,怎么争取荣誉?"看到明显分成两派的官兵们,争得面红耳赤,刘指导员接过话茬:"《献血法》规定,献血后应当休息一天,并充分补充营养,才能投入正常的工作和劳动。石帮明的精神值得表扬,但做法不可取!大家要牢记,对自己的身体不负责,就是对部队的战斗力不负责!"

听着刘指导员语重心长的教诲,官兵们似乎对"崇尚荣誉"有了更深刻的认识。晚上开饭时,细心的战友发现,"大力水手"的碗里,竟然悄悄卧着两个嫩黄的荷包蛋。

(与张海亮合作,刊于2009年6月8日《战士报》)

筑牢安全工作的"堤坝"
——某军械仓库加强安全管理工作纪事

某军械仓库牢固树立安全发展理念,坚持主动预防,齐抓共管,常抓不懈,筑牢了安全工作的"堤坝",连续三年被上级评为安全工作先进单位。近日,上级转发了他们抓安全工作的做法和经验。

①"警钟长鸣,为幸福人生开道;前车之鉴,为理性处事呐喊"。走进该部安全警示教育室,眼前一幅巨大的画匾令人震撼。

平时不注重安全教育,等出了问题才去抓整改,这个仓库个别基层单位就吃过这样的亏。为此,该仓库投资8万元建起了安全警示教育室,将近年来军区部队发生的12个典型事故案例制作成展板,上书事发经过、案例分析、违反条规、个人忏悔、汲取教训等内容,让人心生敬畏。仓库政委谢守平介绍说:"我们建立安全警示教育室,就是要把各类安全事故案件拉近,以敲响官兵心灵深处的警钟。"

该仓库还根据任务转换和季节变换,不断拓展安全警示教育内容,创新教育形式。前年上级通报某部哨兵遇袭案件后,他们专门组织群众性大讨论,集体分析原因,共同商议对策,并加大了哨兵警卫勤务训练力度,对交接岗、口令使用、意外情况处置等进行规范,让官兵普遍掌握了安全防范的方法步骤。

"糊涂的人用生命的代价为别人提供教训,聪明的人用别人的教训为自己积累财富……"随着官兵的感悟不断升华,安全理念在官兵心中扎下了根。

②一次,仓库主任曹平咏到4号洞库检查,数清质优,摆放整齐,不禁对保管员大加赞赏。可正准备登车离开时,却在洞库门口角落发现1个烟头。"禁烟重地"竟然有烟头!经过一番调查,他们找到了那位悄悄抽烟的战士。规定喊在嘴上、写在纸上、记在心上,就是没有落实到行动上。为警示部队,仓库党委决定给违规抽烟的战士严重警告处分,并以此为契机,对全库官兵进行了为期3天的安全教育整顿。

"烟头风波"虽然平息了,但仓库领导的思索并没有停止:作为后方仓库,安全大如天,责任重如山。抓好安全就必须盯着细节下真功,严格规范官兵日常养成。

于是，他们定下铁规矩：每年的3月是仓库的规章制度学习月，每周四是仓库的规章制度落实检查日，常抓不懈，雷打不动，做到时刻绷紧遵章守纪这根弦。他们还将上级有关规章制度具体化，建立完善了一套横向到边、纵向到底的制度体系，形成了健全的责任管理网络；细化"一岗一责"，明确奖惩办法；落实"一事一责"，将责任制落实到各项工作的每一个阶段，每一个环节；推行"一物一责"，编号立档，责任到人。细微成就精致，细节演绎精彩，该仓库形成了"安全重担众人挑、人人肩上有指标"的良好格局。

③"安全大如天，责任重如山""安全没有节假日，预防没有星期天"……漫步该部营区，一块块安全标语和宣传画仿佛是一个个"无声的老师"，宣传安全理念，传播安全知识，让官兵抬头受教育，低头思责任。

短期安全靠侥幸，中期安全靠管理，长期安全靠文化。今年初，该部党委决定，发动官兵创作安全格言警句，对优秀格言警句给予一定奖励。一时间官兵热情高涨，不到一周时间就征集到了上百条安全格言警句。经过遴选，仓库将"预防教育好，事故漏洞少""十次事故九次快，思想麻痹事故来"等50条安全格言镌刻在石头上，放置在营区醒目位置，让官兵在耳濡目染中受到教育。此外，他们还积极构建安全传统文化、安全常识文化、安全制度文化、安全行为文化等具有时代特色和军营特点的安全文化体系，定期组织官兵开展唱安全歌曲、喊安全口号、写安全格言、讲安全故事等喜闻乐见的活动，营造了"人人能看到、时时能听到、处处能学到"的安全文化氛围。

风抚过，万物更新；雨飘过，润物无声。如今，"我的安全我负责、他人安全我有责、单位安全我尽责"已成为官兵的自觉行动，推动了部队安全发展。

（刊于2011年12月1日《战士报》）

没有围墙的"安全岛"
——163医院狠抓安全管理工作纪实

筑牢官兵思想上的"围墙"

163医院驻地附近网吧、歌舞厅、休闲屋等娱乐场所30多家，周边环境繁杂。近年来，驻地兴修外环高速和浏阳河沿江风光带穿越营区，至今未竣工，使得2000多米围墙被毁，大门需要重新修建。医院既要收容军内病号，又要收容地方病号，日门诊量500多人次,客观上给安全工作带来相当大的难度。

现实面前,党委"一班人"感到,思想是行为先导,没有物质上的围墙,就要筑牢官兵思想上的"围墙"。他们认真学习上级文件精神,引导官兵从部队全面建设的高度,充分认清当前部队安全稳定的重大意义,自觉绷紧安全这根弦。在提高官兵思想认识的同时,他们开展了"维护安全稳定,做好卫勤保障"的宣传教育,院长樊光辉和政委李春华分别作了遵章守纪、爱岗敬业、安全常识和军人与法专题辅导,对理出的10多个带共性的思想"扣子",在学习辅导中予以解决。比如,针对"在落实安全规定上不出大格就行"的模糊认识,讲清安全规定不分大格小格,只要出格就是违纪和"祸患常积于忽微"的道理,使大家牢固树立"安全无小事""抵制腐蚀一尘不染"等观念。大家普遍反映,这样的教育,贴近实际,入耳入脑,很有感染力和说服力。

警钟长鸣促安全。他们将近几年通报的军区医院典型案件收集起来,建立"警示窗",定期组织观看,让官兵从一桩桩活生生的典型案例中得到警醒,受到启迪。同时,通过组织官兵观看《情网与谍网》和《服刑人员现身说法》等录像、举办安全知识竞赛、开办军营安全专题广播等形式,营造人人讲安全、事事讲安全、时时讲安全的浓厚氛围。

硬起手腕治顽症

思想上的统一带来了行动上的自觉,官兵们自觉按章行事,查隐患,定措施,医院一时秩序井然。

然而,事隔一星期,李政委发现2名干部带头违规驾驶私家车,营门哨兵任其出入。"官兵禁止违规驾驶私家车"的规定为啥只执行了几天呢?李政委了解到,部分官兵社交广、应酬多,为赶时髦或方便生活购买了私家车。他们大都驾龄不长、正规培训时间短,车"二手货"居多。在这以前医院领导是强调一阵收敛一阵,风声一过又"卷土重来"。李政委深入调查后还发现医院存在着"家门口"官兵不假回家、营区进出控制不严、医务人员队伍作风松散等顽症。

问题摆在面前,医院专门开会研究解决办法。有人提出异议,汽车见证了时代的发展,现已进入寻常百姓家庭,军人驾车没有必要管得太死;官兵驾驶私家车一直有禁不止,干脆睁一只眼闭一只眼应付上级检查就行了。但院长樊光辉、政委李春华态度坚决:不能只讲客观,不讲原则。制度面前没有应付,制度不落实就是最大的安全隐患!

最后,医院党委决定硬起手腕抓整改,消除各种不安全死角和隐患。8名常委分头深入到13名违规购买私家车的官兵家中做思想工作,向他们讲清驾驶私家车必须要有地方驾驶证、车辆手续齐全、购买相应保险、经上级审批的规定,是从血的教训中总结出来的,是对官兵个人、家庭、部队建设负责的举措。如果有令不行，有禁不止，医院的安全工作势必是按下葫芦浮起瓢，部队就难于安全稳定，全面建设就会受到严重影响。13名官兵被领导的诚心和务实的作风所感动，自觉处理了违规私家车。2名带头违规驾车的干部受到通报批评。

以整顿私家车问题为契机，医院相继采取一系列措施来筑牢安全的堤坝。对官兵违规使用的通信工具一律收缴处理；21名士官实行集中居住，统一管理；对勤务连、28个科室，机关派出优秀干部蹲点指导；每周对科主任、护士长和机关干部进行两到三次晚点名，清查人员在位情况，对6名集合不在位的官兵常委集体找其谈话，张榜公布，限期改正；4名上班时间玩电脑游戏的医务人员，医院党委勒令他们在干部会上做出深刻检讨。医院加强了哨兵管理，严格控制人员、车辆进出。同时，营区白天派出纠察，晚上派出潜伏哨、流动哨，严防无关人员进入营区。经过整改，官兵个个当起了"纠察员"，不管是军内还是军外，凡遇见不认识的都上去有礼貌地盘问。刚刚溜进营区不到3分钟的2名闲散人员，就被3名战士盘问出来当场抓住，扭送到驻地公安机关处理。

严格管理树正气，求真务实出效益。在分部两次突击检查中，医院人在位、兵在营、车在库，正规有序，受到分部通报表彰。

建章立制谋求长远发展

为巩固安全管理活动效果，他们还建立了一系列制度，使之有章可循。

部队的条令条例，既是严格管理的根本措施，又是依法治军的基本依据。医院始终把学习条令条例作为一件大事来抓，规定每周二为"条令学习日"，若因工作被挤占也要统一利用时间补起来，主要采取集中辅导、个人自学、条令考核和军事训练等形式，强化官兵条令意识，实行一日生活条令化。同时，还健全了思想骨干队伍，定期对他们进行培训，提高他们会发现问题苗头、会分析思想情况、会开展谈心、会处理异常情况的能力。在此基础上，医院结合实际制定了《安全工作责任制》《干部管理规定》《车辆管理规定》《士官管理规定》等10多项制度，实行层次领导，明确管理责任，确保了大事有人抓、小事有人问、人人参与管的良好局面。现在官兵养成了一种好习惯，有人在和无人在一个样，营区内和营区外一个样。

此外，医院加强了与驻地警备区、派出所等单位的联系，建立军警联防机制，定期召开联席会议，交流信息、化解矛盾、消除隐患，形成了"上下协力抓，驻地一盘棋"的格局，有效地维护了营区及周边秩序安全。

军地联合防，上下齐努力，促进了医院的安全工作，全面建设稳步发展。平时，哪个战士思想有疙瘩，很快就有人靠上去做工作；哪个环节出了差错，马上就会有人进行补救。仅最近一个月，就有2起事故苗头因发现及时而没有酿成大祸。

(刊于2005年9月5日《战士报》)

医疗设备奇缺,甚至连一次性口罩都得不到保障,全靠他们"自力更生"
艾滋病、埃博拉病毒在这里肆虐,他们冒着风险每天与病魔"短兵相接"
技术高超,医德高尚,面对高薪聘请不动心,他们树立起高大形象

中国"白求恩"在非洲
——广州军区首批军医组援赞纪实

近日,中国人民解放军163医院传出喜讯:援赞军医刘阳云被广州军区评为"优秀地方入伍大学生"。他是去年3月22日随广州军区首批援赞军医组到赞比亚工作的。在近400个日日夜夜,他和其他10名军中"白衣天使"在这片贫困落后、疾病肆虐的土地上播撒着中国政府和人民的友谊与爱心,无怨无悔。这11名成员中,湖南人就有7位。为了赞比亚人民的健康,他们用青春、热血、甚至生命,忘我工作,不辱使命,留下一段段动人佳话……

把深深的牵挂埋在心底

2004年3月22日,飞机降落在赞比亚机场的那一刻,军医组的队员们谁也无法预料以后的每一天将如何度过,但他们知道,在这片陌生的土地上,有许多被病魔折磨的人在等待着他们的救助,他们责无旁贷。

军医组队长曾昆仑,来自革命老区浏阳,精通理疗、针灸、护理等专业,曾随海军舰艇编队出访美国等美洲四国。2004年4月25日,他岳母因车祸不幸遇难,这突如其来的打击几乎压垮了他的家庭。他妻子是独生子女,而且已经下岗,她难以接受母亲突然去世的残酷现实,因此造成的心理障碍至今仍未完全消除。他女儿是其外婆一手带大的,遭此变故后成绩优秀的她却未能考上重点中学。当身处异国的曾昆仑得知这些情况,他在心里默默地承受着一切,没有向组织提任何要求,更没影响自己的工作。

军医刘阳云,娄底市双峰人。2004年8月29日,他3岁的女儿被自行车撞倒,致使头皮下血肿,眼睑淤血肿胀,下唇挫裂伤。得知这个消息,他唯一能做的就是在地球另一端,为女儿默默祝福。女儿住院时打来电话:"爸爸,你为什么不来看我?我不做你的崽崽了!"刘阳云一听,泪水在眼眶里直打转。但他知道,决不能因此影响服务质量,影响中国军医的形象。在病人面前,他跟往常一样脸上挂满笑容。2005年春节,女儿给他寄来自己画的彩虹,在画的右上方,她借助妈妈的手,弯弯扭扭地写道:思念是一条七彩的虹/我在这头/爸爸在那头——崽崽。女儿还打来电话时说:"幼儿园的阿姨说了,彩虹是天上的桥,通过这座桥,就可以到达爸爸那

里!"这一次,他终于没能忍住夺眶而出的泪水。

这个组里大部分队员的孩子在 5 岁以下,但是面临的工作却不得不使他们将对孩子的牵挂、对亲人的思念埋在心底。

无可奈何的"DIY 一族"

军医组所在的麦纳索科医院是赞比亚三军总医院,但规模仅相当于国内一般的乡镇卫生院,经费严重不足,条件相当简陋,一些最基本最常用的器械和药品都得不到保障。很多时候,队员们只能将用过的一次性口罩和帽子翻出来,用微波炉消毒后,再在手术中使用。

儿科医生邹纬戏谑道:"在这做儿科医生就和当初我爷爷做郎中一样,然而不同的是,在我们家乡也许最没钱的病人也会照我爷爷开的处方自己到山上挖几味草药,而我在这里开出的处方,几天后病人会带着它原封不动地回来,同时会带给我一个词:没有。可能没有药,也可能没有钱,很多时候是两者都没有。"

不过,队员们并不因为"没有"而中止工作。他们因地制宜,自己动手制作一些器材,成为当今时髦的"DIY 一族"(Doityourself)。没有压舌板,刘阳云医生自己削制小木条;没有凡士林纱条,将纱布剪开,涂上凡士林代替;没有鼻骨复位钳,用枪状镊子套上输液管代替。没有灌肠器,放射科医生李大创用保温瓶制作了一个。没有激光、微波等先进治疗仪,来自张家界的皮肤科医生朱红军采用手术和自配药物相结合的方法,治愈了近 100 名患者。

医院除眼科是与赞方医生共同工作外,其余医生都必须独当一面,专业内一切工作都需要自己亲自完成。从病人入院那一刻起,办理住院手续、各种术前准备、病情观察与病历记录等工作都必须医生亲力亲为,其工作量和工作难度可想而知。

每天都面临感染的危险

赞比亚官方公布国内艾滋病感染率为 14%,而在撒哈拉以南的非洲地区,军人中的感染率往往会超过其国内平均水平数倍。死亡率超过 90% 的可怕病毒埃博拉也曾在这里肆虐。在艾滋病、结核、疟疾、肝炎等传染病横行的国度,医生这种职业的风险也推到了极致。

2004 年 7 月 10 日,午饭时分,值班黑人护士跑来喊:"快!快!门诊有一鼻腔大出血病人,已经休克!"刘阳云医生立即放下饭碗直奔门诊。原来这是一个鼻骨开放性骨折病人,鼻背动脉断裂,鼻腔黏膜撕裂,出血非常凶猛,需立即手术。可周末手术室没人上班。门诊护士知道在这种情况下也许根本无法手术,于是体谅地说:"如果这里不能处理,可转到别的医院,不管有什么严重后果,都与你无关。"看到病人血肉模糊的脸和大量流出的鲜血,刘医生二话没说,吩咐护士去找手套与口罩，然后就在门诊的躺椅上开始了手术。手术中，病人打了一个喷嚏，血和鼻涕喷到了刘阳云的脸上、身上，白大褂成了"血染的战袍"，而此时刘阳云脸上连最起码的防护设备——口罩都没有。尽管嘴唇、脸上、衣服上都沾上病人的血，他当时也很紧张，但他还是镇定地把病人处理好后才到水龙头下去冲洗。

队长曾昆仑也曾遇到过一些意外情况。一次，他刚刚为一位患者结束治疗，正准备擦拭用过的银针，那位准备离开的患者系好鞋带一起身正好撞在了曾昆仑的胳膊上，那根刚刚扎完病人的针立刻刺进了曾昆仑的手掌。他当时所能做的也只是把伤口附近的血尽量都挤出来，然后用酒精局部消毒，他说："如果这根针上真有什么病毒的话，就靠自身的免疫力去抵御吧。"

在赞比亚期间，军医组里几乎每名医疗队员都有过和病魔"短兵相接"的遭遇。

"中国军人，太伟大了！"

虽实行免费医疗服务，但因药物短缺而使免费服务变得十分有限，而针灸和手术治疗对药物的依赖相对较少，因此成为赞比亚人的首选。

队长曾昆仑针灸技术高超，技巧娴熟，治疗效果十分显著，为此针灸科总是门庭若市。一位25岁的中士女兵因患"面神经炎"而致右眼不能闭合，讲话流口水，口角严重歪斜，爱美的她面对这样一张脸，痛不欲生，哭着希望曾昆仑能帮她治好。经两个疗程的针灸治疗后，病人恢复了原本美丽的脸，女中士感激万分。一位在赞比亚做贸易的印度商人，许诺高薪请曾昆仑出诊，被曾昆仑婉言谢绝，不过曾昆仑把在卢萨卡开诊所的华人医师介绍给了他。商人对曾昆仑良好的职业道德和中国军人不为金钱所动的品格极为敬佩，伸出拇指说"中国军人，太伟大了！"

2004年9月一天，一位病人前来医院就诊，他左侧脸颊渐进性隆起，左侧脸颊比右侧高出约3-4厘米，整个脸的轮廓严重变形、错位。按照临床诊疗常规，耳鼻喉科的刘阳云让病人去做CT检查，以了解肿物的范围及与周围结构的关系。但病人一去没了消息。差不多两个月后，病人再次就诊，却什么也没做。原来CT的费用是200美元，病人根本拿不出这笔钱。一进门病人就求刘阳云说："请您一定想办法救救我！救救我的家！"医院院长助理得知情况后，也对刘阳云说："如果您不能为他做手术的话，那他就只有抱病终生了！"从医疗常规来说，术前准备不充分，如果贸然手术，需要承担的风险可想而知。可看到病人绝望的眼神和院长助理期待的目光，刘阳云决定为病人实施手术。可在准备手术时却发现没有相应的手术器械，最后在多方联系下，刘阳云硬是从外院借来了器械，为病人实施了手术。术后病人恢复良好。出院时，病人拉着刘阳云的手高兴地说，"谢谢您救了我，也救了我的家，您不仅恢复了我的面容，也恢复了我做人的尊严！"

军医组要离开了，麦纳索科的代理院长卡松古上校深情地说："每一次，我们都为中国医生的离开而沮丧，中国医疗队带来了非常专业的技术和感人的故事，我真希望他们能够永远留在这里⋯⋯"

（刊于 2005 年 5 月 2 日《三湘都市报》、4 月 29 日《湘声报》、5 月 6 日《现代医院报》、6 月 23 日《广州日报》、9 月 27 日《家庭导报》、10 月 13 日《湖南科技报》、11 月 11 日《湖南日报》）

一所用爱心浇灌的高技术医院，一群如"白求恩"般的白衣天使，一首荡气回肠的军医壮歌，一部气势恢弘的医学发展史诗，163 人踏着稳健的步伐，搏击市场风浪，勇攀科技高峰，在人类战胜病痛的征途中划下了一个又一个惊叹号！

● 神经外科的"三叉神经痛的手术治疗""脑干肿瘤的手术治疗"和"垂体肿瘤全切除手术"等均达到国内一流水平。

● 嗅鞘细胞移植治疗截瘫手术成功，实现了中南地区脊髓损伤治疗零的突破，为广大截瘫患者带来了福音。

● 耳鼻咽喉科五年间有 10 项科研成果在军内获奖，其中军队科技进步三等奖 2 项。

● 老年病科获国家发明奖 1 项，军队科技进步一等奖 1 项，叶剑英、王震、秦基伟等党和国家领导人都曾到该科住院疗养。

● 肿瘤科在湖南首家引进 1800 多万元的体部伽玛刀后，已成功治愈 1000 余例恶性肿瘤患者，全国各地患者纷纷慕名而来。

● 荣获全军医院建设先进单位、全军"白求恩杯"竞赛优胜单位、全国"百姓放心医院"。

大爱无声润三湘
——解放军第 163 医院创新发展纪实

引子：新生

这是一个感人至深的故事，它让我们感受到浓浓的人间真情。

17 年前，湘西沅陵苗寨，一个名叫秀花的小女孩呱呱落地，不富裕的家庭因此有了无尽的欢乐。然而，天有不测风云，1989 年的 6 月，2 岁的小秀花右下颌部长出了一粒黄豆大的小瘤子，并越长越大。因为家庭贫困，小秀花无法得到很好的治疗，一拖就是十多年。当小秀花 15 岁时，寄生在她脖子上的瘤子，长得已比她的头还大，看到她的人不是好奇就是吓一跳。秀花为此痛苦不堪，家里也到处寻访良医良方，但一直未果。

无法正常生活、无法面对世人，秀花逐渐丧失生活下去的希望，这时，一位军医来到了她身边，对她说：姑娘，让我还你一张清秀的脸。从此，秀花的人生翻开了崭新的一页。这位军医就是解放军第163医院烧伤整形专科主任王笃权，他曾经为一名6岁儿童成功切除了重达2500克的血管瘤。从电视里了解到小秀花的故事后，王笃权心里很不平静，一种军医的责任感，使他拿起电话，向医院领导请示：这样一个特殊病例，一个如此困难的家庭，作为一名军医，难道能不站出来，伸出关爱的双手？他的想法得到了医院党委的大力支持，医院领导表示，中国人民解放军的军医应该在人民最需要的时候，奉献自己的医术甚至生命。

2002年8月20日，院长樊光辉组织内科、外科共5名专家、10名医务人员参加的大会诊，对手术可行性进行了详细的分析。他指出，这个手术一是关乎人命；二是体现医院的技术实力；三是肩负着许多好心人的殷切希望，因此这个手术要用100%的努力争取最好的结果。

2002年8月22日上午8:30分，小秀花送进手术室，在外等候的有她的亲人，还有特地赶来的不知名的好心人。

上午9:00，王笃权主任带着副手姚斌、刘丽芳和五官科主任医师李正贤等专家一起走进手术室。医生先在肿瘤部位表皮划一个"工"字形切口，在注意面颈部外形的情况下，为她设计好皮瓣，然后剥离颈部动脉避开神经、血管。由于肿瘤太大，在切除过程中只能用绳子将部分切离的肿瘤拴在无影灯下，解决因肿瘤过大在麻醉过程中压迫颈部动脉血管系统问题。

11:54，当肿瘤完全剥离时，秀花突然出现心率减慢、血氧饱和度降低的情况，几位专家及时处理，秀花转危为安。经过6个小时的手术，他们成功地绕开颈部7对神经和动脉系统，切下一个重达4200克的肿瘤。

三天的危险期过去了，小秀花在医护人员的精心护理下逐渐康复。跟随了13年的肿块在一夜之间突然消失，秀花感觉像在做梦。9月4日，秀花完全康复，医院领导将她送到院门口，把好心人捐助的5000元钱放在她手上，嘱咐她把家里卖掉的牛赎回来，再用这些钱好好上学，争取走出山寨读书，再回到山寨建设家园。

走出医院大门的那一刻，秀花忍不住再回头，深情地望着这所医院，紧紧地拉住了医院樊院长的手，什么话也说不出来。在这里她感受到了人间的温情，军人的胸怀；在这里，她找回了自己，一个清秀、健康的自己，是解放军163医院给了她新生。

故事结束了，但爱并没有结束。它虽只是解放军第163医院众多治病救人故事中的普通一个，却如同水滴能折射出大海的宽广与深度般让人体会到医院对病人的那份真情与爱心。物欲横流，社会医德医风备受置疑的时代下，解放军第163医院无疑是一面高扬的旗帜。

挑战市场篇：改革创新天地宽

　　解放军第 163 医院位于风景秀丽的浏阳河畔，绿色环绕、鸟语啾啾，患者在这舒展愁眉，生命在这延续美丽。建院 64 年来，治病救人的历史沉淀，厚积薄发，高科技医疗的声声号角，催人奋进，这个有着优良传统，全心全意为军民服务的解放军医院焕发出勃勃生机。然而，有谁会想到，在 1999 年之前，医院还处于远离市场、毫无生气的境地。

　　古城长沙，医院领域历来强者如林，市场竞争异常激烈。1999 年之前的解放军第 163 医院，还是旧有的部队医院管理模式，经济包袱沉重，市场观念淡薄，艰难生存。困则思变，该院领导在实践中发现，改革是医院唯一的出路。为此，自 1999 年以来，医院重点抓好医疗管理、人才选拔和后勤保障三项改革，主动挑战市场。

　　信息化服务提供保障　随着 e 时代的到来，信息化成为医院管理的发展方向。医院投入 160 万元实施"军卫一号"工程，建成了以计算机网络管理为中心的局域网，200 多台微机、10 多套音响遍布全院各科（处），平均每个临床科室拥有微机 5 台以上，并新建了集查找资料、阅读、上网于一体的综合性信息文化中心。实现信息化管理后，医护人员只需轻点鼠标，住院病人的检查化验结果、治疗方法、医药收费等项目全都一目了然，为科学施治病人打下了坚实基础。与此同时，医院领导不出办公室就可了解院务管理、病人收治和药品物资等动态信息，掌握运营状态和变化趋势，按积累数据和统计结果辅助决策。医院因此连续三年被军区评为信息管理先进单位。

　　高技术医疗人才妙手回春　人才是医院的核心竞争力。医院大胆改革人才选拔机制，公开设擂选拔科室主任和护士长，实行末位淘汰，搬掉"铁交椅"。规定科室主任能上能下，任期 4 年，每年综合考评一次，连续两年为基本称职者免职。医院还采取措施，加强干部队伍政治素养和理论水平的培养。

　　通过人事制度改革，一批富有创新精神的年轻人走上了领导岗位，为医院建设注入了强劲活力。医院现有专家及高级职称人员 62 人，中级职称 78 人，文职将军王连元、卢明是其中的杰出代表。干部队伍中党员占 89%，本科以上学历占 52%，研究生 52 名，博士 6 名。近两年来，因工作成绩突出荣立二等功的干部有 1 名，荣立三等功的有 28 人。

　　王连元，神经外科技术中心主任兼主任医师，中南大学湘雅医院神经外科博士生答辩委员会委员，先后获 24 项科研成果，9 次荣立三等功。2000 年，广州军区授予他"名医名刀"称号，所在科室也被评为"九五医学科技先进集体"。2003 年 9 月，又被授予文职将军衔，成为湖南省第一位"握手术刀的将军"。

　　卢明，神经外科主治医师，1995 年实施了全国第一例单纯神经源高血压病人手术并获得成功,引起中央、省市新闻媒体的高度关注。1996年11月,卢明应邀参加美国洛杉矶东方医院研讨会并获一等奖,但他放弃出国机会,在医院一干就是几十年,先后获得6项军队科技进步奖,其中四等奖3项,三等奖2项。目前他研究的嗅鞘细胞移植治疗脊髓损伤获重大突破,并成功运用于临床,实现了中南地区脊髓损伤治疗零的突破,为截瘫患者带来了福音。

特色科室优势突出 为适应交通创伤的急救需要,提高部队医院应急救护能力,医院利用神经外科、肝胆外科、耳鼻喉科、骨科、心胸外科、烧伤整形科等专业特色的优势,组建了长沙市社会医疗网络中加入最早、影响最大的创伤急救中心,制定了完整的急救工作制度和救治流程,配备专科医生、先进医疗设备、专用救护车,设立ICU监护病房,开辟了创伤急救的绿色通道,并在星沙等地设有交通创伤急救站,提高了快速反应能力和救治能力,使创伤救治真正做到优质、高效、快捷、通畅。

自1997年11月建科以来,在创伤急救中心蒋瑞山主任的带领下,全科人员努力适应改革开放新形式和社会急救医疗新要求,始终如一地以服务军民,奉献社会为崇高追求。7年来,急诊5万余人次,其中各种创伤2.5万余人次,急诊清创手术5340台次,紧急出诊2000余车次,挽救了3500余名危重病人的生命,在社会上产生良好反响,赢得了军队和地方政府与人民群众的广泛赞扬和高度评价,先后被长沙市政府、长沙警备区授予"拥政爱民先进单位",省军区授予"先进集体",联勤某分部授予"抗'非典'先进单位",连续两年被联勤某分部评为"基层建设先进单位"。

锻造品牌篇:发展才是硬道理

面对激烈的市场竞争,医院按照"院有优势,科有特色"的思路,重点培育"四中心""四重点""两优势",打造医院响当当的名片。"四中心"即军区神经外科中心、肿瘤放射治疗中心、耳鼻喉科中心、医学影像诊断介入中心;"四重点"即心胸外科、老年病科、口腔颌面整形外科、肝胆外科;"二优势"即骨科和创伤急救科。

神经外科是"广州军区神经外科技术中心"。该科开展的"三叉神经痛的手术治疗""脑干肿瘤的手术治疗"和"垂体肿瘤全切除手术"等均达到国内一流水平。该科论文《神经源性高血压显微外科治疗的实验及临床研究》获全军科技进步二等奖。耳鼻咽喉科是"广州军区耳鼻咽喉技术中心",该科五年间有10项科研成果在军内获奖。其中军队科技进步三等奖2项。放射科是"广州军区医学影像诊断介入中心",9项科研成果在军内获奖,多次获科技创新集体三等奖。肿瘤科是"广州军区肿瘤放射治疗中心",在湖南首家引进1800多万元的体部伽玛刀,已成功治愈1000余例恶性肿瘤患者,全国各地患者纷纷慕名而来。肝胆外科是"广州军区肝胆外科重点专业",该科开展的以"中央型肝段切除术切除肝癌和肝海绵状血管瘤"和以创伤小、恢复快、周期短等特色的"腹腔镜手术"为标志,手术水平进入国内肝胆外科先进行列。心胸外科是广州军区"心胸外科研究重点学科",该科室先后取得科研成果 2 项,开展新技术新项目 20 余项。老年病科获国家发明奖 1 项,军队科技进步一等奖一项,叶剑英、王震、秦基伟等党和国家领导人都曾到该科住院疗养。口腔颌面整形技术享誉三湘大地,为湘西苗女张秀花、蓝山烧伤女孩高仁芳等解除病痛,树立了人民军队的良好形象。

医院在打造响当当名片的同时,坚持走"特色兴院,小综合大专科"模式,能大则大,宜小则小。有着院中院美誉之称的"鼾症治疗中心",2003 年 5 月从五官科分支,现已发展成为江南最大的鼾症治疗中心。投入 300 多万元成立体检中心,满足不同层次人员对保健的需求。肿瘤科、烧伤整形科、创伤急救中心等逐步发展成为医院优势特色科室。

医院要发展,设备是基础。医院先后引进湖南首台体部伽玛刀、X-刀、细胞刀、等离子刀、电子直线加速器、模拟定位机、后装治疗机、全自动生化分析仪、微粒子发光检测仪、螺旋 CT、核磁共振、彩超、全身热疗仪、钬激光治疗仪、万倍光电显微镜、准分子激光治疗系统等。现医疗设备 1648 台件,总价值超过 8400 万元,医院整体实力大大增强。

优质服务篇:一切以人为本

因患胆结石住院 7 天的江西萍乡籍患者李某病愈出院。前来病房送别的经治军医在千叮万嘱的同时,专门送给他一张"绿卡"——医院特制的一份绿色出院通知书,上面打印着李某的病情介绍、治疗过程、温馨提示及经治军医姓名与联系电话。这是解放军第 163 医院以人为本,加强与出院患者联络,畅通就医绿色通道,提高为民服务质量推出的新举措。

今年年初,该医院党委在进行病人满意度调查时了解到,病人对住院期间的服务一片赞誉,但对出院后的跟踪服务还颇有微词:医院对出院病人过问甚少;医生手工书写出院医嘱不太规范,容易造成误解;出院后一旦病情发生变化,特别需要咨询了解情况,却不能及时与医院联系,特别是偏远山区村民。

"便民、利民、为民",是医院领导考虑最多的问题之一。根据调查情况,医院认真查找为民服务上的差距,决定从方便群众看病着手,扩大服务空间,把医疗工作从院内扩大到院外。依据患者需要医院及时修订完善了《为民优质服务措施》:规定出院通知书一律打印成便于携带的"绿卡",以便患者及家属准确掌握病情;一旦接到患者病情变化的信息,经治军医必须立即给予咨询回复,重要病情要进行远程会诊;在对患者建立档案的同时,实行随访制度。医院定期派出医疗队巡诊,对出院患者进行体检,排除原有病症的复发,或通过电话跟踪,了解病人出院情况,确保群众身体健康。远离医院 200 公里之外的秦某因患神经性皮炎治愈出院后,病情两次复发,但每次都在经治军医的远程治疗下病愈。

漫步在 163 医院,处处充盈的是浓浓的亲情和关爱。翻开医院的规划设计,医院精心打造"绿色之行"、树立文明形象、构筑人文服务的决心跃然纸上。实行"住院费用实时查询",让患者及家属充分享有知情权;提供宾馆式服务,礼待每一位病人;推行"星级护士"上岗制,展示人文关怀;定期开展病人满意度调查,加强考核,开展各种便民活动等。医院还注重加强营区环境建设。2000 年以来,先后投入 2100 万元对营区环境进行了彻底整治和全面改造。在营区最显眼位置竖起江主席"五句话"总要求的标语牌,在百米文化长廊悬挂军人道德规范张贴画,在营区主干道两旁设置警语格言灯箱等。同时积极引进蕴含历史文化底蕴的江南园林、曲径、怪石、人工湖、湖心岛、小桥流水、假山雕塑、林阴花卉、亭台楼阁……每一片都有景点,每一个景点都赋予诗情画意,时时营造人在院中走如在画中游的意境。

现在,医院绿化面积已达 93%。置身在优雅的人文环境、绿色的生态环境中,不少病人感动地说:"163 医院真是个休养身心、净化心灵、启迪心智的好地方!"

开展"绿色之行"之后,医院涌现出了"全军优秀护士"张苏霞、"全军老干部保健先进个人"杨浩军、"军区抗击非典先进个人"王湘川等一大批典型。医院被推荐为"全国百姓放心医院"。采访时,记者看到这样一幕:一位江西籍患者要出院了,主治医生和病房护士不但把他送到病房大楼门外,而且反复叮嘱一些出院后的注意事项,这位患者感动得热泪盈眶,紧紧握着医生的手,喃喃地说:"你们真是患者的贴心人啊,我会永远记住 163 医院的!"

无私奉献篇:塑造军医形象

部队医院姓军,为兵服务是根本。医院每年为部队补助医疗费用近 1000 万元,是广州军区中心医院中补贴费用最多的单位。同时,医院积极开展各种惠民活动,树立自身良好形象。

2000 年 11 月 1 日,《中国青年报》登载了《俺是妈妈》的文章,在文章中讲述了叶辛、陈荣一对靠捡垃圾为生的夫妇收养的弃婴,急需手术又没有钱的消息。医院党委决定,向这个贫困的家庭伸出援助之手,并开展看望、手术、捐款、送归等一系列爱心活动。《解放军报》《中国青年报》等各大报刊对此都进行了长篇报道。

多年来,医院还坚持对广西富川、湖南平江等地人民医院定点扶持,改善革命老区群众的医疗卫生条件。平日里热心为民,危难时挺身而出。2003 年非典肆虐,作为收治非典病人的定点医院,全院官兵职工表现出大无畏的奉献精神,积极投身这场没有硝烟的战斗,并派出 5 名医务人员赴京抗击非典,圆满完成了任务,医院被军区评为"防治非典先进单位"。

"浏阳河,弯过了几道弯,几十里水路到湘江……"医院驻地是一片红色的沃土,巍巍韶山冲,风雨花明楼,雷锋纪念馆,浏阳文家市,岳麓山,橘子洲……医院党委意识到,驻地这些得天独厚、蕴藏革命激情的圣地文化就是一个激励官兵爱岗敬业、献身国防的有效文化载体。于是,每逢"五四""七一""八一"等重大节日,医院都要组织官兵到革命圣地参观游览,缅怀先烈,官兵们形象地称之为"红色之旅"。

去年国庆前夕,革命圣地韶山迎来了一批特殊客人——身着白大褂的32名163医院官兵。他们面对如火的党旗和矗立的毛泽东铜像庄严宣誓,敬献花篮。宣誓仪式结束后,这些"白衣战士"在政委李春华的带领下走村串户,向村民发放健康知识小册子,宣传卫生防病知识,为村民进行义诊。这成为"红色之旅"里常有的场面。医院还经常组织新入伍的战士、地方大学生攀登岳麓山,瞻仰烈士陵园,领悟中国革命胜利的艰辛;组织转业干部、退伍战士参观雷锋纪念馆,追寻一名平凡而伟大的共产主义战士的足迹……医院把驻地红色文化与军营文化有机融合,结合瞻仰参观定期开展"读革命书籍,扬光荣传统,做忠诚卫士"为主题的演讲、书法、摄影比赛等活动,并组建了红色快板队、红色舞蹈队等文艺演出队,将老一辈无产阶级革命家抛头颅洒热血的革命故事搬上舞台,在赏心悦目中陶冶官兵情操,激励官兵斗志。医院自编自演的舞蹈《红旗飘飘》、快板《凯歌高唱铸辉煌》等一批优秀节目不仅成为军民联欢等盛大活动的保留节目,而且多次在上级组织的文艺汇演中获奖。

改革带来大发展,创新带来大跨越。医院先后被评为全军医院建设先进单位、全军"白求恩杯"竞赛优胜单位、湖南省拥政爱民先进单位、湖南省雷锋式医院、湖南省文明标兵单位、长沙市学雷锋"双十佳"单位、长沙市花园式单位、湖南省城镇职工医疗保险定点医院、全国百姓放心医院。

市场天地宽,服务无止境。与时俱进是医院立院之本,优质服务是医院永恒追求。"春风化雨,润物无声",愿浏阳河畔这朵军中奇葩越开越艳,愿她能为广大患者带来幸福安康。

(刊于2005年1月26日《湘声报》、4月15日《现代医院报》、9月14日《三湘都市报》、11月1日《潇湘晨报》)

走进解放军第163医院,从那匆匆的脚步、那张张微笑的面孔、那一丝不苟、科学施治的神态,你会真切感受到百姓放心示范医院的样本式氛围。

深入扎实,不走样子,效果显著,百姓受益。2002年以来,解放军第163医院参加了由中华医院管理学会在全国人大、全国政协指导与监督下,在全国医疗卫生系统开展的推荐百姓放心医院活动。三年多来,通过"明明白白看病""医疗优质高效"和"绿色医疗环境"三个主题的创建,打造了医院科学发展的新平台,医院全面建设跃上了一个新台阶,并从众多医院中脱颖而出,荣获"全国百姓放心示范医院"的称号。

弘敷仁爱　泽被群生
——解放军第163医院创建全国百姓放心示范医院纪实

风景秀丽的浏阳河畔,绿树环绕、鸟语啾啾,患者在这里舒展愁眉,生命在这里延续美丽。

解放军第163医院自建院以来,秉承"弘敷仁爱,泽被群生"的精神理念,厚积薄发,在透明公开的医疗消费中,贴近百姓;在高科技医疗的声声号角中,服务百姓;在优美恬静的绿色环境中,惠泽百姓。这个有着优良传统,全心全意为军民服务的解放军医院焕发出勃勃生机,一代又一代的白衣天使,励精图治,锐意改革,为我省的医疗卫生事业作出了巨大贡献。

65年的时间积累,炼就了解放军第163医院的百姓口碑;

65年的技术考验,成就了解放军第163医院的医疗水准。

妙手仁心的背后,是解放军第163医院一直以来行医为民的执着与坚定,这种精神在物欲横流,社会医德医风备受置疑的时代,无疑是一面高扬的旗帜。

"全国百姓放心示范医院"的称号,解放军第163医院当之无愧。

以评选为契机　打造放心品牌

崇高荣誉的获得并非没有出处,回顾解放军第163医院的发展历程,便不难发现一切都是实至名归的。借全国上下轰轰烈烈开展的百姓放心医院活动的契机,解放军第163医院内强素质,外树形象,走出了一条院有优势、科有特色的新路子。一系列得力措施之下,一直默默为患者尽心服务的解放军第163医院,光鲜地立于众人面前,并赢得社会各界的肯定。

古城长沙,医院领域历来强者如林,市场竞争异常激烈。1999年之前的解放军第163医院,还是旧有的部队医院管理模式,经济包袱沉重,市场观念淡薄,艰难生存。困则思变,该院领导在实践中发现,改革是医院唯一的出路。2002年,由全国人大指导,全国政协监督,中华医院管理学会在全国组织开展的推荐百姓放心医院的活动,意在全国打造一批"百姓放心医院"品牌。这次活动,给了解放军第163医院实施改革,打造品牌的一次大好机会。医院常委因此对此项活动非常重视。

为此,医院成立了创建活动领导小组,设立了办公室,下设医院医德医风组、医疗护理质量组、综合服务组、投诉监督组、宣传外联组五个组,针对每一个主题的要求,制定活动实施方案,明确实施步骤。为加大宣传力度和增强全员参与意识,深入扎实地将活动开展下去,每一主题活动开展时,医院都召开动员大会,编写创建活动学习资料,组织举办了创建百姓放心医院相关知识竞赛及以"让百姓明白,让病人满意"为主题的演讲比赛,编写了《医院通讯》(创建"百姓放心医院"专辑)。

通过这些活动,全院工作人员逐步树立了创建百姓放心示范医院就是为了打造医院品牌、增强竞争力、抢占医疗市场,是应对入世挑战的重要举措的共识,为创建百姓放心示范医院打下良好的思想基础。

透明公开行医　明明白白就医

群众反映药价高和住院费用高是目前国内各家医院普遍存在的共性问题,也是群众最关心的难点和热点。以往,医院未能及时向病人提供收费清单而造成病人对医院的误解也是一个主要原因。要从根本上消除这个误解,让患者满意、放心,最有效的办法就是加快医院信息化的发展,尽快实行门诊、住院病人"一日清单"制度。而"明白放心在医院,处处温馨处处情",成为全院上下追求的一种境界。

创建百姓放心示范医院,就是要把方便让给患者,把实惠送给患者,满意不满意,患者说了算。为此,解放军第163医院投入160万元实施"军卫一号"工程,建成了以计算机网络管理为中心的局域网,200多台微机、10多套音响遍布全院各科(处),平均每个临床科室拥有微机5台以上,并新建了集查找资料、阅读、上网于一体的综合性信息文化中心。实现信息化管理后,病人只需轻点鼠标,检查化验结果、治疗方法、医药收费等项目全都一目了然。

因患胆结石住院7天的江西萍乡籍患者李某病愈出院,前来病房送别的经治军医在千叮万嘱的同时,专门送给他一张"绿卡"——医院特制的一份绿色出院通知书,上面打印着李某的病情介绍、治疗过程、温馨提示及经治军医姓名与联系电话。这是解放军第163医院以人为本,加强与出院患者联络,畅通就医通道,提高为民服务质量推出的新举措。

2005年初,该医院党委在进行病人满意度调查时了解到,病人对住院期间的服务一片赞誉,但对出院后的跟踪服务还颇有微词:医院对出院病人过问甚少;医生手工书写出院医嘱不太规范,容易造成误解;出院后一旦病情发生变化,特别需要咨询了解情况,却不能及时与医院联系,特别是偏远山区村民。

"便民,利民,为民",是医院领导考虑最多的问题之一。根据调查情况,医院认真查找为民服务上的差距,决定从方便群众看病着手,扩大服务空间,把医疗工作从院内扩大到院外。依据患者需要,医院及时修订完善了《为民优质服务措施》:规定出院通知书一律打印成便于携带的"绿卡",以便患者及家属准确掌握病情;一旦接到患者病情变化的信息,经治军医必须立即给予咨询回复,重要病情要进行远程会诊;在对患者建立档案的同时,实行随访制度。医院定期派出医疗队巡诊,对出院患者进行体检,排除原有病症的复发,或通过电话跟踪,了解病人出院情况,确保群众身体健康。远离医院200公里之外的秦某因患神经性皮炎治愈出院后,病情两次复发,但每次都在经治军医的远程治疗下病愈。

　　全院还就社会公众对医院反响较大的热点问题,如服务态度、医疗费用高、看病难、看病贵等,开展"假如我是病人"的大讨论,通过换位思考,端正了对人民群众的根本态度。各科提出了20多项便民措施,如无假日门诊(午休不停诊,担架轮椅护送),五个一工程(一束鲜花、一声问候、一杯开水、一张慰问卡、一张住院须知)、病房改造(病房环境"宾馆化"、安装呼叫系统),实行病人入院、药品治疗、出院结账等全程计算机网络化管理,实行药品质量坚持从源头抓起,将采购、验收分开管理,禁止药品回扣等等。并实行"住院费用实时查询",让患者及家属充分享有知情权;同时,结合创建活动,年终评选了"放心科室""放心医生""放心护士"。

　　创建活动展示了医院的整体形象,更多的老百姓了解了医院,感觉在163医院诊治疾病,对医生放心、对护士放心和对药品放心,感到163医院是恪守全心全意为人民服务宗旨的。

高新技术与国际接轨　优质服务与民需同步

　　患者就医最关心的就是技术水平。解放军第163医院始终把提高医疗技术作为医院发展的头等大事来抓。

　　为适应交通创伤的急救需要,提高部队医院应急救护能力,医院利用神经外科、肝胆外科、耳鼻喉科、骨科、心胸外科、烧伤整形科等专业特色的优势,组建了长沙市社会医疗网络中加入最早、影响最大的创伤急救中心,制定了完整的急救工作制度和救治流程,配备专科医生、先进医疗设备、专用救护车,设立ICU监护病房,开辟了创伤急救的绿色通道,并在星沙等地设有交通创伤急救站,提高了快速反应能力和救治能力,使创伤救治真正做到优质、高效、快捷、通畅。

　　面对激烈的市场竞争,医院按照"院有优势,科有特色"的思路,重点培育"四中心""四重点""两优势",打造医院响当当的名片。"四中心"即军区神经外科中心、肿瘤放射治疗中心、耳鼻喉科中心、医学影像诊断介入中心;"四重点"即心胸外科、老年病科、口腔颌面整形外科、肝胆外科;"二优势"即骨科和创伤急救科。

　　神经外科是"广州军区神经外科技术中心"。该科开展的"三叉神经痛的手术治疗""脑干肿瘤的手术治疗"和"垂体肿瘤全切除手术"等均达到国内一流水平。该科论文《神经源性高血压显微外科治疗的实验及临床研究》获全军科技进步二等奖。耳鼻咽喉科是"广州军区耳鼻咽喉技术中心",该科五年间有10项科研成果在军内获奖。其中军队科技进步三等奖2项。放射科是"广州军区医学影像诊断介入中心",9项科研成果在军内获奖,多次获科技创新集体三等奖。肿瘤科是"广州军区肿瘤放射治疗中心",在湖南首家引进1800多万元的体部伽玛刀,已成功治愈1000余例恶性肿瘤患者,全国各地患者纷纷慕名而来。肝胆外科是"广州军区肝胆外科重点专业",该科开展的以"中央型肝段切除术切除肝癌和肝海绵状血管瘤"和以创伤小、恢复快、周期短等特色的"腹腔镜手术"为标志,手术水平进入国内肝胆外科先进行列。心胸外科是广州军区"心胸外科研究重点学科",该科室先后取得科研成果2项,开展新技术新项目20余项。老年病科获国家发明奖1项,军队科技进步一等奖一项,叶剑英、王震、秦基伟等党和国家领导人都曾到该科住院疗养。口腔颌面整形技术享誉三湘大地,为湘西苗女张秀花、蓝山烧伤女孩高仁芳等解除病痛,树立了人民军队的良好形象。

医院要发展,设备是基础。医院先后引进湖南首台体部伽玛刀、X-刀、细胞刀、等离子刀、电子直线加速器、模拟定位机、后装治疗机、全自动生化分析仪、微粒子发光检测仪、螺旋CT、核磁共振、彩超、全身热疗仪、钬激光治疗仪、万倍光电显微镜、准分子激光治疗系统等。现医疗设备1648台件,总价值近亿元,医院整体实力大大增强。

绿色温馨诊疗环境　营造浓浓医患亲情

其实营造真正意义上的绿色诊疗环境,并不是简单的外部措施的改善。医院每天打交道最多的是病人,给病人一个心理上的关怀,有利于病人健康的恢复。

为了创建绿色医院,解放军第163医院以人文关怀为主线,营造绿色温馨环境;以各种人性化的服务措施,换取浓浓的医患亲情。全院上下,领导挂帅,党政工齐抓共管,全体员工共同参与,为创建"绿色医院"不懈努力。

漫步在163医院,处处充盈的是浓浓的亲情和关爱。秉承绿色医疗的理念,在医疗服务的过程当中,医院注入了更多的人文关怀。从小事上说,医院在门诊大厅设立"便民服务台",配备导医人员,为行动不方便的人员提供轮椅,为来院只开药、开检查单的病人设立方便门诊,减少就医流程,为大厅待医人员提供免费饮用水等服务。大事来讲,为特困病人捐款捐物,对出院病人跟踪随访,一年365天,实行无假日医院制度……其措施的实施所换来的成果,正如院领导所说,各种人文关怀,换来的是浓浓的医患亲情。163医院在患者心中有口皆碑。

翻开医院的规划设计,医院精心打造"绿色之行"、树立文明形象、构筑人文服务的决心跃然纸上。提供宾馆式服务,礼待每一位病人;推行"星级护士"上岗制,展示人文关怀;定期开展病人满意度调查,加强考核,开展各种便民活动等。医院还注重加强营区环境建设。2000年以来，先后投入2100万元对营区环境进行了彻底整治和全面改造。在营区最显眼位置竖起江泽民同志"五句话"总要求的标语牌，在百米文化长廊悬挂军人道德规范张贴画，在营区主干道两旁设置警语格言灯箱等。同时积极引进蕴含历史文化底蕴的江南园林，曲径、怪石、人工湖、湖心岛、小桥流水、假山雕塑、林阴花卉、亭台楼阁……每一片都有景点，每一个景点都赋予诗情画意，时时营造人在院中走如在画中游的意境。

2003年以来，新植绿化带5.5万平方米 使院内绿化面积达到23万平方米，占全院土地面积的80%以上 仅新建的污水处理站就耗资400万元。全院病房基本进行了改扩，建成了"宾馆式"环境。"绿色医疗环境"这个主题的创建，一共花费资金800多万元。医院环境优美，绿树成荫，鸟语花香，宜人的景色既可治病又可养身。

开展"绿色之行"之后，医院涌现出了"全军优秀护士"张苏霞、"全军老干部保健先进个人"杨浩军、"军区抗击非典先进个人"王湘川等一大批典型。医院荣获"全国百姓放心示范医院"。采访时，记者看到这样一幕：一位江西籍患者要出院了，主治医生和病房护士不但把他送到病房大楼门外，而且反复叮嘱一些出院后的注意事项，这位患者感动得热泪盈眶，紧紧握着医生的手，喃喃地说："你们真是患者的贴心人啊，我会永远记住163医院的！"

在百姓的需要中完善自我，在人民满意的标准上超越自我，已经成为解放军第163医院的崇高追求。在这里，每天都有春天的故事在发生；在这里，每天都有春天的旋律在回荡，这里所经历的一切，正孕育着21世纪一个最美丽明媚的季节，绽放出三个文明建设的绚丽辉煌。

(刊于2006年1月16日《湘声报》、9月4日《三湘都市报》)

12年前，一场意外的灾祸降临到5岁的东北男孩丁爽身上，他从飞奔的汽车上摔下成为重度脑瘫。为了让儿子重新站起来，其父丁国福踏上了漫漫天涯的求医之路，不惜倾家荡产，负载累累，辗转大半个中国，从百万富翁沦为乞丐。他用自己的朴实之举演绎了人世间最深厚的舐犊之情——

父爱如山高万仞

6月2日上午，解放军163医院正在进行一场难度非常大的手术。手术室门外，一名年逾半百的老汉正焦急地等待消息。老汉名叫丁国福，在里面接受手术的是他12年前不慎摔成重度脑瘫的儿子丁爽。

跑运输成了百万富翁

今年52岁的丁国福出生在辽宁省建平县一个贫困农民家庭。由于家乡十年九不收,生活条件相当艰苦,他从小就向往外面的生活。1970年,通过熟人介绍,他来到了黑龙江省伊春市汤旺河区二清河林场干杂活,帮人家开拖拉机、盖房子、掏厕所、打草来维持生计。由于吃得苦,又勤快,1976年他转为林场的正式员工。1979年与当地妇女主任顾翠兰结婚,次年生下一女,取名丁丽娜。由于省吃俭用,一家人生活得倒也踏实自在。1983年,在当时"停薪留职"热潮中,他主动放弃"铁饭碗",向单位贷款8000元开起了林场第一家食杂店。由于客源不断,半年不仅还清了贷款,而且还净赚2万多元,到1984年时就已赚了8万多元。1986年,丁国福将食杂店转让,花3700元买了一辆解放牌汽车,在林场里拉木材跑运输,还和别人合伙承包了一个小林场。"我当时一天可以拉4车,一车拉10立方米的木材,每立方米的运输费是50块,一天进账就是2000块,一个月至少赚5万元。三年时间,我赚了100多万元,人称我'丁百万'。"

农家出生的丁国福,此时有一个心愿:自己只有一个女儿,如果由儿子来继承这百万家产该多好。他与妻子商量,决定再生一个儿子。天遂人愿,1989年11月27日,36岁的丁国福中年得子,取名丁爽,给这个当地赫赫有名的百万家庭增添了不少乐趣。

急拐弯儿子摔成脑瘫

"您儿子丁爽怎么得的病?是什么病?"记者带着疑问走近丁老汉。老丁长叹一声,"确切地说,丁爽不是得了病,是摔残了。我跑运输后,经常路过家门看看,我儿子机灵活泼,一天不见还真有点想他。1994年5月20日,我把满载木材的车停在家门口,逗玩儿子后,就爬到车底下检修车辆。儿子蹲在旁边看,检修完后没有看见儿子,我以为儿子又在和我捉迷藏,为了早点完成任务回家,便按了按喇叭就开车走了。谁想到他会偷偷爬上我的车呢?车开动后拐了一个急弯时,不知防备的儿子摔到路边沟里去了,脖子……折了。"

老丁说,这一摔,使得丁爽几乎全身瘫痪,也是这一摔,"生活全变了"。此后的岁月,背着病儿泪撒天涯求医成了老丁生活的全部。

为救子富翁沦为乞丐

出事后,老丁带着孩子先后奔波于哈尔滨、沈阳、北京等地求医治疗。哈尔滨医科大学一位老中医说,"丁爽是全身瘫痪,想自己过好日子,放弃儿子,百万能变千万；想要孩子，百万就可能没有了"。然而，老丁却从没有想过要放弃，毕竟那是一条生命，是自己亲生的儿子，让儿子重新站起来，是自己做父亲的责任。

不管是全国知名医院，还是祖传秘方的小诊所，只要听说哪里有能让儿子站起来的消息，他们就急匆匆赶到哪里。短短5年间，"丁百万"几乎花光了百万积蓄。妻子终因常年奔波积郁成疾，于1999年7月25日撒手西去。临终前，骨瘦如柴的妻子拽着"丁百万"的手，泪流满面地说："再苦再累你也不能扔掉我们的孩子！你一定要想办法让他站起来……求你了！"

妻子去世后，老丁感到肩上的担子更重了。为给儿子治病，他把家乡的房子、卡车全部卖掉了。考上河南师范大学的女儿却无钱读书，只好在沈阳一家电器商场打工。丁爽10岁了，老丁已经抱不动他了，求人给自己做了一个布袋，用布袋背着儿子继续奔波在各大城市，边乞讨边看病。"以前的哥儿们送了我个外号叫'丁百万'，现在我是'丁乞丐'了。"老丁苦笑。老丁说他也有已是高官的朋友，但他不愿去找他们，"怕人家为难"。

2001年，听说北京空军总医院能治好此病，本打算从沈阳换车到北京，没想到坐错车去了大连。由于身无分文，在火车站附近的立交桥下用粉笔写下"救助"的字。一个百万富翁行乞救子的消息很快传开了。大连市残联主动联系一家医院为小丁爽进行了免费手术，原来弯曲的腿可以伸直了，并送给丁爽一辆轮椅车。接到这个凝聚社会真情的轮椅车，丁国福再也不用每天背负越来越沉重的儿子了。

手术后还要进行康复治疗。老丁认为北京是最有可能让丁爽站起来的地方。2002年8月，他便带着儿子在北京治疗两年，丁爽"抽风"的毛病用中药治好了。儿子的点点好转都给疲惫的父亲带来莫大的欣慰。

根据北京天坛医院的诊断，丁爽只要经过几次手术和术后的康复训练就有重新站起来的可能，可是高额治疗费令老丁望尘莫及，他只能边乞讨边治疗。

2006年元旦，得知全国脊柱外科学术会议在上海召开，期间知名专家还免费会诊疑难杂症，老丁抱着不灭的希望辗转到了上海。来到上海后，了解到此处有全国治脑瘫的知名医院，他觉得上海能给自己的儿子带来好运。

为了今后的治疗，老丁大部分时间都是推着轮椅上的儿子在上海的地铁里行乞。

老丁告诉记者，他每天都是晚上6点从租房出来，上地铁，在一号线、二号线和三号线之间穿梭，晚上11点前回家。整个白天则呆在家里照顾儿子。之所以选择这个时间段上地铁乞讨，是为了避开上下班高峰。而晚上6点至11点乘坐地铁的人，一般都是相对悠闲的人，车厢内也比较空，大家有时间和心情去看自己的经历介绍，也可以讨到更多的钱。

老丁说，现在儿子就是自己的支柱，"我已是年过半百的人了，只有一个愿望，让儿子重新站起来。除此之外再也不指望别的什么了"。

军医院奉献无限关爱

2006年5月16日,对老丁父子来说是一个永远值得纪念的日子。因为这一天,解放军163医院脊柱手足外科收下了他们。

"丁百万"行乞救子的消息传到星城长沙后,全军脊柱外科中心主任、解放军163医院高级医疗专家姜洪和,脊柱手足外科主任曾凯生两名教授心里很不平静:小丁手术风险大,见效不明显,一般医院不愿做,难道我们军队医院能坐视不管吗?一种军医的责任感使他们拿起电话,向医院领导请示,面对这样一个特殊的病例,一个如此困难的家庭,作为军医,我们应该伸出关爱之手。院长樊光辉、政委李春华等医院领导无不为丁国福的善举所感动,立即召开党委会,对此事进行专题研究,决定收治他们,并免除90%的医疗费用。科室医护人员得知他们的不幸遭遇后,主动给他们送来了饭菜、水果……

姜洪和、曾凯生两名教授在对丁爽进行全面检查后,诊断为混合型脑瘫:肢体屈曲痉挛,四肢不规则运动,头部后伸,语言含糊。6月1日,医院组织专家会诊,对丁爽的病情治疗进行详细性分析,拟定了包括3次手术、费用超10万元的治疗方案,决定手术分三步实施,第一步主要解决软组织松懈、肌腱延长,为肢体伸直创造条件;第二步主要解决手的屈曲挛缩问题;第三步主要解决头部后伸问题,为重新站立和生活基本自理创造条件。

据了解,丁爽完成全部手术需持续一年的时间,每次手术后都需要3个月左右的时间做康复训练。看来,"丁百万"要实现儿子重新站起来的梦想还有很长一段路要走。记者看到,在社会的关爱中,"丁百万"清泪滑落的脸上写满了坚定……

(刊于2006年6月3日《三湘都市报》、6月3日《潇湘晨报》、6月5日《长沙晚报》、6月8日《湖南科技报》、6月15日《湘声报》、6月16日《家庭导报》、7月4日《衡阳晚报》)

她身材奇矮,却长着罕见的肿瘤,痛苦由此相伴一生

36年的包袱,解放军帮你"卸"

衡阳南岳区紫峰村64岁的侏儒老人刘姣莲,下了36年的决心,才从自己封闭的生活中走出来,走出大山,走进这个纷繁的世界,开始她艰难的求医历程。但

罕见的肿瘤、高昂的医药费用让人们爱莫能助。在她绝望的时候,有位军医对她说:老人家,让我圆你 36 年的心愿。

命运开了一个玩笑,她成了长不高的女人

巍巍南岳,山川秀美。然而过去,这里却是一片贫瘠的土地,方圆 20 多公里散居数十户人家,大都以种红薯为生。1941 年 3 月,南岳山腰,刘大爷的第二个小孩呱呱坠地了。虽然她一出生就有些异样,头比一般小孩子大许多,腿和手要短一些。俗话说,有女有子就是好。儿子出生后又添一女,刘大爷认为是天赐,满心欢喜地为这个不速之客取了一个好听的名字——刘姣莲。

一个漂亮的小女孩,在大山里快快乐乐地成长,并有着和所有孩子一样圆溜溜的大眼睛。但她经常生病,手有时还不由自主地颤抖,三岁才咿咿呀呀学说话,四岁才开始学走路。在那"多子多福"的年代,刘大爷夫妇一口气生下 11 个小孩,却只有 7 个留在人间。七姊妹中刘姣莲位居老二,一个哥哥,一个妹妹,四个弟弟。生活总爱捉弄人,将自己的玩笑变成许多人悲剧的开始。刘姣莲 11 岁时,比她小 4 岁的妹妹就高出了她。眼睁睁地看着兄弟姊妹长得比她高,她却无能为力,18 岁时身高还不到 1 米。

这样的身高,给生活带来不少麻烦。她 12 岁时才到离家一里多路的小学念书,读完四年级后就需走出大山读,人矮脚短,走几十里山路是很吃力的,成绩很好的她只能辍学。成年后父母坚决不同意她出嫁,认为嫁了人,到男方不会受尊重,会吃许多苦头。与其在人家那里受苦,不如呆在自家里受累。况且万一生下孩子与她一样长不高,岂不害了人家。成家立业,结婚生子,成了她一生的梦幻。妹妹出嫁,她躲在角落哭了三天三夜。望着女儿红肿的眼睛,母亲心疼地对她说:"女儿啊,伤心也没有用,你就认命吧。"树大分丫,人大分家。兄弟姊妹陆续成家,她这一生却注定只能与父母生活在一起。虽然她没有结婚,却与小孩子很有缘分。就在她读小学时,她还是一边读书,一边带着自己的弟弟。4 个弟弟主要是她一手带大的。弟弟成家后,她又为他们带孩子,侄子长大成家后,又为她们照看孩子,她这一辈子共带了 23 个小孩。

小疖子长成大肿瘤,让她的生活雪上加霜

一家人在艰难中度日。然而,祸不单行,1968 年 7 月,刘姣莲忽然发现左耳下部,长出一粒黄豆大的小疖子,摸上去还硬硬的生痛。开始一家人对这个小疖子并不在意,上火都会长出些东西来。然而,奇怪的是这个小疖子在不断长大。大家开始恐慌起来,父亲跑到寨子里找来江湖郎中,说只需 40 元钱,他可以把肿块切除掉。然而,40 元钱,那可是一家人两年的收入啊,只好作罢。

肿块慢慢长,像一块石头挂在左颈部。可生活还要继续,她每天照样上山打柴,下山时常常背着 20 多公斤山柴顺着山路往下滑。有一次打柴下山时,由于没

有掌握好平衡,不小心从山下滚了下来。这个肿块被挂破了,流了好多血。她认为自己就会这样离开人世,想想生活也没有多大意义,就这样上西天也算老天有眼。哪知没多久,这个肿块上的伤口又好了。肿块越长越大,已经不是简单的疖子了。看到她的人不是好奇就是吓一跳。她在人们惊慌的目光中读到了难堪。她怯怯地,见到生人就躲起来,除了进山外几乎不出门。她伤心,为什么生下来就和别的女人不一样,为什么老天爷给她旧疤还添新痛。她多么希望有一天能切除掉这个肿瘤。瘤子在焦急中一天天长大,在她的左颈部形成了一个人头大的巨型肿物,软软地掉在左边,所有见过她的人,都将她当成怪物。由于没有钱,一拖就是36年。

孝心感天动地,她为父母亲送了终

刘姣莲和父母相依为命,伴着肿瘤的长大而平静地生活着。然而1986年1月,母亲因脑中风病倒了。在母亲躺在病床的两个多月时间里,她每天端饭送茶,一口一口地喂给母亲吃,拖着弱小的身子帮母亲翻身擦洗,还为母亲梳头,陪她聊天。为给母亲凑抓药的钱,她独自进山去挖笋子,有时走上一、二十里山路才挖上一篓子背回家,第二天由父亲拿到集市上去卖。她用自己的辛劳让母亲享受着生命最后的美好时光。母亲去世后,她又承担起照顾父亲生活起居的责任。为了改善生活,她养了一头猪,天天割猪草、煮猪食。由于个子矮,有时露水打湿了她一身,从头到脚,像落汤鸡一般。白天没有什么感觉,晚上身子骨却钻心地痛。她也不理会,仍然不停地劳作。2004年5月,90岁的父亲终于病倒了。从没有到集市去过的刘姣莲,为请医生步行了六、七里路,第一次到了镇上。日夜照料父亲,她也累倒了,那时她最大的心愿是能吃上一年难得吃一回的煎鸡蛋。刘姣莲硬挺着艰难的身躯为父亲送了终。

军医圆她的心愿,成功切除长了36年的肿瘤

办完父亲的后事,刘姣莲切除肿瘤的愿望更加强烈。她的困难,引起了许多人的关注,许多好心人为她捐款,要她去大城市治病。到长沙寻访了几家医院,都说颈部长这么大的肿瘤,情况比较复杂,不敢轻易动。即便能动,需交纳三万元医药费。三万元,对于这个残疾老人来说,无疑是一个天文数字。难道天真有绝人之路吗?

2004年12月20日,对刘姣莲来说是一个值得永远纪念的日子,因为在这一天,解放军第163医院烧伤整形科收下了她。他们毫不犹豫地说:这样的病例,我们做过,能治好。烧伤整形专科主任王笃权是解放军第163医院知名专家,曾经为13岁的湘西苗女张秀花成功切下一个重达4200克的肿瘤。王主任亲自为她检查,初步诊断为左颌颈部巨大肿瘤,病例比较少见,手术切除容易,但老人年龄比较大,营养状况也不佳,建议专家会诊。

21日下午,医院组织内科、外科专家会诊,对手术可行性进行详细分析。要求

手术中要避开神经系统,减少出血,采取最佳麻醉方式,并配备两种应急方案。

23日上午8:15分,刘姣莲被推进手术室,在外等候的有她的亲人,还有不知名赶来的好心人。

上午9:00,王笃权主任带着医生姚斌、汪卫国、张红艳走进手术室。医生先在肿瘤部位表皮划一个"工"字形切口,在注意颈颌部外形的情况下,为她设置好皮瓣,然后剥离颈部动脉避开神经、血管。由于肿瘤太大,在切除过程中只能用纱条将部分切离的肿瘤拴在无影灯下,解决因肿瘤过大在麻醉过程中压迫颈部动脉血管系统和气管的问题。

11:00,当肿瘤完全剥离时,刘姣莲突然出现心率减慢、血氧饱和度降低的情况,彭家宽等几位专家及时处理,使病人转危为安。经过两个半小时的手术,他们成功地绕开颈部神经和动脉系统,切下了重达2150克的肿瘤。

半天的危险期过去了,刘姣莲在医护人员的精心护理下逐渐康复。这个跟随她36年的肿块在几个小时之间突然消失,她对这种感觉久久不能相信,昂着不再异常的脸,老泪纵横,36年的心愿,36年的等待,历经无数的磨难,终于在今天成为现实。2005年元旦,刘姣莲完全康复出院。

走出解放军第163医院的大门,刘姣莲深情地望着这所医院。她是不幸的,长了一辈子也长不高,还患了36年的肿瘤病;然而她是幸运的,在这里真真切切感受到了人间的温暖,军人的胸怀,圆了她36年的心愿。

(刊于2005年1月13日《今日女报》、1月27日《湖南科技报》、1月29日《湘声报》、2月21日《衡阳晚报》)

10年前,湖南汉子高阳志在广东打工时,捡回了一个被抛弃在路旁、出生仅几天的女婴。去年小女孩不幸被大火烧成重伤,体无完肤。为了挽救这个幼小的生命,高阳志全家倾其所有,负债累累。社会的关爱如潮而来,解放军163医院更是雪中送炭……

捡来的亲情惊天地

6月10日,解放军163医院正进行着一场难度非常大的整形手术。手术室的门外,一名中年汉子正在焦急地等待消息。汉子名叫高阳志,在里面接受手术的小女孩叫高仁芳,是他10年前从广东打工时捡回来的弃婴,是他们一家相依为命10年的心肝宝贝。

打工途中捡回弃婴

1995年9月的一个清晨,在广东省东莞市虎门镇打工的高阳志,像往常一样,快步朝建筑工地走去。

没走多远,路旁的一个纸箱让他停住了脚步,里面似乎有轻微的婴儿啼哭声,高阳志赶忙走过去看个究竟。他发现纸箱里面躺着一个满面通红的女婴,身上没穿衣服,两只小手在不停地扑腾着。附近的人告诉他,这个孩子已经在路边放了几天,靠大家每天喂点糖水才活了下来。心地善良的高阳志来不及多想,就把孩子抱了回去。到家后,细心的妻子贺良英看到女婴身后贴着一张纸条:"9月1日出生,母亲18岁,求好心人收留。"就这样,一个出生才几天的女婴,来到了高阳志夫妇的身边,他们将其取名为高仁芳。

拾破烂供养女读书

为了更好地照顾女婴,高阳志夫妇从广东回到了老家湖南蓝山县。8岁大的儿子见父母带了个妹妹回家,心里甭提有多高兴了,便抢着去逗妹妹玩。自此以后,高阳志家增添了很多欢声笑语。

由于家里的负担加重了,1997年春节刚过,贺良英重新前往广东打工,高阳志则留在家中边做农活边照顾两个孩子。临走时芳芳正在生病,贺良英一直放心不下。在广东领到第一个月工资后,贺良英马上给芳芳买了一套漂亮的衣服寄了回去。几年间,贺良英每年只能在家中呆上几天,高阳志既当爹又当妈,虽然十分辛苦,但看到一双儿女一天天地茁壮成长,高阳志浑身有使不完的劲。

2001年9月,6岁的芳芳被高阳志送到岳母家附近的小学读书。为了供两个孩子读书,高阳志再次和妻子一起外出打工。为了多挣些钱,高阳志下班后就在路边拾破烂,晚上则去理发店帮忙,几乎每天都要忙到凌晨才能休息。

养女不幸烧成"炭人"

没想到厄运突然降临到了芳芳身上。

2004年2月15日晚12时许,高阳志接到老家邻居打来的电话:"家里起火了,芳芳被烧坏了!"高阳志的大脑顿时一片空白。夫妇俩连夜打点行李,搭最快的一班车赶回老家。

2月16日凌晨,高阳志夫妇跌跌撞撞地赶到郴州市第一医院,看到芳芳被烧成了"炭人",全身上下都是黑糊糊的,眼睛看不见了,鼻子看不见了,手也没了,脚也没了。芳芳已经说不出话了,躺在病床上瑟瑟发抖。

芳芳的外婆哭得死去活来,向高阳志夫妇讲述了事情的经过:2月15日晚上家里停电了,芳芳点上蜡烛和表妹一起做作业,后来蜡烛引燃了桌子、被盖,房子很快便成了一片火海。芳芳的表妹当场就烧死了,芳芳被邻居抢救出来时全身几乎被烧焦了。

县委书记带头捐款

芳芳在医院抢救的3天时间里,高阳志夫妇谁也没有合过眼。2万多元的医疗费用,已经花光了家中的所有积蓄。医生对高阳志说,如果不续费,就得给芳芳断药。高阳志让妻子留在医院,自己马上赶回蓝山老家,投亲靠友借钱。然而一个星期过去了,手术费还是没能凑够。3月4日,还没有完全脱离危险的芳芳,被转到蓝山县城关医院继续治疗。

3月4日下午,蓝山县妇联、教育局、红十字会的代表来到医院看望芳芳。望着体无完肤的孩子,在场的同志都流泪了。蓝山县广播电台马上发出了为芳芳捐款的倡议。县委书记来了,老师和同学们来了,年迈的老奶奶来了——许多素不相识的人都向这个不幸的孩子伸出了援助之手。一时间,芳芳的命运牵动了无数人的心。

正是大家凑起来的一笔笔捐款,挽救了芳芳的生命。经过城关医院近5个月的治疗,芳芳总算脱离了危险,烧伤皮肤的表面基本上没有大碍了。2004年秋天,芳芳出院了。为了方便芳芳继续接受治疗,蓝山县妇联帮高阳志一家在县城租了间房子,一家人暂时有了落脚的地方。此时,高阳志17岁的儿子已经辍学外出打工。小伙子流着泪对父母说:"只要能挣钱挽救妹妹的生命,叫我干什么都行!"

医院帮他们度难关

芳芳的生命暂时没有危险了,但她身体的多个器官的功能却丧失了:头发全没了,脸时常肿得很厉害,看不见鼻子眼睛,下巴和脖子连在一起,手指、脚趾都是一个整块,无法正常排泄。看到芳芳这副恐怖的模样,高阳志觉得自己对不起她。他决心尽到做父亲的责任,想尽一切办法为芳芳整形整容。

高阳志夫妇带着芳芳来到了长沙。他们辗转于各家医院,向医生进行咨询。被告知芳芳的整形手术费用至少需要10万元以上,而且必须有非常专业的医疗技术才可以完成。看着面目全非的芳芳,想到家中已负债累累,高阳志有些灰心了。

可谓天无绝人之路。芳芳的病情被解放军163医院的医生知道了。今年4月27日,他们派人将芳芳接到了医院。烧伤整形科副主任唐家训对芳芳的身体进行全面检查后,拟定了包括10余次手术、费用达10余万元的治疗方案。医院领导当即决定收院治疗。5月1日,芳芳正式在医院接受治疗。

一个多月时间以来，芳芳已经接受了下巴、会阴部、眼部、膝关节四个部位的整形手术，现在可以睁开眼睛看她最喜欢的《故事会》了，慢慢恢复了活泼的天性。在大家的眼里，这个小女孩精灵古怪，记忆力特别好，见过一次面的病友她都能记住名字。看到芳芳有了开心的笑容，高阳志看到了希望。

医院被高阳志夫妇的善举所感到，决定免除芳芳90%的治疗费用。考虑到高阳志夫妇没有收入，连日常生活都维持不了，院方还为高阳志提供了一个工作机会，让他在医院帮忙打扫卫生、搞绿化。一家人的吃饭问题总算解决了。

据了解，芳芳完成全部手术还需要持续几个月时间，而恢复手部功能的手术难度是最大的。"为了一个和自己毫无血缘关系的孩子，高阳志夫妇付出了这么多，我们作为军人，更有义务去帮助他们全家渡过难关。"唐家训告诉记者。

（与陈国忠合作，刊于2005年6月14日《长沙晚报》、8月8日《湖南日报》、11月22日《家庭导报》）

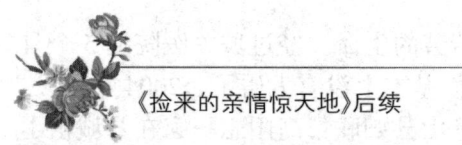

《捡来的亲情惊天地》后续

媒体联手寻找芳芳亲生父母

昨日对高阳志夫妇收养弃婴芳芳，并倾家荡产为其疗伤的感人事迹进行报道后，在读者中产生了强烈反响。同时，芳芳向本报表达了渴望见到亲生父母的愿望。

一位姓文的女士在电话中说，她看完这篇报道后，已是泪流满面了。面对一个毫无血缘关系的小女孩，高阳志夫妇能将其视为亲生女儿予以悉心照顾；当小女孩被大火烧伤后，高阳志夫妇更是不惜代价为其治疗，甚至连亲生儿子都辍学外出打工了。高阳志夫妇这种不求回报、无私奉献的善举，值得所有的人学习，希望有更多好心人向芳芳伸出援助之手。

芳芳昨日下午接受记者采访时说，她现在最大的心愿，就是希望能早日找到亲生父母。高阳志夫妇表示，他们并不需要芳芳的亲生父母承担什么责任，"我们和芳芳已经有了很深的感情，也不希望她离开我们，只要芳芳能和她的亲生父母见一面就心满意足了。"为了满足芳芳的这个愿望，考虑到芳芳当时是被遗弃在广东省东莞市虎门镇境内，本报将与广东的媒体合作，联手寻找芳芳的亲生父母。

（与陈国忠合作，刊于2005年6月15日《长沙晚报》）

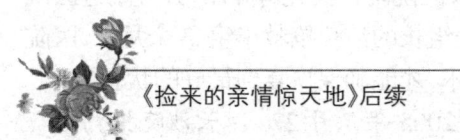

《捡来的亲情惊天地》后续

社会各界关爱小芳芳

芳芳遭遇火灾、养父母举债抢救的感人事迹经本报报道后,连日来在广大读者中产生了强烈反响,一些好心人以各种方式向芳芳送去关爱。

文章见报的当日,即有不少读者给本报打来电话,表示愿意帮助小芳芳。15日下午,长沙有志记忆智能培训学校董事长杜有志专门赶到解放军163医院,给芳芳送去了她喜欢看的《故事会》等少儿读物和慰问金。杜有志还希望芳芳出院后去他们学校学习超级记忆法。16日上午,正在深圳出差的长沙环球职业中专学校董事长何广文,在电话中了解到芳芳的情况后,表示回长沙后将医院看望她。此外,何广文还欢迎高阳志辍学打工的儿子去"晚报环球爱心班"读书。19日下午一位姓王的老太太给本报打来电话,说她家有一种祖传的治疗烧伤的秘方,准备过几天给芳芳送去。昨日上午,解放军163医院院长樊光辉、政委李春华专门到病房看望慰问了芳芳,给芳芳送去了慰问金和鲜花。樊院长表示,医院方面将尽最大的努力,使芳芳的治疗能取得最佳效果。

面对社会各界的关爱,高阳志夫妇和芳芳心怀感激。高阳志告诉记者,他已将家中珍藏多年的一本祖传医书捐赠给了解放军163医院,以感谢医院和社会各界对他们全家的关心。

(与陈国忠合作,刊于2005年6月23日《长沙晚报》)

《捡来的亲情惊天地》后续

家乡人送来无限关爱

昨日下午,蓝山县派人来到解放军163医院,向烧伤患者芳芳送来家乡人民的关爱,对医院的无私救助表示衷心感谢。

本报6月14日A9版曾报道蓝山县高阳志夫妇倾家荡产救治养女芳芳的消息,芳芳于今年4月27日被解放军163医院接到长沙治疗后,蓝山县委组织部、县委宣传部及县妇联的同志非常关注她的伤情。据163医院院长樊光辉介绍,芳芳刚进医院时情况非常糟糕,医院为此专门成立了由院长任组长的治疗抢救小组。3个月来,医院已为芳芳做了10多次手术,估计还要做多次手术,才能确保恢复到最好的状态。

(与陈国忠合作,刊于2005年7月27日《长沙晚报》)

《捡来的亲情惊天地》后续

身世可怜再遭烧伤
小芳12次整容重获新生

11月18日上午,解放军第163医院住院部门口,10多名医务人员在彭世喜副院长的带领下,与康复出院的蓝山小女孩高仁芳(本报曾多次报道)祝福话别。小芳的养父高阳志激动地向医院送上了一面"烧伤惨重焕一身,不惜代价救小孩"的锦旗和感谢信。

6个多月时间以来,解放军163医院为小芳做了12次整形手术,现在可以看书、写字、跑步了,生活基本能够自理。10年前,蓝山县土市乡高家村村民高阳志在广东省东莞市打工时,抱养了这个弃婴。去年2月15日晚,外婆家停电,小芳点上蜡烛和表妹一起做作业,谁知引发大火。表妹不幸当场被烧死,小芳则被烧成"炭人",烧伤面积达75%。在医院抢救,花光了家中仅有的2万元积蓄。几个月内,社会各界共为小芳捐款5万多元。经过近5个月的治疗,芳芳总算脱离生命危险,但身体多个器官的功能却丧失了,经过这次整形,小芳有望获得新生。

(与陈国忠合作,刊于2005年11月19日《长沙晚报》)

当父爱已经无能为力,163医院承接了一场爱心大转移:

小女孩的痛连着我们的心

她躺在床上看书。

有好几种方法继续往下写:描绘一下她稚气的容貌,和读到兴奋处手舞足蹈的神态；也可以发挥一下常用在孩子身上的想象，譬如看到有人进来，她雀跃而起，原本安静的屋子里立即升腾起快乐的喧嚣……

6月10日，解放军163医院烧伤整形科。当记者走进这个10岁女孩的病房时，先前所有的惯常思维遭到了猛烈的颠覆。

她的确是在看书，只是散乱的眼神藏在一双黑洞似的眼眶中，交叠着白斑和红疤的脸上看不出任何表情；那本《故事会》不是捧在手中，而是由两只肉疙瘩合力举着；揭开被单，是两条蜷曲着的细腿，上面印满凸突不平的疤痕，依稀能辨出轮廓的脚趾痛苦地向后翻着。

唯一让记者稍感镇定的是，这个看不出表情、看不出模样甚至看不出是男是女的小不点居然清晰地吐出了一句："叔叔阿姨好！"

军医：十次手术再造女儿身

她叫高仁芳，家住蓝山县土市乡洪观办事处高家村。她之所以变成今天这副模样，是缘于一年前那个寒夜里一把突如其来的大火。而她之所以能躺在这里，则是163医院的军医们为她打开了一条特殊的康复通道。

高仁芳是4月27日住进医院的。据她的主治医生、烧伤整形科副主任唐家训介绍，刚来的时候，患者的眼睑和下唇严重外翻，眼睛和嘴巴都无法闭合，面部有大面积白斑，颈部、会阴部的疤痕挛缩，让她的下巴和双腿活动受限。最严重的是她的双手，五个手指头只留下小部分残端，功能基本丧失。如此多的"问题"集中在同一个患者身上，而且是一个10岁的小孩身上，实属罕见。

进院之前，高仁芳的父亲高阳志曾到省城其他医院咨询过，像女儿这种情况，要恢复四肢功能，达到生活基本自理，至少得花十万元，这还不包括面部植皮、整容费用。而高阳志身上只带了两万多元，那还是蓝山县妇联在全县发起倡议后，热心群众捐助的"爱心款"。这点钱能把女儿治成什么样，高阳志心里没有底。

当高仁芳的病例摆上案头时，163医院的医生们也犯愁了：虽说患者的治疗都属于常规性手术，他们完全有能力治好，但因为烧伤面积巨大，加上早期治疗不专业，给手术增添了不少难度。在烧伤科主任王笃权的主持下，医生们初步制定了一个"三步"治疗方案：第一步是恢复眼睛、嘴巴的开合功能；第二步是双手功能恢复，这也是最难的部分；第三步是头皮和面部的整形。考虑到患者的承受能力，手术将分十几次进行，治疗时间持续三四个月之久。

情况上报到院党委，5月1日，医院召开党委会，专题研究高仁芳的治疗问题。当时有两种方案供讨论：一是基本解决患者功能问题，大约需花费五六万元；还有一种是进一步整容整形，让患者基本上接近正常人生活，这一来大约需要十几万元。院领导们都为小仁芳的不幸深感痛惜。院长樊光辉说，我们不仅要考虑经济效益，也要考虑社会效益，树立人民军医形象。医院政委李春华则嘱咐有关部门要把好事办好。会议最后决定:启用第二种方案,不惜一切代价,全力救治高仁芳。

6月10日上午10时,高仁芳又要进手术室了。这是她入院以来接受的第四次手术,目的在于解决膝关节的伸曲功能。此前经过三次手术,她的双眼和嘴唇已经能够自主开合,原来连在胸前的下巴也能正常活动了。会阴部的手术做得尤其漂亮,和以前的惨状一对比,高仁芳的妈妈连称难以置信,是军医们给孩子再造了一个女儿身。

因为伤势严重,就算是躺着不动,高仁芳也逃脱不了疼痛的折磨。没完没了的打针、手术、换药,更让这个10岁小女孩变得格外敏感。她全身上下几乎找不到血管,因而每次打吊针对她来说不亚于一次"过堂";运气好的话,在脖子两遍就可以找到落针的地方;若运气不好,就要做锁骨穿刺,护士打一针得花一个多小时。经历的回数多了,小仁芳会耍点小聪明,比如手术前打吊针,她会央求护士阿姨"先打麻醉再打针",那可怜兮兮的样子,让手术室里的人见一次就要落泪一次。

可惜孩子的痛还要持续一段时间。听唐家训副主任介绍孩子后阶段的治疗方案,记者的心不由紧缩成一团:要从髂骨部位取一节骨头接到手指残端上,延长指节,然后把手固定在腹部一个月,进行带蒂皮瓣转植;治疗她头部的疤痕性秃顶,要先在头皮下埋一个扩张器,待头皮撑大后,再切下一块移植到秃顶处;治疗面部的创伤性脱色,得削掉面部表皮,植上正常皮肤,而高仁芳身上几乎没有地方可以取皮了……

痛的不止是小仁芳,还有她的爸爸、妈妈。而当人们得知,让这对老实巴交的夫妇椎骨般痛心的并非他们的亲生女儿时,更多人洒下了疼爱和痛惜的泪水。

父爱:十年艰辛不改父女情

对高阳志夫妇来说,小仁芳的身世早已是一段过去的历史。

10年前,高阳志在广东某乡镇府当清洁工。一天早晨,他扫地的时候,发现一个纸盒子里装了一个出生刚几天的女婴,好几天都无人问津。顾不上和同在当地打工的妻子贺良英商量,他自作主张把孩子抱回了家。一种超乎寻常的父女之情由此缔结。

有了女儿,打工是不行了,夫妻俩干脆辞工回家。打工时积攒的几千元全变成了奶粉钱,然而尽管万般呵护,还是出了乱子。小仁芳1岁时,得了土话说的"疳结",一拉肚子就是好几个月,人瘦得皮包骨一样。高阳志心痛得直骂妻子,最后发配她出去打工,自己既当爹又当妈,靠着几把草药,硬是把一个黄脸娃娃调养得白胖粉嫩。

到6岁时,高仁芳已经长成了一个聪明伶俐的小可爱,夫妻俩满心欢喜地把她送进了学校。因为亲生儿子已经念初中了,两个孩子的学费着实让他们吃不消。他们只得把儿女托付给贺良英的娘家,重又踏上打工之路。

不幸也就在这时候乘虚而入。2004年春节后,夫妻俩又南下了,高仁芳到学校报了名,回家捧着新发的课本爱不释手。晚上停电了,她点起蜡烛还在看,结果被大火从睡梦中惊醒。外婆发现情况不妙时,她已被烈火包围,浑身上下烧得没有一块好皮肤……

当高阳志夫妇连夜赶回来时,等待他们的是一死两伤的噩耗:仁芳8岁的表妹被烧死,仁芳和外婆奄奄一息。医院里,贺良英到处找不到女儿,儿子指着一个头肿得老大、没有一根头发的人说"那就是妹妹"。贺良英不信,小心地问:"你叫什么名字?"听到那细如蚊声的"高仁芳"三个字,她眼一黑,嘴里哇哇哇地居然说不出一个字了。

没有时间去伤心,女儿救命需要钱啊!临来时夫妻俩借了3000元,可那还抵不上女儿一天的治疗费。有段时间,仁芳和外婆同住一间病房,外婆内疚得不行,天天要寻死,好把钱留给外孙女治病。夫妻俩顾得上小的顾不上老的,心仿佛被刀切成了碎片。

到处借钱,四方求援,高阳志一家的不幸终于引起了社会的关注。人们感念他爱女情深,纷纷伸出援助之手。蓝山县妇联联合团县委、县教育局、县红十字会向全县发出了救救高仁芳的倡议,县委副书记、副县长带头响应,一共募集爱心款5万余元。

靠着大伙的帮衬,加上高阳志夫妇的几万元借款,高仁芳终于捡回了一条命,但从前那个欢蹦乱跳的小女孩变成了另一副模样。

对小仁芳而言,最大的痛苦不是来自伤口,而是她再也不能和小伙伴一块玩耍了。因为她根本无法动弹,更因为她的"丑"——那扭曲的面孔,常把其他小孩子吓得直哭。夫妇俩只好把女儿关在家里,寸步不离。眼看着一家人断了经济来源,他们作出一个决定:让读初中的儿子停学打工。懂事的儿子不声不响地进了一家毛织厂,每个月交回几百元钱,数量不多,作用可不小。

这次带女儿到长沙治疗,高阳志打算了好久。眼看着天气转热,女儿没有汗腺,整天躺着生活不能自理,到了夏天就更遭罪,再说女儿长大了,她也爱美,如果不尽力给她整容,将来自己如何向她交代?可是想法归想法,他这个当父亲的实在是心有余而力不足,直到他辗转来到163医院。

目前高阳志和女儿在163医院烧伤整形科已经安下了"家"。前不久,妻子将儿子送到广东打工后,也来到长沙。生活依然拮据,他们三人仍然吃着3元一顿的午餐,但在他们看来,到了这里,女儿似乎就进了保险箱,没人再向他们提到那个让他们头痛的"钱"字;他们有什么困难,医院都想方设法解决。前些天,高阳志提出想找点活干,医院宣传办的同志二话没说,就为他联系好了一份在医院打扫卫生的差事。当初,家乡父亲的关爱让女儿的生命得以延续;如今,这份温暖传递到了长沙,令他这份"捡"来的父爱感动别人的同时,也鼓舞了自己,他相信女儿会有一个美好的未来。

(与叶广云合作,刊于2005年6月14日《今日女报》头版头条)

嗅鞘细胞移植治疗脊神经损伤获得成功

截瘫病人有望站立

脊髓损伤导致截瘫是世界公认难以攻克的医学难题。由解放军第163医院神经外科主持进行的解放军总后勤部一项重点科研课题获得重大突破,使截瘫病人重新站起来的希望极大地增加了。昨日,该院宣布:嗅鞘细胞移植治疗脊髓损伤获得成功。

两患者移植嗅鞘细胞成功

今年7月2日,来自衡阳的谢女士在163医院接受了嗅鞘细胞移植手术。2002年3月14日,一棵树倒下击中谢女士腰背部,她的第八胸椎压缩性骨折并完全截瘫。经椎管减压及钢板内固定术后,谢一直卧床不起。从腹部脐以下部位痛觉、温觉完全消失,因植物神经受损,这些部位连出汗的功能都不存在了,并且伴有大小便失禁。

嗅鞘细胞移植后9天,谢女士双下肢肌力开始恢复。目前,谢虽然仍不能站起来,但感觉、肌力、排汗功能明显恢复,排便意识形成。一周前,另一名颈椎骨折导致截瘫的病人在该院也接受了这一手术,术后的现象也表明这一手术是有效的。

有望助截瘫病人站起来

据2001年开始率先在国内开始该项研究的163医院神经外科副主任卢明介绍,嗅鞘细胞移植是近年来国际神经外科学界认为治疗神经操作的最有效的方法。目前,美、英、西班牙、澳大利亚等国家都在进行该项技术的临床研究。这些研究均表明:嗅鞘细胞移植将极可能使截瘫病人站起来,同时,该项技术对治疗其他的脊髓和神经损伤也将有极大的实用价值。

嗅鞘细胞来源广泛

嗅鞘细胞是什么?卢明解释说,嗅鞘细胞是嗅神经外面的细胞,对嗅神经有保护和绝缘的作用,存在于人类的鼻黏膜、嗅球等处。传统的观点认为神经是不能再生的,但是1973年人们发现人类的鼻黏膜每周就要新陈代谢一次,这就意味着嗅神经可以不断再生。其后的研究表明,嗅神经之所以能再生是因为嗅神经外的嗅鞘细胞有帮助损伤的断裂神经修复和再生的功能。

将嗅鞘细胞移植到其他受损的神经处，正是利用嗅鞘细胞的这种功能。实验室与临床的研究均已表明，这种方法可行并将产生划时代的意义。供移植的嗅鞘细胞可取自体或异体，因此相对来说来源广泛，等研究成熟后将能够在临床上大量推广。

（刊于 2004 年 11 月 13 日《潇湘晨报》《长沙晚报》《湖南日报》《当代商报》《东方新报》、11 月 15 日《三湘都市报》、12 月 1 日《大众卫生报》）

军营双休亦忙亦乐

平时摸爬滚打、操枪弄炮的官兵们双休日怎么过？8 月 22 日，秋高气爽，和风习习。这是炎炎夏日后一个难得凉爽的星期天。来到驻株 54065 部队，笔者的体验是——军营双休亦忙亦乐。

模拟法庭

上午 9 时许，学兵二队课室，一套由官兵自编自导的"模拟法庭"正在上演。坐在台上的"审判长"是分队长姚闽，"被告监护人"是战士李长国，"原告辩护人"是战士钟志敏。"案情"是驻地青年小张不慎破坏了军用通信设施，致使我部与上级中断联络长达 1 个小时之久，给部队建设带来损失。60 多名学兵旁听了这次"审判"。

该队教导员康琪璋告诉笔者，他们每月利用双休日都要开办一期"模拟法庭"。由学兵队干部担任"审判长"，陈述案例，分析案情，选拔法律知识过硬的战士担任"辩护人"，将官兵身边一些常见的涉法问题逐一在"模拟法庭"上演，加深官兵对法律知识的理解和运用，调动了官兵学法的积极性，收到了较好效果。学兵二队官兵依法办事能力明显增强，先后运用法律知识为亲友和驻地群众解决涉法问题 12 起。

"网吧"做客

"网吧"，是该部官兵对电脑室的昵称。

走出"模拟法庭"，笔者来到"网吧"，只见一字排开的 5 台电脑前，早已"人满为患"。官兵们时而潇洒地敲击键盘，时而用鼠标来回搜索，时而停顿相互交流。政治处干事万标是"网吧"的常客，他利用双休日时间不仅学会了五笔字型的快速输入，还熟练地掌握了微机的基本操作，现在正在潜心研究如何运用高科技手段搞活部队的思想政治工作。政治处主任胡才强高兴地告诉笔者,现在双休日官兵请假外出的少了,光顾军营"网吧"的越来越多。不仅丰富了官兵的双休日生活,而且提高了官兵科技练兵的热情。今年8月上旬,该部6名干部报名参加了株洲市广播电视大学计算机专业学习。

书海"充电"

走进勤务连学习室,最醒目的是一幅标语,上书周恩来总理的名言——"为中华之崛起而读书",几排摆满各类科技刊物和众多书籍的书架前,挤满了前来"充电"的战士。有的在捧读《谁能打赢下一场战争》,有的在翻阅《现代科学技术基础知识》,有的在摘抄名人名言。学习室里洋溢着浓厚的求知氛围。陪同笔者的指导员邓德辉介绍说:部队从几年前开展群众性读书活动至今,双休日到这里来学习的战士没有间断过。学习室里着实走出了一些人才,5名战士考上军校,2名战士在当兵期间读书写作成绩突出,退伍后被地方优先录用为报社记者。战士刘建国充分利用业务时间学习新闻报道,先后在《羊城晚报》《战士报》《株洲日报》等军内外报刊上发稿200余篇,被官兵誉为"战士记者"。

(刊于1999年8月29日《株洲日报》)

军嫂　飒爽英姿迎挑战

驻湘某油料训练大队紧贴官兵和下岗军嫂的思想实际,坚持用十五大精神统一思想,引导下岗军嫂拓宽就业门路,取得了显著成效。

封封信笺传佳讯

近日,大队党委先后收到9封下岗军嫂的来信,读来令人振奋。

某市白云电器厂陈丽云来信:感谢部队首长的扶持,使我闯出了一条致富路。5个月前,我经营小餐馆后,不仅还清了2000元债务,还拥有了上万元存款。

某市氮肥厂刘朝晖来信:感谢部队首长改变了我的择业观,懂得了"三百六十行,行行出状元"的道理。我自己经营时装店,下广州,上武汉,走南闯北,生意红红火火,人称我为"女老板"。

某市棉纺厂王芳芳来信:感谢部队首长的建议,株洲市是中南地区最大的服装市场,服装加工潜力大,根据我的技术专长,部队建议我开办服装裁剪加工班,现月收入 5000 元。

这几封来信传出的喜讯,不胫而走。昔日的军营荡漾着欢快的笑声。

一石惊破水中天

时间回溯到 1997 年秋,党十五大召开后,许多国有企业加大了改革力度,24 名军嫂所在单位不景气,22 名军嫂先后下岗,"失业"这两个严峻的字眼,如一块石头投进官兵的心海,激起了阵阵涟漪。

"铁饭碗"不铁了,习惯月月领响的军嫂们开始变得不安。

大队党委也在沉思,社会主义市场经济条件下,部队建设面临许多新情况新问题,怎样解决官兵后顾之忧,让官兵们安心军营,建功立业!

用十五大精神统一官兵和下岗军嫂思想,转变他们的择业观念,刻不容缓。于是围绕"正确对待党的改革政策,正确对待利益关系调整"等内容,大队打响了一场转变择业观迎接新挑战的"攻坚战",进行了"牢固树立大局观念,正确对待利益关系调整"的专题讲座,引导官兵站在国家的高度看形势想问题。下岗分流的确给部分职工生活带来了暂时困难,但从根本上讲有利于经济发展,符合工人阶级的长远利益。经过学习教育,部分下岗军嫂感到眼界开阔了,对改革前途充满了信心。

观念一变天地宽

下岗军嫂再就业,路在何方?

生长在偏远山沟的军嫂刘某,只念过 3 年小学,随军后到驻地一劳动服务上班,因公司不景气下岗,赋闲在家一年多,很想找个事做一做,一没文化二没手艺,谈何容易。她到街上转了几天,想到了一件事——擦皮鞋。回到家,当她把这种想法告诉丈夫时,丈夫觉得丢人现眼,坚决不同意。该队得知情况后,积极做其思想工作,讲清职业无贵贱,岗位无尊卑,社会需要就是工作的道理,大胆鼓励刘某去擦皮鞋。就这样,丈夫的疙瘩解开了,刘某开始走上街头,给路人擦起了皮鞋,一天收入少则 30 元,多则 60 元,小家庭又出现了往日的温馨。正如刘某自己所说:"开始确实有点放不下面子,怕碰到熟人。但现在好了,我把擦皮鞋当成了自己的工作。"

大队党委及时抓住下岗军嫂刘某擦皮鞋的事例,在全队进行教育,帮助下岗军嫂转变择业观念,从往日的"只有进工厂才算有职业"的错误观念中走出来,自立自强,用勤劳的双手创造美好生活。8 名下岗军嫂解除了思想顾忌,主动承包了猪场、菜地、鱼塘和冰室。该大队还成立了下岗军嫂"再就业中心",对下岗军嫂进行各种岗前培训,提高她们的综合素质和再就业的能力。

军民同撑一片天

　　下岗军嫂的困难,同时也引起了驻地株洲市委、市政府的高度重视。他们把安置工作作为为部队办实事、办好事,作为拥军工作的大事来抓,主动走访部队,了解下岗就业情况。在部分国有企业不景气、下岗人数多的情况下,尽力安置下岗军嫂的工作。目前,该大队已有10多名下岗军嫂安置在距离营区近、工作效益好的单位。同时,对一时无法安置的下岗军嫂,驻地政府也采取优惠政策:优先向下岗军嫂出租生意门面;优先按标准向下岗军嫂办理各种营业证件;优先向用人单位推荐下岗军嫂。

　　军民齐努力。如今,46名下岗军嫂找到了工作,大队官兵正以崭新的面貌展现在人们面前,"年龄到杠,佳绩再创""扎根军营创大业,安心服役作贡献"成为大队官兵的自觉行动。

(刊于1998年3月29日《株洲日报》二版头条)

最好办法是依法　　最大福祉是风正
某仓库营造良好氛围积蓄强军兴军正能量

　　参加上级组织的"一线带兵人"集训,结业考核全优人数占所有参训单位总数四成;营区应急力量建设成果制成录像片,在军区联勤部队推广……连日来,某军械仓库捷报频传。仓库领导介绍,他们树牢"把依法从严治军作为最好的抓手、把风气建设作为最大的福利"理念,严格按新《纲要》聚力抓建,部队建设生机盎然。

　　仓库针对业务收发任务与军事训练抢时间的问题,坚持严格按照《纲要》突出战备训练不放松,让业务对接战场,有针对性设置库区道路被炸、站台被毁、库房断电等实战背景,使两者互促互进;针对部队点多线长面广、管理难度大的实际,坚持每周一次学条令、每月一堂普法课,集合站队讲一讲、交班点名考一考;针对领导机关插手干预基层敏感事务的现象,严格落实法规制度,划清权力边界,做到"权力运行有制约、敏感事务有监督、正当权益有保障"。5月下旬,因参加集训、执行押运任务等原因,有的连队主官休假计划难落实,该仓库两名负责挂钩帮带的党委常委主动下连代职,让两名连队主官得以正常休假。

　　仓库先后制定了《加强作风建设十四条规定》《重点敏感领域管理准则》等多项规定,党委向官兵公开承诺,凡是规定要求做到的,基层向机关看齐,官兵向党委常委看齐,党委常委向书记、副书记看齐;涉及官兵切身利益的敏感问题,第一时间公示名额、条件、评选方式和评选结果。采取群众推荐、分队考察、机关审批的方式,选准一批模范作用好、业务技能精、群众广泛认可的典型,将其照片和事迹挂到灯箱、政工网和基层信息视窗,把典型的先进事迹拍成录像片,制作成精美光盘,邮寄到官兵家中,同时与立功受奖、提拔使用直接挂钩,树立"最好的礼物是成绩、最佳的途径是奋斗、最硬的关系是素质"鲜明导向,有效激发了官兵干事创业热情。

仓库全面建设节节攀升的同时,官兵全面发展也迎来新的春天。3年来,6名干部走上团职领导岗位,4名大学生士兵提干,5人考上研究生,7人选调到上级机关。仓库保管队副队长刘泽超,任期内两次荣立三等功,被军区评为"军事训练先进个人",直到宣布命令才得知晋升为仓库常委、管理处处长。

(与魏凯合作,刊于2015年6月12日《战士报》头版头条、5月29日《解放军报》头版)

163医院延伸为兵服务"绿色通道"有方

出院伴"绿卡" 随访成制度

5月11日上午,因患左拇指甲沟炎住院19天的驻湘某部士官小陈病愈出院。前来病房送别的经治军医在千叮万嘱的同时,专门送给他一张"绿卡"——医院特制的一份绿色出院通知书,上面打印着小秦的病情介绍、治疗过程、温馨提示及经治军医的姓名与联系电话。这是广州军区第163医院以官兵健康为本,延伸为兵服务"绿色通道"推出的又一新举措。

今年初,该医院党委在部队调研时了解到,官兵对住院期间的服务一片赞誉,但对出院后的跟踪服务还颇有微词:医院对出院官兵几乎不过问;医生手工书写出院医嘱,给少数急于重返训练场的官兵以可乘之机;病愈后的休息时间难以落实,影响病情恢复。出院后一旦病情发生变化,特别需要咨询了解情况,偏远部队官兵却不能及时与医院联系,有的甚至贻误最佳诊治时机。

医院认真查找为兵服务上的差距,坚持依据基层官兵需要及时修订完善了《为兵优质服务措施》,规定出院通知书一律打印成便于携带的"绿卡",以便官兵及所属部队准确掌握官兵病情。一旦接到官兵病情变化的信息,经治军医立即给予回复,重要病情要进行远程会诊;在对出院官兵建立档案的同时,实行随访制度。医院定期派出的医疗队在巡诊时要对出院官兵进行体检,排除原有病症的复发,确保官兵健康。远离医院500里之外的某部战士小林因患神经性皮炎治愈出院后,病情两次复发,但每次都在经治军医的远程治疗下病愈。

编后 在创新中提升服务基层保障质量

提高工作质量的途径和方法可以多种多样,重要的是要有创新意识,要有行之有效的创新之举。本篇稿件所报道的新闻事实,给了我们不少启示。

第163医院以人为本,突破惯常思维,推出创新之举——延伸为兵服务"绿色通道",给出院官兵发"绿卡"。既是追踪问效之举,更是为官兵健康高度负责的医德医风使然。从这篇报道中,我们看到了倾心尽力为基层服务的无私奉献精神,也看到了在创新中提升服务基层保障质量的求真务实态度。

(与彭泽成合作,刊于2004年6月1日《战士报》二版头条、5月14日《解放军报》头版、6月13日《湖南日报》)

76119部队创先争优引入自我激励机制

诵读荣誉卡　提升精气神

"周发志,政治面貌:中共党员。个人荣誉:优秀士兵。军旅格言:执勤即战斗,一把钢枪竞风流;哨位似疆场,三尺岗位写春秋。"9月中旬,76119部队警卫勤务一连班长周发志刚刚起床,就对着床头柜上的"荣誉卡"大声诵读自己的姓名、政治面貌、所获荣誉和从军格言,顿升几分豪情。这是该部在创先争优活动中让党员每日诵读荣誉卡,运用自我激励机制提升官兵精气神的一个缩影。

据该部政委谢守平介绍,这一做法得益于一名党员的发帖:借鉴地方公司的自我激励方式,为党员制作个性荣誉卡,引导大家牢记党员身份,珍惜个人荣誉,不忘人生格言,从而不断克服自身不足,激发创先争优干劲。以此为契机,他们还区分不同层次、不同岗位,细化党员履职尽责的具体标准,把党员先进性的普遍要求变为群众看得见、实践行得通的"硬杠杠"。同时,在局域网上开设了"欢迎你来说"信箱,征集开展创先争优活动的意见,营造浓厚的创先争优氛围。

"每日对照'荣誉卡',让我保持自省、自警,增添了创先争优的动力!"分队长唐运良深有感触地说。如今,"争先进、创一流"成为该部党员的自觉行动。

(与张海亮合作,刊于2011年10月4日《解放军报》、9月28日《战士报》)

同步跟进训练　如影随行保障
广州军区某仓库逼真战场锤炼打赢硬功

同种物资多库存放、多口收发,保证每个洞库可同时展开两条机械作业线;同时优化作业流程,一条轻武器发出作业线由原来的18人减少到12人,出库时间减少了60%。11月中旬,广州军区某军械仓库创新训练模式、提高保障能力的经验被上级转发。

该仓库积极适应现代战场保障"同步跟进""如影随形"的要求,平时开展训练坚持以全天候、全方位作战保障为背景,设置逼真模拟战场,组织野战仓库开设、物资紧急前送等课目训练,摸准制约保障力提升的难题。他们还主动与担负特殊任务、跨区执行任务的部队建立信息实时沟通、定期联训联演、难题现场协商解决机制。针对跨区远程支援保障需要,重点对铁路输送等进行模拟训练演练,提升了仓库的保障能力。在前不久的一次应急支援保障任务中,他们克服时间紧、任务重等困难,提前3小时完成紧急物资发放任务,受到总部领导高度赞扬。

(与郭睿合作,刊于2011年11月23日《解放军报》)

广州军区某油料训练大队——

帮大龄士官解决婚恋问题

近日,广州军区某油料训练大队召开了一次特殊的办公会,中心议题是研究如何为大龄士官解决"终身大事",帮助他们找到理想伴侣。

不少士官学历低、工作忙、交友范围窄,找对象难的问题在该部比较突出。去年,该大队两名31岁的三级士官直到转业时也没有找到对象。今年,又有一批大龄士官的婚恋成了"老大难"。三级士官王跃万和苏大安都是出了名的"吹灯兵",相过几次对象都没成功。大队办公会分析查找原因后制定了几条切实可行的措施,帮助大龄士官找到合适伴侣:一是帮助他们提高文化素质,鼓励士官参加自学考试和函授,凡获得大专以上文凭的,报销全部学习费用;二是优先安排大龄士官在春节、国庆、五一期间休假,无特殊情况不得要求士官提前归队;三是以大队领导的名义,跟大龄士官家乡的人武部、民政、妇联等部门联系,请他们牵线搭桥;四是向可靠的婚介机构推荐未婚士官的情况;五是大龄士官的对象来队,大队领导要出面接待,安排住宿;六是给予5名家庭困难的士官适当经济补助。

领导热心解难,官兵拍手称快。三级士官刘泽清经大队领导牵线搭桥,已在某大学找到了一位当教师的对象。

(刊于 2003 年 5 月 12 日《解放军报》、6 月 12 日《战士报》)

广州军区 163 医院变"坐等看病"为"巡回预防"

"健康快车"直达训练场

9月初,广州军区 163 医院传出一条新闻:军队伤病员门诊量连续 4 个月比去年同期下降 21%;而医院补贴军队伤病员的医药费也比同期下降 15%。这是该院定期派出"健康快车"到部队巡诊,开设健康课堂带来的双赢局面。

据该院政委李春华介绍,这些年来,该院始终把为兵服务作为立院之本,通过采取开辟军人绿色通道、军人专用病区、好医好药好器械军人病号优先使用等措施,赢得了体系部队官兵的好评。今年初,院党委针对少数官兵由于缺乏健康防病知识,导致出现不该发生病情的现象,变"坐等官兵看病"为"到部队巡回预防"。他们定期派出医疗队,在为官兵巡诊时进行健康知识讲座,提高官兵防病知识。医院还组织专家编写了《军营常见疾病预防知识》,下发基层部队。通过巡回预防活动,官兵们的保健防病意识明显增强,患病率持续下降。

(与彭泽成合作,刊于 2005 年 9 月 18 日《解放军报》、9 月 10 日《战士报》)

岗位公开"挂牌"　士官自主"点菜"
某军械仓库开展岗位竞选活动激发士官创先争优热情

你有多大才,我搭多大台。连日来,某军械仓库在士官队伍中广泛开展"岗位公开、竞岗建功"活动,有效激发了士官队伍创先争优热情,士官的模范带头作用明显增强。

该部士官党员占了党员人数的65%。由于没有明确工作岗位和具体创争载体,部分非明确职务的士官认为自己的专长不能充分展示,骨干作用发挥不明显,创先争优劲头缺乏。针对部分士官特点专长与岗位脱钩的实际,该部党委决定将32个岗位对全库士官开放,鼓励竞争上岗。为充分体现公开公平公正,他们采取个人申请、群众推荐、组织考核、现场竞岗的方法,根据每名士官的特点专长,集体研究配岗,并将竞选结果张榜公布。此举一出,广大士官纷纷挑选"舞台"展示手艺。有着"火炮保健师"之称的该部上士陈宏贵,原本是保管队保管员,但凭着多年的技术积累和对火炮维修的热爱,在层层选拔中走上了检修所火炮维修的岗位。不久,他就系统掌握了火炮维修技术,先后使100余门火炮"起死回生"。不仅如此,他还在岗位实践中发明了"浇油法",大大提高了火炮封存保养的效率和质量,这项技术发明目前在军区被推广应用。警卫勤务二连中士黄琪凭着在军地报刊发表的10篇稿件,走上了政治处报道员岗位,并担任仓库库报《燕子窝兵语》主编,将库报办得有声有色,深受基层官兵喜爱,被誉为"兵记者"。

为规范岗位竞选活动的运行,该部还细化具体评分标准,定期张榜公布综合排名,将成绩纳入评功评奖的依据,做到"平时算小账,年终算大账"。此项活动开展以来,士官队伍工作积极性普遍高涨,有力地推动创先争优活动的深入开展,先后有6名大学生士官、37名普通士官通过竞争走上了适合自己的岗位。

(刊于2011年9月23日《解放军报》、11月19日《战士报》)

未雨绸缪抓稳定　揭短亮丑迈新步
某大队新班子坚决做到"三个确保"

问题发现一个解决一个,绝不留安全"死角"和"隐患"。军区某油料训练大队党委新班子以清醒的政治头脑和扎实的工作作风,坚持在狠抓安全稳定中"扬帆启航"。

今年5月新班子调整之际,大队安全管理出现了一些不和谐的"音符":2名干部违规搭乘摩托车,3名"家门口"士官不假回家,擅离部队。大队长刘白杨、政委吴剑辉态度鲜明:坚决贯彻军区党委提出的6、7、8三个月深入开展安全工作大整治大检查的指示精神,围绕"三个确保"的目标,自觉做到未雨绸缪,防微杜渐,站在讲政治的高度狠抓安全稳定工作,在揭短亮丑中开好局,起好步。他们找问题一个单位一个单位地过,抓整改一个问题一个问题地解决,对重点人一个一个做工作,对查找出来的问题进行了彻底整顿:收缴了12辆摩托车,对2名搭乘摩托车的干部作了严肃处理,消除了安全隐患。

(刊于2002年7月18日《战士报》头版头条)

人人有目标　个个有动力

3月17日，联勤某分部组织岗位练兵现场观摩暨动员会，先后向总部、军区、联勤部领导汇报演示过的9个训练课目，成为现场最大亮点。继多次在参加上级组织的岗位技能比武活动中屡获优异成绩后，这次，该分部从大校到列兵、从机关到基层，人人确定了岗位练兵任务目标，把岗位练兵活动推向深入。

三军联勤后，分部编制减少，但划区保障、战时应急保障力量抽组、联勤支援保障、执行多样化军事行动后勤保障等使命任务十分繁重。由于专业多、类型杂、分工细，分部官兵单个执勤、单独完成任务的现象十分普遍。面对新的形势任务，该分部进行了有益的探索，他们采取为每个专业、每个岗位明确了训练的侧重点的方法破解矛盾。在参谋人员训练上，突出信息化条件下后勤指挥和新"六会"技能等内容，着力打造新型参谋队伍。为将岗位练兵引向深入，他们采取全员普训与骨干专训相结合，把训练拓展到全领域、全员额，使专业更精、人人多能；共同课目和专业课目训练相结合，对数10类200多个课目的训练内容进行逐一明确，使大家训有任务、练有目标；"分级训练""互帮互学"和"岗位比武"相结合，实现训练标准精细化、训练形式多样化，确保岗位练兵的质量和效益。在此基础上，该分部还注重利用局域网等科技手段，开展网上教学、演练等，提升练兵起点。

立足长远，重在坚持。该分部通过建立健全教学责任制、规范考核评估、严格训练奖惩等制度，使整个练兵活动有了"硬杠杠""铁尺子"，为推动岗位练兵活动持续常态运行提供了有力的制度保障。

（与杨明伟合作，《战士报》2010年3月19日报眼）

搞好配合活动　注重理论武装
76119部队党委着力抓好理论灌输"回炉"

"走了工厂走农村，'第二课堂'难入心。听完专题辅导课，理论观点记得清！"5月30日，这首打油诗刚一出现在76119部队"两项重大教育活动"专题网页上，立即引来官兵的共鸣。该部领导感慨地说："配合活动再多再好，也替代不了理论灌输。抓好理论灌输这个基础环节,教育效果才能真正实起来!"

5月下旬,该部为检验教育效果,组织了一次基本理论知识测试。孰料,刚刚获评"理论学习之星"的二连战士唐伟却爆出了成绩垫底的"冷门"。问及原因,他委屈地说:"刚上完理论辅导课,配合活动一桩接着一桩,不是外出参观见学,就是忙着演讲比赛,日程安排这么紧,哪有时间复习巩固!"

配合活动本是教育的"第二课堂",咋会成为官兵的负担?带着疑问,该部领导翻开了教育日程安排表:专题理论辅导课仅4课8个小时;而农村参观、企业见学、主题演讲等配合活动却多达10项4天时间。对此安排,活动的"导演"们理直气壮:配合活动多,教育才能出彩。配合活动多,教育就扎实?这事引起了该部党委的反思。他们分析认为,教育好不好,效果说了算;"第二课堂"安排多,配合活动替代理论灌输,反倒冲淡了理论灌输的"正餐"。为此,该部党委在向官兵作出检讨的同时,走出了"三步快棋":对理论灌输"回炉",重新设置专题辅导课程,瞄准官兵关注的社会热点话题备课,力求把理论讲生动、把观点讲透彻,切实从知识源头上解除思想疙瘩;依托局域网、教育快报、军营广播等信息载体,鼓励官兵建言献策,吸纳群众智慧,及时校正教育"靶心";用活"教育热线"和"常委信箱",专题为官兵释疑解惑,拉直心中问号。他们还举一反三,先后3次修改完善教育方案,把查找问题准不准、理论学习好不好、整改措施实不实作为考评教育效果的主要指标。

编　后

当前,"两项重大教育活动"正在军区部队如火如荼展开。各单位在重视配合活动的同时,必须搞好理论灌输,引导广大官兵透过变化明事理,成就面前知责任,把感性认识升华为理性认识,切实打牢思想根基,统一思想认识,坚定理想信念,凝聚意志力量。

(与张海亮合作,刊于2012年6月12日《战士报》头版)

新年第一会:揭短亮丑
某油训大队党委抓部队建设注重求真务实与时俱进

1月6日,军区某油料训练大队党委新年第一次召开军人大会,主题竟是"揭短亮丑会"。这对于刚被分部评为"全面建设先进单位"的该大队来说,此举令人颇感意外。不过,官兵们还是被领导的求实精神所折服,积极为大队建设提了18条意见和建议。对此,政委吴剑辉告诉笔者:"只有勇于揭短亮丑,部队建设才能与时俱进,先进的含金量才会不断增值!"

作为连续5年被分部评为"全面建设先进单位"的该大队,去年部队建设又喜获丰收,被分部和军区联勤部党委推荐为军区"基层建设先进旅团"。面对成绩和荣誉,少数官兵产生了"夜郎自大"的盲目乐观思想,工作标准有所下降。为此,大队党委组织大家反复学习十六大精神,用与时俱进、开拓创新的时代要求引导官兵破除骄傲自满思想,从先进之中找不足。与此同时,党委"一班人"果断决定把新年的第一次军人大会开成"揭短亮丑会",旨在警醒官兵时刻保持清醒头脑,与时俱进提高部队建设的起点和质量,确保大队建设不断跃上新台阶。

领导乐于"纳谏",群众敢于直言。在揭短亮丑会上,官兵们自觉以十六大精神为指导,围绕军事训练、政治工作、行政管理、后勤保障等10个方面的内容,先后查找出了个别领导精力不够集中、教员评教评学工作抓得不紧、部队管理存在时紧时松现象等11个问题。对查找出来的问题,大队党委及时进行梳理,并逐条制定对策抓好整改。目前,大队重新修订了《干部管理奖惩规定》《教员三年培训规划》《教学正规化管理细则》等制度,决心通过经常性的"揭短亮丑",把大队建成全军一流的油料培训基地。

(刊于2003年1月14日《战士报》头版)

"洗漱七小件"送到深山哨所

<u>76119部队党委细处着手增强为兵服务质量</u>

11月28日,76119部队所有独立哨所的官兵,全都领到上级配发的"生活包",里面牙膏、香皂、洗发水、沐浴露等7件洗漱用品一应俱全,大家高兴地说:"领导想得周到,办得实在,咱们以后再也不用为生活小事纠结了!"

11月中旬,该部政委谢守平在八号哨所蹲点时,发现了一桩"新鲜事":尽管配备了堪与宾馆媲美的洗手池、热水器、梳洗镜等时尚设施,但正在洗漱的官兵有的拿出了沐浴露,有的掏出了护肤霜,有的用起了洁面乳……仔细一看,不少都是名牌产品。班长陈良辉不好意思地说:"这些洗漱用品在没当兵前就用惯了,一时半会改不过来!"使用高档生活用品,算不算"出格"行为?正当官兵们为此忐忑不安时,谢政委及时解围:"你们有自己的喜好很正常,只要符合条令条例要求,完全可以理解!"

"我们地处海拔1690多米高的南岭腹地,特别是5个编制仅有数人的独立哨所,远离机关、位置偏僻、任务繁重,更应受到重点关照!"党委会上,谢政委的提议引起了其他常委的共鸣。大家分析认为,关爱哨所官兵,就要从尊重他们的生活习惯、兴趣喜好开始。虽然该部近年来大抓基础设施配套建设,破解了哨所官兵的吃水、用电、上网等多个难题,但为兵服务没有止境,只有从细微处关爱战士,才能真正赢得兵心。为此,他们研究决定,从农副业生产收益中拨出专款,每月为哨所的官兵配发牙膏、牙刷、香皂、沐浴露、洗发水、洁面乳、护肤霜等"洗漱七小件",并在部队局域网上设立了《温馨小贴士》专题网页,引导官兵正确使用生活物品,提高"健康指数";针对哨所出行不便的实际,每逢周末、节假日指派专车接送外出官兵。他们还举一反三,仔细查找为兵服务工作中存在的问题,设身处地为官兵解除"挠心事",受到基层欢迎。

日前,铁道部对全国铁路客车进行专项整治,其中"厕所必须配备卫生纸"也作为服务达标的一项内容。此举引发好评无数,究其原因,就是在于铁道部的小举措富有人情味,关爱到了细微处。再回过头看76119部队的做法,颇有感触。"洗漱七小件"看似"小件"却不是小事,它所折射出的深意更不能小视。当前,不少单位在为官兵做好事、解难题这一问题上容易走入误区,认为只有"大动作""大投入"才能显示党委的"大气魄""大手笔"。诚然,决心大、投入多产生的影响可能也大,然而,收效却不一定最好。首先,大投入并不是每一个单位都有这个实力;其次,大投入容易变成"撒胡椒面",真正有多少人受益还很难说。该部着眼细微处服务官兵的做法,与铁道部有异曲同工之妙,暂且不论"七小件"投入多少,关键上把好事办在官兵的心坎上,确实达到了"好事办好、实事办实"的效果,他们这种人本理念和务实举措值得提倡、值得借鉴。

(与张海亮合作,刊于2011年12月2日《战士报》二版头条)

163医院全面建设硕果满枝不陶醉

庆功会前找出问题10多个

163医院坚持以"服务军民,奉献社会"为宗旨,扎扎实实打基础,聚精会神谋发展,全面建设硕果满枝,前不久,军区为该院记了集体三等功。7月19日,全院官兵聚集一堂,召开庆功大会。与一般的庆功会不同的是,该院政委李春华在宣读军区给医院记功表彰通报前,先向大家通报了制约医院发展的12个问题,并明确了整改措施、时限和责任人等,全场报以热烈的掌声。

近年来,这个医院以联勤保障为己任,实现了人才结构合理化,设施设备现代化,医院管理正规化,一批特色专科脱颖而出,先后获得科研成果奖40多项。特别是去年,医院实现了对外医疗收入、医疗设备总值、对军队伤病员补贴三个翻番,被上级评为"全面建设先进单位""全国百姓放心示范医院",20余项工作受到表彰,军区为医院记了集体三等功。喜讯传来,全院上下一片欢腾。面对接踵而来的荣誉,院党委保持清醒头脑:这一殊荣既是鼓励,更是鞭策,我们看到成绩的同时,更要看清单位建设存在的问题,只有勇于揭短亮丑,医院全面建设才能跃上新台阶。

7月上旬以来,院党委召集全院中层以上干部和官兵职工代表先后3次开座谈会,认真查找制约单位长远发展的问题。同时,采取问卷调查、设置意见箱等方式,虚心听取科室主任、学科带头人、体系部队官兵的意见。"一班人"认真听取,进行综合归类,整理出临床科室瞄准战场搞科研的氛围不浓、成果不多;党委听取群众意见不够,为基层服务不及时;一些机关和科室领导工作精力不集中,考虑私事过多;为体系部队开辟的"绿色通道"不畅通,官兵看病用药不方便等12个问题。针对查找出的问题,院党委及时修订完善《医院加强人才队伍建设规划》《医院为兵优质服务措施》《医院建设10年发展规划》等,并明确了解决问题的具体时限、措施和责任人,然后在庆功会上公开,以便接受官兵职工监督。

(与谭红星合作,刊于2006年8月3日《战士报》报眼)

任务牵引训　实战环境练　对接机制演
76119部队创新训练模式锤炼后勤保障硬功

平时能保障,危时能应急,战时能打赢。76119部队紧贴新的使命任务,着眼提高完成多样化保障任务能力,创新训练模式,不断提升保障硬功。10月上旬,上级转发了他们的经验。

结合任务牵引训。该部紧贴日常收发任务,进一步规范军械物资紧急收发程序,对组织指挥、装卸运输等要素进行合理配置;在物资共储原则基础上采取同种物资多库存放、多口收发,提高了快速收发保障能力。如今,一条轻武器发出作业线由原来的18人减少到12人,时间从原来的15分钟减少到现在的10分钟,提高了作业效率。

模拟实战环境练。该部坚持以全天候、全方位作战保障为背景,以完成突发事件应急保障为突破口,先后组织开展了野战仓库开设、物资紧急前送等多个课目的野外训练,摸准制约保障的瓶颈难题。训练中,注重采取网上推演、野营拉练、课题演练等形式,锤炼组织指挥和野战保障硬功。

创建对接机制演。为适应现代战场保障"同步跟进""如影随行"的全新要求,该部主动走出去,与担负特殊任务、跨区执行训练、战备任务比较频繁的军兵种部队,建立信息实时沟通、定期联训联演、难题现场协商等机制。采取同步组训、开放互训,破解了多个作战"腿长"、保障"腿短"的现代战争保障难点课题,探索出保障新路。

(刊于 2011 年 10 月 26 日《战士报》)

走前有教育　中途有联系　归队有汇报
某仓库全程监控押运确保兵撒千里心不散

9月5日,某仓库押运到湖北、重庆等地的12名官兵圆满完成任务,归队后第一件事就是向单位汇报思想和工作情况,这是该仓库加强对押运管控,确保装备物资和人员安全的一项重要举措。

该仓库担负着多个兵工厂的XX任务,押运批次多,押运人员分布散,押运时间长,管理难度大。为此,他们结合实际制订了《外出押运管理规定》,设置跟踪管理卡,做到走前有教育,中途有联系,归队有汇报,使押运员随时处在组织监督之中。每批物资押运,由经验丰富的骨干带队,选拔思想品质好、军事素质硬、业务技术精的战士担任押运员,并进行系统培训,掌握如何处置突发事件的方法和安全常识;采取以老带新、结对帮带等形式,提高押运员素质。物资发出前,严格落实"三查""四点""六清",认真查看箱子破损情况、铅封状况。押运途中,由专人24小时跟踪管理,押运员以电话、短信等形式及时汇报情况。仓库还印制了"温馨提示卡",上面标有仓库领导的联系电话及押运途中各站点军代处的电话地址,以便让官兵有困难时能及时得到帮助。押运员返队时,督促其保管好枪支弹药和各种证件、收据,及时安全返回部队。

兵撒千里心不散,近年来,该仓库先后派人押运装备数万件(套),途经30多个省市,行程10余万公里,从未发生任何问题,多次被总部、军区评为业务安全管理工作先进单位。

(与左书游合作,刊于 2011 年 9 月 27 日《战士报》)

收发演练风雨无阻　　从难从严磨砺精兵
某军械仓库紧贴实战锤炼应急保障硬功

2月3日,岭南腹地,寒风刺骨,雨雪纷飞。某部训练场却"硝烟"迷漫,披着迷彩的各种车辆在"敌"炮火中时而快速机动,时而隐蔽开进,满载着野战装备有条不紊地驶向预定地域……这是某军械仓库瞄准未来战场进行紧急收发保障演练的一个镜头。

为何偏选恶劣天气进行演练?该仓库党委态度明确,未来战争不会选择天气,平时瞄准实战练,战时方能打得赢。近年来,这个仓库在逐步加大科技投入和提高装备物资存储质量的同时,自觉把"练为战"的要求落到实处。他们坚持以全天候、全方位作战保障为依托,以急、难、险重任务为突破口,把部队拉到各种野战生存条件比较艰苦的环境中摔打磨炼,先后开展了野战仓库开设、物资快速收发、野战生存、观察与报知等16个课目的野外训练。在训练过程中,他们通过预设战场、预设敌情等手段,摸准在实战保障中制约保障力提升的瓶颈难题,注重打破传统的单一训练模式,采取轮岗轮训、野营拉练、全库合训等形式,着力提高官兵在野战条件下"走打藏联供"的能力。同时,为使训练最大程度与实战对接,他们从人员理论集训入手,请来院校专家共同进行战法研讨,制订了各种预案,将应急保障方案逐一细化分解,设置了"复杂地域的快速机动""大型装备野外抢修""敌空袭条件下的紧急发出"等多个训练课题,使部队训练在时间、地域、目标和保障方式上都贴紧实战,探索出了"诸兵种联战联训,跨区域联保联供"的保障新路。

在演练现场,笔者看到,汽车修理员快速更换轮胎,群车原地180度掉头,车辆精确倒车、定点平衡、飞越障碍,防空分队快速结合高炮,进行实弹射击……官兵们专攻精练,推动了仓库保障能力的快速提升。近日,在分部组织的紧急拉动演练中,该仓库比预定时间提前8分钟完成任务,受到上级机关称赞。

(与左书游合作,刊于2010年2月22日《战士报》)

年终岁末不松劲　严抓细抠创先进
163医院认真做好年终考评下篇文章

引导先进立目标,指导中游找差距,帮助后进定措施。163医院依据《军队基层建设纲要》,认真做好年终考评后的指导帮带基层工作,确保官兵干劲不松、作风不散、斗志不减,使医院上下出现了你追我赶创先进的喜人局面。

年终考评刚结束,该医院领导就发现平时紧张忙碌的办公楼一下子冷清下来,部分医务人员上班迟到早退,官兵思想作风出现松散现象。逆水行舟,不进则退。针对年终考评暴露出来的问题,医院党委"一班人"分片深入基层支部挂钩帮带。对于神经外科、急诊科等先进党支部,该医院及时引导,教育官兵辩证看待成绩,戒骄戒躁,深层次地查找薄弱环节,向着更高的目标攀登,做到先进更先进;对于离先进还有一定距离的信息科、传染科等支部,在肯定成绩的同时,引导其一分为二看自己,公正客观比别人,对照先进找不足,逐一制定固强补弱的整改措施;对于少数相对落后的支部,引导他们敢于正视自身问题,认真反思教训,甩掉思想包袱,端正指导思想。同时,医院还组织基层支部骨干到神经外科、急诊科等先进支部参观学习,在横向对比中增强争先创优的紧迫感,理清工作思路,确立工作目标,研究制订好新年度争先创优措施。此外,医院还加大管理力度,2名查铺查哨不落实的干部受到全院通报批评,4名点名不在位的干部常委集体谈话,并写出深刻检讨。一系列措施,使广大官兵精神面貌发生了可喜变化,争先创优蔚然成风。

(刊于2005年12月20日《战士报》头版)

扛着奖牌找差距　面对荣誉谋跨越
163医院新年度在揭短亮丑中扬帆起航

拿了先进奖牌怎么办?163医院党委成绩面前不自满,扛着红旗找差距,坚持把解决问题作为医院发展的动力,促进了医院全面建设。新年伊始,全院官兵就以昂扬的精神状态,迈出了开拓创新的步伐。

去年,该医院在军区从严治军现场观摩会上大展风采,受到与会代表的高度称赞,被评为"全面建设先进单位""全国百姓放心示范医院",有18项工作受到上级表彰,被上级机关推荐到军区记集体三等功。面对接踵而来的荣誉,部分官兵认为单位建设形势不错了,再向上发展很难了,存在"守摊子"思想;荣誉取得了,该放松放松了,流露出自我满足自我陶醉情绪;个别人甚至向组织邀功请赏。对此,医院党委"一班人"有清醒的认识,他们对照新世纪新阶段我军的历史使命提出的新要求,发动官兵揭短亮丑。党委"一班人"始终做到率先垂范,在民主生活会上,他们敢于思想交锋,指名道姓开展批评,并及时将情况向官兵通报;开党委扩大会,党委书记李春华、副书记樊光辉带头述职,重点讲问题、找不足。官兵们为党委的乐于纳谏、求真务实精神所感动,纷纷建言献策。他们先后查找出个别领导工作精力不够集中、保健康就是保战斗力思想树得不够牢、病历书写不够规范、部分干部业务素质不够高、学术研究氛围不够浓等11个问题。针对查找出来的问题,医院修订了《医院发展十年规划》《医院正规化管理细则》等规定,确立了新年度工作奋斗目标。

指导思想正,新风扑面来。广大官兵精神面貌发生可喜变化,他们自觉开展了"新年新起点,新年新征程"活动,争先创优蔚然成风。

(刊于2006年1月4日《战士报》头版)

76119部队心系基层关爱战士

站岗不再日晒雨淋

"妈妈,前不久我们部队岗哨改造工程完成了,从此站岗寒风吹不着、雨雪飘不进、太阳晒不到。部队领导很关心我们,请放心吧……"2月20日,尽管室外雪花飞舞,寒风刺骨,76119部队某连8号哨所战士曾鑫却兴奋地拿起电话向远在湖北宜昌的母亲报喜。

这个哨所位于海拔1690米的山腰,长年比所在地区温度低3℃左右。长期以来,哨所战士都是在哨所门前站岗,没有设施阻挡刺骨的寒风。尽管每年冬季来临前,该部都要为哨所战士配发防冻靴、绒手套和防冻霜,但没有解决站岗寒冷这个根本问题。在学习实践活动中,该部党委决定对该哨所进行彻底改造。不到半个月,一个标准的阳光岗亭改造完成,既可以采光采暖,又不影响站岗视线,把风雨和寒冷挡在了室外。最近，我国南方地区遭遇大面积寒流袭击，该部所在地区气温持续走低，但走进这个哨所却是暖意浓浓，战士高文勇欣喜地说："外面雪花飘，里面春意浓。部队党委如此关心我们，我们更应该站好岗执好勤。"

（与刘火球合作，刊于2010年2月25日《战士报》二版头条）

基层随叫随到　缘何反遭批评
76119部队党委引导机关职能部门向科学要效益

为维修连队的一台热水器，机关职能部门随叫随到，半个月内连跑3趟。然而，他们不辞劳苦的举动却遭到该部党委的批评。这是10月23日发生在76119部队的事。

10月22日傍晚，该部政委谢守平到一连检查工作，指导员刘火球汇报说："八号哨所的热水器坏了，连队半月之内连续3次向机关求援，管理处郑助理员次次都能随叫随到、热情服务。"刘指导员的汇报让谢政委陷入了深思：一台热水器居然在半个月时间内连续修了3次，维修成本有多高？维修质量如何？这台故障频频的热水器到底有没有维修价值？带着一连串的疑问，谢政委来到了八号哨所实地察看时发现，刚刚修好的热水器又一次"罢工"，刚刚搞完体能训练的战士们正忙碌着烧水洗澡！

次日上午，此事摆上了党委议事日程。大家分析认为：服务基层不能单看跑了多少趟，更要看实际效果；郑助理员热情服务，但没有从根本上解决基层难题；为基层服务要务求质量，向科学要效益。为此，该部党委决定：为八号哨所购买一台新热水器。他们以此为契机，举一反三，引领机关干部围绕"如何提高服务基层质量"等话题展开讨论，帮助机关干部理清科学抓建的工作思路。

（与张海亮合作，刊于2009年10月29日《战士报》）

不摆宴席不庆功　开门纳谏谋发展
163医院65周年庆典朴实节俭

不搞吸引眼球式的庆典，不铺张浪费地摆宴吃请，接待来宾简洁热情，庆典议程砍为3项，活动时间缩为半天……11月1日，163医院在节俭朴实中度过建院65周年纪念日，赢得医院上下和体系部队官兵的一片赞誉。

65年来，医院始终坚持以"服务军民，奉献社会"为宗旨，不断转变发展观念，创新发展模式，以提高服务质量为主线，以技术建设为重点，实现了人才结构合理化，科技发展特色化，设施设备现代化，医院管理规范化，建成了广州军区"四个中心"，即：神经外科中心、肿瘤放射治疗中心、耳鼻喉科中心、医学影像诊断介入中心；"四重点"，即：心胸外科、老年病科、口腔颌面整形外科、肝胆外科；"二优势"，即：骨科和创伤急救科等一批特色专科。

节俭朴实是这次庆典的一大特点。为纪念建院65周年，有关部门拟定了一个庆典方案，估算需经费14万元。党委会上，院长樊光辉、政委李春华态度坚决，医院组建65周年，人才辈出，誉满三湘，科学发展，确应庆祝，但主题应定在节俭朴实，谋划发展上。为此院党委决定：不购买纪念品、不宴请友邻单位和地方领导、不搞华而不实的联谊会和焰火晚会。开展"爱心献患者"活动，组织代表慰问10名家庭特别困难的住院患者，并适情减免医疗费用。

面对成绩找不足，开门纳谏谋发展，是这次庆典的另一亮色。他们开门纳谏，采取开座谈会、组织问卷调查等形式，专门设置意见箱，虚心听取科室主任、学科带头人、部分转业到地方的代表及体系部队的意见，在寻找差距中夯实发展的新起点。28名科主任自觉以十六届五中全会精神为指导，围绕卫勤保障、政治教育、行政管理、医院文化等10个方面的问题，积极为构建信息化、人性化、星级化、生态化医院建言献策。

（刊于2005年11月4日《战士报》报眼）

卫星传输病理资料　荧屏会诊疑难杂症

163医院开展远程医疗实现跨地域全方位卫勤保障

"根据老首长的症状,可考虑胆管结石和胆管细胞癌……""谢谢孙教授帮忙,为我们诊治老首长的病提出了建设性意见……"这是11月23日上午,163医院老年病科主任杜万红通过卫星医疗远程会诊系统,与军区广州总医院孙大勇教授进行的一次荧屏对话,虽远隔千里,却近在咫尺。

笔者在163医院远程医学中心见到,荧光屏上数码信息交替闪烁,会诊画面大小随意切换。广州军区总医院孙教授对POLYCOM卫星传来的病历进行诊断,写出处理意见,输入计算机,再用卫星医疗远程系统传回163医院,并通过语音指导治疗,整个远程医疗会诊仅用30分钟。据院领导介绍,该院开通卫星医疗远程会诊系统,在我区中心医疗尚属首次。

今年初,163医院多方筹集资金,成功地将卫星通信技术与多种医疗设备接口,建成了医疗远程会诊系统,并与上海、广州、南京等11个大城市的权威专科中心和中心医院建立了医疗互联网,患者身患疑难杂急等症不用转院就可及时救治。该院还建立起覆盖全院的现代化的数据库管理系统和国内外最新医疗信息查寻系统,开通了与各偏远部队卫生队的医疗会诊系统。

据163医院院长樊光辉介绍,通过医疗远程会诊系统,可以实现语音、传真、电子病历、CT扫描图像、X光片等医学影像实时远程传输,使医学专家可以在千里之外为患者实施远程医疗诊断、指导抢救与治疗,避免了患者在转院中可能出现的危险。该系统具有可移动性、不受地域限制、传输信息清晰等特点,有利于整合医学资源,能发挥卫生系统的整体优势,实现跨地域全方位卫勤保障,大大提高了卫勤保障水平。

（刊于2005年11月28日《战士报》、11月24日《湖南日报》、11月24日《潇湘晨报》）

"优秀教员"为何无人摘冠
某油训大队用好激励机制出活力

近日,军区某油料训练大队教员编写的《油库焊工》《油库钳工》《油库车工》《油料保管与加注》《油料技术》5本油料专业技术培训教材出版发行,受到总部首长好评。对此,大队政委吴剑辉兴奋地告诉笔者:这是大队用活激励机制,狠抓教员素质提高结出的硕果。

这个大队是全军油料专业技术兵的培训基地。前年"教师节"前夕,大队党委开会研究"优秀教员"评选事宜。按照《大队"优秀教员"评定标准》,基层上报的8名人选竟没有一人合格。党委"一班人"从自身找原因:缺乏有效的激励机制,导致教员争先创优积极性不高。不久,大队出台了一系列激励举措:凡是被评为"优秀教员"的实行"四优先",即优先晋职晋衔,优先提拔使用,优先立功受奖,优先选送上学。

机制活,事业兴。现在,大队愿从事教学的多了,教员改行的少了;加班加点学习的多了,打牌娱乐的少了;刻苦钻研提高教学水平的多了,考虑家庭个人利益的少了。广大教员着眼未来高技术战争改革教学内容,把各种新知识、新理论、新技术融入教学训练,积极探索高技术条件下培训油料专业技术兵的新路子。他们围绕新增课目和重点难点课目制作教学课件,制定油料装备维修、野战消防等多种演练方案,让教学训练充满"火药味"。近期培训400多名学兵,合格率为100%,优良率达50%,比去年提高了17%。大队教员人人会运用多媒体教学,个个有理论文章被军事学术杂志刊用,涌现出了一批优秀教员,并结合教学搞科研,先后取得了"泵压变速自控装置""焊工生产实习多功能平台"等5项科研成果,其中1项获军队科技进步三等奖。

(刊于2003年2月22日《战士报》)

课堂学习 借岗实习 仿真演习

某油训大队三招硬功砺精兵

军区某油训大队担负着全军油料专业技术兵的培训任务，在培训周期缩短、培训任务增加的情况下，该部以人为本，严格按照新大纲施训，通过课堂学习、借岗实习、仿真演习三招硬功夫使学兵在大队练就一手油料专业技术"绝活"，提高了培训效果。

课堂学习为学兵练"内功"。为搞好课堂教学，大队从教案和课堂秩序抓起，对教案进行评估，不合格教案一律不准进课堂，并适时提醒教员更新教案内容，充实新装备、新材料、新技术和野战演习的内容。

借岗实习为学兵练"真功"。他们积极与驻地油库和工厂"联姻"，将学兵分期分批安排到油库、工厂相关岗位，借岗实习。

仿真演习为学兵练"强功"。为使教学训练贴近实际，该部制定了抢装卸装、野战群车加油、油库消防、野战油料输送等预演方案。每期学兵毕业前，都要在"克隆"的战场上进行消防、抢修、输油等方面的综合演练，让学兵熟悉预案内容和掌握应付突发事件的程序、方法。

(刊于2003年3月25日《战士报》)

优秀学兵居然开不动油泵
某油料训练大队得出教训：重在实际工作能力

一辆新型20管加油车正在给群车加油，突然遭敌袭击，多处输油管道被弹片划破，随即燃起熊熊大火。瞬间，2辆泡沫消防车呼啸而至，10名学兵立即投入战斗，仅用10分钟便化险为夷。这是3月27日记者在某油料训练大队综合演练现场看到的一幕。随行的大队政委左宗元告诉记者："学兵过硬的实际操作能力得益于大队教学方法的改革。"

这个大队每年为部队培养数百名油料技术骨干。然而在1997年，一名成绩优异的司泵专业学兵回到油库后竟在一次紧急收发行动中开不动一台新型油泵。信息反馈到大队，立即引起大队党委"一班人"的高度重视，专门派出工作组调查，结果显示：60%以上的学兵在实际工作中不能独立作业。学兵毕业的成绩不错，缘何不能胜任本职工作？"一班人"对大队的教学模式、内容进行综合分析，发现过去的教学内容老化，且课程设置过于偏重理论，学兵动手机会少，导致学用脱节。为此，他们在教材编写、教学模式及课程设置上增加了高新技术知识的含量；加大实践课的份量，增设了外出见习及野外实兵演练等实践性强的课目。大队还筹资22万余元，建起了电工、装备修理等8个正规实验室，备齐了实验器材，为学兵创造了良好的教学环境。同时，通过狠抓议教评教制度的落实，确保教学质量的稳步提高。两年来，他们共完成3项科研成果，毕业的上千名学兵全部熟练上岗。

（与任华东合作，刊于2000年4月14日《战士报》）

破除论资排辈　坚持入党标准

76119部队严把党员发展质量关

9月上旬，在第三季度党员发展中，76119部队警卫勤务一连党支部，根据上等兵徐鑫波的进步表现和考察结果，决定将其发展为预备党员。而该部"军事训练标兵"、二级士官小刘却继续培养考察。该连这种不搞论资排辈，坚持党员先进性标准的做法受到上级表彰。

在徐鑫波与小刘的党员发展问题上，连队党支部有过一段争论的经历。支委会上，有的支委认为，二级士官小刘是连队骨干，担任三班副班长比较尽责，前不久还在上级组织的军事考核中取得名次，为连队赢得了荣誉，加之年底服役期满8年，即将退出现役，从感情上讲，应该发展入党。有的支委认为，小刘虽然兵龄较长，但存在"奖杯一抱，一好百好；特长在手，入党不愁"的思想偏差，思想有些放松，工作主动性不够，与党员标准还有一段距离，建议继续考察。而上等兵徐鑫波，积极要求进步，入伍前就是培养考察对象；在炊事班工作，能科学制定食谱，精心调剂伙食，特别是在年初的雨雪冰冻灾害期间，能克服各种困难采购食品，改善伙食，让官兵吃出营养、吃出健康，有力地保障了连队抗冰救灾任务的完成；上半年养猪18头，为连队创收上万元；工作之余刻苦训练，军事素质过硬；认真学习党的基本知识，定期向党组织汇报思想，7月份在政治处组织的党的理论知识考核中取得第一名的好成绩。小徐综合素质好，符合党员标准，建议发展。也有的支委认为，小徐符合党员标准，但他是义务兵，而文件有规定，义务兵发展比例不能超过5%。

由于没有形成统一意见,连队党支部只得休会。

此事反映到该部党委,部队领导态度鲜明:党员发展必须坚持标准,保证质量,按照"成熟一个,发展一个"的原则实施,对不符合标准的,绝不迁就照顾。同时,该部党委决定开展重温《党章》和有关发展党员规定的学习教育活动,组织"党员标准是什么""我离一名合格党员有多远"等专题讨论,使大家认识到:入党不仅仅是获得一种荣誉,更重要的是要承担党员责任,履行好党员义务,党员先进性标准绝不能弱化。

一名党员就是一面旗帜,党员发展必须坚持先进性标准。该连党支部终于达成共识,一致同意徐鑫波入党。自感离党员先进性标准还有一定差距的小刘,也向党支部表下决心:入党听组织的,行动看自己的。

(与曾杰志合作,刊于2008年10月9日《战士报》、9月25日《解放军报》)

讲台摆"擂台" 博得"满堂彩"
76119部队开展授课比武提升基层干部授教能力

5月31日,76119部队12名基层干部轮番走上讲台,拉开了该部年度授课比武的序幕。两年来,该部已有16名优秀基层干部从这个"擂台"上脱颖而出,成为该部思想政治教育的骨干力量。

开展授课比武提升基层干部授教能力,是该部加强思想政治教育的一项新举措。此举的推出,源于两年前的一次调研结果:53%的官兵对政治教育课反应冷淡,热情不高;82%的基层政工干部是由军事干部或技术干部改行,政工业务不熟的问题比较突出;45%的政工干部对自身要求不严,对政治课重要性认识不够,上课仅仅满足于走马观花,照本宣科。政治教育课一度流于形式,成了干部叫苦、战士喊累的"公差课"。

问题引发思考,思考催生变革。该部队党委清醒地认识到:没有新突破就不会有真作为。要想走出思想政治教育的尴尬,就必须提高授课质量。于是,该部党委打破常规,开出了三剂"妙方":搞好教员队伍选拔,每半年开展一次授课比武,全体干部均可参加,对优胜者实现三"优先",即优先提拔使用、优先立功受奖、优先学习深造,并纳入教员队伍,一改往日"政工干部台上站,军事干部旁边看"的现象;加大教育培训力度,定期组织干部进行系统培训,从最基本的授课仪态、语言入手,指导他们如何开展政治教育,把不会的教会,把会的练精,全面锤炼授课能力。同时聘请驻地院校专家教授来部队举办教育法、教学法专题讲座,传授授课技巧,明确注意事项,提高理论层次。该部还专门编写了优秀政治课教案示例,定期开展交流讨论,使基层干部尽快掌握"通俗化、互动化、多媒体化"的授课基本功;

搞好教育试讲，由机关领导和战士代表组成"教育评审团"，对准备登台的教案和课件严格评审，合格者方可"出师"授课，真正营造能者上、平者让、庸者下的竞争机制。此外，该部还结合基层单位分散、专业岗位多、执勤任务重等特点，制定了《关于加强和改进思想政治教育的措施》，对不同单位、不同人员的教育内容进行细化规范，确保教育效果。

机制活，事业兴。官兵认真学习的多了，打牌娱乐的少了；钻研教案课件的多了，上课思想溜号的少了，以往不愿参加的政治教育课常常博得"满堂彩"。据最近的一次调查表明，在"迎接十七大"教育中，官兵对政治教育课的满意率达97%。

（与沈琛合作，刊于2007年7月11日《战士报》）

战场"伤员"咋都是小个子？
163医院瞄准实战锤炼卫勤保障硬功

部队反应快速，动作干净利落，程序演练到位，却被判定为"不合格"并重新"回炉"。这是8月下旬发生在163医院卫勤保障演练场上的新鲜事。医院政委任华东欣喜地告诉笔者："只有按实战要求抓训练，才能真正锤炼卫勤保障硬功！"

8月28日上午，烈日炎炎。163医院野战卫勤保障演练正全面展开。佩戴"红十字"袖章的野战医疗分队娴熟地对"伤员"进行止血、包扎，5名重"伤员"被抬上担架快速穿越"敌"封锁线，紧急向野战医疗所输送……演练正酣，院长樊光辉却紧急叫停："虽然训练课目、演练步骤符合大纲要求，官兵精神饱满，但为啥5名'伤员'都是小个子？"面对樊院长的质问，一名医护人员道出实情：负责"伤员"输送的都是女同志，让大个子扮演"伤员"，不但会加重"火线"运输的负担，而且直接影响训练成绩；而让小个子扮演"伤员"，既省时又省力。

平时瞄准实战练，战时方能打得赢。樊院长当即批评了这种做法，"平时演练成绩'渗水'，战时打仗就要吃亏。今天演练成绩不合格，重来！"随后，他们按实战要求重新对演练进行部署，又精神抖擞地走上了"战场"。163医院以"伤员"事件为契机，开展了"我们离战争有多远"的大讨论，催生官兵真抓实备的紧迫感；修订完善《卫勤保障演练实施方案》《训练考评细则》《考评奖惩暂行规定》3个文件，"仗怎么打，兵就怎么练"，对训练尖子优先提拔使用；借助医院局域网、广播、墙报，大力宣扬训练中的好人好事。指导思想正，新风扑面来。官兵们自觉瞄准实战下真功、练硬功，已初见成效。

（与张海亮合作，刊于2007年8月31日《战士报》）

课题牵引　　基层调研　　集智攻关
某分部党委坚持用创新理论提高能力素质

　　某分部党委坚持把党的创新理论作为指导部队建设之"魂",统揽各项工作的"纲",以课题研究为牵引积极抓好理论武装,运用创新理论学习成果研究新情况、解决新问题,提升了党委领导部队建设、履行历史使命的能力素质,部队保障力不断攀升。

　　紧贴实际定课题。根据分部要解决的问题确立理论学习课题,他们采取走出去感悟、请进来解惑、坐下来静思等办法,真正把创新理论学深悟透。针对分部人员精简过半、保障任务成倍增强的困惑,他们选定了"如何建设信息化后勤,增强保障打赢能力"的课题,组织大家进行专题研究,确立了"信息牵引,分步实施,全面提升"的工作思路,构建的"后方仓库管理信息平台""远程医疗会诊系统平台"等做法受到上级肯定。

　　深入调研辟新径。每年分部党委都要针对部队倾向性问题、制约战斗力生成问题等深入基层调研,每名常委蹲点都在两个月以上。分部党委还定期组织成员到驻地经济开发区开阔视野,走进诸多大型跨国公司吸纳新思想、新观念,借鉴现代化企业先进管理经验思考部队建设。他们针对分部点多线长、管理难度大的特点,整合教育资源,实行集中管理,较好地解决了点多线长、人少事多的矛盾。

　　解剖难题求突破。他们坚持让理论成果进入思想,进入决策,进入工作。分部所属单位大都地处深山沟,生活条件艰苦。为了增强干部的事业心责任感,分部领导摸实情,想实招,出台了思想引导、奖惩激励、树标立杆、解难送暖等举措,进一步坚定了官兵的理想信念。针对部队伴随保障装备老化、野战保障能力弱的实际,分部党委成立野战保障训练革新小组,开创了"三军一体,联战联训"的新训法,有效地解决了部队紧急收发、快速机动、野战保障等难题,突破了部队保障力在低层次徘徊的局面。

(与罗衡辉合作,刊于2008年4月9日《战士报》)

跑3趟机关为啥没换成一件白大褂
163医院纠正"小机关大架子"作风扎实服务基层

为规范机关办公秩序，163医院相关部门制订了《机关工作细则》，却因神经外科护士小张一句牢骚被党委叫停。通过作风整顿，服务举措取代了规范细则，基层官兵大为欢迎。7月中旬，上级推广了他们服务基层的做法。

7月2日上午，在神经外科查房的医院政委李春华，听到该科护士小张发牢骚说："不就是调换一件白大褂，到机关办事咋就这么难？"李政委悉心追问，小张才道出实情：几天前发放工作服，由于型号不合身，想换一件，被装中心却以"须上报业务部门批准才能换"为由不予更换，她只好跑机关，却因机关人员开会、出差等原因，跑了3趟也没换成。

针对这种"小机关大架子"的现象，院党委决定，对机关进行一次"改进工作作风，提高服务质量"的专项教育整顿。他们取消《机关工作细则》，出台《服务基层举措30条》，把服务工作细化到方方面面；强化机关各部门的工作作风，机关每天派干部到各科室上门服务，做到"五个办到"，即：今天的事今天办、能办的事马上办、基层的事优先办、困难的事设法办、所有的事认真办。

机关服务基层态度端正了，效率提高了，官兵满意了。7月9日，机关的同志深入科室现场办公，解决了医疗器材请领耗时长、病房空调无专业人员清洗等15个难题。

(刊于2006年7月31日《战士报》头版)

深入一线摸实情　满腔热情解兵忧
某分部依托《蹲点手记》解决基层难题近百个

12月中旬，某分部刚刚结束蹲点的30多名机关干部，一回到机关就将各自的《蹲点手记》递交分部党委。分部党委随即召开会议研究如何解决手记中提到的20多个问题，并很快拿出了解决办法。

为真正把一些长期制约基层建设的难点问题解决好，该分部党委规定每个领导和机关干部下基层时,不仅要及时解决官兵工作生活中存在的困难,还要对一些重点、难点和带倾向性的问题,认真调查研究,提出相关的意见和建议写入《蹲点手记》,返回机关后上交党委,为党委决策提供依据。记者在军需处周助理员写的《蹲点手记》中看到这样一段话:"在我到仓库的第二天晚上,上等兵刘金会站岗,左腿被蜈蚣咬伤,肿得很大,要不是抢救及时,后果不堪设想!这次小刘虽然没出大问题,但是改善哨所官兵执勤及住宿条件刻不容缓!"记者还看到在文字旁边加了一行备注:"分部首长根据手记中反映的问题,带分管部门领导进行了调研论证。很快,一栋4层楼高的哨所建成,该哨所官兵执勤条件差的问题得到妥善解决。"今年以来,这个分部下基层的领导和机关干部,先后写了110多本《蹲点手记》,带回近百个难题,党委都进行了认真研究解决,取得明显效果。

(与李虔合作,刊于2005年12月15日《战士报》)

平战结合　动中救治　网络指挥
163医院瞄准实战锤炼卫勤保障硬功

7月20日22时许,某部综合训练场,硝烟弥漫,炮声隆隆。3台野战救护车紧急驰援,一群"红十字"在炮火中穿梭,对"伤员"实施紧急抢救和快速输送……这是163医院以实战为背景,把训练条件设险,把训练课目设难,积极锤炼夜间野战卫勤保障能力的一个镜头。

这个医院是全军保障体系部队较多且担负野战救护任务的单位之一。由于近年来编制体制调整,保障范围扩大,医护人员减少,卫勤保障应急机动性明显滞后,野战救护能力难以适应未来战争需要。医院党委清醒地认识到,要完成未来战争的卫勤保障任务,就必须让训练"脉搏"随战场需求跳动,紧盯打赢锤炼卫勤保障硬功。针对医院沿线交通事故频发、急难险重任务多的实际,他们创新组训模式,以创伤急救中心为练兵平台,将人员和装备按建制实施卫勤编组,精确定位,刻意按照战时卫勤保障标准摔打磨砺医护人员,实行"平战结合"。为提高医护人员体能素质,他们制定了严格的体能训练计划,像3公里越野、100米跑、俯卧撑,每天逼着官兵练。同时,他们按照战备预案,定期把部队拉进山地、森林等生疏地带组织隐蔽前进、野战医院开设、快速输送伤员、实施急诊手术、紧急撤收转移等课目的医疗抽组训练,瞄准战场苦练卫勤保障本领。为提高"动中救治"能力,他们还研究开发了野战医疗信息管理软件,建立了卫星远程医疗会诊系统,大胆运用网络进行卫勤指挥和救护演练,大大提高了野战救护能力,确保一声令下,拉得动,展得开,救得下,治得好。

此外,为确保训练取得实效,医院制定下发了《卫勤训练实施细则》,明确各级各类人员的职责、义务和奖惩,确保医护人员以饱满的激情投入到训练中去。

(刊于2006年7月31日《战士报》)

2人哨所迎来3人理论宣讲小组
某仓库党委以务实作风确保十七大精神学习落到实处

3月6日上午,春寒料峭,细雨纷飞。某仓库政委雷兴华带领3人组成的十七大精神理论宣讲小组,沿着崎岖山路,踏着山间积雪来到只有2名战士执勤的燕子窝哨所宣讲十七大精神。

该部驻扎在海拔1690多米的五盖山下,点多线长,7个执勤点分散在5公里的沿线上,人员集中学习教育比较困难。为确保十七大精神学习效果,该部党委先行一步,在学深悟透的基础上,抽调理论功底扎实、授课技巧灵活、模范作用突出的干部组成3个十七大精神理论宣讲小组,由仓库领导带队,分头深入小、散、远单位为官兵释疑解惑。宣讲小组每到一处,都结合官兵在学习中反映的带普遍性问题进行面对面辅导。同时把改进自身作风和理论辅导紧密结合起来,及时解决基层官兵的"挠头事",为官兵营造良好的学习成才环境。

燕子窝哨所是该部海拔最高、位置最偏的一个哨所,常年只有2名战士执勤,条件相当艰苦。该部政委雷兴华主动申请到该哨所宣讲。由于积雪路滑,车辆无法通行,他们步行40多分钟才到达哨所。来到哨所后,雷政委不顾疲劳,立即把带来的十七大学习辅导材料和书籍分发给2名战士,给战士廖大家、吴建雄宣讲十七大基本精神,回答了他们学习中的提问,解决他们现实思想中的困惑。针对吴建雄"天天站岗执勤是不是在履行新使命"的疑惑,雷政委给他讲清"山沟连着海峡,岗位连着使命"的道理,让小吴连连称是。由于前段时间雨雪冰冻天气影响,该哨所电视信号中断,雷政委等3人肩扛手提,硬是从山下为哨所带来一部卫星信号接收器,让哨所战士收看电视不再难。最令战士们振奋的是,为解决哨所学习难、娱乐难、与外界联系难的问题,该部党委已经决定近期为哨所牵来光纤,联通全军政工网,让偏远哨所的战士能同步学习和感受党的最新理论成果。

面对面的辅导,心贴心的交流,2名战士深受感动。战士廖大家动情地说,宣讲组的同志为我们两个人的理论学习费了这么大的劲,从他们身上,我们看到了求真务实的良好作风,我们一定以实际行动践行十七大精神,高标准地站好岗执好勤,履行好自己的神圣使命。

(与沈琛合作,刊于2008年3月15日《战士报》)

服役学有所成　退伍求职顺当

驻湘某部培养军地两用人才受欢迎

"七一"前夕,33封寄自粤、赣、桂、鲁等地的信笺纷纷落至驻湘54065部队首长的案头。这是退伍战士寄给"娘家"的喜报。至此,该部去年退伍的33名战士已全部走上如意的工作岗位。在竞争上岗如此激烈的条件下,该部战士为何如此"抢手"呢?部队政委左宗元说:这是我们长期重视培养军地两用人才的结果。

该部从1996年底就提出了培养军地两用人才的具体目标,每年挤出经费10万元用于购置各类实用技术书籍,采取多种办法充实部队"书架子"。部队制定了严格的学习计划,完善了学习制度,采取月抽查、季公布学习进度、效果等措施,使战士始终保持学习的紧迫感。为引导战士正确读书,他们注重"两个结合":一是读书学习与陶冶情操相结合,经常推荐《钢铁是怎样炼成的》《青春之歌》《红岩》等书籍,帮助战士读书明理;二是读书学习与本职工作相结合,通过举办两用人才培训班、文化补习班、开办周末育才学校等形式,着力提高战士科学文化水平。同时部队积极鼓励战士自学成才,引导他们参加函授学习和各类自学考试,使战士知识结构单一现状得到明显改善。在退伍战士中,80%的都拿到了财会、经济管理、法律等大中专毕业证书,所有战士均掌握了一门以上的实用技术,实现了战士"入伍便入学,退伍即毕业"的目标。勤务连饲养员曾海峰,通过参加养殖专业函授,两年为部队创收上万元,退伍后成了当地有名的"科技示范户"。

(刊于2000年6月27日《湖南日报》、6月11日《株洲日报》)

昔日门槛挤破　如今门庭冷落

职高技校亟待走出困境

近年来,高校招生火爆。可谓"风景这边独好"。而曾经令人目眩的职高、技校备受冷落。今年我市城区有近 8000 名考生,只有 2000 多人报考职校。农村初中毕业生第一志愿报考职技校的人数虽然稍多,但最后来职校就读的学生却很少。职高、技校生源不足、招不满的现象已经持续几年了,如今变得更加严重。

职高、技校总体滑坡,受到社会冷落,大体上有以下几个方面的制约因素。

高校大规模扩招是一个重要原因。近年来高校不断扩大招生,拓宽了"独木桥",从而大大增强了普高的吸引力。一些学习成绩中下等的初中生对今后走高考之路也充满了信心。随着独生子女家庭增多,"望子成龙"的家长大都愿意不惜血本,让孩子接受高等教育。

毕业后不再安排工作也影响了生源。以前职高、技校毕业都安排工作,因而对出身农村想跳出"农门"的学生吸引力相当大,对成绩较差估计高考无望的城市学生,也愿意通过职高、技校走上就业之路,因而报考人数特别多。如今职高、技校毕业不再安排工作,这种吸引力也就不再存在。

人才高消费也误导了学生的选择。目前大部分企事业单位招聘,都要求本科以上学历,客观上引导了学生不选职高、技校。

还有一个原因是少数职高、技校教学质量不高。一些学生毕业后技术也不过硬,不能独当一面,也导致了学生对职高、技校不热心。

今后 15 年内,工农业生产第一线的主力军应是职高、技校毕业生。一线技术人员不足直接影响经济的发展。盲目追求高学历人才,会造成人才资源的极大浪费。面对职高、技校严重滑坡的现象,再也不能淡然处之。调整职高、技校教育是时候了。作为教育部门,应清楚目前所面临的形势,巩固职高技校教育成果,加大投资力度,打出品牌,提高教学质量,调整教学专业,寻找新的就业定位,真正让学生学有所长,学有所用,在市场经济大舞台上占有一席之地。

我们期待着职高、技校风光再现。

(刊于 2000 年 9 月 2 日《株洲日报》)

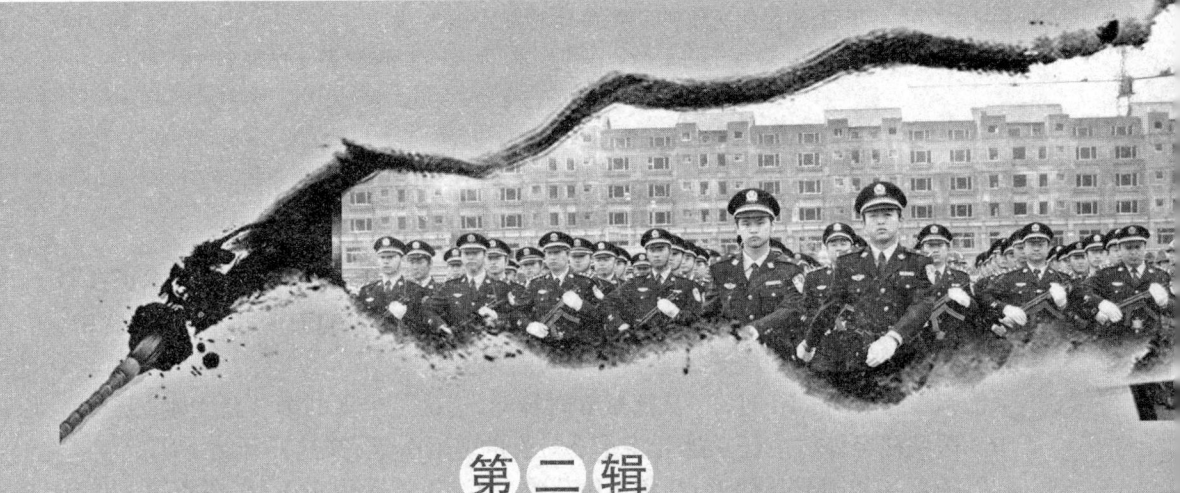

第二辑

润物无声

（典型人物类）

- 将军『打靶』在颅脑
- 执著的『着力点』
- 愿做一辈子守山人
- 一名平凡军医的精神高地
- 老八路话当年打鬼子
- 樊光辉：医生首先要有一颗慈悲心
- 军中女大校的情和爱
- 挑战癌魔铸军威
- 璀璨射线扫病魔
- 陈宏贵：维修世界很精彩

40多年前,家人转危为安令他认识了军医
40多年后,出色的医技和医德,令他成为了一位将军
他是湖南首位被授予将军衔的医疗专家,但他一直不忘"我首先是个医生"

将军"打靶"在颅脑

在解放军第163医院手术室的无影灯下,一场与肿瘤病魔较量的手术正在紧张进行——捕捉异形、瞄准、发射,随着"打靶"将军王连元的命令和指引,颅脑中,手术刀对准"靶点"——病变细胞实施瞬间毁损。

抬腕看表:上午10时许。从清晨6时算起,这已是今天的第3台手术。解放军第163医院神经外科主任王连元将军9月份的普通一天,又这样开始了。

伴随着共和国成长的近40年军医生涯,带给王连元很多东西:我省第一位被授予将军衔的医疗专家,30项科研成果,"名医名刀"的荣誉,难以计数对他感恩的患者……对于这位年近花甲的军医来说,最珍贵的,还是治愈患者后的那份喜悦。

无影灯下作战场

王连元出生在祁东县一个普通的农民家庭,13岁时,王连元的父亲得了一种叫"阿米巴痢疾"的病,一拖就是多年。不久,王连元的姐姐患上一种奇怪的病,由于当时农村人对医学知识知之甚少,便认为是"魔鬼附身"。

"这个时候,一个从部队转业的军医把她从病魔手中救了回来。从军医那里,我才知道,姐姐既不是'魔鬼缠身',也不是'风寒',而是得了一种叫'肺脓疡'的病。"这件事,让王连元深受震动。从此,他下决心:长大以后,也要当医生,也要治病救人。

1964年,大学恢复招生,王连元如愿考上了湖南医学院(现中南大学湘雅医学院)。1969年,即将毕业的王连元因为学业优、品质好,被选为抗美援越后备医疗队员之一。当他穿上军装,做好奔赴战场的准备时,越战的硝烟消散了。

虽然没亲临炮火连天的战场,他却有幸穿上了绿军装,成为了解放军第163医院神经外科一名真正的军医。从此,他挥刀于人体细细密密的脑血管与神经之间,在生死攸关的另一个战场与死神和病魔对阵。

无影灯下的战斗是惨烈的,而在人脑上动刀与死神较量,需要的最好武器莫过于高明的医术、崇高的敬业精神以及对人类生命的热爱。为了不断求得医术的提高,王连元先后到北京天坛医院等处进修继续苦读。

1979年，王连元作为医院的骨干医生，被派往广西前线的战地医院。在那里工作的一个月时间，对王连元的医疗技术以及体能都是极大的挑战。

"到前线的第一天，战斗是7点多打响的，一个多小时后，从前线就送来了20车400多名受伤的战士。这一天我就做了26台手术。为了救回那些年轻战士的生命，最长的时间我有七天七夜没敢合眼睛，平均15个小时才顾得上吃一回饭。每次战友送来的饭菜大都原封不动地摆在手术室外边，炊事班的战友们只得将饭菜热了一次又一次。"

那些日子，王连元一连做了608例开颅手术。四川籍战士小张，是他动手术中年龄最小的一个，17岁的他在攻打某高地时不幸脑部中弹，由于脑碎骨片多，清除时间长，终因失血过多而光荣牺牲。在小张生命即将消逝的时刻，王连元看到了战士对生命的追求。从战地医院归来，王连元心潮起伏难平：如果这把手术刀能挽回所有战士的生命，那该多好啊！

苦练"枪法"闯禁区

作为一名神经外科医生，最痛苦的莫过于在手术台上"无力回天"，王连元渴望手中的小小刀片，能像百发百中的神枪，枪枪毙敌。

凭借着扎实的专业基础知识和丰富的临床工作经验，王连元苦练"枪法"——成功地对一系列科研课题进行了攻坚战，其中神经源性高血压实验和临床研究课题填补了国内、军内空白，1993年获军队科技进步三等奖。此后，他对原发性高血压的实验研究，又在1997年获军队科技进步二等奖，被国内专家评议为"实验部分国内领先，临床部分国际先进"。

人体脑干部位是生命的中枢，也是医学禁区，但王连元"艺高胆大"成功地做了40多例脑干肿瘤手术。30多年里，王连元收治颅内肿瘤4000余例，颅脑外伤8000余例，积累了丰富的临床经验，取得丰硕成果，获得30项军队科技进步奖，发表学术论文70多篇。1987年至今，年年有科研成果。他因此9次荣立三等功，4次提前晋级，被广州军区评为"名医名刀"。

2003年9月，广州军区在解放军第163医院为王连元举行了配帽授衔仪式。根据中央军委、解放军四总部下发的通知，王连元被授予三级文职干部将军衔。他也成为湖南第一位被授予将军衔的医疗专家。

然而，在王连元眼里，一份份荣誉，一叠叠证书只能说明过去。他说，人类对于医学的探索还有很长的一段路要走。"在神经外科研究上，人类还有很多盲点，还有很多没有揭开的秘密。对于人脑，人们还了解得太少，还有很多未知的东西。这些盲点要被人类一步一步地克服，就需要我们这些医疗工作者执着不懈的努力。"

"与此同时，在神经外科这个领域里，还有很多比我厉害的同志。我必须摆正自己的位置，一个人本事再大，相对于国家、集体来说，都是沧海一粟。"

"我希望学生超过我"

"当专家必须具备培养年轻人超越自己的能力和胸怀。"这是王连元常说的一句话。

王连元曾是163医院比较年轻的科主任,他上任后抓的第一件事就是提高科室人员的业务素质和开展科研的能力。王连元办起了业务学习班,手把手地教,可他越来越感到,仅靠这种零打碎敲的传帮带,远远跟不上形势的发展要求。于是,王连元开始根据训练大纲认真抓落实,用了一年时间,科里10余名医生参加上级组织的"三基"考核,个个名列前茅。后来多次在军区颅脑手术队、野战医疗队综合演练中夺得名次。

为了给年轻医生创造条件让他尽快成才,王连元每年都多方争取名额,让他们参加各种学术会议,建立健全专科信息系统,为全科同志搞科研提供方便。为帮助他们完成科研课题,他自己默默地站在身后给年轻医生当"助手"。

"我希望学生超过我。时代在前进,科学在发展,一个科室如果没有后备力量来支撑,它的生命力是脆弱的。"

早在上个世纪80年代,王连元就把目光放在当时国内外还是技术空白的神经治疗高血压上,为了让科室尽快开展这一个全新诊疗方法,王连元选中了平时学术思想活跃的年轻医生卢明,自己给学生当配角。1995年,第一例单纯神经源高血压病人手术治疗获得成功的消息,引起了中央、省市新闻媒体的高度关注,这次手术就是他带着学生卢明实施的。1996年11月,卢明应邀参加美国洛杉矶东方医院研讨会并获一等奖,后来还获得6项军队科技进步奖;目前卢明研究的嗅鞘细胞移植治疗脊髓损伤获重大突破,为截瘫患者带来了福音。在这个年轻医生的成长道路上,王连元不知撒下了多少辛勤的汗水。

当卢明的名气越来越大,别人把目光都投向他时,王连元欣慰地笑了。"我不怕他超过我,就怕他不能超过我。"

短短几年间,在王连元身边,步入临床工作岗位的年轻医生不但能够熟练处理危重疑难病症,同时在掌握高新技术方面也取得了可喜的进步,科室先后获得多项军队科技进步奖,被广州军区评为"八五""九五"医学科技先进集体。

现在还有一件事牵挂着王连元的心。那就是广州军区神经外科研究所的筹建。"研究所的成立,对神经外科开展一些前瞻性的研究,提高治疗效果都将产生深远的影响。我们的目标是,别人能够治好的病,我们能治,对于别人不能治好的,我们也要能治。研究所挂牌成立以后,我会把领导位置给年轻人,给他们锻炼的机会。但是我还是会留在这里,病房就是我的家。"

"做优秀的医生要一辈子"

因为王连元的医术高超,找他做手术的患者络绎不绝,不少病人家属给他塞红包,他从来都是婉言谢绝。历年来他个人累计拒收红包2.8万元,他所在科室近5年退红包120个计5.7万余元。对于病人的请吃,王连元也是一律高挂"免战牌"。一位重症脑瘤病人,曾三渡鬼门关,经几次抢救治愈后,要设宴款待王连元。王连元说:"我是农家子弟,深知农民的困难。一桌饭花费的钱在农村可以买一头牛了,我吃不下去啊!"

采访中,王连元刚接到一位病人家属送来的600块钱红包,他说:"动完手术再退给他。如果现在退给他,那么病人及家属就会担心我在动手术的时候不能尽心尽力。"

坚持廉洁行医是王连元的一贯作风。相反,病人有困难,他和同事们总是热情相助。有一次,怀化靖州一位19岁的乡下女孩患脑肿瘤,家人将乡下的木屋卖了5000元,又卖了一头牛,凑了1.5万元来到163医院。王连元成功地替女孩做了手术。见女孩和家人这时连吃饭的钱都掏不出了,王连元与妻子李彩霞每天轮流给他们送盒饭,整整半个月。女孩出院时,他与科里的同事,每人捐50元,给女孩做回乡的路费。女孩和她的母亲流着泪,千恩万谢地说:"还是解放军医院好啊!"

"我首先是一个医生,其次才是个将军。"佩上将军军衔一年后的王连元,一点也没有改变他那"普通军医"的形象,还是每天战斗在外科病室。因为"当好一个赤脚医生只需要3天,但做一个优秀的医生却要一辈子。"

(刊于2004年10月8日《三湘都市报》、7月2日《湘声报》、7月17日《衡阳日报》、7月19日《衡阳晚报》、7月29日《湖南科技报》《基层政治工作研究》第8期)

执著的"着力点"
——某仓库主任彭国成带领官兵提升部队新时期保障力纪事

某仓库主任彭国成,扎根山沟军营27年,先后4次荣立三等功;多次被军区联勤部、分部评为"优秀党员""正规化管理先进个人";3次被军区评为"业务正规化建设先进个人"。今年4月,被军区评为"优秀军事教练员"。

彭国成是一个很执著的人,看准的就敢于坚持。他执著的"着力点"在哪里?走近彭国成,我们一起去感受。

高点听山风,山风更响亮

2005年底,该仓库参加上级组织的实兵演练,时任业务处处长的他,担任演练军械保障分队指挥员。某新型雷达因具有先进的自动侦察功能,成为这支分队重点保障的装备。没想到,雷达刚一进入集结地域就"趴窝"了。该分队紧急抢修,雷达很快被"救活"。可当演练指挥所询问能否利用该雷达为其提供实时侦察信息时,几名修理能手齐齐站在雷达前,不知从何下手。此事深深地触动了彭国成的神经。他想,这种情况虽属偶然,但战场没有必然,抓住偶然机会,有时就能决定一场战争的胜负。作为后方仓库的官兵,不仅要当好装备的保管员,也要成为胜任任务的指挥员。

保管员与指挥员的双重角色定位,引发了彭国成的全新思考:呈现明显"一体化"特征的未来信息化作战,广阔的陆、海、空、电、磁都是主战场,没有严格的前后方之分。即使平时身在后方,也要做到时刻心系前方。

高点听山风,山风更响亮。对于新军事变革"风声"的听觉越来越灵敏的彭国成,陡生追赶变革步伐、弥补观念"时代差"的紧迫感和责任感,他常告诉自己,虽然身处深山沟,也要努力登高听"山风"。从这时起,无论是在执行野外保障的间隙,还是在机动演练的途中,再忙再累,他每天坚持学习研究战争的新思想、新理论,先后研读了《信息战》《战争论》《信息化条件下的联合保障》等10多部军事著作,并写下了20多万字的读书笔记,整理了2套应急后勤保障重难点课目研究、训练资料。

2006年初,走马上任该仓库主任的彭国成,在转变思想观念上,有了更强烈的"带头转,更要带领官兵一起转"的责任意识。于是,他在全库掀起了"仓库角色"的思想大讨论。为了将讨论引向深处,他和仓库领导多次登台授课,以新理论的普及牵引官兵思想观念集体"转身"。每次新装备一到,他都努力做仓库第一个"装备明白人",担任装备组训维修示范教练员,面对面帮,手把手教。今年4月,作为军区联勤部唯一团主官代表,他参加了军区教练员会操,凭着过硬的军事素质,他被军区评为"优秀军事教练员。"

如今,"洞库连着战场,岗位连着使命"的理念,已在官兵的心底扎了根。近年来,仓库5次参加上级组织的野战紧急收发保障演练,次次获得优异成绩。

起点越扎实,起跑越有力

这个仓库加强信息化建设,曾经在要不要建、能不能建、怎么建的问题上,经历了一个由被动到主动、由肤浅到深刻、由低标准到高标准的跨越过程。

2006年底,仓库组织了一次业务大比武,素有"一口清""一摸准"的2名技术干部花了20多分钟才查完一个库房,而操作"数字化库房管理系统"软件的士兵保管员张练,仅用10秒钟就准确查出2个库房的物资数量和质量,准确率100%!

昔日靠传统方式收发作业的"精英"败在了"无名小卒"手上。

这事使彭国成心潮难平,深感抓好信息化建设是打赢未来信息化战争的必经之路。尽管,一个后方仓库,信息化装备少,专业人才缺,科研经费不足,但彭国成认为,办法总比困难多,干着今天的事情,就要积蓄明天发展的后劲。仓库迅速拉开了信息化建设帷幕。

迎着困难上,主动求作为。为筹集资金,彭国成北上南下,积极寻求上级支持;搞好开源节流,把有限的经费用在信息化建设的刀刃上。

他精选人员到信息化先进单位和驻地通信网络部门观摩见学,按照优长互补、最佳结合的原则,组建数个重难题集体攻关小组。彭国成清醒地认识到,作为一个单位的信息化建设,从一开始就要特别注重统筹兼顾、科学设计,不能搞"家家点火、村村冒烟",否则会造成资源的无端浪费。从建设第一个网络、开发第一个系统开始,他就与攻关组一道,严格遵照"着眼实战、紧贴实际、注重实用"的"三实"原则,并为将来网络系统的扩展增容预留了接口。仓库在铺设网络线路时,全部使用容量大、较先进光纤线,即使未来10年内再增设数百个网络终端,不更换光缆,也不会出现线路堵塞。当年,库里研发四大系统、十四个子系统,不用改造升级,一联网就实现了无缝链接,自动融合。

起点越结实,起跑更有力。如今,这个仓库网络进班排,信息到个人,实现了业务处理网络化、综合监控数字化、保障资源可视化、基础数据标准化,大大提高了后勤保障能力。今年初,仓库被总部评为全军业务规范化建设先进单位。

难点当考题,"开卷"更有益

2007年6月,上级工作组到这个仓库检查战备训练情况,临时设置课题,让该库抽组遂行应急保障任务。结果因少数保障人员紧急集合迟缓,导致部队到达集结地域时晚了15分钟,受到上级严厉批评。

平时各项保障任务完成不错,为什么经不起一场模拟战的拉动?彭国成调查发现,重视平时业务收发,忽视战时保障训练,想平时的"招"多,谋战时的"招"少,从而导致训练与实战要求脱节。跌个跟头捡个明白。彭国成一方面引导官兵牢固树立战斗队思想,一方面指导各单位紧贴任务,修订了指挥所编组、应急保障分队抽组、公路(铁路、水路)机动、仓库紧急收发、野战仓库开设等保障预案,并利用演练和重大军事行动不断完善提高。

对于仓库来讲,战时后勤保障力提升的难点在哪里?他在深入调查中发现,点多线长,执勤任务重,训练人员难集中;人少事多,业务收发忙,训练时间难落实等。彭国成把难点当考题,走出了四步快棋:

——围绕野战条件下的部队管理、机关参谋指挥、作战文书等内容,对仓库干部进行定期培训,着力提高应急作战支援保障组织指挥能力。

——开展全员额、全专业"一专多能""一兵多用"训练,发挥人装结合的最大效能。并明确规定要实现"四项指标":懂原理、会操作、会保障、会防护。

——作出硬性规定,实行军事训练"一票否决制",凡训练不达标的单位和个人,不得评为全面建设先进单位,干部当年不得提拔使用,不列入年终立功受奖表彰对象。

——增大保障分队野战应急式针对性、适应性训练内容的比重,个人突出专业技能和单兵勤务技能训练,保障分队、保障单元突出合成训练,提高快收快发、快抢快修等保障能力。

新思路带来新变化。如今,仓库不经临战训练、不经临战准备即可遂行作战保障任务!

(与向勇、杨明伟合作,刊于 2009 年 10 月 5 日《战士报》头版头条、2010 年 1 月 13 日《解放军报》)

愿做一辈子守山人
——记军区联勤部"践行当代革命军人核心价值观标兵"石申红

"党的事业没有价钱可讲,没有艰苦之别,如果组织需要,我愿做一辈子守山人。"在今年联勤部举办的践行军人核心价值观典型事迹报告会上,一名中校军官的发言博得了官兵雷鸣般的掌声。他就是军区某军械仓库业务处助理员石申红,凭着对党的国防事业的忠诚,在山沟一呆就是 14 年,留下了串串坚实的足迹:先后两次被军区评为业务管理先进个人,被联勤部评为军械专业岗位训练标兵,荣立三等功 1 次。今年 7 月被联勤部评为"践行当代革命军人核心价值观标兵"。

执著山沟志不移

俗话说,人往高处走,水往低处流。面对人生的十字路口,从大山里走出的石申红,却两次选择了偏远的深山沟。

他出生在湖北大别山革命老区,1993 年以优异成绩考入了石家庄军械工程学院。学院领导看他勤奋好学,是个可造之才,有意让他留校任教。是到大山沟的仓库操枪弄炮,还是留校任教?"军人的使命在战场,事业的沃土在基层"。他掂量再三,毅然选择了山沟。就这样,在走出生活了 18 年的山沟后,又走进了南岭腹地的某军械仓库。

经过几年的基层锤炼,他成了单位的"香饽饽"。2005年,分部军械处有意调他到机关工作。正当他满怀期待之时,仓库主任、政委找他谈话,总部火炮质量升级任务即将下达,真心希望作为技术骨干的他能够留下。命运总是让人难以琢磨,又一次站在人生十字路口的他彻夜难眠:一边是山沟的需要,一边是城市的召唤,到底该何去何从?第二天,他的身影一出现在火炮质量升级工作现场,在场官兵立刻报以热烈的掌声。就这样,与山沟难以割舍的情结让他又一次选择了坚守。年底,他和官兵们为仓库扛回了总部火炮质量升级先进单位的奖牌。

立足岗位强素质

自认为科班出身,干好军械仓库这点业务,应该不在话下。可现实给石申红上了无情的一课。有一次迎接上级检查,一位首长指着某型导弹发射装置包装箱上的标识问他是什么含义,他支支吾吾大半天说不出个所以然。这件事对他触动很大,深感学历不等于能力,有本事才有底气。

为尽快补齐专业知识欠缺的"短板",他把自己当作新兵,凭着一股如饥似渴的求知精神,先后读完了两尺多高的专业书籍和标准规范,做了10大本学习笔记,对仓库大部分武器装备技术参数和保管保养方法熟记在心,成为领导放心、官兵信任的业务骨干。

当看到仓库电脑成了打字机、游戏机,而业务管理还是手工作业时,他便把岗位触角延伸到信息化革新上。2006年7月,刚刚研究生毕业的他到库房检查,让保管员报告温湿度情况,保管员左看右查,十多分钟才得出结果,此时他萌发了设计一个温湿度自动查询换算系统的念头。经过一个多月的连续攻关,系统如期开发成功,保管员试用后,感到非常好用,速度快,精度比手工查算表更高。短短5年,他着眼仓库建设需要,先后组织开发出仓库综合信息网、"燕子窝兵语"电子报系统和业务资料管理系统等8项革新小成果,建立完善了4个基础数据库,为仓库信息化建设做出了应有贡献。

勇挑重担创一流

2008年,仓库代表军区承担总部业务规范化试点任务,时间紧,标准高,没有现成经验可借鉴,他迎难而上,白天组织场所整治,晚上加班制定计划方案、整理资料和撰写汇报材料,整整一年时间,他没有休过一个完整的双休日,几乎把所有精力都投入到试点中。8月中旬,上级组织预检,发现七号洞库有6个堆垛间距与标准少10厘米,一般用肉眼难以发现,但检查组命令必须整改。经测算,共需调整4000多箱,而离总部验收不到半个月,此时调库将严重影响工作进度。在此关键时刻,他主动请缨,立下军令状:3天内完成任务。于是他把床铺搬到四号技术区哨所,吃住在一线、组织在一线,和官兵一道抬箱推车。最终,仓库业务规范化建设顺利通过总部考核验收,单位业务工作跨入全军先进行列。

去年3月,他报名参加上级军械专业岗位练兵比武。然而,年龄大、记忆力差等连串劣势让他一进集训队就处在"四面楚歌"中。第一次摸底考试,他毫无悬念地排在"老末"。为争创一流成绩,他练公文拟制,经常在电脑前一坐就是几个小时;练物资倒垛,在太阳底下一晒就是半天;背理论题目,更是到了"痴迷"的程度,吃饭、走路都想着背题目。100多个日日夜夜的艰辛付出换来了可喜回报:在联勤部岗位练兵大比武中,他大显身手,捧回了金灿灿的奖牌,被联勤部评为军械专业岗位训练标兵。

(刊于2011年9月15日《战士报》)

一名平凡军医的精神高地
——解读169医院肿瘤科原主任莫放林的"价值观"

莫放林生前系广州军区第169医院肿瘤科主任,是享誉中南的肿瘤学科专家,广州军区肿瘤重点学科带头人,广州军区肿瘤专业委员会副主任委员。

他1963年1月出生,1986年7月入伍。2009年3月10日,因病累倒在心爱的工作岗位上。

莫放林入伍24年来,牢记宗旨,不辱使命,模范践行当代革命军人核心价值观,先后4次荣立三等功,多次被评为优秀党员、医德医风先进个人、为兵服务之星;所在肿瘤科年年被分部以上机关评为先进。特别是在他身患绝症、被告知最多只能活3个月的情况下,仍然坚守工作岗位,直至气管切开前的最后一刻,手里还攥着一份未审阅完的病历!

莫放林模范践行当代革命军人核心价值观的事迹,经《战士报》《解放军报》及内参、中国军网等多家新闻媒体进行重点宣传报道后,在军地引起强烈反响。169医院党委、某分部党委、广州军区联勤部党委先后作出了《关于开展向莫放林同志学习活动的决定》。前不久,总后勤部将他树为医疗战线的楷模,并被广州军区联勤部党委追记二等功。

作为一名普通军医,莫放林何以具有如此深远的影响力?究竟有着怎样的精神高地?

上个世纪90年代,社会上一度流行"要想奔小康,先要脱军装","要想先致富,就当个体户"的说法。作为一名地方"吃香"的技术干部,莫放林为何能始终矢志不渝为国防?

理想是力量　信仰是航向

20世纪90年代,市场经济的大潮席卷神州大地。"一夜暴富"的个例引发了无数人的追求和向往。"只有闯市场,才能先致富"得到越来越多人们的认同。部分官兵也脱下军装,迈入了致富奔小康的行列。

身为医院技术骨干、驻地名医名刀,点名要莫放林手术的患者每天排着长队……作为一名"吃香"的医疗干部,莫放林似乎更具有"下海"的资本。

为了把莫放林这个"香饽饽"抢到手,1999年初夏,省城一家大医院竟开出如此优厚条件:保证收入是部队的10倍,免费赠送一套140平方米的住房和一台小轿车。莫放林没有答应。

妻子覃春莲所在的衡阳市中心医院领导诚恳邀请莫放林尽快转业到单位工作,他同样没有点头。

2001年春,有一家医院拿着合作意向书,找到已担任肿瘤科主任的莫放林,承诺不必去医院上班,只要挂个名就行,每月报酬6000元。莫放林又婉言谢绝了对方的好意。

许多亲戚、朋友对莫放林的行为不理解。他却说:"虽然我是一名医生,但我首先是一名军人。军人就得热爱自己穿的这身绿军装!"

就这样,面对多次跳槽和发家致富的机会,莫放林不跟风,不摇摆,始终没有动摇立足军营建功立业的理想。

理想是力量,信仰是航向。莫放林常说,没有信仰,军人就没有了脊梁;具有坚定信仰的人才是最幸福的。

他是党的创新理论的直接受益者,是党的好政策推动了农村经济大发展,使他得以考上大学,入伍入党,成为专家。因此,他对党始终怀着发自内心的深厚感情,对党的创新理论做到真信、真学、真用。在他的书柜里除了专业书籍,就是理论读物,光是笔记就有50多本、近200万字。他不仅自己学,还带动他人学,在科室建立了"理论学习兴趣小组",创办了学习专刊,积极宣扬党的创新理论,经常开展讨论辨析、思想交锋,使之成为医院党员干部明辨是非的思想阵地,坚定从军报国信仰的力量源泉。

信仰由学而坚。追寻莫放林成长的轨迹,我们不难看出,莫放林之所以"不跟风,不摇摆",就是有坚定的信仰作支撑。人只要有信仰,就能跋山涉水、劈荆斩棘,创造出不平凡的业绩。这是莫放林留给我们的深刻启示。

在现实生活中,个别党员喜欢以个人得失来评价组织,存在"得了实惠唱赞歌,稍有亏待生埋怨"的现象。莫放林为何能坚守入党誓言,至死不忘履行义务?

入党一生一次　跟党一生一世

曾几何时,一些地方提出了这样的口号:"退伍就业,党员优先。""招工招干,党员靠前。"……于是,少数同志把入党视为就业、提升的跳板,给入党增加了一些机会主义与功利主义色彩。

不可否认,在现实生活中,在我们的党员队伍中,还或多或少存在这样的现象:有的人行动上入了党,思想上并未入党;有的人入党前拼命干,入党后松一半;有的人自己有想法就向组织提要求,组织有要求他却提想法……

可见,加强党性修养是一个永恒的主题。

作为一名普通党员,莫放林始终一如既往地履行着党员义务。考虑最多的不是个人得失,而是甘于为党吃亏、受累,以生生不息的意志去实践执着的事业梦想。

在2009年年终科主任述职暨医院发展研讨会上,由于化疗反应强烈,莫放林仍拖着虚弱的身子坚持走上台述职。在激昂的发言中,他把肿瘤科在未来5年内的医疗、人才、科研等远景蓝图进行了详细展示!使在场的每一位科主任都为之动容:一个生命即将走到尽头的医者,一名普通的共产党员,在述职中却只字未提自己的病情,而是给自己的工作制定了一个永不停歇的计划。

"入党一生一次,跟党一生一世。"在莫放林的日记里,我们看到了这句令人怦然心动的话!找到的是这样的答案。

也许,在生命即将走到尽头的那一刻,莫放林并没有把自己的行为与一名党员的责任和义务联系在一起。然而,正像一名医生对他的评价那样:"什么是爱党、信党、为党?你用生命的倒计时,做出了生动诠释!"

虽然莫放林自从实施气管切开手术后已不能说话,但是,他却吃力地用食指在妻子覃春莲的手心上反复轻轻地画着镰刀斧头和一串数字,示意着让妻子为他代交5000元党费。这沉甸甸的5000元,对于莫放林这名普通的科主任是那么纯粹、那么高尚、那么熠熠生辉——他模范遵守党的章程,践行着自己入党时的铮铮誓言。

交纳党费5天后,46岁的莫放林匆匆走完了他的生命旅程。

或许在别人眼里,莫放林是一名病重的癌症患者,然而在党旗下,他永远是一名忠诚的坚强战士。最后一次党费,把莫放林对党的赤诚之心和一名党员的先进性延续到了生命的尽头。

人们常常将坚定信念跟党走归结为对党的一种深厚感情。作为一名普通党员,享有着党员的权利,同时也必须履行党员的义务。莫放林把履行好一名党员的责任和义务,作为自己最崇高的人生目标,虽然生命即将走到尽头,仍然从严要求自己,一心向党,矢志不移,用自己的一言一行、一举一动坚守着入党时的誓言。因为,在他心里,理想信念永远是共产党人立身安命的根基。是对党的坚定信念,让他焕发出忘我奋斗的激情。

> 俗话说:"顺风顺水好行船,险滩暗流难驾舟。"有些人习惯"遇事想前途、凡事留后路"。抉择面前,莫放林为何能够毅然转行,勇敢当起肿瘤科的开路先锋?

组织的信任就是责任　组织的任命就是使命

交朋友,找利友;选岗位,看"油水";干工作,重回报……当今时代,许多人已经不会专门自找苦吃了,多了一些浮躁,少了一份应有的坚定;多了一些功利主义的色彩,少了一份奉献的执著。

然而,在莫放林的朋友圈子里,穷朋友最多,既有上不起学的孤儿,也有无伴无子的老人。对于工作岗位,他从不挑肥拣瘦。大学毕业后,他选择了条件相对艰苦的军队医院;刚走上工作岗位,他主动承担困难重重的课题攻关。

而对于组织的任命,他从来只有八个字:"不讲条件,坚决服从。"

2001年初,医院决定组建肿瘤科,拟任命莫放林为科主任。在心胸外科干了14年的他,此时早已是科室骨干、医院名刀,先后主刀完成心肺、食道等手术近500台次,获得2项军队医疗科技成果三等奖,3项军队医疗科技成果四等奖。

在别人看来,此时正是莫放林人生春风得意的时候:每年都有专业技术新成果出手,多次被评为"十佳医疗之星",无数病人慕名前来点名要他手术……

而当时的肿瘤科还处于"纸上谈兵"阶段,人才、设备、机房样样都缺。况且,外科、内科工作类型完全不同,隔行如隔山:外科医生治愈成功机率大,易有成就感;而肿瘤科面对的大多是绝症患者……

是寻找理由退却,还是迎难而上?面对组织的任命,莫放林只有简短的一句话:"组织的信任就是责任,组织的任命就是使命!"

于是,在心胸外科干得得心应手的莫放林毅然受命,担当起了肿瘤科的开路先锋。

然而,在现实生活中,不少人却是一事当前,考虑个人利益多,考虑组织的需要少;讲条件多,无条件服从少;被动服从多,主动听召唤少。

"革命军人是块砖,哪里需要哪里搬。"莫放林的事迹告诉我们一个简单的道理:作为革命军人和共产党人,一定要能够时刻站在组织的立场,想组织的需要,听组织的召唤,完成组织交给的任务。即使可能会遇到一些困难,甚至要作出巨大的牺牲,但终究不仅会收获事业的成功,而且会赢得组织和人民群众的信任和褒奖。

许多人觉得:"人为自己,合情合理。""人生在世,自我二字。"直至生命的最后一刻,莫放林为何心中装着的依然是患者,唯独没有他自己?

患者交付信任　医者托举生命

伴随着改革开放和市场经济的脚步,人们的思想和价值观念也日趋多元。曾几何时,"全心全意为人民服务"唱响大江南北。而如今,"人为自己,天经地义;人不为己,天诛地灭"的观点也有了不少的拥护者。

翻开莫放林的日记,一段这样的文字醒目地跃入我们的眼帘:"社会性的人,究竟是为人还是为己好?就让天、地、人发生的事实来证明和觉悟吧!太阳在燃烧中为众星和人类奉献着光和热,在天空中永恒,众星才把太阳围绕;地球自觉地围绕着太阳自转,为人类奉献着衣食住行,饱含着母亲般伟大的爱,人类自会把你赞美!"

明代龚云林说:"医者,生人之术也。"于患者而言,医生是"救命""活人"的职业,医护人员只有以高度的仁爱精神对待患者,才会"杏林春暖",病人舒心。

在莫放林平凡而简短的一生中,充满的就是这样的镜头:

孤寡老人陈奶奶凌晨2点给莫放林打了一个电话,想聊聊天。十来分钟后,莫放林喘着粗气来到病房,身上的睡衣都来不及换。安慰完陈奶奶后,天已鱼肚泛白。看着安心睡去的老人那安详的脸,疲惫不堪的莫放林却感到无比欣慰。

2009年2月26日,病重的莫放林将马上进行气管切开手术,领导、同事、朋友、家人陆续前来探望。可是,莫放林连一一道谢的时间都没有,注意力全在摊满一床的病历上,一笔一画认真地为患者写下治疗方案。

……

众多患者一见他就倾心将生命托付;身患绝症后他依然坚守在心爱的工作岗位,为病人奉献全部的爱心。原来,在莫放林心里,天下众生就是自己,为人就是为己,为这样的"自己"活着,才是莫放林真正的生活重心!从这些镜头中,我们领略到了一个冲破私欲羁绊、登上精神高峰的军医情怀,看到了一个医德高尚、医术高超的精诚大医。

如今,很多人感到"子难教,社会错";"子女不器,父母无力"。莫放林平时言语不多,但为何能成为孩子的"无字教科书"?

给人一线光亮　路人自会随行

上网成瘾、疯狂追星、个性张扬……随着"问题少年"的增多,不少人感叹,现在的年轻一代真是看不透彻,接受不了。于是,人们普遍感到子女教育成了一大难题,并把它归结于社会变化太快,社会影响太深。一时间,"子难教,社会错""子女不器,父母无力"成为当今的"流行语"。

然而,莫放林用自己的人格力量改变双胞胎儿子的"人生志愿"的事实,不禁让我们的眼睛为之一亮。

莫放林是学医的,而且是军医。在一般人看来,他的双胞胎儿子博文和博雅应该从小就受到父亲的影响和熏陶,来一个"子继父业",长大后从医或当兵。然而,起初的情况并不是这样。在两个儿子的记忆中,莫放林始终是个大忙人:每天天不亮就上班去了,晚上回家又比较晚,有时甚至十天半月也难得见上父亲一面;深更半夜经常有电话把他们从梦中吵醒——那是医院通知父亲去抢救病人;学校通知开家长会,父亲一次也没有去过;和父亲一起上公园玩,无疑是一种奢望。因此,他们从小就认为从医、当兵并没什么好,或许心中还有一丝怨恨。要不,俩兄弟怎么会从小立下志向,长大后坚决不当兵、不当医生?

"给人一线光亮,路人自会随行。"面对儿子的选择,莫放林什么也不说,而是用无声的行动去感染他们,当好儿子的"无字教科书"。

终于,在莫放林身上发生的两件事,让双胞胎儿子对父亲有了新的认识,对人生有了新的感悟。一件事是,衡阳市某公司女工菲菲竟在父亲的病房举办婚礼。这位正准备结婚却不幸患上了脑肿瘤的菲菲,在父亲的精心医治下获得新生。为感激父亲的救命之恩,菲菲一直称呼父亲为"爸爸",竟然把大红的"喜喜"字贴在了父亲的病床头。另一件事是,为父亲送行的悲壮场面。父亲下葬那天,原本晴朗的天空突然下起了倾盆大雨。然而,还是有好多陌生的面孔赶来为父亲送行,大到七、八十岁的老人,小到三、四岁的孩子,互相牵手,冒雨前行。百合花、马蹄莲、沾满乡间泥土的野花……一束束饱含着敬意和思念的鲜花,把遗体告别现场变成了花的海洋,原定200人的遗体告别仪式,一下子竟挤满了1000多人!

"桃李不言,下自成蹊。"此情此景,让双胞胎儿子的心灵受到了强烈震撼:父亲的爱是一种大爱! 父亲的人生是有价值的人生! 俩兄弟的人生志愿也随之发生了改变:要像父亲那样当一名好军人、好军医!

这件事告诉我们,不管你是什么人,只要你是高尚的,你对身边人的影响就是高尚的。与其埋怨社会环境不行,不如自己带头尽力做好。

一些人认为"明日无战事,今天不擦枪",相信"临阵磨刀,不快也光"。但莫放林为何始终保持为患者时刻准备的"待发"状态?

病情就是命令　随时准备出诊

"态度决定一切。"一支球队实力再强,如果不重视对手,疏于备战,对垒"鱼腩"球队,也会"阴沟翻船",因为态度出了问题。完成一项工作,如果不考虑细致,漫不经心,再简单的事也会办砸,这也是态度问题。相反的是,岛国日本,历经地震考验,无数次的历史沉痛教训,促使日本从政府到民众,在认识态度上敢于正视,在防范措施上不断完善,近几年虽大地震依旧不少,但再也没让惨痛的历史重演。

"军人不打无准备之仗。"作为一名军医,莫放林认为,能否随时出现在急难危重病人抢救一线,是考验医生对患者、对职责使命态度的一个重大考题。"病情就是命令,随时准备出诊,自觉当好应急'110'。"他始终用这句话要求自己。为此,他一生为患者保持"待发"状态,即使数日无急救,也不因一时松懈留后悔。

莫放林一生保持这样的习惯:睡觉前摆一把椅子在床头,上面摆衣服,下面放皮鞋,电话放枕边,手机24小时不关,铃声开到最大,以便能最快地帮助求助患者。就是到了后来他的病情加剧、疼痛难忍之时,这个习惯也从未改变:即使躺在床上,依旧保持"待发"姿态。

每每看到这些,莫放林的妻子覃春莲就心痛:他心里只有患者,根本没把自己当成一名危重病人。2008年7月的一个深夜,患有直肠癌的张奶奶突然出现呼吸急促、生命体征下降,六神无主的家人试着拨通了莫放林的电话。没想到,莫放林当即赶到她家里,连续抢救3个多小时后,老人终于转危为安。

习惯的形成从不是一朝一夕的事。肿瘤科创建没多久,一名刚入院的病号几次无端指责值班护士,护士很委屈。莫放林当即查出了实情:主要是病人身体不适时想见专家,又见不到,心里很烦躁。他在与多位病人的聊天中了解到,许多病人都有这种"应急"需求。"肿瘤病人心理压力大,情绪波动异常是常有的事,尽可能满足患者的求是医生的职责;我们应该像'110'一样,只要患者有需求,医生就要随叫随到。"

莫放林说到做到。当天,一张"病人应急求助电话表"就张贴到了每间病房。他把自己手机和家里的电话列在电话表的第一栏,从而成了全科接受求助电话最多的人。病人把这张电话表亲切地称为病房里的"110"。有时电话一多,一块手机电池不够用,为此,他一下班就把手机和备用电池充满电,上班时两块电池都带上,已成了他不可改变的"习惯",为的就是让病人随时能找到他。莫放林病重后,非常需要休息,科室同事想把他的名字从求助表上往后挪一挪,以减轻工作负担。但是,莫放林却不同意。他说,人民群众的需求和信任,是对一名军医的最大褒奖!

==当今社会,一些人信奉"工作随大流,生活赶潮流","工作只求过得去,人生才会有乐趣"。莫放林为何能始终坚持"宁可身体不休息,工作也要出成绩"?==

工作干精致　人生就精彩

当今社会,人们对于社会风气的议论颇多。很多人信奉"苦干不如巧干""能干不如会跑",总觉得工作干得再好也没有太多意义。于是乎,工作只求过得去,不求过得硬,在"天下熙熙,皆为利来,天下攘攘,皆为利往"的信条中坚守对事业的追求反倒是一件难能可贵的事情。

而莫放林却始终把每项工作当成艺术品一样精雕细刻。为尽快提高医疗水平,每次学习需要借助插图理解时,他从来不去找现成的、标准的图片,而是自己凭印象先在稿纸上起草,然后把自己画的图与标准的图片相比较,直至与书上的图片一个模样,才把它画到笔记本上,深化理解所学知识。以至于人体的每个器官、每个部位在他的笔下都栩栩如生。给年轻医生讲课时,莫放林从来不需要用挂图,总是边讲边画,信心拈来!

在对待任何病例上,他更是一丝不苟。2007年6月,一名年仅13岁的女孩因全身骨痛被骨科收治入院。在医院组织的专家会诊中,莫放林认真研究病历,不放过一丝细节,大胆判定是恶性葡萄胎肺转移。后来,确凿的事实证明他的判断是对的。

莫放林毕业分配到医院不久,就主动要求加入当时的心胸外科两项研究课题攻关组,凭着精诚刻苦的态度,逐渐成为主力,最终两项课题都获得军队医疗成果奖。

心胸外科手术多,莫放林即使在旁观,他也会把任何一台手术当成精品课。凭着这份执着,他迅速成长为心胸外科医疗骨干。

改行担任肿瘤科主任后,莫放林从不放弃任何一个学习提高的机会,无论是理论上的盲点,还是医疗仪器使用上的瑕疵,他都会谦虚的四处求证于专家同行。短短三年,他终于从肿瘤专业"门外汉"摇身一变成专家。

追寻莫放林的成长轨迹,我们不难发现,人一旦有对待工作、对待事业的"精致"工程态度,虽然不一定能成就一番轰轰烈烈的大业,但一定会不时冒出"精品",从而丰富你的人生价值,让平凡的岗位变得不平凡!

有人说,人生如河流,细水才能长流;生活本平淡,安乐是福分。但莫放林为何能既接受人生的平凡,更追求生命的灿烂?

与其文火微光　不如烈火闪耀

一位哲学家说过,假如人的生命不只一次,到垂垂老矣,浑噩度世的人会以向来生打欠条的方式,表达今生的歉意;奋发进取、力拒平庸的人,会以微笑的方式,向生命表达谢意。而这与生命长短无关。生命本自然,伤痛变故,无法避拒;人生靠追求,价值高低,全在自己。

莫放林在身患绝症生命垂危之时,面对"好好休息"的好言相劝时,常讲的一句话就是:"既然活不了几天,那还不如抓紧时间努力工作!"生命枯萎之时,也要绽放灿烂。这是莫放林给自己人生的唯一注解。在身患癌症晚期这一巨大变故面前,他却依旧平静、乐观。在一本本厚厚的为患者看病的"诊疗记录"里,只写下了短短的30余字的"处方":"患上肿瘤,人生不幸;但生命如炬,全在燃烧;与其文火微光,不如烈火闪耀!"当很多人被病魔所吓倒时,他却从中收获了巨大的生命力量。

生命之舟破浪远行,能量全在信仰的力量。确诊病情后,他被告知最多只能活3个月。其实,此时,他可以选择消极度日,无人责怪。但他选择了"与其苟活3月,不如奋斗一天"。

这是一行伴随生命绝响刻下的奋斗足迹：病情加剧，他依然每天查房到每一名病人，晕厥在查房路上后，依旧每天坚持不懈；2007年9月手术治疗后，医生反复叮嘱他静养两个月，可他一出院，又急忙拖着病体返回工作岗位；2008年初，在执行抗冰救灾卫勤保障任务一个多月的征程中，他没睡过一个囫囵觉、没吃过一顿热饭菜，更没有因自己的病情而开过一次"小差"；因胸腔大量积液，刚刚接受了胸腔置管引流术，身体非常虚弱，依然坚持腋夹引流管，履约参加地方一个医疗事故鉴定会；呼吸功能衰竭后，每天戴着吸氧面罩查阅病历到深夜。2009年2月底，在被推上气管切开手术台前，手里依然紧攥着一份未查阅完的新病历！

透支生命，对有些人可能会加快生命的结束。可在奋斗中透支生命，却让莫放林获得了超出死亡线500多天的"新生"，被主治医师称为创造了生命的奇迹。

"生命不息，奋斗不止。"莫放林这一人生信仰有力地证明了：信仰，既可以延伸生命的长度，更可托起生命的高度，让生命在价值的高端激情燃烧，就能释放出耀眼的光彩。

许多人"谈癌色变"，认为自己患上癌症就等于判了"死缓"，从此悲观失望，一蹶不振。莫放林为何始终保持积极进取心态，把快乐播撒给身边的每一个人？

人生一乐观　世界就改观

在我们的生活中，有些人遇到一点挫折就唉声叹气，怨天尤人，仿佛整个世界都是灰暗的。特别是一些患者，当被确诊为癌症后，精神一下子就垮了，悲观绝望，精神萎靡，静静地等待死亡。

然而，莫放林面对癌症却是那么平静乐观。2007年6月，在169医院组织的年度体检中被查出纵膈部位存有阴影，疑似纵膈肿瘤。消息一出，全院震惊。可是，他却看得很淡。后来到长沙湘雅医院复查，确诊为纵膈肿瘤，专家断言他最多能活3个月。回到169医院，他在接受治疗的同时，依然坚守自己的岗位。原本浓郁的黑发严重脱落，红润的面庞渐露憔悴，他好像全不在乎。以往不太注重形象的他竟变得"爱美"了，随身携带"三件宝"：镜子、梳子、啫喱水，经常取出来，对着镜子把头发梳得溜光，打上啫喱水，还风趣地问同事："看我这个发型帅不帅？"说罢，还学着电影明星的动作甩甩头，引得周围的同事们开怀大笑。

他的乐观，让别人不敢相信他是一个癌症晚期患者。

"人生一乐观，世界就改观。"他不仅常常用这句话劝慰病人，自己也是这么身体力行。

2008年6月6日，也就是专家断言他只能活3个月的第9个月纪念日，莫放林特地邀请好友参加他的宴会，专门庆祝自己"多赚了半年"。事实上，患癌症的痛苦是常人难以忍受的,即使痛得直冒冷汗,他也从不说一声苦,总是播撒欢乐,同事们称他为病痛中的"快乐使者"。

人是要有一点精神的。一个人如果心中只有自己,在遭遇挫折时,他一定会悲观失望,丧失生活的信心和勇气;如果心中装着别人,就会把挫折当成一种财富,微笑着面对一切。

莫放林在癌症面前,没有一蹶不振,没有悲观绝望,而是乐观地与病魔抗争,热忱地为患者服务,既延续了自己的生命,又把欢乐带给了身边的每一个人。

这是一种何等崇高的精神!

这是一种何等无私的情怀!

这是一种何等高尚的追求!

(与杨明伟、胡阳琼合作,刊于2010年4月23日《战士报》二版,2011年《战士文艺》第4期、7月1日全军政工网《军旅文学》频道,被全军政工网评为"优秀原创稿件")

日本鬼子烧杀抢掠,他报名参加八路军
断公路,埋地雷,打伏击,端炮楼,神出鬼没
韩申村突围战,他只身引开敌人猛烈火力

老八路话当年打鬼子

今年84年高龄的马二虎,男,1921年3月出生,1940年4月参加八路军,1943年入党,1979年7月离职休养。马老参加过抗日战争、解放战争和抗美援朝战争,荣立三等功两次,特等功一次。1944年,在根据地一次突围战中,他机智勇敢掩护首长和战友们成功撤退,被八路军晋察冀军区授予"战斗英雄"光荣称号。

7月的一天,一场大雨过后,空气中散发着淡淡清新。笔者驱车来到衡阳江东干休所,拜访了一位战功卓著的老人。面对我们的拜访,马老显得精神矍铄,在他家小院里,老人捧出一枚枚珍藏了半个多世纪的军功章,动情地向我们讲起了当年出生入死打鬼子的故事。

决心写在衣服上

"日本鬼子当年侵略中国,鬼子的种种暴行激发了我打鬼子的决心。"马老在情绪激昂中打开了话匣子。

1937年冬,日本占领了太原,虽然还未侵占我的家乡山西交城县二区阳湾村,但每当听别人说起鬼子烧杀抢掠的暴行和沦陷区人民的悲惨生活的时候,我就咬牙切齿地发誓:"一定要去当兵打鬼子"!

1940年4月,阳湾村来了一队八路,我瞒着家人偷偷地报名参军了,被分配到晋绥8分区游击3大队(又叫交城县大队)当战士,初到部队,什么都感到新鲜,但想得更多的是什么时候能够跟鬼子干。当我从大队长罗森林手中接过那把大刀的时候(当时还没不能配枪),热血一下子就沸腾起来,我悄悄地向首长打听:"什么时候才去打鬼子?"罗大队长望着我,笑了笑说:"不要急嘛,打鬼子的事呀,今后多的是。"

可是,参军几个月了,我们游击3大队(其实只有十几个人)除了晚上到根据地以外的游击区公路上挖坑埋过几次地雷,在敌人电话线上割过几次电线外,就是开荒搞生产,或搞训练,根本没有同鬼子面对面打过。当时,我真有些沉不住气了,开始后悔参军不该到县大队而应到正规军去,认为只有天天跟鬼子干,才痛快。一天,班长马致敬问我:"你知道咱们为啥要去埋地雷、割电线吗?""对付鬼子和伪军呗"。我对班长提出这样的问题很不服气。"对呀,我们埋地雷,割电线,断交通,等等,都是在整鬼子呀。别小看了这些事,可把鬼子搞得鸡犬不宁。"经过班长和老同志的开导,我的思想通了,怨气消了。为了让班长放心,我还在衣服上写下了"只要是整鬼子的事我都好好干"的决心书。

1942年,我当了副班长,不久又当了班长。翌年,又加入了中国共产党,成为一名无产阶级先锋战士。我干得更起劲了,经常带领班里的战士趁着黑夜从西山根据地下来,走几十里路到敌人据点旁边埋地雷、割电线,或把公路挖断,或把人粪尿倒进敌人的水井里,末了,再朝敌人的据点放几枪,搞得据点里的敌人常常打不通电话、喝不上水,睡不着觉,出门踩地雷,惶惶不可终日。有一次,我奉命带领本班人员到伏虎山敌据点进行骚扰,刚下山就变天了,电闪雷鸣,下起了瓢泼大雨,眼前一片漆黑,看不清道路,分不出方向。但我们没有被困难吓倒,我想,越是坏天气,敌人越心虚,骚扰的效果可能更好。于是,我们利用闪电的强光趟路,摸着摸着,忽然隐约听到了说话声,原来我们已经摸到敌人据点的墙底下了。我立即把战士们安排在几个方向,对着据点一起开火,等到敌人还击时,我们早已撤走了。就是这样不断地袭扰、破坏敌据点,到1944年,交城县东社镇、青业村、紫兰以及伏虎山、朝周头等据点的敌人死的死、跑的跑。

说到这里,马老哈哈大笑起来。

白天不打晚上打

从一个农民到当上八路军战士,然后成为八路军的一名指挥员,马二虎在战斗中迅速成长。当时的环境十分艰苦,鬼子在武器装备上占优势。面对强大的敌人,马老说,上了战场,我不怕死,但作为八路军的一名基层指挥员,考虑更多的就是如何用最好的方法把鬼子消灭干净。

一次打伏击,马二虎带着战士们埋伏在路旁的高地上。不久,一班长张振川发现敌人,他立即准备开枪,但马二虎一看敌人阵地还有 100 多米,如果开火,很难给敌人以致命打击,还容易消耗原本不多的弹药。于是我便命令大家听我的指挥,当敌人离我们只有 50 米时,我一声令下,"打",机枪、步枪一齐开火,一枚枚手榴弹在敌人中间开花,几分钟下来,敌人死伤过半,退的退,逃的逃,无论敌指挥官怎样吼叫,也没有几个敌再敢向上冲。这时,司号员吹响了冲锋号,我带领战士高喊杀声冲向敌人,吓得敌人一个个丢枪弃炮,举手投降,共缴获机枪 12 挺,手枪 5 支,步枪 107 支,小炮 12 门。

还有一次反扫荡中,上级命令马二虎这个连队攻打敌化七头据点。第一天,我带领连队攻打正面的碉堡,由于侦察员的情况不准确,进攻后,发现不只一个碉堡,而是一个碉堡群,因敌碉堡火力太猛,没有攻下,伤了 10 多个战士,退了下来。如果不打掉正面这个梅花形的碉堡群,控制要点,就不可能拔掉化七头据点。当时,就有 3 位班长和 2 名新战士主动请求用身体捆绑炸药去炸碉堡,我在分析情况后,对他们的精神提出表扬,但他们做法并不能起什么作用,敌火力太强,他们在没有靠近敌碉堡前就有可能被敌火力引爆身上的炸药。我马上召集骨干进行研究,调整了战斗部署。

第二天,天刚麻麻亮,我带领班排长仔细察看了地形,根据全连人员的体力、火器和作战经验,把兵力分成火力掩护、扫雷、投弹、爆破、突击等 5 个组,并在请求上级火力支援的情况下,迅速向敌碉堡群发起进攻,经过两个多小时的激烈战斗,正面的碉堡群被摧毁,拔掉了化七头据点上的"硬钉子"。尤其值得马二虎高兴的是,仗打得漂亮,可战士们却几乎没有伤亡。

韩申村突围立功

韩申村突围战是马老一生的骄傲和自豪。抚摸着马老手臂和胸口被子弹留下的伤疤,马老给我们讲述了那惊心动魄的一晚。

1944 年秋季的一天,我们二排,执行护送地方首长去离西山根据地 60 里路的韩申村。天黑后从西山出发,排长张清之带队,我紧跟在排长身后,到达韩申村以后,夜已经比较深了,我们住进了一家四合院,地方首长立即在后院召开会议,不知是内部走漏了风声,还是被敌人的密探窃到了消息,会议刚开始不到十分钟,附近的鬼子就立即带领一帮伪军包围了整个大院,执勤哨兵发现情况后,赶忙跑来报告。排长张清之一面派人通知地方的同志,一面组织大家迅速做好战斗准备,并从新战士小崔手中接过步枪,侧着身用刺刀尖挑开大门,本想观察一下情况,然后率领同志们冲出去,不料大门刚一打开,敌人机枪便扫射过来,排长见情况不妙,立即往后退了一步。这时,站在排长身旁的我见情况不妙,如果拖延时间,不仅地方首长的生命得不到保障,其他战友也很难突围出去。

瞬间,一个"诱敌"计划突然在我的脑海呈现。我跟排长交换意见后,身上带足了弹药,并把两颗手榴弹向敌方扔去,趁敌人慌乱之际,我孤身冲了出去,紧贴围墙一边向村东头跑,一边手持双枪向敌人开火。这时候,敌人的机枪仍在对着那个大门猛扫,枪声中夹着鬼子咿哩哇哪的叫喊声。如果这样下去,其他同志很难再从大门冲出来。怎么办?为了吸引敌人火力,掩护同志们撤退,我猫在一个水沟边,并利用半截土墙挡住自己的身体,然后故意大声地喊:首长,你们快撤,不要管我。听到我的大声叫喊,敌人以为院子里的人都跑出来了,便掉转枪口,向我这边齐射过来。为了不让敌人怀疑,我一会儿在左边开几枪,一会儿又在右边扔手榴弹,打着打着,敌人的全部火力都朝我开了过来。黑暗中,我估计首长和其他战友已经突围出去了,便利用夜幕向一片庄稼地里撤退。

敌人在韩申村折腾了三个钟头,枪声渐渐稀了,停了,这时候,天已微明。我坐在浓密的高粱玉米地里,仔细查看了自己的伤,发现有二处:一发子弹打穿了左上臂,另一发子弹从离心脏五、六公分的左胸上部打进去,子弹从背部右腋钻出来。四个伤口仍在流血。

当天下午,面对饥饿和疼痛,我咬着高粱秆吃力地爬回至根据地外边的一个窑头村时,因失血过多昏倒在路旁,村里老乡有人认识我,赶忙找来担架,把我送到大队医院。不久,晋察冀军区8分区将这次战斗定为韩申村突围战,并授予我"战斗英雄"光荣称号。

讲到这里,马老的口气中充满自豪感。他说,这些事一晃60多年了,可在他脑海里却还像昨天刚发生一样。今年是中国人民抗日战争胜利60周年,我们可不能忘记日本鬼子侵略中国的历史,不能忘记中国人民抗击侵略者的艰难历程和伟大精神,我们要让所有的人都明白,面对侵略者,中国人民是不可战胜的。

(与李海斌、李虔合作,刊于2005年8月1日《三湘都市报》B5整版)

> 古代名医张仲景有一句话深深打动我,不为良相便为良医。我觉得,一个人,无论从政还是从医,只要真心为人民服务,都能做出一番成绩。
> 医院必须坚持以医疗为中心,必须以患者的诊断治疗为中心,要开得好刀、看得好病、救得活人,否则这个医院就没有必要存在。任何人找你,你都必须到现场去了解情况,越是那些贫困的、基层的患者,越是要管到底,该免费的要免费,该治疗的要治疗。

樊光辉:医生首先要有一颗慈悲心

解放军第163医院院长樊光辉的经历有些奇特。

一心想学文史外贸,却在命运的安排中成为军医;想当一辈子的好医生,救治病人无数,却因管理才能突出,被推选为院长;不愿因循守旧,在"计划经济色彩"浓厚的部队医院,融入现代管理理念,医院因此焕发勃勃生机。

6点半,起床;7点半到办公室,整理资料、查房;上午批阅文件,与医院领导商量工作;下午开会、接待、业务处理;总是超时下班,很多时候晚上10点仍在办公室里忙碌。这是樊光辉每天陀螺似的日程安排,还不包括出差以及一些其他安排。

2005年,樊光辉当选为全军优秀院长——这位专家型的院长、经营型的专家,面对荣誉时很低调,说起医院的发展大计却很兴奋。对事业,他有高度的责任和不尽的激情;对群众、对朋友、对患者,他有豁达的胸怀和真挚的情谊。

这个责任,这份激情,这种情谊,使他的人生更加绚丽,让他的故事更加精彩。

樊光辉人生的第一次重大转折发生在1978年。这一年,他被上海第二军医大学录取。

成为良医

"这是我这一辈子最高兴的事情。"时至今日,说起当年得知自己被上海第二军医大学录取的消息,樊光辉仍满脸幸福。

樊光辉是山沟沟里长大的苦孩子。1976年入伍参军,一辈子与部队结下了不解之缘。

考大学前,樊光辉是海军北海舰队工程兵部队里一名普通的卫生员。虽然条件艰苦,也不能选择自己喜欢的文史、外贸专业,但面对来之不易的上大学的机会,他还是激动得说不出话来。接到通知到考试只有7天时间,从战友那借来一套备考书,樊光辉便开始了每天只有一两个小时睡眠时间的复习生活。"桌子两边一边放白酒,一边放凉水,累了就用凉水洗脸,困了就喝白酒。"

录取通知书很快到来,樊光辉顺利成为上海第二军医大学的一名学员。"因为这次人生转折,我从一个农民的孩子,有了上大学的机会,开始走自己的路。"

到学校后,他很快就被其间浓郁的学术氛围所感染,慢慢爱上了医学这门学科。"古代名医张仲景有一句话深深打动我,不为良相便为良医。我觉得,一个人,无论从政还是从医,只要真心为人民服务,都能做出一番成绩出来。"

1983年大学毕业后,樊光辉被分配到解放军第163医院。1987年,他来到老年病科,一干就是13年,这段经历让他对医生这个职业有了更为深刻的理解。

"有一件事情对我触动很深。当时我在老年病科工作,一位老首长因心肌梗塞送到我们院里抢救,这位首长是跟周恩来总理一起啃过长霉馒头的老革命。他被抢救过来以后,向我们的护士要一个杯子,却没有要到。后来首长康复以后,我们把他送回广州。在路上,他问了我一个问题,'樊大夫,我问问你,做医生最重要的是什么?'我当时也不知道该怎么回答他。他说,'我来回答你吧。做医生最重要的是要有一颗慈悲心。'"

老首长的话,深深震撼了樊光辉的心。老年病科在医院里是一个非常特殊的科室,诊治的大都是戎马一生、曾身居要职,但走向暮年、疾病缠身的老干部。他们中有的人性格、脾气和心理状态都不同程度地发生了变化,但他们的身上闪耀着老一辈无产阶级革命家的优秀品德——无私、宽容、一切以国家利益为重。在与这些老同志打交道的过程中,樊光辉时时被他们身上的高尚品德所打动,潜移默化中,被他们所影响。

为了更好地服务老同志,带着一颗慈悲心,樊光辉在担任科室主任以后,开始有意识地制定一些规章制度,避免因为疏忽和不规范,带来工作上的被动。"我们购买了老年病的10余个专业的100多册临床医学书籍,与老干部交流养生之道;制定了病房工作要求、抢救集合指令、医疗护理等制度;每逢老干部的生日,坚持给他们送蛋糕、做长寿面;到了过年的时候,带着眷属,提着美食,与住院的老干部一起辞旧迎新。"

温情消除了老干部们的烦恼,也使治疗变得顺利。在樊光辉担任科主任的3年时间里,老年病科基本没有一封告状信,每年都有20多封感谢信,贴满了墙。

"是老干科造就了我。老同志们始终把国家利益放在第一位的信念时常让我感动。从他们身上,我也吸取了一些非常好的传统。"

而樊光辉的管理才能也在这段时间得到了充分展现。

改革立院

2000年,在没有任何心理准备的情况下,樊光辉当选为院长。当时的解放军第163医院,还是旧有的部队医院管理模式,基础设施落后,市场观念淡薄,生存艰难。

上任伊始,樊光辉与党委一班人深入分析医院情况,主动挑战市场,迎难而上,确立了"以人为本,科技兴院,内强素质,外树形象"的建院方针,按照"团结、务实、严谨、创新"的发展方略,坚持"政治立院,质量建院,科技兴院,管理强院"的思路,大胆创新,锐意改革。

思路明确了,要变成执行力,还需要一个过程。樊光辉顶着压力,从落实"水、电、路、专家用车"等10件实事入手,优化医院环境,留住人心。

可刚开始,樊光辉就遇到了难题。相关单位表示水电改造要700万元,这对医院来说,无疑是一个天文数字。后来根据一些政策,减免了一些费用,但是仍然需要200万。为了弥补资金上的缺口,樊光辉带着一拨人北上,找一位首长支持。当天晚上,他们顶着大雪,却急得冒汗,因为见不着首长的面。后来樊光辉只能大着胆子给首长家里拨了电话。在首长家里,樊光辉详细汇报了医院的特殊情况。首长被樊光辉的事业心深深打动。随后,医院争取到了总后的100万元,接着省政府也拨了100万元,163医院久而未决的水问题得到彻底解决。

水、电、路问题的解决,只是浅层次的变化,要让医院有大跨越的发展,不改革不行。但相对于部队医院来说,要从过去的那种计划经济体制下转变,很难。改革之初,最让樊光辉苦恼的就是医院上上下下的观念和意识问题。"医院怎么发展、怎样经营、怎样管理,观念跟不上,想改也改不好,也改不到位。"

樊光辉知道,要改革必须要得到全院同志的支持。他特意买了一本叫做《谁动了我的奶酪》的书,送给中层干部。他的用意就是号召大家不要就事论事,眼光要放长远一些。

"只要你善于去解决,世上就没有解决不了的事情。"樊光辉暗暗为自己鼓劲。

接着,他开始着手医院的人才培养,提高医院的技术力量。在分部领导以及医院党委的支持下,樊光辉带领医院实行了"321人才培养方案":即选拔培养30名30岁左右工作勤奋、成绩突出的医学"苗子";20名40岁左右,在广州军区或湖南医学界具有一定影响力,并且兼任一些医学团体理事、副主委的业务尖子;10名50岁左右,在医疗实践、学术科研方面有突出贡献、颇有造诣的顶尖医疗人才。"方案的实施,医院医疗水平突飞猛进,这些学成归来的医疗人才,手到病除,热心为民,不仅创造了良好的经济效益,还产生了深远的社会效益。"樊光辉自豪地说。

在技术力量提高的基础上,樊光辉又大力加强医院的医疗设施,"软件设施我们有了,硬件设施也要逐步完善,这样我们的医疗效果才会更好。"为了做好诊治病人的工作,以及为了适应未来战争的需要,从2000年起,医院通过自购、引资、合资等方式,添置医疗设备达1.2亿元。在解决设备资金问题上,樊光辉带着163人更是走出了一条新路子,"利用医院的先进技术和良好声誉,我们与一些医疗设备生产企业进行了双赢合作。"

如今,163医院购置的一系列先进的医疗设备,每天都在发挥着巨大的作用。

以人为本

有了高素质的人才,先进的设备,如果没有人性化的服务手段,医院想提高医疗服务水平,仍是空话。樊光辉深谙其理。

2004年4月,樊光辉根据解放军总后勤部安排,赴德、法等欧洲国家医院考察学习。国外医院的人性化服务给樊光辉留下了深刻的印象,也印证了他长期以来坚持163医院人性化服务的正确性。"人性化服务是一个无穷无尽,具有十分深刻和广泛内涵的领域。它涉及到服务、技术、设备、医护人员的言语,甚至是病房布置、颜色等各个方面,它能给予病人心灵的抚慰和轻松,从而更好地达到治疗效果。"樊光辉说。

近几年来,163医院一直致力于完善基础设施。到目前为止,该院累积投入

2000多万元，使院内绿化面积达到92%，修建的楼阁、凉亭、人造湖、花园、假山等休闲设施，给了患者一个舒适、健康的休养环境。为打造人性化服务，163医院还斥资800万元，对院内各科室的病房进行改造、装修，使得院内80%以上的病房有了空调、彩电、电话、卫生间等设施；病房楼梯间和墙壁上还贴上了各类型问候病人、鼓励病人的标语；妇产科设立了"温馨病房"，实行宾馆式服务。如今的163医院，绿山、绿水、绿军装、绿树成荫，"最多时，会有上万只各种各样的鸟来到163医院栖息。"樊光辉笑着说："我们就是要全力打造一座花园式的生态医院。"

"医院在走向市场的过程中，必须以人为本。因为，每一个病人，到医院里来都想把病赶快看好；想少花一点钱；想看到医生护士的笑脸；想在这里得到尊重。这种心态，是每个病人，无论是做官的还是老百姓都有的。所以，我们就要根据这样的需要去设计去建设医院。其中最重要的，就是医护人员尊重病人。白求恩大夫讲，我们要把病人当做父亲，我说先要把病人当人，你要尊重他。"

治疗、用药、收费情况公开化、明朗化，同样也是樊光辉要求医院始终坚持的一项人性化服务内容。为此，医院实施了"军卫1号"工程，使医院迈上了信息化、数字化的管理轨道。所有病人的用药、缴费情况，电脑上都详细记录，"哪位医生敢滥开药、多开药，都将受到相应处理。"樊光辉说："同时，院内所有的医护人员都签订了责任书，如果谁敢接受病人的红包，或者对病人不负责的话，一经查实，从严从重处治，甚至开除。我们就是要以花园式的环境、人性化的服务为病人营造一个良好的氛围，让病人明白缴费，放心治疗。"

对于医务人员的队伍建设，他也没少下工夫。在医务人员眼里，樊光辉是一个体贴的院长，同时也是一个铁腕院长。"对玩忽职守、不负责任、延误诊断治疗的医生，该批评的批评，该处罚的处罚，该怎样就怎样。我觉得医院就必须坚持以医疗为中心，必须以患者的诊断治疗为中心，医院要开得好刀、看得好病、救得活人，否则这个医院没有必要存在。任何人找你，你必须到现场去了解情况，越是那些贫困的、基层的患者，越要管到底，该免费的要免费，该治疗的要治疗。不光是院长，全体医务人员都要这样做。没有爱心，没有慈悲心的人，最好不要做医生，更不要当科主任。如果我发现有一个没有爱心的主任，我会毫不犹豫地建议医院党委把他免掉。古话说，慈不掌兵，有些明明做错了，你还纵容他，那么就是放纵了。"

在医院大刀阔斧的改革中，樊光辉的个性特征体现得非常明显，那就是很务实，没有过多的口号性语言，什么事情都是一件件地去做。对于那些虚无缥缈的东西，他非常反感甚至厌恶。

樊光辉很崇拜邓小平，"因为他很务实，我觉得做人就是要实，实事求是，做老实人，说老实话，办老实事。当然不灵活也不行，因为世界是在不断变化的，人要随着世界的变化而变化，不与时俱进不行。"

众乐吾乐

桃李不言,下自成蹊。

6年来,樊光辉按照党委的要求,团结带领着163人在湖湘大地一步一个脚印地树起了为兵民服务的大旗,医院发生翻天覆地的变化。

面对所取得的成绩,樊光辉说,163有今天,离不开分部、联勤部、总部首长的支持,离不开省市区领导的支持,同时也是历代163人共同努力的结果。任何一个事业,都是接力赛,我只是从前任的手中接过了接力棒,也许我这一段跑得快一点,但前任那一段也跑得很好。

尽管工作很忙,但当了院长的樊光辉仍然很爱他的病人,凡是重大的抢救,他都要担任治疗小组组长,不管是高干,还是普通老百姓,所有来找他的病人,他都会耐心了解是怎么一回事。

面对社会对医疗界的看法,樊光辉很焦虑。"现在新闻界都把医疗界和教育界看成一团漆黑,是白眼狼。我觉得需要澄清一下,其实在医疗战线的工作者90%以上都是好的,只有极少部分是差劲的。就拿163医院来说,我们的医生日夜抢救病人,为病人的事情耽误自己的休息时间,作出这些奉献的一代又一代的人数不胜数,不要把医护人员中的极少数看成是多数,之所以大家会这么看待医疗界,原因有很多,但我希望社会能公正地评价,而新闻媒介也有责任扭转社会对医疗界的错误认识。"

一方面关注外部环境对医疗界的看法,一方面樊光辉丝毫没有停下医院发展的脚步。这些天,为了解决医院16层住院大楼的资金问题,他几乎忙得脚不沾地。当资金有了着落时,他心里的大石头终于落了地。

"下一步,我的愿望就是落实上级首长指示。争创一流的军队现代化医院。在浏阳河畔,投资1.5个亿,盖一幢16层、3万平米,集实用、美观、节能、智能化、信息化于一体自动化程度很高的病房大楼;另外就是引进中国大陆第三台治疗肿瘤的射波刀,现在已经签了合同。'一把刀','一栋楼'引进来以后,我就考虑交班了,继续去做我的教授,我这个人更适合做教授。我觉得,做任何领导,都要快乐着别人的快乐,幸福着别人的幸福。我总想着,怎样更多地做一些好事善事,多救些人,多帮一些人,这是我以后的追求,即使做教授了也不例外。"

把自己的时间都交给了办公室的樊光辉,其实爱好很多,看传记、爬山、游泳、旅游、读诗歌、写散文、交友,和朋友在一起喝喝酒都是他喜欢的生活方式。

(与吴刚合作,刊于2006年8月4日《湘声报》)

她用柔弱的双手托起无数危重的生命,用真诚的爱心谱写一曲曲激荡人心的生命赞歌;她把绚丽的青春奉献给了七彩的军营,奉献给了无数陌生的患者;她的一言一行,时时刻刻都体现出了白衣天使情怀的宽广与伟大……

军中女大校的情和爱
——记解放军163医院护理部主任刘跃晖大校

主人公小传 Zhu Ren Gong Xiao Zhuan

刘跃晖,湖南汨罗人,1959年5月出生,1976年12月入伍,1979年考入吉林空军军医学校,先后担任学员班长、护士、护士长等职,现为解放军163医院护理部主任,大校军衔。曾被总部授予"空军模范护士"荣誉称号,两次出席广州军区先进代表大会,荣立三等功一次;连续5年被上级评为"优秀党员",9次被评为"优秀护士",2次被评为"医德医风先进个人",1次被评为"三学标兵"。

有人说,与解放军163医院护理部刘跃晖主任打交道,她的干练与开朗会给人以深深的感染,眉宇间透出的关爱会给人一种慈善,一种直达心田的温暖。近日,笔者应邀来到解放军163医院采访护理部主任刘跃晖,她是这里唯一的女大校。

憧憬蓝天,成为军中天使

47年前,刘跃晖出生在屈子祠下的汨罗江畔,这里是伟人任弼时的故乡,伟大的"骆驼精神"从小就在她的心灵中打下了深深的烙印,光荣的人民军队无不让她时时神往。1976年12月,听说家乡正在征兵,"不爱红装爱武装"的她毅然离开学校,应征入伍,成为广州军区某部空军的一名女兵。三年后,正值豆蔻年华的她以优异成绩考入吉林空军军医学校,从此踏入了护士行列。健康所系,性命相托。救死扶伤,执着追求。她始终铭记火红军旗下的誓言。伟人的精神、军队的教育和家庭的熏陶,在刘跃晖心中渐渐筑牢了一生不变的信念和追求:党和人民军队培养了我,我唯有用一生所学来报答人民,服务社会。这成为她勤奋工作、竭诚奉献的源泉。入校第二年,由于表现出色,刚满20岁的她光荣地加入了中国共产党,成为同年入学中的佼佼者。军校毕业后,刘跃晖被分配到湖南衡阳空军某部医院。该医院传染科病人相当多,条件比较简陋,是一个危险的岗位,稍不留心就会被感染。同年毕业分配下来的战友没有一个愿意去。她却认为越是环境艰苦越能锻炼人,便主动申请到传染科工作。从第一次上班戴上燕尾帽的那一刻起,刘跃晖就始终咬定一个目标:当一名优秀的"白衣天使"。她天天起早贪黑,全身心地投入护理工作。冬去春来,岁月匆匆,转眼间在护理岗位上工作了整整27个春秋,以天使般的仁爱和精湛的护理技能挽救了无数病人的生命,赢得了病人的敬重和信任,被无数患者誉为"伤病员的贴心人"。

刻苦求知,练就过硬技能

刘跃晖深知,医院是救死扶伤的地方,医务人员的辛勤劳动可以扬起患者生命的风帆,但小小的失误也可能颠覆生命之舟。如果没有坚实的知识、没有过硬的技术就无法担负起白衣天使的责任。因此,她把刻苦求知作为自己一生的追求。

1982年春,流行病毒肆虐,由于医疗技术条件的局限,不少来自农村的儿童患上了中毒性痢疾而得不到及时治疗和护理,常常出现严重脱水,生命危在旦夕,而在治疗过程中静脉输液时血管穿刺也非常困难。从事护理工作的她看在眼里急在心上。为了掌握过硬的静脉穿刺操作技术,减轻患儿痛苦,她利用节假日和休息时间,偷偷地从郊外步行到市区,然后坐公交车到市内一家大医院,向儿科专家请教小儿静脉穿刺和特别护理技能。每天往返几十里路程,不管风吹雨打,从不间断,整整坚持了两个月,"宝剑锋自磨砺出,梅花香自苦寒来。"终于练就了过硬的护理技能,及时为患儿解除病痛。她对知识的渴求、对事业的执著深深地感染了周边的每一个人,也深深地感动着医院领导,决定破格把她送到一所军医学院继续深造。她十分珍惜这来之不易的学习机会,节假日从不休息,经常到图书馆查阅资料,捕捉护理前沿动态。学成归来,她把所学知识运用到护理实践,不断探索,不断进步,短短几年就成长为医院响当当的骨干。

随着护理工作的深入,她意识到现代护理已经突破了生理护理的单纯模式,增加了更高层次的心理护理。1990年12月,她调入解放军163医院消化内科担任护士长后,便着眼满足患者的心理需求,在全院率先开展以病人为中心的整体护理。1992年8月,解放军怀化某部战士小章患坏死性小肠炎住进医院治疗。由于病情严重,其家庭又比较困难,没有钱购买更多更好的营养品进行辅助治疗,治疗效果不佳,小章以为自己无药可治,背上了沉重的思想包袱,整天躺在病床上闷闷不乐。刘跃晖了解这一情况后,就利用下班时间找小章谈心拉家常,做耐心细致的解释工作,进行心理护理,帮助他树立与病魔作斗争的信心,还自己掏钱给他买餐票和营养品。3个月后,战士小章的病情明显好转,还能下床锻炼了。

护理工作要紧跟时代需要,就必须加大科研力度,不断增强发展后劲。在做好本职工作的同时,她积极结合临床搞科研,先后在军内外发表和交流护理论文

30多篇，获军队医疗成果奖、科技进步奖和科技创新奖数项。特别是担任护理部主任后，她面向临床，带头攻关，经数年刻苦钻研，重症颅脑损伤病人临床观察及护理研究、"军字一号"工程在医院护理工作中的应用研究、加强临床护理教学规范化管理的研究等获军队医疗科研成果奖、军队科技创新奖。现在，医院护理工作每年开展新技术新业务80多项，发表论文近100篇，促进了护理质量的提高。

执著奉献，营造亲情氛围

南丁格尔有句名言："护士必须有一颗同情心和一双愿意工作的手。"刘跃晖说，护士要真正热爱自己的事业，就要有责任心、耐心、爱心。她是这样说的，也是这样做的。

1998年5月，一名晚期肝硬化病人病情突然恶化，出现大量吐血和便血，弄得整个病床上到处都是血和大小便，腥臭扑鼻。他家人看到这种情况，以为病人熬不了几时，不愿意为病人清洁床单，甚至不敢靠近病人，都捂着鼻子站得远远的，只等病人咽气。刘跃晖没有放弃对病人的抢救和精心护理，把病人当成自己的亲人。当病情稳定后，她又强忍恶臭，带领科室护士端来热水，将病人全身擦洗干净，帮助换洗被褥，还为病人清洗衣服。病人及家人非常感动，亲属也开始慢慢靠近病人，服侍病人。在医护人员的精心治疗和护理下，病人病情逐渐好转。出院时，家属非常感激，写来一封感谢信，并硬塞给刘跃晖一个红包，被她婉言谢绝。

有位患病的老干部，脾气大得连家人都难以相处。刘跃晖第一次和他接触，这位老干部为发泄对家人的不满，就把气撒在她身上，当着她的面又是拔吊针又是摔瓶子，碎片把她的脚划得鲜血直流。然而护士的责任告诉她不能退却，她仍就微笑着鼓励老干部增强战胜疾病的信心。在以后的时间里，刘跃晖每天一上班便问候他的饮食起居，并时时留意他的情绪变化，精心护理。由于药品的副作用较大，输液后他感到手背疼痛，有时忍不住急躁起来。她每次在笑脸开导的同时，坚持用毛巾热敷解除病痛，后见效果甚微，她又多方打听到一种进口的药膏对此类疼痛有独特的疗效，便想方设法买来，解除了这位老干部的病痛。细致入微的亲情式服务，使这位老干部的"火"越来越小了，出院时，他热泪盈眶："平时我没想到的，小刘都替我想到了，真比我的女儿还好！"

刘跃晖对病人倾注着满腔的情和爱，把自己全部的精力和心血投入到闪光的红十字事业中，却顾不上照顾自己的亲人，甚至逢年过节都不能和父母团聚。虽然医院离汨罗老家不到一个小时的路程，但她在科室担任护士长17年间，从未回家与父母过一次春节。每逢大年三十、初一至初五，她总是安排其他护士回家与亲人团聚，自己留在医院值班。

2001年6月，她母亲在汨罗老家突发脑梗塞，生命垂危，被送到她所在的医院抢救。因工作繁忙，在母亲住院7天时间里，她没能陪伴母亲一天，把一切重担和义务都推给了家里的兄妹。母亲临终前,科室护士长多次打电话催她赶快到病房与母亲见上最后一面。当时刘跃晖正在其他科室参加抢救一名离休老干部,无暇分身,等那位老干部病情稍微稳定后,她才急匆匆赶到母亲病床前,可是母亲已经闭上了眼睛,永远听不到女儿的呼唤了。一晃快6年了,每当想起母亲,她总是流下愧疚的泪水。为了工作,作为女儿、妻子、母亲,她内心有愧,可在患者眼里,她却是圣洁的人间天使,以满腔的热情、周到的服务,赢得了无数患者的无限信任和尊重。

勇于创新,锻造一流团队

2000年6月,刘跃晖走马上任当上了解放军163医院护理部主任。为把"以病人为中心"的口号变成护士们的自觉行动,争创优质的护理服务,刘主任做的第一件事就是深入全院科室调查研究。她把全院近300名护士的年龄分布、学历层次、技术职称作了分析,比较详细地了解护士的思想、工作、学习和生活状况。在深入调查过程中,她发现由于过去护理工作存在着重使用、轻培养,重技术、轻礼仪的倾向,部分护士上进心不强,缺乏竞争意识,影响了护士在院内同行及领导中的形象。她专门召开各层次护士座谈会,通过谈形势、谈医改、谈近年来整体护理给医院护理工作带来的新变化,使她们清醒地看到自身存在的差距,要求她们加强学习,发掘自己的潜力和积极性,激励护士重塑天使形象。接着,她开办了护士仪表礼仪规范服务培训班。通过讲课和护士们自编的情景演示,把过去习以为常的现象进行表演,让护士们点评和纠正,从不同角度提高护士的音乐审美、形象设计和人际沟通技巧。很快,病房里大嗓门说话的没有了,衣着不整的现象消失了,护士们面貌一新。战士小陈在一家地方医院住院时,因为病情出现反复,加之受医疗环境的影响,情绪极为低落,不肯配合治疗。当他转院来到163医院后,看到宽敞明亮的病房和护理人员和蔼可亲的笑容、端庄大方的仪表后,心情渐渐开朗起来,主动配合治疗,不久便痊愈出院了。她还在培养一专多能护理人员的同时有计划地培养专科护士,积极开展工作考评、操作竞赛、护理之星的评选等活动,制定完善各项制度和常规。由于管理到位和护理及时,病人对护理人员的满意度上升至98%。

护士长是护理队伍的核心,是管理的执行者,科室护理质量的好坏,关键在于管理。过去,医院只要有了高级职务、当上护士长,就等于坐上"铁交椅",致使老的感到后继无人,新的感到熬不出头。为打破这种制约人才发展的局面,她建议医院党委大胆向能上不能下的"终身制"开刀,建立起护士长优胜劣汰竞争机制,在全院范围内公开设擂选拔护士长,变"相马"为"赛马",一批优秀护士长脱颖而出,经过公开选拔而走马上任。"能者上,平者让,庸者下"的人事制度改革激活了医院护理队伍建设。同时她经常深入科室,了解护士长的管理情况,并将一些管理经验和技巧与大家分享,帮助解决管理中的难点问题,从而成功地强化了护士长的管理意识,完善了护士长管理和监控机制,提高了护士长的整体素质。

近年来,随着我军医院建设的发展和改革,聘用地方卫生学校毕业的护士越来越多。为了加强对护理人员的管理,她采取军事化管理的办法,对入院的聘用护士按正规军人的要求,穿军装、佩戴预备役肩章,纳入预备役部队系列,编成预备役护士训练队,按连队建制分成班、排、区队,每年定期进行军事训练,集中对招聘护士进行了以军事课目为主要内容的强化训练。训练结束时进行考试,对成绩不合格者作辞退处理。平时的使用管理,也按照军人的要求,同现役军人一样出操、训练、学习、查房、按时上下班。医院的政治工作、教育训练、比武竞赛等,也延伸到聘用护士。严格的军事化管理,使该院近百名聘用护士牢固树立了"服务军民奉献社会"的意识,工作责任心强了,护理质量大大提高。

"三分治疗,七分护理"。刘跃晖主任深知护理工作的重要性。为了尽快提高全院的护理水平,早日与国际接轨,她埋头钻研护理业务,虚心学习外地经验,积极寻找护理工作中的切入点,率先在军区医院系统开展"以病人为中心"的整体护理模式。在整体护模式病房建设过程中,她及时捕捉国内外护理发展新动态,带领全院广大护理人员脚踏实地,真抓实干,形成人人关心整体护理,个人参与整体护理的良好局面。她根据本院重症、急危病人多、护理治疗工作量大等特点,引进新的技术,这些技术被广大护理人员所掌握,为治疗和抢救赢得时间,减轻了病人的痛苦。为了探索一条适合军队医院院情的护理模式,她从护士长、各级护士培训到协调后勤部门的工作,不知牺牲了多少双休日,也不知度过了多少不眠之夜。她还引入护理成本管理的概念,针对计算机网络环境下的护理管理模式,开发设计了一套护理信息管理系统,进一步提高了护理工作的效率。一分耕耘,一份收获。医院的护理水平在很短的时间内有了很大提高,成为广州军区护理系统的一面旗帜。

刘跃晖,一名平凡的护理工作者,一名为了红十字事业勤奋工作努力拼搏的战士,没有豪言壮语,没有惊天动地的事迹,但每时每刻都在忘我地工作,默默地向病人奉献着她那金子般的爱心,倾注着一腔真情。

(与杨玲云合作,刊于2006年《当代护士》第11期、7月20日《湘声报》、7月20日《湖南科技报》、8月29日《岳阳晚报》、10月11日《家庭导报》、2007年1月19日《战士报》)

近日,解放军第163医院广州军区肿瘤放射治疗中心频传喜讯:收治各类癌症病人上万例,总有效率达92%。运用化疗、放疗为主,结合热疗、免疫、中药等综合手段,已使鼻咽癌、脑肿瘤、乳腺癌、恶性淋巴瘤、精原细胞瘤、头颈部肿瘤等患者生存率突破45%,达到国内先进水平。广州军区为他们记了集体三等功。作为肿瘤科主任的周光华,他把自己宝贵的青春奉献给了无数肿瘤患者,留下了一串串感人的佳话,请看——

挑战癌魔铸军威

主人公小传  Zhu Ren Gong Xiao Zhuan

周光华,1960年10月出生,湖南益阳人。毕业于第一军医大学,从事抗癌诊断研究20余年,被众多肿瘤患者誉为"抗癌尖兵",是湖南最早开展立体定向放射治疗的专家之一,先后获得军队科技进步奖5项,开展新技术51项,是广州军区科学技术委员会放射肿瘤专业委员、省抗癌协会理事、省放射肿瘤专业委员会副主任委员、省放射质量控制中心委员。

有人说,与周光华打交道,人的思想境界会得到净化和升华。难怪,在解放军第163医院,在众多的肿瘤患者中,只要提起周光华,人们对他就充满了尊敬和爱戴。这绝不是凭着他学术上的权威,而是源于他高尚的医德和人品,源于他全心全意为患者服务的模范行动。

挑战自我:投笔从戎,憧憬杏林成军医

46年前,周光华出生在湖南益阳谢林巷镇一个贫困农村家庭。父亲是一位淳朴善良的农民,懂得一点中草药常识,在那食不果腹的年代经常为村民看病。有一次,邻居一小孩被开水烫伤,伤势比较严重。由于无钱医治,找到父亲。面对小孩父母期待的目光,父亲默默地点点头。此后,父亲把治疗小孩当成自己的责任——上山采药,分类捣碎,精心配制,包扎上药,定时观察。经过半个多月的治疗,小孩烫伤处长出了嫩嫩的红皮肤,邻居家感激不尽,硬是要父亲认小孩作干儿子,以报答救命之恩。附近村民有什么病,总喜欢让父亲瞧瞧,父亲从来分文不取。父亲的一言一行影响和熏陶着年少的周光华,在他幼小的心灵里就播下了"济世苍生"的种子——长大后当医生,当一个为民解除病痛的名医。

1978年高中毕业后,他报名参了军,成为一名光荣的人民解放军战士。然而,

"济世苍生"的理想一直燃烧。工作训练之余,他利用点滴时间刻苦学习,决心报考军队医学院。1981年7月,他以优异成绩考入第一军医大学,圆了当医生的梦。健康所系,性命相托。救死扶伤,执着追求。他始终铭记火红军旗下的誓言。军队的教育和家庭的熏陶,在周光华心中筑牢了一生不变的信念和追求:党和人民军队培养了我,我唯有用一生所学来报答人民、服务社会。这成为他勤奋工作、竭诚奉献的源泉。

1984年7月毕业后,他分配到解放军第163医院消化内科工作,遇到的第一个病人就是癌魔缠身的患者。当时,肿瘤学在国内是一个起步晚、技术薄弱的学科。由于条件有限,病人不久在痛苦的呻吟中死去。然而作为一名军医,他心情非常沉重,立志要像白求恩那样,对工作极端负责,对技术精益求精,并把肿瘤治疗作为自己的主攻方向。

1985年7月,医院成立肿瘤科,他第一名报名参加,毅然站在抗癌战线最前列,用自己的热忱与勇气挑战生命禁区,开始了艰辛的战癌抗癌历程。

一台钴机,两间小屋,没有名气,没有声誉,更缺少病人。他和同事下决心要把声誉打出去。病人不来,就去访病源,先后到长沙、株洲、浏阳和湘潭等30多个县市走访学习,同地方医疗机构展开横向联系和合作,大胆走出院门,走向街头、农村,开展义务咨询,开办防癌和早期发现癌症的知识讲座。慢慢地,许多人开始了解163医院肿瘤科,病人多了起来。在救死扶伤的医疗实践中,周光华的医术一例一例积累,一点一点总结,一步一步提高,逐渐成为省内知名的肿瘤专家。

挑战勇气:公开竞聘,走马上任当主任

2000年,为打破制约人才发展的局面,医院党委大胆向能上不能下的"终身制"开刀,建立起科主任优胜劣汰竞争机制,在全院范围内公开设擂选拔科主任,变"相马"为"赛马"。周光华主动请缨,勇敢地登上擂台,剖析科室问题,提出施政方略,阐明自身优势,经过公开选拔而走马上任。

战士的使命在战场,军医的使命在病房。我们是人民子弟兵,我们应当竭诚为每一名患者服好务。这是走马上任后的周光华常说的一句话,也成了该科的庄严承诺。

当上科主任后,他承诺不推诿或放弃对任何一个危重病人的治疗,不收受"红包",不让病人多枉花一分钱,不做重复和不必要的检查,不用疗效不确定的药物。实行病人首问负责制。门诊或住院病人进院,无论有什么咨询或困难,问到科室任何一名工作人员,都要负责到底,热情接待,详细答复,帮助解决。引导病人办理入(出)院手续,陪同病人家属到银行取钱……细小事情处处彰显真情。在他的带领下,全科医务人员始终恪尽职守,以求真务实的科学态度、严谨的工作作风、人性化的服务理念,实践着医者救死扶伤的神圣职责。

"不仅要有为民服务之心,更要有为民服务的本领"。为解决技术问题,他定期举办学术讲座,请专家讲授最新学术动态,经常到湖南医科大学及附属医院参观,

抽空选派人员进修学习,提高科室人员整体业务素质。

为改变科室设备落后的状况,在医院经费紧张的情况下,他大胆建议医院领导采取"借鸡下蛋""军地联姻"等形式引进先进设备,湖南首台体部伽玛刀、直线加速器、热疗仪等先进仪器设备先后落户科室,成为集放射治疗、化学治疗、免疫治疗及中医中药治疗为一体的综合性肿瘤治疗中心,他们用自己辛勤的汗水在科室发展的蓝图上添上了精彩的一笔。如今,科室不仅拥有了一大批德高医精的专家,掌握了省内一流的医疗技术,还使这个昔日的普通科室一跃成为军区肿瘤放射治疗中心,广州军区先后两次为他们记了集体三等功。

挑战禁区:敢为人先,顽强拼搏攀高峰

肿瘤科的图书室里,摆放着一本奇特的书——《与癌共舞》,真实记录了作者与癌症抗争的生命历程,字里行间,无不流露出对163医院救命之恩的感激之情。这本书是一名叫毛艳姣的打工妹撰写的。

患上恶性淋巴瘤的毛艳姣,辗转长沙多家医院,几乎绝望的她抱着试试看的心理,住进163医院肿瘤科。经过一年多时间,毛艳姣的病治好了。一晃10年过去,重返工作岗位的她却永远难以割舍与癌共舞的岁月和那些给予她第二次生命的天使,便情注笔端,写下了《与癌共舞》这本书。这也成为周主任和他的同事勇攀高峰的见证。

上世纪80年代以来,周光华和同事一道率先在湖南开展经皮股动脉穿刺、选择性支气管动脉、肝动脉灌注化疗治疗肺癌、肝癌,取得90%以上的可喜疗效。尤其是开展的组织间离剂量插植放疗、支气管内和胆管内离剂量后装治疗新技术,将放射源直接作用于肿瘤,杀死癌细胞,临床效果显著。

1993年,科里成立湖南省首家肿瘤全身光子刀治疗中心,依靠先进技术和设备,开展新的项目研究。医院决定由周光华担任攻关组组长,科里4名年富力强的医生为成员,先后开展新课题十余项,他们利用下班后和节假日时间,查找资料,讨论课题,有时甚至要工作到凌晨。

废寝忘食的工作带来的是可喜成果,先后有10项研究课题已取得突破性的进展,发表论98篇,在国际上交流2篇,有23篇发表在全国性的报刊、杂志上或进行了全军范围内的交流。1995年,他们在湖南率先开展"组织间插置高剂量率后装治疗法"和"支气管内高剂量后装治疗法"取得了良好疗效,使治疗的有效率提高到90%。

中医中药研究,在癌症领域是个热门话题。从1990年开始,他就开始进行中医中药研究。十余年里,他先后成功运用中医中药疗法五项,使晚期恶性肿瘤的五年生存率提高到40%。其中,鼻咽癌总的五年生存率达到45.8%,大大提高了治疗的效果。不少晚期肿瘤病人在外院反复治疗不见好转,失去生活信心,来到肿瘤科后,经过积极治疗,竟奇迹般地好转起来。军队老首长刘老右大腿纤维肉瘤手术后复发,被建议截肢,到肿瘤科后,经再三论证,科里应用组织间插置的新治疗技术,

并使用先进的中医中药疗法,肿块很快消失,能正常生活,保住了双腿。

引进湖南首台体部伽玛刀后,他们又探索采用立体定向放射治疗体部癌症,现在不开刀、无痛苦就能轻轻松松治疗多种恶性肿瘤,使肝癌治疗总有效率达91%,肺癌治疗总有效率实现97%以上,并能完全治愈血管瘤、脏器血管畸形,以及前列腺增生等良性疾病。同行们不禁赞叹,别看周主任上班时间忙忙碌碌,一丝不苟;别看他平日里不肆张扬,但在学术研究领域里硕果累累,光芒四射。

挑战世俗:患者至上,医德高洁显本色

在现实生活中,一些医生面对病人行医时,在良心与金钱之间选择后者,选择世俗和市侩,医德严重下滑,"白衣天使"形象受损。

然而在周主任心中,医生不仅是一种职业,更是天下最重、最神圣的责任——承受着病人对自己宝贵生命的托付。他用自己的耐心、诚心和爱心实践着他"一切为了患者"的庄严承诺。

"作为肿瘤科医生,面对的是一个精神已经崩溃或即将崩溃的群体,巨大的心理负担往往会加重他们的病情。所以,我们不仅要当好医生治好病,还要治好心,用爱心去关怀每一个病人,做好他们的思想疏导工作,帮助其早日康复。"

以病人为中心,细节决定品质。几十年来,他养成了一个习惯,每天总是7点到科室,查看病人,询问病情,"吃得怎么样""睡得好不好""感觉如何""大小便怎么样"等等。每天不管多累,离开医院前必定到病房走一圈,最后看一下他的病人。周光华对病人好、对病人负责出了名,许多病人慕名而来。很多别处不收的高危病人,他收;别人不愿做的治疗,他做。有人问他:"你不怕失手损害自己的名声?"他心平气和地说:"我们医院是个综合医院,具有处理复杂情况的能力,只要准备工作做得好,就不会出现意外事故。与病人的生命相比,自己的名声算什么?"

患者彭老,患的是肺癌脑转移,伴有严重的精神异常症状。彭老先是不肯进科室的门,好不容易劝进病房,他又关上门,不准别人进去。老彭拒绝一切治疗,针拔了又打,打了又拔,床头柜里的水果刀怎么也不肯让人收走,并扬言再有人进来,他就不客气,吓得别人都不敢靠近,家属只有落泪。值班护士战战兢兢找到周主任,他嘴上不说,急在心里,带上护士推着无菌车,根据病人要求,喊了报告才进去。一边跟病人闲聊,一边教护士轻轻地打上输液。一边握住打针的手,一边和彭老讲些不着边际的话。就这样,经过七天的艰难治疗,彭老的病情竟奇迹般好转。出院时,周主任还派人买好车票护送他上车,并给他50元的路费。家属深情地拉着他的手:"周主任,真是谢谢你。"

患者杨老之子讲起肿瘤科,言语中充满了感激之情。他母亲进院时要求科室隐瞒病情,防止老人悲观绝望。医务人员为不让老人受刺激,从其它科室借来床单,换下印有"肿瘤科"的被服,查房、打针、发药,医护人员总不忘摘下胸牌再进病

房。从死亡边缘被拉回来的杨老永远忘不了周主任的救命之恩,常带着儿媳来看望给了他第二次生命的恩人。每次见到周光华他都眼含热泪、激动不已,逢人便说:"是周主任给了我幸福的家庭和现在的一切。"

今年元宵节,他还组织医务人员开展了"医患一家共度元宵"活动,与住院的孤寡病人共度佳节,并为贫困的肿瘤病人捐款600多元,让患者得到渴望已久的亲情。

不仅如此,他还把服务延伸到院外。他有一个特殊的通讯录,记着每位出院病人的电话,随时对他们进行回访或电话提醒。一句句关心体贴的话让人感到心里热乎乎的。不少患者感动地说:"遇到周主任这样的医生真是我们的福气啊!"

就是这样,周光华凭借其高超的医疗技术和爱心改变了一个又一个病人的命运,创造了一个又一个奇迹。

春风化雨,润物无声。凭着军人特有的执著和信念,周光华主任带领全科人员趟出了一串串闪光的足迹,谱写了一曲又一曲挑战癌魔的壮歌。

(与杨玲云合作,刊于2006年2月25日《三湘都市报》、8月3日《长沙晚报》)

璀璨射线扫病魔
——记163医院医学影像诊断介入放射治疗中心专家李山云

主人公小传

李山云,1946年9月出生,湖南耒阳人。毕业于湖南医学院,从事放射诊断研究37年,是湖南省最早开展介入放射治疗的专家,先后获军队医疗(科技)成果奖16项,开展新技术200多项,担任广州军区放射诊断学会副主任委员、湖南省医学影像学会主任委员、湖南省放射学会常务委员,是《医学影像临床与工程杂志》主编,《中华临床医学研究》等杂志常务编委,享受军队优秀人才岗位特殊津贴。

走进位于浏阳河畔的解放军第163医院,处处充盈的是浓郁的诗情画意:绿树花草,小桥流水,亭台楼阁。"人在院中走,如在画中游",让人觉得仿佛在美丽的公园漫步。

绿树掩映下的一幢两层小楼,红色遒劲的"广州军区医学影像诊断介入放射治疗中心"几个大字格外引人注目。在这里,笔者见到了李山云。精神矍铄,温文尔雅,一派学者风范。从70年代只有几间办公室的放射科到拥有DR、CR、MRI、16排

CT、大 C 臂等先进医疗设备的广州军区医学影像诊断介入放射治疗中心,李山云倾注了大量心血,并使之享誉三湘大地。采访中,笔者发现李山云成功的背后有着令人崇敬的字眼:仁心、仁术、仁爱。

仁心:成为光荣的人民军医

61 年前,李山云出生在湖南耒阳一个贫困的农村家庭。家乡生活的平瘠,医疗条件的简陋,村民们病弱的身体,给童年的李山云留下了难忘的印象,幼小的心灵就播下了治病救人的种子。加之父母"救人一命,胜造七级浮屠"的朴素教诲,让李山云不知不觉中走上了学医的道路。

1970 年 7 月,他以优异成绩从湖南医学院医疗系毕业。"好男儿志在军旅",他毅然报名参军,分配到解放军第 163 医院,成为一名光荣的人民军医。立志当一名出色的外科医生的他,却因工作需要,被分配到了放射科。当时正处于文革时期,放射科人才严重流失,工作环境也与想象大相径庭,况且对一个刚出校门、对未来有着美好憧憬的年轻人来说,当时只是负责给病人照照 X 光片的放射科实在微不足道,何况放射仪器的辐射也使许多尚未婚配的年轻人望而却步。健康所系,性命相托。救死扶伤,军医本色。火红军旗下的誓言让他很快克服思想顾虑,愉快地走上了工作岗位。同年,他光荣地加入了中国共产党。

"既来之,则安之。"李山云的朴实无华很快赢得了医院领导的信任,把他作为放射科的重点人才培养。他先后被派往省人民医院、湘雅二医院、北京天坛医院和日本国岛津制作所进修学习,李山云非常珍惜难得的学习提高机会,拼命地汲取知识营养。特别是在湘雅二医院进修期间,学习忙碌而充实,上午听课、做笔记,下午去实验室上解剖课,晚上又回宿舍看书,直到深夜一两点,困了,就喝一杯浓茶。李山云的爱人告诉笔者,一晚上书看下来,他可以把一个 8 磅重的热水瓶里的水喝完。虽然离家只有几站的路程,但他每周只回一次家,全身心扑在学习上。即便每周回家,也是坐在桌边看书。当时他爱人在省脑科医院担任护理工作,并有了一个可爱的女儿,因工作实在太忙,女儿刚满两岁,就谎称两岁半全托进了幼儿园,女儿总是最早被送进园里,最迟被接出来。李山云虽然嘴上不说,言语中却有着深深的歉意。在同事的眼里,他就是一个书痴,成天埋头攻读,家务事都丢给了妻子。

"路漫漫其修远兮,吾将上下而求索。"李山云就是凭着这股韧劲,他潜心攻读了 200 多部医学书籍,写下了 50 多万字的读书笔记,进行了 300 多次医学实验。他不再是放射学科的学生娃,而逐渐成为放射领域的佼佼者。1985 年 4 月,辛勤耕耘终于迎来了收获的季节,李山云在湖南省率先运用微创介入放射学进行股脑动脉造影获得成功,使 163 医院一举成为全国开展此类技术较早也较权威的医院,这一消息经《人民日报》《解放军报》《湖南日报》等媒体报道后,一时声名远播。

仁术：创造生命的春天

"做一次检查，创一分权威；动一次手术，出一个精品；治一名患者，留一片真情。"这是李山云的庄严承诺。他认为，作为一名医生，对病人的关爱不能仅停留在有颗慈悲心上，而应内敛与理性——那就是不断创新医疗技术，为患者提供优质医疗保障。

李山云介入放射学领域的临床运用获得成功后，他钻研技术的热情空前高涨，1987年被提拔为放射科副主任，1991年走上了科主任岗位。李山云带领他的团队，孜孜不倦地克服工作中的一个又一个难题，医、教、研齐头并进，广泛开展高、新、尖技术，在临床过程中，不断发现问题，解决问题，先后发表论文200多篇，研发《肝癌抗血管生成介入疗法临床应用》《同轴微导管"夹心面包"栓塞救治在咯血的临床研究》等19项科研成果获国家、军队医疗（科技）成果奖，使医院医疗技术达到国内先进水平。

放射这门医学学科包括四个部分：普射、CT、核磁共振以及微创介入治疗。微创介入术，通俗地讲，就是医生在影像的监视下用一种材料和器械而达到外科医生不能达到或难以达到的治疗目的。作为第三大临床学科，微创介入术是上世纪70年代发展起来的边缘学科，80年代在国内得到迅速发展。以李山云为核心的介入技术专家组，在给病人施治过程中，不断克服临床过程中遇到的难题，使介入治疗能够深入到病变器官周围更细微的毛细血管中去，能够更有效地防止病变细胞扩散，祛病延寿。长沙籍患者吴某，2001年初出现连续不断咳嗽、咯血现象，随即到某医院就诊，诊断为"肺结核"，经抗痨治疗，病情反而进一步加剧。就在他准备放弃希望时，听说解放军163医院放射科擅长利用介入治疗大咯血，遂来到163医院。李山云应用同轴导管"夹心面包"栓塞术为其行介入治疗，术后第二天，吴某咳嗽、咯血症状明显减轻。术后第七天，咯血症状完全消失，胸也不痛了。如今的他过着幸福美满的生活。

正因李山云医术高超，不少患者纷纷慕名而来。医院微创与靶向介入治疗手术的病人空前火爆，每天要开展多台介入手术，最多的时候，住院等着微创介入的病人达200人。李山云和他的同事们做了6000多例微创介入手术，无一次失手。接受过李山云治疗的病人对此很是感慨，"李山云军医是一个值得托付生命的人，总是给患者以生的希望。"

一分耕耘，一分收获。在李山云的带领下，2001年，放射科室由一个普通科室晋升为广州军区医学影像诊断介入重点学科，2004年晋升为广州军区医学影像诊断介入中心学科，多次被广州军区评为科技工作先进集体。他们先后引进了GEPROSPEEDAI型螺旋CT机、GER-500BX线机、西门子MedicalnovusMRI机和PET-CT等一批现代化医疗设备，使科室步入快速发展的轨道。2006年9

月,李山云从放射科主任岗位上退了下来,这时的他,虽年过花甲,但执著事业的心依然年轻,担任广州军区医学影像诊断介入放射治疗中心名誉主任。他将大部分时间都奉献给了病人和他热爱的事业,从没有休过一个完整的假期。在介入手术最多的时候,就连周末都不能休息,大年三十晚上也经常在治疗室度过,和年轻人一起加班、一起工作、一起探讨医疗难题。李山云告诉笔者,他之所以养成做事忘我的工作习惯和钻研精神,这也是他们科室的传统。他希望他的同事、学生能够秉承这样一种理念,将好的作风发扬光大。同事胡罗健说,李山云主任是个奉献型的实干家,作为老师,他甘为人梯,诲人不倦;作为主任,他技术过硬,身先士卒。李山云总是很低调地出现在认识他的人面前,他感谢部队给他提供了一个良好的工作生活环境,一个施展抱负的舞台,一个脚踏实地的工作氛围。谈到他取得的成绩,他总是很谦逊,"其实还有很多人都很有经验,只是我比他们幸运罢了。"

仁爱:患者利益高于天

视病人为上帝,把患者当亲人,是李山云多年来的行医信条。

"医生一定要对患者负责,要把患者利益放在第一位。这是医生的朴素良知。"李山云总是这样告诫科室年轻的医生。

当主任15年里,他养成了一个习惯,就是每晚睡觉前,无论刮风下雨,他都要到科室巡视一遍,否则就睡不好觉。要是看到病人没饭吃,他就安排人到食堂去打,或者叫爱人回家煮,总不让病人饿着。在亲情与患者面前,他也总是把患者放在第一位。2002年7月,一名河北籍患者上肺空洞型肺结核伴大咯血,病情紧急,必须尽快实施介入手术。而此时正好他母亲病故,他一边安排人员做好术前准备,一边马不停蹄赶回老家,稍作安排后就急匆匆赶往医院,亲自为他进行介入手术。母亲的追悼会都是由妻子和朋友张罗的。患者痊愈得知情况后,感动得热泪盈眶,竟然跪在李山云面前谢恩。虽然每天就诊人数多,工作量大,但李山云和他的同事们始终坚持以救死扶伤为己任,把"一切以病人为中心"高高举过头顶,竭尽所能地为病人提供优质服务。

病人到李山云所在的介入放射治疗中心检查治疗,常常会听到先期治疗病友的劝告。"这里不兴送'红包','红包'在这里没有市场!"在患者眼里,李山云是老百姓信得过的军医。事实正是如此,他行医37年,对每一名前来就诊的患者总是精心检查,准确诊断,从不放过任何一个疑点,让老百姓用最少的钱来治病、治好病,从不接受患者红包。辽宁锦州籍患者侯青友,2002年7月,一向身体健康的他发现自己出现乏力、腹胀、腹痛,在当地医院诊断为"原发性肝癌"。这突如其来的消息如五雷轰顶,毕竟自己才30多岁啊,上有老人需要赡养,下有小孩需要照顾,如今自己摊上这病,心里非常难受,但是没办法,只好面对这残酷的现实。于是四处寻找治疗肝癌的药物和方法。后来听说163医院放射科的李山云军医擅长介入治疗肝癌。于是不远千里来到长沙，李山云为其进行了第一次"肝癌抗血管生成"介入治疗，在以后的一年多里，先后进行了三次介入治疗后恢复了健康。事隔五年，当了老板的他给救命恩人李山云送来了一个厚厚的红包，被李山云婉言谢绝了。于是侯青友和妻子连夜加班，亲自绣了"医德高尚，功德无量"的锦旗送到了医院。和侯青友一样，许多得到过他救治的病人都对他充满了感激之情，总是想方设法以请吃饭、送礼等方式向他表示感谢，他总是婉言谢绝。用自己的良知操守撑起了人间最纯净的一方天空。

医术精湛、医德高尚的李山云先后4次荣立三等功，5次被湖南省军区、军区联勤部评为学雷锋先进个人、先进科技工作者，9次被评为优秀党员。

责任所至，职业所托。选择了医生这个职业就选择了奉献，选择了放射专业就选择了崇高。生命不息，奋斗不止，李山云军医依然站在运用射线挑战病魔的最前线，依然在谱写那首救死扶伤的感人颂歌，那首蕴涵了他的青春、他孜孜不倦的精神、他高超的医技和他作为医者天职的颂歌。

近日，解放军第163医院放射科喜讯频传：同轴微导管超选择性支气管动脉"夹心面包"栓塞救治大咯血的临床研究获军队医疗成果三等奖；科室被广州军区评为科技工作先进集体；率先开展介入放射治疗，成为湖南省开展此类病例最多、技术最先进的医院之一；随着一批现代化医疗设备的落户，放射科成为省内一流的全数字化现代科室。作为担任了15年放射科主任的李山云，满怀"用射线把病魔一扫而光"的人生追求，用自己的才华打造了放射专业的品牌，把宝贵的青春奉献给了无数患者，趟出了一串串闪光的足迹。

(刊于2007年3月30日《家庭导报》三版整版)

陈宏贵：维修世界很精彩

震耳欲聋的噪音，浓重呛鼻的机油气味，日复一日的换件、除油、清洗污渍……这，就是广州军区某军械仓库火炮维修骨干、上士陈宏贵的工作舞台。

6年来，他先后使400余门出现故障的火炮"起死回生"，参与编写了广州军区《武器保管员培训教材》，成了公认的火炮"保健师"。

2003年9月，仓库受领了总部"火炮质量升级"的重要任务。不巧的是，负责火炮分解的检修所技术骨干正在休假！正当大家急得团团转的时候，时任保管员的陈宏贵自告奋勇站了出来："让我来试试！"

保管员也懂火炮分解？在一片质疑声中，陈宏贵走进修理车间，娴熟地和其他技工一起进行火炮分解、除锈……几个回合看下来，大伙直点头："没想到，小陈还是个多面手！"

看到陈宏贵如此高的维修水平，惜才爱才的该部领导干脆让他直接"跳槽"，成为正式的火炮维修工。他非常珍惜这次难得的机遇，加班加点"啃"完了两尺多高的《火炮构造原理》《库存火炮检修封存通用手册》等专业书籍，还多方拜师"充电"。这种强烈的求知欲，使陈宏贵很快成长为广州军区火炮维修领域叫得响的"兵专家"。

在该部，陈宏贵有个绰号"陈较真"。按照规定，该部每季度要组织一次火炮技术检查，面对一眼望不到头的火炮，抽样检查无疑是最佳的选择。可陈宏贵却坚持采取逐门检测的方式。此举为战友们所不解：又累又烦不说，还给自己找麻烦。可陈宏贵的一席话，让大家肃然起敬："连火炮的技术检测都搞不准，咋对得起肩头这份责任！"为此，修理所战友们不知道陪他加了多少"额外班"。如今，在陈宏贵带动下，修理所掀起了岗位练兵热潮，每名战士都能胜任两种以上的技术工作。而陈宏贵则是当之无愧的"领头羊"：日常的搬运机械，像电瓶叉车、内燃叉车、牵引车，样样拿手。

常年呆在修理车间，陈宏贵说话声大得像吵架、满身机油味，一身洗得发白的迷彩服上，总遍布星星点点的油污。陈宏贵很少接触到外面的世界，可他并不寂寞。因为，在他心中，这里的世界很精彩……

（与张海亮合作，刊于 2009 年 10 月 24 日《战士报》、2010 年 5 月 12 日《解放军报》）

让梦想在字里行间流淌
——联勤某分部新闻报道员、三级士官张海亮速写

在战友们眼里，他是一个"许三多"式的憨娃，兜里常常揣着纸和笔，不知疲倦地奔波在寂寞的字里行间，"爬格子"是他惟一的喜好。在战友们心里，他又是一个不折不扣的幸运儿，入伍 9 年来，先后在《解放军报》《战士报》等军地报刊用稿 500 余篇，连续 6 年被军区联勤部评为新闻报道先进个人，4 次被评为优秀士兵，2 次荣立三等功，连"全军优秀士官人才三等奖"的殊荣也落到了他的头上。

他，就是广州军区联勤某分部新闻报道员、三级士官张海亮。

热爱，从吃苦中品出甘甜

他的新闻路，始于一株破石而出迎风傲立的黄瓜苗。

2004年夏，在湘南某军械仓库生产班专司养猪种菜的张海亮，凭借一定的文字功底，被选进了仓库报道组。

"进了报道组，就要吃大苦"。一心渴望在部队这所大学校里成才的他，十分珍惜这难得的吃苦机会。为尽快打破见报"零"的记录，白天，他热情高涨地在基层奔波，捕捉新闻线索，晚上却闭门苦思，挑灯夜战写稿子。天很热，房间里没有空调，他就在脚下放盆水。然而，转眼3个月过去了，他脸晒黑了，人消瘦了，绞尽脑汁写出的100多篇稿子却如泥牛入海，杳无音讯。

就在他饱尝失败的苦涩，感到彷徨无助的时候，一株从石头缝里钻出的黄瓜苗走进了他的视野。这个顶着山风压力仍执著生长的小嫩苗，深深震撼了他的心：生命，如果没有对生活的热爱与渴求，如果不能忍受破石而出的苦痛与寂寞，就没有资格赢得阳光的青睐。于是，他给自己立了一条"四不"的铁规矩：业余时间不会老乡、不打扑克、不串门、不看电视，确保每天3个小时的业务学习。他沉下心来，从新闻学最基本的"5W"要素学起，认真"啃"完了《新闻概论》《新闻学》等10多本专业书籍，报名参加了《解放军报》新闻函授。他还找出历年来的军报和战士报合订本，以报纸为师，潜心钻研揣摩，终于悟出其中的一些道道。一分耕耘一分收获。2004年12月，当他得知某偏远山沟部队战士纠察车变成战士外出接送车的消息后，连夜赶写稿件《跟踪追击劳神费力不见效，以人为本车接车送解难题》的稿件，很快在《战士报》一版显要位置刊登。

初尝写稿成功的喜悦，手捧散发墨香的报纸，他对吃苦有了更深的感悟，只要热爱，吃苦也能品出甜来，耐得住痛苦和寂寞，就一定能迎来艳阳天。他坚定了做一个"兵记者"的梦想。

责任，决不让新闻过夜

新闻是"易碎品"，稍一延误就没有了价值。报道员的责任就是决不会让新闻过夜。这是张海亮常挂在嘴边的一句话。

为了能及时抓到一条条"活鱼"，他每天奔波在寻找线索的路上，一有线索马上赶到现场采访。2008年初，罕见的雨雪冰冻灾害突袭三湘大地。联勤某分部官兵迅即行动，积极帮助驻地抗冰救灾，在京珠高速公路上破除坚冰，在107国道上疏导交通，在各受灾现场抢救遇险群众。张海亮是部队哪里有任务，就跟进到哪里。尽管天寒地冻，出行十分危险，他毅然坚持全程跟踪采访，晚上熬夜把采访素材整理成稿件。手脚冻麻了，嘴唇冻裂了，仍然坚持快写快发。有同事劝他好好歇一歇，明天还有时间。可他觉得新闻是讲时效的，一过夜就没有了价值。不到半个月，他采写的报道《站台上的大会战》《冰临城下显真情》《军民携手抗冰魔》等30多篇稿件被《人民日报》《战士报》《湖南日报》等报刊采用。正是凭着"责任"这两个字，如今的他已从一名新闻路上的"小字辈"成长为驻地5家报纸的特约通讯员。

今年1月，妻子从山东老家带着不满周岁的女儿来队探亲。面对久别重逢的妻子，他决定好好陪陪妻子，并约好去南岳观光。当时，他正好有一篇稿子要写。于是，他一边答应着，一边赶写稿件。稿件传真到报社，已是下午2点多钟，去南岳观光的计划又一次泡汤。为此，妻子满腹怨气和委屈。他向妻子解释说，"新闻不能过夜，这是报道员的责任，希望你能谅解。"后来，他满怀深情地写了一篇关于妻子的散文《因为绿色》在《战士报》发表，并作为道歉的礼物赠送给妻子，终于使妻子由阴转晴，也让妻子懂得了新闻工作在他心中的份量。

追求，在关注细节中播洒

巢居者先知风，穴处者先知雨，人敏者先知物。作为一名基层报道员，张海亮深知新闻嗅觉就是打开写作之门的金钥匙，必须关注生活中的每一细节。去年7月，他在机关食堂吃饭的时候，无意间听到两名军医谈论最近收治的数名训练中暑晕倒的战士情况，他马上撂下饭碗赶到病房采访，当天就整理出《13小时的生死救护》一文在《战士报》刊登。由于此稿内容详细、细节生动感人，受到分部政治部领导表扬。得知分部组织医疗队深入训练场巡诊，向基层官兵传授预防中暑的技巧和常识时，他又顶着火热的暑气，跟着巡诊车采访，用心感受身边的每一个细节，写出了《健康讲座直达训练场》的稿件在《战士报》刊登。

只要关注细节，"拾"来的线索也能写成好文章。2006年10月，某仓库连队新宿舍楼建成了却不让入住，官兵们有些怨言。领导的一席话却令官兵们感动不已："刚刚建好的新楼，绝不能住人。要不然建材产生的辐射容易使人得病，我们不能拿战士的健康开玩笑。"这个细节让他眼前倏地一亮，这不正是贯彻落实科学发展观在基层活生生的例子吗？于是，他连夜挑灯写出了《新楼建好了为啥不让住？》的稿件，很快就在战士报一版配编后刊登出来。后来，此稿被评为《战士报》好新闻一等奖。

一路耕耘一路歌。翻开他4本厚厚的剪贴本，里面满是他火热青春的见证。他说，要让青春在绿色军营里飞翔，要让梦想在字里行间流淌……

(刊于2009年7月18日《战士报》)

点点滴滴暖人心
——163医院老年病科副主任杨浩军为老干部服务二三事

163医院老年病科副主任兼副主任医师杨浩军,十七年如一日,视老干部如父母,把老干部当亲人,在点点滴滴中把党的温暖送到老干部心坎,被老干部称为"健康保护神"。近日,他被评为"全军干部保健工作先进个人"。

老年病科收治的病人都是为共和国出生入死、建功立业的功臣,是为我军革命化、现代化、正规化建设做出显著成绩的老前辈,是党和国家的宝贵财富。他深知做好老干部医疗保健工作的重要性,把此作为光荣的政治任务来完成。每次老干部入院,他都要到门口迎接,出院时又送到大门口。老干部过生日,他都要带领科室同志到病房祝贺,送上一束鲜花、一个蛋糕、一碗长寿面,让他们感受到党的温暖。去年4月,被便秘折磨多年的老干部余老几天解不出大便,身心受到严重影响。他看在眼里,疼在心里,便不顾脏臭,用手指一块一块为他抠出大便,使老干部和家人感动得不知说什么好。他却对老首长嘿嘿一笑,说:"我心中,您最重!"

要想为老干部治好病,先要赢得老干部信任,做他们的知心朋友,学会寻找共同话题,懂得激发相同兴趣,这是必不可少的基本功。为此,他努力掌握历史学、社会学和心理学等方面的知识,千方百计提高与老干部沟通的艺术和技巧。一次,他在为一位73岁的郭老治疗时,因老人疼痛不适,性情异常暴躁,不仅不配合医治,还要他走开。他耐心地利用"转移注意法""心理调节法"对老人进行心理调节,并在深夜三次去老人床前了解病情,照顾老人上厕所,使老人感动得热泪盈眶,主动配合治疗。出院那天,他紧紧地拉着杨浩军的手,哽咽着说:"儿女做不到的事情你们做到了,你们不是亲人胜似亲人!"

"医务人员仅有一颗爱心是不够的,要更好地为病人服务,必须用过硬的技术为病人解除病痛,让他们恢复健康。"他是这么说的,也是这么做的。90岁的离休干部钟明彪患有"慢阻肺""冠心病"等多种疾病,经常出现瘀胆性肝炎,肺部感染诱发呼吸衰竭,一年多次住院,由于他医术高超,每次都能让老首长转危为安,为老首长撑起一片晴空。97岁的老红军刘光华,因突发腹痛,并发肺部感染而急诊入院,确诊为"胃穿孔",因老首长年岁已高,多器官功能衰竭,加上其亲属均不同意手术,故采取内科保守治疗。为密切观察病情变化,及时处置,他吃住在科里,国庆长假7天,他没有休息。由于他精心诊治,院外多位知名专家会诊都认为最多只能生存半个月的刘老,结果生存了74天,创造了医学史上的奇迹。

老年人病情复杂多变。他的休假、节假日常常因急救电话而泡汤,但他总是随叫随到。用他的话说:"组织上把我放到这个岗位是对我的信任,自己牺牲一点休息时间又算得了什么。"去年7月,他因病住院,20多名老干部争先去慰问他,都说他是因为我们而累倒的,这让杨浩军非常感动。当得知科室人员少,医疗任务很重,伤口还未完全愈合的他,就提前出院投入到紧张的工作中。

除工作认真外,他还抓紧业余时间跟踪老年医学科研发展前沿,不断攀登医学高峰。为减轻便秘患者的痛苦,他查阅了大量医治便秘的中药方剂,在临床治疗中不断完善,精心配制了"福康胶囊",先后为50多名老干部治愈或减轻便秘痛苦。在长期的实践中,他探索出了一整套老年病预防、医疗、保健一体化的服务模式,并在国内外医学杂志上公开发表学术论文21篇,以精湛的医术带给老干部生的希望。

长年工作在老干医疗、保健第一线,逢年过节,总有些老干部为表达谢意送礼品给他,但都被他婉言谢绝了。前年春节,湘潭军分区老红军李天义的女儿从广州回家,对他像儿女一样照顾自己的父亲非常感激,特地买了一条金项链送给他,在无法拒绝的情况下,他收下后转交给了组织。领导形象好,科室风气正。去年,该科被军区评为"医德医风先进集体"。

"丹心红似火,情深暖心窝,晚霞逢甘露,老翁天天乐"。这是老干部赠送给他的一首诗,也是对他的真实写照。

(刊于2006年1月10日《战士报》)

丹心熠熠映晚霞
——黄茶岭干休所卫生所所长阳家高服务老干部纪事

湖南衡阳黄茶岭干休所卫生所所长阳家高,满怀对革命老前辈的深厚感情,始终把服务老干部作为崇高的事业来追求,扎根平凡岗位,倾注儿女真情,赢得了老干部的广泛赞誉,被老干部亲昵地称为"健康守护神"。今年3月,他所在卫生所被军区推荐全军表彰。

2000年9月,组织上一纸命令,把阳家高调整到卫生所所长岗位。面对简陋的条件、单调的工作和一群体弱多病的老人,他一度产生过失落感。但有一件事对他触动很深:一位老首长到卫生所打针,当撩开衣裤,顿时被老首长身上的刀疤弹痕惊呆了,听同事讲,现在老首长体内还残留着敌人当年的弹片。他足足愣了半分钟,一种崇敬之情油然而生:今天的幸福生活是他们用鲜血和生命换来的,他们是共和国的功臣,能为他们服务,不仅是一种责任,更是一种光荣。从此,他决心把自己的青春年华奉献给老干部医疗事业。

为掌握老干部的身体状况,他经常查阅病历档案,熟记每名老干部的异常生理特征、发病史、治疗经过,特别是对早期用药和抢救方法,总结了"四个及时跟上":一是当老干部突发心脑血管疾病时,急救措施要及时跟上;二是当老干部因喜怒哀乐等情况引起情绪不能自控时,心理咨询和心理治疗要及时跟上;三是当老干部饮食起居不规律时,宣传引导要及时跟上;四是当季节和天气变化时,预防措施要及时跟上,做到防治并举。

多年来,他还特别重视老干部心理保健工作,坚持利用门诊、巡诊、陪诊、座谈等形式,积极开展老干部个体心理保健教育、心理疏导,对老干部患大病如肿瘤、家庭出现重大变故如老伴去世等,他都及时上门做好心理疏导,收到明显效果。他还为每名老干部及家属制作身份卡,并标上姓名、性别、出生年月、主要疾病及过敏药物、住址及联系方式等,可挂胸前随身携带,方便老干部出行;预留了老干部子女的电话,以便随时向他们通报老干部的健康状况,深受老干部欢迎。

俗话说,甘蔗没有两头甜。每个人都有家,家里哪能没有一点事。在为老干部服务中,家庭与工作发生矛盾是常有的事。对此,他总是把工作放在第一位。他妻子在工商银行工作,身体一直不太好,只好提前办理了退休手续。由于自己忙于工作,常常顾不上照顾她。去年7月,妻子因子宫肌瘤、卵巢囊肿住进了医院。动手术那天,本打算请假好好地陪护她几天,可当时所里一名老干部也需日夜陪护,他只好请护工照看妻子。当这名老干部病情好转,他才拖着疲惫的身体来到妻子的病床前。为搞好老干部医疗保障工作,他确实付出了许多。但让他感到欣慰的是,真诚的付出换来真心的回报:10多年来,有的老干部出远门把钥匙交给他;有的探亲让他去看家;有的过生日让他去热闹;有的写表扬信登在黑板上,确实把他当成了自己的亲人。

爱出者爱返,福往者福来。阳家高,一名普通的军医,用自己的执著,谱写了一曲爱老敬老的奉献乐章。他因此多次被军区评为优秀党员、先进工作者。

(与张建华合作,刊于2011年4月7日《战士报》)

精彩的军旅跨越
——记76119部队警勤二连上等兵赵明杰

2009年12月,从贵州大学毕业、取得物理学学士学位的赵明杰,满怀憧憬来到部队,可他很快发现军营并没有理想中那么美好。

小赵入伍前一直过着衣食无忧的日子。在新兵连,面对日复一日的队列训练、整理内务,他发起了牢骚:"我是来当兵打仗的,天天走队列整内务管什么用?"战友们进行队列训练,他常以生病为由逃避;内务评比,他上了几次"黑名单"。"不管学士硕士,首先要当好战士。如果连内务、队列这等小事都做不好,还谈什么实现远大理想。"班长的教诲让他明白了一个理:小事干精致,大事才精彩。虽然自己是大学生士兵,但在军营却是一名小学生。经过这件事后,小赵的思想发生了变化。

尽管过了心理这道坎,但军事素质这一关并不容易过。一次3公里考核中,战友们看到他上气不接下气的模样,笑着说:"赵大学生,你这是乌龟赛跑还是哮喘病发作?"战友的话并没有让他气馁。为过好体能关,他虚心向排长讨"高招",主动"开小灶"。每次跑步,他还在双腿上绑着两公斤重的沙袋,别人跑5公里,他就跑6公里。一分汗水一分收获,在检验新兵训练成果的综合考核中,他被评为军事训练标兵。

新兵下连后,他被分配到某部警卫勤务二连。正赶上军区联勤部组织岗位练兵大比武,他申请参加军械专业岗位比武并被批准。他十分珍惜这来之不易的机会,全身心投入比武集训中,白天学习武器基本知识和维修保养技术,晚上一头扎到兵器室练习武器分解结合。为练好无光条件下武器分解结合,他常常不是碰伤了皮,就是搞错了顺序,练到一定程度,提高一秒钟都非常难。一周下来,他的一双手"千疮百孔"。他向曾获军区比武桂冠的老军械员请教,一个动作一个动作地"挑刺",一遍一遍地练习。功夫不负有心人,在上级组织的军事大比武中,他取得了军械专业岗位比武第一名的好成绩,荣立三等功。

今年4月,他作为优秀士兵提干对象推荐到上级,正当他备战考试时,一纸调令让他前往军区装备部帮助工作。大家都劝他提干机会难得,推掉这个任务。他却说,"服从是军人的天职,我不能这么做。"他毅然打好背包,踏上去广州的列车。今年8月,在上级组织的"五星评比"中,他被评为爱岗敬业之星。这天,他在日记中写道:军营大熔炉,百炼方成钢。要留一只眼睛,看住心中的狂野与贪婪;守一个自立自强,走出一片碧水蓝天。

(与黄琪合作,刊于2011年9月9日《战士报》)

ICU病房里走出的标兵

"比武结束了,终于能安心住院喽!"6月15日,军区广州总医院ICU病房内,一名"另类"的病号格外扎眼:嘴唇上包着纱布,右手打着点滴,左手抱一本烫金证书,惨白的脸上尽是笑容。他就是刚刚走下比武场的某军械仓库上士陈宏贵,尽管身患重病,但仍取得了不俗成绩:和战友力夺军械专业团体第二名,个人也被评为"训练标兵"。

6月11日上午,5公里越野即将开始前,钱双池队长突然发现,平时一直活泼开朗的陈宏贵,蔫蔫地坐在角落里,额头上渗出豆粒大的汗珠。原来,小陈的"老毛病"又复发了:慢性肠炎的痼疾,折磨得他腹泻、腹痛不止,整晚几乎没有合过眼。

高达35℃的气温,考验着每个参赛选手的毅力。200米、400米、800米……迷彩尽湿的陈宏贵刚刚冲过终点线,就一头栽倒在地。匆匆赶来的总医院专家的诊断,更是让战友们心急如焚:"患者染上热射病,大脑发生水肿,生命体征极不稳定,肝功能受损严重,建议在重症ICU病房观察48小时再转入普通病房!"

住院观察,就意味着放弃了比武。这一结论不但让战友们深觉不甘,就连刚刚苏醒的陈宏贵也躺不住了。在主动要求出院被拒的情况下,小陈试图私自离院,结果被医护人员逮个正着。他焦灼的眼泪夺眶而出:"我是服役12年的老兵,这可能是最后一次参加比武了,请给我这次机会!"

发自肺腑的一席话,感动了医护人员。他们答应了"带病出赛"的要求,还派出救护车跟踪保障。次日上午,陈宏贵再次走上比武场。

事后,陈宏贵淡然一笑:"没点胆量,以后咋能上战场?一点小病换个先进,值!"

(与郭睿、魏凯合作,刊于2012年7月5日《战士报》、11月9日《解放军报》)

网络"侦察兵"
——记76119部队网络管理员上士黄雁飞

主人公小传

黄雁飞,2000年12月入伍,现任76119部队业务处网络管理员,上士军衔。2007年12月被上级评为"优秀士官",2008年被联勤部表彰为"通信专业技术能手",2010年荣获"全军士官优秀人才三等奖",先后3次荣立三等功。

山沟的天气说变就变,刚才还晴空万里,转眼间就倾盆大雨,正在进行网络信息综合演练的76119部队作战指挥所内,网络通信线路突然中断,几名参谋忙成一团,淋得像落汤鸡一样还是没找出故障点。"快叫黄雁飞来!"正当大家焦急万分之际,有人提醒道。

急匆匆赶来的上士黄雁飞迅速登录计算机终端,通过网络信号检测,迅速判断出故障点,前后用时不到十分钟,通信网络恢复畅通。见此情景,在场的人都向他伸出大拇指:好样的,黄雁飞,不愧是网络"侦察兵"。

然而,就是这位拥有"妙手回春"技能的网络"侦察兵",2006年调整到网络管理员岗位时,仅是位会打字、装机、杀毒"三板斧"的"菜鸟"。面对工作中出现的各种挑战,黄雁飞没有退缩,他坚信命运掌握在自己手中。为尽快从一名网络技术门外汉成为行家里手,他自费购买了《计算机原理》《计算机网络》《数据库原理》等30多本专业书籍,写下了40多万字的学习笔记。功夫不负有心人,只用两个月时间,他就熟练掌握了动态网站的架设、路由器的配置、网络布线、故障维修等技术。

2008年,单位被确定为全军业务规范化建设试点单位,库房信息化建设是业务规范化建设提升的突破口。过去测量库房温湿度都靠人工逐点逐点测量,然后取平均值进行估算。由于库房面积大,一圈下来要花费近两个小时,且数据容易出现误差,影响武器装备保养质量。能不能研发库房温湿度自动控制系统,提高库房装备保养质量?说干就干,黄雁飞查阅了大量有关资料,加班加点编写程序,经过三个月的艰苦攻关,成功研发了温湿度遥测遥控系统。通过该系统,鼠标轻点,就可查看库房任何一点的温湿度情况,并能自动调控,确保温湿度符合标准。

去年,他又受领了"电脑进班排、网络到哨所"的任务。该工程涉及面广、工程量大。为尽量减少工程成本,他多次到市内电脑城调查摸底,并根据实际情况分门别类购买,仅此一项就为单位节省经费数万元。为使网络发挥最大功效,他将网络电视、多媒体视频、单位报纸融进网络,一"网"打尽媒体播放、在线读报等众多功能。正如警卫勤务一连指导员金明华所说:"现在,上网已经成为官兵业余时间的第一选择。"

官兵的赞誉没有羁绊黄雁飞前行的脚步,反而成为一种鞭策,正如他在自己博客中写的:"网络管理员如果自身都不能及时'升级',又怎能给战友们送去网络盛宴呢!"

好一个黄雁飞,他要用行动为官兵编织一个更安全更实用的网络。

(与黄琪合作,刊于2010年12月17日《战士报》、11月25日《解放军报》)

毛强：岭南军营"铁算盘"

人物档案 Ren Wu Dang An

毛强，上士军衔，现任76119部队管理处出纳，多次在上级组织的财务专业比武中获奖，1次荣立三等功，2次被评为"优秀党员"，连续3年被评为"优秀士兵"。今年1月，被某分部评为"财务工作先进个人"。

"处长，对不起，这张票据我不能给您报，咋说都不行。"4月下旬的一天上午，笔者在76119部队财务办公室看到，上士出纳毛强正与一位部门处长"较真"："按单位财务管理规定，票据必须主官双签才能报销。""部队长不在，政委已签字，你就报掉算了。"小毛不再接话，只是微笑着将票据还给处长。处长轻轻地拍了拍他的肩膀："嘿，有你这个'铁算盘'把关，我们一百个放心！"

小岗位连着大责任，数字里面有政治，来不得半点虚假和疏忽。毛强常常这样告诫自己。从事财务工作6年中，找他办事的人数不胜数，但他始终严格遵守财经纪律和财务法规。2008年初，该部党委决定全面整修警卫勤务一连宿舍，与地方某建筑公司签订了一份造价109万元工程合同。工程竣工后，该公司刘老板兴高采烈地拿着合同来财务室结算，没想到却吃了"闭门羹"。原来双方在工程初期签订的造价109万元工程合同，由于增加一项附属工程而变成了114万元，变更部分虽有单位主官签字，却无相关协议说明。刘老板脸红脖子粗地与毛强争辩："整修工程是部队党委决定的事情，两名主官都签了字，你凭什么不结算？""你别生气，听我解释：变更工程项目虽有领导签字，但没有相关协议说明，便属于违规。数字事小，原则事大……"结果，刘老板不像刚进门时那样大嗓门了。部队领导了解情况后，立即按规定程序报请上级审批，严格签订变更工程项目协议。不打不相识，刘老板逢人就夸毛强是军中"铁算盘"。从此，他"铁算盘"的雅号便传开了。

正是毛强的铁面无私，如今该部再也没有出现违规报账现象，部队的家底经费"噌噌"往上涨，仅去年一年就节省开支30多万元。今年1月，该部被军区评为"财务管理先进单位"，他自己也被分部评为"财务工作先进个人"。

(刊于2010年5月20日《战士报》)

军中"小徐虎"
——记76119部队水电班班长李永胜

满怀憧憬来到军营的李永胜做梦都没想到他的军旅生涯竟是从掏粪开始。尽管他生长在农村，但看到连队的粪池里被堵住的秽物时，他皱起眉头踌躇了半天才一只手捏住鼻子跳进粪坑，将管道疏通。这一跳，后来被领导看中，安排他到水电班去了。

李永胜心里暗下决心，既然成为了一名军中水电工，就要像徐虎那样"辛苦我一人，方便千万家"。为了提高技能，只有初中学历的李永胜每天挤出时间翻看《电工学原理》《管道保养与维修》等专业书籍。他在反复实践中摸索出快速排除各种水管电器故障的方法。电压不稳常烧坏灯泡的问题解决了，下水道堵塞的管道疏通了，出现故障的电器恢复正常了……只要李永胜一出手，保证手到病除。他还有个习惯，一有空，就背着工具箱到营区的每个角落转。连队的门窗破损了，他主动去修理；操场的篮球架等文体器材受雨水侵蚀油漆脱落，他就动手刷上新漆……官兵们无不跷起大拇指："好样的！军中小'徐虎'。"

2008年初，罕见的冰雪灾害突袭三湘大地。由于电路水管被冻坏，营区大面积停水停电，给官兵训练、生活带来极大不便，抢修刻不容缓。李永胜拿上他的工具包，穿上迷彩鞋踏着厚厚的冰雪，奔赴一个又一个高压线塔。大年三十，正是合家团圆时，李永胜却顶着凛冽寒风依然战斗在恢复电力第一线。山顶上冷风刮来，寒气直往袖口里钻，李永胜赶紧抓住电线杆上的铁件，过一会想松开时却发现双手已失去知觉。他一边用嘴哈气，一边抱紧电线杆，双手被冻得发紫，他依然坚持将高压线路接通后才哆嗦着滑下电杆。在电杆下，他一直坐了十几分钟才缓过神来。

该部地处海拔1690多米的山区，生活饮用水都取自于山泉。今年7月，由于驻地道路施工，水管被压断，导致仓库大面积停水，严重影响官兵正常生活。供水管长达20余公里，由于不知道具体压断的位置，李永胜只好带着水电班的战士采取分段排除法，一个坑一个坑地挖，一段一段地查找断口。几昼夜的劳作后，他终于找到了水管断裂处。看着山泉如潮水般四溢，他迅速关上水闸，然后抄起铲子挖出断裂的水管进行修补。水花飞溅在他的衣上、脸上，分不清哪是汗水，哪是泥水……经过6天的抢修后，听着山泉在水管里欢涌的声音，李永胜疲倦的双眼露出了一丝欣慰。是啊，再苦再累，只要大家能喝上清澈的泉水，能洗一个痛快澡，就是对他辛苦努力的最大回报。

吃苦能钻、不计得失和一身水电修理的绝活,不但让李永胜在仓库官兵中享有盛名,也让他成为地方单位抢夺的对象。去年底,有地方老板想高薪聘请他,但他一口回绝了:"我是部队培养的,应该为部队服务。"确实,他用自己的一言一行影响和教育他人,手把手地将自己的专业技能和服务理念传授给水电班的战士。入伍12年来,李永胜受嘉奖11次,连续3年被评为"优秀士兵",两次荣立三等功,他所带的水电班也16人次得到上级表彰。

(与左书游合作,刊于2009年9月17日《战士报》)

演兵场上排头兵
——76119部队优秀军事教练员风采录

烽烟起,战鼓催,五盖山下鏖战急。在联勤某分部岗位练兵现场观摩会上,76119部队官兵大展风采,从入伍不到五个月的新兵到服役十多年的士官,从刚毕业不久的大学生干部到二十多年兵龄的上校军官,在演兵场上龙腾虎跃,一决高下,可谓亮点频现,精彩不断。

"伏枥黄牛"彭国成

"课目,57高炮封存保养……"随着教练员、76119部队部队长彭国成下达课目,8名操作手迅速奔向各自岗位,上炮、调位、取具、浇油……他们动作干练,技术娴熟,短短15分钟就完成火炮封存保养,油层厚度均匀,表面光洁,封存纸下无气泡,保养质量高、外观美,比传统的火炮保养方式节时一半以上。

彭国成,一个在山沟呆了28年的老兵,多次在上级组织的重大比武中摘金夺银,是响当当的"武教头",官兵亲昵地称他为"伏枥黄牛"。去年军区军事教练员会操,他一路过关斩将,被军区评为"军事训练优秀教练员"。在这次岗位练兵活动中,他亲自披挂上阵。为搞好这个课目训练,他又拿起了熟悉的专业教材仔细琢磨,积极向身边的同志请教,利用晚上时间加班加点赶写了近3000字的训练教案,白天则和战士们一起在训练场上摸爬滚打,脸晒黑了,嗓子喊哑了,身子累瘦了,却不肯休息,以实际行动感染着每一名参训的官兵。在时间紧、任务重的情况下,他带领官兵向训练要成绩,向汗水要荣光。当自己的演示课目受到高度称赞时,这位"武教头"竟然激动得像新兵一样手舞足蹈。

"精武标兵"唐运良

"展开导弹！"随着上士指挥员唐运良下达口令，8名战士熟练地支起下架、安装上架、安装测角仪、装填导弹，四个动作一气呵成，准确到位，将导弹由行军状态迅速转入战斗状态。

唐运良，一个执著顽强的耕者，留给人的是踏实、敦厚、勤勉的老士官风范。去年，在上级组织的军事训练教练员会操中，他被上级评为"军事训练优秀教练员"。为熟练掌握某型反坦克导弹的操作使用方法，他查阅大量资料，自己编写教案，反复修改，使其教案成为本级此项训练的标准教材。唐运良不论烈日炎炎的盛夏，还是寒风刺骨的冬日，训练场上总有他的身影。这次岗位练兵期间，由于训练强度大，他腰椎骨疼痛的老毛病又犯了。但他从没有叫一声苦，依然每天扛着25公斤重的导弹发射架加紧训练。他说，一个人生命的价值在于事业的成功，而衡量事业是否成功的标志则在于是否全身心地投入到自己所从事的岗位。从这个意义上说，唐运良是成功的。热火朝天的训练场成就着他生命的辉煌。

"初生牛犊"符荣才

"嘟！嘟！嘟……"随着短促紧急的集合哨声，10名正在"酣睡"的官兵迅速起床，快速打起背包，不到5分钟，该班已在预定地域集合完毕。

这个课目的教练员就是有"初生牛犊"之称的上等兵符荣才。岗位练兵开始前，他是该部队的"无名小卒"，要说他有什么特别之处，就是个子矮点，皮肤黑点。这次岗位练兵时，他主动请缨，凭着过硬的军事素质，一举拿下了紧急集合课目训练的教练员。别看他年龄只有十九岁，是课目训练组成员中年龄最小的一个，可搞起训练来俨然一只"小老虎"。他对每一个动作都严抓细抠，一遍不行两遍，两遍不行三遍，力求动作准确到位。岗位练兵比武前夕，其父病故，作为家中的唯一男丁，理应回家尽孝。但他明白，作为军人，注定要比常人失去更多的亲情和友情，要比常人奉献更多的青春和汗水。当他给家里打电话说部队工作需要走不开时，他其实真的想哭，心里有一种难言的酸楚。演兵场上争当标兵，比武场上竞显雄姿。他汇报演示的课目受到与会代表的首肯，并荣立三等功。

(与农品侣合作，刊于2010年8月25日《战士报》)

酸甜苦辣滋味长
——某军械仓库士官队伍风采撷趣

编者按 Bian Zhe An

士官队伍作为"军中脊梁",活跃在基层一线,职责重如山,使命高过天。火热紧张的军营生活中,他们既有豪情壮志,亦有酸甜苦辣。现撷取某军械仓库5名士官的精彩片段,以飨读者。

酸:儿子把我当叔叔

【人物链接】唐运良,汽车连二班班长,上士军衔,先后7次被评为"优秀士兵",多次被分部评为"优秀党员""优秀士官""优秀军事教练员"。

【精彩回放】在战友们眼中,唐班长可是个名副其实的"开心果",阳光般的笑容,诙谐的谈吐,豁达的心态,无论走到哪都能让身边的战友感受到春天般的温暖。然而,这位"开心果"最近却乐不起来,回想起探亲的一幕,心中便充满了无限酸楚。

8月底,正忙碌在仓库收发一线的唐运良,接到连队干部催他休假的喜讯,这可把唐班长乐坏了,他已快一年没见到四岁的儿子朝朝了。憧憬着儿子喊"爸爸"的热乎劲儿,唐班长立马买了套时尚的休闲装,带上一大包玩具,乐滋滋踏上了返乡的列车。

推开熟悉而又陌生的家门,还未酝酿好跟妻儿久别重逢的"台词",老唐的心头蓦地一酸——一年不见,儿子已长高了一大截,妻子却消瘦了些许。放下笨重的行李,唐班长迫不及待地从妻子怀里把朝朝"抢"到手上,一边好言哄他喊"爸爸",一边献宝似的把精心挑选的碰碰车、魔方等玩具塞到儿子手上。

孰料,平时一向受人欢迎的唐班长,这下竟碰了一鼻子灰——儿子被他的举动吓得哇哇大哭,一边嚷着"我不要叔叔",一边拼命想挣脱。见此情景,满腔柔情的唐班长仿佛被浇了瓢冷水,尴尬地站在原地。还是妻子机灵些,一边埋怨他咋不穿军装回来,一边拨通了唐班长的电话:"不哭不哭,爸爸就在电话里!"经再三"验证",朝朝终于相信爸爸就在眼前。他乖乖地趴在唐班长的怀里,稚声嫩气地问:"爸爸,你的军装呢?"唐运良这才恍然大悟,儿子印象中的老爸,永远是个身穿笔挺帅气军装的人……

刚刚跨进家门的唐运良,尽管遭遇了一场尴尬,但也从此认准了一个理——孩子的眼睛是纯洁的,"军人""军装"就是爸爸的全部天地。

【笔者感言】 作为军人,家庭和事业永远是一对难以调和的矛盾。唐运良酸楚遭遇的背后,活脱脱是个履职责、知使命、见行动的优秀士兵,更是他舍小家为大家的高尚情怀。唐班长,祝福你!

甜:最美是上领奖台

【人物链接】 李永胜,管理处水电班班长,四级军士长,先后9次被评为"优秀士兵",2次荣立三等功,2008年5月被湖南省评为"抗灾救灾先进个人"。

【精彩回放】 8月2日,仓库军事考核全面展开,各路精英摩拳擦掌,纷纷"亮剑出招"。经过一番激烈角逐,四级军士长李永胜以18分48秒的成绩,夺得仓库五公里武装越野第一名。尽管体力透支非常厉害,汗水湿透了迷彩,但这位刚刚过完34岁生日的老兵,脸上依然绽放出了甜甜的笑容。他用无声的行动验证了一句老话,"姜还是老的辣"。

仓库官兵都清楚,李永胜可是个憨厚本分的"老山沟"。入伍14年来,一直没有挪过窝。和他一起入伍的战友,有的早已退伍返乡,有的调到了繁华市区。而他用平凡朴实的行动,诠释着一名守山老兵的情怀——先后"客串"过给养员、保管员等不同岗位,岗岗都干得相当出色。特别是担任水电工以来,为保障仓库数百号官兵的水电正常供应,他每天都要走上十几里山路,对水电线路进行巡查。

"当兵不习武,不算尽义务。武艺练不精,不算合格兵。"翻开李永胜的10多本"军旅日记",每本扉页上都书写着这句话。军人崇尚荣誉的理念,已经深深植进他军旅生活的每一天。为此,李永胜付出了太多——夫妻分居两地,儿子要进托儿所,他顾不上想办法找门路;明明家属已经符合随军条件,但他怕影响工作,至今没有办理,倒是每天"五个100"的军事训练,即每天100个俯卧撑、100个仰卧起坐、100个马步冲拳、100个深蹲起立、100个引体向上,却一直坚持至今。他说,最甜美的时刻就是走上领奖台的瞬间!

【笔者感言】 "见金牌就夺,见红旗就扛",荣誉是军人的无尚信念、无价追求。只要努力用功,好学上进,精彩不请自会来。李永胜,好好干!

苦:血汗泡出佳绩来

【人物链接】 陈凯,仓库保管队一班副班长,下士军衔,1次被评为"优秀士兵",1次受嘉奖。

【精彩回放】 "复进机气压偏大,需要校正;库房湿度轻微超标,需要通风!"9月2日,3号洞库的轮式火炮抽查正在紧张进行。众目睽睽之下,只见下士陈凯动作利落地登上火炮人工后座器,抠机杆、摸机筒、掀紧塞元件……动作娴熟,仅用5分钟就将一门火炮"会诊"完毕,担任考官的仓库副主任曹春晖不由得跷起大拇指:"好样的,又快了1分钟!"

佳绩是苦练的缩影,更是血汗的结晶。可别小看这短短的1分钟,它可是对"台上一分钟,台下十年功"的生动诠释——掰开陈凯的双手,上面满是累累旧瘢;由于成天围着火炮转,身上早已沾满了一股咋洗也难除的刺鼻机油味;厚逾二尺的《后方军械仓库业务学习资料》、7000余个知识点,只有初中学历的陈凯硬是靠着死记硬背,把一堆堆火炮参数、部件性能统统塞进了脑海。在勤学苦练的同时,他时常还要面对"挂彩"——前不久的一次日常保养中,他的左手食指和中指不慎压伤,指甲盖里至今还有暗黑的淤血……

追梦之旅,永远充满曲折。陈凯原本想当走遍四方的汽车兵,但却被调整到仓库保管员岗位,业务处处长石申红还撂下一句耐人寻味的话:"都说你是个'汽车迷',我看你除了开车还能干成点啥!"梦想的"靶心"偏移,领导的"教诲"够味,让原本活泼好动的陈凯,渐渐变成了十足的"榆头疙瘩"——当战友们说起时下的热门电影时,他一无所知;聊及时尚明星,他如听天书。为了实现"外行变内行"的目标,陈凯戒掉了5年多的烟瘾,远离了自幼爱玩的扑克,把工资挤出来购买专业书"补氧",仔细揣摩保管秘诀……

只要用心,吃苦也能品出甜味。3年的保管员生活,加班熬夜的苦练,陈凯一跃成为保管员队伍中的佼佼者。现在,他终于明白了石处长"激将法"的良苦用心,心头更涌起难言的自豪——都说虎父无犬子,爷老子是参加过对越自卫反击战的铁血老兵,不才又当能差到哪儿去!不信?请试听——"152mm加农榴弹炮,主要用于杀伤和歼灭敌火力、野战工事、舰艇和土木质工事,炮重5.72吨,最大射程17.23公里……"

【笔者感言】 宝剑锋从磨砺出,道出的是"平时多流汗,战时少流血"的至理。进步是勤奋的奖赏,佳绩是血汗的浓缩。陈凯,加油呵!

辣:勇追小偷展风骨

【人物链接】 黄雁飞,仓库网络管理员,上士军衔,2次荣立三等功,曾获"全军优秀士官人才三等奖""联勤部通信专业技术能手",6次被"优秀士兵"、2次获评分部"优秀士官""优秀党员"。

【精彩回放】 8月的一个周末,素有"电脑通"之美誉的黄雁飞一身便装,来到驻地新华书店,想购买几本电脑书籍。

正当黄雁飞全身心沉浸在书本世界时,耳边突然响起一个急促的声音:"小偷把我的手机偷走了!"黄雁飞闻言不禁一怔——书店有保安和监控系统"双保险",咋还有这等事?当看到一位正在跺脚哭泣的女学生时,怒火中烧的他连书也顾不上买,拔腿就冲到书店门口。而在此时,"得手"的小偷正鬼头鬼脑站在100多米外的路边"探风"。看到黄雁飞这个身高超过1米8、体格魁梧的壮汉一露脸,当即慌了神,拔腿就跑。

"就是他!"听着失主确认目标,黄雁飞拔腿就追。街头攒动的人流,让他"锁定"小偷十分不便。但黄雁飞发了狠:"要是让小偷在军人眼皮子底下溜走,那我这个兵不白当了!"

迈步要大幅均匀、喘气要口鼻并用、眼睛要瞄准目标、意志要坚忍不拔,黄雁飞默念着新兵班长告诉自己的长跑秘诀……终于,在横穿5条路口、跑过4条小巷之后,小偷累得口吐白沫趴在地上,而黄雁飞尽管衣衫尽湿,却仍精神抖擞地站在他面前。

"大哥,你到底是干嘛的?"不甘心认输的小偷,在去派出所的路上直纳闷。当了解到黄雁飞的身份后,他几乎连肠子都悔青了:"我服了,今儿咋这么点背!"

这一"救美"故事直到10多天后才被传开——是派出所的感谢电话露的底。经前来专程道谢的女孩确认,黄雁飞那天至少追了2500米,并且还是穿着不便长跑的皮鞋;相较之下,小偷虽然穿着轻便的休闲鞋,但仍败下阵来——这事说明,兵哥哥的确了不起!对此,仓库主任曹平咏更是喜上眉梢:"好小子,没丢部队的脸!"

【笔者感言】 见义勇为,既是职责更是挑战。打铁还须自身硬,军装穿在身,军魂系在心,军事技能要训在平时,用在危时。黄雁飞,好样的!

乐:政委回帖好快活

【人物链接】 黄琪,大专学历,中士军衔,仓库库报主编,2次受嘉奖。

【精彩回放】 直招士官作为部队士官队伍中的"新生力量",一直备受关注。他们的一举一动,都难逃战友们的"法眼",并被"评头论足"地打分。这不,入伍时间还不满1年半的黄琪,就成了众人眼里的"另类"——战友们七嘴八舌凑到一起打"升级"、侃大山,他一参与就打哈欠;由于仓库日常保障任务需要,加班干活是常事,可他倒好,提到加班就抱怨。由于他是家里的"独苗",被父母一直视为掌上明珠,紧张的军营生活自然不习惯,整天一副"苦大仇深"的样子。尽管连队干部和思想骨干轮番上阵,但小黄依然故我。

老天也有开眼的时候呵,何况是名牌大学毕业的黄琪呢——这不,从今年7月底休完假回来后,不知咋的,小黄就像变了个人,旧日的阴霾一扫而光,整天乐呵呵的,仿佛偷吃了"欢喜团",让战友们有些不适应。

这小子该不会是对上女朋友了……正当大家嘀咕着,想找到小黄漂亮"转身"的真正原因时,他的"正宗老乡"、上士吴靖宇忍不住透露了一个秘密:政委不但从仓库局域网上给黄琪回了帖,还和他成了网上"论剑"的好朋友呢!

乖乖!这个突如其来的消息,令几个老兵讶异不已——仓库政委谢守平,两杠三星的上校,国防大学研究生毕业,分部"领导讲师团"骨干,兵龄超过20载;而黄琪尽管肩扛中士军衔,但入伍时间却仅有17个月,在众多老兵眼里就是个不折不扣的"新兵蛋子"。两人之间的差距如此明显,咋成了好朋友?

"原因很简单,因为我是标准的'80后'!"正当大家百思不得其解时,黄琪笑着道出了原因——前不久,政委要上大课,请他制作多媒体课件。一来而去,黄琪与谢政委变得熟悉起来,而且政委还把自己多年的从军心得倾囊相授,使小黄明白了"要当一个好兵,先从笑对生活开始;要做一个好人,先从笑对身边开始"的道理。不仅如此,黄琪还将基层单位中的一些"土政策""土规定"发到政委信箱,使仓库领导了解真相并及时整治。

"现在你们总算明白了吧,为啥连队的'土杠杠'都消失了,那可有我的功劳哩!"说到此,小黄得意地笑了起来,听得几个仓库的"金牌思想骨干"颇有感触。更意外的是,仓库如今已办起了"电脑夜校",黄琪担任"校长",据说"门下弟子"络绎不绝,课堂还颇为红火哩!

【笔者感言】"80后""90后"战士有自己的"另类"爱好,也有自己的理想追求。不过,好钢要用到刀刃上,战士要笑迎挫折来。黄琪,努力哟!

(与张海亮合作,刊于2010年12月13日《战士报》)

平凡岗位真战士
——广州军区劳动模范李帮清小记

一名看上去很平常的部队职工,28年来始终以普通一兵的身份要求自己,爱岗敬业,无私奉献,留下了一串串闪光的足迹:4次荣立三等功,18次被评为"学雷锋标兵",10次参加军区专业技术比武获得冠军,被誉为"小行家"。今年"五一"前夕,被广州军区评为"劳动模范"。他就是驻株54065部队油料装备检修所职工李帮清。

自学成才

入伍时,李帮清干的是修理工。面对各种图纸、电路和油路,只有小学文化程度的他确实有些茫然。但他不气馁,冒着被当成走"白专"道路典型的危险,利用业余时间躲在配电房刻苦学习。多年来,他靠着这股韧劲,啃下了十几部专业书,写下了约30万字的读书笔记和10万字的经验总结,熟练掌握了车、刨、焊、电、铣等专业技术,成了广州军区油料系统少有的多面技术能手。一个普通的油料库站建设,从设计、预算、施工到交付使用,所有技术环节他可一个人独立完成。

他还结合本职搞技术革新。看到官兵码垛油桶既费时费力又不安全,他萌发了制作"油桶码垛机"的念头。经过反复设计、论证、测试,他成功地实现了油桶码垛机械自动操作。这项科研成果获军队后勤科技成果二等奖。20多年来,他先后完成11项工程革新,其中获军队后勤科技成果奖7项,获军区科技成果奖4项,成为军内外小有名气的发明家。

工作至上

油料装备检修所主要担负军区部队库站安装、维修、改造等任务。因工作原因,他长年出差在外,足迹踏遍中南5省,先后带队安装、检修、改造库站300多个,质量全部达到优质水准,军区油料系统认定他承建的工程质量免检。

妻子随军前的20余年里,李帮清仅回老家探过6次亲。儿女们出生时他都在外施工。大女儿首次见到父亲时已经3岁多了。不仅不叫他爸爸,见了他还躲开。1990年7月,李帮清带队到海南搞库站安装,工程正当紧时,传来了儿子李华病重的消息,上级让他尽快回家照料,可李帮清犯难了:走吧,工程正在进行电路安装,他是唯一的电工,这一走工程就要停工;不走吧,确实对不起妻儿。最后他还是忍痛给家里打电话简单安排了一下,又投入到工程建设中,直到把工程搞完才回家。

谈起他的工作经历,他忘不了为驻澳部队赶建加油站那段不平凡的岁月。去年8月,军区物油部领导点名要李帮清赶到珠海,负责驻澳部队加油站安装任务。驻澳部队安装加油站,他十分清楚这项工程的分量,一钉一铆都不能出差错。珠海天气变化无常,多台风、暴雨,有时温度高达39度。时间紧、人手少、任务重、标准高,他没有被困难吓倒,带头放弃节假日,加班加点,有时甚至昼夜连轴转。中暑了吃不下饭,就喝点饮料;眼皮被电弧灼伤,涂点眼药接着干。在他的带领下,经过一个多月的苦战,按期高质量地完成了工程建设任务,受到总部首长的高度赞扬。

战士本色

走进李帮清的家,没有几件像样的摆设,电视机还是80年代的产品。妻子无工作,两个小孩上学,老家父母多病,全靠他一人工资支撑。其实凭他一手过硬的技术,想发家致富是很容易的。但他始终甘居清贫,不计个人得失,为国防事业默默地奉献着。

去年12月,李帮清带队在珠海某部施工,一个地方老板主动找他,提出以优厚报酬请他抽时间指导修建一个加油站,并许诺给他个人8000元。虽然在时间、技术上是可行的,但李帮清认为这是利用技术捞"外快",是部队纪律不允许的,便婉言拒绝了人家的"好意"。李帮清先后7次拒绝地方高薪聘请,拒收红包100多次,大家称赞他"常在河边走,就是不湿鞋",用他自己的话说就是要永葆革命战士的本色。

(刊于2000年5月7日《株洲日报》)

第三辑

中流撷贝

（经验总结类）

- 优秀军医莫放林呕心沥血 为我军卫勤事业战斗到生命最后一刻
- 以班子好学推动部队发展 学出感情 学出兴趣 学出责任
- 坚持以创新理论为指导 推动仓库建设跨越式发展
- 认真落实从严治军要求 推进医院全面建设快速发展
- 打开心结敢批评 真查真改见行动
- XX仓库会后持续用力抓深抓实问题整改
- 营造批评较真氛围 提高党性分析质量
- 抓龙头 讲团结 做模范
- 把党委班子建设成为坚强的领导集体
- 着眼保障打赢 创新组训模式 不断推动仓库岗位练兵深入发展
- ……

优秀军医莫放林呕心沥血
为我军卫勤事业战斗到生命最后一刻

第169医院肿瘤科主任莫放林,生前是享誉中南地区的肿瘤学科专家、肿瘤专业的带头人,2007年6月被确诊为纵膈肿瘤晚期,他不惧病魔,先后接诊200多位患者,出色完成多项重大应急卫勤保障任务。莫放林去世后,广州军区联勤部党委作出《关于开展向莫放林同志学习活动的决定》,号召广大官兵以他为榜样,以实际行动践行当代革命军人核心价值观。

信仰坚定矢志军营建功立业。莫放林出生在洞庭湖畔沅水江边,家乡经常遭受洪水侵袭,解放军奋不顾身抗洪救灾的身影,深深地烙在他的脑海里。1986年,莫放林从湖南医学院毕业,本可以留在省城大医院,过上众多大学生梦寐以求的都市生活,但当得知部队招人的消息时,第一个报名从军,来到当时工作、生活条件艰苦的第169医院。作为一名军医,莫放林深知,学好党的创新理论是立身之本,在他的书架上,除了医疗书籍外,理论原著数量最多、翻得最旧。他写了200多万字的读书笔记,多次被评为理论学习先进个人。上世纪九十年代下海经商热,地方同学有的劝他趁年轻、有技术时脱军装、闯市场,他从不心动;有的拿着合作办医的意向书请他"出山",他坚决抵制。调入心胸外科不久,莫放林主动承担了《复杂心脏手术治疗研究》等两项科研课题。整整一年,他几乎把所有的业余时间都用于课题研究,在图书馆、实验室一呆就是十几个小时。经过不懈努力,两项研究课题均获得军队科技进步奖。

救死扶伤勇挑重担。2000年底,医院新组建肿瘤科,拟任命莫放林为科主任。时任心胸外科主治医师的他,每年都有专业技术新成果,多次被评为"十佳医疗之星",慕名前来的求医者络绎不绝,如果转行,将可能功败垂成。很多同事劝他三思而行,但他毫不犹豫地服从组织的任命。肿瘤科创建之初,莫放林日夜攻关,历经一年时间,与专家联手攻克了10多个前沿技术难题。与他合作过的老专家,对他的敬业精神赞叹不已。在莫放林的带领下,肿瘤科用短短6年时间,完成从初创到跻身"军区肿瘤重点专业科室"的跨越,赢得了许多荣誉,但莫放林更看重的是患者的满意度。一些患者因得不到及时的安抚、劝慰,心理压力大,情绪波动异常,莫放林知道后,睡觉时把电话放在枕边,床头摆一把椅子,上放衣服、下放鞋,手机24小时不关,铃声开到最大,以便能尽快赶到求助患者面前。

情系官兵服务部队当标杆。莫放林始终把医疗服务"姓军为兵"作为自己的职责。他在科里立下铁规矩:战士治疗需要外请专家时,院内没有院外请,市内没有市外请;

只要对战士健康有利,再贵的药品也要用,再好的设备也要上;军队患者有专人接待,出差、探亲的非体系伤病员也要全力救治。莫放林把对基层官兵的真情从医院延伸到训练场,一次,他得知作训参谋刘义因外出参加军事演习,无法照料患食道癌的父亲,便主动替他承担,每天定时给老人喂药、喂饭、擦澡、擦脚、刮胡子。一个月后,演习归来的刘参谋看到父亲日渐好转,禁不住热泪长流。莫放林经常背着10多公斤重的医疗器材和药品,上哨所、入洞库、到班排,每次训练抽组都主动参加。有人劝他"你是专家,应该呆在科室多看病号多创收,不必干这些'份外事'。"但莫放林认为,打赢是所有军人的共同使命。一年夏天,多支部队在医院驻地演练,莫放林顾不上卧床妻子和幼小的儿子,顶骄阳、冒酷暑,足迹遍布每一个阵地、每一顶帐篷,辗转半个月,没有回过一次家。

献身事业与死神顽强搏斗。2007年6月5日,莫放林被检查出胸腔纵膈部位存在阴影,疑似纵膈肿瘤。作为肿瘤专家,他深知这种病对生命的危害性,于是给自己开出这样的"处方":患上肿瘤,人生不幸;生命如炬,全在燃烧;与其文火微光,不如烈火闪耀!2007年9月手术治疗后,医生拿着诊断证明书,反复叮嘱莫放林静养两个月,可他一出院,就将诊断证明书压在床头,拖着病体又返回工作岗位。2008年初,医院执行抗冰救灾卫勤保障任务,莫放林"违抗"院领导"留院休息"的命令,坚决随队出征。一连几天,莫放林给30多名病人送去药品,为200名乡亲体检,没睡过一个囫囵觉,没吃过一顿热饭菜。他由于过度劳累,体力不支,被强行送回。今年3月7日,莫放林恋恋不舍地离开执着的工作岗位,永远闭上了眼睛。在遗体告别仪式上,无数陌生人冒雨赶来为他送行,上有七八十岁的老人,下有八九岁的小孩,原定200人的告别现场一下挤满上千人。

(与杨明伟合作,刊于2009年《军委内参》第12期)

以班子好学推动部队发展

我们仓库党委坚持以"活动常态化、内容科学化、方式实用化、成果实践化"为目标,通过严格落实学习制度、科学设置学习内容、大力改进学习方式,积极倡导学用结合,有力地提高了党委中心组学习质量。

一、严格"五项制度",确保学习活动常态化。坚持以中心组学习制度规定为依据,严格规范中心组学习活动,确保中心组学习活动经常开展、形成常态。一是严格组织计划制度。制定《创建学习型党委措施》,成立由仓库领导、郴州市委党校和湘南学院特邀教授组成的教员队伍,明确机关各部门组学职责,形成抓中心组学习的合力。针对仓库干部少的实际,将全体干部纳入党委中心组学习覆盖范围,区分党委成员、机关和基层干部三个层次,科学制定学习计划,做到年有部署、月有方案、周有安排。二是严格集中学习制度。坚持用好集中学习主方式,每周四定期组织集体学习;严格学习考勤,非特殊情况任何人不得请假;严格落实补课要求,对因故缺课的,由党委成员一对一负责补课。三是严格个人自学制度。每周三下午是个人自学时间,不得挪作他用;个人每天至少利用一小时,双休日、节假日不少于半天时间自学。政治处每月组织一次自学情况检查,对学习笔记、心得体会、资料剪贴本等进行批阅,发现问题及时整改。四是严格述学评学制度。每年组织党委成员进行两次述学,同时组织官兵进行民主评学,张榜公布述学报告和评学结果,将学习活动置于群众监督之下。五是严格考核奖惩制度。采用"查、听、问、考"的方法,定期检查学习情况:查出勤记录,看是否有迟到缺席;听研讨发言,看是否联系实际紧密;问学习进度,看是否按计划落实;考学习内容,看是否真正掌握要点。规定同等条件下,对学习表现突出的实行立功受奖、岗位交流、送学深造、职务晋升"四优先"。

二、突出"四个重点",确保学习内容科学化。科学设置学习内容,确保中心组学习的系统性。一是抓住根本的,把党的创新理论武装作为首要任务。主要读好"三本书",搞好"三个结合",掌握"三个重点"。"三本书"就是《高中级领导干部理论学习读本》《中国特色社会主义理论系列读本》《国防和军队贯彻落实科学发展观重要论述选编》;"三个结合"就是与研读马列主义、毛泽东思想经典著作相结合,与学习党的路线方针政策相结合,与学习党的三代领导核心和胡主席治国理政伟大实践相结合;"三个重点"就是学好科学发展观重大战略思想、胡主席新形势下国防和军队建设重要论述、创新理论体系蕴含的马克思主义立场观点方法,切实实现由掌握一般意义内涵向领会精神实质的转变。二是夯实基础的,扎实推进核心价值观的学习培育。始终把培育当代革命军人核心价值观作为强基固本工程,在深刻理解丰富内涵、精神实质和实践要求上下功夫,进一步增强党性修养、端正人生追求、培养高尚情操。三是立足本职的,不断加强岗位技能和高科技知识的学习。认真学习《全军高级干部军事学习规划》规定篇目,每半年集中一周时间组织军事高科技知识和业务知识培训交流,定期组织学习《纲要》、安全条例和训练大纲等法规。四是拓展通用的,注重学习科学文化知识。每年为每名中心组成员配发40册优秀书籍,让大家在品读历史中明是非、知兴替,在学习经济中察规律、长见识,在钻研哲学中开心智、启思维,在阅读文学中怡身心、增才情。

三、着眼"三个注重",确保学习方式实用化。注重创新方法载体,不断拓展中心组学习的广度和深度。一是注重搭好学习平台。先后投入上千万元,新建文化活动中心和军官训练中心,为每名干部配发笔记本电脑,建起了30万册的电子书库和10000多册的图书室,创建了涵盖政治教育、军事训练、业务建设、行政管理等内容的综合信息网;坚持开展"五个一",即"每天一次新闻点评、每周四一堂素质教育课、每周末一场电影、每月一张报纸、每个节日一次文体活动",使官兵学有场所、学有载体。二是注重开展研讨交流。定期梳理官兵关注的热点难点问题,每周指定一名常委组织一次研讨交流,讲实践所得,答疑难之点,教可用之法。今年已围绕"战斗力生成模式转变""培育当代革命军人核心价值观途径"等课题展开了8次大讨论,改变了过去"我讲你听、单纯阐述"的灌输模式,活动反响一次比一次好。三是注重搞好课题研究。按照"课题研究牵引理论学习,调研成果促进认识深化"的路子,把学习内容向课题研究聚焦,提升了理论学习层次。近年来,党委成员围绕加强信息化建设、业务管理、军事训练等工作,每季度选择一个课题深入调研,探索规律,取得了一批有质量的成果。

四、促进"两个转化",确保学习成果实践化。一方面,着力在加强党委班子能力建设上促转化。注重把学习作为增强党委凝聚力战斗力的重要途径,制定了《加强党委班子能力建设措施》,对班子成员勤于学习、专注事业、求真务实、严格自律等方面作出硬性规定。"提高机械化水平、锻造信息化能力、实行精细化管理"的发展思路成为"一班人"的普遍共识,以信息化建设为牵引、以保障力生成为中心、以落实"四个基本"为重点的工作格局在仓库形成。另一方面,着力在推动部队建设创新发展上促转化。在军事训练方面,针对人员精简过半、保障任务成倍增加的现状,狠抓全员岗位练兵,基本实现"一岗多人会,一人会多岗"目标;在业务建设方面,针对库存装备多、业务设施旧的实际,狠抓质量监控和场所整修,业务规范化建设跨入全军先进行列;在基础设施建设方面,仓库多方筹资,整修3个哨所,新建连队宿舍及士官公寓,营造了拴心留人的良好环境;在日常管理方面,针对仓库点对线长、管理难度大的实际,完善了《仓库日常管理规定》等22项制度并严格落实,部队管理进一步正规。

(2011年联勤部师团党委书记集训仓库经验交流材料,刊于2011年《政治指导员》第20期)

学出感情　学出兴趣　学出责任

党的十八大召开以来,我仓库党委认真贯彻习主席"走在前列"的政治要求,注重在今昔对比中增强爱党情怀、在丰富形式中浓厚学习兴趣、在创新理念中明确职责使命,迅速兴起了学习十八大精神热潮,不断推动党的创新理论进入官兵头脑、在基层落地生根。

一、追根溯源求认同,在今昔对比中学出感情来。党的十八大报告思想深邃、博大精深、气势恢弘,闪耀着马克思主义的真理光辉。为此,仓库采取专题辅导、颂赞成就等方法,不断增强官兵对党的创新理论的情感认同。设置专题讲,在理清发展脉络中坚定信仰。为全面落实军区党委"五个深刻理解"的指示要求,仓库开设了《高举中国特色社会主义伟大旗帜》等5个专题的辅导讲座。授课中,围绕中国特色社会主义的"源"和"流",注重讲清从"两个文明"建设,到经济、政治、文化建设"三位一体",再拓展到社会建设的"四位一体",到现在把生态文明纳入进来的"五位一体"总布局;从"小康"概念的提出,到确立"全面建设小康社会",再到"全面建成小康社会"奋斗目标等理论观点,深刻阐述党的创新理论的发展脉络和科学内涵,引导官兵感悟党的理论自信、创新精神和民族情怀。政治处干事郭睿说:"伟大实践孕育科学理论,科学理论指导伟大实践,通过了解党的创新理论的源头和发展历程,我深刻感受到创新理论的真理光芒"。联系实际悟,在畅谈辉煌成就中坚定信赖。组织官兵参观驻地小埠村,现地讲解小埠村从一个贫困落后的文化古村快速发展成为园林式、生态化、旅游型新农村,并成为湖南省"新农村建设示范点"的历程,现场感悟党领导下农村建设取得的巨大成就;认真学习军区政治部编印下发的《科学发展成就绘画本》,专题解读高速铁路天涯变咫尺的"中国速度"、"神州九号"箭射苍穹的"中国高度"、"蛟龙号"龙宫探秘"中国深度",引导官兵数字里知变迁、图片里看成就,以鲜活事例加深官兵对"一个跃升,三个大台阶"的理解,深刻感悟党的英明伟大,进一步增强官兵对党的无比信赖。回顾库史谈,在历数军营变迁中坚定信心。邀请在仓库工作36年的老职工肖圣良登上讲台,讲述仓库从茅草毡房到低矮平房、再到公园式营院,从肩挑手扛到机械作业、再到信息化管理的巨大变迁;组织官兵参观库史馆,举办仓库十年发展成就图片展,通过一幅幅图片、一组组数据引导官兵回顾仓库发展历程和建设成果。勤务一连下士林晓波深有感触地说:"通过身上衣、口中食、手中枪的今昔对比,让我触摸到了祖国前进的强劲脉搏,进一步坚定了我蹲山守库建功业的信心"。

二、明确目标搭平台,在丰富形式中学出兴趣来。兴趣是最好的老师。学习中,仓库注重创新形式,不断激发官兵学习十八大精神的浓厚兴趣。明确目标学。为防止学习教育大呼隆、"一锅煮"的现象,仓库区分干部骨干和普通士兵两个层次,有针对性地设计学习内容,规范学习标准,明确学习要求:干部和理论骨干要精读原文,准确把握和深刻理解科学内涵,做到上台能讲、课下能教、工作受益、实践会用;士兵在通读原文的基础上,重点掌握基本思想、基本观点,做到熟读一个观点、联系一个事例、讲出一个道理、解决一个问题。通过层次区分,官兵学习目标更加明确,学习效率明显提高。拉近距离学。针对少数官兵存在的十八大精神太高、太远、太大、与己无关等片面认识,学习中我们做到"三个拉近":情感上拉近,大力开展"谁不说俺家乡美"活动,在连队设立照片墙,支持官兵晒家乡美图、家庭靓照,引导官兵从家乡变迁、家庭变化中激发情感共鸣;语言上拉近,当好"政治翻译",用官兵听得懂、听得进的语言解读理论,把抽象的变具体、深奥的变浅显;方式上拉近,紧贴80后、90后官兵喜欢上网用网的特点,开设网上"交流论坛"、网上"理论超市",鼓励官兵争当论坛版主、微博博主,形成人人是教员、事事是教材、处处是课堂的生动局面。激发动力学。广泛开展"四比"活动,在"全篇报告个人通读、重要段落骨干领读、热点问题干部导读"的基础上,组织官兵研读报告比遍数,看谁学得勤;讨论发言比高低,看谁学得细;学用结合比准度,看谁学得深;开展知识竞赛比分数,看谁记得牢,评选出保管队上士黄小春、勤务一连中士黄澄等5名"理论学习之星",检修所上士陈宏贵被军区评为"战士理论学习先进个人"。剖析热点学。广泛开展"三找"活动,组织官兵熟读原文找亮点、问题牵引找难点、联系实际找落点,并注重结合钓鱼岛争端、黄岩岛对峙、收入差距拉大等官兵议论的热点,引导官兵用辩证、发展、联系的观点正视矛盾问题,用新思想、新观点、新论断拉直心中问号。由于学习形式活跃,官兵普遍反映,理论学不懂乏味,学进去有滋味,越学越觉得党的理论好、作用大。

三、紧贴任务抓结合,在创新理念中学出责任来。学习不仅要有"俯而读、仰而思"的钻劲,更要有"起而做、躬而行"的干劲。仓库紧贴任务要求,结合年终工作总结和新年度工作筹划,扛着红旗找差距,抬高一尺谋发展。一是集思广益,查找存在问题。弄不清存在的问题,发展就会跑题。仓库认真学习十八大报告用大篇幅讲问题的好做法,区分党委班子、机关干部、基层主官、普通战士4个层面,分别围绕"党委抓建,我的能力行不行""帮带基层,我的素质强不强""基层管理,我的水平够不够""建功军营,我的决心大不大"展开讨论,翻箱倒柜找问题,集中兵智查不足,共查找出基层建设发展不平衡不稳定、部队管理不精细等5类14项问题。二是抬高一尺,绘制发展蓝图。看不到客观的差距,目标就会迷茫。在去年年终考评中,军区政治部周主任在充分肯定仓库发展成绩的同时,明确提出仓库要打造军区部队标杆的要求。为落实首长指示,仓库先后召开党委会、办公会、全体干部会、党员大会,按照十八大对国防和军队建设的总体要求,认真谋划工作,确立了"提升机械化水平,锻造信息化能力,实行科学化管理,推进规范化建设"的工作思路,制定了"精细化管理、精确化保障、实战化训练、人性化服务、园林化营区"的具体举措,明确了争创联勤部"窗口"单位、军区标兵单位的奋斗目标。三是转变作风,凝聚兵心士气。学习中,仓库扎实开展了"学报告、转作风、促发展"主题实践活动。在去年底士官选取中,仓库制定了《士官选取"阳光作业"制度》,将上级规定细化为本人申请、班排推荐、群众评议等12个步骤,坚持一把尺子量长短,公开公正公平抓选改,选改的29名士官个个让人服气。老兵退伍期间,仓库领导和机关干部打起背包,纷纷蹲到班排哨所,察兵情、解兵难、暖兵心、寻良策、谋发展。领导作风实,官兵干劲高。老兵退伍前一天,寒风凛冽,细雨纷飞,139名老兵强烈申请为联勤部工作组进行10个训练课目的汇报演示,个个动作精准,人人精神昂扬,受到军区政治部周主任的高度称赞。

(与严文科合作,刊于2013年《政治指导员》第3期)

坚持以创新理论为指导
推动仓库建设跨越式发展

近年来,我们坚持用党的创新理论指导实践,连续 6 年被分部评为全面建设先进单位,连续 3 年被联勤部评为全面建设先进单位、先进党委。去年 11 月,联勤部在仓库召开干部教育管理座谈会,仓库为会议提供了一流的会务保障和观摩现场,得到军区和联勤部首长及与会代表的好评。回顾几年来的工作实践,我们的主要体会是:

一、运用科学发展观更新思想理念,确立创新发展的建设思路

变革先要变思想,创新贵在观念新。学习中我们感到,只有始终用科学发展观的立场、观点和方法去审视过去的传统做法,不断更新发展理念,拓展发展思路,才能引领仓库建设跨越式发展。

一是立足变革前沿,高起点筹划。 仓库多年一直是分部和联勤部的先进。面对新军事变革的严峻挑战,党委"一班人"在反复学习党的创新理论、深刻领悟科学发展观的精髓中认识到,发展如逆水行舟,不进则退。要保持多年先进的荣誉,只有用前瞻思维和超前眼光高起点筹划,才能化挑战为机遇。在统筹规划仓库建设中,我们载誉思责、载誉思进,科学制定了《仓库 2005 年-2010 年发展规划》,确立了创建分部"窗口"单位、联勤部"标杆单位"、军区"先进单位"的"三级"发展目标。同时,把握新军事变革"信息化是龙头"的特点,确立了机械化与信息化兼顾、抓硬件建设与强人才队伍同步、抓当前工作与谋划长远并重的建库原则,保证了部队建设的正确方向,为仓库持续快速发展奠定了基础。

二是明确主攻方向,高标准建设。 我们始终把提高战斗力保障力作为建设的主攻方向。2005 年来,仓库有 XX 个战备工程建设项目,涉及经费 XX 万元。我们按照着眼长远、适应实战、统筹规划、分步实施的原则,高标准完成了战备工程建设施工任务。现代高技术条件下的战争,仓库容易成为敌方空袭目标,我们坚持把伪装工程作为加强仓库战场建设的重要课题来抓,有的利用天然屏障自然伪装,有的通过自家自建进行人工迷彩伪装,现在库房全部达到野战生存要求。仓库有 8 个独立院落,点多线长,巡视不便,我们在最高的山头建立瞭望哨,在各哨所、十字路口等重点部位安装监控系统,通过哨兵、值班员、仓库领导"三位一体"的监控,

对技术区重要部位进行全方位、全天候监控,减少自然灾害和人为破坏,大大提高了库存武器装备的安全系数。

三是抓住发展机遇,高质量落实。去年初,联勤部党委赋予仓库筹备联勤部干部教育管理座谈会现场准备任务。我们党委"一班人"深深感到,必须牢牢抓住这个发展机遇,科学谋划,乘势发展,确立了"当样板,创一流,高标准完成座谈会准备"的目标。在时间紧、任务重、要求高的情况下,"一班人"亲历亲为带头干,精益求精细雕琢,一项一项抓落实,达不到标准不放过,最终实现了联勤部首长提出的"万无一失,滴水不漏"的目标要求,仓库建设跨上了一个崭新台阶。

二、运用科学发展观指导工作落实,推动仓库全面建设整体跃升

学习中,我们感到部队贯彻落实科学发展观,最终要落实到推进基层建设的全部实践中。近年来,我们认真按照科学发展观要求,扎扎实实地抓好各项工作落实,确保了仓库建设健康发展、整体跃升。

一是抓住根本,靠政治教育铸魂励志。针对部分官兵事业心责任感不强等问题,仓库坚持抓好我军历史使命教育、理想信念教育、战斗精神教育和社会主义荣辱观教育等四项基本教育,及时为官兵补"钙",铸魂励志。通过学理论、讲形势、忆传统等方法,大讲仓库在艰苦环境中创业发展的奋斗历史,大讲仓库近年来取得的辉煌成绩,大讲仓库在反"台独"军事斗争后勤准备中的地位作用,引导官兵安心山沟、安心本职、安心基层,固牢官兵重事业、轻名利、作奉献的思想基础。2名干部主动收回转业申请,3名干部放弃调往武装部的机会。

二是扭住中心,靠苦练精兵保障打赢。我们始终着眼实战抓训练,争当打赢排头兵。考虑到战时物资消耗量大、保障任务重,平时狠抓体能训练,为搬运物资打好体质基础;利用物资收发、调倒物资、技术检查等时机,适时开展快速搬运、装车、卸载、码垛等训练,提高保障速度;利用军区军械保管员培训班在我库举办的契机,让业务人员"跟班"培训,强化专业素质。上级赋予仓库火炮维修任务,到去年底,我们已完成XX门XX加农炮、XX门XX加榴炮的质量升级任务,被总部评为火炮"质量升级"工作优胜单位。去年分部举行军事比武,仓库一举夺得"业务比武第一名"的好成绩。

三是改善环境,靠和谐氛围拴心留人。近年来,仓库依据科学规划、合理布局、全面统筹、塑造精品的思路,先后投入XX万元,大力整治营区环境,新建了仓库大门、勤务一连宿舍楼、文化活动中心、业务培训楼;改建了心理咨询室、医疗室、计生宣教室等场所;维修了机关办公楼,更新了大型宣传画,建立了文化长廊,树起了宣传灯箱;开展绿化美化工程,种植樟树、海棠等各类花木1000多株,铺植草皮2万多平方米。同时,我们还注重开展形式多样的文化活动,每年拿出3万元作为

文化活动专项经费,为官兵订阅了30多种报纸杂志,经常举办各种知识竞赛和文体活动。仓库环境变美了,文化生活丰富了,官兵都能安心部队扎根山沟,工作积极性高涨。

三、运用科学发展观破解发展难题,提升仓库建设的质量层次

学习中我们深深体会到,要提升仓库建设的质量层次,确保任何时候都过得硬,必须加快发展步伐,破解发展难题。近年来,我们坚持用科学的发展思路,认真解决制约部队发展的现实矛盾和问题,把仓库建设推向了科学发展的轨道。

一是立足山沟特点,攻克管理难题。仓库远离机关、远离城市,管理容易降低标准。为此,仓库从完善机制、狠抓养成入手,坚持从严治库不放松。制定《教育管理实施细则》,对思想教育、探亲休假、福利奖惩、家门口干部管理等10个方面作出明确规定,做到方方面面有规矩,点点滴滴有遵循。立足山沟部队特点,坚持把"小"的放大,统筹管到位,不因"小"而轻于管;把"远"的拉近,措施跟到位,不因"远"而懒于管;把"散"的集中,全面抓到位,不因"散"而疏于管;把"直"的卡严,责任定到位,不因"直"而失于管。仓库押运任务重,我们坚持做到走前有交待、途中有联系、归队有汇报,确保了押运安全。2003年来,仓库押运物资数万吨,途经30多个省市,行程10余万公里,兵撒千里心不散,从未发生问题。

二是着眼时代发展,搞好信息化建设。仓库地处山沟,位置偏僻,信息闭塞。2005年,我们紧紧抓住担负全军后方仓库信息化建设试点任务的契机,提出了"业务处理网络化、管理手段数字化、保障资源可视化、基础数据标准化"的建设目标。运用仓库管理信息平台,建立了具有作战指挥、网络训练、信息管理等多功能中心;建起了集"可视对讲、远程控制、中心管理、多层报警"于一体的安全防范系统,有力提升了仓库建设整体水平。

三是根据任务需求,锻造新型人才队伍。抓学习强素质是仓库发展的源头活水,我们及时制订人才培养规划,区分领导干部、一般干部、士官和义务兵四个层次,合理确立各类岗位人才培养目标;设立专项基金,每年投入5万元用于人才学习培训;在抓好送学深造、学历升级的同时,投资20多万元建成集学习培训、信息网络于一体的学习室,每年有计划地开展在职培训。目前,仓库干部本科以上学历达90%,34%的士官获大专学历,业务人员持证上岗率达92%。

(2007年5月联勤部学习贯彻科学发展观经验交流会仓库发言材料,刊于2007年《政治指导员》第12期)

认真落实从严治军要求
推进医院全面建设快速发展

我院是1999年从湖南省军区转隶到军区联勤部的。近两年来,医院党委坚持以"三个代表"重要思想为指导,认真贯彻军区"衡阳会议"精神,狠抓正规化管理,医院全面建设迅速摆脱被动跃上快速发展轨道。医院先后被国家、总部和军区评为"百姓放心示范医院""医院建设先进单位"和"抗击非典先进单位",人才建设、医疗设备、经济效益实现了跨越式发展。总部、军区首长多次到医院视察,对医院的发展进步给予了充分肯定。

一、认真贯彻落实"衡阳会议"精神,找准医院从严治军的"突破口"

我院地处湖南省会长沙,跨过浏阳河就是繁华市区。前些年,由于对新形势下从严治军重视不够,医院的全面建设一度处于"低谷"。军区"衡阳会议"后,我们认真反思,深感医院要生存发展,从严治军是根本,安全稳定是保障。为此,我们认真抓了以下工作:

(一)明确差距,定好医院现状的"位"。近两年来,在谋划医院快速发展过程中,我们坚持以"衡阳会议"精神为镜子,不断查找薄弱环节,清醒看到医院建设存在的"四个差距":在争创全面建设先进上有差距。医院由于协调发展不够,成绩与事故两头冒尖,多年与先进无缘,跟军区其他中心医院相比有"落伍"趋势;在落实正规化管理标准上有差距。前些年,由于从严治军思想树得不牢,管理标准不高,发生了部队住院伤病员外出抢劫案件,给医院建设造成被动;在实现卫勤保障打赢上有差距。医院业务建设相对滞后,人才匮乏,医疗设备短缺,战备设施不够配套。2003年前,医院高学历人才仅占5%,医疗设备总价值不到3000万元;在创建和谐医院环境上有差距。医院基础设施薄弱,营院道路多为泥土路,低洼不平,湖水污臭,休养环境存在"脏、乱、差"。通过多角度、全方位反思,我们对医院建设的现状有了清醒认识,找准了在军区卫生系统所处的位置,决心以贯彻"衡阳会议"精神为起点,坚持从严治军,大力推进医院全面建设。

(二)明确方向,把好医院发展的"脉"。针对医院存在的问题,我们组织全院官兵广泛开展了"从严治军与医院发展的辩证关系"大讨论,帮助大家认清从严治军对促进医院建设的重要作用,懂得坚持依法从严治军不是"额外负担",而是加速医院发展的"重要法宝";不是可有可无的工作,而是必须长期坚持的方针。如果治军不严、"警报"不断,医院全面建设就没有发展基础。提高思想认识后,我们按照"衡阳会议"精神要求,确立了"强班子、抓科室、促管理"的指导思想,制定了《医院从严治军实施方案》,明确了"以严促管、以严促医、以严促建"的工作思路,做到党委统筹抓、机关合力管、基层共同做,使落实从严治军要求成为全院官兵的自觉行动。

(三)明确重点,找准从严治院的"点"。我们坚持以解决重点难点问题为着力点,不断促进医院正规化管理水平整体提高。针对少数官兵军人意识淡薄、作风纪律松散的现状,医院认真贯彻以人为本思想,采取教育熏陶、办班培训、作风整顿、训练养成等方法,着力打牢管理教育的素质基础;针对军队伤病员管控难的问题,不断创新管理手段,率先在军区医院系统建立军人病区,将军队普通伤病员全部集中管理和治疗。同时研制了信息管理软件,安装了视频监控系统,利用计算机网络实行信息化管理;针对医院"私家车"多的实际,坚持疏堵并举,在认真做好思想教育基础上,严格落实军区车辆管理规定,对手续不全的13台"私家车"责令停开;针对长沙市修建二环路将营区一分为二、各种开口多达12个、不安全因素剧增的情况,制定《营院建设三年规划》,加大了营区整治力度,划分行政办公区、医疗区、生活区,成立巡逻队、纠察队,加强人员车辆管理,改变了"大杂院"形象。

二、着眼平时保健康战时保打赢,切实履行军队医院的根本职能

我院担负驻湘部队陆海空三军、院校近XX万名官兵的医疗保障和军区战时野战医疗抽组卫勤保障任务。近年来,我们始终牢记医院的根本职能不动摇,坚持平时搞好为兵服务、战时搞好卫勤保障,不断拓展从严治军的实质内涵。

(一)坚持宗旨,服务官兵保健康。本着"保健康就是保战斗力"思想,医院坚持深怀爱兵之心,多办利兵之事,不仅在先进医疗设备使用上对军队伤病员免费,而且在救治上舍得花钱。去年为救治某部指导员支新,医院一年就补贴医疗费18万多元。近三年来,医院用于军队伤病员医疗补贴高达2000多万元。今年3月,针对官兵少见病、疑难病增多的实际,医院自筹资金50多万元,利用"军卫二号工程"开设远程医疗服务,随时为基层卫生队(所)提供信息咨询和技术指导,同时对疑难杂症患者进行网上会诊治疗,提高了为兵服务质量。医院还注重搞好"人性化"服务,为当天不能返回的伤病员免费提供食宿,为住院伤病员发放病情随访卡、医疗质量调查表,为住院老干部免费提供牙膏、牙刷、毛巾等生活用品,开展"温馨"服务。去年,医院被军区评为老干部保健工作先进单位,《解放军报》对医院为兵服务的先进事迹作了宣传报道。

(二)牢记职能,瞄准战场谋保障。医院着眼未来战场需要,坚持把做好反"台独"军事斗争卫勤准备作为最现实、最紧迫的任务。修订完善了14项战备预案,新修了医疗战备器材库,抽组100名技术骨干组成专科手术队、急救医疗队和野战医疗所,贴近实战搞演练,出色完成了各种急难险重保障任务。2003年,医院5名

医护人员参加北京小汤山医院抗非典工作,被军区表彰为"抗击非典先进单位"。为提高机动快速反应能力,医院成立创伤急救中心,与长沙市高速公路支队、交警支队联合机动、联合巡逻,在交通事故多发地段星沙开发区开设了急救站点。通过平战结合,医院的快反能力明显增强。加强了对战创伤、训练伤的研究探讨,大力开展战时课题研究,先后获军队16项科技进步奖、创新奖。与535医院合编出版了《核化生伤病员现场救护》一书,组织攻关的《军队睡眠呼吸暂停综合症发病调查及对军事训练的影响》研究成果正在申报军队科技进步二等奖。

三、按照"全面从严"的工作标准,努力提升医院建设整体水平

湖南长沙医院云集,强手如林,仅"二甲"以上医院就有23家。面对激烈的市场竞争,我们感到要提升医院的核心竞争力,必须走"政治立院、科技兴院、质量建院、管理强院"之路,按照"全面从严"的标准,牢固树立科学发展观。只有这样,才能在创新中快速发展,在发展中稳步前进。

(一)谋划发展坚持高起点。医院坚持实施"与巨人同行"战略,多次派领导和医务人员到欧洲七国著名医院考察,到北京协和医院、150医院等先进医院参观,并以总部、军区首长视察医院为动力,不断更新思想观念,确立医院跨越式发展思路。同时,积极"借梯登楼",主动与中南大学湘雅医学院等名校"联姻",与湘雅附一、省人民医院等名院"牵手",聘请上海长海医院吴孟超院士、301医院姜泗长院士等医学泰斗担任技术顾问,为医院培训人才、指导科研。在此基础上,制定《医院建设十年发展规划》,确立了2010年"进入湖南前三强,创建全军一流中心医院"的建设目标,力争明年实现对外医疗收入和医疗设备"双过亿"。

(二)人才建设坚持高标准。医院坚持把抓好人才队伍建设作为立院之本、强院之基,制定了《"十五"青年重点人才选拔培养方案》,每年投入近百万元用于人才培养。近3年来,医院有73名干部到国内外各类院校留学深造,29人攻读博士、硕士。在人才使用上,坚持唯才是用,不搞论资排辈。2001年,医院在军区卫生系统率先实行科室主任和护士长竞争上岗,使一批年富力强的医疗骨干脱颖而出。目前,医院拥有各类专家、高级职称人员59人。神经外科主任王连元、普通外科专家张开诚被军区评为"名医名刀",神经外科副主任卢明等4人被列入军区"重点人才工程"。

(三)品牌特色坚持高水平。按照"技术上有优势、学科上有特色、品牌上有名气"的目标,医院大力建设优势学科和特色项目。去年军区进行中心、重点学科评审,我院由原来三个中心、三个重点学科,增加到四个中心、四个重点学科,尤其是神经外科集医疗、教学、科研于一体,享誉军内外。根据"两场"需要,医院积极发展嗅鞘细胞培养移植治疗截瘫等6个特色医疗项目,注入了新的经济增长点。针对医疗设备落后的状况,采取"借鸡生蛋"办法,引进和购置了核磁共振、体部伽玛刀、钬激光等一批高精尖设备。目前,医院设备总价值由三年前的2900万增加到

8600万元,为搞好官兵医疗保障、实现经济快速增长打下了坚实基础。

(四)环境整治坚持高质量。近年来,医院采取"向上级申请一点、自己投入一点、找地方支持一点"等办法,筹资1000多万元,大力整治了住院、营院和文化环境。改造装修了所有科室,为病房接通了热水,实现了中心供氧、吸引和传呼,安装了空调,购置了电视,使病房条件达到了"宾馆化"。医院抓住长沙市修建二环线的机遇,美化亮化了营区道路、大门广场,新建了综合楼、食堂、污水处理站,修建了功能齐全的文化活动中心,完善了"五场六室",建起了文化长廊、文化墙。如今,医院的营区环境发生了翻天覆地的变化,水变清了,路变宽了,灯变亮了,环境变美了,创造了和谐优美的军队医院环境。

(与吴剑辉、向勇合作,2005年163医院在广州军区从严治军现场观摩会议上的经验交流发言材料,刊于2005年8月18日《战士报》、2006年《军队后勤政工研究》第3期)

打开心结敢批评　真查真改见行动
——XX仓库党委常委专题民主生活会基本做法

7月1日,在联勤部和XX分部指导下,仓库党委常委召开专题民主生活会,聚焦反"四风"正作风,坚持问题主导,自觉拿起批评和自我批评的思想武器,真刀真枪开展思想交锋,立言立行抓好整改落实,达到了锤炼党性、解决问题、增进团结、振奋精神的目的。

一、深化认识,消除顾虑。仓库是联勤部队的老典型,多次被联勤部和分部评为先进。班子成员担心暴露问题影响单位荣誉,影响个人进步,不敢触及深层问题。为确保民主生活会开出质量、开出成效,仓库党委先后3次专门开会,学习有关文件,搞好思想发动,统一认识,强化政治自觉。一是在学习教育中聚共识。深入学习习主席关于加强作风建设的一系列重要论述和两次兰考重要讲话、两次重要批示精神,深刻领悟"走在前列""学习上深一步、认识上高一筹、实践上先一着"等重要思想,认识到加强作风建设的极端重要性,增强了反"四风"正作风的政治责任感。反复研读《民主集中制读本》,深刻认识开展批评、接受批评,既是党员的权利和义务,也是保持党组织肌体健康的重要手段。认真学习总部、军区和联勤部党委关于开好专题民主生活会指示精神,把握查找解决问题的标准要求。组织观看河北省委和兰考县委常委专题民主生活会专题片,学习新疆军区党委常委专题民主生活会经验,掌握开展批评的方法要领。二是在照镜对标中看差距。针对部分班子成员看不到问题、自我满足的实际,组织认真学习党章,重温入党誓词,与党员八条标准逐条对照,从中看离合格党员标准的差距;认真学习习主席"三严三实"要求,从中看党性修养、正确用权、廉洁自律、真抓实干等方面的差距;组织学习焦裕禄先进事迹,感悟亲民爱民、艰苦奋斗、科学求实、迎难而上、无私奉献高尚情怀,从中看宗旨意识、工作作风、奋斗精神上的差距。通过对比,增强了扛着红旗找问题的紧迫意识。有的同志说,原来自我感觉很好,照一照、比一比才知道差距很大。三是在使命担当中明责任。针对部分同志存在对仓库地位作用定位不准,使命任务认识不清,认为仓库工作就是收进发出、维护保养,重大军事活动参加少,战时打仗也轮不上等模糊认识,组织专题学习讨论,引导大家认清仓库担负 XX 任务,地位突出,使命光荣、责任重大。对照战斗力标准反思服务保障能力,看到无论是思想观念、保障能力、工作作风都离保障打赢还有很大差距。仓库副主任刘泽超说,作为副职领导,以前觉得抓好自己分管的工作就可以了,现在感到肩上的担子更重、压力更大。

二、开门纳谏,找准靶标。仓库党委始终坚持敞开大门查问题,广泛开展大讨论、大谈心活动,在自查自纠的同时,借力上级机关找,发动官兵查,自画像不粉饰,班子问题不遮掩,为纠治问题立起靶标。一是发动官兵提。仓库党委就基层官兵"最关注、最期盼、最反感"的问题,利用当兵蹲连、检查指导等时机进班排住哨所,一对一交心谈,组织干部、士官骨干、义务兵分层谈,"一班人"带头亮短板、谈不足,引导官兵讲真话、讲实话。利用轻武器检修队下部队巡检等时机,了解体系部队意见建议。在仓库内网设立书记信箱、"察纳诤言"专栏,鼓励官兵踊跃"灌水拍砖"。召开 5 个不同类型人员座谈会,组织问卷调查、民主测评,下发征求意见表 100 份,在各驻兵点设立意见箱,共征集对班子和常委的意见建议 93 条,掌握基层实际困难 5 个。二是立足自身找。对照总部、军区明确的 8 个方面问题和联勤部明确的 9 个方面问题,对照官兵职工的意见建议,班子和个人认真进行自查自纠,一个问题一个问题"对表"过关。按照"四必谈"要求,班子成员之间相互谈心沟通,面对面指出问题,谈透问题,找准症结,交融感情。常委专门开会,逐个问题、逐条意见进行梳理分析,进一步查找党委在工作指导、能力素质、作风形象上的问题,充实完善党委班子和个人对照检查材料。徐才厚案件通报后,仓库党委以此为反面教材,深入查找理想信念、秉公用权、廉洁自律等方面的问题,大家感到那些倒在反腐利剑下的腐败分子,普遍经历了思想变质、行为变味的畸形人生,什么时候都要保持警醒,决不踩"红线"、趟"雷区"。组织机关和基层官兵代表评议打分,班子对照检查材料平均 95 分,个人对照检查材料平均 98 分。仓库党委针对大家的意见,又反复修改对照检查材料,班子材料先后九易其稿,个人材料修改都在 5 稿以上。三是借力上级帮。联勤部和分部工作组先后 5 次到仓库,蹲连住班,传导压力,帮思想、带作风、传经验、教方法,帮助查找 13 个具体问题,并进行梳理归类,分清哪些是班子的问题,哪些是个人的问题。工作组与班子成员逐一交换意见,指出存在问题。按照个人"过坎"从严、"三个不放过"的要求,审查班子和常委对照检查材料,提出22条修改意见。分部督导组全程驻仓库指导,一起修改完善方案,一起会诊对照检查材料,一起研究解决存在问题,一起制定整改措施。

三、戳准痛处,红脸出汗。民主生活会上,正副书记带头示范、刀口向己、勇揭伤疤,班子成员坦诚相见、掏心见胆,见人见事,见筋见骨,红了脸,出了汗,排了毒。一是批评自己敢亮丑。为克服和避免"怕"的思想、"绕"的现象、"空"的问题,会前常委达成共识:不讲成绩只讲问题,不讲客观原因只讲主观原因。批评开始前,对照上级要求在会前过坎见底的11个方面27个具体事项,每名常委逐个说清楚,交明白账。书记罗克军谈到自己群众观念淡化,抓工作、办事情、谋发展首先想到的不是官兵满意不满意,而是考虑单位要出亮点、工作要有特点、领导要有看点,对官兵的意见呼声关注不够。副书记曹平咏讲到自己吃苦意识减弱,到基层去的路不远,但出门就想用车,生活起居依靠公务员多,自己动手少。其他班子成员也检查了自己工作作风不实、敬业精神不强、自我要求不严等方面49个具体问题。政治处主任韩玉堂谈到,上次在勤务二连蹲连住班半个多月,只是同几名干部战士谈了谈话,到库房去转了转,参加了一次晚点名,晚上到连队睡个觉,大部分时间在机关处理公务,没有真正蹲下去、沉到底。二是批评他人敢较真。过去相互批评抹不开面子,多数流于形式。这次专题民主生活会,班子成员都开门见山、指名道姓、一针见血,知无不言、言无不尽,让人脸红心跳,汗水直冒。6名常委互提批评意见66条,直奔主题,直击要害。书记罗克军批评副书记曹平咏,有时接待超标准,喜欢喝点酒,分散了工作精力。副主任刘泽超批评书记罗克军,抓工作过细过宽,基层官兵感到压力大,影响基层自主抓建的积极性。管理处长周泽民批评政治处主任韩玉堂,工作中协调商量少,命令语气多。三是书记点评敢直言。书记点评班子成员改变了以往讲工作多、提希望多的现象,在群众提、自己查、相互谈、领导点的基础上,梳理了对常委个人的22条批评意见,每人批评都在两条以上,没有一条是空的、虚的,件件见人见事、有根有据。点评业务处长,在公差勤务、车辆派遣和部门协调等方面有时计划性不强,随意性大,造成基层忙乱,机关办事效率低。点评管理处长,有时候工作不到位受批评,不能正确对待,有抵触情绪。常委们都感到,这几年单位建设形势一直很好,班子内部关系也很融洽,习惯了听表扬的话、鼓励的话、恭维的话,难免飘飘然,这次开展批评"火药味"十足,对班子、对个人起到了提神醒脑作用。

四、立言立行,边查边改。针对民主生活会上查摆的问题,仓库党委逐一进行梳理分析,分门别类归纳成6大类48个具体问题,已经改了的抓好巩固提高,尚未解决的问题列出清单,落实责任人,明确整改时限,逐条逐项落实。一是及时回应官兵关切。增强经费开支、工程建设、干部调整使用、入党入学、士兵提干、士官选改、评功评奖等重要敏感事务的透明度,设立公示栏,逐项公示公布,自觉接受群众监督。对班子成员需要整改的个人事项,列出明细表,作出整改承诺。常委退还私客公请、公车私用费用6174元，腾退1套超占公寓房。取消班子成员相对固定用车，工作用车由业务处统一派遣。取消仓库领导单独就餐房间，领导机关和官兵一起排队就餐。清退1名机关公务员，领导自己动手处理个人生活事务。公务接待一律安排在内部招待所，严格按标准接待，一律不喝酒、不上高档菜。二是聚力排解实际困难。仓库党委研究，今年重点为基层办5件实事，为士官家属临时来队公寓配齐生活设施，新建汽车连学习室并配齐电脑、桌椅等设施，投资2万元新建一连广播系统、士兵队多媒体娱乐系统，新建水质净化系统，整修"三室一库"，改善官兵学习训练和工作生活条件。增加双休日接送官兵外出、家属来队、就医看病的出车频率，为每名官兵每天补助2元钱用于提高伙食标准，为家庭特别困难的官兵发放补助3万余元，为每名战士增发1双作战靴，为基层购置文体器材、修建硅胶篮球场。对官兵期盼的这些实事，仓库领导已经作出明确分工，按照时间节点一件一件抓，确保把好事办好、实事办实。三是集智攻克重点问题。针对理论学习不深不透、学用脱节的问题，给每名常委分配调研课题，带着问题学，提高班子成员思想理论水平和解决实际问题能力。针对应急保障能力不高的问题，按照能打仗、打胜仗的标准，突出抓好实兵、实装、实案等"三实"训练，大力开展岗位练兵活动，加强仓库信息化建设，努力提升实战条件下军械装备保障水平。针对基层两个经常性工作不够落实的问题，坚持重心下移，建立班子成员蹲连住班、挂钩帮带制度，每名常委每年蹲在基层时间不少于60天。XX仓库"6·17"特大爆炸事故发生后，仓库及时成立消除安全隐患整治领导小组，主任、政委亲自组织，业务处具体抓，认真分析安全形势，迅即展开拉网式排查，及时消除安全隐患。

（与饶歆俊合作，2014年党的群众路线教育实践活动中军区联勤部团单位专题民主生活会先行试点经验材料，刊于2014年7月25日广州军区《政治工作简报》）

XX仓库会后持续用力抓深抓实问题整改

XX仓库着力做好民主生活会"下篇文章"，坚持问题导向，挂账销号，从严整改，推动活动向深度延伸、广度拓展。

加强思想改造，祛除顽瘴痼疾。认真领会习主席关于教育实践活动的一系列指示精神，把民主生活会作为作风建设新开端，以高度的思想自觉行动自觉强势推进问题整改。及时传达学习中央查处徐才厚案件、周永康立案审查等情况通报，深刻认识党中央"老虎苍蝇一起打"的高压反腐态势，自觉打破习惯思维，坚决纠正过去习非为是的做法，始终固牢号令意识。规范仓库经费使用管理，取消规定外的补助、劳动补贴，追回不合理发放补助 20 余万元；狠刹吃喝风人情风，严格接待标准，杜绝餐桌浪费，预防餐桌腐败；严肃纠治训练选场地、看天气和演习念稿子、背台词歪风，有针对性设置库区道路被炸、站台被毁和库房内断电等实战背景，从难从严锤炼官兵。

强化宗旨意识，聚力解难帮困。结合蹲连住班、下连当兵有利时机，班子成员深入库房哨所，面对面指导，手把手帮带，帮助 6 个基层党支部分析发展形势，理清发展思路，破解发展难题；公差勤务统一归口业务处审批，临时性公差勤务同比减少一半，基层忙乱现象得到纠治。坚决兑现承诺，及时纠治官兵反映的突出问题，投入 30 万元新建文化学习室，修建硅胶篮球场，装修士官家属临时来队公寓，配装仓库水质净化系统，改善官兵学习训练和工作生活条件；领导带头减少用车，增加接送官兵外出就医、家属来队的出车次数，协调驻地政府解决 2 名官兵子女入学问题，以务实举措赢得兵心。

完善制度机制，推动常态抓建。巩固深化活动成果，修订完善加强作风建设制度规定，修订党委中心组理论学习制度，将理论学习直接与干部成长进步挂钩；完善党委议事规则和作风建设措施，凡涉工程建设、干部调整使用、士官选改、评功评奖等热点敏感问题，一律按制度程序办事，进一步规范权力运行；建立密切联系群众制度，规定常委每年蹲连住班不少于 1 个月，每季度到基层召开 1 次现场办公会，当面解决基层困难，在局域网上开通常委信箱倾听官兵呼声。

（与韩玉堂合作，刊于 2014 年 8 月 18 日《全军党的群众路线教育实践活动简报》）

营造批评较真氛围　提高党性分析质量

在保持党员先进性教育活动中，第一六三医院针对部分机关党员干部"好人主义"思想严重不愿批、自身模范作用不好不敢批、批评方法欠佳不会批等问题，注重搞发动、作表率、教方法，积极开展批评与自我批评，提高了党性分析质量，收到较好效果。

一、搞好教育引导，解决"不愿批"的问题。民主评议展开前，针对部分党员干部互评时讲自己的问题"蜻蜓点水"，讲别人的问题不痛不痒等现象，医院组织广大机关党员干部，认真学习《党章》和党的三代领导核心关于开展批评与自我批评的有关论述，使大家认清严肃认真的党内批评，是解决党内问题、保持党的先进性的基本手段和锐利武器，引导大家从保持党的集体健康、维护党的团结统一、增强党的战斗力的高度，深刻认识开展批评的极端重要性，强化党性观念和原则空气。同时深刻剖析胡长清、成克杰等反面典型因开展批评不到位，党内监督不力，导致发生严重问题的反面典型，使大家认识到"捂住问题是祸根，讲出问题是福声"，自觉提高思想觉悟，吸取经验教训,增强批评与自我批评的责任感。此外,医院还制定了开展批评与自我批评激励措施,规定党性分析中讲真话、讲实话,触及思想和灵魂的,将作为评选理论学习标兵和优秀党员的必要条件。55名机关党员干部纷纷表示,要以对自己、对同志、对党的事业和部队建设高度负责的精神,破除讲关系不讲党性、讲面子不讲真理、讲人情不讲原则等好人主义思想,切实开展好批评与自我批评。特别是7名原老班子成员,虽职务已退居二线,但党员本色不退,他们自觉把开展批评与自我批评当作思想互助的过程,对照职责要求和先进性标准,开展了深刻的批评与自我批评,受到官兵称赞。

二、掌握原则方法,解决"不会批"的问题。首先,明确原则方法。开展批评前,医院党委教育党员干部在开展批评时要确实找准存在问题,本着"惩前毖后,治病救人"的原则,实事求是地开展批评。同时用陈毅元帅的名言"革命是净友,当面敢批评"来引导大家,认清同志间的批评是对自己进步上的关心、政治上的爱护,要以"有则改之,无则加勉"的态度对待批评。其次,进行专题辅导。党性分析是教育解决问题的关键环节。为切实提高开展批评与自我批评的质量,达到解决问题、增进团结的目的,李春华政委就批评的正确方式方法专门为全体机关党员进行辅导,让大家掌握在批评中如何做到既坚持原则,又与人为善,既一针见血,又以理服人。在党性分析中,医院党员与党员之间、上下级之间,都以对同志高度负责的精神,坦诚相待,讲问题直呼其名,直点其事,真正达到了用批评解决问题、促进团结的目的。再次,严把会诊关口。在党性分析开始前,医院组织机关4名书记、4名副书记和8名党小组长进行培训,通过教方法、引路子,使他们明确职责,把握重点,抓住关键,重点从党性观念、存在问题及思想根源、下步整改和努力方向等方面严格把关。刘飞跃等6名机关党员的党性分析材料,经过支部2次会诊才得以通过。通过以上措施,提高了开展批评的质量。院务处支部结合管钱管物的特点,在教育中还制定了"四管住"措施:即管住脑,不胡思乱想,不凭空猜测;管住嘴,不该说的不说,不该吃的不吃;管住手,不该伸的不伸,不该拿的不拿;管住腿,不该去的坚决不去等。

三、领导带头较真,解决"不敢批"的问题。医院党委认识到:领导带头开展批评和自我批评,形成有利于批评的良好导向,是疏通言路,把批评开展起来的关键环节。只有领导严于律己,内部矛盾才能得到及时化解,党委的战斗力才能不断巩固提高。为此,8名常委开展了"四看"活动即看党性,是否做到以身作则,作风优良,是非分明;看办事,是否做到坚持原则,公道正派;看为官,是否做到艰苦奋斗,管住小节,把得住名位、权力、金钱、女色、人情关口;看敬业,是否安心军营,忠于职守,有所建树等,在批评与自我批评中自觉做到"三个敢于带头":对自身的问题不遮不掩,敢于带头摆;对他人的问题知无不言,敢于带头批;对集体的问题实事求是,敢于带头查。今年,医院大事喜事多,特别是7月份要做好城市正规化管理从严治军现场观摩等重大任务,党委副书记樊光辉在开展批评与自我批评时,对自己理论学习计划有时落实不够好等问题进行自我批评,同时向党委书记"开炮",指出近期相互开展谈心的次数不够多,有时以工作通气代替思想沟通,影响班子凝聚力增强等问题。党委书记李春华同志诚恳接受批评和帮助,深刻认识不管工作多忙,开展思想互助都不能省,并主动作了自我批评。书记与副书记的榜样作用影响和带动了常委一班人,大家从党性观念、事业心责任心到廉洁自律等方面开展积极的批评与自我批评,使党委常委受到了很好的党性洗礼,凝聚力得到增强。领导模范带头,党员积极参与。广大党员干部自觉向组织掏"心窝子",大到执行党的路线方针政策,小到遵规守纪、对外交往、个人婚恋、家庭矛盾等问题,都一一列摆出来。政治处副主任杨曙光、医务处助理员张莹等同志反映,这样的党性分析,不仅使思想灵魂受到一次庄严洗礼,而且终生受益。

(与李春华合作,刊于2005年5月20日广州军区《政治工作简报》、5月13日广州军区联勤部《保持党员先进性教育活动情况简报》)

抓龙头 讲团结 做模范
把党委班子建设成为坚强的领导集体

我们干休所组建于1980年,安置离休干部54户,现有工作人员28名。1988年所领导班子调整后,"一班人"齐心协力,模范带头,开拓进取,把一个底子薄、基础差的干休所建设成为老干部的温馨家园,老干部高度赞扬干休所班子是一个全心全意为他们谋幸福的班子。1990年以来,干休所连续8年被分部评为全面建设先进单位,多次被后勤部评为先进党委、先进干休所、两个文明建设先进单位、学雷锋先进单位。去年11月被军区评为先进干休所。我们的做法是:

一、抓龙头,正副书记形成一条心

龙身舞得巧,全靠龙头好。抓好党委班子建设,重中之重就是要抓好正副书记这个龙头。10多年来,我们努力做到"三心",使正副书记形成一条心。

思想上交心,相互勉励帮助。正副书记一条心,首先必须做到思想上常交心,彼此坦诚相见,从而达到思想认识上的统一和提高,这样才能成为班子的核心,当好掌舵人。实践中,我们正副书记努力做到:意见相左时,主动商量,让对方充分陈述理由,共同选择最佳方案;遇到矛盾时,主动通气,多从自身找原因,多作自我批评,求得对方谅解;产生误会时,主动向对方亮思想,变换位置求理解,及早消除"疙瘩"。88年底,文星明政委刚到干休所几个月,海南企业局要从分部商调几个人,有人议论文政委要调走。一些老首长听了这一传闻感到纳闷:"刚来干得好好的,怎么要走呢?"怀着既想挽留又感失望的心情,对文政委提出一些意见,个别意见还相当尖锐。当时,文政委心中很不是滋味:刚来就给我一个下马威,不如趁早调离算了。这时,党委副书记赵如春看出文政委的心思,主动和他谈心,从发生这一事情的原因,谈到怎样理解老首长的心情;从怎样正确对待老首长的意见,谈到自己应该怎样做。通过谈心启发,使文政委认识到,自己能到干休所工作,是组织上的信任,如果因为老首长的一点误解或几条意见,就打退堂鼓,反而显得自己小家子气。党委会上,文政委主动作了自我批评,并表明了以所为家的态度。同时还主动走访每户老干部,征求老首长的意见。文政委的态度和行动赢得了老首长的信任。1990年,党委决定原卫生所江所长转业,而他总认为是副书记赵如春对自己有偏见,扬言对其报复。离队前,两口子找副书记赵如春大吵大闹。事情发生后,赵如春觉得江把气发在自己一个人身上,很受委屈,工作上有泄气的反映。细心的文政委观察到了,他主动找所长交流思想。他们对江的问题进行分析,认为确定江转业是党委集体作出的正确决定,但他与所领导争吵,说明思想工作不到位。政委作自我批评:思想工作不到位,主要是我政委的责任,在今后的工作中,我一定更加注意做好人员的思想工作。后经政委多次做工作,江主动向所长道歉,承认错误。

工作上同心,相互取长补短。我所党委正副书记都出身贫苦,年龄相近,资历相当,但两人因各自经历、文化程度、性格爱好上的差异,使得两人各有长短,体现在工作上,书记细致,副书记泼辣。书记长期担任团单位政治主官,理论水平较高。副书记从事老干部工作时间长,实际工作经验丰富。两人在工作中始终注意配合,自觉取长补短,主动搞好补台。一是做到"四不分",即不分份内份外,不分谁先谁后,不分谁轻谁重,不分谁苦谁乐;二是份外工作积极提建议。1988年文政委来所里后,建议所长每周开一次办公会和所讲评会,所长认为这个办法好,就当场决定采用,一直坚持到现在。对如何做好经常性思想政治工作,所长建议成立思想骨干队伍,每个班组指定一名干部负责抓思想工作。文政委觉得这个措施得力,当即一锤定音;三是主动补台。1997年3月,赵所长的左脚后跟骨摔成粉碎性骨折,住院在家休养近半年。文政委主动把两副重担一肩挑,和大家一道较好地完成了教育管理和服务保障工作,当年干休所被军区评为先进。

生活上关心,相互体贴照顾。我们班子正副书记都已年过半百,个人难免有这样那样的困难。多年来彼此在生活上互相关心,当一方遇到困难时,另一方就会给予照顾和帮助。1994年赵所长的小孩中专毕业后学校不包分配,文政委主动到军队、地方10多家单位联系,和老首长一起商量,想办法,出主意,终于找到接收单位,使所长的实际困难得到解决。1996年文政委岳父患肾癌,需立即进行肾切除手术,当时文政委出差在外,所长赵如春同志得知情况后,立即派车将老人接来,并安排到169医院治疗,尔后又到医院看望,像对自己父亲一样照顾,文政委非常感动。近10年来,正副书记在思想上互相帮助,工作上互相支持,生活上互相关心,两人一心一意掌好舵,协调一致抓工作,切实发挥了领导核心的作用。

二、讲团结,班子成员拧成一股绳

我们在实践中体会到,"人心齐,泰山移。"班子成员团结,党委凝聚力战斗力就强,单位事业就兴旺发达。多年来,我们始终把讲团结作为加强党委班子自身建设的重要内容,坚持从统一认识和严格制度等方面下功夫,使班子成员心往一处想,劲往一处使,拧成一股绳。

统一认识,打牢团结的思想基础。新班子上任时,工休人员中流传这样一首顺口溜:杂乱无章两山头,住房雨水漏床头,看场电影蹲山头,开会坐在门外头,办事没车空挠头,散步千万莫抬头,工作人员没奔头。所家底不到2万元,无固定经济来源。部分班子成员存在"在干休所工作没前途,不实惠,受怨气"等错误认识,人齐心不齐,班子威信不高,凝聚力不强。理正才能心正,心正才能行正。我们注重加强班子成员的思想教育,首先是狠抓班子的理论学习,坚持每月2天的学习制度,从读原著、钻理论入手,树立科学的世界观,先后重点学习邓小平同志关于团结和反对自由主义的论述,学习江泽民同志关于加强班子建设的一系列重要指示,增强"一班人"团结干事业的意识。其次是学习老干部工作的一系列方针、政策,了解老干部的历史功绩,让班子成员认识到,搞好老干部工作,是服从和服务于国家和军队建设大局的需要,从而自觉增强做好老干部工作的责任感光荣感。再次是确立一个奋斗目标。共同的目标是团结的基础,"一班人"确立了"两年打基础,三年求突破,四年当先进"的奋斗目标,班子成员人人心往目标上想,个个劲往目标上使,为团结打下了坚实基础。

理顺关系,发挥集体领导作用。民主集中制是我们党的根本组织制度和领导制度,也是班子团结的根本保证。实践中我们牢牢把握这个原则,注意处理好两个关系,充分发挥集体领导作用。一是理顺正副书记与委员的关系。党内生活中,正副书记担负着组织党委活动的任务,在把握方向上起主导作用。干休所在职委员4名,其中2名是主官,2名是一般干部,相互之间从年龄、资历、经验等方面有差距,容易出现"主官说了算"的现象。为此,我们健全集体领导制度,制定了党委议事规则,坚持做到两个"四不",即开会前没有对问题周密调查不开会,没有确定中心议题不开会,没有准备好方案不开会,没有发布"安民告示"不开会;讨论中不定调子,不划框框,不打断委员的发言,不忙于作结论。在保证大家把话说完、把情况议透、把思想议准的基础上集中,形成正确决议。形成决议时,正副书记和委员都是平等一票,没有轻重之分。二是理顺在职委员与老干部委员的关系。我们干休所党委有在职委员4名,老干部委员3名,年龄大的77岁,年龄小的42岁;职务高的是正师职离休干部,职务低的是技术9级助理员。由于各方面的差异,在决策中容易出现不同意见。因此,我们十分注重培养新老委员之间的感情,积极倡导"四个互相",思想上互相帮助不整人,工作上互相支持不拆台,生活上互相关心不冷漠,小事上互相谦让不计较。老干部党委成员是革命一辈子的老首长,思想作风过硬,在职委员重视学习他们的好作风,尤其尊重他们的意见。由于我们严格落实民主集中制原则,理顺两个关系,有效克服了"一言堂""家长制",委员们感到参加集体领导有位置,民主权利受尊重,人人开动脑筋,个个献计献策,拧成一股绳,大大提高了决策的科学性。1996年我们作为军区第一批老所老房整治单位,开始老干部议论纷纷,期望很高。为完成好这一任务,在反复调查研究的基础上,党委三次召开会议,以上级精神为依据,结合所里实际,每个委员各抒己见,反复协商,制定出了完善的实施方案,提交全体老干部讨论,最后在党委会上通过,形成决议,由以所长为组长的整治小组负责实施,保质按时完成了任务。老干部非常满意,以管委会名义代表全体老干部向军区、后勤党委写了感谢信。

顾全大局,维护班子团结。我们班子不仅注重在认识上加强统一,更注重站在干休所建设的全局看问题办事情,做到不利于团结的话不说,不利于团结的事不做,把集体利益摆在第一位,自觉维护党委班子团结。去年12月,所党委在讨论是否扩建门球场问题时,卫生所所长刘焕德提出,现门球场距卫生所太近,人来人往,不好搞卫生,主张另选场地重建,其他委员从节约经费的角度主张就地扩建。经反复讨论,刘所长觉得,就地扩建,虽然加大了卫生所的劳动量,但的确有利于干休所的全局建设。他不仅服从党委决定,还积极做好其他同志的思想工作,主动投入到门球场建设中。由于"一班人"都能自觉顾大局讲风格,班子团结不断加强。

三、做模范,党委集体树立一面旗

"喊破嗓子,不如做出样子"。党委"一班人"身先士卒,处处做模范,在全所人员心中树起了一面光辉的旗帜。

一是做无私奉献的模范。正副书记都是50多岁,任正团职10多年,从没有打过自己的"小九九",一心扑在工作上。9年多来,两名主官没有休过一次假,没有过几个完整的星期天。党委委员卫生所所长刘焕德被老干部称为一专多能的服务能手,在带领医护人员搞好医疗保障的同时,还为老干部义务修理电器、自行车和理发等,几乎所有星期天都搭上了,一年难得陪家人上一次街,后来忙不过来,就让儿子当徒弟,父子一起干上了修理、理发的义务活。老干部委员马二虎为了让老干部吃上优质面条,多次主动到衡阳市粮食部门联系,并将采购的面条亲自送到各家各户。老干部委员卢凤林平时积极帮忙打扫营院卫生,在工作人员缺少时,主动担负起招待所的繁重工作,不取分文报酬,被军区评为"先进老干部"。老干部委员宋天祥主动担负起组织老干部学打门球的任务,他晚上查阅门球资料,自学门球知识,白天组织老干部分批学打门球,边自学边训练,使我所门球活动在起步较晚的情况下得到较快普及和提高。党委"一班人"把儿女般的情怀无私倾注在老干部身上,给工作人员以无声的感召力。工作人员都能自觉向党委"一班人"看齐,全所上下一心抓服务,做到了"生情处动情,忧心处解忧,困难处帮困",让老干部感到真情的温暖。老干部逢人就说:在我们干休所休养真是一种福气!

二是做艰苦奋斗的模范。我们干休所坐落在山坡上,搞建设工程造价高,经费严重不足。"一班人"就带领工作人员发扬艰苦奋斗精神,自己能干的事决不从外面请临工。打护坡、填土方、挖山头、砌围墙、运材料、绿化美化都是我们顶严寒,冒酷暑,加班加点干出来的。一次施工,少则三五天,多则一个多月,每完成一次施工,工作人员都要掉几斤肉。邻近单位的熟人看到所长、政委起早贪黑,一顶草帽,一把铁锹,一身工作服,就给了他俩一个"生产队长"的头衔,并善意劝说:"一把年纪,职务也到顶了,还拼什么老命罗!"但所长政委回答说:"干休所是我们的家,我们不干谁来干?"附近单位废弃的建筑材料,只要干休所能用,就组织工作人员拉回来。营院绿化美化,我们找到一些搞建设的单位,把他们用剩的花草树木运回种上,还带领工作人员到荒郊僻野挖野树草皮,外单位一些熟人笑话所领导是"废品回收公司老板"。1995年,后勤拨款给干休所建围墙,这堵墙是所里的门面,大家都想修好一点,但经费远远不够。我们就到石料厂联系,找他们要了一些边角废料,运回来自己装贴。不仅把围墙建成了,而且还有几分艺术特色,成了干休所一景。这些年来,"一班人"带领大家自己动手,节约经费20多万元。经过几年建设,我们干休所以崭新的面貌出现在湘江河畔,先后为老干部办实事60多件。老干部反映说:原来只是希望能够喝上清洁的水,走上平坦的路,住上不漏雨的房,开通一个程控电话就行了,没想到还能在一个公园式的环境中安度晚年。

三是做清正廉洁的模范。所党委制定的廉政建设措施,"一班人"模范执行,做到"公家的油水一滴不沾,损公肥私的事坚决不做,庸俗关系一律不搞"。去年,有名战士想学开车给文政委送来烟酒,文政委对其进行严肃批评,讲清道理后让其把东西拿走。"一班人"在全体工休人员大会上约法三章:凡是战士给干部送礼的不给入党,不推荐考学,不转改志愿兵。1988年以来,所里有上百万的工程建设投资,党委成员遇到找上门来牵线揽工程的亲朋不少,但我们都坚持集体研究,每一项工程上马,都反复论证,公开招标,不以亲情废制度。工程队老板给所领导、负责工程的干部送礼,都被婉言拒绝。1995年底,赵所长儿子结婚,承包工程的老板送来800元红包,所长当场退礼,并诚恳地说:"你的这个礼我不能收,只要你工程造价低一点,质量好一点,就是送了我一份厚礼。"党委委员谭建煌负责财务工作,他家属在银行上班,多次提出要其存一批公款,以完成揽储任务,可谭建煌始终没答应。他严格财务制度,不徇私情,多次被分部评为"红管家",被军区评为"财务工作先进个人"。领导作出了表率,官兵都能严格自律,多年来我们所没有发生违反原则和规章制度的人和事。

(1998年衡阳江东干休所在广州军区后勤部干休所建设座谈会上的经验交流发言材料)

着眼保障打赢　创新组训模式
不断推动仓库岗位练兵深入发展

近三年来，我们仓库认真贯彻落实胡主席关于大抓军事训练的重要指示，按照上级决策部署，着眼保障打赢，严格按纲施训，采取"全员训、全程练、全面比、全员考"的模式，广泛开展岗位练兵活动，培养了一大批训练骨干和尖子，为贯彻落实新大纲摸索了经验，促进了仓库全面建设，28项工作受到总部、军区表彰。

一、针对仓库属于保障单位、训练容易弱化的实际，切实加强对岗位练兵的组织领导

作为后勤保障单位，收发管等业务是仓库的中心工作，训练地位容易弱化。仓库党委始终把岗位练兵作为一项全局性、基础性工作来抓。一是坚持党委统筹管。根据《党委工作条例》和《军队后勤岗位练兵规则》的要求，仓库严格落实党委议训、管训和党委成员带头参训等制度。每年年初研究制定党委工作规划时，把军事训练摆在龙头位置，重点研究部署岗位练兵活动。由于坚持把岗位练兵纳入党委议事日程、纳入年初工作筹划、纳入部队全面建设、纳入年终评先主要依据，确保了100%的训练内容有人教、100%的重难点课目有示教、100%的仓库领导有教学任务。在岗位练兵活动中，仓库党委成员特别是主官站排头、当标杆、做示范，积极参训。在09年军区军事训练教练员会操中，仓库主任彭国成、业务处长阳跃军分别被军区、联勤部评为"军事训练优秀教练员"。目前，6名常委人人达到能依案组织行动、能按纲组织训练、能操作使用指挥装备、能应用计算机、能开展保障法研究的"五能"要求。领导的自身行动，极大激发了全库官兵的练兵热情。二是坚持机关合力抓。在开展岗位练兵活动中，机关三处牢固树立"一盘棋"的思想，分工不分家，通过文件指导、示范引路、活动促进等形式，加强对岗位练兵活动的指导。业务部门在制定岗位练兵方案、编印岗位练兵训练课目教案和考评实施细则时，主动征求各部门意见，使其更全面更科学；政治部门积极做好岗位练兵中的政治工作，让思想政治工作上操场、入库房、进站台，为官兵训练加油鼓劲；后勤部门切实把军事训练作为保障重点，深入一线解难。仓库还注重发挥办公会、交班会和大项任务协调会的作用，坚持一个会议部署、一张周表安排、一部电话通知，确保训练时间、人员、内容、质量落实，形成了主官负总责、机关三处密切协作、齐抓共管的格局。三是坚持构建机制

促。深化岗位练兵，制度是保障。我们根据上级要求，对开展岗位练兵活动进行规范。建立训练责任机制。规范仓库领导、普通干部和训练骨干的责任分工，细化每个部门、每名骨干的训练任务、质量指标、措施要求，并实行责任追究，使训练骨干人人心中有目标，个个肩上有担子。建立考核评比机制。坚持把考核官兵的各项技能是否过硬作为检验岗位练兵活动成效的"试金石"，每月组织专业知识考试，张榜公布成绩；每季组织岗位技能比武，颁发流动红旗；每年组织综合训练素质认定，评选训练标兵。建立奖惩激励机制。制定《仓库岗位练兵奖惩实施细则》，对训练尖子、技术能手和岗位标兵，仓库在立功受奖、晋职晋衔等方面优先考虑。每年拿出5万元作为岗位练兵专项奖励经费，对训练成绩突出的单位和个人给予物质奖励。

二、针对仓库保障任务繁杂、岗位需求多元的实际，科学设置岗位练兵的内容课目

仓库是军区最大的XX库，库存装备品种多，供修储运任务重，岗位需求涵盖广。我们紧贴保障任务和岗位需求，科学设置岗位练兵的内容课目。**一是按照大纲规定和担负任务，合理设置训练内容。**围绕新大纲规定的训练内容，结合仓库担负的总部、军区XX供应保障、XX、警戒勤务等任务，共同科目主要设置体能、队列、警戒防卫、紧急集合等内容，专业科目主要设置维护保养、质量监控、装备维修、机械操作等内容。在去年岗位练兵比武中，仓库共设35个课目，参训率达95%，做到了岗位全覆盖、人员全参与。**二是紧贴人员素质和岗位所需，有效拓展训练内容。**围绕仓库人员知识技能单一、个人素质难以适应岗位多、人员少的实际，按照"一年兵熟悉业务，二年兵会保养，下士会检测维修，中士、上士达到一专多能并能承担教学任务"的要求，我们区分义务兵、士官、干部三个层次，结合仓库专业岗位需求拓展训练内容。义务兵由主要进行勤务体能训练向专业技能训练拓展，将勤务连战士按专业需求分成XX、XX、XX、车辆封存小组，在保管队技术员的指导下，开展日常维护保养训练，改变了过去装备封存保养单纯依靠保管队完成的局面，极大缓解了库房保管员不足与维护保养任务重的矛盾；士官由主要进行专业理论、专业技能训练向一专多能训练拓展，XX专业士官学习XX专业知识，XX专业士官学习XX专业知识；指挥干部由主要进行后勤组织指挥和专业勤务训练向指技合一训练拓展，技术干部由主要进行专业技术、勤务训练向训练组织和管理拓展。目前，仓库100%的干部会微机操作、会网络应用、会拟制公文、会指挥训练，岗位履职能力明显增强。**三是适应装备管理和维护要求，明确规范训练内容。**我们仓库库存XX达XX种，配发的电瓶叉车、牵引车等搬运机械技术含量高，但配套的日常维护管理教材不完善，训练难以有效开展。我们向上申领应急保障、通讯网络、新型装备等6大类300余册专业训练教材，汇编了保管员、押运员、修理工等3大类11本训练资料，编制了XX、XX等业务训练和安全警戒、消防等勤务训练电子

音像教材、教案28套,进一步规范了仓库装备训练内容。譬如,我们组织全库技术骨干联合攻关,摸索总结出XX"浇油"封存法,并对原有工具器材和工艺进行革新,使封存速度提高一倍,封存质量明显改观。

三、针对仓库部署点多面广、专业类型复杂的实际,不断创新岗位练兵的组训模式

仓库分布在沿线5公里范围内,人员高度分散,专业类型多,编制人员少,工训矛盾十分突出。我们坚持按纲施训,灵活组训,统分结合,有效提高了训练质量。**一是区分层次集中训**。仓库各类专业人员分布不均,通用专业人员多,电工、钳工等专项工种只有1人,组训难度大。我们按照"大专业小集中、小专业大集中"的原则,对共同科目,我们以建制单位组织训练;对汽车驾驶、XX保管等人数多、分布集中的"大专业",采取按建制编组的形式,由各单位自己负责组织训练,业务处组织考核。对司务长、军械员等人数少、分布广的"小专业",采取按专业分组,先由仓库集中组织训练,再由各单位结合保障任务训练的方法实施;对各类修理工、XX技术员等人数少、专业性强的"小专业",我们指定专人负责、专人任教、专项保障的方法集中组织训练。近年来,为抓好专业技能训练,我们利用自身条件和骨干力量,举办了各类"小专业"集训班10余次,培训人员210余人次,有效解决了"小专业"训练难组织、难保障的问题。**二是一专多能综合训**。仓库现有各类大小专业20多种,编制员额少与专业岗位多、工作任务重的矛盾较为突出,一岗一人、一人多岗现象比较普遍,网络通讯专业甚至有装无编。特别是在老兵复退、人员休假、物资押运等时期,岗位缺人现象更为突出。为此,我们采取相近专业互补、不同岗位轮换的方法,强化"一专多能、一兵多用"训练。对于干部,根据个人实际情况和发展需求,采取交叉任职、相互兼职等方式,为每个干部创造多岗锻炼的机会。对于士兵骨干,采取轮岗练兵、兼岗履职等方法,使他们在精通本专业的同时尽可能多地掌握其它技能。各专业保管员之间、各修理工之间实行交叉训练,保管员会管理维护两种以上武器装备,修理工会操作搬运机械,勤务人员会业务收发;基层干部与机关干部、政工干部与业务干部之间能实现岗位互换,形成了"一岗多人会、一人会多岗"的良好局面,有效缓解了专业岗位多、编制人员少的矛盾。**三是任务牵引深化训**。我们把总部赋予的业务规范化建设试点、军区军事训练教练员会操、物资紧急收发等任务作为练兵的好时机,开展实案化训练,检验岗位练兵活动实效。在物资紧急收发中,严格按照战备预案编组,有针对性设置技术区起火、站台被毁等实战背景。在库内作业时,有意识地设置库房断电,组织利用应急灯和应急供电设备供电,保证库房作业正常进行,强化业务人员在停电等非常态下的作业能力。在抗击雨雪冰冻等自然灾害时,坚持从人员收拢、物资准备和编组开进等环节严格按照战备要求实施,组织官兵在恶劣天候、生疏地形中全面摔打,有力推动了仓库应急保障能力提升。

四、针对仓库训练资源有限、官兵训练动力不足的实际,积极抓好岗位练兵的服务保障

训练设施落后、训练教材不齐、训练骨干紧缺、训练动力不足,曾是仓库开展岗位练兵活动面临的难题。我们主动求作为,注重解决现实困难,解开思想扣子,深挖潜力,提升动力,积极搞好岗位练兵的服务保障。**一是跟进渗透,激发训练热情**。充分发挥思想政治工作在军事训练中的激励导向功能,把思想政治工作渗透到练兵各个阶段。在实践中,坚持做到在部署政治工作任务时重点向训练拓展,在分配人员力量时重点向训练投入,在宣传先进典型上重点向训练跟进,在表彰奖励上重点向训练倾斜,实现思想政治工作与军事训练"同频共振"。在开训动员阶段,针对部分同志存在的"搞训练主要是作战部队的事"等模糊认识,仓库扎实开展我军根本职能教育,引导官兵充分认清岗位练兵对于战斗力生成、保障力提高的重要性,强化参与岗位练兵的自觉性和立足岗位成才的紧迫感。在训练实施阶段,针对少数官兵训练压力大、训练热情容易减退的实际,我们积极开展小评比、小考核、小竞赛等活动,活跃练兵气氛,利用广播、板报、网络等有效载体,振奋军心士气。在训练考核阶段,我们及时总结讲评,表彰先进,鞭策后进,并依托库报《燕子窝兵语》,每期宣扬1名典型,在全库上下形成"人人在岗人人练、你追我赶当先锋"的浓厚氛围。强有力的思想政治工作,为岗位练兵持续深入发展提供了强大精神动力。**二是多措并举,锻造骨干队伍**。为解决部分骨干不善组训、训不到位、难以保留等问题,我们采取多种措施建强骨干队伍。系统培训,提高岗位技能。先后选派48人次到军区军种训练基地、司训大队等培训机构"加钢淬火";邀请分部教导队军事教员、驻地武警消防部队专业教员、院校专家和军工人员来库授课,请他们"传经送宝";每年组织一次为期15天的全库士官封闭式培训,提高官兵的组训能力和岗位技能。实践锤炼,增强履职能力。采取"搭台子""给位子""压担子"等形式,大胆放手使用骨干,让他们在军事训练中唱主角,在重大活动中挑大梁,在急难险重中显身手。在军区原司令员章沁生视察仓库时,70多名骨干操作新装备,演示新课目,动作干练,反应快速,出色完成任务,受到军区首长的高度评价。选贤留能,优化队伍结构。仓库每季度对保管员、驾驶员、分队长等重要岗位人员组织一次综合考核,每半年组织一次民主测评,实行竞争上岗,末位淘汰,先后将6名考核不合格的人员调离岗位。每年选取士官时,严格落实民主评议、支部推荐、党委研究等程序,真正把政治思想好、业务技能精的战士选改为士官。去年底,仓库选改29名士官,人人都是训练尖子或岗位能手。目前仓库形成了一支梯次配备、素质过硬的骨干队伍。真情解难,激发内在动力。仓库积极实施"暖心工程",多方筹措资金整修了干部、士官公寓楼,配套生活设施;落实休假制度,加强与地方政府部门联系,为大龄骨干牵线搭桥;对已确定转业的训练骨干,仓库优先帮助联系工作,去年7名转业骨干均找到称心工作。组织的真情关怀,激发了广大骨干爱

岗敬业、争创一流的热情。**三是主动作为,完善训练设施**。训练设施是开展岗位练兵的重要保证。我们不等不靠,主动作为,每年拿出50万元用于完善训练设施。配套训练场地。新建专业学习室,修缮体能训练中心,整修"三室一库",改造了4个室外训练场;筹措训练器材。添置了部分训练器械,按标准配齐了86件(套)检测维修工具,调剂补充了150多件(套)指挥器材和战备携运行物资。同时,广泛开展小发明、小革新、小创造活动,官兵自制了6个汽车铁路装载训练平台、38件XX封存工具等简易训练器材;搭建训练平台。依托上级配发的《后勤训练组织与考核管理系统》,投资200多万元建起了仓库网络训练信息平台,实现了机关与库房、班排、哨所光纤直联,网络直通,官兵可实时网上查询、网上自学、网上考核,趟开了科技促训的新路子。

（与谢守平、石申红合作,2010年分部岗位练兵现场观摩暨动员部署会经验交流发言材料,刊于2010年《仓储管理与技术》第5期、《华南装备》第3期,被《仓储管理与技术》评为年度优质稿）

瞄准"打得赢"培养油料专业技术兵

连续7年被上级评为"全面建设先进单位"和"全面建设标兵单位"的广州军区XX训练大队,主要担负全军油料专业技术兵培训和军区油料专业技术兵职业技能鉴定任务,可完成油库电工、焊工等9个工种13个专业的培训任务。建队至今,该大队着眼打赢需要,深化教学训练改革,已培训学兵XX名,其中75%成为全军油料战线的技术骨干。其做法是:

一、瞄准打赢,理清思路,明确培训目标

紧贴部队实际,培养基层急需人才。一是按照大纲要求,培养"士官组训"的教练型人才。适应"士官组训"需要,大队突出加强对预选油料士官专业技能的"四会"教学能力的培养,提高学兵独立解决本职岗位常见技术问题的能力。去年共培训士官XX名,回到部队后,90%的士官在"士官组训"中较好地发挥了"教练员"作用,深受部队欢迎。二是面向油库实际,培养"一专多能"的复合型人才。针对油库专业技术兵少,油料业务岗位多,且岗位轮换快的特点,大队突出"一专多能"的课程设置,开办装备保管、装备修理、油库焊工、油库司泵员等8个班,要求受训学兵在精通本专业基础上,兼容其它1至2门专业,学装备修理的要适当学习装备保管、油料保管知识,学油库司泵的要适当学习油库焊工、装备修理等知识,掌握多个专业的基本技能。据初步统计,大队培养的学兵80%以上掌握了两项以上专业

技能，能胜任油库多个工作岗位需要。三是适应军事变革，培养"发明革新"的创新型人才。尤其针对学兵多，且在油库第一线的实际，大力提倡搞点"小发明""小革新"活动。前年9月，25名学兵结合所学理论和焊工实习，发明"焊工生产实习多功能平台"，经济适用，在基层部队得到广泛推广。

立足岗位需要，提高动手操作能力。大队突破传统教学模式，加强对学兵动手能力的培养，科学调整学时比例，突出以能力为重点、以专业岗位需求为主线的课程设置，本着"必需、够用"的原则，压缩理论课时，保持一定比例的专业基础和专业理论课程，使专业实践及技能训练的学时占到总学时的60%，从而体现油料专业技术兵教育应用型的专业特征，增强了实际动手操作能力。

瞄准未来战场，掌握新型科技装备。近年来，大队将新技术新装备教学作为教学训练改革的一项重要任务，纳入人才培养总体设计，较好地实现人与装备的最佳结合，提高了油料综合保障能力。先后组织18次新装备教学研讨会，45次新装备示教活动，着重加强XX管群车加油车、XX管加油挂车等一系列新型油料装备操作使用和战场适应性训练，充分发挥新装备的保障效能，提高了学兵驾驭新技术新装备的能力。

二、选准配强，优化结构，加强师资建设

选准配强。选拔教员，始终坚持业务部门推荐、政治部门考察、公开试讲、群众评议、党委审查的原则，将政治思想好、业务能力强、热爱教学工作的同志充实到教学第一线，同时淘汰部分文凭低、教学能力差、专业不对口、不安心教学的教员。大队成立至今，共选拔优秀教员75名，淘汰不合格教员23名，现28名教员的年龄、学历、专业知识结构和能力素质等方面均趋合理，全部胜任本职工作。

强训素质。针对多数教员理论根底相对扎实、实际动手操作能力较弱的特点，大队采取在任教前一年和教学空闲期组织教员到基地油库、师一级库站挂职锻炼的方法，先后派遣40多人次下部队进行现场教学和实习。针对当今知识更新快的特点，积极组织教员参加院校培训、函授学习，先后有40余人取得本科以上文凭（其中5名同志获得硕士学位）。

严考促教。制定完善《教员定期考核制度》，认真组织教员考评，突出抓好教学态度、教学能力、教学质量等方面的综合考评，大力表彰先进，强化教员爱岗敬业的光荣感责任感，不断提高教学质量，先后有21名同志被军区评为"优秀教员"，35名教员提前晋级，15名教员荣立三等功。

三、调整内容，创新手段，提高教学质量

更新教学内容。一是认真搞好应用教学。针对学兵文化基础较弱的特点，压缩理论授课时间，增加实习操作时间和内容，使教学更加紧贴部队工作需要。比如，

在焊工专业教学中,取消金属材料理论科目,压缩机械制图科目内容,增多操作实习时间,确保学员熟练掌握焊工技能。二是加大教学科技含量。坚持以新型油料装备为依托,设置更多限制条件和复杂情况,以战场为背景,增加快速开设野战油库站、铺设抢修管线等新课目训练,培养学兵使用先进油料装备的技能。三是加强心理素质培养。依据心理训练原则,有目的有计划地加强学兵心理素质培养。比如在消防演习中,模拟油桶着火、油池着火以及管路着火等油库突发事件,组织学习扑救方法和技能,培养学员沉着冷静、处险不惊的心理品质。

创新教学手段。一是开展多媒体教学。大队先后投资10万余元,购买6套多媒体设备,改建7个多媒体教室,基本形成完整的多媒体教学系统,95%以上的理论课程实现多媒体授课。据统计,使用多媒体教学,课时可缩短35%,学兵学习的兴趣、对知识的掌握能力却大幅提高。二是开展场景化教学。大队建成模拟油库、油库设备陈列室、油库消防陈列室以及内燃机实习室等12个现场演示系统,使学兵在培训中直观明了,易记好懂。三是开展交互式教学。针对大部分学兵文化基础薄弱,实际操作与理论学习脱钩,不利于在实践中"创新"的情况,大队广泛开展"三问"活动,即课堂提问,解决课堂中的难点和疑点,加深对书本知识的理解;课后互问,通过学兵间的交流,加深对知识点的记忆和巩固;平时询问,通过师生的交流,介绍部队实际情况,了解当前国内外的科技最新发展现状与趋势。

(刊于2005年《军需物资油料》第6期,被该杂志评为年度优质稿)

校正航向坚信念　凝魂聚气谋发展
——第163医院培育当代革命军人核心价值观主题教育基本做法

2月13日至26日,第163医院在联勤部政治部和分部政治部的指导下,集中开展了培育当代革命军人核心价值观主题教育。这次教育,坚持以胡主席提出的"三个紧贴"为指导,结合学习实践科学发展观,注重在学理论、辨是非、正行为、谋发展上下功夫,着力引导官兵职工坚定理想信念,端正价值追求,纯洁思想道德,为推动医院建设科学发展、有效履行卫勤保障使命打下了坚实的思想政治基础。

一、着眼实际查思想,找准医院抓好当代革命军人核心价值观教育的主攻方向

为增强教育针对性,教育展开前,我们采取开座谈会、个别谈心、问卷调查等形式,对全院官兵职工进行思想调查。感到通过近年来大力开展党员先进性、社会主义荣辱观和"信念、使命"专题教育,全院人员理想信念进一步坚定,职责使命意识明显增强。但也发现,面对复杂多变的形势和"酒绿灯红"的侵蚀,医院官兵的人生价值追求面临着多样化考验,主要有以下特点:

一是国际国内形势复杂,敏感环境对官兵的考验具有严峻性。调查显示,随着西方敌对势力对我渗透破坏日益加剧,少数官兵对"军队国家化""军队非党化"存在模糊认识,对去年拉萨"3.14打砸抢烧"事件和反华势力干扰我奥运火炬传递认为与己无关,对今年将迎来纪念"五四运动"90周年、建国60周年、西藏平叛50周年等政治事件不太关心。

二是地处"娱乐之都",多元文化对官兵的冲击具有复杂性。我院驻地长沙号称中国"娱乐之都",不仅是"快男""超女"的发源地,也是歌厅文化、电视娱乐文化盛行地。这种文化环境,对官兵价值观念产生直接影响。调查显示,34%的官兵羡慕和向往及时行乐生活;少数官兵对外交往应酬较多,影响工作精力;部分"80后""90后"官兵对庸俗娱乐节目盲目追从效仿。

三是开展有偿服务,金钱物质对官兵的诱惑具有直接性。由于医院开展对外有偿服务,80%的官兵直接与钱物、药品打交道。面对金钱物质的诱惑,少数官兵对个人收入、福利待遇比较关注,对"票子""房子""车子"议论较多。从地方大学特招入伍的一名科主任说,跟地方同学比,军队医院收入太少,心理有失落感。

四是知识分子云集,个性突出使官兵的价值追求具有多样性。医院现有专业技术干部XX人,占全院官兵73%,他们思想活跃,人生价值追求呈现出多样性特点。科室主任普遍看重学术地位和个人荣誉,追求名利双收,对基础医学抓得较少;部分老主任存在"船到码头车到站"的思想,满足于抓收容、不出医疗事故;年轻技术干部想的是学历升级,热衷于读研、攻博;文职、公勤人员看重的是有一份稳定的工作和满意的收入,主人翁意识不强。

针对官兵的思想实际,医院党委分析感到,特殊的时代背景、特殊的地域环境、特殊的行业特点和特殊的人员结构,要求我们必须把培育当代革命军人核心价值观作为"塑魂工程"来抓。教育要从讲清基本道理、提高基本觉悟、规范基本行为入手,引领官兵把当代革命军人核心价值观内化为精神支柱,为促进医院发展注入强大动力。

二、学懂弄通悟真谛,帮助官兵准确把握当代革命军人核心价值观的基本内容

针对官兵职工对当代革命军人核心价值观的重要意义、科学内涵和基本要求把握不准、理解不深等问题,教育中我们突出理论灌输环节,坚持把学懂弄通当代革命军人核心价值观基本内容贯穿始终,不断夯实官兵职工的思想根基。

一是坚守课堂教育"主战场",在全面学习中掌握科学内涵。医院采取结合学、系统学、重点学等方法,加大理论灌输力度。教育中,我们注重把教育内容与学习党的

十七大精神、社会主义荣辱观和科学发展观紧密结合,引导大家认清胡主席提出当代革命军人核心价值观的时代背景和重要意义;采取医院领导、机关干部、科室主任同台授课的办法,逐个讲解"忠诚于党、热爱人民、报效国家、献身使命、崇尚荣誉"五个方面内容,使官兵在系统学习中加深理解;围绕建设社会主义核心价值体系、履行新世纪新阶段我军历史使命等重大课题,邀请国防科大易金务教授作权威解读。医院还编印了《当代革命军人核心价值观知识100题》"口袋书",方便大家平时学习理解。通过课堂教育,使官兵职工对当代革命军人核心价值观有了较全面的理解把握。

二是构建群众教育"小阵地",在讨论辨析中廓清思想迷雾。医院充分发挥官兵职工主体作用,广泛开展群众性自我教育。围绕"如何立足本职践行当代革命军人核心价值观"展开群众性大讨论,明确医院官兵忠诚于党,就是要听党指挥、保持政令军令畅通;热爱人民,就是要坚持患者至上、牢记姓军为兵宗旨;报效国家,就是要知识报国、履职尽责;献身使命,就是要瞄准战场搞科研、提高卫勤保障能力;崇尚荣誉,就是要勇于开拓创新、积极争先创优。医院还举办了"奉献需不需要回报"思想辨析会,以正反辩论形式展开思想交锋,让官兵在观念大碰撞中寻找答案,在思想大交流中深化认识。

三是用好开放教育"大舞台",在实践感悟中深化理解认同。医院坚持开门搞教育,把教育阵地延伸到社会大课堂。邀请"感动中国"十佳人物李丽讲述困难面前不绝望、逆境之中不低头、谱写生命最强音的经历;组织官兵参观国防科大"银河"工程,感受"银河"运算速度从1亿次到100亿次的背后,是他们忠诚使命、献身使命、不辱使命的光辉写照;在医院局域网建立主题教育网页,开设新闻动态、官兵论坛等6个专栏,让官兵在相互交流中加深对当代革命军人核心价值观的理解认同。

三、行为引导树正气,努力营造践行当代革命军人核心价值观的良好环境

院党委一班人感到,培育当代革命军人核心价值观,既要加强理论灌输,更要搞好实践引导。为此,我们注重突出实践环节,采取多种措施强化养成,努力形成培育当代革命军人核心价值观的浓厚氛围和鲜明导向。

一是领导率先垂范,学习教育当楷模。教育中,医院领导带头身体力行,自觉用模范行动和良好形象感召部队。每次教育活动,坚持站前列、坐前排,用自身学习成果推动全院教育展开。"一班人"带头开展"三个重温"活动,即:重温入党誓言,坚定听党指挥、铁心向党的政治信念;重温入伍誓词,激发报效国家、献身使命的崇高荣誉感;重温就职承诺,强化履职尽责、事业第一的责任意识。教育期间,院长徐力鹏父亲被检查出肺癌肝转移,但他没有分心走神,坚持教育、工作两手抓,一心扑在医院建设与发展上。

二是正反典型引路,校正航标知廉耻。我们坚持用正面典型示范、反面典型示警,帮助官兵校正人生航向。结合表彰"十佳医德医风之星",组织荣立集体三等功

的神经外科和连续两次被评为医德医风之星的3名个人介绍先进事迹；请军区"模范科技干部"、XX仓库高级工程师顾永顺作典型报告，介绍其扎根山沟52年，取得63项科研成果的感人事迹，引导大家感悟先进典型的成长轨迹。同时，我们对医院原药剂科干部王劲因法纪观念淡薄、私自离队被劳动教养一案深刻剖析，引导大家认清理想信念发生动摇，人生就会走向毁灭。

三是主题文化熏陶，春风化雨润心田。 教育中，我们坚持把营造浓厚的军营文化环境作为塑魂励志之举，组织大家参观院史馆，重温医院历史；开展"讲红色故事、唱红色歌曲、看红色电影"活动，弘扬光荣传统；教唱《一六三医院院歌》，增强官兵荣誉感自豪感；举办"飘扬的红十字"主题文艺晚会，展现医院官兵爱岗敬业、开拓奋进的精神风貌。我们还通过悬挂横幅标语、制作大型宣传牌、开通专题广播等形式，让大家在先进军营文化中接受熏陶。

四是建立长效机制，规范言行正举止。 医院党委坚持把思想引领与行为规范相结合，认真做好建章立制工作，制定了《建立培育当代革命军人核心价值观长效机制的意见》，发出了《践行当代革命军人核心价值观倡议书》，提出了《医护人员对外交往"六要求"》和《为患者服务10条承诺》，并将有关内容张贴在办公区和病区醒目位置。行之有效的制度约束，使医院培育当代革命军人核心价值观更具规范性和操作性。

四、巩固成果抓转化，激励官兵把践行当代革命军人核心价值观融入思想融入工作

知行统一，贵在实践。医院党委坚持把官兵在教育中焕发出来的政治热情向使命任务聚焦，向为兵服务拓展，向科学发展聚力，激励大家自觉把践行当代革命军人核心价值观融入思想融入工作。

一是融入使命任务要求，全面提高卫勤保障能力。 医院组织官兵认真学习军区五项战略任务要求，联系近年来参加抗击非典、抗冰救灾、援赞医疗等生动实践，广泛开展"践行核心价值观，保障打赢当先锋"的主题实践活动。结合担负野战医疗所和野战血站抽组任务，修订完善了5套应急作战卫勤保障预案，抽调35名骨干配强了"一站一所"人员，并两次组织抽组人员紧急拉动，确保一声令下，能随时完成保障任务。教育后期，医院还发动科研小组集体攻关，成功申报国家863专项课题1项、863课题军口子项目1项。

二是融入医德医风建设，努力践行姓军为兵宗旨。 我们坚持以争创"全军为部队服务先进医院"为动力，制定完善《文明服务行为准则》和《文明用语100句》，修订《医德医风建设暂行规定》，开展了"树行业新风，当服务标兵"大签名和医德医风大检查。开通了"军人就医快速通道"，简化就医程序和特殊检查审批手续；开设了"军人之家"，为边远部队伤病员就医提供食宿；在门诊设立了"军人就医导诊台"，开展温馨医疗服务。医院还组织4支医疗队深入体系部队巡诊，行程1000多

公里,为官兵体检 3000 余人次,受到基层官兵一致好评。

三是融入创新发展举措,努力打造一流医院。面对金融危机和市场经济带来的挑战,为提高医院的核心竞争力,教育期间,9 名常委率机关干部分组深入全院 35 个科室开展学科调研,查找梳理出制约医院发展的 6 个"瓶颈"问题,制定完善《医院建设十年发展规划》,确立了 2015 年"进入湖南前三强,创建全军一流中心医院"的建设目标。按照"跨越发展,人才先行"的思路,医院计划投入 100 万元用于人才培养,招聘 30 个医学硕士、博士作为人才储备,聘请"医学泰斗"、上海长海医院吴孟超院士担任技术顾问。同时,我们还将采取"与巨人同行""借船出海"等战略,大力加强特色学科建设。通过这些举措,不断增强医院发展后劲,促进医院建设又好又快发展。

(与向勇合作,刊于 2009 年总政《宣传简报》第 9 期、军区《政治工作简报》第 12 期)

坚定信念奔小康　　立足本职做贡献
——广州军区某训练大队开展学习实践"三个代表"重要思想,为全面建设小康社会做贡献教育活动的做法

2 月 17 日至 3 月 4 日,广州军区某训练大队集中开展了学习实践"三个代表"重要思想,为全面建设小康社会做贡献教育活动。这次教育,坚持以党中央、中央军委关于学习贯彻十六大精神的一系列指示为指导,以总政、军区的教育《意见》、要点和联勤部编制的教育提纲、多媒体课件为依据,按照围绕主题、把握灵魂、领悟精髓、狠抓落实的要求,以开展"话小康、论得失、学先进、谋发展"活动为载体,采取领导授课与群众讨论相结合,外请报告与参观走访相结合,回顾历史与析事明理相结合等方法,紧密联系大队建设和官兵思想实际,着力在学懂弄通十六大的基本观点上下功夫,在解放思想、更新观念,指导实践、推动工作上求深化,努力用党的创新理论武装官兵思想,使"三个代表"要求成为官兵的自觉行动,把教育成效转化为大队建设的实际成果。通过教育,进一步加深了官兵职工对全面建设小康社会的理解,坚定了对中国特色社会主义事业的政治信念,固牢了高举旗帜、听从指挥的思想基础,激发了开拓创新谋发展、立足本职做贡献的政治热情,为推进大队建设和改革注入了强大动力。

一、学理论、看实践,引导官兵坚定对全面建设小康社会的信心

为增强教育针对性,教育前,工作组和大队党委采取召开座谈会、个别谈话和

问卷调查等形式,组织力量对大队268名官兵职工进行了全员性调查。调查显示,通过前段十六大精神的传达学习,广大官兵职工对全面建设小康社会的奋斗目标有了初步了解,但有部分同志对一些基本理论和现实问题认识不清、理解不透。有的片面认为,全面小康社会就是每家拥有一栋好房子、一部好车子、一叠厚票子;有的心存疑虑,信心不足,尤其是来自中西部地区和农村籍的官兵从家乡条件与小康标准对比中,感到现实生活矛盾困难多,全面小康社会目标太遥远、难实现。大队党委分析感到,官兵思想上存在这些模糊认识,突出反映了对十六大精神的理解不深不透,搞好这次教育,必须在帮助官兵全面理解把握十六大精神,增强全面建设小康社会的信心上下功夫,求突破。

首先,原原本本学报告,在深研细读中掌握基本理论。 坚持把学习掌握十六大报告基本内容作为教育的前提,组织大家原原本本学习,采取多种形式,强化理论灌输。认真抓好个人自学。大队给每人购买了十六大报告读本,组织中层以上干部对报告内容先行解读,划出干部、战士、职工分别应掌握的重点段落和语句,将报告的重要观点和论断归纳汇编成册,发到班排和学兵分队,要求在自学中做到"三个一遍":集中通读一遍,个人精读一遍,重要观点摘记一遍。精心组织课堂讲授。大队结合官兵思想实际,将总政教育要点中的七课内容融会贯通,精心设置5个教育专题,邀请株洲片单位政工主官和大队领导授课。为提高教学质量,依据联勤部政治部编制的教育提纲和多媒体课件认真进行多媒体教学备课,使课堂教学形象直观,图文并茂;课后及时组织讨论,帮助官兵加深对授课内容的理解。区分层次搞好辅导。对各类层次人员提出不同要求,分别组织学习辅导。领导干部、教员和机关干部着眼于十六大报告精神的全面理解和把握,基层干部、战士和职工侧重于对基本观点的记忆和理解。营造教育浓厚氛围。教育期间,在营区醒目处悬挂横幅,开设教育专题广播,开展学习十六大知识竞赛和读书演讲比赛,印发教育简报,对各单位的学习板报和个人学习笔记进行展览评比。通过形式多样的学习教育,使官兵职工掌握了十六大报告的基本内容和主要精神,提高了大家对全面建设小康社会目标的认识,加深了对一些新思想、新观点、新论断的理解。

其次,依靠群众搞教育,在集思广益中释疑解惑。 大队党委围绕部分官兵思想上存在的"小康生活太遥远""小康难使我受益""小康社会难实现"等模糊认识,大力开展群众性自我教育,采取问题大家摆、是非大家辨、答案大家找的方式,引导官兵在集思广益中消除困惑。针对部分官兵认为小康生活是写在纸上、讲在嘴上、看不见、摸不着的模糊认识,组织开展"小康政策知多少"大讨论。大家联系十六大报告有关全面建设小康社会的论述,摆事实,讲道理,在相互启发中形成共识:改革开放20多年来,国家发生了翻天覆地的变化,2001年,我国国内生产总值达95933亿元,人均GDP突破了900美元,胜利实现了现代化建设"三步走"的头两步目标,人民生活总体达到小康水平。十六大又明确提出走新型工业化道路,大力实施科教兴国和可持续性发展战略等八大举措,只要我们始终坚持邓小平理论和"三个代表"重要思想,万众一心,艰苦奋斗,到 2020 年就一定能够实现全面建设小康社会奋斗目标。针对少数官兵由于家属下岗、亲人患病等多种原因,造成家庭收入下降,感到建设小康是强了国家、富了人家、穷了我家,小康使我难受益的认识偏差,开展"恩格尔系数大家谈"活动。大队将 164 名干部、士官、职工家庭近 5 年的恩格尔系数变化情况制成图表,引导大家围绕恩格尔系数的变化谈感受、说体会。大家看到,164 名同志的家庭恩格尔系数在近五年都有不同程度下降,人均从 55% 下降到目前的 41%,最高的下降了 20 个百分点,最低的也有 9 个百分点。后勤处助理员杜登兵感慨地说,这几年因爱人下岗,家庭经济困难一些,就认为改革给自己的好处太少,现在看到自己的恩格尔系数也在下降,尽管下降幅度小一些,但反映了家庭收入在增加,表示要鼓励妻子竞争上岗,使自己的恩格尔系数下降更多。针对部分官兵对改革中存在的贫富差距拉大、下岗工人增多、腐败现象突出等问题看得过重,担心全面建设小康目标难以实现的困惑,大队开展了"三个代表显威力"赞颂活动,引导官兵看到,在"三个代表"重要思想指引下,党中央为解决前进中的问题,采取了一系列战略举措。实施西部大开发战略,扩大中等收入者比重,提高低收入者收入等措施,努力缩小地区和人员之间的贫富差距;大力实施再就业工程,加速建立最低生活保障制度,注重从源头上治理腐败,不断完善各种法规制度等。一些官兵谈到,过去许多情况我们不知道,现在一讨论心里亮堂了,有了"三个代表"重要思想作指导,我国建设与发展就一定能趋利避害,全面建设小康社会的奋斗目标一定能实现。

再次,走向社会看变化,不断强化官兵全面建设小康社会的信心。坚持开门搞教育,把教育阵地延伸到社会大课堂,让官兵在亲身感受改革实践中坚定全面建设小康社会的信心。组织官兵职工参观"继往开来十三年成就展",请市体改委领导介绍该市经济发展的巨变。株洲市 20 多年前是仅有 10 多万人口的小镇,经过十三年的跨越式发展,该市已变成拥有 50 多万人口、工农业生产总值雄踞全省第二的"卫星城市",每年为国家创收 100 多亿元。官兵迈步鲜花装点的美丽市区,参观拥有 70 多家高新技术企业、年创利税 4 亿多元的株洲高新科技园,越看心里越明白,越看信念越坚定。许多官兵还联系家乡、家庭的变化,畅谈自己对全面建设小康社会的感受。安徽砀山籍 8 名战士以"砀山酥梨"引为自豪,争相讲述家乡酥梨从普通农产品成为远销欧亚非的走俏商品,去年被评为"省先进小康县"的经历;广东潮州籍 6 名战士畅谈了家乡村民从小舟出海打鱼谋生,到"网箱养鱼"致富步入华南地区经济前列的巨变。学兵二队队长党盛强等 40 多名官兵激动地说:"只要我们紧紧抓住发展这个主题不动摇,前进中的困难就一定能解决。"

二、探源头、比得失,引导官兵正确对待改革中的利益调整

调查发现,部分官兵对深化改革带来的利益关系调整存在认识偏差。16 名家

属下岗的干部谈到:"家属下岗没保障,小康对我太渺茫";3个学兵队长目睹军人转业安置一年比一年难,看到大队成立以来10任学兵队长相继转业的现实,灰心地说:"辛辛苦苦干到营,回到地方等于零";油料设备教研室教员陈声波今年春节回浙江老家过年,见到地方同学住洋楼、开小车,感到"要想奔小康,就得脱军装"。对此,大队党委分析认为,官兵中存在这些模糊认识,主要是片面地用个人和家庭利益得失看小康、论改革。教育要取得扎实效果,必须着力在引导官兵站在全局看小康,树立正确的改革利益观上下功夫,使实劲。

一是讲革命传统,引导官兵懂得今天的幸福靠昨天付出,明天的小康靠今天创造。教育中,组织官兵参观革命摇篮韶山,邀请老红军老八路在毛主席故居前给大家讲历史、话传统。大家了解到毛主席7位亲人为中国革命捐躯的英雄事迹,亲眼看到革命前辈身上留下的累累弹痕,心灵受到了强烈震撼。业务处参谋周仁辉等官兵激动地说:"我们今天的幸福生活来之不易,是无数革命先烈前仆后继,不懈奋斗的结果。"随后,组织官兵瞻仰了韶山烈士陵园,开展"祭奠革命先烈,不忘军人誓言"活动,在烈士面前重温军人誓词,表示要以烈士为榜样,努力实践"国家安宁我光荣,人民富裕我幸福"的誓言。大队还请全国人大代表、毛主席老邻居汤瑞仁介绍自己转变观念,敢闯敢干,凭着一碗"毛氏红烧肉"打造"毛家饭店"这一全国知名餐饮品牌,带领乡亲们致富奔小康的创业历程,启发大家认识到,改革开放的历史就是一部艰苦奋斗史,要创造幸福生活和美好未来,就要与时俱进,转变观念,从我做起,艰苦创业。在大队举办的"韶山归来话感受"征文中,许多官兵动情地写到:比比革命老前辈,看看改革弄潮儿,我们家庭和个人今天遇到的困难算什么,革命军人就应该自觉安心军营、建功立业,这是我们建设小康社会的最好行动。

二是广泛开展看横看纵比活动,引导官兵认清大河有水小河满、国家发展我受益。教育中,大队充分利用身边人身边事,广泛开展横看纵比活动,引导官兵从过去与现在的对比中,局部与全局的结合上消除疑虑,矫正视角,调整心态,正确对待改革中的利益关系调整。首先,举办大队十年变化图片展,帮助官兵认清部队发展与国家经济发展是同步的。围绕大队政治建设、人才培养、教学条件、生活设施等7大方面,让官兵前后对比说变化,分析原因找源头。大家从300多张记录和反映大队由营级油料分库发展为全军一流的训练大队,教育设备由5万多元发展到240多万元等大量事实的新老照片对比中,看到大队十年来的发展变化,真切感受到改革开放的成果。在此基础上,围绕"部队建设取得成就的根源是什么"开展座谈讨论。大家回顾江主席提出的质量建军、科技强军、依法治军等重要方略和决策,列摆武器装备更新、兵役制度改革、干部转业安置政策调整等新举措,深刻认识到,正是这些治军强军的英明之举,才使部队建设发生大变化;正是因有了国家富强、人民富裕,部队建设才有了可靠保障。其次,开展"工资单上看实惠"活动,引导官兵感受党和人民的关心厚爱。针对少数官兵抱怨工资待遇低,军地反差大的问题,由大队财务室的同志分别选取排、连、营、团和三期士官5个不同职务类型的工资单与5年前相应职务类型的工资存底进行比较,让大家看到:1997年以来,国家先后5次给军队干部加薪,以营职5档干部为例,1998年月工资是955元,现在是1495元,短短几年增长了540元,工资涨了50%多,官兵收入明显增加。大队还引导官兵在工资待遇上不光与富裕地区比,还要和困难企业职工的平均水平比,克服盲目攀比、期望值过高的不平衡心理。再次,举行"从个人成长进步看得失"恳谈会,教育官兵认清只要素质好就能率先奔小康。针对部分官兵在家属下岗、个人前途后路等问题上的担心和疑虑,大队请转业干部聂欣荣介绍他更新观念闯市场,创办产值过亿、利税上千万的企业集团,脱贫致富奔小康的事迹,引导大家破除"有本事不如有关系"的模糊认识,树立成长发展靠素质的观念;破除"只有国家机关、事业单位才保险"的模糊认识,树立广阔天地大有作为的观念;破除"部队学的地方用不上"的模糊认识,树立在部队锻炼摔打终身受益的观念。活生生的事例,使大家消除了疑虑,进一步增强了信心,明确了大河有水小河满、国家发展我受益的道理。

三是大力弘扬先进典型,引导官兵自觉发扬牺牲奉献精神。结合"三、五""三学"活动,围绕"利益得失"的主题,大队在教育中采取事迹报告会、演讲会等形式,大力宣扬了不计名利、一门心思干事业的领导干部刘白杨、甘为人梯、默默奉献的青年教员彭荦艳,扎根基层、知兵爱兵的基层干部杨志勇,不怕脏累、尽职尽责的士官苏大安,勤于钻研、爱岗敬业的职工李帮清等5名先进典型。让有理想的人讲理想,作奉献的人谈奉献,官兵在身边典型实在、具体、生动的事迹中受到启迪,悟出新时期军人的崇高追求就是奋发进取、无私奉献的深刻道理。一些过去有担心和怨气的官兵说,对比身边典型,深感惭愧。大队还将5名先进典型的事迹搬上舞台,举办了"奉献者之歌"文艺晚会,组织官兵大唱《学习雷锋好榜样》《军人道德组歌》等歌曲,使官兵在先进典型的感召下,进一步认清了奔小康与握钢枪的关系,全局利益和局部利益的关系,强化了为建设小康社会无私奉献的坚定信念。油料设备教研室教员周长辉说:"老职工李帮清爱人下岗多年,一家四口全靠他千把元的工资生活,但他从没有因家庭困难影响工作,而是几十年如一日为大队建设默默奉献。作为一名教员,我要立足三尺讲台作奉献,多为部队建设培养合格人才。"他主动收回了转业申请报告,振奋精神投入到教学训练中。

三、话使命、明责任,引导官兵立足本职岗位建功立业

大队党委分析感到,开展学习实践"三个代表"重要思想,为全面建设小康社会做贡献教育活动,不能满足于一般的学习表态,而要同改进工作,促进大队跨越式发展紧密结合起来。教育中,广泛开展了"话使命,明责任,作贡献"活动,引导官兵认清自己肩负的神圣使命和职责,从我做起,按照"三个代表"要求,开拓进取,立足本职岗位建功立业。

党委率先垂范，更新思想观念，与时俱进谋发展。大队党委在教育中带头转变思想观念，自觉摒弃习惯思维定势的束缚，理清新思路，改革创新谋发展。首先，在观念上创新。党委分析感到，影响和制约大队建设的核心问题，是领导干部思想观念落后。一些同志在工作指导上缺乏高标准，感到大队近几年金杯奖状拿了不少，前任班子打下了好基础，我们把它守住就行了，抓工作满足于求稳怕乱；在用人问题上，有的喜欢搞平衡照顾，研究使用干部总是考虑论资排辈、照顾关系，致使干部的积极性没有充分调动起来；有的领导标准经费意识不强，接待军地人员喜欢讲排场、比阔气，烟要抽名牌，酒要上高档，错误地把它当作"热情""大气"。针对这些陈旧的思想观念，党委"一班人"从思想深处分析原因和危害，统一思想，提出要"三破三立"：破除守摊子、求稳怕乱的旧思想，树立开拓进取创一流的新观念；破除照顾关系搞平衡的旧思想，树立"能者上、庸者下"的新观念；破除讲排场、摆阔气的旧思想，树立艰苦奋斗干事业的新观念。观念一变天地宽，党委"一班人"针对存在问题制定了一系列整改措施，努力在更新观念中谋发展。其次，在教学上创新。过去，对教学工作说起来重要，但年年涛声依旧，无论是内容还是方法手段，都是沿袭旧的做法，不能适应新的形势和任务要求。为此，大队着眼培养全军一流的油料专业技术保障人才，不断创新教学模式。调整教学内容，本着"贴近实战、部队急需"原则，加大对学兵新知识、新理论、新技术的传授，同时把政治课列入正式教学内容，聘请后勤工程学院5名教授担任"客座教官"。为改善教学条件，大队投资200多万元，新建和完善了油料化验室、消防设备陈列室、内燃机展览室和模拟油库等实习场所，添置多媒体教学设备，为每名教员配置1台电脑。在教学方法手段上，要求教员一律运用多媒体教学，采取课堂讲授与模拟仿真、实验推演与油库见习等多种手段相结合，提高学兵的创新能力。同时积极为教员排忧解难，为教研室主任安装军用电话，给教员发放课时补助和同餐补助，对教学成绩突出的，在立功受奖、晋职晋衔、入学深造等方面优先安排，真正把教学工作摆上中心位置。再次，在制度上创新。针对一些制度不够规范，有的已经过时，有的缺乏操作性，还有一些不符合上级规定的"土政策"，大队重新修订了《党委常委议事规则》《党风廉政建设措施》《干部管理暂行规定》《正规化教学实施细则》等6项规章制度，坚持依靠制度管人管事。比如党委议事制度，过去在决策程序上存在一定的随意性，一些"大事"有时没有"上会"，会前要不要"安民告示"不够明确，甚至存在把行政职务带进党内、用办公会代替党委会的现象。为此，对《党委议事规则》进一步规范，明确要求对干部调整使用、重大经费开支、重大项目立项、重要物品采购等，必须党委集体研究决定。为调动干部争先创优的积极性，在干部管理上大胆实行竞争上岗机制，对8个教研室主任岗位，采取民主推荐、民主评议、民主测评的方法，实行公开竞聘，竞争上岗，让优秀人才脱颖而出。对基层干部实行跟踪考核，对德才优秀、群众公认者，优先提拔使用。许多干部反映，过去干好干坏一个样，一切都是领导说了算，现在有制度作保证，我们方向明，干劲足。

开展群众性践行活动,引导大家从我做起,人人为大队建设作贡献。教育中,大队广泛开展了以"话小康,明责任,作贡献"为主题的群众性践行活动,引导官兵自觉从我做起,积极为大队建设贡献力量。一是认真搞好"四查四看"。针对少数官兵争先创优意识不强、艰苦奋斗思想淡化、科学文化素质不高等问题,组织官兵按照践行"三个代表"的要求,开展了查事业心,看工作标准高不高;查精神状态,看开拓创新的意识强不强;查工作作风,看艰苦奋斗的思想牢不牢;查能力素质,看个人能力水平提高快不快的"四查四看"活动。采取自己讲、群众议、领导点的办法,发动大家摆问题、揭矛盾、找差距。学兵三队分队长张东波联系自己的思想转变过程在讨论中谈到:过去考虑进退去留比较多,工作满足于不出事,油料技术不精通,这是不符合"三个代表"要求的,今后一定努力钻研学员管理和油料知识,尽心尽力带好学兵,为培养合格技术人才贡献力量。卫生队护士王春燕等11名没有入党的年轻干部,主动向党组织递交了入党申请书,6名想转业或调往人武部的干部,主动打消转业和调离的念头,表示要以新的姿态扎根军营干事业。二是不断增强自身素质。组织大家认真学习十六大报告关于"努力完成机械化和信息化建设的双重历史任务"的论述,给大家介绍世界军事变革、我军跨越式发展对军人素质提出的新要求,帮助官兵增强提高自身素质的紧迫感。教育期间,18名官兵主动到株洲市教委报名参加自学考试,31名同志积极参加大队举办的电脑培训班。现在,官兵星期天上街买书的多了,请假闲逛的少了;加班加点学习的多了,打牌玩乐的少了;钻研知识和业务的多了,考虑个人得失的少了。三是立足本职当"代表"。大力宣扬先进典型,请5名同志登台作事迹报告,电工教研室向全体官兵发出了"我为小康做贡献,立足本职当代表"的倡议书,官兵纷纷表决心,大队上下形成了争先创优、立足本职做贡献的浓厚氛围。8名教研室主任为大队"管理上台阶,业务上等级,教学出成果"提合理化意见和建议18条;罗石初等23名教员主动着眼未来高技术战争特点加班加点编写教案,积极探索新形势下培训油料专业技术人才的新路子;政治处干事万标刻苦钻研多媒体制作,不断创新政治教育的方式方法,较好地增强了教育的吸引力感染力。

拓宽军民共建新领域,发挥自身优势,积极为地方经济建设做贡献。大队党委在学习中感到,全面建设小康社会人人有责,作为革命军人不仅是中国特色社会主义事业的保卫者,也是全面建设小康社会的实践者、创业者,和平时期必须积极支援和参加地方经济建设。大队主动拓宽军民共建新领域,充分发挥自身优势,积极为地方经济建设做贡献。一是扎实开展"学雷锋"活动。结合纪念毛主席发表"向雷锋同志学习"题词40周年,组织官兵广泛开展了"学雷锋、送温暖、树形象"活动。62名干部主动与炎陵县太平乡平乐村失学儿童结对子,资助他们重返校园。大队党委还想方设法为驻地86户村民接通自来水和电,解决了村民吃水难、用电难、行路难的问题。以株洲市争创"双拥模范城三连冠"为契机,主动与株洲军分区、周边村委会、街道办事处、派出所等15个单位建立军警民联防机制,维护驻地治安秩序。二是积极为地方培训各类人才。大队充分发挥自身教学设施配套、师资力量雄厚的优势,帮助地方人员军训,为驻地先锋村、荷花村和株洲市工商局、税务局、冶炼厂、石化公司等单位培训电工、焊工、电脑操作人员500多名。三是主动协调地方完善担负急难险重任务的措施。大队领导主动走访株洲军分区和地方民政、水利、农业等部门,进一步制定完善抢险救灾应急方案,调整领导小组成员,组织了一次突击救灾、应急保障综合模拟演练,确保一声令下,部队"开得动、冲得上、救得下",圆满完成任务。

(与吴剑辉、杨明友合作,军区联勤部小康教育先行试点经验材料,刊于2003年总政《宣传简报》第6期、广州军区《政治工作简报》第5期、《广联政工简讯》第1期)

向岗位贴近　向服务延伸　向打赢聚焦
—— 第163医院注重在通过教育促工作上下气力

在开展使命、党章和荣辱观教育活动中,第一六三医院注重联系实际,把教育向岗位贴近,向服务延伸,向打赢聚焦,达到了通过教育促进工作的目的。

一、立足本职育兵,注重把使命教育向岗位贴近,提高医护人员的能力素质。履行新使命,素质是前提。针对医护人员能力素质弱化的问题,医院坚持把教育中激发出来的政治热情引导到提高医护人员的能力素质上来。一是营造学习氛围。医院充分利用板报、墙报、专题广播等形式,大力宣传爱军精武、科技兴军的重大意义,引导官兵认清履行使命强素质的重大意义。同时,注重发挥典型的示范作用,重点宣传弘扬南丁格尔精神、致力战伤护理研究、一心一意谋打赢的领导干部护理部主任刘跃晖,被誉为"名医名刀"、瞄准战场搞科研、取得37项科研成果的神经外科主任王连元,军事素质过硬、精通汽车驾驶、故障排除、被官兵称为"专家型多能兵"的优秀士官吴超等4名先进典型,并邀请他们登台介绍岗位成才的经验体会,使官兵学有榜样,赶有目标。医院还结合实际,开展了"创建学习型军营,争当学习型军人"活动,修订完善《医院加强人才队伍建设规划》,出台了一系列激励措施,鼓励官兵学习成才提高素质。通过营造氛围,官兵"神圣使命高过天,祖国利益重如山"的意识普遍增强。二是加大培训力度。教育期间,医院开办了英语夜校,每周一、三、五晚聘请国防科大教授辅导,100多名官兵挤时间参加学习。医务处先后5次组织野战医疗队成员集中学习新配发医疗装备的原理、结构、性能,力争做到人与装备的最佳结合。护理部坚持每周组织护理人员参加医学远程教育讲座,捕捉护理动态,提高护理水平。全院形成了你追我赶、勤奋学习、刻苦钻研的生动局面。三是开展岗位练兵。医院坚持引导官兵立足本职、勇于创新,努力提高医疗技术,广泛开展了"牢记使命强素质,本职岗位当尖兵"的岗位练兵活动,引导医护人员积极争当"业务能手""名医名刀"。医院还发动官兵围绕远程医疗会诊、渡海登岛作战战伤急救、政工信息化等献计献策,28名科室主任瞄准打赢先后撰写研讨文章30多篇,提出合理化建议50多条,促进了卫勤保障能力的提高。

二、拓宽渠道为兵,注重把使命教育向服务延伸,增强医护人员的宗旨意识。姓军为兵是军队医院的宗旨。针对部分医护人员服务意识退化的问题,医院注重把使命教育向服务延伸,强化医护人员的宗旨意识。首先,夯实为兵服务思想。医院党委强调保健康就是保战斗力,做好为兵服务工作是履行使命的具体体现,在医护人员中开展了"姓军为兵"宗旨教育,组织大家反复学习《医院为兵服务措施》《军队伤病员管理规定》《党委为兵服务承诺》等规定,在医院醒目位置悬挂标语、横幅,科室板报、宣传长廊都标示为兵服务内容。在医护人员中开展了"三查三看"活动:即查思想,看为基层服务的观念牢不牢;查作风,看为基层服务的态度好不好;查工作,看对基层服务的举措实不实,不断夯实医护人员"服务连着战场"的思想。其次,健全为兵服务机制。成立为兵服务领导小组,明确各级各类人员职责,完善了医院、机关、科室三级为部队服务的组织领导体系。制定"十不准"优质服务规定,广泛开展"为基层优质服务竞赛"活动,明确规定表现突出的医护人员在晋职晋衔、评功评奖等方面优先考虑。再次,拓宽为兵服务渠道。教育期间,医院积极探索全新的为兵服务模式。实行"全程"服务,军地分开就医,做到军队伤病员门诊、挂号、检查、取药、住院"五优先"。实行心理服务,开设心理服务热线,治病也治心,为体系部队提供心理、社会、预防保健、康复、健康教育和指导等多层次的服务。实行跟踪服务。为出院官兵发放"绿卡",落实随访制度。4月初,政委李春华率领12名医疗专家组成的医疗小分队深入偏远山区,为基层部队送医送药送技术。新的服务举措赢得基层官兵好评,医院收到感谢信80余封,黄修海等4名专家被体系部队誉为"健康教授"。

三、紧盯实战练兵,注重把使命教育向打赢聚焦,锤炼医护人员的战斗精神。"当兵打仗是天职,带兵打仗是使命"。针对医护人员使命意识淡化的问题,医院注重在贴近实战训练中锤炼医护人员的战斗精神,把使命教育向打赢聚焦。一是在实战演练中锤炼。教育期间,医院先后2次组织野战医疗抽组人员紧急集合,看随身装备带得齐不齐,是否在规定时间到达指定地点及人员精神面貌情况,全面检验官兵应急保障能力。4月27日,院长樊光辉亲自指挥,以实战为背景,从严从难,从实战要求出发,把敌情设强、环境设险、困难设足,反复进行车队隐蔽前进、野战医院开设、快速输送伤员、实施急诊手术、紧急撤收转移等课目的医疗抽组演练,在卫勤保障演练中强化医护人员的战斗精神,真正做到召之即来,来之能战,战之能胜。二是在创伤急救中磨砺。医院坚持把执行急难险重任务作为履行使命的实践平台。针对医院沿线交通事故频发、急难险重任务多的实际,成立创伤急救中心，并在创伤急救中刻意按战时卫勤保障标准摔打磨砺医务人员，真正做到一声令下，拉得出，救得下，治得好，培养官兵生命不息、战斗不止的战斗精神和英雄气概。4月18日，两辆中巴车在星沙镇不慎相撞，车上16人生命危在旦夕，医院创伤急救中心接到电话后，紧急出动快、现场抢救快、接诊处置快，连续奋战19个小时，完成大小手术14台次，3名肝胆颅脑破裂重危病号全部脱险，救治成功率达100%，受到驻地政府和群众好评，被誉为"生死时速保护神"。

（刊于2006年5月10日军区联勤部深入开展使命、党章和荣辱观教育活动《情况简报》，收录于《军队落实"八荣八耻"基层官兵通俗读物》一书）

适应编制特点　改进抓建作风 努力推动基层建设科学发展

近年来，我库积极适应编制特点，认真贯彻联勤部首长"团级领导干部能力、连排干部工作作风"指示，坚持深入一线帮带、沉到末端实干，有效推动了基层全面建设，8个基层单位全部受到过上级表彰，涌现出一大批先进典型。仓库被总部评为"环境保护模范单位"，被军区评为"业务建设与安全管理先进单位""两成两力建设先进单位""后勤管理先进单位"，被联勤部评为"全面建设先进单位""后勤训练一级单位"和"安全管理先进单位"。

一、适应"团级架构、连排人数"特点，树立科学抓建理念。我们仓库是正团建制，编设机关三处和8个基层连队（保管队、所），编制员额XX人，现有XX人；基层单位中，最多的建制连队XX余人，最少的保管队仅XX人。实践中，我们紧扣人员较少的特点，注重围绕整合力量、训强机关、规范秩序，树立科学抓建理念，提升抓建效益。一是树立"把仓库当大连队带"的理念，坚持统分结合抓建。前些年，仓库过于强调层次抓建，机关偏重部署，缺少检查；只提要求，疏于指导，结果很多工作在层级抓建上层层落空，机关指导效力欠佳，基层面貌变化不大。党委分析感到：实行层次抓建，力量难集中，条件不具备。于是我们确定了"统筹不插手、指导不发文、检查不跑面，把仓库当作大连队带"的抓建思路，安排部署工作做到有统有分，统分结合，对年度工作开局起步、大项主题教育、岗位练兵比武工作等重大活动，坚持党委统一安排、统筹部署，机关合力推动；日常部队管理、经常性思想教育和党支部建设等工作，坚持基层自主安排，机关对口部门全程跟踪督导，确保方向不偏，标准不降。二是树立"强机关就是强基层"的理念，坚持练强机关抓建。领导机关不仅要有抓基层的热情，更要有抓基层的本领。近年来，我们围绕"精通法规、熟悉基层、知晓套路"目标培养抓建"明白人",做到"四个坚持":坚持把基层任职经历作为选调机关的条件,目前XX名机关干部全部具有连队任职经历,其中4名担任过连队主官;坚持每季度考核机关干部掌握基层建设应知应会情况,成绩张榜公布,两次不合格调离机关;坚持每年组织一次集中培训,采取《纲要》辅导、现场观摩、案例分析、答辩考核等形式,提高机关干部能参善谋、按纲抓建的能力;坚持利用岗位练兵比武、组织大项活动等时机,给机关干部交任务、压担子,培养一批熟悉基层、懂抓基层的能手。三是树立"《纲要》就是根本遵循"的理念,坚持按纲依法抓建。仓库XX个基层队(所),平均人员不到XX人。由于人员少,日常任务重,容易发生落实制度不力、降低抓建标准、凭经验用"歪招"等问题。为此,我们专门组织学习《纲要》和《军区部队"十二五"时期抓建基层规划》,开展《纲要》是什么、落实《纲要》怎么办"大讨论,清理整改不符合《纲要》的"土规定""土政策",强化了《纲要》就是抓建准绳的意识。在此基础上,依据《纲要》和《规划》,对基层的政治教育、军事训练、战备工作、作风养成、组织建设等各项工作逐一作出规范,以制度、措施、规定的形式固定下来,并围绕内务设置、请销假制度落实、人员管控、基层文化生活等内容,在警卫勤务一连刻好样板,为基层建设找准了参照,树立了标准。

二、适应"人少事多、任务繁重"特点,坚持沉到一线抓建。仓库编制体制调整后,干部精简过半,保障任务成倍增加,加之近年来基层干部流动加快、能力素质偏弱,导致抓建质量不高。实践中,我们采取常委领导挂钩帮带、机关干部蹲点代职等办法,沉到一线跟进指导,推动了抓建工作落到实处。一是教方法,指导帮带强能力。针对干部骨干成份较新、工作套路不懂不会、愿干不会干的问题,仓库党委着重从提高基层干部骨干按纲抓建、开展经常性工作和抓党支部建设等能力入手,专门建立1名常委帮带2名干部3名骨干的(1+2+3)帮带机制,结合每天早交班会、每周四素质教育课、每月干部骨干讲评日等时机,采取析事明理方式,围绕人员怎么管、教育怎么搞、建设怎么抓等内容,手把手教方法、一招一式搞帮带,6年从未间断。同时,在仓库局域网开设专栏,常委在线对人员管控、安全管理、经常性思想教育等方面难题实时会诊,释疑解惑,提高干部骨干带兵管部队的能力。二是抓督导,深入一线促落实。仓库点多线长,8个执勤点分散在5公里路段上,跟踪落实难到位。我们坚持沉到一线抓督导,对基层每项工作从计划安排、阶段检查、总结验收等逐个把关,用力到底;专门制定常委和机关干部跟班作业计划表,每天轮流跟班作业,做到"四多":多在营区转、多往基层跑、多到洞库干、多去哨所看,在实行"五同"中跟踪抓具体、抓到位。在此基础上,对偏远哨所、偏远库房等需要重点关注的部位分区划片,班子成员每人负责包干一个片,每天对"四个秩序"、安全管理等情况进行巡检,纠治和整改存在的问题,提升抓建标准。去年,仓库为争创后勤训练一级单位,前后半年时间,党委领导与基层干部同吃同住,全程参加制定训练方案、修改完善训练教材,圆满完成187个训练教案编写和78个课目的训练任务，在联勤部和总部考核中成绩优秀，被评为全军首批后勤训练一级单位。三是作表率，以身作则带头干。认真落实联勤部首长"五个带头"要求，在常委、机关干部和基层主官中叫响"领导干部一杆旗、样样工作争第一"的口号，每逢重大任务、抢险救灾、危险作业时，设立"常委示范组""干部突击队"带头干。日常工作学习中，注重将发挥表率作用固化为长效机制，在仓库制定的《学习型军营建设措施》《加强行政和安全管理规定》等制度规定中，都明确党委机关在领学、领跑上的标准和要求。前年，仓库担负总部业务规范化建设试点任务，为按时间节点完成任务，仓库常委与官兵一起连续加班加点半年多。许多官兵感慨说，仓库领导这种以身作则、率先垂范的精神，就是最好的动员令。

三、适应"横宽纵短、中间缺层"特点，激发基层抓建动力。仓库虽是团级架构，但缺少营一级中间环节，党委机关直面基层连、队、所，部署工作容易大包大揽、"一竿子插到底"，挫伤基层抓建积极性。为此，我们着力在保障基层权利、减轻基层负担和解决基层困难上下功夫，做到"机关不当保姆，基层不拄拐棍"，有效激发了基层自建的动力。一是坚持做到"三不"，真正把基层自有的权利"放下去"。领导机关抓基层，重点在于帮助基层出思路、教方法、解难题。实际工作中，我们正确处理基层与机关关系，自觉分清哪些是机关职责、哪些是基层权利，坚持做到基层有决定权的不插手，基层有推荐权的不越位，基层有安排权的不干扰，按照条令条例和《纲要》要求，明确赋予基层连、队、所对干部配备的建议权，战士考院校、学技术、选改士官、提干的推荐权，战士入党、当骨干、嘉奖的决定权，日常工作、机动和课余时间的安排权等，切切实实让权力回归主体，确保机关基层各尽其责、各司其职。近几年，分部分配给仓库的立功受奖、选改士官、战士考学、学技术等名额，全部分配下发到各基层单位，做到指标不截留、人选不"戴帽"，受到官兵普遍好评。二是坚持做到"三防"，真正把基层沉重的负担"减下去"。基层工作往往是"上面千根线，下边一根针"。党委机关抓建基层如果搞你来我往、轮番轰炸，基层必定疲于应付、忙而无序。实践中，我们坚持做到防超载、防加压、防添乱，着力在为基层减负上下功夫。工作部署上，始终坚持基层第一，下大力解决"五多"和政出多门等问题，制定计划、下达任务，都充分考虑基层单位实际状况和承受能力，不随意改变和打乱基层工作安排，避免基层忙乱。年初，统一制订抓基层年度和阶段工作计划，将目标、任务、标准和要求，汇总成《基层建设目标管理表》。每月召开一次由主任、政委主持，机关部门领导参加的办公会，对当月抓建基层具体工作梳理排队，制定统一的计划月表。每天通过机关交班会，由部门领导报告当天抓基层工作安排，统筹协调后按步执行，使大家对每天的工作心中有数，避免"打乱仗"。在此基础上，我们明文规定"三个不准"：未经仓库党委研究，不准随意给基层插入临时性任务；未经主任、政委同意，任何部门不准随意召集基层干部开会；未经部门以上领导审批，机关三处不准随意给基层下发通知，真正为基层减负。三是坚持做到"三先"，真正把为基层排忧解难"实下去"。领导机关抓建基层必须把服务基层、服务官兵作为首要任务,真正放在心上、解在难处。实际工作中,我们坚持推行服务基层"三先":基层的建议优先研究,基层的困难优先解决,基层的要求优先答复,真正做到了力往基层使,钱往基层花,物往基层用。近几年,仓库积极实施"暖心工程",多方筹措资金整修了干部、士官公寓楼;对条件艰苦的3个哨所和燕子窝连队进行综合整治,统一配发取暖设施,整修洗浴、文体活动设施,营造了拴心留人的良好环境;对干部转业安置、随军家属就业、子女上学、家庭涉法、生活困难等官兵,主动靠上去帮,积极走访地方政府部门,为他们解决问题搞好协调、牵线搭桥;每年拿出10万元为困难官兵职工发放补助,为基层官兵切切实实办一些看得见摸得着的实事好事,得到官兵高度赞誉。

(与康辉合作,2012年军区联勤部基层建设现场会经验发言材料)

大山深处一面旗

湘南山脉,五岭腹地,驻扎着具有争先创优光荣传统的某仓库警卫勤务一连。近年来,该连针对地处大山深处、点多线长、警勤任务重、管理难度大等特点,扎实打基础,全面谋发展,连队建设不断跃上新台阶,连续4年被上级评为全面建设先进单位,2007年1月被评为"广州军区标兵连队",1次荣立集体三等功,被官兵誉为"大山深处一面旗"。

一、针对连队荣誉厚实、官兵喜爱追星的特点,积极铸牢连队之魂,弘扬光荣传统熏陶人

该连多年来一直是军区联勤部、联勤某分部的标兵连队。2003年12月,因成绩突出荣立集体三等功;2005年7月,连队党支部被军区评为先进;2006年11月,军区联勤部干部教育管理座谈会在仓库召开,该连是现场会的主要观摩点之一。军区首长视察连队后,对连队建设给予了高度评价;2007年1月被评为"广州军区标兵连队"。该连从官兵喜爱追星的特点入手,大讲连队的光荣传统,大力宣扬身边的先进典型,弘扬光荣传统熏陶人。**一是铸魂励志,用"燕子窝"精神洗礼灵魂。**该连地处湘南第一峰五盖山腹地——"燕子窝"。这里交通不便,信息闭塞,常年云雾缠绕。面对艰苦环境,连队历代官兵艰苦创业,励精图治,用青春和汗水改变落后面貌,形成了"艰苦奋斗、不惧苦累、爱军精武、争先创优"的"燕子窝"精神。近年来,该连始终坚持用"燕子窝"精神教育熏陶官兵扎根山沟,安心基层,奋发有为。每逢新战士报到、干部调入,连队干部都要领着他们走进连史馆,介绍每面锦

旗、奖牌的来历；到营区走一遍，讲每条道路、每口洞库、每个哨所的发展变化；请仓库"老山沟"讲传统，介绍历代官兵自力更生，用双手改变仓库面貌的感人事迹。通过教育引导，"燕子窝"精神不仅在连队官兵的思想上深深扎根，而且成了官兵续写"大山雄风"的精神动力。从南京政治学院毕业的沈琛，家人多次托关系为他联系调动，他都婉言谢绝。他在仓库组织的学雷锋典型事迹报告会上动情地说："在'燕子窝'当兵虽然很苦，但我感到很充实。如果组织需要，我愿做一辈子'守山人'！"**二是树标立杆，用先进典型事迹激发斗志**。实践证明，先进典型尤其是身边的先进典型，具备很强的感染力。近年来，该连涌现出了全军"优秀带兵爱兵基层干部"、军区"十佳连长"付靖华，军区"优秀连长"原其建，军区优秀司务长任连卿，联勤部"学雷锋标兵"林杰双，联勤部"优秀基层干部"连长胡孟良等10名先进典型。该连把他们的先进事迹在连史馆和文化长廊中展出，让典型成为战士心中的"星"。结合各项教育活动，召开先进典型表彰会和报告会，让热爱连队的战士讲主人翁精神，让扎根山沟的战士讲奉献精神，让在本职岗位上作出突出贡献的战士讲敬业精神，在全连掀起"学典型、争先进、作奉献"的热潮，大家思想上产生强烈共鸣，自觉把连队的先进典型作为心中"明星"，把忠于使命、无私奉献作为崇高追求。近年来，先后有10名同志荣立三等功，23名同志被分部以上机关评为先进。

二、针对网络信息通畅、官兵乐于上网的特点，充分挖掘网络功能，运用网络平台培育人

2006年，仓库投资300多万元，完成了仓库信息化网络管理平台，实现了机关与班排、岗哨与库房的光纤直联，网络直通，连队网络信息通畅。针对连队多数官兵喜欢上网的特点，该连充分挖掘网络功能，让网络成为培养官兵的平台。**一是将网络办成"育才室"**。建连先育人。该连深深感到，连队要发展，就必须先育人。为帮助官兵提高自身素质，他们成立了以2名大专生、3名中专生为主的电脑学习辅导小组，帮助战士学习电脑基本操作。坚持做到"三个一"，即每天一小时网上读书看报、每周一次电脑培训、每月一次网上心得交流。定期开放电脑房，多次邀请湘南学院的电脑专家到连队传经送宝。通过育才活动，连队官兵逐渐养成了电子阅览的良好习惯。100%的战士会熟练打字，会文档操作，会网上聊天，会制作多媒体课件。**二是使网络成为"俱乐部"**。在连队网页上设立"经典回放""书画欣赏""诗歌散文""竞技天地"等栏目，定时安排网上冲浪，组织象棋扑克比赛、军事游戏对抗、经典影片欣赏，让官兵在上网娱乐中陶冶情操，激励斗志。战士刘壮飞，以前双休日经常喜欢请假外出，曾因违规上互联网受过处分。自从连队开通网络文化活动后，他双休日请假外出明显减少，工作积极主动，去年还向支部递交了入党申请书，年底被评为优秀士兵。**三是用网络架起"连心桥"**。网络的互动功能，为官兵袒露真情实感创造了理想空间，为官兵平等发表意见建立了有效载体和绿色通道。连队设立了"连队主官信箱"和"意见

建议"栏目,让官兵在网上直接与连队干部沟通,连队每周汇总解答一次官兵提出的意见建议。有名战士在网上发帖,连队值班干部洗澡,一般都在凌晨查完岗后,因为夜深人静,加之又住楼上,动静相对较大,影响部分战士休息。连队干部获取这一信息后,立即对该帖子进行回复,对干部在这一细节上的疏忽表示歉意,同时明确规定,值班干部查岗回宿舍后,虽然点多线长出了一身汗,但为不影响战士休息,变洗澡为擦澡。今年官兵在网上提出21条合理化建议都被连队党支部采纳,在畅通民主渠道中培养了官兵的主人翁意识,无形之中架起了官兵连心的桥梁。

三、针对执勤点多线长、官兵容易失控的特点,准确把握思想动态,严格落实制度管理人

该连地处偏僻山沟,交通不便,5个执勤点分布在3.5公里的沿线上,人员易失控。为确保连队正规有序,他们狠抓各项制度落实。**一是经常谈心促帮带**。依据连队人员的隶属和管理关系,将谈心责任区分到各个支委,保证每个战士都有具体的谈心责任人。连队党支部坚持每季度对挂靠支委与战士的谈心情况进行一次分析讲评,每半年召开一次经验交流会,提高谈心质量。战士小李在家大手大脚惯了,父母经常寄钱让他补养身子,他却以患病为由逃避训练执勤。连队分工一名支委找他谈心,给他讲《兵役法》知识,给他讲当兵经历是人生的本钱等道理,同时还与他父母取得联系,让家里来信鼓励,很快治好了小李的"病",后来当了分队长。**二是盯着难点明规矩**。连队驻扎分散,站岗执勤任务重,教育落实比较困难。连队制定了教育补课制度,提前把补课计划发到每个缺课人员和各执勤点骨干手中,采取安排人员代岗、代班的方法,保证缺课人员百分之百参加补课,纠正了以往"干部念提纲、战士抄笔记"等现象,该讲的课讲到位,集中讨论组织好,对照检查一人不漏,保证教育每个环节都在补课中得到落实。连队编制只有几十人,加上探亲休假、外出押运,平时在位人员比较少,人员动态管控难到位,连队细化和落实跟踪管理制度,对押运、学习、休假、住院等外出人员,及时互通联系方式,定期跟踪了解他们的活动情况,做到离队有交待,在外有联系,归队有汇报。对在位人员坚持把表现优秀的战士放在重要部位,把放心的人放在不放心的岗位,坚持全面掌握官兵情况,使人员始终处于管控之中。**三是严明奖惩树正气**。在涉及战士入党、考学、选改士官和立功受奖等切身利益的问题上,该连坚持"一碗水端平",不搞个人说了算,做到公开、公平、公正,营造靠素质立身、凭实绩进步的良好氛围。连队先后有12名战士入党,45名战士选改士官,都是班排推荐、群众评议、支部讨论决定的,没有个人说了算的现象。一级士官张恒,来自陕西农村,家庭非常贫困,平时大部分工资收入用于接济家人生活和弟妹上学。当兵5年,当过班长,干过炊事员,任过生产班长,总是干一行、爱一行,勤勤恳恳,任劳任怨,通过自身努力,不但立了功,入了党,去年底还顺利选改为二级士官。

四、针对驻地环境艰苦、官兵容易思走的特点,积极优化连队环境,创造良好条件凝聚人

一是逐步完善生活设施。仓库为连队和每个执勤点安装了太阳能热水器,为每个班添置了洗衣机、饮水机、电熨斗等生活设备,同时还在班排宿舍内设置了卫生间,生活设施一应俱全,成为名副其实的宾馆式住房,官兵生活条件明显好转。**二是积极改善文化条件。**在仓库关心下,该连配置了多媒体教室、电子白板、大屏幕彩电、高档音响设备,设置了健身房和科技图书室、电子阅览室,连队现有藏书1000余册,在每个哨所建起了哨所文化活动室。连队从农副业生产收益中挤出部分经费,为每个执勤点购买了乒乓球桌、台球桌等设备,使官兵学有场所,乐有去处,丰富了官兵业余文化生活。**三是大力营造和谐氛围。**实践证明,连队环境越艰苦,越是必须营造和谐连风来凝聚兵心。因此,他们注重从自身出发,从点滴小事入手,融洽官兵情谊。连队战士周略,退伍前10天家中遭遇意外,母亲因车祸造成面部毁容,急需手术费5万余元。得知这一情况后,连队干部及时做好周略的思想安慰工作,开展了向周略"送温暖、献爱心"活动,发动全连向周略捐款。还向仓库领导及时汇报,请求仓库支持。在仓库领导和全体同志的爱心帮助下,共为周略同志捐款2万余元,及时解决了周略母亲的手术费问题。连队战士都说,军营真是个温暖的大家庭,纷纷表示要以连为家,立足山沟干好本职工作。

(警卫勤务一连在军区联勤部基层干部集训会上典型经验交流发言材料,刊于2008年《基层政治工作研究》第5期、《政治指导员》第5期)

着眼培养高素质青年军人
努力做好新时期共青团工作

我们大队团委下设5个团支部,团员青年占总人数的75%。1994年4月成立初,大队党委就确立了"党委积极支持,机关加强指导,搞活团的工作,促进全面建设"的工作思路。团委针对青年特点,紧紧抓住有理想这个根本,围绕大队中心工作,大力开展团的活动,坚持在活动中造就"四有"新人,增强了团组织的活力,提高了团员青年的素质。先后有85名团员受奖,21名入党,7名荣立三等功,5名团干被分部评为"优秀青工干部",战士吴贺军被联勤部评为"学雷锋先进个人",勤务连团支部连续四年被分部评为先进,有力地促进了大队全面建设,大队连续三年被分部评为"全面建设先进单位"。去年底,大队被军区评为"读书活动先进单位""卫生等级营院"。

一、强根固本,在"活"字上下功夫,开展系统教育塑造人

新形势下团员青年的思想观念、价值取向日趋多元,用先进的思想和理论武装人,把团员青年培养成为"四有"革命军人,是共青团工作的立足点和落脚点。大队团委紧贴青年官兵思想实际,引导团员青年树立正确的人生观价值观,打牢安心服役、无私奉献的思想基础。

结合实际,科学设置内容。针对团课教育针对性不强、效果差等实际,大队团委对 5 个团支部 XX 名团员的思想状况和现实表现进行了深入细致的调查分析,大部分团员感到当前政治教育没多大用处,对社会主义初级阶段理论认识肤浅,部分团员说不出党的基本路线;团的知识贫乏,团的意识差,不了解共青团的历史和共青团的地位作用,缺乏荣誉感、使命感,学习工作中把自己混同于一般群众;拜金主义、享乐主义思想严重,认为理想是虚的,金钱才是实的,工作中精神不振;文明素质不高,有的哥们义气、老乡观念严重,有的举止不端、纪律散漫等等。存在这些问题的根本原因,是部分团员青年缺乏正确的人生观价值观。为此,大队团委组织力量编写出"四个专题"的团课教育提纲,即团章基本知识教育、团的光荣历史教育、党的基本知识教育、青年修养教育,作为团员系统化规范化教育的具体内容。

正面灌输,提高教育质量。教育前,授课人根据重点授课内容,有针对性地搞好调查研究,找准团员青年的思想问题症结。同时抓好备课示教,授课人根据教育提纲,采取分散备课、集中示教的方法,示教不合格者一律不予登台开讲。教育中,每课回答和解决一两个问题,并注意搞好考勤登记,保证教育时间、人员、内容、效果"四落实"。坚持每月上一至两次团课。教育后,按照授课人布置的思考题,组织讨论消化。定期对团的知识进行考核,考核成绩和检查评比情况及时通报,并作为评选先进团组织、优秀团员的依据。为提高授课质量,平时团委要求各团支部注意收集与团员青年思想道德建设相关资料,建立了"团员青年思想教育资料剪贴本"。

广开渠道,增强教育效果。大队在正面理论灌输的同时,注重用喜闻乐见的形式增强教育吸引力感染力。一是挖掘战士潜能,搞好自我教育。学兵一队在进行"理想和幸福"专题讲座时,让战士李锋担任主讲。小李刚到大队时,抱着到株洲观光的念头,根本没有把学习放在心上,追求吃喝玩乐,半月就花掉 500 多元。在队干部和骨干的耐心帮助下,小李思想有了转变,开办了存款折,学习成绩明显上升。他用自己的亲身经历讲述了"有理想才有幸福,幸福全靠奋斗"的道理,大家听了都很信服。二是运用文艺形式,搞好寓教于乐。各团支部通过演讲、书评、影评、故事会、诗歌朗诵会、知识竞赛、饭堂小广播等形式,对团员青年进行生动的教育。电视剧《钢铁是怎样炼成的》在中央台播出后,学兵二队组织团员青年阅读这部名著,引导大家从保尔与冬妮亚爱情的破裂、保尔在冰天雪地地参加修路、保尔双目失明后坚持写作的动人情节中,悟出人的一生应当怎样度过的哲理。大家说这样的教育真过瘾。三是发挥书

信作用，搞好家庭教育。现在战士反映出来的问题，往往与家庭影响有关。大队通过节日发慰问信、寄军政成绩报告单、定期汇报战士表现等方式，与家长联系，共同做好战士工作。勤务连在进行"党的基本路线"教育中，请来队家长深圳籍战士张英传的母亲介绍深圳20多年的变化，使战士们认识到党的基本路线的正确性，坚定了改革开放的信心。四是走进社会课堂，搞好开放教育。去年4月，在进行"顾全大局支持改革"专题教育中，团委采取"走出去、请进来"的形式，分期分批组织团员青年观看驻地改革开放二十年成就展，到田心机车厂、雷锋纪念馆参观，请株洲市体改委领导讲课等活动，收到良好效果。分部政工简报转发了大队的教育做法。

二、开展活动，在"常"字上花气力，采取多种途径陶冶人

共青团所担负的团结教育青年的任务，需要通过多种形式的活动来实现。为使团的活动收到好的效果，我们不断开拓团的活动新领域，并注意赋予活动一定的思想性，真正做到寓教于乐，在活动中陶冶团员青年情操。

开展以"小建议、小革新、小发明"为内容的"三小"活动，培养团员青年的开拓精神。这个活动一开始，立即在团员青年中引起强烈反响。有的学兵为自己所在单位的车间设计管理平面图，有的为改进机关工作设计目标管理表等。据不完全统计，在"三小"活动中，团员青年共提出改革建议200多条，其中80多条被采纳。

开展"军地联谊活动"，培养团员青年的进取精神。主动与驻地三中团委开展了共建共育联谊活动，把该校团的骨干请进来，为我们组织读书演讲、诗歌朗诵、文艺演出等活动作指导，使团的活动水平大大提高。同时，还四次组织团员青年到田心机车厂参观，请厂团委书记介绍地方改革形势，以及企业对用人的要求，使大家感到形势喜人，形势逼人，激发了积极向上进取意识。现在，团员青年普遍叫响"在部队服役两年，打牢思想基础，学好文化知识，练就健康体质，迎接未来挑战"的口号，掀起了学理论学文化学技术热潮。近两年，5名同志考上军校，7名同志获得三级厨师证书，其中水电工吴贺军被分部评为"十行百工先进个人"。去年退伍的11名团员青年均掌握了一至两门实用技术。

开展"我为祖国添新绿"活动，培养团员青年的爱国主义精神。大队面积近26万平方米，由于近6年的工程建设，植被破坏严重，绿化任务繁重。我们组织团员青年开展"我为祖国披绿装"活动。新战士入伍时，我们发出"种上扎根树，以示卫国心"的号召。老兵退伍时，我们又提出"种上纪念树，留下一片情"的要求。平时，我们还组织团员青年利用节假日种"义务树"，到共建点种"友谊树"，到敬老院种上"敬老树"。现在，大队有"青年林"15亩，"扎根林"3亩。为让团员青年在植树中受到教益，我们坚持在绿化中穿插一些有教育意义的活动。如在去年春季的一次植树中，我们利用休息时间，组织大家朗诵《松树的风格》这篇文章，并以"赞树"为题举行诗歌朗诵会，使团员青年抒发了爱国爱军的情怀，既植树又育人。

开展"向雷锋、向李向群学习"活动,增强团员青年的宗旨意识。各团支部均成立了学雷锋小组,采取定点挂钩形式,利用节假日、双休日等时机为驻地群众做好事。勤务连团支部五年来坚持到石峰区敬老院开展益民活动,打扫环境卫生,修理电器水管等,被老人们称为"播种春天的人"。今年9月,驻地用血告急,广大团员青年自觉行动起来,喊出了"奉献我们的爱,做落实无偿献血制度的带头人"的口号,200多名官兵当场献血44700毫升,缓解了当地用血紧张的状况。

三、发挥作用,在"实"字上见成效,配合中心工作锤炼人

一是读书育人活动中唱主角。战士一入伍,各团支部就指导他们制订学习计划,引导他们多读书、读好书、读书成才;与驻地图书馆联办"绿色书屋",每月安排一个团日用于读书;结合读书活动,开办微机操作等各类培训班;坚持每半年自下而上组织一至两次读书演讲和有奖征文,每年表彰一批读书先进个人。通过学习培训,三年来先后有165名官兵通过函授、自考获得文凭,在省市级军内外报刊发表稿件300余篇,在《军用油料》《仓储管理与技术》等杂志上发表论文200多篇,获国家专利一项。3名同志代表分部参加军区和联勤部读书演讲比赛获一、三等奖。大队被军区评为"读书活动先进单位"。

二是科技练兵活动中显身手。各团支部普遍坚持每月举办一期科普知识讲座,每季度开展一次科技知识竞赛,每半年评选一批"科技练兵之星"。对涌现出来的先进单位和个人,利用广播、板报等形式进行宣扬,并在立功受奖和入团入党等方面给予优先考虑,调动了广大团员青年科技练兵的积极性。去年大队团员青年中涌现出37名训练尖子,他们自发组织队列示范班,在大队轮流表演。今年,团员干部黄玉恒在联勤部组织的大比武中获第三名,荣立三等功。

三是青年突击活动中挑大梁。近年来,大队先后担负10多项急难险重任务,各团支部每次都主动请战,组织"团员青年突击队"当先锋、打头阵。今年8月,在扑灭驻地排楼山森林火灾中,"团员青年突击队"哪里危险就冲向哪里。各团支部组织宣传鼓动组,见缝插针为官兵鼓劲加油。部队连续战斗8个小时,没有一人叫苦叫累。在扑灭火灾中发挥了突击作用,驻地报刊电台长篇报道了他们的先进事迹。

四、树立标杆,在"帮"字上做文章,宣传先进典型激励人

培养造就"四有"新人,不仅需要经常性的政治教育和团员青年的自身努力,而且需要骨干的模范作用。基于这种认识,我们特别注重在团员青年中发现培养各类典型,通过典型示范,激励大家争当"四有"军人。

一是学有方向,树立典型。对团员青年中的典型,在认真抓好培养教育的同时,我们采取上团课、召开表彰会、读书演讲、文艺演出等多种形式,广泛宣传他们

的事迹,先后树立了遵纪守法、文明执勤的哨兵邹有泉;热心炊事工作、搞好优质服务的司务长刘胜贤;爱车守纪、安全行车10万公里的红旗车驾驶员陈旭;潜心自学、努力成才的助理员张斌;立足三尺讲台、无悔奉献青春的教员彭辈艳、军中"小徐虎"吴贺军等十佳典型,并做到每宣传一个典型组织一次学赶活动,掀起一个竞赛高潮,从而较好地使各类典型在团员青年中起到催化作用。

二是建立机制,激励典型。为营造人人争先的氛围,大队制定了《先进典型奖励意见》,规定凡是被评为先进典型的,优先入党、立功、提干、晋级等。饲养员王跃万刻苦钻研养猪技术,每年为大队创利上万元,被大队树为"岗位成才标兵",成为同年度兵中第一个入党的人。去年他选改士官时全票通过。

(向广州军区"十团百连"活动检查评比组汇报材料,由于汇报出色该大队荣获"军区十佳红旗团委",刊于2000年12月19日广州军区《政治工作简报》,2001年5月1日《战士报》摘要刊登)

全面实施考评 促进整体素质提高

为认真贯彻江主席关于努力建设高素质干部队伍的指示,落实《中华人民共和国现役军官法》和《中国人民解放军文职干部条例》规定,加大党管干部、从严治官力度,163医院从12月中旬开始,相对集中15天时间,采取个人述职、民主评议、综合考核等方法,对34名机关干部和17名科主任一年来的政治思想、能力素质、工作实绩和作风纪律等方面进行了一次全面考核,较好地解决了干部队伍中责任心不强、爱岗敬业精神淡化等问题,营造了"靠素质提升,靠实绩进步"的良好氛围,有力促进了干部队伍整体素质的提高。

一、加强教育,端正认识,在"疏"字上下功夫

医院坚持以江主席"三个代表"重要思想和建设高素质干部队伍的重要论述为指导,把教育疏导工作贯穿考核始终。

考前动员,端正认识。考核前,政治处分三组深入机关干部和科室主任中间进行思想调查,较好地摸清了对这次考核的思想底数。有的干部认为考核是台上念念述职报告,台下评议划划记号,没有多大必要;有的认为考核是图形式走过场,反正干好干坏都一样;还有的认为大家一年到头都辛苦,考核是自己折腾自己等。针对这些模糊认识,医院召开全体干部会议,进行动员教育,引导大家认识述职是检验一个干部是否尽职尽责的有效手段,履行职责好,工作有成绩,述职就有质量。相反

履行职责差,工作平庸,述职就无话可说;评议最能反映群众公论,避免单凭"领导印象"评价干部的偏向,是督促干部尽职尽责的有效机制。在深入动员基础上,医务处、政治处等支部开展了"看成绩,找差距,以主人翁姿态参与干部考核"为主题的专题讨论,着力引导官兵认清在军队编制体制调整改革的形势下实行干部考核的重要性和必要性。药剂科主任陈立新、五官科主任孙正良等在年底工作多、医疗任务重的情况下,加班加点撰写述职报告。政治处干事舒宜、护理部助理员肖宁等干部自觉把考核作为"警示灯""加油站",以饱满的热情投入到考核中。

考中引导,启发觉悟。 为确保干部考核顺利进行,考核中医院开展有针对性的思想教育,引导官兵坚持实事求是,述职时讲成绩不夸夸其谈,讲问题不蜻蜓点水,说实话,摆实情;坚持揭短亮丑,勇于正视问题,严于解剖自己,开展好批评与自我批评;坚持正确行使民主权利,客观评价每名干部,不把个人恩怨带到评议之中,保证民主评议的客观公正。

考后鼓励,明确方向。 考核结果公布后,必定会引发部分干部思想波动。为此,医院找干部普遍谈一次心,有针对性地做好思想工作。对考评优秀的干部,引导他们经受住"优秀"的考验,克服自满松劲情绪;对于考评称职的干部,帮助他们认真查找问题,克服随大流的思想;对于考评不称职的干部,引导他们放下思想包袱,正确评价自己,正确对待考核结果,勇于解剖,认真改造,激发勇于争先的热情。

二、严格标准,全面公开,在"考"字上做文章

在整个考核中,医院坚持高标准严要求,始终遵循"方案公开、标准公开、过程公开、结果公开"原则,以公开求公正,确保群众公论落到实处。

注重考核监控。 医院先后两次召开常委会,认真学习上级关于从严治军的指示精神,分析从严治院科技兴院的形势,一致认为从严治院科技兴院关键在于从严治官。实行干部考核制度,有利于打造一支高素质的干部队伍,并研究制定考核方案,成立了以政委、院长为组长的考核领导小组,对考核的各个环节实施全程监控,并从科室抽调政治思想好、作风过硬、办事公正的6名同志组成考核小组,负责考核工作。在这次考核中,医院始终坚持实事求是原则,既不降低标准、放宽条件,又不借机整人、搞打击报复,确实把单位领导看法、群众公论、考核成绩和考核组意见综合起来,全面客观地评价每一名干部。

把握考核内容。 考核内容决定着考核质量。这次考核,医院重点考核干部在"基本理论学习、履行职责情况、办事办文能力、作风纪律养成"等五个方面的表现情况,建立了以实绩为重点、由品德、知识、能力等要素构成的干部评价体系。采取"听、看、查、考、谈"的方法,考核每个干部对上级规定的学习内容是否落实,进入思想、进入工作的成效是否明显;履行职责是否认真,完成任务是否出色;业务水平是否达到相应岗位要求,在同职同类干部中排序是否靠前;遵章守纪是否严格,有无

违章违纪问题；指导基层或管理科室能力是否增强，正规化管理水平是否提高。

严格考核程序。只有注重群众性，考核才有生命力。医院严格按照《方案》实施，做到一个步骤不拉，一个程序不减，一个环节不漏，变少数人考核为多数人考核，变少数人说了算为群众说了算，变"暗箱操作"为"阳光行动"，充分体现民意，尊重群众公论。个人述职，过好自我认识关。51名干部均对个人工作情况、主要特点、存在不足及下步打算进行了回顾反思，写出了2000字以上的书面材料。医务处助理员段家怀就自己忙于事务不注重理论学习的问题进行了深刻剖析，决心明年处理好学习与工作的关系，坚持好自学制度。院务处助理员左威、戴超就非车管干部严禁开车落实不好的问题进行了严厉自我批评，并表示痛改前非。内二科主任黄修海就落实《军队住院伤病员管理规定》不好以致发生住院战士不假外出主动深刻检讨，并对如何加强军队住院伤病员集中管理提出了有益的构想。个人述职准备情况占总评成绩的20％。群众打分，过好民主测评关。召开全体机关干部和科主任会议，每名干部在台上轮流述职，其余干部对述职对象的德、能、勤、绩、体等情况进行民主评议，采取无记名投票方式对述职对象进行测评，民主测评结果占综合评定成绩的30％。全面考察，过好综合考核关。这次干部考核，是综合能力素质的考核。医院重点抓了三个方面：基本理论知识考核。基本理论知识是机关干部和科主任履行岗位职责的基本功。部分干部对应知应会知识学习掌握不够，有的干部任职多年搞不清自己职责。因此这次考核把基础理论知识作为考核首要内容。业务知识考核。机关干部侧重条令条例、《纲要》、机关工作程序和文书写作等内容的考核；科主任侧重医疗理论和科室管理，特别是《军队住院伤病员管理规定》等内容的考核。工作实绩考核。根据工作完成情况和群众反映及个人述职，考核小组对每名干部进行全面衡量打分，考评小组成员评定结果占总评成绩的50％。党委讨论，过好集体审定关。在综合考评成绩的基础上，医院党委对考评结果进行最后审定。对个人述职、考核小组意见、群众测评等进行综合，充分发扬民主，进行认真讨论，反复比较，进行公正准确鉴定，凭成绩排序定名次。

三、奖优罚劣，调整帮带，在"促"字上谋发展

这次考核，医院注重克服重奖励轻惩处、重评先轻促后、重精神激励轻物质奖励等现象，充分利用利益杠杆作用，让先进的受到奖励，后进的受到激励。

宣扬典型促争先。医院把考核成绩排名前5名的郭立新、范红晖等同志树为"干部标兵"，进行大力宣扬表彰，为3名"干部标兵"报请三等功，营造了典型吃香先进光荣的良好氛围。"干部标兵"政治处干事范红晖在体会中谈到，实行干部考核，营造公平竞争环境，有如逆水行舟不进则退。只有扎实工作，热心服务基层，认真履行职责，才能赢得鲜花和掌声。

建立对子促提高。医院对安于现状、不思进取、考核评定排名靠后的10名干部实施诫勉谈话，并确立帮教对子，正思想，教方法，做示范，促进干部素质提高。

组织调整促警醒。医院对 2 名排在末位有突出问题的机关干部调整岗位,大会点名批评,限期改正,并扣发奖励工资。刘飞跃等 10 名干部感慨地说,干部考核是鞭策,更是动力,再也不能得过且过了,一定要认真履行职责,争当"干部标兵"。广大干部认为,这次考核标准高、要求严、感触深,进一步增强了做好本职工作的使命感、紧迫感和责任感。虽是元旦春节将至,且面临体制编制调整改革,医院却秩序井然,争先创优蔚然成风。

(与李春华合作,刊于 2004 年《基层政治工作研究》第 2 期)

紧贴形势变化　把握特点规律
扎实抓好转业干部经常性教育管理

加强转业干部教育管理,是确保转业干部队伍稳定,圆满完成移交安置的基础性工作。针对联勤分部单位相对分散、转业干部类别多、就业安置压力大等特点,我们加强组织领导,严格落实制度,密切军地协调,注重人文关怀,较好地解决了转业干部教育管理工作"位难正""心难拴""人难管""忧难解"等问题,确保了转业干部队伍稳定。近年来,分部没有发生一起转业干部违纪违法事件。我们的主要做法和体会是:

一、针对"位难正"问题,坚持党委统揽,确保转业干部教育管理不放松

联勤部队点多线长面广,虽每年转业干部总数不少,但具体到各单位人数并不多,加之移交安置时间跨度长,工作进度慢,容易导致对转业干部工作思想重视程度减弱,教育管理力度松懈。为此,我们坚持党委牵头聚力,领导包干施压,制度保障护航,始终把转业干部教育管理作为稳定人心、凝聚军心的基础性工作紧抓不放。

一是党委牵头抓统筹。联勤部队工作头绪多,保障任务重,干部编制少。为此,分部党委紧贴自身实际,注重统筹安排,确保转业干部教育管理正规有序。统筹工作进程。每年转业干部工作开始前,分部党委都要制定详细的转业工作时间表,针对移交安置不同阶段,明确教育内容,突出管理重点,确保教育管理紧跟移交安置进展。统筹工作力量。选派责任心强、懂政策、素质好的干部从事干部转业工作,每年年初组织一次转业工作业务骨干培训,学法规,教方法,谈体会,培养了一支"懂政策、会协调、服务好、能力强"且相对稳定的转业干部工作队伍。统筹工作协调。坚持把转业干部教育管理纳入党委议事日程、纳入年初工作筹划、纳入部队全面建设、纳入年终评先重要依据;每年投入 100 万元作为转业干部安置专项经费;对

移交安置中遇到的重难点问题,以组织形式出面,加强军地沟通协调。

二是责任包干压担子。转业干部安置是党中央和中央军委作出的重要战略决策,是一项光荣而艰巨的政治任务,是各级党委、领导和机关的共同职责。分部党委高度重视,成立由部长、政委任组长的转业工作领导小组,建立责任承包制,明确团职干部由分部常委分工负责,营以下干部由所属单位主官负责,细化各级政治机关、转业干部所在支部的职责要求,层层签订"包教育、包管理、包离队"责任状,明确规定承包对象发生问题的,不仅严肃处理转业干部本人,还将追究承包人责任,使各级人人心中有目标,个个肩上有担子。

三是健全机制促经常。抓好转业干部教育管理,制度是保障。我们根据上级要求,对转业干部经常性教育管理进行了规范。建立形势分析制度。分部每季度、所属单位每月对转业干部教育管理形势进行分析,查找不不安全不稳定因素,对转业干部切实做到"四个清楚",即清楚所在位置,清楚活动情况,清楚思想状况,清楚安置进度,确保有的放矢做好工作。建立定期检查制度。分部每季度派出工作组,深入各相关单位检查转业干部教育管理情况,对存在工作不到位、领导不重视的单位,及时督促进行整改。建立难题会诊制度。定期召集干部、财务、营房等部门和所属单位主管进行转业干部移交安置难题会诊,对重点难点问题进行集中办公、到单位办公、现场办公,确保困难不拖,问题不躲。

二、针对"心难拴"问题,加强因势利导,确保转业干部思想稳定不迷向

随着部队待遇提高和地方转业安置难度增大,联勤部队干部留队愿望比以往更强烈,一旦确定转业易产生抵触情绪。联勤部队平时与地方交往较多,转业干部普遍安置期望值偏高,当安置不如意时思想波动大,我们坚持思想引导做好"栓心"工作,不断强化转业干部的自我监督、自我管理、自我约束意识,确保思想稳定不迷向。

首先,晓之以理常引导。思想是行为的先导。教育中,我们注重强化转业干部"三种意识",为其思想维稳保驾护航。强化军人意识。服从命令是军人的天职。我们组织转业干部深入学习《国防法》《现役军官法》《预备役军官法》以及军委总部有关文件精神等,重温我军根本宗旨和军队光荣传统,讲清转业是部队新老更替的必然,是部队建设的客观需要,引导大家永葆军人本色,坚决服从大局,正确对待走留。强化"根子"意识。离队前,我们组织转业干部参观部史馆、荣誉室,开展"热爱集体、崇尚荣誉"专题教育,使大家认识到无论走到哪里,都是XX分部的人,无论在干什么,都代表XX分部形象,号召大家即便是转业到地方,也要时刻端正自己行为,维护好单位形象。强化纪律意识。组织转业干部学习军区政治部《关于对转业复员干部问题的处理意见》和《纪律条令》,增强纪律观念,正确权衡利弊,不要滞留部队;待安置期间,采取上门传达、邮寄资料、网上沟通等方式,及时通报

部队转业干部失泄密或违纪典型案例,做到警钟长鸣。

其次,借力典型常教育。针对转业干部缺乏地方生活和创业基础,普遍信心不足的实际,注重搞好正面典型激励。分部将近年来转业到地方创业成功的事例搜集整理,编印成《分部优秀军转干部风采录》,下发每名转业干部学习。每年邀请2至3名优秀军转干部回部队作报告,讲述他们"二次创业"的亲身经历和真切感受,引导转业干部消除思想疑虑,激发内在动力。XX仓库原政治处主任姚志军,2008年转业到长沙市高桥派出所当一名普通干警,但他不灰心不气馁,把岗位作舞台,把工作当事业,力保一方平安,成为市民心中最可靠的"保护神",去年当选为长沙市"人民最喜爱的民警"。在今年的转业干部教育中,我们请他作事迹报告,讲述他扎根基层、不懈奋斗的历程。39名转业干部听后深有感触地说,他的事迹很感人,使我们认识到转业不是下岗,基层同样大有作为。

再次,情感之线常相连。在抓好教育的同时,我们还注重以情拴心。待安置期间,定人、定时与每一名进行联系沟通,主动询问安置进展情况;每逢重大节日,都会派出专人到转业干部家中慰问,及时送上组织的祝福;单位举行重大活动时及时邀请他们参加,有什么喜事时与他们共同分享,确保转业干部与部队感情不断线。如前不久在XX仓库举行的分部岗位科技练兵活动中,我们邀请了今年所有转业干部全程参观。他们参加完活动后,动情地表示道:"部队没有忘记我们,我们也不会忘记部队,必须以实际行动维护好军人形象,坚决服从组织安排。"

三、针对"人难管"问题,实行综合施策,确保转业干部行为规范不失控

由于地方机构精简,可调控岗位少,安置压力增大,安置周期比以往延长了3、4个月,有的甚至跨年度安置,给转业干部教育管理带来了新的难度。为此,我们加大综合管控力度,不断增强转业干部教育管理的针对性和有效性。

一是落实制度规范管。没有铁规矩,不能成方圆。我们重点抓好三项制度的落实,即严格落实组织生活制度,要求转业干部以党员干部标准严格规范自己言行,采取书面、口头、电话等形式,每半月向党小组汇报一次思想,介绍学习、生活和安置等情况,在驻地安置的转业干部必须参加组织生活;严格落实请销假制度,规范转业干部的请销假审批手续,认真组织填写休假报告表,做到事由清、时间清、去向清、联系方式清,做到离队有交待、中途有联系、归队有汇报,杜绝转业干部放任自流、人员失控等问题发生;严格落实奖惩制度,对严守纪律、表现突出的,按分部规定给予相应奖励,并优先推荐安排工作,对违规违纪的给予通报批评,并严肃处理。由于落实制度严格,目前在外休假的8名转业干部全部手续齐全,在驻地的31名转业干部能严守部队纪律,自觉做到标准不降、要求不松、本色不改。

二是抓住关键重点管。实践中我们感到,抓转业干部教育管理既要抓平时,更

要抓关键。在重大节日、重大政治事件等重要敏感时机,我们及早着手,超前预测,防患未然,确保转业干部不发生任何问题。奥运会和国庆60周年前夕,为防止转业干部被拉拢串联上访,我们将严禁进京的有关规定传达到每名转业干部,明确要求他们要与党中央、中央军委保持高度一致,始终保持高度的政治责任感和敏锐性。XX大队原副大队长贾培顺,由于没有得到提拔反而被安排转业,一度抵触情绪很大。北京奥运会召开前夕,他准备了方便面、矿泉水和换洗衣服,决意进京上访。分部得知消息后,立即派人靠上去做工作,经过彻夜长谈,使他放弃了进京上访的念头。事后,分部还指定专人重点帮带,防止问题反弹。由于措施得力,确保了他顺利安置进了株洲市广电局工作。

三是发动家庭双向管。我们注重利用家庭力量,拓展转业干部教育管理渠道。与转业干部家庭建立联系,要求转业干部家属每月填写一次《转业干部活动联系卡》,定期向部队反映情况,并请他们经常"拉拉袖子提提醒""吹吹枕边风",发挥好家庭协管功能。07年XX仓库原指导员杨斯达,被确定转业后一度感觉前途无望,自暴自弃,经常以联系工作为名与社会上一些不三不四的人交往,其家属发现这一苗头后,在做好丈夫工作的同时,及时向部队反映情况,为共同做好他的转化工作赢得了主动。

四、针对"忧难解"问题,注入人文关怀,确保转业干部愉快离队不失落

实践让我们体会到,抓好转业干部教育管理,既要注重解决思想问题,更要注重解决实际问题,倾注人文关怀。近年来,我们坚持"实事尽心尽力去办,难事想方设法去解,好事满怀真情去做",切实让转业干部感受到组织的温暖。

一是精心培训解自身素质之忧。当前转业干部安置普遍采取考试与考核相结合的办法,考试成绩的好坏直接影响转业安置质量。针对转业干部大多服役时间比较长、知识结构较为单一、对考试普遍信心不足等实际,我们按照"学用结合、按需施教、注重实效"的原则,每年举办为期一周的转业干部适应性培训班,统一购买复习资料,统一制订教学计划,统一集中辅导,重点突出地方经济建设法规、机关公文写作、公务员行为礼仪、计算机操作等实用知识和技能。同时在网上开辟"公务员基础知识"专栏,方便他们学习,收到较好效果。近两年来,转业干部应试入围率超过90%,尹年春、黄飞、于晓亮等11名转业干部还被安置进省委、省政府工作,70%的干部转业后成为地方单位的"香饽饽"。

二是热心推荐解工作安排之忧。联勤部队管钱管物,平时与地方接触交流较多。特别是近年来在抗冰救灾、抗洪抢险等活动中与地方政府建立了深厚感情。我们充分发挥这一优势,每年利用"八一"地方政府慰问、召开军政座谈会等时机主动与地方政府沟通交流,为转业干部争取最大限度的政策优惠和最及时的信息咨

询；根据转业干部安置意向和特长，统一制作《转业干部推荐表》，以分部名义组织推荐，并指派干部部门亲自送到地方组织人事部门，提高转业干部知名度；举办转业干部推荐会，邀请地方政府各部门主要领导到部队与转业干部面对面交流，积极为他们安置牵线搭桥。自07年以来，分部先后4次成功举办转业干部推荐会，80%的干部通过这一途径与地方部门取得联系，得到妥善安置。

三是真心关爱解家庭困难之忧。 对于转业干部提出的一些合理要求和遇到的一些实际困难，特别是在随调随迁家属工作安排、子女入学入托和医疗住房等方面的问题，分部坚持做到心想到、话讲到、力尽到：凡是政策规定允许的、有条件照顾的、能够解决的都热情给予帮助解决；无法给予帮助解决的和一时解决不了的，耐心细致地做好说服解释工作。对于家庭有困难的转业干部，分部还给予适当补助。仅去年春节，分部各级就拿出10万元专项救济款，组织专人到转业干部家中走访慰问，把组织的温暖及时送到转业干部心坎。XX仓库原保管队长姜志宏，长期在偏远山沟工作，家属下岗待业，家庭困难较多，想回原籍安置却苦于没有门路，分部主要领导亲自出面，先后3次找常德市党政军领导推荐，最终使他如愿以偿，夫妻双方一并安置进了常德市林业局。

（与夏敏鸽合作，广州军区转业安置工作会议某分部经验发言材料，刊于2010年广州军区《政治工作简报》第12期）

抓教育　严管理　送温暖
确保转业干部走得愉快

针对走留矛盾突出、干部思想活跃与转业安置困难的实际，163医院党委始终坚持把转业干部教育管理摆上议事日程，注重在教育引导、严格管理、排忧解难上下功夫，使转业干部思想不失向，管理不失控，感情不失落，三年来安排转业干部100名，个个服从组织安排，没有发生问题，受到军地双方领导好评。

一、针对转业干部角色转换快、容易放松改造的实际，注重教育引导，使转业干部思想不失向。 部分干部确定转业后，认为"船到码头车到站"，只要不犯大错，小节问题无大碍，淡化了自己军人的身份。为此，医院注重抓好三个方面的教育：一是抓好顾全大局教育。转业工作铺开前，医院每年都要集中开展一次"讲党性、顾大局、作奉献"教育，组织符合转业条件的干部学习党员标准，向组织汇报思想，反复灌输革命需要是个人的第一志愿，服从命令是军人的天职的道理，引导广大干部做到认清军队体制编制调整改革，是适应国际战略格局的深刻变化，迎接世界新军事变革挑战的需要；是革除我军编制体制"头重脚轻尾巴长"的弊端，推进中国特色军事变革，进一步提高我军质量建设水平的需要；是部队调整改革的客观需要，懂得留是为部队建设作奉献，走也是为部队建设作奉献的道理，从而自觉站在军事变革大局的高度正确看待个人利益关系调整，筑牢服从大局无私奉献的思想基础。二是抓好政策宣传辅导。每年全国军转会议召开后，我们及时召回转业干部，集中组织学习《现役军官法》《军队转业干部安置暂行办法》《自主择业安置意见》等文件和全国军转会议精神，请部队领导、地方军转部门的同志进行政策辅导讲座，并把转业安置政策汇编成册，发到每个转业干部，让他们真正了解安置政策，消除思想疑虑，增强对转业安置的信心。三是抓好遵纪守法教育。待安置期间，定期召开转业干部座谈会，集中学习《纪律条令》《正反典型启示录》等文件资料，观看《警钟长鸣》录像，通过学规定、析案例、查问题等形式，强化法纪意识，引导他们珍惜军旅生涯、珍惜政治荣誉，做到思想不松、作风不散、要求不降。今年4月，黄飞、左威等3名转业干部学习规定后，向全院转业干部发出了"退役不褪色，永葆革命本色"的倡议，引起强烈反响，42名转业干部纷纷表示在职一分钟，干好六十秒，为医院建设增光添彩。

二、针对转业干部安置周期长、容易脱离组织的实际，严格落实制度，使转业干部管理上不失控。转业干部从确定到离队，时间长达8个月，容易游离于组织之外。部分干部为联系工作四处奔波，托人拉关系，找门路，与社会交往增多，容易受社会负面影响而随波逐流。为此，医院严格落实制度，确保转业干部"编外不例外"，管理不失控。首先，定期分析形势。结合转业干部的思想动态和行为去向，定期分析形势，及时研究对策，对重点人员重点帮带，有针对性地做好教育管理工作，使转业干部学习有人抓、思想有人做、生活有人管、困难有人帮，防止管理失控。其次，坚持按级负责。建立健全领导包干责任制，坚持一级管一级，一级抓一级，转业干部是科室领导的，由政治处负责；是医院党委成员的，由党委正副书记负责；是一般干部的，由所在支部书记负责；各单位、各部门主官对本单位、部门转业干部的管理负总责，并规定哪一级干部管得不好，出了问题就要追究其领导责任。凡单位转业干部发生问题，支部书记当年内不得晋升职务，单位不得评为先进。原老年病科护师贺红英起初对转业思想准备不足，想法较多，5名支部成员主动靠上去做工作，及时解开了她的思想疙瘩。再次，严格组织生活。建立转业干部联系网络，在驻地居住的转业干部，医院坚持督促其过正常组织生活，遵守部队各项规章制度，参加医院的大项学习教育活动。异地休假或外出联系工作的，按相对集中原则，定期组织学习，定期通过电话、信函等方式向支部汇报自己的学习、生活和思想情况。同时规定，无论远近，转业干部一律每月亲自到自己所在支部交纳党费，通过交纳党费，强化他们组织观念和党员意识，时刻警醒自己的言行，自觉遵守党纪国法。

三、针对转业干部实际困难多、容易心生抱怨的实际,积极排忧解难,使转业干部感情上不失落。干部在转业过程中,或多或少会遇到这样那样的困难,如不及时解难帮困,转业干部容易心理失衡,产生"人走茶凉"的感觉。医院设身处地为他们着想,主动了解他们的想法和要求,真心实意帮助他们办实事办好事。精心培训强素质。医院党委把提高转业干部素质作为对转业干部的最大关心。每年年初,医院都要组织为期3天的集中培训,聘请国防科大教授讲授计算机网络管理、文秘和法学等方面的技能与常识,帮助转业干部熟悉相关业务,拓展转业干部的视野,了解社会发展的形势,临行前再淬一把火,增强他们适应地方工作的能力。原心肾内科护师黄永红一直在临床工作,经过培训,较好地掌握了机关工作程序,后顺利分配到省信访局工作。热心联络搞推荐。转业干部中,有不少是做出突出贡献的优秀干部和服役时间较长的老同志,为把这些干部安置好,医院坚持优秀干部优先推荐的原则,领导亲自出面做工作,走访军转办、人事厅(局)、省市委组织部和主管卫生的领导,重点介绍转业干部的德才、专长和为部队建设做出的贡献,不但使这些同志得到妥善安置,有的还安排了相应职务。原政治处干事范红晖工作成绩突出,曾荣立二等功。医院领导反复联系,积极推荐,后安排进省政府工作。3年来,我们重点推荐的29名优秀转业干部都得到较好安置。真心解难送温暖。对于转业干部提出的一些合理要求和遇到的一些实际困难,特别是在随调随迁家属工作的安排,子女人学入托和医疗等方面的问题,医院坚持做到心想到、话讲到、力尽到:凡是政策规定允许的、有条件照顾的、能够解决的都热情给予帮助解决;无法给予帮助解决的和一时解决不了的,耐心细致地做好说服解释工作。对于家庭有困难的转业干部,给予适当经济补助。仅今年春节,医院就拿出2万元组织专人到转业干部家走访慰问,把党和组织的关怀及时送到转业干部的心坎,让转业干部感到部队的温暖。许多转业干部离队报到后纷纷打电话,感谢部队的关心爱护,表示不辜负医院领导期望,在新的工作岗位上再立新功。

(刊于2006年《基层政治工作研究》第12期、《军队后勤政治工作研究》第3期,2007年《部队管理》第1期)

适应新形势　坚持高标准
确保完成离退休干部移交安置任务

近5年来,我们认真贯彻总部、军区、联勤部关于做好离退休干部移交安置工作的系列指示精神,积极适应新形势,始终坚持工作高标准,加强组织领导,密切军地协调，投入经费 500 多万元，顺利移交安置离退休干部 297 名，其中重症伤病残干部 6 名，百分之百完成任务，没有任何遗留问题。分部 84 名离退休干部整所移交试点经验得到总部首长肯定，重症精神病患者首例移交做法在军区推广，2001 年在军区移交安置工作大会上作了经验介绍。我们的主要做法和体会是：

一、离退休干部移交安置是一项"系统工程"，牵涉部门多，必须坚持党委负总责，机关协力抓，切实把它作为一项政治任务来完成

做好离退休干部移交安置工作是各级党委、领导和机关的共同职责，必须把它作为一项政治任务来完成。

(一)提高思想认识，加强组织领导。近年来，随着市场经济体制逐步确立和军队体制编制调整改革，军队离退休干部数量逐年增多。移交安置工作周期长、时间紧、任务重，加上政策相对滞后，各种矛盾相互叠加，移交安置工作出现许多新情况新问题。为此，分部党委高度重视，始终端正指导思想。专题研究移交安置工作，组织大家认真学习移交安置工作系列重要指示和政策规定，增强党委"一班人"责任感使命感。通过学习，大家一致感到，离退休干部移交安置是党中央和中央军委的重要战略决策，是一项政治任务，必须把它摆上党委重要议事日程；离退休干部移交安置工作不是中心，但影响中心，必须上下协力，齐抓共管；离退休干部是部队建设的宝贵财富，他们为部队建设奉献了青春年华，必须想方设法把他们安置好。分部成立了由部长、政委任组长的移交工作领导小组，设立办公室，制定工作职责，明确任务分工，层层签订责任状。定期召开干部、财务、卫生、营房等部门和有移交任务单位主管领导参加的协调会，研究解决重点难点问题。部长、政委经常过问移交安置工作进程，指导解决工作中遇到的难题。移交任务重的 163、169 医院抽调 2 至 3 人成立了专门机构。这项工作真正做到了党委负总责，主官亲自抓，机关合力管。近年来，分部各级在经费紧张的情况下，共投入 500 多万元用于离退休干部安置，为顺利移交打下良好基础。

(二)科学规划，打好安置基础。我们坚持早动手、早筹划、早安排，精心做好移交安置前的准备工作。一是搞好调查摸底。每年 7 月，分部将《关于做好离退休干部安置移交工作的通知》和《离退休干部移交安置调查表》下发各单位，明确有关事项，提出具体要求，彻底摸清离退休干部思想情况、身体状况、住房补贴发放、安置地点和方式等，切实做到心中有数。二是周密制订计划。在调查摸底的基础上，结合实际制订《待安置离退休干部工作计划》，明确移交安置的时间节点、任务要求，对各项工作进行细化，定部门、定人员、定时限、订职责，逐项抓好落实。对移交安置人数较多的单位，分部派专人指导，确保计划符合实际。三是做好档案整理工作。档案整理是移交安置基础。为保证档案完整无缺、准确无误，分部干部、营房、卫生、财务等部门，按照档案管理规定和地方民政部门的要求认真整理，补齐缺

件。对一些特殊情况,派专人进行处理,确保档案全面客观。今年,分部待安置离退休干部96人,档案缺件比较多,机关和有关各单位从3月份开始,先后80余人次到军区档案馆和相关单位查找资料,共补齐缺件520份,核准历史遗留问题56个,6月份全部通过地方民政部门的审查。

（三）培训移交骨干,提高工作能力。做好移交安置工作需要一批"懂政策、会协调、服务好、能力强"的"明白人"。近年来,我们采取集中培训、以会代训、传帮带等方式,由干部部门牵头,会同营房、财务、卫生部门,每半年组织一次移交安置工作业务骨干培训,认真学习政策法规,请上级机关对口业务部门领导传授工作方法,邀请地方安置部门同志介绍形势。分部还把55份与移交安置有关的文件,分类摘要整理下发。政治部每季度出一期移交工作简报,及时传达上级指示、总结交流各单位经验做法。通过培训,切实提高了工作人员政策水平和工作能力,培养了李朝华、胡志平等一批行家里手。去年,在办理169医院正团职退休干部张大昭移交青岛安置时,地方只同意安排一套营职住房,经工作人员反复讲清有关政策规定,据理力争,最后说服地方按规定落实住房,老干部非常满意。

二、离退休干部移交安置是一项"疏导工程",政策性原则性强,必须搞好教育引导,释疑解惑,切实增强离退休干部的大局意识和纪律观念

待安置离退休干部思想活跃,考虑个人实际问题多。为让他们愉快离队,不提不合理要求,我们坚持思想领先的原则,引导他们服从组织安排,自觉在大局下行动。

（一）宣讲政策规定,明确纪律要求。移交安置工作政策性很强,涉及离退休干部切身利益。少数离退休干部不愿意移交,原因就是政策规定吃不透,思想有顾虑。首先,抓政策规定学习。我们把总部、军区和联勤部各级有关离退休干部的政策规定、摘要汇编成《离退休干部读本》,印发离退休干部人手一册,反复组织学习,使其准确把握上级精神。其次,抓专题教育。开展"讲政治顾大局,服从组织安排"教育活动,让离退休干部做到"三个明白",即明白移交安置是党中央、国务院和中央军委的决策,是一项政治任务,必须服从;明白移交过程中安置方式、子女随迁等相关政策;明白移交后生活、住房、医疗保障等福利待遇。几年来,待安置离退休干部思想稳定,没有出现乱上访、乱告状以及违纪违法的人和事。再次,及时提供政策咨询。分部机关和所属有关单位都设立了移交安置工作热线电话,接受离退休干部政策咨询,听取他们意见建议,及时解答疑难问题。尤其重点强调无正当理由逾期不办理移交手续的,坚决严肃处理。

（二）组织参观见学,增强移交信心。离退休干部由于长期生活在部队,与外界接触少,不了解地方有关情况,对移交安置心存疑惑。为此,我们专门组织离退休干部到长沙、衡阳、株洲军休所和休干服务中心（站）参观,现场考察环境设施、住房、医疗、文化生活等;邀请民政安置部门领导介绍离退休干部移交后的政治、生

活待遇和服务保障工作情况；召开离退休干部座谈会，现场解答离退休干部提出的住房补贴、医疗保障、生活待遇等热点敏感问题，让他们认识到尽管管理主体和服务机构改变，但党和国家对离退休干部的关心爱护没有变，移交安置后的生活质量不会降。通过参观见学、座谈讨论、释疑解惑，帮助离退休干部掌握政策，了解实情，打消顾虑，使他们对移交安置后的生活充满信心。

(三)**突出重点难点，做好个别工作**。移交安置工作中，也有极个别离退休干部抵触情绪大，通过各种渠道提出一些不合理要求，反映一些难以解决的问题，以种种借口和理由不愿意移交，影响移交安置的进程。我们注重做好这部分人的思想工作，达到以点带面的效果。2002年第五批离退休干部办理交接时，163医院两名退休干部以改点进北京、深圳为由，拒绝移交安置。分部政治部、医院领导三番五次登门，反复向他们讲清，确定安置地点必须有充足的政策依据；改点要考虑个人生活基础；安置地点确定后不能随意更改。169医院一名退休干部要求先晋升高级专业技术职务后再移交。为此，医院反复向他解释：评定专业技术职务是一项非常严肃的工作，有严格的标准条件和相应的办理程序，必须经过军区、联勤部、分部党委研究和专业技术评审委员会评定，不能随意办理。通过耐心说服教育，使他们认识到移交安置工作事关部队建设全局，作为一名受党教育多年的离退休干部，要有很高的党性觉悟，必须自觉支持配合组织工作。近年来，分部有20名离退休干部要求改变安置地点，13名要求提高职级待遇，6名要求给予经济补偿，经过反复解释做工作，促使他们放弃不合理要求，主动服从组织安排。

三、离退休干部移交安置是一项"共建工程"，军地协调难，必须加强沟通，赢得支持，切实掌握移交安置工作主动权

当前，移交安置工作中，由于机制不完善、政策不配套，军地协调存在不少矛盾和问题。我们感到，必须靠行政协调，靠情感磨合，靠疏通渠道来加强沟通，争取地方政府支持配合。

(一)**形成制度"联"，把思想认识统起来**。军地协调沟通，制度是保证。为切实做到军地双方在具体问题上认识统一、步调一致，我们积极探索军地联动机制，先后建立了联席会议制度、定期走访制度、重大问题商讨制度，确保安置渠道畅通。每年9月，我们主动与地方有关部门召开安置协调会，共同学习上级文件精神，研究移交安置工作，制订具体计划，明确责任分工。分部王部长、曾政委等领导经常到当地民政部门走访，了解移交安置情况；业务部门随时与地方保持联系，定期互通情况，遇有重大问题，及时商讨解决办法。去年，163医院向某市移交9名离退休干部，当地医疗卫生部门要求收取标准外医疗经费13万元。我们及时启动联动机制，召开军地联席会议，共同干预此事，最后迫使当地卫生部门取消不合理收费。

(二)**讲究策略"让"，把主要矛盾解决好**。针对军地双方对政策理解上的差异

和意见的分歧,我们坚持原则性与灵活性相结合,凡政策规定非常明确的,我们坚持按政策办;对政策不够明确的或者细节问题,我们讲究方式方法,灵活处置,能让则让,缩小差距,达成共识。前几年,分部代管的立新军休所整所移交地方时,地方政府要求提供84万元的启动经费。我们考虑到军休所办公场所、医疗设施、预留资金由地方负责是国家政策明文规定的,在这个原则上我们没有让步。但为了避免陷入僵局,我们充分体谅地方困难,考虑离退休干部实际情况,在分部力所能及的范围内,筹措24万元,为军休所配备了电话、车辆、桌椅等办公设施,配齐了军休所医务室的常备药品,并为该所移交后工作启动预留了部分经费。部队的诚意和灵活的处理方法,较好地消除了军地之间的隔阂,达到了部队满意、地方满意、离退休干部满意的效果,确保了军休所按时移交,使立新军休所成为全军首家整所移交到地方的单位。

（三）借助感情"促",把安置引入快车道。感情就是"黏合剂"。做好移交安置工作,很重要的一个方面就是要借助双拥互通感情,利用感情促进移交。为此,我们把移交安置工作纳入双拥内容。坚持走访慰问,定期召开军政座谈会,积极参加驻地抗洪救灾,开展扶贫助学等活动,进一步密切军政军民关系,赢得地方政府的大力支持。2001年,XX仓库移交精神病退休干部谢长健到重庆安置时,地方以精神病患者服务管理难、治疗开支大为由拒绝接收。由于我们与重庆市民政部门来往较少,感情不深,致使移交受阻。我们利用分部与湖南省政府长期以来保持的良好关系,当即请省民政厅领导亲自出面做工作,说服了重庆市民政部门同意接收谢长健。由此,谢长健也成为了军区第一个被移交出去的重症伤病残干部。2002年以来,我们借助感情"桥梁",促成28名安置较困难的离退休干部顺利移交。

四、离退休干部移交安置是一项"暖心工程",涉及他们的切身利益,必须满腔热情办实事,扎扎实实解难题,切实把党组织的关怀送到离退休干部心坎

分部党委机关坚持把为离退休干部解难题、办实事,作为落实"三个代表"重要思想、加强执政能力建设的重要举措,切实把每一项工作做实做细,不让他们带着遗憾离开部队。

（一）倾心撑起"放心伞",确保离退休干部安居乐业。移交安置中,落实住房是他们十分关注的焦点问题,是直接影响其晚年生活质量的头等大事。我们以住房分配货币化为牵引,坚持安置地与购房地一致的原则,多办法多渠道协助离退休干部解决住房。一方面,帮助离退休干部落实房源。对需要购房的离退休干部,引导他们选定住房时,除考虑地段、环境、配套设施、管理和房价等因素外,还要立足个人和家庭经济条件,处理好需要和可能的关系,量力而行选定位置、确定面积,为离退休干部能够买到一套经济实用、本人称心的住房当好"参谋"。另一方面,用

足用好现有政策,在规划经济适用住房时,把分部已退休的和即将退休的干部考虑进去。近两年,分部在长沙、衡阳建设经济适用住房时,把有需要的离退休干部一并纳入,共落实38套住房。同时我们按照规定标准及时足额发放离退休干部住房补贴,确保住房落到实处。

(二)精心编织"健康网",确保离退休干部医疗有保障。离退休干部年事已高,他们普遍担心移交后不能尽快纳入地方医疗保障体系,担心医疗保障水平下降。为此,我们与地方安置部门一道做工作,及时把他们纳入地方医疗保障体系。由于军地政策上的差异,离退休干部个人医保账户与地方医保要求有缺口。为了能让离退休干部充分享受地方医保待遇,分部设立专项基金,每年筹资12万元用于补齐缺口。去年,169医院在移交退休干部韦永革时,考虑到安置地医疗条件较差,我们额外出资2万元,把他的医疗关系从县城转入医疗条件较好的百色市人民医院。韦永革夫妻俩十分感动:"部队为我们办了件大好事!"

(三)真情铺就"爱心路",为伤病残干部解决实际困难。伤病残干部是移交离退休干部中的弱势群体,需要给他们特别的关爱,倾注真情排忧解难。近年来,分部有6名伤病残干部,均为重症精神病人,职级待遇不高,家庭生活比较困难。分部党委不仅在生活上关心,在财力上也给予全力支持。分部和有关单位安排了80多万元的伤病残移交安置专项经费,解决他们购房经费不足、医疗生活补助和家庭特殊困难等问题。为确保每名伤病残干部走得安心、监护人放心,分部机关派专人负责,重点攻关,分部曾政委还亲自到长沙、郴州、岳阳等地上门做工作。经过两年来的不懈努力,6名伤病残干部在去年得到妥善安置。

(与李朝华、尹年春合作,分部在2005年广州军区离退休干部教育管理座谈会议上的经验发言材料,刊于2006年《政治指导员》第6期)

紧扣单位、驻地、个人实际
搞好官兵读书成才

军区某训练大队主要担负全军油料专业技术兵的培训任务。近年来,该大队认真贯彻江主席关于要把部队办成培养人的大学校的指示和上级开展读书育人的要求,充分利用教学优势,借助社会条件,结合个人岗位,深入扎实开展了读书活动。自1997年以来,先后有165名官兵参加函授、自考获得毕业文凭;培训学兵XX名,优秀率达95%;官兵在省、市级军内外报刊发表新闻稿件200余篇,在《军用油料》《仓储管理与技术》等杂志上发表专业论文153篇,获国家专利一项;3名同志参加军区和联勤部读书演讲比赛获一、三等奖。去年底，大队被军区评为"读书活动先进单位"。

一、**挖掘单位教学优势，充分发挥教员读书成才的桥梁作用**。大队现有教员26名，均经专业技术院校培训，具有大专以上学历，其中2名研究生，师资力量比较雄厚。同时，教学设施配套，有教室21间，500多套桌凳，13个专业实验室及各种油料技术培训教材。大队充分利用现有教学条件，开展读书成才活动。一是合理编班。根据战士文化基础和本人愿望，大队开办了文化学习班和实用技术培训班，其中文化学习班分为三个层次，即高中补习班、高中文科班和初中班。高中补习班，主要吸收具有高中文化程度、准备报考军队院校的部分战士参加，系统学习高中理科课程；高中文科班，吸收高中肄业和初中文化程度的战士参加，主要学习职业高中基础课程；初中班，吸收初中肄业和未达到初中文化程度的战士参加，在补习小学文化的基础上，系统学习初中课程。实用技术培训班主要吸收具有初中文化程度、服役两年以上的老兵，主要是学习电器维修、种植养殖及汽车驾驶等民用技术和各类大中专函授。二是选配骨干。根据编班情况，大队从全队干部中选出以教员为主体的培训骨干队伍。电工教研室主任李发智担任电器维修班教员，唐运军担任焊工培训教员，从五期参加过培训过的战士反映，培训教员专业基础扎实，教学经验丰富，确实学到了不少东西。广播放映员吴仲科参加电器维修班学习后，现能独当一面，基本胜任本职工作。战士们还自发开展"少抽一包烟，多买一本书"活动。炊事班战士钟世纯参加文化补习以前以为只是走走过场，没想到参加以后越学越想学，由入伍时的初中文化达到现在的高中文化，并通过自学获得三级厨师证书。目前，大队100%的战士参加了学习，并拥有一门以上的实用技术。三是结对帮教。大队干部多，知识分子相对密集，而战士相对较少。他们主动开展结对帮教活动，现"一帮一""二帮一"的帮学对子60多对。教导员康琪璋是个"老新闻"，发表文章500多篇。勤务连战士朱卫华主动向康教导员请教。在他的帮助下，小朱写作能力提高很快，现已发表文章21篇。学兵一队战士林伯添在教员李军、饶金东的辅导下，去年7月喜获湖南省财会学校毕业证书。

二、**借助驻地良好条件，不断拓宽官兵读书成才渠道**。驻地株洲市，是全国改革先行城市，现工农业生产总值居全省第二，交通十分便利，文化事业发达，拥有中南林学院、职工大学、广播电视大学等20所中高等院校。市图书馆是全国的优秀图书馆，藏书40万册。株洲书城、新华书店书源丰富，电脑摄影等培训中心上百家。大队充分利用驻在市区的优越条件，想方设法拓宽官兵读书成才渠道。一是建立"流动图书馆"。大队是新建单位，各种文化设施还不完全配套，图书室藏书数量有限，阅览室规模不大。为满足官兵读书成才需要，政治处主动与市图书馆联系，由图书馆每月送200册图书到大队，设立"流动图书馆"，政治处再按政治、军事、文学、油料专业等进行分类，供官兵按自己所需进行借阅。分队长廖义元喜欢文学，先后从"流动图书馆"借阅了《平凡的世界》《红岩》《钢铁是怎样炼成的》等50多本书籍，先后在《解放军报》《战士报》等报刊发表文章50多篇。他逢人就说，"流动图书馆"提高了自己的文学素养，是自己写作的好帮手。据统计，"流动图书馆"已向官兵提供2100余册图书。二是鼓励参加教育培训。大队定期到驻地了解各种教育培训信息，及时向官兵提供，哪里什么时间开办什么培训班，哪里师资力量比较雄厚等，每月张榜公布。还出面与教育培训单位联系，尽量把面授和考试时间安排在周末或晚上进行。后勤处干部张斌想获取会计师资格，大队得知后及时推荐他到市响石岭财会培训中心学习。政治处干事肖霖、后勤处助理员钟军、卫生队护士张庆芳参加了株洲市职工大学举办的电脑培训班并获得计算机三级等级证书，孙勇参加了中央党校株洲分校的本科函授学习。据统计，自1997年以来，先后有165名官兵参加函授、自考获得文凭。

三、结合个人工作特点，重点引导官兵立足岗位读书成才。大队是全军油料专业技术兵的培训单位，油料专业教学人员是主体，还有从事政工、参谋、财务、卫生、水电、驾驶等人员，大队采取措施，重点引导官兵立足本职岗位读书成才。一是从认识上引导。部队是执行战斗任务的武装集团，不可能完全满足个人学习的兴趣爱好，个人的主观愿望应当符合本单位的实际，把立足点放在军营成才、岗位成才上，引导官兵根据自己的实际岗位选定求知成才目标，明确读书学习与岗位实践有机结合，更有利于成才。大队XX名干部，90%的干部都参加本职岗位相应专业学习。二是从制度上鼓励。大队制定了《官兵参加各种学习须知》，规定凡是参加与本职岗位相应专业学习的，学费全部报销，一年报销一次往返路费；复习考试安排时间；基层主官外出参加学习期间，机关派人到基层代职；没有特殊情况不能让官兵因工作原因耽误学习等。凡不是参加本职岗位相应专业学习的，各种费用一律自理。三是奖励上倾斜。大队把官兵读书学习情况与开展"双争"活动结合起来，与入党、立功、晋级挂起钩来。机关干部不会电脑办公的，年终一律不能评功评奖。由于引导官兵立足岗位成才，取得明显效果。XX名干部全部取得相应专业大专学历。吴高勤、彭辇艳、袁功民等26名教员，结合本职开展读书，广泛涉猎各种专业杂志，拓宽自己的知识面，使大队的教学工作有了质的飞跃。学兵每年及格率均为100%，优良率由过去的25%上升到现在的94%。同时，圆满完成了总部下达的8个专业49门课程教学大纲的编写任务，出版专著5本，每年发表专业论文50篇以上。饲养员王跃万刻苦钻研饲养技术，先后学习了《常见猪病的防治》《如何养好猪》等30多本专业书籍，饲养技术明显提高，每年为大队创收上万元，被大队评为"岗位成才标兵"。修理工李帮清结合岗位刻苦自学，从泥瓦匠成长为一名出色的工程师。水电工吴贺军，热爱本职，不懂就问，练就了一手过硬的水电维修技术，被军区联勤部评为"学雷锋先进个人"。

(刊于1999年12月28日广州军区《政治工作简报》)

建立新闻网络 精心培育人才
确保群众性报道工作长盛不衰

我们分部所属XX个团营单位分布在湘鄂两省六市,地理位置相对偏僻,信息沟通不便。近年来,分部党委按照"以工作促报道、用报道促发展"的思路,建立健全新闻网络,精心培育报道人才,确保了群众性报道工作长盛不衰:先后有17名报道员提干,42名报道员退伍转业后被地方新闻单位录用,每年在军地报刊等媒体用稿1500篇以上,新闻报道工作连续十年被上级评为先进,有力地推动了分部全面建设。

一、加强组织领导,把群众性报道工作摆上党委议事日程

群众性报道工作不仅是政治工作的重要内容,也是激励官兵成才、推动部队全面建设的有效途径。分部党委坚持把加强群众性报道工作作为贯彻"三个代表"重要思想,增强部队凝聚力和战斗力,促进分部全面建设的重要内容摆上党委议事日程。

一是深化思想认识,摆正报道工作位置。分部群众性报道工作之所以长盛不衰,关键是各级党委对新闻报道工作高度重视。我们从深化思想认识入手,坚持党委管新闻、主官抓报道,形成人人参与新闻报道工作的良好局面。一是用四代领导人对抓好新闻报道工作的指示武装头脑,认清群众性报道工作的地位和作用。经常组织官兵认真学习四代领导人对新闻工作的重要论述,学习军委和军区首长视察解放军报社和战士报社时的讲话,充分认清新闻工作是我党我军政治工作的重要内容,无论战争年代还是和平时期,新闻工作都起到了宣传政策、鼓舞人心、激发斗志的作用,因而我们自觉把开展群众性报道工作作为一项政治任务来完成。二是联系分部用典型促工作的实践,认清群众性报道工作对促进部队建设的巨大威力。近年来,我们宣传了廉洁奉公的好干部魏茂庆、雷锋式驾驶员叶汉明、见义勇为的一等功臣唐富贵等20余名先进典型,总结推广了科技练兵、三军联勤保障改革、落实科学发展观等10多项工作经验,既展示了分部的精神风貌,又给部队全面建设注入了生机和活力。三是着眼创建学习型军营,认清群众性报道工作是官兵成才的"大熔炉"。我们坚持把开展群众性报道工作作为创建学习型军营的重要载体,激励官兵成才进步,使一大批高素质人才脱颖而出,有的走上了师团领导

岗位,有的在地方重要部门任职,有的年年立功受奖。由于分部党委对群众性报道工作认识到位,促进了分部群众性报道工作的蓬勃开展,各级党委自觉把新闻工作摆上重要位置,既给"位子",又给"票子",做到对新闻工作年有部署、季有分析、月有检查,使群众性报道工作登上了部队建设的"大雅之堂"。

  二是健全报道网络,壮大新闻队伍。分部点多线长,所属单位大多分散在山沟,信息不畅。为此,分部注重健全报道网络,把那些热心新闻事业、吃苦耐劳、勤于动笔、善于思考的官兵吸收进来,不断壮大新闻报道队伍。一是坚持以机关干部为主体。机关干部多数具有一定的写作基础,对部队情况比较熟悉,是开展群众性报道工作的主力军。二是从士官队伍中选拔。士官骨干大多能吃苦耐劳,善于钻研,又有丰富的基层生活阅历,对于搞好新闻报道有着不可替代的优势。三是积极从地方大学生干部中挑选。从地方入伍的大学生干部学历层次高、思维活跃、视野开阔、善于思考,且写作基础较好。我们注重从这三支队伍中选拔和培养新闻骨干,鼓励他们兼职做新闻报道工作。目前,分部所属团营单位都成立了报道组,每个建制连队有1至3名业余报道员,并指定1名干部负责报道工作,分部现有业余报道员XX人,占总人数的28%。

  三是领导带头写稿,树立正确导向。实践使我们感到,一个单位新闻工作好坏,与领导对新闻工作的重视程度密切相关。分部党委"一班人"带头做新闻工作的"有心人",不仅带头写稿,还积极为新闻报道人员出点子、出思路,为搞好新闻报道工作出谋划策。分部曾桂荣政委对新闻报道有着深厚的感情和写作兴趣,从当战士开始写稿到走上领导岗位,至今笔耕不辍,先后在军内外报刊电台用稿两千多篇,成为分部广大官兵学习的榜样。去年以来,分部7名常委人人上稿3篇以上,所属单位主官都在省级以上报刊发表稿件或理论文章,既宣扬了本单位工作,又促进了分部群众性新闻报道工作的蓬勃开展。

二、精心培育人才,积极为搞好群众性报道工作铺路架桥

  人才是新闻报道之本。培养使用好新闻人才是搞好群众性报道工作的关键,也是确保群众性报道工作长盛不衰的力量之源。分部采取办班集训、岗位练兵等多种形式,不断推动新闻报道队伍综合素质的整体跃升。

  一是集中培训学。针对新闻骨干队伍理论功底不强、新闻基础知识薄弱、整体素质不高等现状,分部每年定期组织报道员集中培训,切实增强他们的综合素质。一是组织报道员认真学习党的创新理论,特别是"三个代表"重要思想和胡主席关于新世纪新阶段我军历史使命的重要论述,不断提高思维层次和政策水平,确保采写的稿件符合上级要求、贴近部队实际和党的路线方针政策。二是针对报道员多数"半路出家"、新闻专业知识普遍缺乏的实际,我们每年突出加大新闻专业理论知识培训力度,帮助他们补齐"短板",掌握必要的新闻理论知识,提高稿件"命中率"。三是组织他们学习相关知识。联勤部队工作性质各异,专业门类多。作为

报道员需要有敏锐的观察力和渊博的知识作支撑。为此，分部在传授新闻专业知识的同时，注重加强后勤专业基础知识培训，帮助他们拓宽知识面，为搞好报道工作奠定坚实基础。

二是搭建平台练。分部坚持搭好"三个平台"，组织报道骨干开展"岗位练兵"。一是学习交流平台。某军械仓库、某训练大队等单位成立新闻中心，每周把新闻骨干集中起来组稿；株洲某仓库、宜章某仓库等单位经常推荐新闻骨干到机关帮忙，接受传帮带；163医院、169医院等单位每年都选送骨干到报社学习，熟悉新闻媒体工作流程，了解报社编辑的思路。二是采编信息平台。充分利用报社编辑下部队采访的时机，邀请编辑记者给报道员介绍报社不同时期宣传的方向和重点，分析报道员采写稿件存在的问题，并为每名报道员和编辑之间的联络开辟"绿色通道"。三是岗位锤炼平台。每次分部组织演习、海训、参加抗洪抢险等重大活动都要求新闻骨干参加，交任务、压担子，让他们带着问题思考，带着任务实践。通过实地采访、快速写作等锻炼，有效提高他们的能力。去年，分部组织海训，派2名新闻报道骨干参加，他们在训练中体验，在感悟中练笔，共发表稿件40余篇，全面反映了分部海训情况，极大地鼓舞了官兵士气。

三是排忧解难促。良好的条件是搞好新闻报道工作的前提。积极为新闻报道人员排忧解难，创造良好的工作环境，就等于给新闻报道人员一片"沃土"。分部紧跟时代步伐，围绕实现新闻报道工作上下沟通信息快、外出采访行动快、稿件发送传递快、摄影摄像质量高的目标，主动为新闻报道人员做好服务保障。分部机关为新闻干事购买了摄像机、图像编辑机、刻录机、高档照相机、采访机、传真机和打字机等科技含量较高的器材设备，团营各单位实现了"四个一"，即一间办公室、一部传真机、一部电脑、一部外线程控电话，以保证新闻报道人员工作快捷高效。在配齐设施的同时，分部也关心他们的成长进步。163医院政治处干事范红晖，勤于耕耘，每年上稿200篇以上，分部为其记了二等功，并提前晋职。

三、发挥舆论作用，让群众性报道工作为提升保障力摇旗呐喊

群众性报道工作的作用在于全方位、全视角反映部队面貌，总结经验，激励斗志，提高战斗力。为此，我们坚持围绕中心工作、身边典型和完成急难险重任务写稿，使群众性报道工作切实为提升后勤保障力摇旗呐喊。

一是围绕中心工作写报道。中心工作是部队建设的重点，我们鼓励报道员着眼"拉得出、供得上、打得赢"的时代背景，紧紧围绕分部后勤保障这一主线搞好宣传报道。在平时生活中，我们常听到基层报道员抱怨，上解放军报难，上重要版面更难。我们分析其原因，认为主要是基层报道员没有抓住中心工作写稿。对此，我们坚持让报道员参与交班会，领导定期公布抓中心工作的思路和目标，重大活动让报道员全程参与。去年8月，分部组织科技岗位练兵比武竞赛活动，我们组织10

多名报道骨干对每个比武现场进行跟踪报道,采写了《保障,与现代战争同步》《瞄准战场练硬功》等7篇反映比武成果的新闻稿件。比武竞赛中,共有6个大项11个课目打破了军区和联勤部纪录,涌现29名岗位尖兵。通过宣传报道,有力地促进了分部科技岗位练兵的深入持久开展和20多项成果的转化运用。

二是围绕身边典型写报道。运用典型指导和推动工作,是我军政治工作的优良传统和优势。树一个典型可以带动一个整体,这是分部领导机关在抓群众性报道工作中形成的共识。近年来,分部各级党委充分发挥基层报道员人在基层、了解基层的实际,鼓励报道员大张旗鼓地把身边不同侧面的典型宣扬出去,在官兵中形成比、学、赶、帮的良好氛围。某仓库四级士官刘拥军,立足本职岗位进行技术革新,12项成果在全军和军区推广,为部队信息化建设作出了贡献。报道员在掌握这一素材后,认为具有较强的典型意义,立即向仓库领导提交了宣传刘拥军典型事迹的报告,在各级领导的重视下,长篇通讯《"军中油神"——刘拥军》的稿件便在军内外报刊发表。刘拥军的事迹报道后,分部党委趁热打铁,开展了向刘拥军学习的活动,全面掀起了加强士官队伍能力素质培养的高潮。近年来,我们还全面报道了自学成才的网络尖兵袁超、见义勇为的好干部王斌绪、荣立集体一等功的后口哨所等先进典型,在联勤系统产生深远影响,成为了不同时期官兵学习的榜样。

三是围绕急难险重任务写报道。我们分部担负 XX 保障重任,先后圆满完成98抗洪、抗击非典和军事演习后勤物资保障等重大任务。这些成绩的取得,与我们组织报道员围绕急难险重任务搞好宣传报道分不开。98抗洪期间,分部党委为鼓励官兵战洪水、斗恶浪,保卫国家和人民群众的生命财产安全,及时组织7名报道骨干投入抗洪第一线。白天,报道员与其他官兵一同抗洪抢险,夜晚加班加点采写抗洪官兵战洪魔的英雄壮举,先后在军内外报刊发稿50多篇,极大地鼓舞了抗洪官兵的士气,确保了抗洪任务的顺利完成。其中《抗洪保障劳苦功高不陶醉,庆功会前找出问题十多个》获《解放军报》"军营快报"征文一等奖,全军抗洪好新闻二等奖。

四、注重建章立制,确保群众性报道工作深入持久开展

制度是抓好工作的根本保证。近年来,分部群众性报道工作之所以取得好成绩,这与我们不断总结经验,加强制度建设是分不开的。在这方面,我们主要是建立和完善了三项制度:

一是目标管理制度。"井无压力不出油,人无压力轻飘飘"。目标管理是促使报道任务完成的有效办法。每年年初,我们都要研究制订新闻报道工作计划,提出明确的工作目标,把具体目标量化分解落实到各单位,并作为年终政治工作考评的重要依据。同时,我们制定了《群众性新闻报道工作实施细则》,明确规定各级各类人员职责、开展工作的方法途径和奖惩措施,要求基层报道员每周至少写1篇稿件交给各报道小组,各团营单位报道组每半月必须要有2篇质量较高的稿件见

报,专职新闻干事每月要有10天时间深入基层采访,并有6至8篇稿件发表。

二是网络汇稿制度。网络汇稿是提高新闻报道效率的有效途径。分部所属单位开通了局域网和军网,为提高新闻报道的时效性,我们设立了新闻报道专题网站,实现了线索汇报、集体汇稿、快速投稿网络化。今年党委扩大会召开期间,分部领导在大会上就去年机关未能向基层兑现的3件实事致歉,一名报道员很快抓住这一线索,并在网上发表自己的意见,宣传科新闻干事很快采写了《某分部党委因未能兑现承诺向官兵致歉》一稿,次日在《解放军报》二版头条刊发。

三是通报奖励制度。通报奖励是增强新闻工作积极性的有效措施。近年来,分部坚持每月进行一次新闻报道工作讲评,及时通报各单位报道工作情况,分析报道形势,交流经验,点评新闻稿件的数质量,并向报道员通报下一阶段新闻宣传的重点。针对个别单位稿件的数质量上不去的实际,分部采取出题目、定思路、压担子等形式,督促其完成任务。与此同时,我们还在每年召开一次总结表彰会议的基础上,制订了《群众性报道工作奖励办法》,实行"双稿酬"奖励,公开承诺报道工作突出的评先评奖优先,提拔任用优先,士兵或士官选改(晋升)优先。近年来,97%的报道骨干入了党,60%的分别立功受奖,32名干部提前晋职晋衔。

(与李海斌合作,2006年3月某分部在广州军区新闻工作会议经验发言材料,刊于2006年《新闻天地》第12期)

科学谋划　精心组织
努力构建绿色生态医院

我院地处湖南省会长沙,跨过浏阳河就是繁华市区。近年来,医院坚持以"三个代表"重要思想为指导,按照"以人为本,科学规划,因地制宜,综合整治"的原则,认真治理医疗污水,狠抓营院正规化建设,努力打造绿色生态营院,全面建设跃上了快速发展轨道,先后被国家、总部和军区评为"百姓放心示范医院""医院建设先进单位"和"园林式营院",人才建设、医疗设备、经济效益实现了跨越式发展。去年7月,军区从严治军现场观摩会在医院召开,与会代表普遍称赞医院综合整治好、营区面貌新、管理秩序严。

一、立足长远,整体规划,确保设计方案科学合理

环境保护,功在当代,利在千秋。医院党委着眼长远,科学谋划,把治污工程摆

上重要议事日程。

在深刻反思中提高思想认识。医院原有3座污水处理站，系八十年代建造，由于使用年限较长，设备陈旧老化，功能配置落后，净化处理能力达不到国家现行排放标准；陶土排水管系五六十年代建造，管道破损渗漏，污水直接污染浅层地下水和内湖湖水，破坏了整个营院环境，也给驻地群众生产生活带来较大影响。因排放污水多项指标检测超标，长沙市环保部门多次要求医院尽快整改；医院每年补偿驻地污染费达数万元；2003年"非典"期间，《环境时报》批评报道了医院医疗污染情况，损害了军队医院形象。医疗污染阻碍了医院环境品位的进一步提升，成为制约医院发展的"瓶颈"。医院党委对此进行深刻反思，深感做好医疗污水治理工作，是保障广大官兵和驻地群众身体健康的迫切要求，是保持生态平衡、维护群众利益的直接体现，决定把污水处理工程作为医院全面建设的重点、难点工作来抓，确立了"创建绿色医院，造福军民健康"的目标，不仅为患者提供良好的就医环境，也为省会城市生态建设打造一个品牌。

在加强领导中明确各自职责。医院污水处理工程，从立项、定点到建设期间，总部、军区首长和机关先后9次到现场调研指导，指示要从根本上治理，建设绿色环保生态医院，为驻湘官兵和人民群众提供优质医疗保障，把污水处理工程建设成样板工程。医院领导高度重视，凡涉及建设规划、工程招标、项目变更等重大事项，由党委集体把关，科学决策。同时，成立以副院长为组长的营建工作领导小组，下设营建办，选调3名懂业务、善管理、责任心强的同志组成，具体负责医院污水处理工程，明确责任目标，组织上岗培训，坚持跟班监督，确保工程质量。此外，针对施工期间人员杂、车辆进出频繁的实际，政治处负责对施工人员进行政治审查，办理暂住证，发放营区进出许可证。院务处负责营区安全检查，成立巡逻队，每天不定期进行巡回检查，确保施工期间营区安全。

在充分论证中寻求最佳方案。医院地势四周高、中央低，内湖位于营区中央，沿湖四周分布着办公、医疗和家属用房80余栋，营区外无城市排水管网。针对营区房屋布局、地形地貌特点和污水流向分布，医院确定在内湖湖边架设环湖主管网，在内湖东南角修建污水处理站，以环湖管网为"中心环"，呈放射状向四周高地铺设污水支管，收集每栋房屋排放的污水，利用地势高差，将污水经支管、环湖主管网自流汇入污水站集中处理，处理达标后的污水经管道直排浏阳河。根据医院排污情况，确定投资400万元新建污水处理站，设计处污能力为800吨/日，一级排放标准，处理工艺采用水解、生物接触氧化和二氧化氯消毒为主体工艺。并分三个步骤实施：第一步，对医院现有管网进行改造，实现雨污分流和污水有组织、有系统的集中排放；第二步，新建污水处理站，将集中排放的污水进行处理后达标排放；第三步，内湖清淤净化，环湖周边绿化，提升环境品位。整体规划融合园林设计思想，既满足污水处理功能，又提升医院环境品位。为确保方案科学可行，医院先后 5 次组织人员参观学习地方医院环保工程,吸取先进经验,邀请地方环保专家来医院勘察论证,发动本院人员建言献策,集思广益。经过反复论证,8 次修改完善,最终形成具有医院特色的规划实施方案,一次性通过长沙市环保局的技术评审,并被军区列入首批军事区域环境污染治理工程。

二、狠抓质量,强化监控,打造环保建设精品工程

管理出效益,廉政看工程。医院注重加强监督管理,严把招标、施工和验收三道"关口",实现了工程质量和廉洁自律双赢的目标,锻造了精品工程。

严把工程招标关。素质良好的施工队伍是建设优质工程的前提。招标前,医院根据建筑定额和市场价格做好预算,确定标底,审查投标施工单位的"六证一书",并派出由医院纪委书记带队的考察小组,对 14 个拟投标单位的资质等级、信誉好坏、施工质量、保修服务、用户反映等进行明察暗访,确定 8 家单位参加投标。招标中,医院坚持公开、公平、公正的原则,择优选取施工队伍,最后经党委研究,确定由技术力量雄厚、社会信誉好、报价合理的亚洲环保控股有限公司江苏鹏鹞环保公司、长沙湘华建筑工程有限公司、湖南爱普环境工程有限公司三家企业分别承建污水站设备、土建和管网工程,从而杜绝了人情标和暗箱标等现象的发生,把治污工程交给真正优秀的施工团队。

严把质量监督关。施工过程中,医院聘请分部退休高级工程师周卫中、地方监理单位湖南乙太项目管理有限公司和营建办的同志组成联合质监小组,按照《建设工程质量管理条例》,采取旁站、巡视和平行检验等形式,对工程进行严格的施工管理和质量管理。对每个质监员实行"三定"即定人、定位、定责任,并规定质检员与施工队坚持实行"三同"即同上班、同加班、同下班,适时进行实地测量,严格按图施工,作好施工记录,确保工程质量。严格精选主材,克服以次充好,规定主材必须由施工单位与医院一起采购,坚持同一型号比质量、同等质量比价格、同等价格比服务的原则,精挑细选,确保材料采购合格。严格按步施工,防止工序混淆,要求施工单位在每道工序完后,必须由监督人员签字同意,方可进入下一道工序。隐蔽工程还要经过工程领导小组进行阶段验收,验收合格,才能继续施工。如在控制机房基础施工当中,施工方为抢进度在构造柱和圈梁还没有达到规范强度情况下就回填土方,联合质监小组发现问题后,及时下达暂停土方回填整改通知,要求施工方迅速清挖回填土方,调整施工计划,确保了工程质量。

严把工程验收关。工程验收是工程建设的最后一道工序,也是检验工程质量的关键环节。竣工验收由医院工程领导小组成员和设计、施工单位有关人员参加。在验收过程中,组织了外观检查、实地测量、专项测试三个小组,逐项进行验收。切实做到:"细"——对每道工序、每个部位、每个设备等都检查到,不随意漏项;"严"——将建筑工程与设计图纸和建筑标准严格进行对照,不留情面;"实"——脚踏

实地进行现地测量、观察、测试,不走马观花;"精"——验收数据精确,量化定性评估准确,不含糊其辞。通过严格验收调试,设备运行正常,各项检测数据达标,污水处理功能达到国家一级排放标准。

三、建章立制,综合治理,促进营区品位整体跃升

实践使我们认识到,只有建章立制,综合治理,才能提高营区综合品位,推动营区建设上新台阶。

建管结合坚持高效益。为确保建设效果,克服过去"重建轻管"思想,医院选派2名责任心强的职工对污水站进行专门管理。通过送出去学、请进来讲等形式,对相关人员进行业务培训,提高操作、维护、保养技能。同时,制定污水处理管理制度和操作规程,明确基本职责,使污水处理工程真正发挥作用。现在医院污水排放达标,昔日的"臭湖"如今清澈见底,碧波荡漾,成为医院一道亮丽的风景。

工程亮化坚持高质量。医院在高标准建设污水治理工程的同时,也注重工程的美化亮化。环湖最显耀位置竖起了江主席"五句话"总要求的标语牌,建起了百米文化长廊、文化墙和格言灯箱等,并积极引进含历史文化底蕴的江南园林风格,曲径、美石、小桥流水、假山雕塑、林阴花卉、亭台楼阁……把污水治理工程建成一大景点,并赋予诗情画意,让人感觉自己不是进了医院,而是在公园漫步。

综合整治坚持高标准。医院以建设污水治理工程为契机,进行大规模营区环境综合整治。近年来,医院采取"向上级申请一点、自己投入一点、找地方支持一点"等办法,筹资1000多万元,大力整治了住院、营院和文化环境。改造装修所有科室,为病房接通热水,实现中心供氧、吸引和传呼,安装空调,购置电视,使病房条件达到了"宾馆化"。医院抓住长沙市修建二环线的机遇,美化亮化营区道路、大门广场,新建综合楼、食堂,修建功能齐全的文化活动中心,完善了"五场六室"。如今,医院的营区环境发生了翻天覆地的变化,水变清了,路变宽了,灯变亮了,环境变美了,创造了和谐优美的军队医院环境。置身在浓烈的政治环境、优雅的人文环境、绿色的生态环境中,不少病人动情地说:"163医院真是个休养身心、净化心灵、启迪心智的好地方!

(刊于2006年广州军区《后勤工作》第9期)

第四辑

雾里看花

（问题研讨篇）

- 紧扣主题主线加快后方仓库保障力生成模式转变
- 战略投送装备保障能力浅析
- 让政治工作阔步走向训练场
- 从对268名官兵的调查看抓好全面建设小康社会教育应把握的几个问题
- 从对31个党支部的调查看抓好「五室」党支部能力建设应把握的几个问题
- 从公选36名科室领导的实践看深化公选任用干部机制应把握的几个问题
- 以科学发展观为指导推动党建科学化
- 党委书记要勇担从严治党责任
- 坚持用科学发展观统揽医院建设
- 深入贯彻以人为本思想 促进基层建设科学发展
- ……

紧扣主题主线
加快后方仓库保障力生成模式转变

胡总书记在"七一"讲话中强调指出，要着眼全面履行新世纪新阶段军队历史使命，以推动国防和军队科学发展为主题，以加快转变战斗力生成模式为主线，全面加强军队革命化、现代化、正规化建设。作为后方仓库，如何深入贯彻主题主线这一重大战略思想，加快保障力生成模式转变？笔者认为要从以下四个方面下功夫：

一、抓转变要以科学谋划为前提

如何加快后方仓库保障力生成模式转变，官兵普遍存在认识不足、理解不深、思路不明等问题。思想的转变是最根本的转变。加快保障力生成模式转变，首先要在端正思想认识，理清工作思路，搞好科学谋划上下功夫。**一是在学习理论中深化认识**。采取个人自学、集中研学、专家导学、参观见学等形式，组织官兵原原本本学习"七一"重要讲话精神，引导官兵充分认清主题主线是解决军队建设"两个不相适应"、推动国防和军队建设科学发展的必由之路，充分认清贯彻主题主线是全面建设现代后勤、不断提升后勤保障力的根本途径，充分认清后方仓库肩负的光荣使命和职责要求，进一步强化机遇意识、忧患意识和使命意识，增强贯彻主题主线的自觉性坚定性。**二是在深入调研中理清思路**。以军区后勤工作会议精神为指导，按照会议提出的目标要求深入进行调研，确立"以理论学习强班子，以等级评定砺精兵，以严格规范抓业务、以信息平台作支撑、以两个经常保安全"的工作思路，着力推进仓库建设科学发展，确保实现党委建设科学化、军事训练实战化、人才培养常态化、业务建设规范化、管理秩序正规化的目标。**三是要在健全组织中提高效能**。提升保障力是后方仓库建设的着眼点和落脚点，必须加强领导，成立领导小组，主官亲自挂帅，部门领导牵头，机关齐抓共管，明确具体职责，增强工作的前瞻性，形成大事大抓、主官主抓的强劲态势。

二、抓转变要以能力建设为核心

保障力是战斗力的重要组成部分，是后方仓库全面建设的终极目标。要实现这一目标，能力建设是核心。**一是着眼多样化任务提升保障力**。针对后方仓库担负的基地保障、伴随保障、应急支援保障等任务特点，着眼实现精确化保障，从提高物资信息控制能力、快速收发作业能力、高效直达保障能力入手,切实做到"一个掌控",对库存物资的品种、数量、质量、布局等基本信息要掌控;"二个确保",确保数量准确、确保质量合格;"三个快速",快速接收,快速发出,快速运输;"四个熟悉",熟悉保障任务,熟悉保障对象,熟悉保障环境,熟悉保障方法。按照保障准备常态化的要求,完善仓库基础设施配套建设,真正使其符合应急保障需求。科学编组保障力量,积极适应多样化军事任务对物资保障"快速""灵活""强劲"的基本要求。**二是在重大演训活动中提升保障力**。结合任务牵引训。紧贴日常收发任务,合理配置组织指挥、通信联络、装卸运输、警戒防卫等要素,实现人与机械的最佳组合,优化作业流程,提高作业效率。模拟实战环境练。坚持以全天候、全方位作战保障为背景,以完成突发事件应急保障为突破口,通过模拟战场、预设情况等手段,组织野战仓库开设、物资紧急前送等多个课目训练,找准在实保中制约保障力提升的瓶颈难题;打破传统训练模式,采取网上推演、野营拉练、课题演练等形式,锤炼组织指挥和野战保障硬功。创建对接机制演。适应现代战场保障"同步跟进""如影随形"的全新要求,主动走出去,与担负特殊任务和执行训练、战备任务比较频繁的军兵种部队,建立信息实时沟通、定期联训联演、难题现场协商等机制,同步组训,开放互训,推动保障力跃升。**三是抓住模式转变的关键提升保障力**。高素质人才队伍是保障力生成模式转变的强大智力支撑。体制编制调整后,后方仓库编制员额少与专业岗位多、工作任务重的矛盾较为突出,这对官兵素质提出了很高要求。要按照"本专业求精,共同课目求会,相关专业求懂"的要求,采取送出去学、岗位上练、经常性训等措施提高官兵能力素质,同时采取相近专业互补、不同岗位轮换等方法,强化"一专多能、一兵多用"训练,形成"一岗多人会,一人会多岗"的良好局面,为仓库科学发展注入生机活力。

三、抓转变要以信息主导为抓手

目前,后方仓库基本实现仓库机关、基层队所和所属库房三级一体化联网,但软件应用没有跟上,大部分只停留在上网浏览、文档管理、数据统计等低层次应用,缺乏深度开发。网络是信息化建设的基础,也是后方仓库业务系统的依托,必须在这上面下功夫使长劲。**一是构建网络夯实系统基础**。构建物资动态管理系统,对各类进出库物资进行快速、准确的录入登记及分类统计汇总,及时检索查询物资消耗情况,迅速组织储备供应,确保进行不间断的支援保障;构建应急支援保障指挥自动化系统,依托仓库应急保障力量,建立收发、运输、战备值班系统,及时接收处理上级指挥机构下达的情况通报、战备指示及作战命令,确保指挥畅通;构建前伸支援保障指挥自动化系统,依托野战仓库,构建与仓库指挥所之间的远程网络系统,保证上情下达、下情上报,信息畅通。**二是着眼应用提高系统效能**。坚持建用结合,以用促建,大胆运用现代信息技术,在库房安装信息设备,采用"电话号码+区号"模式,运用条码、射频技术,对库存物资设置信息化标签,便于自动识别和网络管理,使海量信息奔流网上,金戈铁马一览无余;对库房钥匙、作业场所和重点部位运用先进的安防设备实施"天网式无缝监控",实时掌握库房储存环境和人员活动情况,实现业务处理网络化、管理手段数字化、保障资源可视化、基础数据标准化的目标。**三是加强维护确保系统安全**。坚持从技术上把好关,做到技术管理并重,内部外部并举。严格遵守军事信息安全管理制度,安装安全防护系统,建立密码管理中心,及时发布病毒信息和查杀方法,排查泄密隐患,确保信息系统安全。

四、抓转变要以从严治军为基石

从严治军是军队的铁律。加快保障力生成模式转变,必须贯彻从严治军方针,确保部队管理正规化。**一是转变从严治军理念**。由"管行政"向"管全局"转变,拓展从严治军的宏观视野。改变把从严治军局限在抓纪律、抓队列、抓军容风纪上,把主要责任系于管行政工作的领导和部门的片面观念和做法,把从严治军上升到全局性来认识,作为一项系统工程来抓;由"单纯管"向"管育结合"转变,打牢从严治军的思想基础。从严治军不是一味地"管",还要注重"育",做到管育结合,以育促管,实现管理工作的规范化和高标准;由"治兵"向"治军"转变,提高从严治军的目标层次。切实改变"严下不严上、严兵不严官、严人不严己、严基层不严机关"的作风,杜绝把从严治军变成"从严治兵""安全从严""后果从严"的片面做法,树立以提高战斗力为根本目标的"治军"观。**二是强化依法管理水平**。当前后方仓库仍然存在管理松懈、纪律松弛、作风松散等问题。"令严方可以肃兵威,命重始足于整纲纪。"在工作思路上,要从习惯于"治事"向"治法"转变。自觉贯彻按级管理原则,严格依法办事,坚持按级负责,保持部队建设的正规秩序;在工作指导上,从以人的意志为中心向以法规制度为中心转变。杜绝"以言代法""以权代法""以情代法"的现象,切实做到领导依法决策,机关依法办事,部队依法运转,官兵依法言行;在管理重点上,从"管理就是管兵"向"管理首先管官"转变。法治的本质是治权,是对权力的制约和监督。各级干部要带头学条令、用条令,从自身严起,从机关严起,处处率先垂范,以良好形象影响和带动部队。**三是提高安全管理标准**。后方仓库大都地处偏远,编制人员少、分布散,物资数量大、种类多,安全压力大。要采取安全文化渗透、训练教育强化、奖惩机制促进等手段,引导官兵时刻绷紧安全这根弦。特别是要结合季节变化、任务转换、形势发展及上级事故通报,坚持抓好安全形势分析和以安全常识、制度法规为主要内容的安全教育,通过制订安全工作手册、设置安全警示标牌、开展心理咨询、组织应急演练等方式,强化官兵的安全防范能力,真正形成"人人唱主角、个个把关口、上下齐落实"的安全管理氛围。

(与曹平咏合作,刊于2011年10月11日《战士报》三版头条、《华南装备》第4期)

战略投送装备保障能力浅析

  战略投送作为物资流动的重要手段在战争中的地位不断提高，同时所面临的威胁也就越来越多。而统一使用军地防空力量实行一体化区域防空，加强远程投送装备配备和主要投送装备的自卫火力和电子对抗系统，就能使战略投送力量具有一定的防护作战能力。

一、影响战略投送装备的几个主要因素

  一是电磁信号种类繁多，影响了战略投送信息的获取。这是由于在战场中大量充斥着电磁信号，无论是有用的还是无用的，无论是己方的还是敌方的，处于同波段、同一频谱和能量差距较大的电磁信号之间都会发生电磁干扰，而且为了避免敌方的侦探又需要传递某一信息，电磁信号是处在一种动态的变化之中。这样，获取的信息就容易出现延迟、失真等问题，从而导致保障需求和投送要求得不到及时的破解而无从下手。

  二是电磁信号易受侦察，影响了战略投送保障的流程。由于战略投送指挥控制系统和各种新型投送装备大量应用了微电子技术，会不同程度地产生电磁辐射。而高技术的侦察手段，不论能量大小、频段如何，都能对各种电磁辐射实施侦测，识别投送装备的类型和用途，然后通过对其施以电磁攻击，破坏和降低其使用性能，使先进的战略投送系统，如指挥控制系统、定位系统、分发系统、维修系统和远程医疗系统都有可能陷入瘫痪，甚至不能正常开展工作，以达到影响战略投送保障流程的目的。更为严重的是，当战略投送指挥控制系统被敌方识别确认，各种攻击手段就会从天而降、接踵而至，既有可能被敌方控制操作投送流程，又有可能遭到精确制导炸弹的"硬摧毁"，还有可能遭到各种手段的"软打击"，这将极大地影响到战争的进程和结局。

  三是电磁信号传播差异，影响了战略投送保障效能。由于现在战略投送装备等信息化程度的提高，不但使战略投送的各个部门和各种运输装备联为一体，而且使整个战略投送系统通过后勤C4I系统与前方作战、指挥系统和军地运力联为一体。这就使战略投送各部门之间、战略投送与前方作战、指挥系统之间以及三军运力、地方交通战备部门之间，需要实时地传递交换信息，使战略投送指挥、运行、配送等各个环节的占用时间达到最低程度，从而实现适时、适地、适量的投送保障，这对信息的准确性、时效性要求极高。而电磁信号在不同时空传播，易受敌方、

地形、气候等因素的影响,就使得广泛分布在战场空间的军地投送保障力量,可能会接收到代表同一行动的不对称的指令信息,导致军地投送保障力量的组合与保障任务要求不相适应,甚至不能及时进行有效配合,势必影响战略投送保障活动的顺利进行。

四是电磁干扰通信指挥,影响了战略投送指挥控制。战时投送系统的用频装备与作战部队的用频装备部署密集,频率拥挤重叠,直接影响指挥员对电磁态势的认知和实时掌握,干扰了投送指挥控制的顺畅。又因战略投送指挥控制网络点多、线长、面广,系统节点电磁防护能力弱,易受电子攻击和破坏,从而影响战略投送指挥信息系统效能的发挥。另外,战时在复杂电磁环境下,全资产可见性系统、在运物资可见性系统、野战输油管线远程遥控计量控制系统等,在遭敌电磁脉冲炸弹硬杀伤和电子战软杀伤后,不仅影响战略投送指挥控制的实时高效,还会影响物资分发、弹药供应和投送保障的精确。

五是电磁干扰定位系统,降低了战略投送保障效能。战略投送远程动态监控系统、国防交通战备地理信息系统、野战目标跟踪信息系统和北斗卫星定位系统等,在敌方电磁干扰下信息数据容易丢失,平台运行不稳定,造成铁路、公路、水路和空中战略投送指挥控制不畅。舰船上的雷达和北斗卫星定位系统在电磁干扰下容易迷茫失控,致使战略投送指挥员难以掌握战略投送部队的具体位置、精确时间和行进方向,无法实施有效指挥控制,火车、车队、飞机等也无法按指定目标、最佳路线运行。

二、提高战略投送装备保障能力的几点措施

战略投送作为后勤保障的中心环节,是联系作战与后勤的重要纽带,尤其是仓库、机场、车站、码头、桥梁等目标更是敌方精确打击的重点。完全可以说,在信息化的全方位战争中战略投送将面临陆地、海上、空中以及太空的多层监视和多维打击,影响了战略投送的指挥控制、战略投送的各种保障和战略投送的效能发挥。因此,防止敌方监视、打击已成为未来提高战略投送装备保障能力要着重解决的重大而有现实的问题。

一是要在建设布局上,统一组织隐蔽伪装迷惑敌方侦察。只有根据主要作战对象和可能作战方向,避开敌空中打击的锋芒,做到纵深梯次配置,才能有效防止投送装备和重要交通设施过于集中、易遭敌方打击的问题。只有注意港口、码头、桥梁、隧道、机场等重点目标的防护,注重隐蔽性、多点性,使敌方不易于发现目标,分散敌方打击火力,才能减少战时交通咽喉的梗塞现象,达到此断彼通、顺畅无阻之目的。科索沃战争中,隐真示假、欺骗"天眼"是南联盟军队平时积累的反空袭作战经验,在撤出普里什蒂纳时,南空军的11架MG-21战机像是从地下"冒出来"似的飞走了。这充分说明,平时巧妙伪装、设法隐藏,战时就能有效地保存投送

装备实力。今后,我军战略投送装备的隐形研发还有一段漫长的路要走,在投送保障过程中容易暴露目标,成为敌方重点实施远程精确打击的对象。尤其是敌方信息战手段的不断改进和完善,使得我军战略投送在决策指挥和具体实施方面面临着巨大挑战。眼下,继续采取隐真示假的欺骗手段进行防护(在远离重要机场、港口、码头、桥梁、隧道的海岸、江河旁边,设置一些假机场、假港口、假码头、假桥梁、假隧道,迷惑敌方空中侦察),统一组织隐蔽伪装也是特别有效的。

二是要在部队编成上,要由单一保障功能向保障与作战兼备的多功能转变。战略投送系统可适当增编战斗单元,使其在完成投送保障任务的同时,独立地或在作战部队支援下,实施积极的防侦察、防精确打击、防敌特破袭等防护行动,增大安全系数。同时,要改进和采用运输技术和运输方法,如采取多路多方向投送、大宗物资分批接力运送、军民总体联动投送等方法,以削弱敌方对我军战略投送目标的侦察和精确打击效果。条件允许时,主要应依托陆、海、空军的反侦察与防空力量,建立安全系数相对较高的投送通道,以保证重点部队、关键物资的投送顺畅、高效。

三是要在信息对抗上,要建立严密的战略投送信息防护网络。信息技术好比一柄双刃剑,它在极大地提高快速战略投送能力的同时,也使战略投送本身的生存环境更加复杂多变。在战略投送网络自身战斗力建设上要做好计算机病毒防治工作,在计算机上加装防火墙,广泛采用国产最新加密设备和技术,用信息技术打造"中军帐",确保战略投送网络自身的安全运行。在未来信息化战争中,开放式的互联网络使投送信息系统容易遭受"黑客"攻击和"逻辑炸弹"的威胁。因此,只有达到"软件不是软肋",才能有效地防止敌方对网络的侵害,减少泄密事件的发生;只有做到"硬件过得硬",才能使战略投送组织指挥更加顺畅。

四是要在整体防卫上,统一使用军地防空力量实行一体化区域防空。战略投送装备防护问题是提高战略投送装备保障能力的关键,而适时展开整体防卫是战略投送装备防护最为积极的手段。加强战略投送防卫,确保战略投送安全,是实施战略投送必须遵循的重要原则。贯彻这一原则的关键在于要使作战与保障一体化、军队防卫和地方防卫一体化。具体地说,就是在防护手段上统一使用军地防空力量实行一体化区域防空。未来信息化战争中的防空与上世纪90年代以前的防空是有实质性区别的,仍像过去那样在交通线附近部署防空部队,是根本无法对抗敌方的精确打击的。而将战略投送防卫纳入整体防空作战防卫体系,加强战场交通设施的防卫力量,组建一定数量的具有一定安全防卫能力的应急保障旅和应急兵站;加强战略投送装备配备和主要投送装备的自卫火力和电子对抗系统,使战略投送力量具有一定的防护作战能力。这样,就能有效地防护敌方软、硬杀伤信息武器的攻击,就能提高我军战略投送整体防护能力,进而达到提高战略投送装备保障能力的目的。

(与郭睿合作,刊于2011年《中国科技博览》第38期)

让政治工作阔步走向训练场

坚持以战斗标准为引领,让政治工作走上训练场,更好地服务保障打赢,笔者认为应重点解决好以下四个方面的问题:

加强教育引导,解决好思想认识不高的问题。调查显示,部队官兵中主要存在三种模糊认识:一是"关系不大"的模糊认识。认为军事训练与政治工作是平行线关系,联系和影响不大,没有必要下力抓好训练中的政治工作;二是"作用有限"的模糊认识。认为政治工作空谈多、大道理多,华而不实,作用有限;三是"影响训练"的模糊认识。认为训练中的政治工作会挤占训练时间,影响训练内容落实。这就要求我们必须加强教育引导,让官兵充分认清政治工作是我军的看家本领和政治优势,把政治工作视为军事训练工作的"生命线",树立"有位"的意识;让官兵充分认清坚强有力的政治组织和政治领导,是完成军事训练任务的政治保证,是增强官兵使命意识的可靠支撑,树立"有为"的意识;让官兵充分认清有效的政治工作可以解决军事训练效益不高、参训积极性不够的问题,起到战斗力倍增器的作用,树立"有利"的意识。

强化主业导向,解决好安排内容不实的问题。紧贴军事训练任务展开,是训练中政治工作的本质要求。一是根据军事训练课目设置政治工作内容,增强针对性。根据军事训练大纲,每个部队担负的训练任务不同,就是同一部队的不同分队,训练任务也不尽相同。政治工作必须根据训练内容、目标、条件的变化,主动靠上去做工作,拉近工作距离,定期分析形势,深入查找不足,确保政治工作内容和军事训练要求的统一,切实提高训练质量。二是突出战时政治工作内容,增强目的性。不管是思想教育、党组织建设、人才培养,还是指导基层建设、安全保密工作等,都服从服务于政治工作准备。组织学习联合作战理论、信息化知识和军兵种知识,熟悉主要作战对手和作战环境,熟悉部队主战装备、复杂电磁环境下战备训练工作特点规律,积极参加指挥信息系统和指挥技能训练,强化素质,增长才干。三是营造精武光荣氛围,增强鼓动性。通过拉横幅、贴标语、渲染训练场环境;通过小评比、小竞赛、小动员,激发官兵训练热情。特别是要大力宣扬训练典型,发挥典型的示范作用,营造训练有为、精武光荣的浓厚氛围。

勇于传承创新,解决好组织方法不活的问题。只有方法对头,效果自然倍增。一是引入"微课堂"方式,让教育更接地气。将"微课堂"搬上演训场,充分运用部队的光辉历史、成功战例、英模人物搞好小型教育,既短小精悍又快捷高效,既增长见识又培育虎气。二是利用唱红歌载体,让士气更加高昂。毛泽东同志曾这样高度评价抗日歌曲在八年抗战中发挥的作用,"一首抗日歌曲抵得上两个师的兵力!"这充分说明唱红歌在鼓士气、励斗志、打胜仗中的重要地位和作用。实际上我军正是踏着铿锵节奏的军歌,从南昌城头的第一声枪响一路高歌踏入新世纪的。高唱军歌,早已成为我军光荣传统的主要成分、政治工作的主要内容、精神宝库的重要财富。要充分利用训练间隙、拉练途中教唱军歌,激励士气。三是固牢解兵忧理念,让兵心更加凝聚。做好经常性思想工作有个方法,叫做"三听四看五了解",其中"四看"中就有训练看劲头。通过深入训练场观察官兵训练的表现来捕捉官兵心理动态,把准官兵思想脉搏,就能有针对性地做好思想疏导工作,就能激发官兵训练热情。实践证明,只有把战士放在心上,战士就会把打赢扛在肩上。

坚持以身作则,解决好表率作用不好的问题。练兵先练将,强军先强官。领导带头走上训练场的模范行动,本身就是最好的政治动员令。然而现实生活中,有的领导去招待所多了,去指挥所少了;研究饭局的多了,研究战局的少了。即使到了训练场,也是挂帅不出征、出工不出力、动口不动手,让人感到领导身上书生气浓、虎狼气不足,材料味浓、硝烟味不足。领导向打仗聚焦,部队才会向打仗用劲。作为领导干部,必须牢固树立战斗力这个唯一的根本标准,强化事业担当,多去训练场看看、转转、学学、练练,多学技能、多排战术、多练指挥,达到上装能操作、上场能组训、上阵能指挥的目标,让官兵感到你既能讲出千言万语,也能指挥千军万马,以自己的模范行动激励官兵感召部队。

(分部党委扩大会议政工对口会上的发言,刊于 2015 年 6 月 25 日《战士报》)

从对 268 名官兵的调查看
抓好全面建设小康社会教育应把握的几个问题

全面建设小康社会,既是党的十六大确立的奋斗目标,也是官兵普遍关注的"热点话题"。如何贯彻"三个代表"重要思想,抓好全面建设小康社会的专题教育?最近期我们集中一周时间,采取问卷调查、集体座谈、个别交流等形式,对大队 268 名官兵进行摸底调查,较好地摸清了官兵对建设全面小康社会的思想反映,感到搞好这一教育需要认真把握好以下几个问题:

一、对小康社会物化指标了解的多,但正确理解"全面"二字内涵的少,必须着力抓好十六大报告的理论灌输

调查显示,98%的官兵知道我国国民生产总值人均已达800美元,实现了总体小康,正努力向建设全面小康社会的奋斗目标迈进。但42%的官兵对"全面小康"的内容和标准理解偏颇。有的认为全面小康就是家家拥有一套好房子、一部好车子、一定数量的票子;36%的官兵认为顿顿有饭吃、餐餐有酒喝、出门有车坐,住有好居室就是全面小康;10%的官兵认为全国都达到上海、深圳现有生活水平就是全面小康;2%的官兵认为全面小康就是社会财富极大丰富,想什么就拥有什么。只有8%的官兵认为全面小康是物质文明、精神文明和政治文明的综合进步。由此看来,官兵对"全面小康"的认识存在几种误区:一是把小康社会理想化,认为全面小康就是社会物质财富极大丰富,想什么就拥有什么;二是把小康社会简单化,认为衣食无忧,拥有钱财,生活潇洒就是全面小康;三是把小康社会程式化,认为达到深圳、上海生活水平就是全面小康。因此,抓好全面建设小康社会教育,必须用十六大精神武装头脑,加大理论灌输的力度。**首先,要把小康理论与"三步走"战略目标结合起来学,在把握理论体系上下功夫。**要向官兵讲清,十六大提出的小康理论,是对邓小平理论"三步走"发展战略的丰富和发展,是"三个代表"重要思想的必然产物,是一脉相承的科学体系。只有把它们结合起来学,才能真正从总体上把握十六大精神的科学内涵,认清全面建设小康社会是历史发展的必然。要引导官兵看到,从1979年12月6日邓小平同志代表我们党首次用"小康"来描绘"中国式的现代化",到1982年党的十二大把实现"小康"作为主要奋斗目标和我国国民经济与社会发展的阶段性标志,再到1987年党的十三大确立社会主义初级阶段理论,将"小康"列为"三步走"发展战略的第二步目标,懂得无论是总体小康还是全面小康,都是社会主义初级阶段的一个发展时期。我们要给"小康"正确定位,既不可理想化,也不能简单化,更不能程式化,真正从整个理论体系去把握小康的地位。**其次,要把总体小康与全面小康标准对照起来学,在领会精神实质上花气力。**一方面,要引导官兵把握好总体小康与全面小康的科学内涵。总体小康指的是总体上平均达到小康,但由于我国疆域大,经济发展不平衡,部分群众仍未解决温饱问题,是低水平的、不全面的、发展不平衡的小康。而社会进步到全面小康,不仅包括物质生活提高,还包括人们的精神生活、所享受的民主权利以及生活环境改善等方方面面的提高,正如十六大报告所描绘的那样,全面小康就是"要惠及十几亿人口,经济更加发展,民主更加健全,科教更加进步,文化更加繁荣,社会更加和谐,人民生活更加殷实"。另一方面,要讲清总体小康与全面小康的内在联系。总体小康是全面小康的起点和基础,全面小康是总体小康生活水平的提升和延续。只有把总体小康建设好了,全面小康才能向更高水平发展。**再次,要把建设全面小康与**

贯彻"三个代表"要求联系起来学,在入脑入心上见成效。建设全面小康社会,就是要发展先进的生产力、发展先进的文化、维护广大群众的根本利益。因此,全面建设小康社会,正是贯彻"三个代表"重要思想的具体体现。只有坚持以"三个代表"重要思想,才能继往开来,与时俱进,达到全面小康目标,实现中华民族的伟大复兴。因此,准确把握建设全面小康社会与贯彻"三个代表"的内在要求,有利于我们提高认识,加深理解,坚定信念,把艰巨的使命变成自觉的行动。

二、对实现全面小康备受鼓舞的多,但认识其长期性艰巨性的少,必须大力弘扬艰苦奋斗精神

座谈发现,90%的官兵对建设全面小康社会备受鼓舞,个个豪情满怀。大家在讨论中谈到,经过改革开放20年,我国经济总量已跃居世界第6位,创造了经济奇迹。到2020年,我国国民生产总值还要翻两番,人均国民生产总值将由2000年的800美元达到3200美元。许多官兵联系家乡、驻地和军营的变化,畅谈了自己对全面建设小康社会的感受。安徽砀山籍8名战士以"砀山酥梨"引为自豪,争相讲述了家乡梨子从普通农产品成为远销欧亚非的走俏商品,1999年被评为"省先进小康县"的经历;广东潮州籍6名战士畅谈了家乡村民从小舟出海打鱼谋生,到"网箱养鱼"致富并步入江南地区经济前列的变迁,坚信全面小康社会一定会实现;新疆军区3名战士曾两次到大队学习,看到大队教学手段、教学设施、营区美化等方方面面的巨大变化,深感明天的军营会更美好。但在"艰苦创业奔小康"问题上,少数官兵思想模糊,认为实现全面小康"指日可待";20%的官兵在回答"艰苦奋斗是否过时"时,在答卷上填写了"过时"。37%的官兵认为"超前消费可以刺激经济增长"。因此,抓好全面建设小康社会教育,必须引导官兵认清实现全面小康社会的长期性和艰巨性,大力弘扬艰苦奋斗精神。**一是要引导官兵立足初级阶段看国情,增强艰苦奋斗的紧迫感**。要向官兵讲清我国最大的国情是处于并将长期处于社会主义初级阶段。虽然经过二十年的改革开放,我国取得了举世瞩目的成就,达到总体小康水平,但我国生产力和科技、教育还比较落后,实现工业化和现代化还有很长的路要走;城乡二元经济结构还没有改变,地区差距扩大的趋势尚未扭转,贫困人口还为数不少;人口总量继续增加,老龄人口比重上升,就业和社会保障压力增大等等。这些基本国情要求我们务必保持艰苦奋斗的作风,看到建设小康社会的长期性和艰巨性。**二是要引导官兵认清改革开放史就是一部艰苦创业史,增强艰苦奋斗的光荣感**。十一届三中全会以来,我国先后经历苏联解体、亚洲金融危机、严重洪涝灾害等重大事件,改革开放事业受到了来自经济、政治、自然等方面的冲击和考验。可以说,我国改革开放取得的巨大成就,是伴随着无数艰难困苦和流血牺牲才取得的。通过教育,帮助官兵认清,一部改革开放史,就是一部艰苦奋斗史;只有艰苦奋斗,才有国家和民族发展的不竭源泉,才有推动社会前进

的强大动力。**三是要引导官兵认清建设全面小康社会仍需要弘扬艰苦创业精神，增强艰苦奋斗的使命感**。全面建设小康社会，基本实现现代化，把我国建成为富强民主文明的社会主义强国，可以说前途无比光明，道路异常曲折。比如经济，我国目前经济总量已经比较大，基数大意味着翻两番的难度也大。1978年-2000年我国经济年均增长9.5%。按照全面建设小康社会的要求，到2020年经济总量再翻两番需要年均增长7.2%，实现这一目标，要求我国经济快速增长的时间要持续40余年，其艰巨性和困难性可想而知。正因如此，在党吹响建设全面小康社会号角时，胡锦涛总书记在西柏坡号召全党同志谨记毛主席当年提出的"两个务必"，大力弘扬艰苦奋斗精神。我们一定要牢记胡总书记的教诲，带头发扬艰苦奋斗精神，教育官兵懂得小康社会等不来、望不来，要靠脚踏实地干出来，要靠艰苦奋斗创出来，自觉从自己做起，从小事做起，从平凡岗位做起，坚持勤俭建军，勤俭办事，坚决抵制奢侈浪费和"酒绿灯红"侵蚀，使艰苦创业精神在新时期不断发扬光大。

三、对建设全面小康拥护支持的多，但舍小家顾大家的少，必须强化官兵的职责意识和奉献精神

从对268名官兵调查的情况看，大家坚决拥护支持全面建设小康社会这一战略决策，认为党提出的这个奋斗目标，合乎民心，顺应潮流，迫切希望能早日实现。但在自己"先小康"还是"后小康"的问题上，65%的官兵选择了"先小康"，明确表示向往地方大款生活；47%的干部、士官感到"要想奔小康，须早脱军装"，想趁党的十六大制定的好政策投身市场经济大潮一显身手，31%的战士通过部队两用人才培训后，认为自己拥有一技之长，盼望早点退伍返乡发家致富。只有35%的官兵表示要安心服役，爱岗敬业，把支持全面建设小康社会的政治热情转化为履行神圣使命上，努力提高打赢本领。由此看来，抓好全面建设小康社会教育，必须把强化官兵的职能意识和奉献精神摆上核心位置。**第一，要增强职官兵的职能意识，当好建设全面小康社会的"保护神"**。我军是人民民主专政的坚强柱石，是执行党的政治任务的武装集团，在全面建设小康社会中担负着提供安全环境的神圣使命。要教育官兵克服"无战可备、无仗可打"的和平麻痹思想，正确认识国际形势和我国周边安全形势，看到合作中潜伏着动荡和不安，和平的光环下隐藏着对抗与冲突，自觉牢记我军根本职能，居安思危，加紧备战，认真做好打赢未来战争特别是高技术条件下的局部战争准备，当好全面建设小康社会的"保护神"。**第二，要培养官兵的奉献精神，树立"人民幸福我安然"的高尚情怀**。俗话说，"国家国家，有国才有家"，"大河有水小河满"，这些都形象地说明了个人与集体、小家与国家的关系。作为军人，就意味着牺牲奉献。如果军人不讲奉献，不仅不能履行党和人民交给的神圣使命，关键时刻也就"冲不上""打不赢"。因此，在全面建设小康社会的和平时期，只有发扬无私奉献精神，乐于牺牲个人利益，不计得失，才能自觉服从和服务于国家

经济建设大局,才能立足本职,勤奋工作,有所作为。同时,还要看到,只有国家经济发展了,人民富裕了,军队建设和军人待遇才会"水涨船高"。**第三,要强化官兵的敬业思想,自觉立足本职多做贡献**。作为军人,要履行好"打得赢"的神圣使命,就必须把全面建设小康社会的政治热情落实到具体工作中去,自觉立足本职建功立业。首先,要引导官兵钻研高科技知识学习,做到"宁可让装备等人才,不可让人才等装备";其次,要引导官兵刻苦练就军事技能,从严、从难、从实战需要开展训练,提高驾驭现代技术特别是高技术条件下局部战争的能力;再次,要引导官兵与时俱进,勇于创新,创造性地开展工作,积极争先创优,高标准圆满完成党组织交给的各项任务。

(与吴剑辉合作,刊于2003年《广联政工简讯》第1期、《政治指导员》第5期)

从对31个党支部的调查看
抓好"五室"党支部能力建设应把握的几个问题

如何加强教学、科研、技术、医疗和军代表室机构(以下简称"五室")中设立的党支部能力建设?最近,我们集中1周时间对31个党支部进行调查,感到基层"五室"党支部能力建设总体形势较好,但普遍存在政治意识淡化、党务工作行政化、党管干部弱化等不容忽视的问题,迫切需要加强"五室"党支部能力建设。

一、针对"五室"党支部成员政治素质先天不足,与地方交往多,容易出现政治意识淡化的问题,要注重提高"五室"党支部讲政治的能力

"五室"党支部一班人,大都是知识分子、专业技术干部,政治理论素养先天不足,平时重业务学习,轻政治理论掌握,加之业务性强,与社会交往密切,单独执行任务多,受各种腐朽思想影响或诱惑更为直接,久而久之,容易出现政治意识淡化的问题。有的在一些问题的处理上偏离政策方向,贯彻执行上级指示、决定不严格,缺乏政治敏感性;有的在对外交往中,忘记自己身份,听信小道消息,人云亦云,缺乏政治鉴别力;还有的纪律观念淡薄,违反部队条令条例和规章制度,引发事故案件。因此,必须把提高"五室"党支部讲政治的能力摆在首位。**首先,要加强理论武装**。政治上的成熟源于深厚的理论素养。理论功底扎实,才能具备正确的观察问题、分析问题的立场、观点、方法,才有应对各种复杂局面的能力。要认真落实总政《关于加强军队基层干部理论学习的若干规定》,针对科技干部对理论学习的

重要性缺乏足够认识的问题,加强思想教育和引导,增强紧迫感。要认真学习马列主义、毛泽东思想、邓小平理论和"三个代表"重要思想,以及党的路线方针政策,进一步坚定理想信念,铸牢军魂意识,做到在复杂的形势面前看得清站得稳,在复杂的斗争面前不迷航不偏向,经得住考验。**其次,要强化纪律观念**。纪律是执行任务的保证。从调查情况看,有令不行、有禁不止的现象时有发生,有的收受红包、回扣,有的接受吃请、馈赠。事实证明,不守规矩,不听招呼,必然会发生问题,既给单位全面建设带来损失,又影响个人成长进步。因此,在任何时候都要讲政治、守纪律,凡是上级提倡的就带头执行,凡是上级禁止的就坚决不做。同时严肃查处违纪的人和事,弘扬新风正气,打击歪风邪气。**再次,要增强政治敏感性**。新的历史条件下,官兵思想比较活跃,境内外敌对势力的分化渗透和"心战"策反日趋激烈。要时时处处把讲政治摆在第一位,密切关注国内外政治斗争的新动态,准确掌握部属在重大问题上的思想反映,善于见微知著,通过个别现象察觉倾向性问题,从一些思想苗头中察觉、判断事物发展的新动向,及时用党中央、中央军委的指示精神统一思想。

二、针对"五室"党支部书记业务、行政、党务工作"一肩挑",容易出现个人说了算的问题,要注重提高"五室"党支部贯彻民主集中制的能力

"五室"单位领导一般在业务上是行家里手和学科带头人,又兼任党支部书记,业务、行政、党务工作"一肩挑",容易把行政职务带进党内生活,出现个人说了算的问题。从调查的情况看,有的党支部书记缺乏民主意识,决定重大事项、部署工作独断专行,既挫伤一班人积极性,又影响班子团结;有的党支部不严格按规则和程序决策问题,出现一些失误,影响决策质量和工作效率;还有个别支部只在评功评奖、发展党员时才召开支委会。因此,必须把提高"五室"党支部贯彻执行民主集中制的能力作为一个经常性课题来抓。**一要增强民主科学决策意识**。贯彻执行民主集中制不仅是每一个党员干部的基本职责,更是衡量党员领导干部党性修养和工作能力的重要方面。党支部书记要经常组织一班人学习老一辈无产阶级革命家关于民主集中制的重要论述,认清民主集中制是党的建设根本原则,是党对军队绝对领导的根本制度,坚持这一制度是新形势下保证人民军队永不变质的根本保证;是实施科学领导、科学决策的需要;是增强基层党组织凝聚力、战斗力,充分发挥战斗堡垒作用的需要。**二要完善民主科学决策机制**。实践证明,规则不明确、制度不健全、程序不规范,势必导致决策质量和工作效率不高。要依据《政工条例》和《军队党委工作条例》,制定完善"五室"党支部委员会议事规则,对议事和决策程序进行细化规范,同时健全调查研究、交心通气、会议研究、请示报告等制度,确保有章可循,促进民主集中制和"十六字"原则的贯彻落实,防止和克服决策的随

意性。**三要严格民主科学决策程序**。严格按照有关规则和程序讨论决定重要问题，是党支部决策科学化、民主化的重要保证。实践证明，只有严格按规则和程序办事，才能把党组织及其成员的意志统一起来，力量凝聚起来，行动规范起来，确保议事有序，办事有章，行为有控。党支部在决定重要问题时，书记要充分发扬民主，广泛征求意见，坚持集体领导，当班长不当"家长"，善断不武断，防止和克服把行政职务带进党内生活，增强决策的民主化。认真贯彻好议事规则，从确定议题、会前酝酿、民主讨论、会议表决到开会时间、议题通知等各个环节都按程序办事，提高决策质量，促进班子团结。

三、针对"五室"党支部组织生活观念淡薄，制度不落实，容易出现党管干部不力的问题，要注重提高"五室"党支部管干部的能力

"五室"干部大都是党员，是"五室"建设的骨干力量。调查显示，党支部在管干部问题上，有的不会依靠组织和制度管，交心谈心、思想汇报、民主评议等制度不落实，开展不经常，没有真正掌握和了解干部的思想情况；有的不敢管不愿管，把矛盾问题上交，批评教育蜻蜓点水，缺乏应有的原则性和战斗力；有的不会管，对党员干部中存在的问题听之任之，贯彻落实干部管理制度不坚决，使个别干部游离于组织和制度管理之外，造成党管干部不力。事实证明，对干部的管理严是爱，松是害。因此，"五室"党支部要把党管干部作为经常性工作抓紧抓好。**明确职责学会管**。抓好干部教育管理是"五室"党支部的重要职责。要组织学习有关文件，提高思想认识，明确党管干部是党支部的重要职责，只有履职尽责，敢于揭露矛盾解决问题，才能做好党管干部工作。要加强培训，帮助基层党支部成员提高理论素养，掌握党管干部的基本内容、程序和方法，并在实践中提高"五室"党支部党管干部的能力。**严格制度依法管**。七项组织生活制度是基层党的建设的基本法规，具有权威性、强制性。要严格落实组织生活制度，提高党内生活质量，学会运用制度，依靠集体力量管理干部，对存在问题不掩盖不回避，敢于较真碰硬，进行思想交锋，用党支部的自身力量解决问题。要善于运用积极因素，形成鞭策和促进党员干部积极向上的教育环境和舆论导向，增强党员干部队伍的活力。**调动热情参与管**。要引导干部、党员增强主体意识，把自己作为党管干部的一员，成为既是管理的客体，又是管理的主体，积极参与党管干部工作。要赋予广大党员重要问题的知情权，重大活动的参与权，敏感问题的监督权，激发管理监督热情，充分发挥他们在支部建设中的作用。

四、针对"五室"工作繁多，业务性强，容易出现抓工作顾此失彼的问题，要注重提高"五室"党支部抓落实的能力

"五室"建设是一个有机整体，必须全面建设、协调发展。工作繁多，业务性强，

是"五室"工作的一个突出特点。从调查情况看,有的重业务建设、轻行政管理;有的重技术攻关、轻政治教育;有的截留上级指示,或落实指示不力,工作顾此失彼,导致各种问题发生,影响"五室"全面建设。因此,"五室"党支部要注重提高统筹协调抓工作落实的能力。**一要建立机制**。促进工作落实,必须建立一套有效的目标责任机制,实行定性定量定人管理,配之以科学的考核方法和严明的奖罚,构建上下贯通、纵横协调的抓落实网络,做到时时有人抓,事事有人管。**二要统筹协调**。坚持抓工作既顾眼前,更顾长远;既谋局部,更谋全局;既重业务冒尖,更重整体过硬。在完成重大任务上,周密计划、跟踪指导、检查验收,收效不明显不撒手;在克服薄弱环节上,抓经常、抓反复、抓巩固提高,面貌不改变不撒手;在突破重点环节上,不畏难、不等靠、不搞半截子工程,目标不实现不撒手。**三要昂扬精神**。要淡泊名利,乐于奉献,始终把党的事业、部队的利益放到第一位;要转变观念,锐意进取,着力解决影响和制约"五室"建设的突出矛盾和主要问题;要脚踏实地、求真务实,继承和发扬艰苦奋斗、务求实效的工作作风,集中心思钻业务,瞄准一流谋打赢。

（与李春华合作,刊于 2004 年 12 月 17 日广州军区《政治工作简报》,2005 年《政治指导员》第 1 期、1 月 26 日《战士报》《军队后勤政治工作研究》第 5 期、《基层政治工作研究》第 8 期）

从公选 36 名科室领导的实践
看深化公选任用干部机制应把握的几个问题

自 2001 年以来,我们医院按照"公开、平等、竞争、择优"的原则,选拔任用了 27 名科主任和 9 名护士长,走出了一条公开、公平、公正选拔任用科技干部的新路子,一批优秀人才脱颖而出,"靠素质立身、凭实绩进步"成为广大干部的共识。如何深化公开选拔任用干部机制,进一步调动广大科技干部的积极性？结合五年来的公选实践,笔者认为应重点把握好以下四个方面的问题。

一、公开选拔的考评标准不太规范,评判具有一定随意性,必须建立健全科学的评价体系,确保选拔考评工作有章可循、明确规范。公正准确地考评干部,是选准用好干部的关键。目前,我们的考评工作主要围绕"德、能、勤、绩"四个方面进行,这无疑是正确的。但在实际操作中,由于原则性太强,考评标准细化量化不够,致使考评标准难以统一;评委的挑选把关不够严,代表性不够强,评委靠感觉打分、凭印象识人的现象比较普遍,致使评判具有一定的随意性。因此,要确保公开选拔任用的客观公正,必须建立科学合理、规范统一、操作性强的评价体系,做到

"一把尺子量长短,好差优劣心中明"。一要建立明确客观的考评标准。公开选拔任用干部,构筑人才辈出的竞争平台,当前要重点制定好不同层次、不同岗位技术干部实行科学考核的评价标准。要从实际出发,设置相应的硬指标,突出专业素质与工作能力,如政治素养、完成任务、专业技能、科研成果等,既符合文件精神,又兼顾到工作性质;既体现不同岗位的特点,又考虑到工作的共性;既不让人感觉高不可攀,又不让人觉得垂手可得,真正使考核结果成为选拔任用、岗位调整的科学依据。二要把竞选考评与平时考核相结合。干部的德才表现集中反映在日常工作生活中。因此,竞选考评要与平时考核相结合,要把着眼点放在平时,结合经常性工作、半年和年终总结、年度述职特别是完成重大任务情况等,重点对干部的理论学习、履职尽责、工作实绩和所在科室全面建设情况进行跟踪考察,记录在案,并纳入竞选考评范畴,增强考评的准确性、公正性。这样,有利于促进干部努力钻研专业技术,提高业务能力,履行好岗位职责,防止竞选考评时可能出现的"一锤定音"、搞形式主义敷衍评委等不良现象。三是要建立一支素质较高、结构合理、公正公平的考评队伍。本着突出专业知识和管理能力互补的原则,选拔一支由权威专家教授、优秀科技干部和机关干部代表组成的10人以上的考评委员会,使之具有群众性和权威性,同时制定详细的评委守则,组织评委学习上级有关规定,对他们严格要求,做到考核标准统一,考评程序规范,考评严肃认真,确保考评客观公正。

二、科室领导干部"能上难下",挫伤了部分科技干部的工作热情,必须解决好"能上能下"的问题,形成良好的公开选拔任用环境。能否实现"能上能下",是衡量选拔任用干部制度是否真正具有活力的重要尺度,也是干部人事制度改革必须要攻克的难点。医院虽然实行了科室领导公开选拔,打破了能上不能下的"铁交椅",但科室领导走马上任后,若无大的错误,就很难"下"来了,致使年轻优秀人才感到熬不出头,不思进取,不求建树,混时度日,甚至互不买账,闹不团结,影响科室发展。实际上,人才的成长和使用都有其"保质期"和"黄金期",错过这个时期,其知识就老化了,年龄熬大了,动力熬没了。因此,必须解决好"能上能下"问题。首先,实行科室领导职务任期制。这是保证"能下"的政策保证。科室领导职务应与专业技术职务一样,实行任期制,规定任期为四年或五年,一般不得连任,特别优秀的可以连任,但不得超过两届。这样,从制度上保证了科室领导既"能上"也"能下"。其次,实行试用期制度。这是保证"能下"的关键环节。试用期为一年,试用期满经考核合格者正式任命,不合格者解除职务。实行试用期制度,有利于激发干部的开拓进取精神,增强干部队伍的竞争意识;有利于在实践中更加准确地考察识别干部,提高用人效益。再次,完善调整不称职、不胜任现职干部的制度办法。这是保证"能下"的重要举措。要制定和细化有关标准、程序,对年龄偏大、素质偏弱、群众反映强烈的,除按规定采取免职、待岗,或改任非领导职务外,还可采取下岗学习、转业退休等办法调整。第四,引入自愿辞职、责令辞职、引咎辞职等制度。这是保证

"能下"的规定补充。要在全体干部中树立"无功便是过,不发展就是错"的思想观念,对素质偏低、能力不强、工作四平八稳、没有明显进步的,及时实行限期诫勉,直至免职。要让难以胜任本职工作或有重大失误的,通过个人自辞或组织劝辞,辞去所任领导职务;对年龄偏大、职务到线的进行资格限制,实行引退或安排进专家组,疏通"能下"的出口。

三、目标责任不明确,工作干劲逐年减弱,制约了科室建设的全面发展,必须全面推行任期目标管理,引导科室领导干部以强烈的事业心、责任感干好工作。公开选拔任用干部,就是要给想干者以机遇,会干者以岗位,能干者以舞台。从运行情况看,多数科室领导竞争上岗后发挥作用明显,专科技术得到一定发展,经济效益持续增长,但少数科室领导"竞选时信誓旦旦,上岗后平平淡淡",事业心减退,责任心欠佳,在位不谋事,有职不尽责。这些现象的产生,究其原因,在于科室领导任期目标管理的缺位。因此,要强化科室领导履职尽责意识,促进科室全面发展,就必须全面推行任期目标管理责任制。一要抓好在职培训。科室领导大都是知识分子、专业技术干部,政治理论素养先天不足,加之他们大都是学科带头人,行政管理者,同时兼任党支部书记,业务、行政、党务"一肩挑",容易出现政治意识淡化、党务工作行政化、党管干部弱化等问题,必须采取专题辅导、现场观摩、疑难会诊等形式,定期对他们进行强化培训,提高他们管党务政、履行职责的能力。二要明确任期目标。根据医院的发展规划、人才建设工程、科室建设现状和科室领导岗位的工作特点、任期时间和他本人提出的竞选设想,制定任期总目标和年度分目标,明确其责任。任期目标由医院研究确定,主要包括思想政治建设、学科人才建设、医护质量、科研论文、经济效益等方面。科室领导连续两年完不成年度任务的,视情免职。任职期满,经考核为特别优秀的,方可重新参加下一个任期的竞选。三要搞好跟踪督导。定期对科室领导履行职责和落实目标情况进行跟踪检查,并适时进行讲评,既充分肯定成绩,又严肃指出问题;在半年和年终总结时张榜公布落实目标责任情况,既请优秀的科室领导讲经验,也请问题较多的科室领导谈教训,让他们在相互比较中看到差距,在自我警醒中找到不足,把工作当事业干,形成比学赶帮超的竞争格局。

四、奖惩措施不到位,干好干坏一个样,滋长了吃大锅饭的不良倾向,必须加大奖优罚劣的力度,营造先进光荣、后进可耻的良好氛围,充分发挥科室领导和广大科技干部的聪明才智。激励措施得当,既可达到聚合人心、鼓舞士气的作用,又可形成奋发向上、人才辈出的生动局面。从我们调查了解的情况看,部分科室领导积极性不高,动力不足,主要原因有二:一是干与不干一个样。当了科室领导后,责任加重了,工作量大多了,而职级、待遇与当科室领导之前几乎没有什么差别,"责、权、利"原则体现不明显;二是干多干少一个样。作为科室领导,个人如果没有高等级的科研成果、突出的成绩,工作干得再多再好,受表彰奖励的机会也不多。

必须加大奖惩力度,把参与公开选拔的激情转化为干好本职工作的动力。一是宣传表彰激励。立功受奖,评选标兵,必须打破轮流坐庄和论资排辈的不良现象,要向有工作实绩的科室领导倾斜,成绩特别突出的树为先进典型,并在军内外媒体宣扬他们的感人事迹,让典型真正成为"香饽饽"。二是物质奖励激励。把握好物质利益原则,专门设立贡献奖励基金,用待遇体现差别,用报酬体现贡献,对履行职责好、成绩明显的科室领导给予适当物质奖励,对特别优秀、做出突出贡献的、或获得国家、军队科技进步二等奖以上科研成果、综合素质好的科室领导予以重奖,切实体现出"干与不干不一样,干多干少不一样,干好干坏不一样"。三是晋职晋级激励。要结合任期考评,对履行职责优、完成任务好、有突出贡献的科室领导,提前晋职、晋级、晋职称,真正形成"能干能得,多干多得,鼓励冒尖"的激励氛围。总之,要通过建立一整套行之有效的奖惩激励措施,形成优秀人才脱颖而出、人人力争上游的大好局面。

(与李春华合作,刊于2006年《政治指导员》第12期)

以科学发展观为指导推动党建科学化

提高党建科学化水平,是党的十七届四中全会提出的一个重大命题和一项战略任务,必须以科学发展观为指导,积极适应新形势新任务新要求,登高望远谋全局,落地生根抓落实,不断推动党建科学化水平创新发展。

坚持用发展的要求夯实党建基础。科学发展观,第一要义是发展。加强和改进党的建设,要始终抓住发展这个第一要义。学为用之先,知为行之始。夯实党建基础求发展,最根本的就是要抓好理论武装这项基础工程。首先,要大兴学习之风。引导广大党员自觉把理论武装当成一种政治责任,在学习中拨开迷雾、深化认识,真正点燃学理论的激情。突出抓好中国特色社会主义理论体系的学习,特别是抓好胡主席关于新形势下国防和军队建设重要论述,做到系统学习、重点理解。严格落实理论学习规定,实行机关挂钩帮带,定期深入基层宣讲,通过上下联动、齐抓共管,确保强劲的学习态势。其次,要创新学习方法。采取专题式学习,每阶段突出一个主题,按照个人阅读、辅导授课、体会交流的路子,成系统、分步骤、有重点地学习;采取讲座式学习,针对一个时期反映集中的热点问题,聘请专家教授进行深度分析、权威解读;采取研讨式学习,以部队建设的重点、官兵关注的热点、工作落实的难点为突破口,确保学习一个专题、调研一个问题、形成一项措施、推动一项工作。再次,要推动理论普及。运用学前小辅导、学中小提问、随机小辅导、学后小测试、成果小展评等形式，通过兵说兵事、兵说兵理等形式，不断深化广大党员对党的创新理论的理解认同，推动创新理论向基层延伸、向岗位拓展。

坚持用以人为本理念贯穿党建全程。 科学发展观的核心是以人为本。党员是党组织的细胞和行为主体，提高党建科学化水平必须贯彻以人为本理念，充分发挥党员的先锋模范作用。一要尊重党员主体地位。通过开通"兵意直通车""党员网络信箱"等方式，鼓励广大党员以主人翁姿态投身部队建设。深入开展创先争优活动，让每个基层组织和每名党员明确先进性标准、实践先进性要求、树立先进性形象，实现"一名党员一面旗、一个支部一个堡垒"的要求。二要维护党员正当权益。拓宽党内民主渠道，使党员更好地参与党内事务，充分行使知情权、参与权、选择权和监督权；注意倾听党员呼声，广泛开展批评与自我批评，调动党员参与党建的积极性主动性。三要关心党员成长进步。树立服务意识，积极为党员排忧解难，做到既严格要求，又关心爱护，不断提高他们的思想政治素质、科学文化素质、军事专业素质和身体心理素质，确保他们在党旗下健康成长。

坚持用全面协调可持续的标准谋划党建发展。 科学发展观的基本要求是全面协调可持续。党的建设是一项复杂的系统工程，不能搞"单打一"，必须以能力建设和先进性建设为重点，通过广大党员能力素质的提高，带动思想、组织、作风、制度和廉政建设全面发展，实现党组织和党员队伍建设有机运行、整体推进；党的建设是一个不断破解难题、牵引整体发展的过程，必须坚持循序渐进，一个时期确定一个主题，一个阶段突出一个重点，问题逐件解决，弱项逐项攻关，难点逐个突破，实现党建工作的逐步推动，协调发展；党的建设是一项长期性战略任务，需要经常抓、反复抓、长期抓，要建立完善党员选拔、学习教育、管理使用、民主监督、考核评估等机制，规范和保证党的建设健康运行、持续发展。

坚持用统筹兼顾的根本方法拓展党建效能。 科学发展观的根本方法是统筹兼顾。党的建设是一项系统工程，必须整合各方资源力量，大事大抓、强势推进。一要找准与中心工作的结合点。强化"围绕中心抓党建，抓好党建促发展"的理念，牢固树立战斗力标准，把党的建设与中心工作紧密结合起来，把中心工作完成作为党建工作优劣的重要标尺，始终做到围绕中心、服务打赢。二要找准与日常工作的结合点。在谋划部署工作时，要自觉把党建工作与日常训练、政治教育、人才培养和基层建设等结合起来，防止党建与日常工作脱节。经常性开展"对照标准找差距，落实制度强堡垒，创先争优树标杆"等活动，推动基层党组织和广大党员在战备执勤、教育训练和日常管理等工作中当先锋、打头阵。三要找准与大项工作的结合点。与贯彻落实《军队基层建设纲要》、建设学习型军营、培育当代革命军人核心价值观等大项工作结合起来，共同谋划、同频共振、相互融合、相互促进，切实提高党建科学化水平。

（刊于 2010 年 8 月 25 日《战士报》）

党委书记要勇担从严治党责任

"四个全面"的战略布局,全面从严治党是关键。作为党委书记,既是坚持从严治党的责任者,更是贯彻从严治党的执行者、推动者,必须落实从严治党责任,始终坚持把抓好党建当作最大政绩,以扎实的党建工作推动部队全面建设不断发展。

一、落实从严治党责任,就要刻苦钻研强素质,当好明白人。 学习是党组织的本质属性、党员干部的鲜明标志、党组织活动的重要内容,更是党组织全体成员的共同责任。落实从严治党责任,党委书记必须刻苦学习,当好"班长"更当好"师长"。首先要学理论铸信念。政治上的坚定源于理论上的清醒,行动上的自觉源于思想上的成熟。作为党委书记,首要的是坚持不懈地用党的创新理论武装头脑,抓住原文原著学、把握精髓要义学、围绕发展脉络学,重点学好习主席系列重要讲话精神,不断夯实高举旗帜、听党指挥、履行使命的思想政治基础,坚定政治信仰,固牢精神支柱,把理论学习成果转化为强化从严治党责任、指导工作实践、促进科学发展的强劲动力。其次要学法规守底线。党的政策法规、军队的条令条例、部队的规章制度,是开展工作推动发展的基础和遵循。知之深切方能行之自觉。作为党委书记,必须强化政策法规意识,对政策法规做到熟知熟记、吃透精神、准确掌握,明白哪些可为、哪些不可为。在学习的基础上,注重运用法规制度理清工作思路,组织指导工作,确保依法决策、民主决策、科学决策。再次要学哲学强思维。哲学是"明白学""智慧学",不仅是世界观,更是方法论。掌握了唯物辩证法,就打通了科学思维之门,重点把握"3个根本",即实事求是的根本思想路线、群众路线的根本工作路线、独立自主的根本政治态度;理解"5个观点",即实践的观点、联系的观点、发展的观点、矛盾的观点、群众的观点;学会"7个方法"即深入实践的方法、历史唯物主义的方法、系统思维的方法、矛盾分析的方法、底线思维的方法、密切联系群众的方法、调查研究的方法,不断培植战略思维、辩证思维、系统思维、创新思维、底线思维的基因,进一步提高哲学素养,提升思维层次和领导水平。

二、落实从严治党责任,就要忠实履职不懈怠,当好实干家。 党委书记是从严治党的第一责任人,必须固牢"抓好党建是本职,不抓党建是失职,抓不好党建是不称职"的理念,聚精会神抓党建,重点抓好四个方面的工作:一要严格党内生活,强化党性观念。严肃而健康的党内生活,是对党员进行教育、开展批评、实施监督的重要载体和实践平台。严格党内生活,贵在经常,重在认真,要在细节。然而调研发现,少数单位落实组织生活制度中存在支部大会"功能残缺"、集体领导"走样变形"、组织生活"偷工减料"、能力素质"先天不足"等问题。落实从严治党责任,必须强化组织生活的刚性,做到严格落实不随意变通,全员落实不随意取舍,长期落实不时紧时松。特别是要把党日作为落实组织生活、锤炼坚强党性的实践载体,严格计划审定,坚持工作再多、落实时间不少,任务再重、落实标准不降,部队再散、落实一人不漏,切实做到开展活动时间有计划、内容有安排、人员有督促、效果有检查,以党日落实雷打不动促进组织生活的经常化制度化,使每名党员都置于组织之中,防止出现游离于组织之外、凌驾于组织之上的特殊党员,增强组织生活的政治性原则性战斗性。二要发挥组织作用,从严管理干部。"政治路线确定以后,干部就是决定因素。"党要管党,首先是管好干部;从严治党,关键是从严治吏。党管干部概括起来讲就是管思想、管学习、管工作、管作风、管生活等五个方面,既要花心思培养教育,敢于提供岗位平台,又要对干部身上的苗头性、倾向性问题及时"咬耳朵""扯袖子",提醒干部守住做人、处事、用权、交友的底线。充分发挥党组织在干部教育管理上的功能,选人用人做到选贤任能,培养教育做到不遗余力,严格管理做到敢于较真,让干部不敢消极不敢怠慢,有干头有奔头有劲头。三要持续改进作风,育好政治生态。要强化法规制度的刚性约束力和执行力,坚持法规制度面前人人平等、执行法规制度没有例外,使法规制度成为硬约束。贯彻落实各项规定,必须树牢"红线"意识,防止"破窗效应",真正戴好"紧箍咒",架起"高压线",对违反制度的人和事要坚决查处,绝不姑息,培育健康向上、奋发进取的政治生态。四要完善制度机制,树立鲜明导向。完善制度机制,党建工作才能职责清晰、分工明确、步调一致。建立领导责任机制,明确各级在党建工作中的责任,一级抓一级,层层抓落实;建立目标考核机制,做到考核干部考党建,任用干部看党建,落实从严治党的责任真正变成"硬约束";建立奖惩监督机制,确保党员活动延伸到哪里,组织监督就行使到哪里。对于发生问题的坚决从严查处,决不迁就姑息,对表现突出的该宣扬的宣扬,该表彰的表彰,营造创先争优的浓厚氛围。

三、落实从严治党责任,就要严于律己树形象,当好排头兵。领导模范带头,落实从严治党就有巨大感召力;书记以上率下,依法从严治军就有强劲推动力。作为党委书记,必须锤炼人品官德,以自身良好形象感召部队凝聚兵心。一要带头落实民主集中制。民主集中制是党的根本组织原则和领导制度,是领导班子的根本工作制度,也是激发党的创造活力、保持党的团结统一的根本保证。党委书记要学深悟透民主集中制的精髓要义,深入研究上级指示精神,确保党委决策有法可依、有据可查。要严格按决策程序讨论决定重大问题,把决策的程序学透彻,把规定的步骤走完全,把监督的制度抓严格,确保党委决策的科学化规范化。要积极畅通民主渠道,杜绝"一言堂",坚持敏感性党务工作提前公开,阶段性党务工作跟进公开,经常性党务工作定期公开,临时性党务工作及时公开,以公开促民主、促公正。二要带头强化党性锻炼。作为党委书记,要把增强党性作为第一要务,突出党性立场,彰显真理力量,坚持高格调,唱响主旋律,加强自身党性修养和党性锻炼,强化党的意识和组织观念,始终保持共产党人的先进性纯洁性。要带头用好批评和自我批评这个有力武器,带头落实党员领导干部参加党的组织生活规定,开展积极健康的思想交锋,在民主生活会上讲真话、讲实话、讲心里话,指名道姓地讲问题、提意见,坚决反对表面一团和气、背地较劲设防,甚至拿原则做交易的假团结,形成掏心见肺、并肩奋斗的真团结,营造讲认真、敢担当的鲜明导向。三要带头落实廉政规定。"公生明,廉生威"。领导干部处事公道、为官清正,才能树正气、赢人心。作为党委书记,要深入学习廉政准则和廉洁自律规定,培养"心底无私天地宽"的胸怀,做到大公无私、先公后私、公而忘私;恪守"清风两袖朝天去"的气节,做到清白做人、清正为官、清廉用权;牢记"时时闻说有沉沦"的警醒,坚守法纪底线、道德底线,切实做到自重、自省、自警、自励,始终保持共产党人的政治本色。

(在分部从严治党调研汇报会会上的发言,刊于2015年《政治指导员》第24期)

坚持用科学发展观统揽医院建设

胡主席在军委扩大会上强调指出,要坚持把科学发展观作为加强国防和军队建设的重要指导方针。加快军队医院建设和发展,就必须坚持以科学发展观为统揽,适应市场谋发展,加快发展保打赢,把握机遇,乘势而上,实现全面、协调、可持续发展,不断提升医院的核心竞争力。

一、用科学发展观统揽和指导医院建设,就必须抓住关键环节,求真务实加强各级组织能力建设

各级党组织是医院建设的核心,科学发展观能不能在医院建设中得到有效贯彻落实,关键在于各级党组织。班子强,才能带出好部队。要采取多种途径,加强医院各级组织能力建设。

把理论武装作为加强能力建设的根本途径。思想是行为的先导。要按照真学、真信、真用的要求,进一步把学习贯彻"三个代表"重要思想引向深入,把学习科学发展观落到实处。按照创建学习型军营的要求,增强学习的紧迫感和使命感,本着干什么学什么,缺什么补什么,把打赢所需、素质所需、岗位所需作为学习目标。坚持向书本学、向实践学、向他人学,在学习中思考,在思考中升华,把学习成果转化为坚定的政治立场、抓工作的工作思路、解决问题的科学方法、做好反"台独"军事斗争卫勤准备的动力,不断推动医院建设的创新发展。

把贯彻落实民主集中制作为加强能力建设的根本举措。坚持民主集中制既是形成坚强领导核心的组织基础和制度保障,也是提高各级组织能力建设的具体实践。各级组织要严格贯彻民主集中制原则,重大问题、重大事项坚持集体研究决定,不搞个人说了算。积极发挥全委会作用,扩大决策范围,注重倾听群众的意见和建议,到群众中调查了解,确保决策的科学性、广泛性、民主性。要实行重大决策事项公示制度,强化群众对药品器械采购、工程项目招标等热点敏感问题决策的监督,建立决策失误责任追究制度,确保决策对上负责、对下负责,既合上情、也合民意,确保决策的科学正确和顺利实施。

把开拓创新作为加强能力建设的根本要求。观念一新,遍地黄金。坚持与时俱进,开拓创新,是各级组织建设的根本要求。医院精简整编后,编制员额大大减少,保障任务成倍增加,如何通过地方人事代理和实行合同制,充实急需人才;部队医院姓军为兵,日常工作为战备工作让路,临床工作向战备工作倾斜,如何面向市场,打赢战场等一系列课题有待去研究探索。各级组织要解放思想,锐意进取,敢于清除与法规政策不相符、与工作实际不合拍、与医院发展不相适的思想观念和思维定势,积极探索医院建设的特点和规律,用创新的精神、创新的勇气,去创新工作,谋求医院建设跨越式发展。

二、用科学发展观统揽和指导医院建设,就必须按纲建院,不折不扣抓好经常性基础性工作

基层是部队全部工作和战斗力的基础。作为医院,必须始终把工作重心放在科室。这是贯彻落实科学发展观的必然要求。基础实在,部队好带。任何时候都要心系基层,按照《军队基层建设纲要》加强科室建设。

理思路,立标准,按纲建院。《纲要》明确了基层建设的标准和要求。医院要结合实际创造性地贯彻落实《纲要》,促进基层全面建设整体提高。要按照"端正医德医风,提高医疗质量,促进科室发展"的思路,一切以病人满意为标准,筹划部署任务、分析科室形势、检查督促工作、开展"双争"活动,努力实现科室建设的整体跃升。

重经常,抓反复,稳步推进。基层建设是一个动态的发展过程,不可能一蹴而就、一劳永逸,落实中可能还有不落实的因素,发展中可能潜在着许多矛盾和问题。必须坚持"基层年年抓,基础天天打"的思想,反复抓、抓反复,注重经常,形成制度,真正把提高技术水平和服务质量作为一项基础性长期性的工作来抓。医疗无小事,事事连生命,严格落实医疗规章制度,杜绝医疗事故、医疗纠纷和差错,维护患者利益,真正把经常性思想工作和经常性管理工作搞扎实,创建特色科室、和谐科室、全面发展的科室。

固强项,补短板,整体提高。事物发展的不平衡性,决定了基层建设始终存在薄弱环节。必须始终保持清醒头脑,固强补弱。既抓强项,又抓弱项;既抓基础较弱

科室的帮带,也抓先进科室的提高;既铆住中心工作不放松,又盯住薄弱环节补"短板"。去年,我们盯着行政管理这个弱项下狠劲,从严治院,医院建设迅速摆动被动驶入快速发展轨道。实践告诉我们,只有勇于正视问题,积极解决问题,就一定能在克服薄弱环节中谋求医院的新发展。

三、用科学发展观统揽和指导医院建设,就必须瞄准战场,严格训练提高卫勤保障能力

贯彻科学发展观,根本目的在发展。作为军队医院,战斗力是硬道理。因此,贯彻科学发展观,就必须把提高卫勤保障能力作为根本出发点和落脚点,瞄准战场谋打赢。**结合实际更新战斗力建设理念**。按照中央军委"真打真准备",2007年底全面形成反"台独"应急作战能力的战略指导思想,必须增强紧迫感和使命感,首要的是要更新战斗力建设理念。结合医院实际,就要必须正确处理对外创收与谋求打赢的关系,牢固确立以保障打赢目标牵引医院建设的观念;正确处理保安全与促发展的关系,克服消极保安全,牢固树立标本兼治、积极预防的观念;正确处理创特色与抓全面的关系,克服单项冒尖、顾此失彼的倾向,牢固确立联合制胜、系统集成的观念;正确处理平时训练与战时保障的关系,克服训战分离的倾向,牢固确立平战一致、为战而训的观念,真正从思想上把战斗力建设摆上重要位置。**强化中心提高战斗力建设标准**。保健康就是保战斗力。完善战备库室建设,严格落实"三分四定"要求,确保战备物资准备量足、品优,满足反"台独"应急作战卫勤保障要求。按照"真打真准备"的要求,大力抓好反"台独"军事斗争卫勤保障准备,以野外生存、战伤救治、防疫防护等勤务训练为重点,组织野战医疗队进行机动、展开、医疗后送、撤收实战演练,基本形成应急作战卫勤保障能力。**着眼打赢增强战斗力建设效益**。树立和落实科学发展观,就要强化成本意识,精打细算,确保经费投向合理,把钱花在提高战斗力这个刀刃上。开展好开源节流、增收节支工作,完善以全成本核算为重点的经济管理系统,实行效绩评价机制,建立节约型医院。每个单位、每个同志都要以医院为家,本着"节省每一个铜板"的原则办成事、办好事,勤俭建院,提高战斗力建设效益。

四、用科学发展观统揽和指导医院建设,就必须从严治院,点滴养成加强医院正规化建设和管理

从严治军是军队的铁律,是战斗力保障力的源泉。医院点多面宽、管钱管物、与外界交往多、面临"酒绿灯红"诱惑多、军队住院伤病员多,如果治军不严,管理松懈,就容易出问题。因此,一定要贯彻从严治军方针,坚持全面从严、长期从严、依法从严,把从严治军贯彻到医院建设的方方面面。**一是要深化对从严治军的认识**。调查中我们发现,少数医护人员认为从严治军是野战部队的事,医院作为后勤

单位，搞从严治军没必要；还有的认为，作为医护人员，看好病，开好药，打好针就行了，从严治军与自己关系不大，与科室建设关系不大，与医院发展关系不大。事实上，坚持依法从严治军是加速医院发展的"重要法宝"，是必须长期坚持的方针。如果治军不严，"警报"不断，医院全面建设就没有发展的基础，争创全面建设先进单位的目标就不会实现。要根据"强班子、抓科室、促管理"的指导思想，按照"以严促管、以严促医、以严促建"的工作思路，做到党委统筹抓、机关合力抓，基层共同做，自觉把依法从严治军作为医院建设一项长期任务和经常性的工作。**二是要把依法从严治军贯穿工作全程**。思考筹划蓝图，组织指导工作，解决存在问题，都必须坚持以条令条例为准绳，以战斗力为标准，从严治军。医院工作的开放性、人员流动的多样性、业务交往的复杂性，决定我们任何时候都不能有丝毫的麻痹和松懈。要把抓安全稳定作为重要职责，对安全形势常分析，对部属人员常提醒，对重点部位常检查，对执行制度常督促，确保医院安全稳定。特别是要针对节假日探亲休假多、迎来送往多、走亲访友多、容易分心走神的特点，突出抓好人员、车辆、武器装备、毒麻药品管理，抓好医疗秩序、军队住院伤病员、合同制人员、实习进修人员的管理，正规上下班秩序。做好保密工作，严防发生泄密事件。**三是要坚持从严执法执纪**。纪律是军队的命脉，是从严治军的核心。要从领导机关严起，坚决纠正严下不严上、严兵不严官的现象。要坚持按照条令条例严格管理人员，严格要求部署，严格教育官兵。严肃整治开大处方、收受红包等侵占病人利益的行为，坚决纠正管理不严、执纪不严、监督不严的现象，严防违规违纪问题和事故案件的发生，确保"六个从严""三个不发生"的要求落到实处。

（与李春华合作，刊于 2006 年 9 月 25 日《战士报》《军队后勤政工研究》第 3 期）

深入贯彻以人为本思想
促进基层建设科学发展

党的十七大报告强调指出，必须坚持以人为本，始终把实现好、维护好、发展好最广大人民的根本利益作为党和国家一切工作的出发点和落脚点。这一重要思想，为促进基层部队跨越式发展指明了方向。自去年 3 月担任政治处主任以来，通过深入基层，深入官兵，我深深感到，只有把以人为本的思想贯彻落实好，就能形成推动部队建设的巨大动力。

一、尊重是开启心灵的钥匙,沟通是架起信任的桥梁。必须依靠官兵,发挥官兵主人翁地位和作用,打造团结和谐的战斗集体

我在实践中体会到,什么时候真正尊重官兵,把官兵当作部队建设的主人,什么时候他们的积极性创造性就会高涨,心甘情愿地贡献自己的聪明才智。领导机关要切实从内心端正对基层官兵的根本态度,在相互尊重中增进情感,在加强沟通中凝聚人心,切实让基层官兵在部队建设中唱主角,身居主人位,尽好主人责。**一要眼睛向下,发动官兵想"主人家"的事**。有的领导机关在研究决定单位建设的重大问题时,很少让基层官兵参与,往往是上级清楚,下级糊涂,不利于发挥基层官兵的积极性创造性。而发动基层官兵出主意、想办法,鼓励他们畅所欲言,说真话、道实话,部队建设中的难题就会迎刃而解。我们仓库地处深山沟,远离城镇,交通不便,文化活动相对单调。如何丰富仓库官兵文化生活,我们广开言路,让基层官兵参加"会诊"。有战士建议将旧礼堂改造成体育馆,既节约经费,又解决文化活动无场地问题。仓库党委采纳了此条建议,文化活动蓬勃开展,周末有电影,每周有比赛,官兵拍手称快。为鼓励官兵出谋划策,设立"金点子"奖,对好的建议给予奖励,仓库上下形成了想部队大事,谋基层发展的良好局面。**二要畅通渠道,发动官兵议"主人家"的事**。当前一些基层官兵反映,自己各方面表现都很好,可关键时就"卡壳",个别表现平平却有来头的倒是有份,这使他们感到失望。事实表明,处事不公、不讲原则,最容易让官兵泄气并产生怨气。近年来,仓库党委从维护团结和促进部队建设健康发展的高度,畅通民主渠道,正确处理涉及官兵切身利益的敏感问题。在去年底士官选取中,仓库将名额、标准、条件公开,坚持班排推荐、群众评议、支部讨论、党委研究,不搞暗箱操作,每个官兵都有知情权、参与权、发言权、评议权,让权力在阳光下运行。22名思想素质好、军事素质硬、专业技术精的战士选改为士官,赢得了全库官兵好评。实践证明,民主渠道通畅,官兵心情就舒畅,心底上就会产生当家作主的自豪感,把工作当事业干。**三要各尽所能,发动官兵干"主人家"的事**。基层是抓落实的末端,工作头绪多、任务重。基层官兵是基层建设的主体,只有紧紧依靠官兵才能高标准完成任务。去年7月,军区武器装备队(所)长培训班在仓库举办,同时又是军械物资收发的繁忙期,加之台风袭击抗洪抢险任务迫在眉睫。仓库领导注重在急难险重任务中摔打部队,为基层官兵施展才华提供舞台。官兵都有一种时不我待的责任感,日夜加班加点,圆满完成各项任务,受到上级表彰。实践证明,尊重官兵,依靠官兵,上下就会团结一心,形成"千斤重担众人挑"的局面,就能打造一支拉得出、供得上、打得赢的保障精兵。

二、学习是进步之源，素质是立身之本。必须激励官兵，切实促进官兵个人的全面进步，营造求知成才的浓厚氛围

只有培养人、塑造人，才能启发自觉，实现自我教育和管理。提高官兵素质，促进官兵全面发展，这是贯彻以人为本思想的内在要求，也是党委的重要职责。**一要激发官兵求知成才动力。**广泛开展"创造学习型军营、争当学习型干部"活动，把基层官兵作为重点，明确学习目标，规划学习内容，制定学习标准；定期对基层官兵进行基本知识、基本技能、基本方法的考核，达到以考促学的目的；大力宣扬学习中的先进典型，对学习刻苦、能力素质提高快的基层官兵，优先提拔使用。近年来，我们树立和宣扬了军区联勤部"优秀连长"杨朝勇、"优秀基层领导干部"胡孟良等一批学习认真、工作扎实的先进个人，并提前将他们选拔到重要岗位，激发了官兵的学习动力，形成了比学赶帮、争先创优的良好氛围。**二要创造官兵求知成才条件。**改进领导机关工作作风，减少不必要的检查评比，为基层干部减压减负，让他们有时间静下心来学习思考；加大对基层官兵学习、教育和培训的投入，拨出专门经费保障；建好信息网络，联通全军政工网，让信息资源共享。近年来，仓库制定《学习成才奖励规定》《新闻报道奖励规定》等一系列规章，加快仓库信息化建设，较好地改善了基层官兵的学习条件。**三要拓宽官兵求知成才途径。**作为党委和领导机关，要立足现有条件，针对基层官兵的素质状况，采取缺什么、补什么的办法，加大培训力度。近年来，我们采取送学深造、以老带新、短期培训、岗位练兵等方式，官兵素质提高比较快。特别是与湘南学院联合办学，50%的官兵实现了学历升级，拓宽了官兵的知识面，促进了官兵的全面进步。

三、上面千条线，下面一根针。必须还权官兵，真正维护基层的合法权益，形成好干实干的工作条件

调查显示，有的领导机关插手基层敏感事务，尤其在选改士官、立功受奖、入党考学等方面，基层自主权小；机关缺乏协调，政出多门，基层不知听谁的，工作无法安排；事无巨细，事事过问，束缚了基层手脚；基层出事，机关批评指责多，指导帮带少。"上面千条线，下面一根针。"贯彻以人为本的思想，就必须切实维护基层的合法权益，充分调动官兵的工作积极性。**一是减压。**在工作指导上，要把对上负责与对下负责、工作动机和实际效果、领导机关的积极性与基层的承受力统一起来，部署工作、分配任务要切合基层实际，不提过高标准，不搞层层加码；对临时性、突击性工作，搞好"关闸""分流"，减少基层忙乱；开短会，说短话，让基层有足够的时间和精力抓好工作落实。**二是还权。**领导机关要强化依法指导观念，尊重条令条例和政策法规赋予基层的自主权，使基层充分行使战士走留的决定权、晋升奖惩的建议权、日常工作的安排权。转变工作指导方式，从包揽具体事务中解脱出来,一级有一级的职责,一级干好一级的事,强化层次领导,实施按级管理,落实责任制,增强官兵履行职责的主动性和自觉性。仓库驻在山沟,以前官兵请假上街要经过有关部门批准,我们及时改变这一做法,把回收的权力归还给基层。实践证明,权力"归位",换回的是基层干部工作"到位",仓库没有出现一起违纪事件。**三是务实**。领导机关要经常深入基层,了解掌握真实情况;要强化"发现问题是水平、揭露问题是党性、解决问题是政绩"的观念,支持和鼓励基层讲真话、报实情、干实事,坚决纠正报喜得喜,报忧得忧的现象;对于基层发生的问题,不能一味批评指责,要帮助总结原因教训,承担责任。近年来,仓库在维护基层权益方面采取了一些举措,如在入党、选改士官和立功受奖等方面,坚持支部不推荐不上会研究,实行仓库重大事务公开,调动了基层的积极性。5个基层单位呈现出整体推进、协调发展的良好格局。

四、体贴暖人心,关怀出动力。必须情系官兵,热心为基层排忧解难,创造拴心留人的良好环境

一些基层官兵之所以工作消极,缺乏激情,一个重要的原因就是领导机关对他们的合理需求过问不够,关心不够。实际上,对官兵反映出来的各种问题,不能光讲大道理,而要设身处地为他们办实事,解难题,想官兵之所想,急官兵之所急,帮官兵之所需,解官兵之所难。**首先,要热心改善官兵生活条件**。安居才能乐业。生活条件改善了,就会拴心留人。领导机关要在改善部队的生活条件上积极作为,尽可能挖掘自身潜力,立足现有条件,并充分借助地方力量,积极稳妥地改善部队生活条件,特别是逐步配备先进适用的现代家用电器,满足官兵现代条件下的物质生活需求。近年来,仓库为每个连队、每个哨所和干部宿舍安装了太阳能热水器,为每个班添置了洗衣机、饮水机、电熨斗等生活设备,特别是警卫勤务一连,班排宿舍内设置了卫生间,生活设施一应俱全,成为名副其实的宾馆式住房,凝聚了人心。**其次,要真心满足官兵精神需求**。官兵的精神世界,不被健康高尚的文化占领,就会被腐朽低级的文化侵蚀。基于此认识,仓库加大了文化建设力度。为每个连队配置了多媒体教室、电子白板、大屏幕彩电、高档音响设备,建起了文化活动中心、图书室、阅览室。借助信息管理平台,联通了局域网和全军政工网,制作了仓库网页,设立了新闻动态、文学天地、音乐茶座、影视欣赏等栏目,积极开展网上谈心、心理咨询、游戏对抗等活动,使官兵学有场所,乐有去处,丰富了官兵业余文化生活。**再次,要尽心解决官兵实际困难**。在官兵最困难的时候,领导和机关伸出援助之手,献上关爱之心,就会使他们无比感激,产生"受人滴水,报之涌泉"之情。警卫勤务一连队战士周略,退伍前10天家中遭遇意外,母亲因车祸造成面部毁容,急需手术费5万余元。得知这一情况后,仓库及时做好周略的思想安慰工作,开展了向周略"送温暖、献爱心"活动,发动全库向周略捐款2万余元,及时解决了周略母

亲的手术费问题。去年来，仓库先后为3名官兵家庭解决了涉法问题，为5名经济困难的战士献了爱心，使官兵处处感受到军营大家庭的温暖，从而激发了官兵以库为家、扎根山沟建功立业的热情和斗志。

(刊于2008年《军队后勤政治工作研究》第3期)

实行民主科学决策应把握四个环节

十六大报告强调，党内民主是党的生命，必须改革和完善决策机制，推进决策科学化民主化，防止决策的随意性。那么，在实际工作中，如何实行民主科学决策呢？笔者认为主要应把握以下四个环节：

一、增强民主科学决策意识。增强民主科学决策意识是加强集体领导，实行民主科学决策的基础和前提。在这个问题上要注意克服四种倾向：一是"自负论"。认为自己经验丰富，技高一筹，自己决定的事情出不了大差错。二是"得失论"。因涉及到自己个人私利，认为如果集体研究，自己的问题就通不过，不如自作主张。三是"担心论"。认为集体讨论人多嘴杂，意见分散，难以统一。四是"对立论"。认为民主科学决策是党的组织原则，而行政实行的是首长负责制，两者对立。事实上，我军是执行党的政治任务的武装集团，必须毫不动摇地置于党的绝对领导之下。而要坚持党对军队的绝对领导，就必须坚持党的民主集中制。毛泽东同志强调，"没有民主，意见不是从群众中来，就不可能制定出好的路线、方针、政策和办法。"要克服以上四种倾向，增强民主科学决策意识，就要认真学习毛泽东、邓小平、江泽民三代领导人关于民主集中制的论述，懂得民主集中制的基本原则和制度的具体规定，深刻认识党内民主的重要性和自己的责任，懂得坚持民主科学决策，是党的群众路线的要求，是集体领导的基本内容，是实现党对军队绝对领导的重要保证，从而自觉克服单凭个人经验和主观意愿，以个人说了算或少数人说了算的方式决策的现象，端正决策指导思想，提高民主参与的积极性。重点处理好两个关系。一个是书记与委员的关系。书记是党委一班人的"班长"，有带好党委一班人的责任。但书记与委员不是上下级关系，而是平等关系，在讨论决定问题时都只有一票的权利，必须严格执行少数服从多数的原则。"三个臭皮匠，顶个诸葛亮"。作为书记，要知道一个人的知识总是片面的、有限的，民主科学决策既可抑制个人贪欲，少犯或不犯错误，又可集中大家智慧，作出正确决定。另一个是集体领导与分工负责的关系。集体领导是指单位的一切重大问题必须经党委讨论决定；分工负责则是指军政主官分工负责组织实施。党委作出决定后，必须有人负责实施。如果没有个人分工,就会出现集体决定的事情无人负责的状况,集体领导的任务也就不能实现。正如列宁所说,"借口集体领导而无人负责,是最危险的祸害。这种祸害威胁着一切没有很多集体工作经验的人。而在军事上往往必然造成灾害、混乱、慌张、权力分散和失败。"集体领导与分工负责不是对立的,而是相互联系、相辅相成的统一整体,不可分割和偏废。它们之间是领导与服从、决策与实施、集体与个人的关系。

二、界定民主科学决策范围。在实际生活中,常常有这样一种情况,有的领导不是不想实行民主科学决策,而是不知道哪些问题该集体研究,哪些问题由个人拍板,结果是把有些该集体研究的问题没有很好地集体研究,该个人拍板的事情却认真讨论一番,因而界定和掌握民主科学决策范围十分重要。《党章》中关于党的各级委员会实行集体领导,是这样明确规定的,"凡属重大问题都要由党的委员会集体讨论,作出决定。"单位建设中需要研究决定的问题很多,党委怎样找到关系单位建设的重要工作,对重大问题实行科学决策,这是体现一级党委领导水平、领导艺术、领导方法的突出标志,也是衡量党委是否认真贯彻统一集体领导下的首长分工负责制这一根本制度的重要尺度。一个坚强的领导班子并不是事无巨细的班子,更不是包揽一切职权的班子。党委要议大事、懂全局、管本行,能通观全局,统揽全局,驾驭全局。一般来说,凡需民主科学决策的事情,都是带有全局性、敏感性和突发性的重大问题。具体到一个部门和单位来说,大体上有这样一些问题是需要集体研究的,如重大方针政策的决定;重大工作任务和部署;班子的调整和干部的任免;重要会议精神的传达贯彻;重要项目的报批;重要的奖惩活动等。明确民主科学决策范围,就能真正把该管的事管起来,该议的事议深议透,这样才能真正体现党委议大事,抓大事,驾驭全局的能力和水平。

三、建立民主科学决策机制。实行民主科学决策,制度是保障。首先,要建立会前调查研究机制。江泽民同志多次强调,没有调查就没有发言权,没有调查就更没有决策权。作为领导机关,就制定路线、方针、政策和办法这方面来说,只是一个加工厂。工厂没有原料就不可能进行加工。为保证决策的科学性,这就要求党委成员必须面向基层,面向实践,尊重群众,紧紧抓住调查研究这个关键环节,把功夫下在摸清情况,找准问题上,在广泛听取方方面面意见和建议的基础上,用部队丰富的实践开阔党委的视野,用官兵活跃的思想充实党委的思维,使决策具有可行性。其次,要建立会中民主讨论机制。这是决定集体领导是否名副其实的关键环节。灯不拨不亮,理不辩不明。讨论就是要论起来,要造成人人愿发言,人人亮思想,人人敢争论那样一种平等和谐、生动活泼的局面。搞好讨论的标志,就是到会委员都积极开动脑筋,知无不言,言无不尽,集思广益,使决策具有科学性。再次,要建立会后决策跟踪机制。要改变过去集体决策无人负责的现象。实行跟踪考核,掌握决策实施情况,适时讲评,奖功罚过,充分调动各方面的积极性和责任感,使决策具有权威性。

四、明确民主科学决策程序。必要的程序,是民主科学决策的保证。必须严格按程序办事,避免"暗箱操作",实行"阳光作业"。第一,从决策的能级管理上来说,凡是重大问题,一般先由下级单位拿出意见,然后党委集体研究决定或报上级批准,该由下级拿出意见的事情不一律包揽,该本级决定的事情不一推了事,该向上级请示报告的情况不擅作主张。第二,从决策的环节上来说,一般是:吃透上情,摸清下情,明确目标,提出方案;征求意见,全面比较,咨询论证;集体讨论,民主集中,形成决定;督促检查,狠抓落实;信息反馈,完善提高。一步一步,环环相扣,把集中统一与民主决定统一起来,以避免决策中的疏忽和漏洞。第三,从决策的方法上来说,一般是先群众,后领导;先咨询,后决策;先调查,后讨论。没有经过调查研究不草率决策,没有经过充分论证不盲目决策,没有两个或两个以上方案比较不轻易决策,力求民主科学化、科学化,使民主科学决策朝着正确的轨道有效运行。

(与李春华合作,刊于2004年《基层政治工作研究》第1期、2003年2月22日《株洲日报》)

思想政治教育改革创新探析

江泽民同志在十六大报告中指出:"创新是一个民族进步的灵魂,是一个国家兴旺发达的不竭动力,也是一个政党永葆生机的源泉。"那么,如何把改革创新精神落实到思想政治教育中,更好地发挥其服务保证作用呢?

随着社会主义市场经济和改革开放的深入发展,部队所处的社会环境发生了深刻变化,官兵的理想追求、价值观念和行为方式等呈现出许多新特点。新形势下部队思想政治教育要获得新的生命力,就必须与时俱进,大胆创新,从机制、内容、方法和手段等多方面进行改革,使之适应并服务于打赢未来高技术战争的需要。

一、立足使命高度,更新政治教育机制塑造人。思想政治教育机制上的创新,主要表现在思想政治教育一定要审时度势,解放思想,更新观念,建立起一整套与中国特色精兵之路的思想政治教育管理模式。首先,要完善思想政治教育领导机制。党委要高度重视,坚持好党委议教、主官抓主课制度,同时要建立起由党委全面领导、司政后装齐抓共管的工作格局,充分调动各方面力量,及时发现和解决官兵中的普遍思想问题,克服政治教育自我封闭、游离于军事训练、部队管理之外的"两张皮"的弊端,真正形成无处不有、无处不在的思想政治教育网络。其次,要建立思想政治教育运行机制。实行一体化管理、同步操作的运行机制,即思想政治教育、军事训练和正规化管理工作等目标一起制定、一起下达,政策措施一同研究,一同施行,物质奖励和精神奖励同时并举。再次,要建立政治教育评估机制。政治教育一致被认为是软指标,多几堂教育少几堂教育没关系。要确立评估标准,尽量细化量化开展政治教育要达到的标准和要求,使之成为看得见、摸得着、可操作、可考评的具体指标,切实使部队做到制定计划时部署政治教育任务,检查工作时考评政治教育内容,总结工作时讲评政治教育情况,表彰先进时宣扬政治教育典型,确保政治教育落到实处。

二、紧跟时代节拍,丰富政治教育内容感染人。辩证唯物主义告诉我们,内容决定形式。政治教育内容必须紧跟时代潮流和官兵思想脉搏。一是要坚定不移地进行马克思列宁主义、毛泽东思想、邓小平理论和"三个代表"重要思想的理论武装。军队作为一个特殊的武装集团,特别需要精神力量。要旗帜鲜明地以马克思列宁主义、毛泽东思想、邓小平理论尤其是"三个代表"重要思想武装官兵,牢牢保持马克思主义在意识形态的指导地位,强化官兵理想信念,帮助官兵掌握马克思主义的精髓和本质,学会运用马克思主义的立场、观点、方法来分析解决改革开放和市场经济给军队建设带来的现实问题,时刻保持政治上的坚定和思想道德的纯洁,以高尚的精神追求永葆人民军队本色。二是要不断深化"四个教育"。根据形势任务和官兵思想变化,一个时期相对突出一个重点,使爱国奉献、革命人生观、尊干爱兵和艰苦奋斗教育常抓常新,培养官兵与军人特殊使命相一致的人生观价值观,养成令行禁止、服从命令听指挥的良好作风。特别是要着眼反"台独"军事斗争准备的需要,强化官兵当兵打仗的思想,积极投身科技练兵,发扬爱国主义和革命英雄主义精神,忠实履行维护国家安全、实现祖国统一的神圣使命。三是要加强崇尚知识教育。当今世界日新月异,科技发展一日千里。要根据"创建学习型社会"和知识经济时代的客观要求,帮助官兵充分认识知识的价值,牢固树立知识就是生产力,知识就是战斗力的观念,并把推崇知识、智慧和创造,作为知识经济时代价值观的重要内容,开展好科技发展形势教育,广泛宣传最新科技成果,从而自觉做到用现代知识武装头脑,争做知识型军人。四是要加强心理健康教育。除热线咨询、网上服务、专家讲座外,对官兵进行心理知识培训,传授心理调适的科学方法,使官兵始终思想稳定,心情舒畅,斗志昂扬。

三、搞好结合渗透,拓宽政治教育形式陶冶人。思想政治教育工作是一门综合性比较强的科学,它要求我们在方法上要根据形势和内容的变化,不断进行创新。

一要把政治教育同寓教于乐结合起来。搞好思想政治教育,要在课堂灌输的基础上,把基层文化活动纳入政治教育范畴,举办周末文化广场、演讲比赛、歌舞晚会等相关文化活动,营造浓郁的政治教育文化氛围,使官兵们在潜移默化中舒心健体,砺志怡情,增长才智,受到教益。

二要把理论灌输同自我教育结合起来。实践证明,充分调动官兵的能动性,让教育者和被教育者在思考和心灵上实现互动,才能更好地激发官兵参与教育的兴趣和热情。适应这一特点和要求,课堂上要多为官兵提供自我教育的舞台,可采取以下几种形式:课堂答疑——把答疑作为课堂教育的一个重要部分,每堂课都拿出一定的时间,让官兵把关注的问题和产生的困惑当场提出来,由授课者即席解答;恳谈交流——围绕授课主题,让本单位的先进个人或在某些方面有切身感受的官兵走上讲台,讲经历,谈体会,进行现身说法;演讲辨析——围绕教育主题,提前确定演讲的内容和人员,适时举办课堂演讲,纠正某些歪歪理的教育则可以组织士兵开辩论,让大家各抒己见,在辩论中统一思想,提高认识。通过这些具有鲜明时代特色的教育活动,能最大限度满足官兵求新、求知、求乐的心理需求,在平等民主氛围中实现自我教育,共同提高。

三要把部队教育同社会教育、家庭教育结合起来。一方面,现在的官兵已不满足于坐在课堂上受教育;另一个方面,社会上"三个文明"建设的进步和发展客观上为部队政治教育提供了丰厚的资源。因此,充分运用社会教育资源成为教育的一大亮点。第一,要建立相对固定的教育基地。积极与驻地附近的纪念馆、展览馆、烈士陵园、战斗遗址、名人故居、先进企业、文明村镇、科技园区等建立比较稳定的联系,结合重大节日及教育的需要,适时组织官兵参观学习。第二,要借助社会师资力量。聘请党政机关、企事业单位领导、有关院校和研究机构的专家学者等,作为特邀政治教员,建立一支辅助教员队伍,经常保持联系,适时请他们到部队上课,对官兵进行思想教育。第三,要保持与士兵家庭的经常联系。连队要建立士兵家庭电话号码登记,在士兵休假、家庭发生变故、受到挫折或面临重要转折等时机,要及时和士兵家庭沟通,协助做好思想工作。

四是要把讲述道理与知识启迪结合起来。科学文化知识对提高官兵的思想政治素质具有很强的底垫和启迪作用。积累知识越多,官兵认识问题、解决问题的能力就越强。广泛开展读书育人活动、读书成才活动,尤其要把思想政治教育与学习历史学、社会学、伦理学和科学文化知识等有机地结合起来,在丰富知识的过程中,提高官兵的思想政治素质。

四、注重实际效果,改进政治教育手段吸引人。随着科学技术的发展,信息传播和现代教育手段越来越先进。只有充分利用当今先进的科技手段,才能增强政治教育的吸引力和实效性。

一是发挥大众传媒作用。报刊、广播、电视宏观指导性强,传播党的路线、方针、政策及时准确,已成为官兵接受各种信息的重要渠道,对官兵的思想影响越来越明显。因此,可借助大众传媒的舆论导向作用对官兵进行思想政治教育,做好"三个坚持":即坚持新闻评介,连队在每天组织官兵收看《新闻联播》之后,拿出十分钟左右时间,由干部进行提示和讲解,进行教育引导;坚持读报阅报,对报刊登载的重要文章,由连队干部组织官兵学习,或以班排为单位组织学习;坚持收看优秀电视节目,对一些富有教育意义的专栏节目,如"今日说法""焦点访谈""新闻调查"等,可在不影响正常秩序的情况下组织集体收看,从中受到启迪和教育。

二是建立闭路电视系统。闭路电视系统在传播信息、改进政治教育方面具有重要作用。凡有条件的基层单位都可考虑建立闭路电视控制中心,开办军营电视新闻,让官兵在电视上看到自己的新闻,了解本单位的最新动态,同时贴紧单位和官兵生活实际,开设好的栏目,制作好的节目,不断丰富教育内容,扩大教育覆盖面,使之有效地为部队的教育训练服务。

三是完善多媒体教育设施。和"一张嘴巴,一支粉笔,一块黑板"的传统教育相比,运用多媒体课件授课,具有图文并茂、形象直观、方便快捷、视听效果明显等特点,是政治教育手段改革的一个发展方向。要加大投入,分期分批地把基层单位的多媒体教育设施完善起来,并尽快帮助基层政工干部学会制作和使用多媒体课件,切实增强课堂教育的吸引力。

四是开辟"绿色信息"通道。思想政治教育网络化,有助于更好地解决官兵信息需求与思想政治教育实际提供信息量之间的矛盾,反映了思想政治教育的时代特征和发展趋势。军队局域网的开通,为开展网络政工创造了便利条件。要充分运用好军队宣传文化信息网上的资料,抓好本单位宣传文化信息网站的建设,配齐必要的设施器材,培养一些会网络管理、会制作课件的兼职网络人才,开辟学习问答、人生导航、法律顾问、心理咨询、视频点播等栏目,在网络空间开拓思想政治教育的新阵地。

(与李春华合作,刊于 2005 年《基层政治工作研究》第 2 期、《政治指导员》第 11 期,2006 年《军队后勤政治工作研究》第 3 期、5 月 12 日《战士报》)

增强经常性思想工作实效初探

经常性思想工作是针对官兵的各种现实思想问题随时随地进行的教育疏导工作,是政治教育的深化和补充。做好经常性思想工作对于巩固提高部队战斗力、确保部队高度稳定和集中统一具有重要的现实意义。结合工作实践,笔者认为增强经常性思想工作实效应把握好以下几个问题。

一、"凡事预则立,不预则废"——经常性思想工作讲求前瞻性,要增强经常性思想工作实效,就必须摸清情况,防患未然

一花一春天,一人一世界。官兵思想千变万化,波动性大。作为领导干部和骨干，不仅要善于发现部队出现的苗头问题，更要积累经验，把握规律，及时预见可能出现的问题。著名的海恩法则告诉我们，平时精心，关键时才能放心；平时周全，关键时才能安全。要增强经常性思想工作实效，就必须未雨绸缪，时时精心，把官兵的各种现实问题解决在萌芽之中。如何有预见性地做好经常性思想工作？**首先要摸清实情**。要通过侧面了解、日常观察等途径，详细掌握官兵的真实情况，比如家庭背景、身体状况、性格特点、兴趣爱好等，只有心中有数，才能手中有招。**其次要及早预测**。官兵思想是动态发展的，总是随着社会、单位的环境和任务的变化而变化，同时还受到家庭的影响。这种变化表现出一定的规律性。比如：当国内外形势发生急剧变化时、当国家方针政策进行重大调整时、当官兵个人成长进步遇到挫折时、当家庭和生活碰到困难时、当内外关系产生突出矛盾时等等，每当遇到这些情况时，官兵思想都会产生这样或那样的想法，必须科学预测，及早防范。**再次要细心观察**。俗话说，"人心不同，各如其面"。人的面部表情，是思想变化的晴雨表、心理状态的显示器。其思想的波动变化，都会从言行中表露出来，主要做到"八看"，即学习看态度、工作看干劲、训练看士气、娱乐看情绪、听饭看饭量、睡觉看睡相、消费看档次、交往看对象。总之，通过亲知、真知、深知，掌握官兵的真实情况，号准官兵的思想脉搏，就能科学预见思想问题苗头，小中见大，见微知著，使经常性思想工作真正做到有的放矢，防患未然。

二、"一花独放不是春，百花齐放春满园"——经常性思想工作讲求群众性，要增强经常性思想工作实效，就必须发动群众，共同参与

毛泽东同志曾经指出，"只有领导骨干的积极性，而无广大群众的积极性相结合，便将成为少数人的空忙。"这一精辟论述告诉我们，做任何一项工作，只有把干部、骨干和群众的力量都调动起来，才能达到最佳效果。做好经常性思想工作的一条重要原则，就是必须走群众路线，充分发动和依靠广大官兵，形成坚实的群众基础。一方面，思想工作骨干是广大官兵中的一员，依靠思想工作骨干就是依靠群众的具体体现。另一方面，思想工作骨干是联系群众、发动群众，形成做经常性思想工作群众基础的联结点。思想工作骨干属于官兵中比较先进的一个层面，与官兵年龄经历相似，朝夕相处，心理容易沟通，便于建立感情，对战友的生活习惯和性格特点了解透彻。依靠他们开展工作，可以更好地把群众宣传组织起来，把群众的积极性调动起来。为此，**一要健全网络**，建立一支以干部为主体，以党员、士官和班长为骨干的思想工作网络，做到人员、任务、制度、责任"四明确"。**二要搞好培训**，按照"精通本职的、掌握共同的、了解相关的"的要求，采取集中办班、以会代训、难题会诊、个别帮带等形式，帮助其掌握做经常性思想工作的方法要求，提高能力素质。**三要群策群力**，善于调动每名官兵的积极性，善于借助官兵家庭和社会的力量，善于利用网络、广播等现代传媒手段，多管齐下，多措并举，形成经常性思想工作"人人做、做人人"的良好氛围,真正构建起人人心中有职责、项项工作有人管、时时处处有预防、群策群力有活力的生动格局。

三、"一句话使人哈哈笑,一句话使人蹦蹦跳"——经常性思想工作讲求艺术性,要增强经常性思想工作实效,就必须融情入理,对症下药

据调查,部分基层干部做经常性思想工作主要是"三板斧"(训、压、帮),即战士闹了情绪—训了之,出了"刺头兵"—压了之,战士有了困难给点钱物—"帮"了之。其实,经常性思想工作是讲究艺术性的。**首先要注重因材施教**。经常性思想工作必须重视官兵在思想觉悟、文化水平、生活阅历和能力素质上的差异,做到因势利导,对症下药。比如,对有的官兵可以采取心平气和、和风细雨的谈话方式和温和婉转的批评方式;对有的官兵可以开诚布公,坦率直言,诱导启发;对有的官兵可以循序渐进,指明利害,把理说透;对有的官兵可以给予更多耐心关爱,允许反复,不给他们造成过多心理压力等等。只有坚持"一把钥匙开一把锁",因人而异地讲道理,做工作,才可能最大程度地被对象所接受。**其次要做到融情入理**。"感人心者,莫先乎情。"做思想工作的过程就是领导和骨干与广大官兵情感交流的过程。在这个过程中,要本着对官兵成长进步负责的态度,多关心他们的疾苦,多体察他们的痛痒,多做暖兵心聚兵心的工作,既要旗帜鲜明地讲道理,更要设身处地解扣子、办实事,使之心悦诚服地接受教育。**再次要注意时机得当**。说理时机选择合理,经常性思想工作就能获得事半功倍的效果。对于懊丧、郁闷等消极心理,可采用"热处理",做到随机而发;对于喜悦、愤怒等激奋心境,可采取"冷处理",做到引而不发等等。要提高经常性思想工作的艺术性,就必须认真学习,拥有丰富的文化知识。"以其昏昏,使人昭昭"是不行的,只有具备丰富的哲学、政治、历史、人文、心理、社会等方面的知识,才能在经常性思想工作中信手拈来、游刃有余,激发起心灵共鸣的火花,使经常性思想工作真正达到入情、入脑、入心的效果。

四、"其身正,不令而行;其身不正,虽令不从"——经常性思想工作讲求示范性,要增强经常性思想工作实效,就必须率先垂范,以身作则

"喊破嗓子,不如干出样子。"做好经常性思想工作,既靠真理的力量,更靠人格的魅力。领导和骨干尤其是政治干部,担负着教育群众、宣传群众、组织群众的重大责任。经常性思想工作是否坚强有力,自身形象至关重要。其一言一行,一举一动,直接反映其在官兵心目中的位置,影响做工作的效果。尤其是在对待利益分配、进退得失的关键问题上,领导和骨干更要注重身教,塑造良好的人格形象。因为基层官兵不光听你是怎么说的,更要看你是怎么做的,对身边人是怎么要求的。

要想教育好群众,首先得教育好自己,用自己的实际行动去教育人、说服人、感染人。邓小平同志曾经说过,"群众对干部总是要听其言、观其行的。连长指导员不以身作则,就带不出好兵来;领导干部不做出好样子,就带不出部队的好风气,就出不了战斗力。"因此,领导和骨干要时时处处为大家做出样子,平时能看得出来,关键时刻能站得出来,危难时刻能冲得上去,只有以身作则,言行一致,才能使经常性思想工作产生情感共鸣。否则,尽管你满腹经纶,能说会道,官兵也不会买你的账,就会出现"当面你说,背后说你",不但个人没威信,经常性思想工作的效果也会大打折扣。率先垂范,以身作则,既是我军的优良传统,又是领导和骨干的基本职责;既是聚合思想工作者人格力量的需要,又是增强经常性思想工作实效之必须。榜样的力量是无穷的。作为领导和骨干,必须严于律己,要求别人做到的自己首先做到,要求别人不做的自己坚决不做,既"立言",又"立行",时时、处处、事事用自己的模范行动给官兵做样子,将真理的力量和人格的力量统一起来,形成巨大的说服力、感染力、号召力、凝聚力,振奋人心,不断增强经常性思想工作的说服力和感召力。

(刊于2010年2月12日《战士报》、2012年《军队保卫工作》第3期)

塑造人　感染人　陶冶人　吸引人
——基层部队计划生育宣传教育创新探析

"创新是一个民族进步的灵魂,是一个国家兴旺发达的不竭动力,也是一个政党永葆生机的源泉。"那么,如何把改革创新精神落实到计划生育宣传教育中,确保军队计划生育工作始终走在全社会前列呢?据调查,部分单位在计划生育宣传教育上力度不够,形式单调,手段单一;少数官兵对计划生育的重大意义认识不足,对主要内容、相关规定一知半解等。新形势下基层部队计划生育宣传教育要获得新生,就必须与时俱进,大胆创新,从机制、内容、方法和手段等多方面进行改革创新。

一、立足国策高度,更新宣传教育机制塑造人

计划生育工作是功在当代、利在千秋的大事,是事关我国经济社会发展、民族复兴伟业的大事。加强宣传教育是搞好计划生育工作的重要环节,必须创新宣传教育机制,审时度势,解放思想,更新观念,建立起一整套适应时代特点的计划生

育宣传教育管理模式。**一是要完善教育领导机制**。党委要高度重视,切实落实"党委负总责、军政主官亲自抓"的原则,实行党委议教、主官抓主课制度,同时建立起由党委全面领导、司政后装齐抓共管的工作格局,充分调动各方面力量,及时发现和解决官兵中的普遍思想问题,克服计划生育宣传教育自我封闭、游离于军事训练、部队管理之外的"两张皮"的弊端,真正形成无处不有、无处不在的计划生育宣传教育网络。**二是要构建教育运行机制**。实行一体化管理、同步操作的运行机制,即把计划生育宣传教育作为思想政治教育的重要内容凸现出来,做到思想政治教育、军事训练和正规化管理工作等目标一起制定、一起下达,政策措施一同研究、一同施行,物质奖励和精神奖励同时并举等。**三是要夯实宣传服务互动机制**。实践证明,宣传促进服务,服务推动宣传。制定计划生育宣传教育与技术服务紧密结合措施,并落到实处,在真心实意为官兵排忧解难中把思想工作送上门,把计划生育政策送上门,从而增强教育的感召力,巩固宣传教育成果。**四是要健全教育考评机制**。计划生育教育与政治教育一样,一直被认为是软指标,多几堂教育少几堂教育没关系。要确立评估标准,尽量细化量化开展计划生育宣传教育要达到的标准和要求,使之成为看得见、摸得着、可操作、可考评的具体指标,切实使部队做到制定计划时部署开展计划生育宣传教育的任务,检查教育时考评计划生育宣传教育的内容,总结工作时讲评计划生育宣传教育的情况,表彰先进时宣扬计划生育宣传教育的典型,确保计划生育宣传教育落到实处。

二、紧跟时代节拍,丰富宣传教育内容感染人

辩证唯物主义告诉我们,内容决定形式。计划生育宣传教育内容必须紧跟时代节拍和官兵思想脉搏,对症下药,强根固本。**首先,强化国策意识,深入搞好人口国情教育**。在搞好基础知识教育的基础上,切实引导官兵认清发展社会主义市场经济的大背景下,进一步加强计划生育工作的重要性和紧迫性。一是引导官兵从党中央的要求看,计划生育工作只能加强,不能削弱。组织官兵认真学习党中央和中央军委领导同志关于加强计划生育工作的重要论述,认清"控制人口数量,提高人口素质"基本国策的重大意义。二是引导官兵从马克思人口理论的基本观点看,要发展经济就必须做好控制人口的工作。组织官兵认真学习马克思人口理论的基本观点,认清只有实行人口与经济的协调发展,才能实现全面小康社会和"三步走"的战略目标。三是引导官兵从我国目前人口形势的现状看,认清我国的人口国情、人口环境的严峻形势,从而增强官兵的忧患意识和紧迫感。**其次,强化法规意识,深入搞好计划生育政策纪律教育**。政策法规是计划生育工作落实的有力保障。组织官兵系统学习《宪法》《婚姻法》中关于计划生育的条款,《人口与计划生育法》《中国人民解放军计划生育条例》和驻地《计划生育条例》,使官兵掌握计划生育政策规定的基本精神、指导原则和主要内容,特别是关系到官兵切身利益的内容要

做到家喻户晓,深入人心,引导官兵像遵守其他法律一样遵守计划生育政策法规,增强遵章守法的自觉性。**再次,强化奉献意识,深入进行军队计划生育工作走在前列意识教育**。要把计划生育宣传教育与爱国主义教育、社会主义精神文明教育、我军宗旨教育和光荣传统教育融合起来,组织官兵重温《中共中央关于控制人口增长致全体共产党员共青团员的公开信》,讲清国家兴旺发达、民族繁荣昌盛需要人们共同做出奉献,作为革命军人就更应义不容辞地走在前列,引导官兵自觉在计划生育方面争先进、当楷模。**第四,强化职责意识,深入开展计划生育基本常识教育**。深入搞好婚恋观教育,定期开展优生、优育、优教、避孕、节育等基本知识专题讲座,大力宣传生殖保健、预防性病、艾滋病常识,引导官兵以科学的态度和方法处理婚育问题,倡导文明健康的生活方式,倡导家庭美德和社会公德,引导官兵认清计划生育不仅是个人的事,更是牵涉到社会文明进步的大事,从而明确自己的社会责任,强化职责意识。

三、搞好结合渗透,拓宽宣传教育形式陶冶人

计划生育宣传教育是一门综合性比较强的科学,它要求我们在方法上要根据形势和内容的变化,不断进行创新。**一要把计生教育同寓教于乐结合起来**。搞好计划生育宣传教育,要在专题讲座的基础上,把计划生育宣传教育纳入基层文化活动范畴,举办周末文化广场、演讲比赛、歌舞晚会等相关文化活动,营造浓郁的计划生育文化氛围,使官兵们在潜移默化中舒心健体,砺志怡情,增长才智,受到教益。**二要把理论灌输同自我教育结合起来**。实践证明,充分调动官兵的能动性,让教育者和被教育者在思考和心灵上实现互动,才能更好地激发官兵参与教育的兴趣和热情。适应这一特点和要求,课堂上要多为官兵提供自我教育的舞台,可采取以下几种形式:课堂答疑——把答疑作为课堂教育的一个重要部分,每堂课都拿出一定时间,让官兵把在计划生育方面关注的问题和产生的困惑当场提出来,由授课者即席解答;恳谈交流——围绕授课主题,让本单位的先进个人或在某些方面有切身感受的官兵走上讲台,讲经历,谈体会,进行现身说法;演讲辨析——围绕教育主题,提前确定演讲的内容和人员,适时举办课堂演讲,纠正某些歪歪理的教育则可以组织官兵开展辩论,让大家各抒己见,在辩论中统一思想,提高认识。通过这些具有鲜明时代特色的教育活动,能最大限度满足官兵求新、求知、求乐的心理需求,在平等民主氛围中实现自我教育,共同提高。**三要把部队教育同社会教育、家庭教育结合起来**。一方面,现在的官兵已不满足于坐在课堂上受教育;另一方面,社会上"三个文明"建设的进步和发展客观上为部队计划生育宣传教育提供了丰厚资源。因此,充分运用社会教育资源成为教育的一大亮点。一是要建立相对固定的教育基地。积极与驻地妇幼保健院、计划生育教育基地、文明村镇等建立比较稳定的联系,结合重大节日及教育需要,适时组织官兵参观学习。二是要借助社会师资力量。旅团级单

位和单独居住的营,可聘请党政机关、有关院校和研究机构的人口理论专家学者等作为特邀教员,建立一支辅助教员队伍,经常保持联系,适时请他们到部队上课,对官兵进行思想教育。部队要及时向他们通报官兵在计划生育方面的新动向,协调他们解决好官兵生活遇到的实际困难。三是要保持与官兵家庭的经常联系。连队要建立士兵家庭电话号码登记,在士兵休假、恋爱挫折或面临重要转折等时机,要及时和士兵家庭沟通,协助做好思想工作。**四是要把讲述道理与知识启迪结合起来**。科学文化知识对提高官兵的思想政治素质具有很强的底垫和启迪作用。积累的知识越多,官兵认识问题、解决问题的能力就越强。广泛开展读书育人活动、读书成才活动,尤其要把计划生育宣传教育与学习历史学、社会学、伦理学和科学文化知识等有机地结合起来,在丰富知识的过程中,提高官兵的思想政治素质。

四、注重实际效果,改进宣传教育手段吸引人

随着科学技术的发展,信息传播和现代教育手段越来越先进。只有充分利用当今先进的科技手段,才能增强计划生育宣传教育的吸引力和实效性。**一是发挥大众传媒作用**。报刊、广播、电视宏观指导性强、传达党的路线方针政策及时准确,已成为官兵接受各种信息的重要渠道,对官兵的思想影响越来越明显。因此,可以借助《中国人口报》《军队计划生育》等大众传媒的舆论导向作用对官兵进行计划生育宣传教育。坚持组织官兵收看《不能没有你》等优秀计生电视节目,阅读报刊登载的重要计生文章等,进行提示和讲解,进行教育引导,让官兵从中受到启迪和教育。**二是建立闭路电视系统**。闭路电视系统在传播信息、改进政治教育方面具有重要作用。凡是有条件的基层单位都可考虑建立闭路电视控制中心,开办军营电视新闻,开设计生专栏,制作计生节目,不断丰富教育内容,扩大教育覆盖面,使之有效地为部队计生工作服务。**三是完善多媒体教育设施**。和"一张嘴巴,一支粉笔,一块黑板"的传统教育相比,运用多媒体课件授课,具有图文并茂、形象直观、方便快捷、视听效果明显等特点,是计划生育宣传教育手段改革的一个发展方向。要加大投入,分期分批地把基层单位的多媒体教育设施完善起来,并尽快帮助基层计生干部学会制作和使用多媒体课件,切实增强课堂教育的吸引力、感染力。**四是开辟"绿色信息"通道**。计划生育宣传教育网络化,有助于更好地解决官兵信息需求与计划生育宣传教育实际提供信息量之间的矛盾,反映了计划生育宣传教育的时代特征和发展趋势。要充分运用好全军和军区宣传文化信息网上的资料,抓好本单位计划生育宣传信息网站的建设,配齐必要的设施器材,培养一些会网络管理、会制作课件的兼职网络人才,开辟国情问答、人生导航、法律顾问、心理咨询等栏目,在网络空间开拓计划生育宣传教育的新阵地。

(与杨玲云合作,刊于2005年8月1日《中国人口报》,收录在广州军区军营人口文化建设《"幸福·战斗力"主题研讨文集》一书中)

如何让转业干部走得愉快

这次军队体制编制调整改革，裁减员额20万，其中大部分是干部，转业成为部分干部的必经之路。但从调查的情况来看，目前部队走留矛盾比较突出。主要表现在：

转不逢时不能走。 被调查的干部普遍认为，今年裁减干部数量太多，时间集中，地方安置难度比往年更大，现在脱军装时机不对，不能走。

求稳怕变不愿走。 有的干部认为在地方加紧进行政府机构改革和国有企业改革的情况下不如呆在部队保险，收入相对稳定，希望等到地方和军队改革关系理顺后再作决定，不想打破现有的生活模式，认为转业风险太大，不愿走。

信心不足不敢走。 有的干部认为自己在部队干了多年，转业到地方年龄上没优势，情况不熟悉，担心社会竞争激烈，自己适应不了，不敢走。

那么，如何做好转业干部"走"的工作呢？笔者认为应在以下几个方面下功夫：

校正视角，统一人心。 联系新近发生的阿富汗战争、伊拉克战争和我军的编制体制现状，大力开展好"讲政治、顾大局、守纪律、作奉献"教育，做到"三个认清"，认清这次体制编制调整改革，是适应国际战略格局的深刻变化，迎接世界新军事变革挑战的需要；认清这次体制编制调整改革，是革除我军编制体制"头重脚轻尾巴长"的弊端，推进中国特色军事变革，进一步提高我军质量建设水平的需要；认清走留都是部队调整改革的客观需要，留是为部队建设作奉献，走也是为部队建设作奉献的道理，从而自觉站在军事变革大局的高度正确看待个人利益关系的调整，筑牢服从大局无私奉献的思想基础。

明确政策，消除担心。 军队转业干部是党和国家干部队伍的组成部分，是重要的人才资源，是社会主义现代化建设的重要力量，也一直受到国家和社会的尊重、优待。为搞好军转安置工作，近年来党中央、国务院和中央军委出台了一系列相关配套措施，保障转业干部的相关权益。为搞好这次调整精简，又出台了一系列优惠政策。要把总部近年来出台的相关保障军转干部个人基本权益的配套措施一五一十地交给大家，让大家熟悉了解军转安置政策，体会到党中央、国务院和中央军委为保障退出现役干部的基本生活所作出的巨大努力，使大家吃上定心丸。

直面挑战，增强信心。 一要开展好"复转干部回娘家"活动。邀请在地方取得一定成就的转业干部回单位与大家畅谈创业经历，引导大家破除"有本事不如有关系"的模糊认识，树立成长发展靠素质的观念；破除"只有国家机关、事业单位才保险"的模糊认识,树立广阔天地大有作为的观念;破除"部队学的地方用不上"的模糊认识,树立在部队锻炼摔打终身受益的观念。用活生生的事例,消除大家的思想疑虑,进一步增强迎接挑战的信心。二是开展好"军人得失大家谈"活动。引导大家看到自己在人才市场配置中的年龄、经济建设技能和人际关系方面的劣势,更要看到军人在政治思想、作风纪律、组织协调和领导才能等方面的优势,从而确立英雄有用武之地的观念;三是开展好培训工作。计算机、管理等方面的知识是军地通用技能。对转业干部分层次进行一次计算机知识、行政管理知识、社会交际等方面知识的培训,临行前再淬一把火,增强转业干部自身素质,坦然面对社会挑战。

排忧解难,奉献爱心。干部在转业过程中,或多或少会遇到这样那样的困难,要千方百计为他们办实事,心诚情到:主动了解转业干部的安置意向,并积极与地方单位做好推荐安置工作;经常过问转业干部的个人困难、合理要求,并尽量解决,不能解决的做好解释工作;为转业干部安排一次全面体检,为到地方工作做好准备;从家底经费中拨出专款,救助家庭困难的转业干部等等,使他们感到部队大家庭的温暖,走得舒心。

(与李春华合作,刊于2004年《政治指导员》第3期、《部队管理》第12期)

基层官兵弘扬艰苦奋斗精神"四要"

艰苦奋斗是我党我军的优良传统,是我们革命军人的政治本色。那么,基层官兵如何弘扬艰苦奋斗精神,让革命传家宝代代相传呢?笔者认为需"四要":

认识要高。经常重温我党我军艰苦奋斗的历史,学习党的三代领导核心关于艰苦奋斗的论述,做到三个"明确":明确新形势下保持和发扬艰苦奋斗精神的极端重要性,克服"过时论""吃亏论""对立论";明确艰苦奋斗是人类社会发展的动力杠杆,是理想信念的坚实基础,是共产党人党性的高度体现,是一种高尚的精神境界;明确艰苦奋斗是我军特有的政治优势,是确保人民军队性质、本色和作风永远不变的内在要求,也是推进中国特色军事变革、打赢未来高科技战争的可靠保证,从而自觉夯实艰苦奋斗的思想基础,使艰苦奋斗精神成为自身性格的一部分,成为军人的一种特有的气质和素质。

学习要钻。勤奋学习,刻苦钻研,努力掌握保卫祖国、建设祖国的过硬本领,是艰苦奋斗的一个重要方面。一个人精神空虚、思想堕落,往往是从疏于学习开始的。当前,部分官兵不同程度地存在轻视和忽视学习的现象,或静不下心,或坐不下来,或钻不进去,缺乏头悬梁、锥刺骨的精神,浅尝辄止,学用脱节。在现代条件下，知识就是力量，就是财富，就是生产力和战斗力。"书山有路勤为径，学海无涯苦作舟"。作为军人，要自觉减少应酬交往，珍惜宝贵光阴，发扬"钉子"精神，按照"两个武装"要求，认真学习基本理论，学习党的路线、方针、政策，学习部队的条令条例和规章制度，学习科学文化知识和专业技能，学习高科技军事知识。学习不怕根底浅，而今迈步总不迟。只要我们长期坚持，锲而不舍，就一定能够学有所获，学有所成。

生活要俭。古人说，"历览前贤国与家，成由勤俭败由奢。"可见，勤俭具有伟大的力量。养成节俭朴素的作风，对于自身健康成长具有重要意义。每个官兵都要自觉爱护武器装备和公共财物，从节约一滴水、一粒米、一度电等小事做起，从自己做起，从身边做起，自觉做到"三个统一"：一是与我军艰苦朴素的作风相统一，工作向高标准看齐，生活向低标准看齐，反对讲排场、摆阔气，盲目攀比；二是与个人和家庭的实际经济能力相统一，合理、适度、正常消费，处处精打细算，事事量入为出，不大手大脚，不乱放一分钱，树立俭朴节约的良好风尚；三是与部队规定相统一，严格接待标准，严禁大吃大喝，凡是部队规定不允许去的地方坚决不去。

工作要勤。勤奋工作是江泽民同志对我们应有工作态度、标准所做的精辟概括和具体要求。能否做到勤奋工作，是衡量一个人精神状态的重要标志之一。勤奋工作，就是把本职工作当作为人民服务的立足点，工作孜孜不倦，业务精益求精。勤奋工作，要有艰苦创业的韧劲，接受工作任务不讲价钱勇挑重担，完成任务时不怕疲劳，连续作战；要有争先创优的狠劲，坚持工作高标准，在本职岗位上创一流，做到有第一就争，有红旗就扛，有金牌就夺，那种"不争先，不落后，保持中游悠着走"的思想是要不得的；要有无私奉献的干劲，正确对待市场和战场的关系，正确处理个人利益和革命利益的关系，自觉做到盯着未来战场，苦练打赢本领，为推进中国特色军事变革贡献力量。

（与李春华合作，刊于2003年《政治指导员》第8期，被杂志社评为年度优质稿）

坚持安全稳定工作中的辩证法

安全稳定工作是一项复杂的系统工程，它贯穿于部队建设的全过程，牵扯到工作的方方面面，事关部队建设的全局和战斗力的提高。实践证明，做好安全稳定工作，必须坚持辩证的方法，在深入上下功夫，在实效上做文章，正确把握和处理好以下几个关系。

坚持标本兼治——安全稳定先治本，必须搞好教育，固牢官兵安全意识。思想是行为的先导。在搞好安全专题教育的基础上,要充分发挥思想骨干的作用,广泛开展谈心活动,始终把握官兵的思想脉搏。通过观看安全警示教育录像、开展"安全在我心中"大讨论等配合活动,增强教育的趣味性和感召力,在潜移默化中固牢官兵的安全观念,自觉时刻绷紧安全这根弦。目前,少数单位在抓安全防事故工作时,不能正确处理好治标与治本的关系,往往是"大呼隆、一阵风",上级强调了就抓一下,出了问题就抓一阵,而且常常就事论事,不从思想上根治问题,结果是按下葫芦浮起瓢。因此,在抓安全工作时,一定要持之以恒地抓好安全教育,强化事故就在瞬间、责任重于泰山的意识,营造人人讲安全、事事讲安全、时时讲安全的浓厚氛围,切不可只治标,不治本。

坚持上下齐动——安全稳定大家做,必须全员参与,既要领导抓更要群众防。 安全工作涉及到部队的每名官兵,必须充分发挥领导和群众两个方面的积极性。目前,在抓安全防事故工作中,不少单位领导花费了许多心血,牵扯了很大精力,也采取了不少措施,但效果并不十分明显。究其原因,主要是领导和群众之间存在着"断层",安全管理出现"空挡",致使预防工作在基层没有很好落实。因此,必须激发全体官兵做好安全工作的责任感,个个当主人,人人有责任,工作大家做,形成群防群治的良好局面,真正做到"思想越位有人提醒,不良苗头有人过问,发现问题有人解决"。

坚持大小结合——安全稳定无小事,必须见微知著,把隐患消除在萌芽状态。 安全稳定事关全局,没有稳定,一切事情都无从谈起。安全稳定又是"小事",不稳定因素往往是一个个小纠纷、小矛盾发展变化而来的。因此,我们要始终重视一个"小"字,以如临深渊如履薄冰之心来重视安全工作,抓好安全大事;要注意从点滴小事抓起,把安全大事落实到具体细微的小事,见微知著,心细如发,对影响部队发展稳定大局的苗头性、倾向性问题见之于未萌,预之于未发,善于从风声鹤唳中预见事态的严重性,对一些似有似无的问题,宁可信其有,不可信其无,把工作抓实抓细,把隐患消除在萌芽状态。

坚持宽严相济——安全稳定宜于疏,必须理顺情绪,妥善处理官兵内部矛盾。 人是安全稳定工作中具有决定性的因素。做好安全稳定工作,体现了对广大官兵生命和健康的高度关爱,同样体现了以人为本的建军治军理念。这与坚持从严治军、严格执行条令条例是统一的。因此,必须坚持从严治军,做到令行禁止,赏罚严明,紧张有序。同时,部队建设中的不安全因素,绝大部分是官兵内部矛盾,本质上没有对抗性。我们必须区别不同情况,准确把握尺度,采取分类处理的办法妥善化解。一些官兵个性张扬,有的领导动不动就给人家扣上不守纪律的帽子;部分官兵家庭困难,情绪低落,有的领导没有搞清楚,就认为是有思想问题,列入重点对象。诸如此类,非但解决不了问题,还有可能激化矛盾,甚至酿成严重后果。气顺心齐事业兴。在处理官兵内部矛盾时,我们一定要本着宜疏不宜堵、宜化不宜激的原则,采用思想疏导、劝阻、批评教育的办法来化解矛盾,缓和官兵情绪,把解决思想问题与解决实际问题结合起来,促进军营和谐发展。

坚持防治并举——安全稳定重在防,必须超前防范,牢牢掌握安全工作主动权。预则立,不预则废。安全工作千头万绪,要抓的工作很多,但要善于抓住安全工作的重点难点,分清轻重缓急,在解决主要矛盾和问题上下功夫。实践证明,只有把安全防范这项重点工作做好了,才能牢牢掌握安全工作的主动权。安全稳定是一项复杂的系统工程,光靠治是远远不够的,必须超前防范,着眼长远,科学构建动态应急安全管控网络,从驻地社情、重点要害部位安全状况、官兵思想等基本情况进行掌控,针对人员调整、季节变化、任务转换等时机进行防范,达到全程跟踪管理、及时更新内容、预案覆盖全局的目的,把预防工作做在前头,及时消除危及部队安全的隐患,构筑维护安全稳定的"铜墙铁壁"。

(与李春华合作,2007年《政治指导员》第1期、2008年11月25日《战士报》,被《政治指导员》杂志社评为年度优质稿)

油库安全管理工作之管见

油库担负着平战时油料、油料装备的储备中转和供应保障任务。安全是油库工作的生命线。如何做好油库安全工作,笔者认为应在"四化"上下功夫:

一、安全教育系统化,全面增强官兵安全意识

建立健全教育制度,确保经常。长期安全无事故的环境,容易导致安全教育上级有要求就抓,没要求就不抓;出了事就抓,平安无事就不抓的倾向。应从抓教育制度入手,建立一整套严格细致的安全教育体系,形成领导讲学、竞赛引学、互相帮学、考试促学、墙报导学的教育制度,做到年有"规章制度学习月",月有"安全周",周有"安全知识学习日"。利用班务会、队务会等时机,分析安全形势,查找安全隐患。从年初到年尾,安全教育实行流水作业,并且形成制度,常抓不懈。根据安全教育的内容和套路,创建安全教育程序图,规范安全教育步骤和程序,确保安全教育制度化、规范化、经常化。

科学设置教育内容,确保管用。在组织安全教育中,要科学设置教育内容,避免出现"官兵同听一堂课""干部吃不饱,战士吃不了"的现象。考虑到工种的共性与个性,可将安全教育分为共同教育和个性教育两块,并适时赋予新的内容。共同教育包括一些常见、常用的安全知识和油料基本知识,特别是油库火灾的特点,分

组或者单独讲解岗位职责、技术规范和操作规程等安全教育。在新兵入伍、老兵退伍、干部转业、雇用临时工等人员变动时，注意抓好安全知识教育和职业道德教育；在战备和敏感时期，注意抓好安全防范教育和安全警戒教育；在组织重大油料收发作业和动火作业时，注意抓好操作规程教育和动火安全教育等。通过开展定期教育和随机教育，促使官兵时时、处处绷紧安全防事故这根弦。

运用多种教育形式，确保有效。在学习《安全工作条例》时，要注意克服就条例学条例、就安全讲安全的低层次教育误区，积极探索寓教于乐的教育形式，创造性开展安全游戏、安全运动会、安全答辩会、安全警句征集等趣味活动，制作安全知识小漫画、安全知识挂历、建立安全工作图片长廊等，注重在潜移默化中引导官兵固牢安全观念。积极开展"在单位无事故苗头、在岗位无违章操作、在身边无安全隐患"的"三无"活动，坚持把安全管理的具体职责和要求落实到每一个单位、每一个岗位、每一个人身上。通过多种形式的宣传教育，切实让官兵职工懂得安全工作对仓库全面建设、人民生命财产安危的重要意义，切实增强抓好安全防范工作的紧迫感和责任感，营造出"人人讲安全、时时想安全、处处抓安全、事事保安全"的良好氛围。

二、管理手段数字化，切实提高安全工作效益

转变安全工作观念，变传统管为科学防。由于大多数油库安全设施设备比较落后，安全工作一直采用传统的经验管理和人力管理。主要依靠人员责任心强打人力战的严防死守旧方式，安全管理一直在低层次徘徊。仓库领导必须开拓思维，转变安全工作观念，形成"宁让技术等人才，不让人才等技术"，向科技要效益，依靠科技抓安全的共识。逐步建设好闭路电视监控系统、罐区液位监控管理系统、油气浓度报警系统和门禁系统等先进系统。依托局域网，建成一套完整的安全管理智能化系统，对仓库储油区安全、消防、巡检实施全方位、全天候实时监控。从过去依靠个人经验"闻、摸、看、听"转变为依靠科学仪器监控的科学管理。

创新安全管理手段，变单一管为综合防。油库安全管理要求高，如果手段单一，既耗费人力、物力、财力，效果又不明显。必须注重把现代化的监控技术与安全管理有机结合起来，在管理手段上大胆创新，实现防治手段信息化、多样化。在应用闭路电视监控系统时，在油库的立式罐、作业区、发油区等处安装摄像机，对库区重要目标实行24小时监控，做到发现目标报警、图像储存、打印，并将图像及时传送到网上。值班人员在监控室、库领导在办公室对库区一目了然，发现及时处置；在最易发生事故的泵房、栈桥等地方安装油气浓度报警系统，当油气浓度超过规定标准时报警，实现提前预警的功能；在罐室、油罐安装液面雷达监测系统，实现油罐液面高度、温度、体积实时管理监控，能及时发现因跑、冒、漏、滴出现的安全隐患等。管理手段多样化，既能满足油料安全对信息的及时性要求，又能较好解决仓库兵员编制与警力需求之间的突出矛盾，提高油库安全管理的防治水平。

健全安全工作网络，变领导管为全员防。仓库要成立由主任、政委牵头的安全工作领导小组，各党支部坚持把安全工作列入议事日程，坚持做到"四个不忘"：布置工作不忘要求安全，深入现场不忘指导安全，检查工作不忘监督安全，总结工作不忘讲评安全。仓库领导与机关部门、机关与分队之间，层层签订《安全责任书》。按能级职责，坚持做到收发作业有库领导现场指挥，一般作业有干部跟班，动火作业有消防员值班，民工作业有专人带班。同时，与驻地街道、居委会和派出所签订《军警民联防协议》，定期组织座谈和安全信息交流，形成横向到边、纵向到底、军地结合、层层把关的安全工作网络。通过多方并举、全员参与，做到思想工作有人做，异常情况有人报，违章现象有人管，安全漏洞有人堵，确保油库安全。

三、技能训练规范化，努力提高安全防范能力

　　着眼油库特点，突出训练针对性。违反作业规定和操作规程是油库事故的最常见原因。必须狠抓消防和作业规程训练等安全技能训练和业务培训。把受理火警、着装登车、铺设水带，对消防系统和各种灭火器材的使用、初期火灾的扑救等单兵操作技能以及协同训练作为消防训练的重点，落实"灭火程序清、会操作使用、会处置突发情况"的要求；把自觉执行作业规定和操作规程作为作业规程训练的重点，注重经常性养成教育。通过经常性模拟演练和检查考核，使官兵职工熟练掌握安全作业的基本要领和操作程序，实现安全作业规范化。在狠抓安全技能训练的同时，积极创造条件，大力开展业务培训，想方设法"体内造血"。

　　着眼形势任务，突出训练群众性。仓库岗位多，兵力少，一旦发生火灾，人力需求矛盾特别突出。无论是在平时"反恐"还是在未来战争中，油库都将是敌人破坏和打击的主要目标，形势比较严峻。必须把油库消防和管线抢修作为各专业岗位的共同训练科目，列入所有岗位训练考核的范围，广泛开展"一专多能"、岗位交叉训练，使他们个个都是安全员、人人都是消防员。积极与驻地武警消防支队开展"联防联消联训"，每季联合组织一次安全知识宣传教育，每年组织一次军地联合消防演练，使参训人员基本达到了"五会""四熟悉"（即会基础知识、会基本技能、会情况处置、会使用设备、会保养设备；熟悉消防区域、熟悉警戒范围、熟悉重点部位、熟悉报警信号），确保一有情况能全员参与，迅速处置。

　　着眼实战要求，突出训练严格性。仓库要从实战要求出发，从难从严摔打部队，着力提高实战能力。定期组织考核，对不合格者坚决调离岗位，集中办班强化训练，验收合格后再重新上岗。根据平时消防、战时基地消防、野战消防的要求，严格按照"消防""反恐""三抢"等十八项战备方案和应急预案，分别编写想定，设置发生山火、槽车油罐油桶和电线起火、输油管线破裂、遭恐怖分子袭击等实战背景，逐项进行战术和应变训练，促使官兵职工在贴近实战的演练中提高安全技能和处理突发事件的能力。

四、设施建设标准化,不断固牢安全工作基础

抓配套,完善安全防范体系。 由于大部分仓库建设年代久远,设施设备老化,不安全因素增多。仓库要舍得"花钱买平安",配齐各种消防器材和"三抢"设备,建设环形消防公路和拦油地,种植木荷树,构筑好防火林带,在营区、作业区之间建立了两道防火墙,达到主要设施设备齐全配套的要求。

抓改造,增强安全保障功能。 由于设备设施老化、工艺流程不合理,安全隐患较多。要加大人力、物力投入,坚持以治理隐患为突破口,把治理隐患与技术创新、标准使用新型防爆设备、附件,解决等级不够、型号混乱等技术问题,排除呼吸系统、通风系统、防雷防静电系统、安全防护系统方面存在的隐患;改建轻油泵房、收发油栈桥和集油管线,扩建了油料化验室,更换铁路栈桥收发鹤管,消除先天不足、性能下降、跑冒滴漏等危及油库安全的问题。

抓长远,确保基础持续稳固。 要立足当前、着眼长远,合理规划、科学管理,力求安全设施标准化建设持续发展。在新建和改建的项目设计上,不搞"短期行为",在旧模式上简单重复,着眼仓库安全设施建设全局,坚持"有所为有所不为"。按照科学管理、正确使用、及时维护、计划修理的要求,精心抓好设备设施维护保养,对人员、工艺、设备、环境等因素进行全面管理,采取"干部包片、战士包点"的办法落实"五定"(定时间、定设备、定人员、定规程、定任务)、"四无"(无锈蚀、无漏损、无故障、无丢失损坏)、"三有"(日有检查、周有维护、月有保养)要求,做到人人有安全职责,事事有安全规范,并在安全管理中形成了检查反馈、跟踪落实、相互监督、消除隐患的良性循环机制,确保设施设备完好率达到标准要求。

(刊于2005年总部《军需物资油料》第8期)

培养油料专业技术兵的几点思考

油料训练大队,担负着全军油料专业技术兵培训和各战区油料专业技术兵职业技能鉴定任务。如何瞄准部队建设和未来高技术战争需要,锻造"打赢型"的油料专业技术兵方阵,笔者认为应在以下几个方面下功夫:

一、着眼部队需要,明确培训目标

作为油料训练大队,必须紧贴油料专业岗位和新装备发展实际,始终把"目标

值"定位在培养合格的油料技术兵上,为"打得赢"提供人才保障。

首先,适应部队需要,培养基层急需人才。一是按照新大纲要求,培养"士官组训"的教练型人才。士官是油料系统生成、储备和提高保障力的重要群体,是班长和技术骨干的"后备力量"。按照新大纲要求,突出加强组织训练、传授技能和管理能力的培养,回到部队后能在"士官组训"中发挥"教练员"作用。二是面向油库实际,培养"一专多能"的复合型人才。针对部队油库专业技术兵少,油料业务岗位多,且岗位轮换快等特点,优化"一专多能"的课程设置,如学装备修理的要适当安排学习装备保管、油料保管知识,学油库司泵的要适当安排学习油库焊工、装备修理等知识,培养学兵既精通本工种又熟悉相关工种,掌握多个专业技能,能胜任油库多个岗位需要。三是着眼军事发展,培养"发明革新"的创新型人才。通过培训,不仅要使学兵成为打赢未来高技术战争的有用之才,更要强调弘扬其创造性,使其具有一定的技术革新精神和创造性开展工作的能力。尤其是在部队油料工作第一线,更要提倡搞点"小发明""小革新",因此,在培训中,必须注重培养学兵从继承性学习走向创新性学习,开展好"小革新""小发明"活动。

其次,立足岗位需要,提高学兵动手能力。战士服役体制改变后,学兵培训时间也由过去每期4至6个月缩短为2至4个月。针对培训期缩短的情况,要突破传统教学模式,加强对学兵动手能力的培养,确保学兵回到部队后"拿得出、用得上"。过去,以文化补习、基础理论、专业课为主的"三段式"课程模式,由于片面重理论轻实践,致使学兵动手能力普遍较弱。因此,要以新大纲为依据,科学调整学时比例,突出以能力为重点、以专业岗位需求为主线的课程设置,本着"必需、够用"的原则,压缩理论课时,使专业实践及技能训练的学时占到总学时的60%左右,体现油料专业技术教育应用型特征,并与职业技能标准相衔接,促进学兵对油料专业技能的感性认识,增强实际动手能力。

再次,着眼高技术战争需要,突出新技术新装备知识的掌握。遵照江主席关于"宁可让人才等装备,不可让装备等人才"的指示精神,主动适应新装备发展对人才的需求,定期组织新装备教学研讨会和新装备示教活动,着重加强20管群车加油车、6管和2管加油挂车等一系列新型油料装备操作使用和战场适应性训练,充分发挥新装备的保障效能,提高学兵驾驭新技术新装备的能力,实现人与装备的最佳结合。

二、深化教学改革,提高教学质量

随着对台军事斗争准备的不断深入和新大纲的颁布实施,油料专业教学训练面临新的机遇和挑战。必须适应部队建设形势,不断深化教学改革。

优化教员结构,加强教学力量。一是坚持精选教员。按照业务部门推荐、政治部门考察、公开试讲、群众评议、党委审查的原则,将政治思想好、业务能力强、热爱教学工作的同志充实到教学第一线,同时淘汰文凭低、教学能力差、不安心教学的教员,使教员队伍年龄、学历、专业知识结构、能力素质等方面均趋合理。二是坚持多法培训。针对多数教员理论根底扎实,实际动手能力相对较弱的实际,组织教员到基地油库、师一级库站实习,开阔教员视野,充实教学内容。同时,通过送院校培训、鼓励参加函授学习等形式,搞好教员的再教育,拓宽其知识结构。三是坚持诚聘人才。部队油料系统和教学训练机构拥有大批专业人才,工作经验丰富,可聘请部队"老油料"和后勤工程学院教授长年担任客座教官,定期开办专题讲座,提高教员素质。四是坚持严考促教。制定完善《教员定期考评制度》,对教员的教学态度、教学能力、教学质量等方面综合考评,奖优罚劣,强化爱岗敬业意识。此外,积极创造拴心留人环境,想方设法改善教员的工作生活条件,特别是在职务晋升、立功受奖、家属就业、子女入学等方面优先照顾教员。

更新教学内容,确保教学质量。 坚持以新大纲和油料专业职业技能鉴定为导向,结合近年来的试训经验,大胆改革教学内容。一是认真搞好应用教学。针对学兵文化基础较弱的特点,大幅度压缩理论课时,增加实习操作时间和内容,使教学更加紧贴部队工作需要。比如,在焊工专业教学中,可取消金属材料理论科目,压缩机械制图科目内容,增加操作实习时间,确保学兵熟练掌握焊工技能。二是加大教学的科技含量。新时期油料专业技术人才不但要熟练完成正常的业务,还要根据现代战争特点,具备独立保障、灵活处置各种情况的能力。因此,培训中要以新型油料装备为依托设置更多的限制条件和复杂情况,以战场为背景增加快速开设野战油库站、铺设抢修管线等训练内容,增强学兵对战争的理性认识,掌握先进油料装备的基本技能。三是加强心理素质的培养。在高强度、高对抗的现代战争中,良好的心理素质是取得胜利的重要保证。必须依据心理训练原则,加强学兵心理素质的培养。定期开展体育竞赛和对抗活动,锻炼学兵的意志,培养坚忍不拔、英勇顽强的心理品质。模拟真实战场环境,让学兵切身体验高技术作战环境中各种复杂危险的情况,比如在消防演习中,模拟油桶着火、管路着火等油库突发事件,组织学兵扑救,培养官兵沉着冷静、处险不惊的心理品质。

改进教学方法,增强教学效果。 随着科技水平的提高,必须改革传统的教学模式和教学理念。一是开展好多媒体教学。多媒体教学又称为"可视化"教学,与过去"一块黑板、一支粉笔、一支教鞭"传统教学相比,具有生动、形象、直观等特点。据资料显示,实施多媒体教学,课时可缩短30%,学习兴趣可提高35%,学兵对知识的掌握程度可提高40%。因此,要舍得投入,建立和完善多媒体教学系统。二是开展好场景化教学。在搞好理论教学的基础上,开展好场景化教学,建设好模拟油库、油库设备陈列室、油库消防陈列室等现场演示系统,增强学兵的感性认识及动手能力。三是开展好交互式教学。针对大部分学兵文化基础薄弱,只愿动手不愿动口,造成实际操作与理论学习脱钩的情况,广泛开展"三问"活动,交流学习经验,提高学习效率。课堂提问,解决课堂中的难点和疑点,加深对书本知识的理解;课后互问,通过学兵间的交流,加深对知识点的记忆和巩固;平时询问,通过师生交流,介绍部队情况,了解当今国内外科技最新发展现状与趋势。

三、加强配套建设,改善教学条件

配套的设施是培养人才的重要保证。必须本着总体规划、科学布局、适用配套、先急后缓的原则,采取新建和改建相结合的方法,下大力抓好配套建设,改善教学条件。

第一,着眼未来发展,实现教学训练基地化。 在完善教学办公大楼、学兵宿舍、学兵食堂、综合训练场等硬件设施的基础上,按照总部教学训练基地化的要求,坚持高起点、高规格,向多功能教育中心发展。一个是人才培训中心。根据部队实际需要和未来作战要求,认真设计人才培训模型,规划知识结构,构建专业体系,逐步形成培养预提士官、初中高三级士官、干部轮训的人才培养中心。另一个是学术研究中心。利用人才技术密集、实验条件优越、信息渠道通畅的优势,结合部队平时和战时保障的新特点,围绕部队油料"输、储、运、加、修、验"等内容,成立油料专业训练学术中心,开展全面系统的适当超前性研究,对总部承担重大课题,对部队肩负理论咨询和指导。再一个是职能鉴定中心。质量建军、科技强军关键是技术兵的高素质。开展技术兵职业技能鉴定,正是加强士官建设的有效措施。建设好法规完备、标准配套、机构健全、培训有力、科技先导、鉴定规范、运行平稳、军地接轨的职业技能鉴定工作体系和技术支持运行机制,成为所在战区油料专业技术兵的职业技能鉴定中心。

第二,加大经费投入,确保教学设施配套齐全。 油料专业教学对实验设施设备的依赖性很强,可采取"上级支持一点、自己筹措一点、建设节约一点"的办法,完善教学设施设备。一方面,注意分清主次,坚持教学项目优先上,建设好油库附件展览室、内燃机展览室和多媒体教学系统等;另一方面,发扬艰苦奋斗精神,充分运用自身人才优势,能自己干的坚决不请人。比如,建设模拟油库,就可自己设计,自己施工,节省资金投入。

第三,强化管理手段,充分发挥教学设施效能。 管理出战斗力,管理出保障力。要强化对教学设施设备的管理:一要建章立制,确保有章可循。依据有关标准制定《实验室管理规定》《新型仪器操作规程》《新型装备维护保养须知》等规章制度,对进入实验场所的条件、手续、实验室纪律作出明确规定,离开实验时仪器的清洗、摆放及其注意事项作出明确要求。二要归口管理,确保责任到人。对实习场所实行归口管理,由相应教研室主任负总责,责任到人,奖优罚劣。三要定期检查,确保保养到位。定期对各实习场所、各种教学设施设备进行检查,看场地是否清洁卫生,仪器是否发霉变质,各种设施是否按规定摆放、使用、维护、保养等,确保设施设备的完好率。同时,注重提高教研室主任、教员设施设备的维修保养技能,充分发挥设施设备效能。

(刊于2003年《后勤科技装备》第3期、2004年《军用油料》第5期,被《后勤科技装备》杂志社评为年度优质稿)

让俱乐部"乐"起来
——兼谈切实发挥连队俱乐部的功能作用

连队俱乐部是官兵愉悦身心的基本场所,是弘扬先进军营文化的重要平台,对于活跃官兵生活、陶冶官兵情操、激励官兵斗志具有不可替代的作用。然而随着网络技术的发展,信息来源的多样化、信息传递的快捷化、官兵需求的多元化等多种因素影响,导致部分连队俱乐部的功能出现弱化现象:有的领导重视程度不够,有的设施设备陈旧,有的文体骨干培养不力,致使活动开展不经常,没有发挥俱乐部应有的功能作用,昔日的"欢乐谷"变成了今日的"寂静岭"。那么,如何让俱乐部"乐"起来呢?笔者认为应从以下四个方面下功夫:

从"常挂空挡"向"摆上位子"转变。针对有的单位领导对连队俱乐部的功能作用认识不到位、对青年官兵日益多样的文化娱乐需求不够重视、俱乐部工作"常挂空挡"的问题,要充分认清作为先进军营文化建设的重要载体,俱乐部使命光荣,责任重大,经常将俱乐部工作摆上党委(支部)议事日程,健全组织机构,统筹活动安排,做到年有部署、季有计划、月有安排、周有活动,同时制定完善规章制度,明确目标任务、管理职责、开放时间、场所功能等,并经常指导帮带,加强督促检查,真正实现俱乐部活动制度化、经常化、规范化。

从"有啥用啥"向"用啥有啥"转变。设施设备陈旧是造成连队俱乐部"门前冷落鞍马稀"的一个重要原因。要彻底改变俱乐部设施落后、配置不高等问题,严格按照连队俱乐部建设标准,结合基层官兵需求,加大经费投入,升级完善文体设施。重点建好政工网络,把以往图书室、娱乐室、电视室、体育室"四合一"向图书室、电脑室、娱乐室、电教室、体育室、音乐室、展览室等"多合一"的方向推进,满足基层开展文化活动的需要。

从"重用轻育"向"用育并重"转变。要保持基层文化活动的经常性开展,不断提高活动质量,必须建设一支爱本职、有技能、能组织、善管理的文体骨干队伍。针对官兵流动性较大、文体骨干成长周期较长的特点,采取集中培训与自主训练相结合、专业培养与活动实践相结合、经常性活动与参与赛事相结合等多种手段,提高文体骨干的理论水平、专业技能和创新能力。同时,通过以老带新、保留骨干等措施,形成梯次配备、结构合理、相对稳定的文体骨干队伍,实现"重用轻育"向"用育并重"的转变,切实解决好俱乐部开展活动"缺人才"的问题。

从"传承传统"向"创新形式"转变。当前,官兵的主体已是成才愿望强烈、娱乐需求多样的"80后""90后"青年,看看电视、唱唱歌、打打球、下下棋等传统项目不足以吸引他们的眼球。要在抓好传统项目的基础上不断创新活动形式,丰富活动内容。要充分运用信息网络载体,围绕官兵求成才、求交流、求个性等特点,大力开展主题鲜明、趣味性强、官兵参与度高的特色文化活动,为官兵益智娱乐、求知成才提供帮助,引导官兵在围脖交锋中感悟真理的光芒,在上网灌水中交流学习的体会,在军营网游中锤炼战斗的本领,在high歌劲舞中培养健康的心理,真正使俱乐部成为先进军营文化的重要阵地、官兵成才的学习园地、陶冶思想情操的精神高地,让"欢乐谷"奏响欢乐的歌。

(刊于2012年5月22日《战士报》)

"三种阵地"助新兵完美起步

一年一度的新兵入伍即将展开,如何引导新兵尽快融入军营生活,迈好军旅第一步,实现个人理想与报国志向的统一?笔者认为应用好"三种阵地":

一、用好"传统阵地",在"面对面"中夯实思想根基。针对90后新兵入伍动机多元、政治意识淡薄的实际,要充分用好理论学习、社会大课堂等传统阵地,深化理论武装,弘扬光荣传统,夯实新兵从军报国的思想根基。一是学理论,深化思想武装。针对新兵价值取向多元、追求自我理想的实际,以培育当代革命军人核心价值观为内容,以《当代革命军人核心价值观读本》为基本教材,采取干部宣讲、骨干领读等方式,着力解决"当兵为什么、进步靠什么"等问题,强化爱国奉献、爱军习武、岗位成才意识;针对新兵对时事政治了解不深、理论素养不高的实际,以学习贯彻党的十八大精神为主要内容,采取专家辅导、集中讨论、撰写心得等方法,帮助新兵了解基本观点、熟悉基本内容、掌握基本精神,把新兵思想统一到党的旗帜下;针对新兵政治敏感性不强的实际,组织开展意识形态领域专题授课,听取形势政策报告,观看"四反"教育系列片,引导新兵充分认清意识形态领域斗争的尖锐性复杂性,教育新兵始终保持高度警惕。二是看变迁,激发内在动力。利用好驻地资源,组织官兵参观驻地高新企业和新农村,邀请驻地领导宣讲第二故乡的发展变迁,以扑面而来的新气象彰显中国特色社会主义道路的辉煌成就和光明前景,坚定新兵爱党信党跟党走的决心信心;利用好部队资源,组织官兵参观部队荣誉室,从一幅幅照片中体会部队的巨大变化,增强新兵敢打仗、打胜仗的决心信心;利用好媒体资源,组织官兵收听收看新闻联播,阅读《解放军报》等主流报刊,从影像、数字、图片中感悟国家发展的巨大成就,军队建设的长足进步,进一步打牢从军报国的思想根基。三是弘传统,砥砺意志品质,强化使命感。组织新兵参观烈士纪念馆、军事博物馆等红色景点,瞻仰英模画像,观看战斗历程,感怀英模事迹,感悟责任义务,引导新兵学习英模精神,争当英模传人。过好苦累关。大力弘扬艰苦奋斗优良传统,邀请部队老战士讲述历代官兵励精图治,用青春和汗水改变落后面貌的感人事迹,大力宣扬敢吃苦、能吃苦的新兵典型,把他们的照片和事迹写入宣传栏、黑板报,展示在排房、训练场,激励广大新兵向先进学习,向标杆看齐。增强纪律性。引导新兵充分认清遵纪守法的重要性,帮助他们在学习、掌握法律基础知识和部队的条令条例,着力提高他们应用法律法规和条令条例思考问题、解决问题的能力,要注重把法律法规和条令条例渗透到日常生活中使他们时时、事事、处处用法纪规范言行,成为学法、懂法、守法、用法的合格军人。

二、用好"网络阵地",在"键对键"中增强能力素质。针对90后新兵成才欲望强烈、网络情结深厚的特点,充分利用部队政工网,开设新兵专题网页,利用网络阵地来提升新兵的能力素质。一是网上"练兵场"催生战力。开设战术角斗场,引进《光荣使命》等军事类游戏,组织新兵进行网上PK,引导他们在游戏中熟悉军队编制体制,锤炼战斗本领,提高运筹能力。开设战术研究室,组织新兵学习经典战例,引到他们在思索中了解战争发展趋势,提高战术素质、增强团队意识。二是网上"思辨台"拓展眼界。充分发挥时下微博"短小便捷、互动性好、现场感强、自由度高"的特点,开设网上微博群,让新兵谈家乡、谈理想、谈见闻、谈感触,在互动交流中增长见识;开展网上辩论赛,设置世界大事、社会热点、军事焦点等话题供新兵探讨,引到他们在查阅资料、撰写博文和语言交锋中拓展眼界。三是网上"加油站"增长才气。开设"网上书屋",收集整理文学、军事、法律、社科等书籍供新兵阅读,广泛开展日读一篇,周记一文,月读一书活动,促进网上读书活动常态化,组织新兵定期撰写读书心得,定期开展读书心得评比,引导新兵在读书中汲取知识和精神营养。开设"网上课堂",建立互帮互学机制,邀请有专业特长的新兵登台授课,建立名家名师授课资料库供新兵学习,引导新兵在听课授课中增长才干。

三、用好"训练阵地",在"手拉手"中营造和谐关系。针对90后士兵个性张扬,自我意识、民主意识强烈的实际,充分利用训练时机,加强感情交流,培养相互信任,营造和谐的内部关系。一是手拉手谈,用真情融合。树立"以情带兵"理念,广泛开展大谈心活动,要讲真话,充分认识新兵思想前卫的实际,不用大道理压、歪道理唬,以真诚恳换实信任;要交真心,充分认识新兵自主意识增强的特点,变单向的"灌输型"谈心为双向的"沟通型"谈心,变居高临下的"指令型"谈心为平等参与的"民主型"谈心,变单纯的谈心为真诚的交心;要动真情,充分认识新兵民主意识增强的特点,真心实意的尊重新兵、关心新兵、教育新兵,对他们嘘寒问暖,为他们排忧解难,释疑解惑,在心与心的交流中拉近距离。二是手拉手乐,以娱乐沟通。树立"快乐带兵"理念,训练前,认真组织新老兵喊口号、唱军歌等,看谁"号声响、歌声亮";训练中,大力开展新老兵"音乐擂台赛""舞王争霸""才艺大比拼"等文艺活动,看谁"才艺多、掌声响";训练后,积极组织新老兵开展拉歌、拔河等集体活动,看谁"组织好、力量强",把欢歌笑语带进训练场,把感情沟通融入娱乐中。三是手拉手练,为信任加码。树立"模范带兵"理念,基础课目共同练,充分发挥"教练员"作用,严格标准领训,以良好形象影响新兵,在潜移默化中引导新兵增强集体观念,增进对干部骨干的信赖;重难课目带头练,充分发挥"领头羊"作用,身先士卒带训,以优秀的素质激励新兵,在比学赶帮超中激发新兵竞争意识,增进对干部骨干的信服;心理科目交叉练,一视同仁参训,充分发挥"主心骨"作用,在信任背摔、合理冲关中增进了解,增强信任。

(与严文科合作,刊于2013年《政治指导员》第1期)

第五辑

荧屏闪烁

（电视文本类）

- 浏阳河畔『连心桥』
- 苗女秀花的悲欢
- 合编『安全网』 共筑『防火墙』
- 兵者先国
- 旗帜高扬在千里联勤线上
- 千锤万击铸脊梁 履行使命保打赢
- 为保障打赢插上信息化翅膀
- ……

浏阳河畔"连心桥"

【本期导视】一名战士,在哨位上突然晕倒,生死攸关,他将如何度过?风景如画的环境,如沐春风的礼仪,温馨和谐的氛围,这些和医疗有着怎样的关系?敬请收看《浏阳河畔"连心桥"》。

各位观众大家好,欢迎收看《和平年代》,我是李伟,说起医疗这个词,大家一定不会感到陌生,人嘛,吃五谷杂粮就难免有个头疼脑热,病了到医院去打个针吃个药什么的应该说没什么稀奇。不过,如果说到温馨医疗,您是不是了解呢?那又是一种什么样的医疗模式呢?今天的节目我们就带您到广州军区163医院去看一看温馨医疗。

看到这些画面以后,你也许体会到的是人在院中走,如在画中游的感觉,也有可能会把它和美丽的公园、浪漫休闲的度假区联想到一起,实际上它既不是公园也不是度假场所,而是广州军区163医院。它位于长沙市北郊的浏阳河畔,是湖南这片红土地上的一所集医疗、科研、教学和急救于一体的三级甲等医院,广州军区的神经外科中心、肿瘤放射中心、耳鼻喉科中心和医学影像诊断介入中心就设在这里。医院环湖而建,一年四季景色宜人,为前来这里治病疗养的患者提供了一个温馨舒适的外部环境。医院的官兵们说,营造这种具有诗情画意的景观,还只是他们创建温馨医疗模式的一个小小的侧面。

在采访中,这位叫田长春的病号吸引了我们的视线。田长春是广州军区驻湖南某部的一名一级士官,2006年大年初三那天,他在部队站岗的时候突然晕倒不省人事,随后被紧急送往163医院进行抢救。

神经外科副主任石磊:当时来的时候人已经深度昏迷了,瞳孔散大,呼吸节律都已经改变了,这是一种濒死前的改变,做了CT以后,发现一个左侧额叶有一个巨大的血肿,位置很不好,这个位置可能使他将来产生第一个讲不了话,我们叫做失语;第二个偏瘫,瘫痪了;第三个变成植物人生存,还有死亡的可能性。

远在湖北武汉的母亲许腊新得知孩子的病情以后,犹如晴天霹雳。许腊新已经离婚多年,独自一个人把田长春抚养长大,孩子是她的命根子,也是她未来生活的希望所在。

母亲许腊新:就是说当时他还没脱离生命危险嘛,也不知道他抢不抢救得过来,我当时听了这个话,站都站不稳了。我说他要是活不下来的话,我也活不成了,真的活不成了。

为了挽救这位年轻战士的生命,同时尽可能避免他今后全身瘫痪和丧失语言功能,163医院组织所有神经外科的专家对田长春的病情进行了多次紧急会诊,并迅速制定了一套完整缜密的手术方案和两套应急预案。同时连夜召回正在老家休假、有着广州军区"名医名刀"称号的王连元亲自主刀,在第一时间内对田长春进行手术,在医院广大医护人员的全力抢救下,田长春的生命被从死亡线上给拉了回来。他在重症监护病房昏迷了一个月以后终于苏醒了,但是由于这种先天性的脑瘤已经损坏了田长春大脑的神经系统,他基本失去了语言功能,也不能下地行走,这种无情的现实让已经做好了心理准备的许腊新还是无法面对。

　　母亲许腊新:到监护室里面抢救了一个月,我就整整哭了一个月,我眼泪都没干过。

　　163医院始终没有放弃对田长春的治疗,先后又为他进行了4次极为关键的手术。在爱心的呵护下,田长春的病情终于出现了新的转机,他的语言功能逐渐得到恢复,还能下床站立。现在田长春在163医院已经度过了整整7个月。在这期间,医生每天都要来检查和观察他的病情,特别是这位王连元军医,对田长春格外爱护,他几乎每天下班以后都要来到病房看望田长春。医院的护士们坚持每天为田长春进行按摩,并细心地照料着他的衣食起居,医院领导也经常找田长春母子谈心,鼓励他们树起战胜病魔的勇气,这种真诚的关怀如今已经成了田长春和他的母亲记忆中最温馨的一幕。

　　母亲许腊新:我都不知道用什么方式去感谢他们。

　　正是这种亲情和战友之情,架起了一座生命的桥梁,现在田长春逐渐能独立行走,每天都会说很多的话,他那年轻英俊的脸上没有了痛苦和悲伤,而是多了许多幸福的微笑。

　　母亲许腊新:现在看到儿子恢复到这个样子,我真的蛮高兴的,我真的没想到他恢复得这么好,现在我儿子有这个样子,我真的很感谢他们医生护士,如果没有他们的话,我儿子也活不到今天了。

　　神经外科主任卢明:再经过一段时间的康复治疗以后,田长春今后能和正常人一样行动自如、结婚生子。

　　说到这,您应该对温馨医疗有了一点了解,在这里呢,我们替田长春感到由衷的高兴,因为温馨医疗和高超的医术让他重新站了起来,创造了一个医学上的奇迹,同时我们也真诚地祝愿田长春能够早点康复。

　　现在您在大屏幕上看到的是163医院的护士们正在进行礼仪表演,医院领导告诉我们,这也是温馨医疗的一部分内容。

　　在这个医院,所有的护士都要经过严格的礼仪培训才能走上工作岗位。她们甜美的微笑,言行举止流露出的端庄和柔情让人看了如沐春风。

　　护理部助理员熊钰:我们搞护士礼仪,主要是更好地为病人服务。通过对护士的服装、她们的仪表还有举止各方面进行一些规范和指导,让病人感觉到一种春天般的温暖,有利于他们的康复。

163医院,还活跃着一支文艺小分队,队员们经常深入病房和伤病员联合表演一些文艺节目,让患者的身心得到了放松。在拍摄中我们还发现163医院的许多建筑都是粉红色,它们掩映在一片翠绿之中,给人一种和谐宁静之美。护士们的衣服也由原来的白色变成了现在的淡绿色,她们的身影穿行在病房和营区的时候,如同一道亮丽的风景,让前来这里治病疗伤的患者倍感温馨。据163医院护理部主任刘跃晖介绍,这一切都属于温馨医疗所涵盖的内容。

护理部主任刘跃晖:今天我们组织内二科的一些伤病员和我们科里的黄主任还有护士,大家开一个小小的座谈会,主要是征求一下大家对我们医疗、护理工作的意见,特别是哪些方面还做的比较欠缺的地方。

在采访中我们得知,163医院经常组织这样的座谈会,它能使患者的权利得到维护,感觉受到了尊重,也让医院和患者之间实现了平等的沟通和交流,进一步融洽了医患之间的关系。据了解,163医院倡导温馨医疗有这样的一个背景:在军队医院,部队伤病员的管理一直是一个令部队和医院都头疼的问题。人嘛,有了病,情绪就会不好,而且住院的官兵远离原单位,住院期间曾经有伤病员不假外出、违反纪律的情况发生。如何让伤病员既服从管理又不产生抵触情绪,从根本上解决住院管理问题呢?对此,院长樊光辉深有感触。

医院院长樊光辉:这个温馨医疗就是贯彻以人为本的、给予人性化关怀为特征的这么一种服务。我们感觉到温馨医疗对现在我们军队伤病员管理是非常必要的,这个军队伤病员来了以后,不能说是一味地去硬管,把他的军装收掉,手机收掉,不许给外面打电话,不许请假,这种办法不能够使伤病员在这里得到很好的恢复。

据了解,163医院在全院推行温馨医疗还有一个深层次的背景,它就是那份浓浓的战友情和对伤病员生命与健康的关爱。

医院院长樊光辉:姓军为兵是军队医院永远不变的宗旨,来我们医院看病的这些伤病员,他们有的是来自于海训场上,有的是来自于抗洪一线。他们来到医院看病,我们军队医院没有理由不给他们提供一流的服务和温馨的医疗。保健康就是保战斗力嘛!

正是在这样的背景下,温馨医疗在163医院应运而生,到现在已经推行了将近3年。那么前来163医院看病的官兵对这种新型的医疗模式有什么样的评价和感受呢?

住院战士孙兴川:让你感觉到不是在住院,感觉在家里一样,找到了家的那种温暖。

住院战士何贵林:163医院对于我们当兵的来说真的是做到了"一条龙"服务,

我们到火车站之后,有专车接送,并且到了医院之后,有专门的引导人带我们去挂号,进行检查治疗,然后专门引导我们到这里住院。

住院战士王文刚: 我觉得163医院的温馨医疗服务,做得确实很不错,是实实在在地为广大官兵服务。

看来这温馨医疗已经深受部队就诊官兵的欢迎,在采访中我们还了解到,163医院不仅要为湖南驻军提供后勤保障,而且还担负着该省八个地区3900多名师以上离休干部的医疗保健任务。在163医院的护士站,这个看似平常的手提袋,引起了我们记者的注意。

老年病科护士长胡志辉: 这是我们专门为老干部准备的温馨袋,里面有饭盒、有毛巾、牙膏、牙刷、口杯、香皂、洗发水、拖鞋。我们设置这个爱心袋,主要是考虑到老首长来自外地,来的时候比较匆忙仓促,我们为他们准备这些东西的话,就省去很多麻烦,让老首长来到这里的时候,感觉到有一股家的温馨。

在许许多多的老干部心里,这个小小的温馨袋,装下的不仅仅是日常生活用品,它里面还装满了医院官兵对这些共和国功臣无微不至的关心,也装满了一种没有血缘关系的亲情和柔情。这种情,拂去了老功臣们在戎马一生后留下的累累伤痕,也成为了他们晚年生活中最幸福和甜美的回忆。

老红军叶林: 医务人员是不错的,是很好的,我就愿意在这个医院住院,你现在叫我到哪里去我都不去,态度太好了,不怕脏不怕累不怕辛苦。

在采访中,我们正好赶上了老年病科主任杜万红带着护士前往一位老红军家巡诊。巡诊对于163医院来说是家常便饭,这些年来,官兵们巡诊的足迹已经踏遍了三湘四水,他们在送医送药的同时,也送去了一片温馨。杜主任今天巡诊的对象就是这位名叫陈棣华的老红军,他前几天刚过完100岁生日,老人家现在的精神状态很不错,行动也比较自如。

老红军陈棣华: 全心全意为我们服务,服务人员都很好,对我们很关心。

陈棣华的儿子陈湘宁: 他能够长寿到今天,是他身体本身的底子还是比较不错,更重要的是医疗部门的保健治疗、及时治疗是分不开的。

陈棣华的儿媳姚兰富: 他们不是亲人,胜似亲人,不是子女,胜似子女,有的时候,比我们子女做得还要好、还要周到。

陈棣华老人的经历还只是163医院对老干部开展温馨医疗的一个缩影。在这个缩影的背后,到底蕴含了一种怎样的理念和情感?

医院院长樊光辉: 这些老干部老红军,都是我们党和国家的宝贵财富。他们是从当年的枪林弹雨中走过来的,到现在有的还是伤痕累累,他们出生入死,为共和国立下了汗马功劳,对待这些老同志,我们只有像子女一样去关怀他们,爱护他们,绝对不能忘记他们,因为忘记了他们,就等于是忘记了历史,背叛了过去。

如今163医院为了更好地为兵服务,在经费紧张的情况下,投入8000多万元引进了许多先进的医疗设备,并加大了人才培养和引进的力度,使医院拥有了一支作风过硬、技术精湛的医疗队伍,同时163医院积极开展科研攻关,攻克了很多医学上的难题,先后获得了80多项国家和军队的科技进步奖,这一切为医院开展温馨医疗提供了强有力的技术支撑。

在紧邻163医院的浏阳河畔,有一座雄伟壮观的大桥,它就是被列为长沙市标志性建筑的洪山大桥。这座大桥是连接浏阳河两岸重要的交通枢纽,也是目前世界上排名第二的单臂斜拉桥。洪山大桥和163医院不但紧紧相连,而且有一个非常偶然的巧合,大桥的高度正好是163米,这个数字正好和163医院的番号完全相同。

医院政委李春华: 现在我们形象地把163医院党委比作洪山大桥的桥臂,全院官兵就像桥上的一根根拉索和一颗颗螺丝钉。只要我们团结一心,奋勇向上,我们就能形成凝聚力战斗力,架起医院和官兵、医院和人民群众的这座连心桥,使它经得起风吹雨打,经得起惊涛骇浪,让它永远耸立在美丽的浏阳河畔,永远耸立在官兵和人民群众的心中。

(与张智超、罗衡辉合作,2006年11月2日中央电视台《和平年代》栏目播出)

苗女秀花的悲欢

2006年8月24日,湖南怀化开往长沙的火车正点进入长沙站,火车上走下了一位特殊的旅客——苗家少女张秀花。与她同行来长沙的是她姐姐张秀燕。这是姐妹俩第四次来到省城长沙。

张秀花这次跟以往一样,将赶往驻扎在长沙的解放军163医院检查身体。曾经主刀为张秀花手术的王笃权军医也和前几次一样,专程前往火车站迎接张秀花姐妹的到来。

张秀花这次来到163医院以后,院长和政委还特地赶过来看望了她。

一位普普通通的苗家少女,为什么会得到这所军队医院如此高规格的礼遇?故事还得从头说起。

恶魔一样的肿瘤

张秀花住在湖南省沅陵县一个偏僻的苗家村寨。那里交通闭塞、资源匮乏,秀花一家全靠干繁重的农活维持生计。尽管生活并不富裕,一家人倒也其乐融融。

张秀花还不到两岁的1990年冬天,巨大的不幸袭击了她原本幸福的家庭。一天深夜,秀花的母亲由于身患重病,医治无效,带着对秀花姐妹俩无尽的牵挂和思念,离开了人世。

母亲去世后的第三个月,秀花发现脖子的右边突然长出了一个黄豆般大小的肿块。由于不痛不痒,没有引起一家人足够的重视。

渐渐地,肿块跟着秀花慢慢地长大了。它就像一个恶魔,贪婪地吮吸着秀花身上的营养,使秀花的身子变得日渐单薄。

患病的秀花整天躲在家里以泪洗面。她感觉自己可能会比爷爷奶奶更早地死去,天天抱着姐姐哭。也是孩子的秀燕,为妹妹感到非常难过。

七岁时,秀花和所有同龄的女孩一样,渴望上学,渴望背着漂亮的小书包走在开满鲜花的小路上。可秀花无法面对那一串串惊奇的目光,上学的渴望一直不能成为现实。秀花从没有走出过居住的村寨,也没有走进过学校的大门,更不知道学校是什么样子,干农活和放牛成了她每天生活的全部内容。

秀花不敢跟人打交道,天天跟牛做伴。她把牛当成了最好的伙伴,时常对着牛说话,吐露自己的心事,因为牛不会嫌弃她。看到天上飞的鸟秀花会想,它们飞得多自在、多自由,如果自己也能像鸟儿那样,不,只要有一点点快活、一点点自由,也就死而无憾了。

爱美是人的天性,秀花也一样爱美,但自懂事后,她从来没有拍过一张照片,从来没有当着他人的面照过一次镜子。她用幼小脆弱的心灵默默地承受着身体和精神的双重折磨。

秀花的父亲张远财先后多次请乡村医生给她治疗,但没有任何疗效。秀花14岁时,脖子上的肿瘤已经长得非常大了。张远财终于明白,女儿脖子上的肿瘤乡村医生是看不好的,必须到长沙的大医院手术治疗。

父爱情深

父爱无言而深沉,父爱不需要华丽的词藻描述。

张远财为了给秀花做手术积攒医疗费,没日没夜地干着苦力活。由于积劳成疾,他患上了结核性胸膜炎,原本健壮的身体被折磨得瘦弱不堪,完全丧失了劳动能力,而且病情很快就发展到了晚期。

为了在生命的最后岁月里能够亲眼看到肿瘤从女儿的身上消失,张远财放弃了对自己的治疗。他卖掉了房子和粮食,卖掉了那头家里最值钱的耕牛,在当地政府和好心人的帮助下,抱着最后一丝希望,于2002年8月初来到长沙为秀花求医。

在举目无亲的长沙,秀花一家为了节省开支,住的是五块钱一晚的旅馆,吃的是馒头和从老家带去的咸菜。他们抱着希望奔波于各大医院求医问药,但都由于手术难度太大、手术费用太高,加上手术所需的巨额医疗费他们无法承担,秀花没能住进任何一家医院。初来长沙时满怀憧憬的他们陷入了深深的绝望之中。

父亲张远财很惭愧,他觉得自己以前没有尽到父亲的责任,对不起女儿。事实上,父亲的病情比秀花还要严重,这一切,都是这个贫穷的家无法解决的难题。

紧急会议

秀花一家的不幸和遭遇引起了长沙各大媒体的广泛关注,长沙电视台政法频道在为秀花捐款的同时,对他们求医的事进行了连续跟踪报道,很快在社会上引起了强烈反响。许多爱心人士纷纷向秀花一家伸出了援助之手。

在大家的帮助下,秀花的父亲住进了医院接受治疗。而此时,秀花一家面临的困境也引起了解放军163医院王笃权医生的密切关注。

王笃权得知秀花的消息后,心情非常沉重。这个在口腔颌面外科工作了34年的医生认为,自己有责任为这个孩子解除病痛。反复考虑后,王笃权给医院政委和院长打了电话,请求医院把这个不幸的孩子接到医院治疗。

接到王笃权的电话后,樊光辉院长马上与政委联系,商量立即开会把这事定下来。

2002年8月17日,163医院召开了紧急而特殊的常委会,会议的主题就是秀花的治疗问题。会上,班子成员很快统一了认识,把小苗女接来,尽最大努力救治她,并免除所有的医疗费用。

当天下午,王笃权带着救护车把秀花接到了163医院,并迅速为秀花进行了各项检查。

值得庆幸的是,秀花脖子上的肿瘤是良性的。但由于肿瘤巨大,小秀花的气管发生了移位。医生当即决定,手术切除。

既要切除肿瘤,又要保留颈部所有重要的神经和血管,还不能损坏秀花的容貌,手术难度可想而知。为此,163医院成立了由各相关部门专家组成的医疗小组,多次对秀花的病情进行全程会诊。

三天后,163医院在各项术前准备都很充分的前提下,决定对秀花实施肿瘤切除手术。

为了万无一失,医院安排了最好的手术医生、最好的麻醉师以及最好的护理人员为秀花进行手术。

手术结束后的日子

2002年8月20日,是值得秀花铭记一生的日子。经过163医院医护人员长达六个多小时的手术,那个整整折磨了她13年的巨型肿瘤终于被彻底清除,手术取得了圆满成功。

秀花到现在都不知道,她做手术时所需的大量新鲜血液,全部是163医院的解放军叔叔和阿姨为她义务捐献的。

正是这一份份血浓于水的人间真情,架起了一座生命的桥梁,托起了秀花新生的希望,让秀花的脸上露出了甜美幸福的微笑。

经163医院医护人员的精心护理,2002年9月4日,秀花康复出院了。带着163医院官兵和长沙市民的一片深情和祝福,带着一颗感恩的心,秀花返回了那个遥远偏僻的苗家村寨。

2002年9月16日,秀花背着长沙电视台送给她的书包,拿着163医院官兵捐给她的学费,走进了她渴望已久的校园,开始上小学一年级。这时,秀花已经年满14岁了。

回访

经历了人生太多的苦难和不幸的小秀花终于解脱了,但远在长沙的王笃权军医却还是放不下心来。两年后,王笃权决定亲自到秀花的家进行回访。

2004年12月6日,王笃权踏上了回访秀花的旅途。回访对163医院来说,早已不是什么新鲜事。这些年来,医院官兵已对成百上千个特殊病人进行过回访,但这次回访秀花却让王笃权心里始终无法平静。因为他不知道远在苗寨的秀花现在身体和生活到底是什么样子。

进山的路很难走,王笃权一行只好中途下车。走了一个多小时的山路后,他们终于来到了秀花家。

检查结果让王笃权悬着的心放了下来,秀花的伤口愈合得非常好。没有了肿瘤的折磨,秀花变得更加清秀美丽。秀花家的房子卖掉后,姐妹俩和爷爷奶奶一直居住在亲戚家。王笃权还得知,秀花的父亲张远财那次从长沙回到老家后,病情急剧恶化,在秀花出院后的第24天就匆匆地离开了人世。这位曾经饱尝过人生无数苦难的农村汉子,临死前没有掉过一滴泪,脸上始终挂着一丝微笑,走得非常安详。亲眼看到女儿得到了好心人的救助,做父亲的也算是死而无憾了。

父亲去世后,秀花姐妹俩成了孤儿,与年迈的爷爷奶奶相依为命。

明天会更好

2006年,秀花做完手术已经整整四年了。

四年间,秀花和163医院的叔叔阿姨结下了深厚的感情。秀花每次来医院复查,都有专人接送,所有的检查费用和吃住行都不用秀花操心。这一切,让缺少父爱和母爱的秀花体会到了那种没有血缘关系的亲情,也让秀花从自卑的阴影和失去亲人的悲痛中走了出来。

2006年8月,小秀花安全度过了手术后的各个危险期。她这次来长沙,是为了进行一次全面检查,也是最后一次复查。

经王笃权医生仔细检查,结果显示,肿瘤切除后,秀花全身各方面的状况都非常好。

每次想起18年来所经历的人间悲欢和生活苦楚,想起今天来之不易的平静和幸福,秀花都会说:"如果有一天,我有一个好的人生路,我会用我一生的努力去报答他们。"

163医院政委李春华表示,秀花经历了太多的人生磨难。医院将继续关注她的学习、成长和生活,承担她的学习费用,帮她建造一栋房子。他希望通过全院官兵的共同努力,使秀花能像所有孩子一样过上幸福的生活,拥有一个美好的明天。

"伸出你的双手,让我拥抱你的梦,让我拥有你真心的面孔。让我们的笑容,充满着青春的骄傲,让我们期待着明天会更好。"

张秀花真诚地祈祷那些遭遇不幸的人们都能像她一样幸运,祈祷真情与生命永远同行,祈祷曾经关心爱护过她的好心人一生平安、幸福美满。

(与张智超合作,2006年9月25日中央电视台《和平年代》栏目播出)

抗击冰冻中有我,无论寒风刺骨,雨雪交加
抗洪抢险中有我,无论滚滚急流,波涛汹涌
抗震救灾中有我,无论飞沙走石,地动山摇
……
灾难面前
我们无所畏惧,勇往直前
信念铸就理想,忠诚锻造坚强
不倒的是长城,不屈的是脊梁
因为我们是兵
　　——人民子弟兵

兵者先国
——记广州军区驻湘某分部汽车营营长罗先国

今年初,罕见的雨雪冰冻灾害突袭我国南方大部分省份。电网受损,交通受阻,数千万人受灾……作为广州军区应急运输保障部队,驻湘某分部汽车营官兵紧急出征,战冰斗雪,历经一次次艰苦跋涉,将各种物资源源不断地运送到抗冰救灾前线，用战士的忠诚浇铸了一条风雪挡不住、冰冻隔不断的钢铁运输线。

罗先国，就是这支英雄部队的军事指挥员，他带领官兵用自己的实际行动谱写了一曲曲听党指挥、服务人民、英勇善战的颂歌。

营长罗先国：作为一名汽车营长，一名军队基层指挥员，惟有义无反顾投身抗灾一线，完成好组织赋予的光荣使命，把党的关怀及时送到灾区，传递给千家万户，即使付出生命也在所不惜。

这位来自湖南常德的汉子罗先国在军区抗冰救灾总结表彰大会上的发言，深深打动着每一名官兵的心。

今年1月29日，气温骤降到零下5度。京珠高速湖南段已经塞车长达4天，被堵车辆5万多辆，10多万群众在饥寒交迫中等待救援。凌晨1点，他奉命带5台车为耒阳段受困群众运送棉衣和食品。

汽车营战士四级士官郭海港：我们用的是0#柴油，零度以下就会结冰。车辆每行驶十来公里就会因油路堵塞自动熄火。每次熄火，营长都是第一个钻进车底，仰面躺在雪地上，用手指抠除油管上的冰碴，然后用准备好的热毛巾敷在油管上，保证油路通畅。

就这样，100公里的路途，他11次下车排除油路冰冻，算起来在冰雪地上整整躺了2个小时！当早上6点钟到达目的地时，人们发现他的手指已经被冰碴划破了，背部的衣服也被碎石磨破了。

2月3日晚，罗营长又接到紧急命令，带领6台车拉着电力物资到永州方向。途中，必须经过一段九曲十八弯的盘山公路，这条路常年大雾封锁。就是大晴天，过往的司机都得小心翼翼。

汽车营战士二级士官程文：当时情况紧急，这座桥10多米长，不到4米宽，两边没有护栏，桥面冰层又硬又厚，桥下是20多米的深沟。我们几个老士官都不敢开，随车的电力部门领导担心出事，建议我们天亮后再想办法。我们营长考虑到还有2天就过年了，为了让老百姓看上春节晚会，当即决定5台车都由他开过去，每台车加上两套防滑链，两名驾驶经验丰富的老士官负责一前一后引导。当第一台车开到桥中央时，车子后轮侧滑，一个轮子悬空，两个负责引导的士官吓得大叫。我们营长临危不惧，一点一点将车子摆正，然后要我们把大衣脱下来铺在桥面上，增加摩擦力，我们花了半个多小时才把5台车开过去。也许是精神高度集中的缘故，我发现营长全身都被汗水湿透了。

有牺牲的精神才会有奉献的荣光。罗先国自觉舍小家为大家，无怨无悔。在一栋简陋的住房前，我们见到了罗先国的妻子。

营长罗先国妻子徐玲：我爱人接到命令就出去了，没想到一去就是整整40天。打电话老联系不上，我好担心他的。其实那段时间我家也很困难。父亲瘫痪在床，生活不能自理，母亲身体不好，孩子又小，我又要上班。那段时间衡阳也停水停电,我每天都要到几公里外的地方提水做饭。作为女人,我很想他回来帮我一把。我们原本是想把我父母接过来,一家人团团圆圆过个年的,他一去就是40天,吃团圆饭的心愿泡汤了。我也是军人出身,理解他作为军人的使命。

在这次抗冰救灾中,地方司机不敢出车,为什么该营官兵却安全行驶25万公里、把党的爱民之情送到千里冰封线呢?

湖南省送变电公仓储部主任陈福生:有一次,他胃出血,为了早日恢复电力,他没有上医院,我就安排他到我们旁边卫生所打了一天吊针,晚上他又开始和官兵们一起搞运输了。我们湖南省电力恢复得这么快,与他们争分夺秒运送物资是分不开的。罗营长是一名真正的军人。

近年来,他建议党委确立了以战场需求牵引部队训练,打造一支"作风优良、技术精湛、一专多能、反应快捷"的运输保障精兵的工作思路。为提高部队复杂条件下的运输保障能力,他们始终瞄准战场练兵,通过把战场环境设真、把训练条件设险、把训练课目设难,强化战场适应性训练,从装载伪装到山地机动,从战术训练到抗敌干扰,逐个课目开展训练,在训练场解决战场上的问题,不断摔打磨炼部队英勇顽强的战斗作风和临危不惧的过硬素质,探索出汽车兵适应战时运输保障防卫的新路子。

营长罗先国:平时多流汗,战时少流血。为锻造一支运输保障精兵,我们始终紧贴实战练兵,锤炼部队作战硬功,真正做到一声令下,迅即行动,拉得出,供得上,打得赢。

真学真用见真功,实演实练出实绩。这支部队着眼完成多样化任务,人人练就了一身复杂环境驾驶的硬功。

去年,他带领部队参加"中南-07演习",由于表现出色,受到军区章沁生司令员、张阳政委的高度评价。2007年底,总部和军区军事考核组对该营军事训练进行考核验收,成绩评定为优秀。罗先国所带部队连续3年被上级评为全面建设先进单位、车辆管理先进单位,被广州军区评为车辆优质保养先进单位,一次荣立集体三等功。他个人先后荣立二等功一次,三等功三次,多次被军区评为优秀共产党员、优秀一线带兵人、战备训练先进个人。2008年3月,他被军区评为抗冰救灾先进个人。

在抗灾救灾的40多个日日夜夜里,他带领全营官兵克服雨雪冰封带来的巨大困难,辗转湖南境内38个市县,出动车辆800余台次,行程25万余公里,运送电力职工2722人次,运输物资5000多吨,做到了无一延误、无一差错、无一事故,出色完成了救灾物资和电力抢修器材运输任务,被湖南省委张春贤书记誉为"雪域铁流"。

(2008年5月4日中央电视台军事新闻栏目播出)

合编"安全网" 共筑"防火墙"
——广州军区XX仓库开展平安建设活动纪实

湘江之滨,南岳峰下,有一座美丽的城市——衡阳,它地处两广咽喉、南北要冲,是全国45个重要交通枢纽之一。坐落在市内的广州军区XX仓库积极参加平安建设活动,通过军地合作,联防联治,趟出了共建平安油库、打造和谐驻地的新路。先后被评为"全军油库安全工作先进单位""军区先进旅团单位""军区预防犯罪综合治理先进单位",荣立集体二等功一次。

大局之中摆位,抬高起点谋划

几年前发生的两件事,至今让军地领导记忆犹新:一件事是2007年夏天,仓库收发作业导致周边油味浓厚,附近居民误以为跑油了,立即拨打110报警,驻地政府紧急启动预案,调集消防力量,准备疏散群众,引起驻地恐慌,结果虚惊一场;另一件事是2008年春节,两个孔明灯飘过营区上空,全库官兵紧急出动,严阵以待,直至灯火熄灭才解除警报。这两件事情让军地领导深刻认识到:油库安全与驻地唇齿相依,你中有我,我中有你。只有军地携手,共创平安,才能实现仓库安全、驻地安定、军民安心。

思考催生行动。军地双方通过深入调研分析,感到周边环境有以下几个特点:一是驻地人口多,衡阳市常住人口70万,每年流动人口600多万。营区周边有医院、学校、车站、社区,1公里范围内人口超过3万;二是直面交通大动脉,离京广、湘桂铁路、107国道不足百米,距京港澳高速、武广高铁直线距离仅5公里;三是社民情复杂,"法轮功"顽固分子地下活动频繁,黄赌毒现象屡禁不绝。从自身特点看,仓库是国家成品油战略储备基地,储存油量大,安全风险高,被戏称为城市中的"超级炸弹"。

严峻形势促使军地主动联手。双方成立由主要领导任组长的平安建设领导小组,签订"平安建设活动协议",把领导力量拧成"一股绳";组建协作办公室,共同制定"活动方案"和"实施细则",把职能部门织成"一张网";驻地自觉将油库安全摆上党委议事日程,定期召开联席会议,把军地活动纳入"一盘棋"。为营造浓厚氛围,军地在各类媒体开辟活动专栏,在主干道悬挂横幅,在醒目处安置灯箱,在显示屏播放专题片,使平安创建活动深入人心、家喻户晓。

湘江河畔绘异彩,共创和谐写风流。一股合编"安全网"、共筑"防火墙"的热潮蓬勃兴起,共创平安和谐成为驻地军民的广泛共识和奋斗目标。

突出重点抓建,共创平安油库

开展平安建设活动,安全稳定是基础。仓库始终立足自身抓安全,又注重借助地方力量共筑安全防线。

安全文化同育。"亲情爱情战友情,无视安全等于零""要我安全是爱护,我要安全是觉悟"……这一条条富含哲理又生动鲜活的格言警句在营区随处可见,它们全出自于官兵之手,看后让人想到出门前母亲的嘱托、妻子的叮咛、儿女的期盼,心中多了一份沉甸甸的责任。短期安全靠运气,中期安全靠制度,长期安全靠文化,仓库坚持把培育安全文化作为平安建设的治本之举。走进荣誉室,"安全之星"榜上有名;点击局域网,安全专栏吸人眼球;漫步文化长廊,安全图画过目难忘……浓厚的安全文化环境,让官兵抬头受教育,低头思责任,耳濡目染中内化于心,外化于行。同时经常与驻地开展"法律常识进军营""国防知识进社区"活动,联合举办安全技能竞赛、安全形势解读、安全故事征集等活动上百场,有效提高了军民的安全素养。

技防设施联建。来到仓库监控室,营区全貌一览无余;打开液面监控系统,油料各项数据自动显示。信息技术牵引技防设施快速升级的背后,是仓库"科技保平安,花钱买安全"的生动写照。仓库先后投入800余万元,集中军地专家智慧,引进先进技术,建成了硬件配套、功能完善、兼容共享的一体化监控平台。

周边环境共治。"营门连着大公路,墙外都是店和铺"。面对周边复杂环境,仓库主动将防治关口前移,为群众发放《平安建设手册》,宣传安全防范知识;军地联手定期对周边娱乐场所、流动人口进行"拉网式"清查;成立治安联防队,对重点地段、敏感部位不定期巡查;每年与门面承租户签订《平安建设责任状》,并跟踪管控。2009年来,共查处违法违规经营户5家,协助捣毁"法轮功"地下窝点2处,使营区周边成为"阳光地带"。

践行为民宗旨,弘扬和谐新风

建设第二故乡,共创和谐家园。仓库牢记职责使命,积极为驻地办实事、解难题,弘扬社会新风尚。

急难险重打头阵。在2008年特大雨雪冰冻灾害中,衡阳是重灾区。仓库火速出动野战炊事车、移动加油站为滞留群众提供热食和油料保障,为打通南北交通大动脉做出了突出贡献。近年来,仓库先后完成抗洪抢险、扑灭山火等重大任务,为驻地挽回经济损失上千万元。

拥政爱民作表率。今年3月,因湘桂铁路改扩建,需拆迁仓库附近300余套居民房,部分拆迁户担心补偿金不能足额发放而拒绝搬迁。仓库领导知情后,利用在驻地享有较高威信的优势,主动配合政府做工作,使问题得到圆满解决。近5年,仓库协助政府化解处理重大矛盾12起,制止群体性事件苗头6起,资助23名失学儿童重返校园。

精神文明当先锋。积极倡导诚实守信、公平正义、乐于奉献、文明礼让、绿色交往五种风尚;每逢春节、国庆等重大节日,举办军地联谊活动,唱响时代主旋律;编印《外出人员遵规守纪"十要""十不准"》,引导官兵争当精神文明排头兵,真正做到驻一片区域、领一种风尚、促一方文明。

北雁南飞是为了追寻温暖,平安创建是为了构筑和谐。面对新时代的机遇与挑战,面对新使命的期待与召唤,广州军XX仓库决心按照科学发展观要求,牢记使命,践行宗旨,永不懈怠,永不止步,不断开创平安建设新局面!

(广州军区XX仓库在全军共建平安活动经验交流会上专题汇报片)

旗帜高扬在千里联勤线上

太阳每天都是新的,中国共产党的理论也不断创新。迎着新世纪的曙光,"三个代表"这面光辉的旗帜在祖国的蓝天高高飘扬,也高高飘扬在我们千里联勤线上!

湘江之滨,南岳峰下,一个古老而又美丽的城市——衡阳。这里,也是我们联勤XX分部机关所在地。我们分部组建于1961年,隶属广州军区联勤部,所辖XX个独立营以上单位,大体分布在京广沿线,南起湘粤交界的宜章,北至江城武汉,南北相距855公里,东西相距217公里,跨湘、鄂两省6市16县(区)。平时主要担负XX任务;战时担负XX任务。

近三年来,分部党委认真贯彻"三个代表"重要思想,按照江主席"五句话"总要求,全面加强部队建设,不断跃上新台阶。

数据告诉我们,一份耕耘,一份收获,我们用汗水和智慧创造的成果洋溢芳香。

荣誉是对过去的肯定,也是催征的战鼓,它激励我们向着更高的目标攀登。

首长的亲切关怀,使我们备受鼓舞;首长的殷切希望,使我们前进的步伐更加坚定有力。

旗帜高扬,党委就是高举旗帜的排头兵。要把官兵凝聚在"三个代表"重要思想的旗帜下,党委"一班人"首先带头学习、带头实践。

分部周家望政委:"三个代表"重要思想是统揽我们各项工作的纲,是旗帜,是方向。加强党委班子建设,要以"三个代表"为指导思想;制定分部全面建设规划,要以"三个代表"为基本内容；检验部队建设成效，要以"三个代表"为根本标准。"三个代表"深入部队，深入人心，就能保证部队建设方向，就能提高部队战斗力，就能履行"打得赢""不变质"的神圣使命。

军魂不变，关键在按照"三个代表"要求，把各级党委班子建设搞坚强。分部党委有清晰的思路，明确的目标：把方向，揽全局；抓主官，强班子；正作风，树形象；抓重点，谋发展。

没有坚强的班子，就带不出一流的部队；没有高素质的主官，又怎能带出坚强的班子？坚持组织考察、民主评议相结合，选准配强主官；采取上岗培训、跟踪考察、在职审计、年终考评等措施，把团营班子搞坚强。分部常委分工挂钩帮带，深入调查，言传身教，抓民主集中制的落实，抓班子成员素质的提高，抓领导作风的转变。

严兵先严官，从严治军先从领导干部令行禁止抓起。去年，3个单位擅自超标准购买小轿车，分部党委坚决予以收缴，责成其写出书面检查，并通报批评，教育各级领导认真学习胡锦涛同志在西柏坡的讲话，牢记"两个务必"。

重点班子重点帮，不改变面貌不撒手。XX 仓库的建设就像这条山间小路，有过曲折。分部党委先后 2 次对该单位进行整顿，坚决采取组织措施调整班子。班子一换，面貌大变。新班子上任后，认真总结教训，振奋精神，带领官兵努力改变仓库面貌。

现在分部所辖 XX 个团营党委班子发展比较平衡。分部每年有三分之二的单位步入全面建设先进行列，XX 仓库等 12 个单位被联勤、军区评为"先进党委"，XX 仓库等 8 个单位主官被评为"一对好搭档"。

勇于创新抓改革，与时俱进谋发展。分部积极探索驻城部队社会化保障新路，推进职工改革，培育实体，逐步脱钩，按需设岗，竞争上岗，下岗分流，职工由三年前的 XX 名减至 XX 名，每年减少职工开支 300 多万元，提高了军费使用效益。

新思路带来新成果。前几年，由于历史原因，分部负债 1918 万元。分部党委强化集体理财观念，严格预算管理，实行一支笔审批，车辆定点维修、定点加油，物资集中采购，减少会议文电，精打细算，开源节流，现在分部已走出经费"瓶颈"，分部家底已达军区标准要求，并集中财力重点投向更新装备、人才培养、基层建设等有利于提高战斗力的方面。军委《党纪工作通讯》刊载了我们的做法和经验。

人才是建军之本。"宁可让人才等装备，也不能让装备等人才"。牢记江主席的谆谆教诲，分部党委始终把培养高素质的新型联勤人才摆在突出位置。

办班集训、岗位练兵、交叉任职、进修学习，分部干部队伍的素质明显提高。推行"三个民主"，公开、公平、公正地选拔任用干部，能者上、平者让、庸者下的用人机制在分部初见成效。

据统计，分部干部的学历大大提升，本科率已由三年前的 25%提高到现在的 53%，其中学士学位以上提升了 26.3%。

三年来，分部先后完成前瞻性课题 23 项，其中 8 项科研成果在总部获奖，一批会指挥、懂技术、善管理的复合型联勤人才脱颖而出。

为"打得赢"提供强大的精神动力,为"不变质"提供可靠的政治保证,是新时期我军思想政治建设的两大历史使命。

近几年,分部的思想政治教育面临许多新情况新问题——点多线长,教育难集中;管钱管物,对外交往复杂;长年蹲山守库,官兵实际困难多。

分部的政治工作适应新形势,与时俱进:就近划片,成立 XX 等 5 个教育管理协作区,实行区域统管、资源共享、优势互补。

今年 3 月,军区联勤部和分部在 XX 片进行"学习实践'三个代表'重要思想,为全面建设小康社会做贡献"教育试点,我们教育创新的经验受到了军区宣传部领导和联勤部首长的高度评价,军区、总部先后转发。

用先进文化占领部队的思想阵地,陶冶官兵情操,激励官兵斗志,坚定官兵信念,丰富官兵精神生活,是分部思想政治工作的优良传统,这几年又有新的发展,XX 仓库的武术连、XX 仓库的军乐队、教导队的龙狮队、XX 仓库的腰鼓队成为基层文化的亮点。在建国 50 周年和建党 80 周年军区文艺调演中,分部战士演出队参演节目获得一等奖,充分展示了联勤部队官兵的风采。

人民军队为人民。分部团以上干部十年如一日在湖南常宁、安仁、炎陵、桑植等地开展扶贫助教,2000 多名失学儿童重返校园,其中常宁蒲竹瑶乡有 3 名考上大学,被民政部、总政治部、湖南省评为拥政爱民先进单位,中央电视台报道了我们的先进事迹。

近几年,分部还加强了离退休老干部和转业干部中的思想工作,顺利完成了 325 名老干部移交,连续三年被军区评为先进。分部三个干休所均被总部、军区评为先进。

20 世纪 90 年代,一场前所未有的世界新军事变革蓬勃兴起!把工业时代的机械化军队建设成信息时代的信息化军队,是这场变革的核心内容与发展趋势。

中国共产党是先进生产力的代表,中国共产党所领导的人民军队理所当然应该成为先进战斗力的代表。在分部作战室部署联勤保障工作时,部长贺云崇一席话催人奋进,令人难忘。

分部贺云崇部长:我们分部平时担负着 XX 任务,战时担负着 XX 保障,任务相当繁重。因此,必须认清世界新军事变革的大趋势,加快机械化、信息化建设步伐,科技强军,从严治军,加强部队正规化建设,加紧做好对台军事斗争准备,与时俱进,开拓创新,圆满完成上级赋予的各项任务。

就像阳光下,山冈上,微风中,这朵刚刚绽放的小花,分部联勤保障的信息化建设开始起步。

点多线长,联勤保障指挥不畅,曾是困扰分部工作的一大难题。现在,依靠这套指挥系统,机关的指令几分钟之内就能准确地下达各基层单位。

分部军需服装管理系统,将保障对象的身高、体型等数据输入计算机,从而使部队官兵服装发放准确无误。

建立油料数字化管理系统,使油料管理由远变近、由静变动、由难变易。首长坐镇广州,轻点鼠标,就可查看分部油料数质量情况,为首长决策提供科学依据。

信息化给我们的联勤保障体制注入了迅速、准确、高效的活力。

以军事斗争准备为龙头,加强战备训练,分部叫响了"首战用我,全程用我,用我必胜"的口号。

学习高科技知识,触摸着未来高技术战争的强劲脉搏;首长机关军事训练,提高了未来战争的指挥能力。平时多流汗,战时少流血;练就英雄虎胆,铸成钢筋铁骨!似猿猴,如飞燕,渡海登岛显身手;猛如虎,快似箭,突破敌人封锁线!

头顶烈日,搏击大海,渡海登岛适应性训练的官兵们群情振奋,斗志昂扬!

这是169医院正在进行的"快速开设野战医院"的训练。刚刚装备部队的野战医疗系统设备先进,既可全部展开、整套使用,也可区分单元、灵活组合,是一种能够适应现代战争需要的新型医院。

油料是战争的血液。据统计,在高技术条件下的现代战争中,油料的消耗量约占整个作战物资的70%。野战群车加油,具有自动控制、预约发油、异常处理等功能。分部组织野战群车加油训练,提高了战时油料保障能力。

未来机动作战,必须快速输送人员、武器、车辆、医疗等军用物资。分部有计划地组织高难度条件下的驾驶训练,确保战时运输需要。

练兵千日,用兵一时。在抗洪抢险、抗击"非典"等急难险重任务中,分部官兵展示了威武文明之师的飒爽英姿!

上个世纪末,我军联勤保障体制正式启动。怎样尽快适应这一改革的要求呢?

可别小看了这些书啊!它是分部党委机关智慧和汗水的结晶,也是我们踏踏实实调查研究的见证。一次次走访,一次次座谈,了解情况,探索联勤保障的客观规律。

他山之石,可以攻玉。分部首长和机关干部依据伊拉克战争,对我军的联勤保障做了深入的研究。

管理,乃军中之要事。建设一支革命化、现代化、正规化的军队,必须有革命化、现代化、正规化的管理。

联勤部队,点多线长,技术性强;保管武器、弹药、油料等易燃易爆物品,安全标准高。抓好管理,更为重要。

几年来,分部坚持规范管理,注重学条令、立标准、建制度、抓养成;坚持跟踪管理,对外出人员走时有叮嘱,在外有联系,归队有汇报;坚持集中管理,5个教育管理协作区指定负责单位,统一派纠察,统一与驻地警备区、人武部联系,实行联防联治。

"四个秩序"正规化,严格管理出效益。分部每年有近千人次外出执行押运等执勤任务,最远达5000公里,时间最长的3个月,人员最少的1个人。兵撒千里心不散,从未发生违纪问题。

人员管理的正规化,必然带来物资管理的正规化。据检查,分部库存的这些战备物质合格率百分之百。

伴随着我军士官制度改革的实施,士官的管理问题日趋凸现。分部对士官的管理也有自己的特色:给位子、进班子、结对子、压担子。分部士官管理呈现良好发展势头。

财务、审计管理的正规化,不仅严格地维护了财务、审计制度和法规,而且提高了保障效率。

"基层第一,士兵至上"。几年来,分部党委把"三个代表"落实到基层。抓资金投入,去年筹集资金1000多万元,突出解决困扰基层的"五大难",基本解决了用水、用电和住房等问题,设法解决随军家属安置、子女上学等难题,组织考学士兵集中复习,100多名战士考入军校;抓医疗为兵服务,在163、169医院建立军人就医"绿色通道",定期派人深入基层送医送药;抓支部建设,正思想,教方法,做示范,三年将XX多名支部书记全部轮训一遍;抓争先创优,叫响了"单项工作争第一,全面建设创先进"的口号,积极开展"科技练兵大比武"和"十行百工树新风"竞赛活动。

后口哨所,地处深山沟,环境艰苦,责任重大,在争先创优活动中,先后两次荣立集体二等功,被军区评为"先进哨所"。

一片片绿阴,一幢幢新房,一本本新书,一台台电脑。基层物质文化生活的变化,让官兵沐浴了春风,感受了温暖。

紧张的训练,辛勤的工作,愉快的生活,温馨的学习。我们的基层充满活力,我们的基层洋溢生机!(《联勤战士之歌》响起)

蹲山沟,守库房,收发储运练兵忙。踏遍青山走万水,联勤战士最荣光,嘿,最荣光!

拉得出,供得上,三军联勤有力量。兵马未动我先行,夺取胜利有保障,嘿,有保障!

打得赢,不变质,双重任务一肩扛。实现保障现代化,联勤战歌更嘹亮,嘿,更嘹亮!

是啊!在我们千里联勤线上高扬着一面光辉的旗帜——她就是"三个代表"。旗帜就是方向,旗帜就是力量。高高地举起这面旗帜,我们的联勤战歌一定会更加嘹亮!

(与刘铁桥合作,2003年8月军区正规化建设现场会专题汇报片)

洪水肆虐,他们奋不顾身,筑起一道道防洪大堤;抗冰救灾,他们战冰斗雪,开辟一条条生命通道;军事演习,他们技术精湛,出色完成一次次保障任务;练兵比武,他们顽强拼搏,勇夺一枚枚闪光奖牌;部队管理,他们履职尽责,在战士心中树起一根根标杆……他们就是士官——新时期的"军中脊梁"。

千锤万击铸脊梁　履行使命保打赢
——联勤某分部加强士官队伍建设纪实

三湘大地,古城衡阳,驻扎着联勤XX分部这支保障劲旅。近年来,沐浴着军区联勤部正规化建设的浩荡春风,分部在建设现代后勤、保障打赢信息化战争的探索实践中,紧紧围绕军委总部提出的"建设一支高素质的士官队伍"要求,科学统筹,主动作为,在履行新使命的征程上迈出了崭新步伐!分部先后有56项主要工作、61名优秀士官受到军区和联勤部以上机关表彰,涌现出"全军优秀士官标兵"刘拥军、"军区士官标兵"毕仁贵等一大批先进典型,士官队伍成为推动分部全面建设的一支重要中坚力量。

坚持党委统揽,抬高起点谋划

分部士官队伍建设,走过了一段由被动到主动、由肤浅到深刻的过程。

三年前,发生在士官教育管理上的两件事,至今让党委"一班人"记忆犹新:一件是分部组织机动保障演练,一台新型油料软质管线作业车出现故障,负责装备维修的两名士官竟束手无策;另一件是某仓库一名担任出纳的士官私自携带工资款不假外出会女网友,给部队建设带来损失和负面影响……

士官问题带来的冲击波,引起了分部党委的高度警觉,7名常委带着问题调研,深入一线问计,上哨所、进班排、入库房,摸清了士官教育管理问题的"症结":一是士官的岗位职能拓展,分部现有士官XX人,占兵员总数的50%,原130多个干部岗位改由士官担任,士官的地位作用越来越突出,部分单位党委领导对此认识存在偏差;二是后勤装备科技含量增高,上百台高科技装备已列装部队,信息化建设步伐加快,对士官综合素质提出了更高要求,而分部士官高中以上文凭仅占30%,能力素质与部队发展要求差距很大;三是工作岗位高度分散,单独执勤的哨所、班排XX多个,每年执行外出押运任务200余批次,经常性教育管理难度增大;四是士官面临实际困难增多,晋级难、婚恋难、安置难、家属来队住房难等,80%已婚士官家属无工作，仅郴州片部队就有32名大龄士官找不上对象，严重影响士官队伍思想稳定。

面对沉甸甸的调查报告，分部党委"一班人"心潮难平，坐下来认真学习总部、军区、联勤部关于加强士官队伍建设的一系列决策指示，深感士官队伍处在联勤保障第一线，直接担负军事斗争准备最具体、最大量的组织管理和技术工作。不解决好士官队伍建设中的问题，就不会有分部全面建设的科学发展，就不会有军事斗争后勤准备的高质量。士官队伍建设必须加强，不能削弱。为此，分部坚持把士官队伍建设作为抓基层、打基础、谋长远、求发展的系统工程来抓，明确把士官队伍打造成"管理教育的骨干，军事训练的标兵，专业技术的尖子，遵纪守法的模范"的目标，确立了"教育经常化、管理制度化、培训系统化、使用合理化、选退程序化"的工作思路，制定了《加强士官队伍建设五年规划》。成立领导小组，定期分析形势，形成了党委统一抓总、领导分工负责、机关齐抓共管的格局。在向兄弟单位学习取经的基础上，分部先后在XX大队召开士官队伍建设研讨会、在教导队进行士官分队长组训试点、在XX仓库开展"双考一评"选拔分队长先行，积极探索士官队伍建设的有效途径。

目标明，举措实。分部士官队伍建设步入了良性发展轨道，一支政治思想好、专业技术精、作风纪律严、骨干作用强的士官方阵开始崛起。

锤炼过硬本领，提升整体素质

加强士官队伍建设，提高素质是关键。分部突出抓好选拔、培训和实践锤炼三个环节，大力提高士官队伍素质。

严格选拔，抬高素质"门槛"。 为确保选取质量，分部制定了《士官选取考评工作实施细则》，实行"阳光操作"：严格标准，从文化水平、军政素质、专业技能等6个方面细化量化，制定选改硬指标；严格程序，坚持个人申请、支部推荐、组织考核、民主评议、党委研究，确保按步骤实施；严格监督，开通举报电话，设立首长信箱，主动接受官兵监督。去年分部选改XX名士官，没有暗箱操作和违纪问题发生，官兵满意率达98%。

系统培训，提升专业技能。 分部坚持"练为战"的方向，本着"按需定训，正规施训"的原则，广开渠道抓培训。抓学历升级，先后与湖南工学院、武汉军事经济学院等军地院校"联姻"，组织士官参加自考或函授学习，提高文化素质；抓专业培训，按照"大专业小集中，小专业大集中"的方式，依托教导训练机构，举办军械、运输、油料、财务、军需、卫生等专业培训班43批次，士官参训率95%；抓岗位练兵，每两年组织一次专业岗位练兵，组织训练尖子参加军区、联勤比武，有XX名士官被军区评为标兵、尖子；抓直前训练，结合新装备列装，采取"请进来、走出去"的方式，开展知识讲座，组织新装备操作演练，实现人装结合，当年形成保障力。目前，分部45%的士官拥有各类资格证书，80%的士官完成学历升级。分部自动化站二级士官袁超,酷爱电脑,领导把他送到北大青鸟软件培训中心淬火,使他熟练掌握了电脑维修、网络管理等先进技术,获得 ACCP 国际软件工程师证书。他一人负责管理的分部政工网点击率在全军网站排名第四。

实践锤炼,增强履职能力。分部积极采取"搭台子""给位子""压担子"等形式,大胆放手使用士官,真正使其在职权范围内有决定权、经常性工作有发言权、敏感事务有监督权、重大问题有建议权,让他们在军事训练中唱主角,在重大活动中挑大梁,在急难险重中显身手,在保障演练中当尖兵。在"中南-07"演习中,200 余名士官操作新装备,收、发、运、救,快速反应,精干高效,出色完成演习保障任务,受到军区首长高度评价。

注重教管结合,锻造过硬作风

教育是固本工程,管理乃强军之要。分部坚持以提高保障力为标准,把严格教育与从严治军相结合,努力锻造士官队伍的过硬作风。

治军须治人,治人须治心。针对初级士官忧晋级、中级士官忧后路、大龄士官忧婚姻、已婚士官忧小家、转业士官忧安置的实际,分部在抓好主题教育的同时,在士官队伍中重点开展了"四爱教育",即爱国奉献、爱军习武、爱岗敬业、爱兵尊干教育,筑牢军人的精神支柱,夯实献身国防、自觉奉献的思想根基。后口哨所,地处海拔 1690 米的五盖山腰,常年云雾缭绕,环境艰苦。一名士官带着 8 名战士,蹲山守洞,无私奉献,荣立集体一等功,被军区评为"标兵哨所"。

从严抓管理,骨干是关键。分部现有分队长 XX 名,是士官队伍中的排头兵。分部坚持把分队长作为排长同等使用,落实同等待遇,执行"官"的标准。为解决分队长不会管、不愿管、不敢管等突出问题,每年举办一期分队长正规化管理集训,定期开展教育整顿,制定下发《分队长管理规定》,明确其责权利,强化了分队长的责任意识和表率作用。

没有铁规矩,不能成方圆。分部制定了《士官管理实施细则》《士官考评奖惩措施》等规定,确保士官教育管理有章可循。近年来,分部先后对 22 名自身形象差、责任心不强、违规违纪的士官进行了严肃处理,对尽职尽责、成绩突出的 350 余名士官给予通报表彰。XX 仓库三级士官毕仁贵,练就了野战条件下准确鉴别 27 种油样的硬功,在军区、联勤部举办的比武竞赛中多次夺冠,被军区评为"士官标兵""战士理论学习先进个人",荣立二等功 1 次,三等功 4 次。通过严格奖惩制度,营造了"靠素质立身,凭实绩进步"的良好氛围。

严格的教育管理锻造了过硬的作风。在年初百年不遇的特大雨雪冰冻灾害中,分部闻令而动,广大士官连续奋战在一线,用战士的忠诚铸就了一条风雪挡不住、冰冻隔不断的钢铁保障线,充分展示了分部士官队伍特别能吃苦、特别能战斗的良好形象。

真诚排忧解难,激发内在动力

帮助官兵排忧解难,实现好、维护好官兵的根本利益,是领导份内之事,更是应尽之责。分部积极实施"暖心工程",营造士官干事业的良好环境。

解决住房难,分部多方筹措资金新建整修了XX栋士官公寓楼;解决婚恋难,落实休假制度,加强与士官家乡政府部门联系,为35名大龄士官牵线搭桥;解决安置难,把士官转业安置与干部转业安置同等对待,去年53名转业士官均找到称心工作;解决晋级难,为保留优秀骨干曾群辉,分部专题向上级打报告申请指标;解决士官家庭生活难,建立"士官解困基金",每年拿出20万元对特别困难家庭给予补贴。XX仓库四级士官边小忠,妻子不幸患上肺癌,急需10万元治疗费用,使得原本困难的家庭雪上加霜。分部领导得知情况后,在给他发放困难补助的同时,开展"爱心献战友"活动。当分部领导将4万元捐款送到他手中时,边小忠感动得热泪盈眶。爱岗敬业,精武强能,成了他坚定的追求。他两次荣立三等功,多次被评为优秀士官。

组织真情解难,部属干劲倍添。分部各级党委的真情关怀,点燃了广大士官爱岗敬业、争创一流的工作激情,他们带头安心本职,奋进开拓,分部建设焕发出勃勃生机。

号角声声急,扬帆正当时。面对新时代的机遇与挑战,面对新使命的期待与召唤,分部党委决心按照科学发展观要求,牢记使命,锐意进取,不断开创士官队伍建设新局面,为加速推进中国特色军事变革和加紧做好军事斗争后勤准备而努力奋斗!

(与吴剑辉合作,2008年军区联勤部士官教育管理现场会专题汇报片)

20世纪末,一场前所未有的世界新军事变革蓬勃兴起!面对汹涌澎湃的信息化浪潮,抓住机遇,迎接挑战,加速联勤部队信息化建设,推进跨越式发展,是时代赋予我们的神圣使命。

为保障打赢插上信息化翅膀

近年来,XX仓库党委着眼加强现代化建设,积极做好新时期军事斗争后勤准备,围绕建设信息化仓库、提高保障打赢能力,科学谋发展,主动求作为,大力加强信息化建设,并积极运用信息化手段,加强干部队伍以增强事业心责任感为重点的教育管理工作,促进了仓库全面建设的创新发展。

更新思想观念　勇立变革潮头

该仓库加强信息化建设,曾经在要不要建、能不能建、怎么建的问题上,经历了由被动到主动、由肤浅到深刻的思想跨越。

三年前,发生在干部教育管理上的两件事,让党委"一班人"记忆犹新:一件是仓库组织业务考核,素有"一口清""一摸准"的2名技术干部,比武输给了操作"数字化库房管理系统"软件的士兵保管员张练;另一件是仓库组织干部自律教育,领导上完课后,兴致勃勃地问大家讲得怎么样,两名学员干部当场给领导泼了一盆冷水:我们在学校早就开展了多媒体教学,没想到部队还是一块黑板、一支粉笔。

问题带来思考,思考催生变革。这两件事,很快在干部队伍中引发一场"仓库信息化建设要不要搞"的大讨论。党委"一班人"坐下来,认真学习胡主席关于加强军队信息化建设的重要指示,冷静分析单位的建设形势和任务特点,深刻认识到,抓好信息化建设是落实科学发展观的必然要求,"山沟连着海峡,洞库连着战场",打赢未来战争,信息化势在必行。迟搞不如早搞,家底薄也要创造条件上。尤其是体制编制调整后,仓库干部精简过半,保障任务成倍增加,更应该通过信息化建设,提高人员素质,改变长期手工作业局面,提升保障效益。观念的转变带来思想的飞跃,官兵迅速凝聚在建设信息化军队、打赢信息化战争的旗帜下。

迎着困难上,主动求作为。仓库不等不靠,自己动手,边干边学。为筹集资金,他们三上北京,四下广州,积极寻求上级支持。同时,搞好开源节流,从有限的经费中拿出230多万元用于信息化建设。他们精选人员,集体攻关,解决了信息网络系统中指挥、通信、装备"三系兼容"的难题,四个月内,完成了仓库光纤网络工程,实现了网络进班排,信息到个人。

打造人才方阵,加速发展步伐。他们深刻认识到,人才是引领信息化建设的根本,做到依靠人才始终不动摇,超常育才始终不改变,关爱人才始终不减弱,制定了《加强信息化建设人才培养管理规定》,设立了人才培养专项经费,成立了常委牵头、3名硕士生参与的攻关小组,建立11名本科生为主体的骨干队伍,先后派出25人次外出学习,举办6期信息化知识讲座,定期开展岗位练兵活动。业务处助理员石申红,为提高信息化本领,新婚第二天就远赴重庆学习;为攻克技术难题,在小孩出生不久就赶往南京求教。为了仓库信息化长远建设,他两次放弃调往大城市的机会,扎根山沟,忘我工作,成为仓库信息化建设的带头人。

群雁高飞头雁领。没有懂信息化的班子,就带不出信息化的部队。党委"一班人"以强烈的责任感和使命感,带头学信息化、钻信息化、用信息化。积极走出去参观见学、开阔眼界;请国防科技大学专家教授讲课,提高信息化素质;深入信息化建设第一线,和官兵一起学习、一起钻研、一起攻关。目前,班子成员个个会使用本级信息网络技术,人人都有信息化研究课题。他们的模范行动,激发了全库官兵搞信息化的热情,推动了仓库信息化建设的深入发展。

着眼建设需要　打造信息平台

这个仓库组建于 XX 年,平时担负 XX、战时担负 XX。2005 年 6 月,总部赋予仓库保障信息化建设首批试点任务,党委"一班人"乘势而上,确立了"作战牵引、建制推进、固强补弱、全面提高"的总体思路,把军事训练、业务建设、政治工作、部队管理纳入信息化建设整体规划,建成了四大系统、十四个子系统的信息化平台。

军事行政管理系统,下设两个子系统。训练考核子系统:建立标准化题库,当考核命令下达后,电脑随机生成考卷,并可当场公布考核结果。部队管理子系统:通过视频摄像,将营区重要部位的情况实时传输到监控室,实现动态监控。

业务建设管理系统,下设 4 个子系统。巡库监督子系统:通过视频摄像可对巡库信息实时监督。报警监测子系统:当监控点侦测到不明物体移动时,系统自动报警。温湿度遥测遥控子系统:根据传感器采集的数据实时监测,并根据信息对仓库温湿度进行调控。库房记账查询子系统:自动采集物资数据,实现库房物资数量的快速查询。

思想政治工作系统,下设 4 个子系统。政治教育子系统:设置政工论坛、成功一课、指导员之家等栏目,实现网上授课、网上讨论、网上答疑等功能。心理咨询子系统:设置心理辅导、心理测评、谈心交流等栏目。干部管理子系统:设有干部政策管理规定、人才数据库等栏目。军营文化子系统:设置文学天地、影视展播、歌曲欣赏、电子游戏等栏目。

基层事务管理系统,下设 4 个子系统。连队事务管理子系统:将值勤值班、教育训练管理、考勤管理等事务实施网上管理。政务公开子系统:及时在网上公布连队重大决策、伙食开支、入团入党、选改士官、评功评奖等敏感问题。个人事务管理子系统:官兵可将喜爱的书籍、影视、歌曲、图片等输入电脑,进行存储编辑。信息反馈子系统:设置领导信箱,听取官兵意见和建议。

四大系统、十四个子系统的设置,构建了仓库信息化的崭新平台。目前,勤务汽车一连的官兵已先行配备了个人信息智能卡,实现了请销假、图书借阅、伙食管理、工作考勤"一网联通"。

发挥网络效应　强化教育管理

该仓库党委既注重把信息化建起来,更注重把信息化成果用起来,使之成为后勤保障的"加速器",实现了业务处理网络化、综合监控数字化、保障资源可视化、基础数据标准化。他们借助信息化建设的平台,积极探索干部教育管理的新路:

把网络建成"大课堂",提高干部教育质量。利用网络的教育功能,开展网上授课、网上答疑。今年3月,军区联勤部在该仓库开展"使命、党章和荣辱观"先行试点,他们突出干部重点,充分运用信息网络,增强了教育的吸引力和感染力,教育经验受到军区联勤部首长的高度评价,总政、军区转发了他们的经验,中央电视台播发了他们的做法。

用网络布下"监督哨",严格干部队伍管理。在网页醒目位置设置警示标语,公布管理规定;在机关办公楼设置视频监控点,掌握办公秩序和在位情况;在大门进行录像监控,随时调阅和掌握干部外出情况,促进干部养成遵章守纪的良好习惯。

将网络办成"育才室",增强干部队伍素质。目前,全库拥有电脑近百台,干部人手一台,全部联通了全军综合信息网和政治工作信息网,为干部学习培训提供了方便。今年8月,他们组织全体干部进行了一次办公自动化网上集训,从学习辅导、体会交流,到检查作业、组织考核,全部在网上实施,快捷、高效,提高了干部运用网络开展工作的能力。

使网络成为"俱乐部",丰富干部业余文化生活。仓库驻在海拔1690多米的雾盖山下,驻地偏僻,文化生活单调。如今,干部可在网上读小说、看电影、听歌曲、玩游戏等,给昔日的传统军营文化注入了现代气息。

用网络架起"连心桥",营造干部队伍和谐环境。网络的互动功能,为干部袒露真情创造了理想空间,为官兵平等交流筑起了绿色通道,为大家疏导心理建立了有效载体。网上交流、心灵导航、法律咨询……架起了一座座官兵连心的"桥梁"。

干部教育管理的信息化,促进了干部队伍素质的整体提高,涌现出了军区"十佳连长"原其建等优秀干部,激发了全库官兵的事业心责任感。大家扎根山沟,建功立业,仓库面貌焕然一新。如今,营区灯变亮了,路变宽了,环境变美了。两年来,仓库30多项工作受到上级表彰,全面建设跨入了联勤部队先进行列。

回顾过去,豪情满怀;展望未来,任重道远。仓库党委决心以军区联勤部干部教育管理座谈会的胜利召开为新的起点,紧紧围绕新的历史使命,进一步贯彻落实科学发展观,不断强化干部队伍的教育管理,在推进中国特色军事变革中再创新的辉煌!

(与吴剑辉合作,2006年11月军区联勤部干部教育管理现场会专题汇报片)

第六辑

文火微光

（言论杂谈类）

- 把争当新『四有』革命军人作为最高追求
- 立起革命军人新标准
- 推动科学发展观向基层拓展
- 学用『鹰视角』直击创先争优
- 把落实『两个经常』当日子过
- 当代革命军人核心价值观培育要常态化
- 将培育成果向军事实践拓展
- 教育切忌『舍本逐末』
- 莫让『红色之旅』变了味
- 上等兵『思想转型期』工作不容忽视
- ……

把争当新"四有"革命军人作为最高追求

习主席在全军政治工作会议上强调指出,"要把握新形势下铸魂育人的特点和规律,着力培养有灵魂、有本事、有血性、有品德的新一代革命军人。"新"四有"就是新要求,为我们新一代革命军人的成长成才指明了方向,必须在火热的军营里培育践行。

有灵魂,就是要坚定信仰跟党走。军队要有军魂,军人要有灵魂。崇高的理想、坚定的信仰,是革命军人的灵魂和安身立命之本,是战胜困难、抵御诱惑的决定性因素。《苦难辉煌》这本书中有这么一组让灵魂为之震颤的数据:中央红军从瑞金出发时有8.6万人,到陕北时仅剩6500人,长征路上超过16.6万人牺牲或失散,平均每行进1公里,就有4名战士倒下再也起不来。"敌人可以吹下我们的头颅,但绝不能动摇我们的信仰",方志敏在《死——共产主义的殉道者的记述》一文中,字字句句,没有一个"私"字,展示的是一个共产党人的耿耿丹心、铮铮铁骨。是什么力量,让革命先烈在追求理想的道路上,前仆后继,虽死犹荣?答案只有一个,那就是坚定的信仰、对党的绝对忠诚。历史是一座桥梁,从过去通向未来。坚定信念、听党指挥永远是我们军人的灵魂和命根子,永远不能丢,永远不能变。要坚决抵制"军队非党化、非政治化"和"军队国家化"等错误言论,牢记"党对军队的绝对领导"这一永远不变的军魂,始终做到平时听招呼,战时听指挥,关键时刻不含糊,任何时候都对党忠诚老实,自觉同党中央、中央军委保持高度一致,坚决听从党中央、中央军委和习主席的指挥,确保绝对忠诚、绝对纯洁、绝对可靠。

有本事,就是要磨砺本领打胜仗。军队的专业是打仗,军人的使命是打赢。战场打不赢,一切等于零。因此,作为军人,必须自觉想打仗、谋打仗、练打仗,切实把能打仗、打胜仗作为最大的本事。1894年中日甲午海战,北洋水师之所以一败涂地,很重要一个原因就是不把打仗当专业,官兵对新式海军的训练懵懂无知,平时训练,完全是在取悦上司眼球,走形式做样子,没有一点实战性,上操场可以,一上战场就不灵。因此我们要深刻吸取历史教训,自觉把能打仗、打胜仗作为政治要求和职业操守,不断提升当兵打仗、带兵打仗、练兵打仗和任期内打仗的危机感、紧迫感、责任感,一心一意抓准备,殚精竭虑谋打赢。要始终把当兵当事业,把打仗当专业,眼睛紧盯战场,心思聚焦打仗,自觉把想打仗当作习惯来培养,把练打仗当作本能来强化,把打胜仗当作生命来看待,以枕戈待旦、闻鸡起舞的精神,不断练就克敌制胜的实招、高招、绝招、狠招。

有血性,就是要逢敌亮剑敢牺牲。习主席多次强调指出,和平时期,决不能把兵带娇气了,威武之师还得威武,军人还得有血性。提起血性,人民军队创造了无上荣光的历史,谱写了无可匹敌的传奇。血战湘江时,红14团团长、副团长、参谋长、政治处主任全部英勇牺牲。师参谋长胡震请缨上阵指挥,人刚到阵地,就传来阵亡的消息。狼牙山五壮士,面对步步逼近的日伪军,他们宁死不屈,毁掉枪支,义无反顾,纵身跳下数十丈深的悬崖。军人生来为战胜,胆气血性不可无。唯有牺牲多壮志,敢叫日月换新天。血性永远是军人的脊梁,永远是胜利的刀锋。我军近30年没打过仗,绝大多数官兵没有参战经历,缺少对战火硝烟的亲身感受,部分官兵胆识不大、虎气不足、血性缺失。因此,要重塑血性基因,锻造英勇顽强、不怕牺牲的英雄气概,就必须持之以恒地磨砺战斗精神,时刻想着打仗,时刻准备打仗,在日常养成中真打实备,坚持把训练演习、比武考核、遂行任务作为培育战斗精神、砥砺血性虎气的主阵地,不断浓厚一不怕苦、二不怕死的战斗精神和闻战则喜、有我无敌的血性虎气。

　　有品德,就是要勤于修为树形象。常言道:"国无德不兴,人无德不立",强调的就是品德对于个人修身立业和国家长治久安的重要作用。有品胜过有学,有德胜过有才。品德是衡量一个人生命质量和境界的重要标准,是军人地位、能力、资历都无法替代的人格力量。有高尚的品德,就能使军人形象更加丰盈、高大,就能使军人由内而外地产生绵延持久的道德感召力和人心征服力。早在人民军队建立初期,毛泽东同志就提出了三大纪律八项注意,用以塑造军人的高尚道德品质。周恩来同志在45岁时,还专门制定七条"修养要则",并坚持一一身体力行。陈毅同志为革命奋斗一生的历史,也是他锲而不舍地"中夜尝自省","锻炼品德纯"的自我修养的历史。军人要有品德,就要培塑志趣高尚的精神追求,涵养爱民为民的大爱情怀,弘扬求真务实的工作作风,秉持严于律己的品行操守,坚守忠贞不渝的革命气节,始终恪守做人比做事更重要、塑造自己比塑造他人更重要、做得好比说得好更重要的信条,常怀敬畏和戒惧之心,自觉作社会的精神向导和道德模范,树立崇高的军人形象,不断汇聚强军兴军的正能量。

(与金明华合作,刊于2014年第24期《政治指导员》、11月18日《战士报》)

立起革命军人新标准

　　习主席在全军政治工作会议上强调指出,"要把握新形势下铸魂育人的特点和规律,着力培养有灵魂、有本事,有血性、有品德的新一代革命军人。"新"四有"体现时代发展新内涵,聚焦强军目标新要求,立起革命军人新标准,是我们责无旁贷的实践方向和不懈追求。

有灵魂是动力之源,就是要信念坚定、听党指挥。《苦难辉煌》中有这么一组让灵魂为之震颤的数据:中央红军从瑞金出发时有8.6万人,到陕北时仅剩6500人,长征路上超过16.6万人牺牲或失散,平均每行进1公里,就有4名战士倒下再也起不来。是什么力量,让革命先烈在追求理想的道路上,前仆后继,虽死犹荣?答案只有一个,那就是坚定的信念、对党的绝对忠诚。有灵魂,最根本的就是心铸忠诚:绝对忠诚党的理论,绝对忠诚党的理想,绝对忠诚党的组织。

有本事是核心要求,就是要敢于担当、能打胜仗。军人生来为战胜,战场打不赢,一切等于零。当今世界,以信息化为主导的战争形态已经走上历史舞台,必须时刻紧绷着打仗这根弦,时刻肩扛着打赢这座山,时刻等待着出征这声令。坚持厚实军事素养,切实把学习新理论新知识新技术作为提高能力素质的当务之急、重中之重。坚持苦练军事技能,必须积极参训,熟练掌握,找到发挥新型武器装备最大效能的最佳运用方式。坚持研讨制胜之策,演练新战术、钻研新训法、探索新战法,不断提高能打仗打胜仗的能力素质。

有血性是军人特质,就是要英勇顽强、不怕牺牲。血性永远是军人的脊梁,永远是胜利的刀锋。然而我军30多年没打过仗,绝大多数官兵没有参战经历,缺少对战火硝烟的亲身感受,部分官兵胆识不大、虎气不足、血性缺失。强军先强心,铸剑先铸气,重塑血性基因,就要在教育固本中强化责任,深化形势战备和使命任务教育,常念国家安全之患、常思能力不足之忧、常想能打胜仗之责;就要在实践锤炼中激励斗志,坚持用实战标准牵引训练质量提升和战斗作风养成,把战斗精神培育贯穿训练全程;就要在环境熏陶中催生血性,传承敢战善战、不怕牺牲的红色基因。

有品德是形象本色,就是要道德纯洁、气节坚贞。品德就是形象,形象催生力量。军人有品德,必然赢得群众的支持信赖,唤起群众干事创业的热情,浸润群众崇德尚文的心灵,产生绵延持久的道德感召力和人心征服力。作为新一代军人,我们要用传统文化滋养职业操守,用法规制度约束一言一行,用革命气节涵养大爱情怀,常常擦拭思想尘埃,事事对表法规制度,时时坚守忠贞气节,塑造军队良好形象,使之成为引领社会精神导向的道德高地和光辉旗帜。

(刊于2015年1月9日《战士报》)

推动科学发展观向基层拓展

在"6·25"重要讲话中,胡锦涛总书记对科学发展观的深刻内涵和贯彻落实科学发展观的基本要求作了深入阐述。"6·25"重要讲话,是把学习科学发展观进一步引向深入的战斗号角。作为基层部队,就要勇敢担当起推动科学发展观向基层拓展的重任,让广大官兵真正感受科学发展观的巨大威力。

推动科学发展观向基层拓展,首要的是要引导官兵对科学发展观真信、真学、真用。真信,就是要不断深化对科学发展观的认识,坚定对发展着的马克思主义的信仰、信念和信心。真理的长河流淌着实践的汗水,祖国的巨变昭示着理论的伟大。要让广大官兵坚信科学发展观是新世纪新阶段我们党理论创新的最新成果,是推进工作、指导实践的强大思想武器,是解决党、国家和军队建设与发展的根本问题的指针。这是科学发展观向基层拓展的前提条件。真学,就是要深钻细研,学懂弄通创新理论的精髓。信仰由学而坚,道德由学而进,事业由学而成。科学发展观是全党集体智慧的结晶,内容博大精深,必须真心实意地学、求真务实地学,深刻领会创新理论的精神实质、科学内涵,以及蕴含的世界观和方法论,力求把握精髓、领悟真谛、融会贯通。真用,就是要在进入工作、指导实践上见成效。学习的目的全在于运用。学习科学发展观,既要学好,更要用好,贵在进入思想,重在指导实践。毛泽东同志有句名言:"如果有了正确的理论,只是把它空谈一阵,束之高阁,并不实行,那么这种理论再好也是没有意义的。"必须防止和克服就学习抓学习、学习工作"两张皮"现象,要"学而时习之",也要"学而时用之",把科学发展观作为指导基层工作实践的根本指针和第一标准。从基层部队来看,无论是加强党团建设、军事训练、部队管理、后勤保障等工作实践,都需要以科学发展观为指导。只有真信、真学、真用,才能让广大官兵认清科学发展观就在身边,才能在基层这个广阔的舞台上展示科学发展观的强大威力。

推动科学发展观向基层拓展,基层领导干部身体力行是关键。基层领导干部身处带兵第一线,离基层官兵最近,同基层官兵接触最多。广大官兵常常从基层领导干部身上来认识我们的党,把基层领导干部看作是党的形象的化身。因此,作为基层领导干部,要身在基层,"心"入基层,热心听兵言,细心察兵情,尽心解兵难,真心谋发展,切实把科学发展观落实到部队建设的方方面面,不断提高部队的凝聚力战斗力,确保一声令下,拉得出,打得赢,忠实履行新世纪新阶段我军历史使命。

(刊于2007年12月9日《战士报》)

学用"鹰视角"直击创先争优

天空中的苍鹰,虽展翅翱翔于高远的碧空,却能在上千米高的云端,准确发现地面的苍鼠并抓捕之。究其原因,是苍鹰独有的视角使其一击中的。笔者以为,抓好创先争优活动,也要学用"鹰视角"直击全程,以切实增强活动效果,达到预期目标。

当前,创先争优活动已在各个单位蓬蓬勃勃开展起来,"党员突击队""标兵示范岗"等配套活动如火如荼,为部队建设注入了生机活力。然而,活动中也出现了一些不和谐的音符:有的对上级文件精神学得不深、悟得不透,对开展活动的重大意义认识不足;有的则照抄照搬以往的活动做法,表面热热闹闹,实则图形式走过场;有的创先争优劲头很足,但联系实际不紧,解决问题乏力,导致活动"雷声大,雨点小""雨过地皮湿"。此类现象,务必引起我们的高度重视。

学用"鹰视角"直击创先争优,站位务必高远。站位高才能看得远。推动创先争优活动深入开展,首要的是提高官兵的思想认识。只有认识高了,行动才会有力。要采取召开党委(支部)会、党员大会、党小组会等形式,将思想发动贯彻活动全程,反复组织官兵学习各级《意见》和胡主席有关指示精神,使官兵真正认识到开展创先争优活动不是一般的阶段性工作,而是贯彻落实胡主席重要指示的政治任务,是巩固和拓展学习实践活动成果、推动学习实践科学发展观向深度和广度拓展的具体行动,是加强党的建设的一项基础性经常性的重要举措,从而自觉站在高举旗帜、听党指挥和履行使命的高度,充分认清开展创先争优活动的重大意义,始终以饱满的政治激情投身到活动中来。

学用"鹰视角"直击创先争优,目标务必锁准。目标明确方能有的放矢。不顾自身实际、脱离官兵需求的目标,非但不能使创先争优活动增色出彩,反而会变成滋生形式主义的温床。这就要求我们对所属基层党组织和党员队伍建设情况进行深入调查,系统梳理,切实摸清底数,区分好、中、差不同层次,科学制定每个层次、每个阶段的创争目标。根据创争目标,将"五个好""五个带头"的要求具体细化到每个岗位、每个人员、每个阶段,使目标看得见,承诺够得着,人人心中有目标,个个肩上有担子。

学用"鹰视角"直击创先争优,动作务必精准。在创先争优活动中,除扎实抓好公开承诺、定期自查、领导点评、群众评议、评选表彰等"规定动作"外,还要注重抓好与全局性、经常性工作、重大任务的"结合动作",以推动创先争优活动持续深入开展:与贯彻落实《纲要》结合,把创先争优活动作为加强基层建设的"助推器",将创先争优活动贯穿基层建设始终;与推动学习实践活动结合,把落实整改情况作为衡量创先争优活动成效的重要指标,围绕强化基层组织功能、提高党员素质能力、解决基层实际困难等方面不断完善学习实践长效机制;与中心任务结合,把本职岗位作为创先争优主阵地,组织党员争创放心岗、示范岗,在岗位成长成才;与完成重大任务结合,引导党员在军事演习、抢险救灾等急难险重任务中挑重担当先锋,切实履行好党和人民赋予的神圣使命。

(与张海亮合作,刊于 2010 年 10 月 13 日《战士报》)

把落实"两个经常"当日子过

"两个经常"是针对官兵各种现实思想问题和行为表现,依据条令条例和有关法规制度,不间断地、随时随地进行的教育引导工作和管理活动,是基层打牢发展基础、积蓄发展后劲的根本途径。"基础不牢,地动山摇。"务必把落实"两个经常"当日子过,真正贯穿于基层建设的全过程。

把握长期性,坚持常态抓。"两个经常"是一个循环往复的过程,不可能一劳永逸,旧的矛盾解决了,新的矛盾又会出现。因此落实"两个经常"绝非一日之功,不可能一蹴而就,必须树牢落实"两个经常"就是抓战斗力建设、促科学发展的理念,长期抓、反复抓,在循环往复中巩固,在日积月累中提高。

把握渗透性,坚持统筹抓。当前社会上信息传播迅速,官兵与社会接触广,各种思潮对官兵思想的影响更加直接。要把握部队任务调整、季节变化、兵员补退和重大节日等时机搞教育;充分运用驻地红色资源,在组织官兵瞻仰参观中增进对党的深厚感情,坚定跟党走的信念;积极开展警示教育,定期组织官兵学习事故通报、观看事故录像、参观警示室等,念好"紧箍咒",绷紧法纪弦。

把握群众性,坚持全员抓。健全网络,建立一支以干部为主体,以党员、士官和班长为骨干的思想工作网络,做到人员、任务、制度、责任明确;加强培训,采取集中办班、以会代训、难题会诊、个别帮带等形式,帮助官兵掌握做好"两个经常"的方法要求,提高能力素质;群策群力,广泛利用网络、广播等现代传媒手段,多管齐下,多措并举,形成"两个经常""人人做、做人人"的良好氛围。

把握规范性,坚持按章抓。要定期组织官兵开展"学法规、明职责、树形象"活动,引导官兵把遵章守纪当作一种自觉,化为一种习惯。同时在执纪上突出一个"严"字,坚持好思想汇报、形势分析、逐级谈心、检查讲评和奖惩激励等制度,做到严格落实,不随意变通;全面落实,不任意取舍;全员落实,不留有死角;长期落实,有始有终。

(刊于 2011 年 9 月 30 日《战士报》)

当代革命军人核心价值观培育要常态化

培育当代革命军人核心价值观是一项凝神聚气和强基固本的灵魂工程,更是一项复杂的系统工程和长期的战略任务。要深化主题教育效果,就必须大力推进培育工作常态化。

在深化理解中增进认同。"知为行之始,学为用之先。"培育当代革命军人核心价值观,首先在于深刻的理性认知和广泛的价值认同。要通过集中学习、课题研究、研讨交流等形式,深化对当代革命军人核心价值观丰富内涵、精神实质和根本要求的学习理解,切实强化认同之基,强化官兵对当代革命军人核心价值观的思想情感,不断占领官兵的"精神高地",使之内化为官兵的思想和灵魂。

在实践养成中融入渗透。实践性是培育当代革命军人核心价值观的鲜明特色。必须紧贴使命任务和官兵思想实际,充分利用部队建设实践这个大舞台,在军事斗争准备中磨砺,在急难险重任务中催生,在本职岗位中锻造,在日常管理中养成,真正使培育工作融入部队建设的方方面面,引导官兵从自己做起,从现在做起,从点滴做起,持之以恒,日积月累,真正把核心价值观转化为高度自觉的行动。

在环境熏陶中升华境界。环境直接作用于官兵的感官,对他们的认知构成重要影响。要进一步搞好营区文化环境建设,通过悬挂横幅标语、制作英模灯箱等,营造处处是课堂、时时受教育的良好氛围;开发利用军营信息网络,增强培育工作的时代感和影响力;充分发挥红色资源优势,组织官兵访革命旧址、看红色电影、唱战斗歌曲、读励志书籍,增强培育工作的穿透力、感染力,促进当代革命军人核心价值观内化于心、外化于行,不断升华官兵的精神境界。

在建章立制中导航追求。制度是推动培育当代革命军人核心价值观持久深入开展的有力保障和坚强支撑。要完善形势分析制度,定期分析形势,掌握思想动态,认真查找不足,集中抓好整改;完善检查考评机制,及时通报情况,加强具体指导;完善奖惩激励机制,把培育工作与"双争"活动、立功受奖、晋职晋衔等结合起来,奖优罚劣,确保外有压力、内有动力,扎实推动培育工作持久开展、步步深入。

(刊于2009年11月6日《战士报》、2010年《政治指导员》第6期)

将培育成果向军事实践拓展

目前,深入开展培育当代革命军人核心价值观主题教育集中教育阶段基本结束,正转入经常性培育阶段。八月流火,正是练兵好时节。各级必须突出岗位践行深化培育成果,不断激发官兵苦练精兵、矢志打赢的旺盛斗志,推动作战能力的大幅提升。

在激发练兵动力中引领价值追求。要坚持在群众性岗位练兵活动中引领价值追求。一是典型引路。一名典型就是一面旗帜,大力宣扬"三栖精兵"何祥美、"全能士官"宗道辉等精武典型的先进事迹,让官兵学有榜样;定期评选"精武之星",给他们戴红花,让他们上光荣榜,营造典型光荣的良好氛围;请"精武之星"作事迹报告,畅谈苦练精兵的体会;开展"典型比我强什么,我向典型学什么"专题讨论,让官兵在对照典型找差距中增添练兵动力。二是目标牵引。在官兵中积极叫响"当兵不习武,不算尽义务。武艺练不精,不算合格兵"的口号,形成"人人勇争先、岗岗创一流"的生动局面。三是奖惩激励。设立"岗位练兵标兵奖励基金",建立岗位练兵尖子人才库,把军事训练成绩作为干部调职、士官选改、立功受奖的"硬杠杆",让"练兵光荣、精武更光荣"成为官兵广泛共识。

在提升军事素质中确立践行标准。区分义务兵、士官、干部三个层次,结合专业岗位需求不断深化训练内容。精心制定专业岗位素质能力需求和达标标准,采取相近专业互补、不同岗位轮换的方法,强化"一专多能、一兵多用"训练,真正形成"一岗多人会、一人会多岗"的良好局面。针对岗位繁杂、任务繁重的实际,发动官兵对照《军事训练与考核大纲》找不足,梳理训练中的弱项短板,研究制定固强补弱的具体举措,鼓励官兵瞄准信息化前沿,开展新装备、新训法、新战法课题研练,形成学信息化、钻信息化、练信息化的浓厚氛围。

在锻造保障精兵中检验培育成效。每名官兵要制定好岗位练兵实施计划,各级领导要带头按照计划做、瞄准目标练,给官兵作表率,开展"我为科技练兵献一计"活动,推动群众性练兵活动深入开展。坚持以全天候、全方位作战保障为依托,以急、难、险、重任务为突破口,把部队拉到野战生存条件艰苦的环境中摔打磨砺,着力提高官兵在野战条件下的作战能力。制定《开展群众性岗位练兵实施意见》,与军事训练等级评定相衔接,与党委班子指导岗位练兵相结合,对岗位练兵的指导原则、基本内容、主要方法、考评标准、奖惩措施和组织领导等做好具体规范,使群众性岗位练兵活动形成自觉、保持经常。

(刊于 2010 年 8 月 17 日《战士报》)

教育切忌"舍本逐末"

当前，主题教育活动正在如火如荼展开。少数单位把主要精力放在了参观见学、外请报告等配合活动上，而对理论灌输这一基础环节看得不重，虽一时博得轰轰烈烈之彩，却难免有"舍本逐末"之憾。为深化教育效果，一些单位想了不少办法，配合活动是层出不穷，争放异彩，并不是说这些方法不好，只是大都表面热热闹闹，实则走马观花，免去了理论灌输这项基础工作之苦，影响了教育实效。

"欲木之长者，必固其根本；欲流之远者，必浚其源泉。"基础是事物发展的根本。政治教育的根本目的是影响人、改变人、塑造人，需要做大量深入细致的基础性工作，而理论灌输就是教育的基础环节。忽视了这个环节，教育无疑是"捡了芝麻，丢了西瓜"。

创新理论是人生的导航灯、思想的磨刀石，但它不会主动进入人的大脑，更不会主动内化为理想信念，转化为意志力量。只有阐释理论的光辉、高扬真理的光芒，才能引人思考、给人启迪、让人信服，把对理论的理解和掌握由感性层面上升到世界观、方法论的理性层面，从而完成思想的升华，让政治教育步入佳境。可见，只有把理论灌输这一基础环节抓好了，才能切实打牢思想根基，统一思想认识，坚定理想信念，凝聚意志力量。

没有理论上的清醒就没有政治上的坚定，没有思想上的成熟就没有行动上自觉。教育中在重视配合活动的同时，更要重视抓好理论灌输，循循善诱，深入浅出，引导广大官兵透过变化明事理、成就面前知责任，进一步增强高举旗帜、听党指挥、履行使命的思想政治基础，不辱党和人民赋予的神圣使命。

(刊于2015年7月13日《战士报》头版)

莫让"红色之旅"变了味

阳春三月万象新，绿色军营处处涌起"三学"热潮。一些单位为提高"三学"活动效果，组织官兵到伟人故居、战斗遗址等"红色景点"瞻仰参观，接受革命传统观教育，官兵形象地称之为"红色之旅"。然而，笔者日前在雷锋纪念馆参观时却发现一些不和谐的"音符":部分官兵军容不够严整,风纪扣没扣紧、领花缀订不规范;个别同志在参观的人流中自由穿梭,不遵守公共秩序;甚至还有的在肃穆庄重的展厅里谈笑风生,旁若无人。这既有损军人形象,又弱化了活动效果。

每逢"三·五""七·一"等重大节日,抑或是开展重大教育时,很多单位都积极开展此类活动强化教育效果,官兵的举手投足也备受群众瞩目。如果我们在这类公共场合疏忽作风养成,不但直接损害人民军队的形象,而且容易将它等同于一般性质的外出,产生"走走看看"印象,这些行为都与活动的本意背道而驰。

其实,"红色之旅"是官兵弘扬传统、高举旗帜、铸牢军魂、坚定信念的好方式。它不仅能够帮助官兵特别是刚下连的新兵打牢献身国防的思想基础,而且也为大家知史明理、强化使命提供了生动教材,对个人、集体和社会都有裨益。胡总书记在上任伊始,就特意前往西柏坡瞻仰参观,追寻毛泽东、周恩来等老一辈无产阶级革命家"进京赶考"的历史足迹,重申"两个务必",为我们留下了难得的佳话。每逢重大节日,党政领导干部、院校学生也纷纷加入到"红色之旅"行列中,自觉接受历史的熏陶和鞭策。作为新时期军人,我们在积极参与的同时,要时刻反省自身的言行举止,自觉遵守社会公德,展示出军人的精神风貌。通过参观学习,让思想得到熏陶,灵魂得到洗礼,牢记使命,忠诚使命,不辱使命。唯如此,"红色之旅"才能不虚此行。

(与张海亮合作,刊于2007年3月17日《战士报》)

上等兵"思想转型期"工作不容忽视

新兵下连后,第二年度兵即上等兵逐渐从心理上摆脱新兵身份的束缚,开始认同自己老兵的身份,进入了"思想转型期":"新兵下连,老兵过年"。有的产生放松心理,认为自己辛苦了一年,可以适当休息一下,辛苦的活儿让新兵多干干,美其名曰"锻炼锻炼";随着对部队情况的熟悉,有的产生摆谱心理,在新兵面前端架子、摆资格,喜欢指手画脚;表现好且刚担任骨干的,部分产生自卑心理,想管不会管、愿管不敢管、肯管管不住;认为自己表现好却没当上骨干的,喜欢跟当上骨干的上等兵比高低,有事没事常抱怨,出现失落心理。做好这一时期上等兵的思想工作,笔者认为应该从以下几个方面下功夫:

创先争优消除放松心理。要以创先争优活动为牵引,大力开展理论学习之星、爱军精武之星、遵规守纪之星等"星级战士"评选活动,形成学习走前面、训练比比看、工作抢着干的良好氛围,不断激发上等兵岗位建功的热情。定期开展"科学发展观引领我成长"主题演讲比赛、读书心得展评等活动,让"见荣誉就争、有红旗就扛"成为部队发展的主旋律。只有营造先进光荣、实干吃香的浓厚氛围,部队发展才会呈现"百花齐放春满园"的生动格局。

树标立杆走出摆谱心理。一名典型就是一面旗帜,身边的典型更具说服力。要在上等兵队伍中间抓几个思想过得硬、工作嗷嗷叫的典型,大力宣扬他们标准不降、思想不松、干劲不减、事事带头的先进事迹,引导他们对照先进找差距,走出"摆谱"求上进。"以人为镜,可明得失",特别是要充分运用DV、数码相机等工具,开展好"一段视频表扬一个标杆、一张照片挖掘一段故事"等多种形式的讲评会,通过兵说兵事、兵讲兵理,引导部分上等兵走出自我认知的偏差,克服指手画脚的不良习惯,自觉端正工作态度。

帮带鼓励摆脱自卑心理。对担任骨干的上等兵,连队干部、老骨干要多鼓励,手把手教、面对面帮,在工作实践中增强他们带兵管部队的能力。同时,充分发挥随机教育效能,利用训练间隙、茶余饭后等时机,两三句话打打气、两三个故事鼓鼓劲,帮助他们放下思想包袱,树立当好骨干、履职尽责的信心,迅速进入工作角色,始终保持高昂的工作干劲。

谈心疏导克服失落心理。引导他们正确看待职务调整、个人得失。建立健全思想骨干机制,开展好交心谈心活动,帮助他们牢固树立"岗位有不同,责任无轻重"的理念;坚持收听收看新闻联播中"双百"人物事迹介绍,充分利用新闻点评、课后讨论等形式,广泛开展"学英模、见行动"活动,剖析其成长轨迹,明确成长的精神动力,使上等兵认清个人需求和组织需要之间的关系,时时事事处处从大局出发,为团队考虑,自觉把思想和意志聚焦到加强学习强素质、爱岗敬业作贡献上来。

(刊于2012年5月1日《战士报》)

"放心人"也要放心上

近日,笔者下基层蹲点,官兵们反映了这样一件事:一名性格憨厚、工作扎实、平时表现优秀的战士不假外出、违规上网,受到了行政警告处分,令官兵们大吃一惊,都说没想到"放心人"也会"冒泡泡"。

每个单位都会有一批政治思想强、业务技术精、工作作风实、遵章守纪好的官兵,他们是单位出色完成各种任务、推动部队建设发展的骨干力量,往往也是被领导认为是能够放心的人。因为放心,一些领导就放松了对他们的管理,疏忽了对他们的关爱,以致不能及时发现和掌握他们的思想变化;因为放心,部分"放心人"也感觉自己是受领导赏识和重用的人,心理上不知不觉产生了优越感,思想逐渐松懈,作风逐渐松散,有时也玩一点小花样,耍一点小聪明,干点让人不放心的事。久而久之,他们的思想问题越积越多,从量变发展到质变,最终导致行为失范。

官兵的思想是一个动态发展的过程,形势变化、任务转换、重大政策实施、家庭情况变故等等,都会引发官兵的思想波动,导致出现一些思想问题,"放心人"也无一例外。如果不把"放心人"纳入视野、放在心上,思想工作跟不上,矛盾化解不及时,问题就会积小为大,积重难返,"冒泡"也就成为一种必然。由此看来,"放心人"绝不是一成不变的,必须把他们时时放在心上,及时加以教育引导。一方面,领导要用心熟悉基本情况,留心观察细微变化,潜心把握思想动态,随时随地弄清官兵在想什么,有什么思想疙瘩,有什么困难需要解决,做到早预测、早发现、早解决,取得做好思想工作的主动权;另一方面,"放心人"始终被领导放在心上,他们要求自己会更严格,遵章守纪会更自觉,就会始终做到自重、自省、自警、自励,不断取得更大的进步。

作为领导切莫因对部属"放心",而放松对他们的教育、管理、提醒和监督。只有时时刻刻把"放心人"放在心上,才能让"放心人"少犯或不犯错误。

(刊于2010年2月5日《战士报》、8月24日总政《宣传简报》网络版)

脑子里永远有任务

军人的专业是打仗,军人的使命是打赢。战场打不赢,一切等于零。面对永远像钢铁一般冰冷的战争法则,作为党员领导干部,脑子里必须永远有任务。

脑子里永远有任务,就必须心铸忠诚,坚定信仰不动摇。作为党员领导干部,必须心铸忠诚。要忠诚党的理论,把党的创新理论内化为坚定的政治信仰、升华为纯洁的思想灵魂、转化为崇高的终身追求。要忠诚党的理想,真正坚定理想信念,时刻谨防理想动摇和信念滑坡。要忠诚党的组织,自觉学习党章、贯彻党章、遵守党章,用党章规范自己的一言一行。

脑子里永远有任务,就必须眼聚敌情,居安思危不麻痹。30多年的和平让部分官兵患上了"和平病":不敢打仗——缺乏战斗精神;不会打仗——缺乏现代军事素质;不能打仗——缺乏充分准备。当前,我国安全面临复杂严峻的挑战。历史昭示我们,一个国家要生生不息、繁荣发展,必须有强大的军事实力做后盾。打仗准备越充分,离战火硝烟就越远;刀枪入库马放南山,势必遭受铁蹄踩躏。"国虽大,好战必亡。天下虽安,忘战必危。"对于军人来说,最大的危险是看不见危险,必须眼睛聚焦敌情,时刻紧绷能打仗打胜仗这根弦,时刻等待出征号令。

脑子里永远有任务,就必须肩扛使命,履职尽责不懈怠。学习贯彻十八大精神就要从战略抉择的高度,深入贯彻主题主线重大战略思想,在促进部队建设全面进步整体提高上见成效。要担起打赢战争之责,坚持一切向打赢聚力,一切为打赢服务,做到仗怎么打,兵就怎么练,确保召之即来,来之能战,战之必胜。要担起科学发展之责,扎实打基础,反复抓落实,狠抓重点,让组织"强"起来,让人才"硬"起来,让经常性工作"实"起来,推动部队建设科学发展。要担起改进作风之责,重实际、察实情、出实招,以自己的模范行动推动作风的不断改进。

脑子里永远有任务,就必须手练绝招,苦练本领不松劲。当今世界,以信息化为主导的战争形态已经走上历史舞台。党员领导干部必须带头提高打赢信息化战争本领。要厚实军事素养,切实把学习新理论新知识新技术作为提高能力素质的当务之急、重中之重。要苦练军事技能,使自己成为掌握信息化武器装备的行家里手,成为兵不血刃令敌胆寒的打赢尖兵。要研讨制胜之策,只有开动脑筋,用心琢磨,演练新战术、钻研新训法、探索新战法,才能不断提高自身能打仗打胜仗的能力素质。

(刊于2013年7月5日《战士报》)

"临时观念"当休

野外驻训期间,军区各部队官兵迎着肆虐的"秋老虎",纷纷开赴陌生地域强技能、演战法、练协同,遂行实战任务的能力不断提高。然而,一些不和谐的音符也不时奏响:部分官兵认为驻训机构临时组建,驻训人员临时抽调,驻训时间相对不长,思想经常处于"临时"状态,于是乎训练劲头不足,偏爱熟悉和容易的基础课目,对危险系数高、组训难度大的课目则退避三舍,满足于"过得去、不出事"。少数单位和官兵的"临时观念",导致训练图形式、走过场,既影响了军心士气,又弱化了驻训效果。

相较于在营组训而言,野外驻训既要克服气候、地域等不利因素,又要达成预期目标,可不是件轻松事。如果没有认清野外驻训的重大意义,就容易产生"临时非战时,不必太较真"的思想偏差,导致"临时练兵,到点回营",训练质量大打折扣,战斗力生成成了一句空话。其实,野外驻训是检验平时组训效果、锤炼过硬作风、提升部队战斗力的有效途径。

克服"临时观念",才能培育战斗精神。古人云,战以勇为主,以气为决,未来战争不仅是科学技术、经济实力、武器装备的较量,更是战斗精神的比拼。而培育战斗精神,除靠平时养成外,主要靠训练实践。野外驻训条件艰苦,环境复杂,是锤炼官兵意志、强化战斗精神的有力平台,战斗精神磨砺生。

克服"临时观念",才能锻造作战硬功。一位哲人曾说过,军队没有和平时期,只有战争时期和准备时期。军无习练,百不当一,习而用之,一可当百。没有一颗打仗的心,就干不好训练的事。只有紧贴使命任务,坚持训战一致原则,认真开展野外驻训,敢于在艰苦复杂的环境中摔打磨炼部队,把战术情况设险,把战场环境构真,一招一式练硬功,从难从严砺精兵,才能不辱使命、不负重托。

克服"临时观念",领导干部必须模范带头。榜样的力量是无穷的。作为领导干部,必须牢固树立"当兵打仗是本职、带兵打仗是使命"的观念,在野外驻训中敢于叫响"看我的、跟我上",带头想打仗、谋打赢,带头抓训练、强素质,带头艰苦奋斗、牺牲奉献,始终保持昂扬的精神状态,切实以自身模范行动感召和带动部队。

(与张海亮合作,刊于2012年10月10日《战士报》)

乐业 敬业 创业

据报载,海军大连舰艇学院政治教员方永刚,恪守"春蚕到死丝方尽,蜡炬成灰泪始干"的信念,真诚传播党的创新理论,让党的光辉理论融入听众的心灵,化作工作的干劲。他把自己的青春献给了三尺讲台,献给了党和军队的事业。他用自己奋斗的实践证明了一个浅显而深刻的道理:乐业是敬业的前提,敬业方能创业。

乐业,是一种心态,一种情感,是对自己所从事的职业发自内心的热爱和珍惜。乐业,就是崇尚自己的职业,热爱自己的岗位。没有热爱,就没有情感,就谈不上乐业。要做到乐业,必须强化光荣意识,始终把工作当作是一种待遇,一种荣耀,乐于平凡,甘于寂寞,演好自己的角色,"小角色"当成"大角色","配角"下"主角"的功夫,自觉倾注满腔热忱,始终如一保持昂扬向上的工作姿态。

敬业,是一种美德,一种责任,是对自己所挚爱的工作全身心的敬重和付出。干一行,钻一行,自觉把岗位当作成才的舞台,把工作当作事业的基石,努力成为本专业的行家里手。工作诠释美丽,岗位意味责任。要做到敬业,必须强化责任意识,今天的事今天办,能办的事马上办,所有的事认真办,努力用心干好每一件事,每次都有一种新的认识和感悟。如果缺乏责任感,心思和精力不用在工作上,那么就不可能有所建树,只会贻误宝贵的青春和奋斗的事业。

创业,是一种追求,一种境界,是乐业的结晶,敬业的升华。没有乐业、敬业,就不可能创业。只有乐业,才能立创业之志;只有敬业,才能增创业之才,"敢为天下先",

在实践中获取真知,使自己的综合素质不断提高。创业需要艰苦奋斗,必须强化奉献意识,埋头苦干,坚忍不拔,不求回报多,只求贡献大,才能在本职岗位上建功立业。

人人是创业之才,处处是创业是所。德国诗人歌德说:"行动在先。"作为我们军人,要实现理想目标,重要的是从自我做起,从小事抓起,从实处干起,自觉地把岗位当作实现理想信念和人生追求的舞台。只要乐业、敬业,就一定能在平凡的工作中创造令人钦慕的业绩。

(刊于2007年5月28日《战士报》、8月25日总政《宣传简报》网络版)

克服"被学习"现象

当前,"创建学习型党组织,争当知识型军人"活动在基层部队开展得红红火火,学理论、钻业务已蔚然成风。然而也存在不容忽视的"被学习"现象:有的内容安排过满,压得太多,重数量轻质量,杠杠画了不少,内容没有掌握,学习是"雨过地皮湿";有的感觉内容学过了,基本理论掌握了,反复学没有必要,自我满足,懒于学习;有的感觉底子薄,理论功底差,畏难情绪滋长,只好跟跟风、做做样子等等。克服以上"被学习"现象,笔者认为应从三个方面下功夫:

弹簧机制解"压"。弹簧只有在合适状态下弹性功能发挥才最长久。因此,在安排学习任务时一定要根据单位和个人的实际情况,不能图一时的学习气氛高涨而采取高压手段,层层加码,结果就会像长期处于重压下的弹簧失去弹性,出现应付学习的现象。当然,学习不能放任自流,弹簧如果拉直了也会失去应有作用,所以要做好科学统筹工作,通过开展"学习活动大家谈""我为学习进一言"等活动,让官兵充分认清学习的重大意义,科学安排学习计划,确定学习内容,并严格落实好学习计划。

激励机制解"懒"。学习中,少数同志思想懒惰,不愿深入思考,其根源在于缺乏学习动力。为此,要在完善激励机制上下功夫,积极开展"理论学习之星"评选、读书心得评比等活动,并通过广播、墙报、灯箱等方式广泛宣传先进典型,营造学习光荣、先进吃香的浓厚氛围。同时广泛开展"热点问题探讨""新闻事件追踪"等活动,引导官兵用所知所学深入思考,解答社会热点难点问题和自身存在的思想困惑,不断激发官兵学习热情。

互学机制解"难"。官兵文化层次参差不齐、学习方法不对头一直是制约学习活动深入开展的"瓶颈"问题。伴随着大学生官兵的加入和比例的不断升高,使这一难题有了很好的解决途径。基层单位要充分发挥大学生官兵的作用,利用他们文化层次高、理论基础好的优势,采取以老带新、以高层次促低层次"一帮一"的方式,通过"素质教育论坛""传经送宝大会"等平台,鼓励官兵"点对点"帮带,上下联动,整体推进,形成良好的学习氛围,推动学习活动深入开展。

(与严文科合作,刊于2011年4月11日《战士报》)

基层干部也要注重理论学习

近日,笔者到基层了解理论学习情况,发现部分基层干部忽视理论学习,认为理论学习主要是机关的事情,基层的任务就是落实上级指示,做点具体工作,学不学理论,关系不大。对此,笔者不敢苟同。

诚然,机关与基层担负任务不同,分工各异。机关干部为履行指导职责,下功夫学好理论是责无旁贷的,但是基层干部亦不可忽视理论学习。

首先,理论学习是基层干部提高自身素质的需要。理论出信念。理论学好了,就能正确理解党的路线、方针和政策,正确认识改革的必要性和紧迫性,正确看待企业破产、下岗分流、减员增效等问题,正确对待改革中利益关系的调整,从而在思想上、政治上自觉与党中央保持高度一致;就能按照社会主义事业的需要,选择正确的人生道路,在实践中增长才干,不断成长进步,实现自己的人生价值。要知道,多数领导干部也是从基层成长起来的。而忽视理论学习,就不可能去主动改造自己的世界观,势必思想空虚,精神贫乏,是非不分,方向不明,最终导致犯错误。其次,理论学习是基层干部做好本职工作的需要。正确领会上级意图,圆满完成工作任务,不可不具备本职工作所需要的理论素养。思想是行为的先导。理论学好了,就能自觉运用科学的世界观和方法论,把握事物的发展规律及其内在联系,增强工作的预见性、主动性和系统性。遇到新情况新问题时,就能自觉服从大局,维护改革,联系群众,尊重实践,辩证分析,科学决策,真正做到上情与下情结合,上级指示与本单位实际结合,正确处理好各种矛盾和问题。再次,理论学习是基层干部培养"四有"新人的需要。基层干部生活在群众之中,天天与群众打交道,是群众的"指导员"和"思想教师",引导群众成为有理想、有道德、有文化、有纪律的社会主义新人,是基层干部义不容辞的职责。"打铁先得本身硬",教育者必先受教育。只有把自己的问题解决了,理论水平提高了,才能讲明白,说透彻,才有能力去锻造和矫正别人,才能用理论去武装群众头脑,引导群众确立坚定的政治信念,树立远大的理想追求,培养高尚的道德情操。"以其昏昏,使人昭昭",是不行的。

"看似平常最奇崛"。因此,基层干部也要注重理论学习。当然,基层干部的理论学习,无论在内容上、时间安排上都应该与机关有所区别,不能搞"一刀切""一锅煮"。让我们积极响应江泽民同志"学习学习再学习,实践实践再实践"的号召,迅速行动起来,从自己做起,从本单位做起,大兴理论学习之风。

(刊于1999年9月18日《株洲日报》)

勇气·锐气·底气

批评与自我批评是我党的优良传统,毛泽东同志曾把它看作是清除政治灰尘和政治微生物的有力武器,要求每名共产党员都要自觉运用。在开展党的群众路线教育实践活动中,如何正确运用这一锐利武器,真正达到"红红脸、出出汗、排排毒"之功效,笔者认为应重"三气"。

增强批评的勇气。难得是诤友,当面敢批评。然而在现实生活中,批评难的现象比较普遍,主要是"怕"字心理作怪,批评上级怕穿小鞋,批评同级怕伤和气,批评下级怕丢选票,批评自己怕丢面子,勇气不足,正气就不盛,结果批评打了"太极拳",整改搞成了"软任务"。实际上,开展批评与自我批评,是党员自我教育和相互教育的重要途径,是增强党员党性观念、实施有效党内监督、提高组织战斗力的有效形式,也是对每一名党员最基本的要求。只有把批评当成一种责任,批评自然就增添一分勇气。

砥砺批评的锐气。在这次教育实践活动中,要求对照宗旨意识、工作作风、廉洁自律等方面的差距,积极开展批评与自我批评,这是一个"刮骨疗伤""祛病健体"的过程,如果怕痛、护短、爱面子,就不可能真正触及思想,触动灵魂,就会丧失批评的锐气。这就要求我们必须站在对部队负责、对历史负责、对同志负责的高度,翻箱倒柜找问题,揭短亮丑挖根源,刺刀见红抓整改,自觉做到讲党性不讲私情,讲原则不讲关系,讲事实不讲情面,讲纪律不讲下不为例,不当泥瓦匠"和稀泥",甘当铁匠"硬碰硬",大力彰显批评的锐气,以增强批评的原则性战斗性。

培育批评的底气。俗话说,打铁还需自身硬。作为一名党员,必须严格对照党章规范自己言行,严格落实改进作风规定纯正风气,严格遵守部队条令条例,以自己的凛然正气提振批评别人的底气。自我批评是一种要求,也是一种修养。然而,有的党员当"看客",对自身之过视而不见,自我批评不积极、不情愿、不坚决;有的党员不担当,认为是"图形式、走过场",照过去的要求画现在的瓢,缺乏纠治问题的主动性;有的党员在观望,担心"雷声大雨点小",怕自己先放炮吃亏,没有带头自我批评的决心等等。自我批评不动真格,批评别人也难严格,只有带头把自己摆进去,把问题找出来,批评别人才有底气,也才更具说服力。

(刊于2013年9月17日《战士报》)

批评莫变"味"

近日,笔者下基层蹲点,参加某连民主生活会,发现正副书记的自我批评发言竟然大同小异,都是"理论学习抓得不够紧""工学矛盾解决不够好"之类较为空洞乏力的话,互相批评也避重就轻,犹如隔靴搔痒,民主生活会走了过场,失去了原本的意义和作用。批评与自我批评是我们党的优良传统。那么,如何开展好批评与自我批评呢?笔者认为要从三个方面下功夫:

首先,要正确对待批评。俗话说,"批评是关心,关心才批评"。每一名党员都应懂得,在党内开展健康向上的批评与自我批评,就如同阳光和空气一样必不可少。对于党组织来说,是坚持真理、修正错误、增进团结的有力武器;对于党员自身来说,则是改造主观世界、增强党性锻炼、不断发展进步的重要手段。

其次,要恪守党性原则。始终以党和军队的事业为重,摒弃各种私心杂念,坚持"惩前毖后,治病救人"的方针,从团结的愿望出发,客观公正地开展批评与自我批评,做到互相批评不扣帽子、不抓辫子、不打棍子,就事论事,以理服人;自我批评不夸大其词,不遮遮掩掩,实实在在地进行深入剖析,不断提高开展批评与自我批评的勇气和质量。

再次,要培育坦荡胸怀。"人非圣贤,孰能无过"。一个人思想上难免出现"尘埃",工作中难免出现偏差,行为上难免出现失误。出现这些问题要有闻过则喜的坦荡胸怀,谦虚诚恳地接受他人批评。古人云,"良药苦口利于病,忠言逆耳利于行"。无论是含蓄委婉的提醒,还是言词激烈的批评,都要善于从别人的批评教育中汲取政治营养,不断加强党性修养,升华人生境界,使自己更好更快地成长进步。

(与郭睿合作,刊于 2012 年 4 月 16 日《战士报》)

不到现场就会走过场

临近新春佳节,部队在欢乐祥和的氛围下也进入紧张有序的战备防护工作中。关于战备,最深刻的教训莫过于著名的"珍珠港事件",担负战备值班的人员已在雷达中发现日军战机，因思想麻痹、疏于防备而导致美军太平洋舰队遭受毁灭性打击。前事不忘，后事之师。血的教训告诉我们，战备工作必须时刻保持高标准，坚持到现场，不走过场。

战备工作是有效应对多种安全威胁、完成多样化军事任务的重要保证。然而在实际工作中，部分官兵把主要心思和精力倾注于节日期间的人情往来中，想个人的事多，谋战备的事少；或坐在屋里看监控，电话遥控下指示；只求过得去，不求过得硬。以这种战备状态，在血与火的战场上，付出的只能是牺牲、失败和屈辱。同时，随着军队信息化建设如火如荼地进行，值班监控系统、视频监控系统等软硬件的普及完善，一键到底的网络模式可让基层随时接收上级决策、意图。这也让个别干部滋生了"秀才不出门，可知天下事"的错误思想。

不到现场就会走过场。闭门不出，焉知战备实情；高高在上，怎能指导有力！无论何时，键对键都不能代替面对面。不在现场，就难以获取具体细节和亲身体会；不在现场，就很难了解值班分队和人员的真实情况，把好节日战备的脉搏；不在现场，就难以对节日期间的战备值班情况提出更加切实可行的改进意见。唯有亲力亲为、躬亲现场，才能落实战备条例不走样，保持战备标准不降低。

到现场，心到重于身到。身到现场，更要心到现场。倘若"身在曹营心在汉"，检查战备只是"坐在车里转一转，隔着玻璃看一看"，走马观花，蜻蜓点水，不倾听官兵心声，不察看战备实情，如何能够指导基层查找隐患，解决问题？心到重于身到，反映的是一种务实的作风，彰显的是一种昂扬的精神。这就要求领导干部要以"朝食不免胄，夕息常负戈"的使命意识、"马踏三秋雪，鹰呼千里风"的工作姿态、"苟利国家生死以，岂因祸福避趋之"的担当精神扎扎实实抓战备，沉到一线察实情，深入基层找问题，战备工作才能真正落到实处。

到现场，关键是现场解难。俗话说，发现问题是成绩，揭露问题是党性，解决问题是水平。到基层检查战备工作，能不能坚持从严治军，是回避矛盾绕开问题还是敢于较真，是检验领导干部战备观念强弱的试金石。对于现场发现的问题，大的方面较真并不难做到，倒是"忽微"的方面很容易"睁一只眼闭一只眼"，以致影响战备工作落实的整体水平。"祸患常积于忽微"。高明的医生善治未病之病，以防病于未起；高明的领导善消未祸之祸，以防患于未然。天下大事，必作于细；事无大小，必赖于实。只有拿出较真的态度，多些较真的举措，部队战备水平才会有真的提升，才能真正做到召之即来，来之能战，战之必胜。

(刊于2013年2月9日《战士报》三版头条)

多指导，少指责

近日，笔者下基层蹲点，官兵反映了一件"烦心事"：前不久，上级工作组某干部来连队检查指导工作，翻箱倒柜把连队查了个"底朝天"，这也批评，那也指责，似有挑刺之嫌，搞得官兵很郁闷。

基础不牢，地动山摇。基层是军队的基础，基层建设来不得半点疏忽和松懈，必须抓得紧而又紧。机关干部下基层指导，抬高一尺找差距，一丝不苟抓帮带，严格要求，严格检查，这无疑是正确的。但部分机关干部下基层却走进了某种误区：有的认为查找基层问题越多越好，似乎问题查找得越多，自己的工作能力就显得越强，自己对工作的态度就越认真；有的认为对基层要求越严越好，似乎要求越严格，批评越严厉，自己在基层的威信就会越高，基层建设进步幅度也就会越大。事实上，下基层指导工作，眉毛胡子一把抓，不突出解决主要矛盾，不把握好严格检查的尺度，求全责备，就容易出现指责过多、指导偏少的现象，就容易挫伤广大官兵的工作积极性，反而不利于基层建设的稳步发展。

基层官兵是基层建设的主体。工作标准不够高，任务完成不够好，当然应该批评教育，但应把握好分寸，言之有理，言之有情，严之有据，严之有度，千万不要挫伤广大官兵的工作热情。记得有位企业管理者说过，"要让员工干起来，先让员工乐起来。"对于我们部队官兵来说，亦是如此。心理学的知识告诉我们，人性中最深切的心理动机是受人尊重、得到肯定和被人赏识的渴望。如果漠视这种渴望，指责过多，指导过少，结果只能事倍功半，达不到预期效果。

"上面千条线，下面一根针"。基层工作比较繁杂，较之过去难度明显增大。"两眼一睁，忙到熄灯。两眼一闭，提高警惕。"这句顺口溜比较形象地反映了基层官兵的辛苦。因此，我们下基层，要设身处地为他们着想，扑下身子搞调研，倾听官兵呼声；沉入一线找不足，解决主要矛盾。下达任务、布置工作时，想一想他们的承受力究竟有多大，完成任务有什么困难，切莫搞"层层加码"；当他们工作中出现疏漏和不足时，多一些理解，少一些埋怨，多一些指导，少一些指责，好好地坐下来，和他们一起分析原因，找出教训，商讨对策，解决问题，在满腔热忱的指导帮带中提高基层解决自身问题的能力，推动基层建设一步一步上台阶。当然，作为基层官兵，也应主动调整视角，"有则改之，无则加勉"，正确对待上级工作组的批评，把批评当关爱，把指责当鞭策，正视问题，以高度的事业心责任感把工作做细做好做扎实。

指导,透着关爱,蕴涵希望,是言当其时的提醒,是润物无声的批评,不回避矛盾,重解决问题;指责,是打官腔,摆官谱,抬高自己,疏远群众,容易造成上下关系隔膜,影响团结和谐,不利于问题的根本解决。

有鉴于此,建议我们机关干部在下基层时不妨三思而行,多些指导,少些指责,切实提升基层建设的质量和水平。

(刊于2008年7月2日《战士报》头版、8月23日总政《宣传简报》网络版)

承诺更要履诺

近日,笔者下基层蹲点,发现多数单位设立了公示栏,将支部和全体党员的公开承诺书统一张贴进行公示,显得既重视又美观。然而问及履行承诺情况时,部分支部书记、党员却支支吾吾,底气不足,看来公开承诺打了折扣!

公开承诺,是每个支部和全体党员依据"五个好""五带头"的基本要求,结合自身岗位职责,提出创先争优的具体打算和兑现时限,向群众公开,接受群众监督。这是推进创先争优活动的主要方式之一,也是确保活动广泛参与、保持经常、落到实处的具体抓手。可在实际工作中,部分支部和党员却往往把"公示承诺"与"履行承诺"等同起来,重视承诺上墙,却忽视了承诺兑现。究其原因,主要是少数支部和党员对开展公开承诺的具体要求、主要步骤和重要意义认识不足,党性观念不够强,把措施当作实施,把承诺当作行动,缺乏履诺的诚意和勇气,说一套做一套,使公开承诺流于形式,承诺书形同废纸。这是十分有害的,既与公开承诺的要求格格不入,又在一定程度上助长了形式主义,必将影响创先争优活动的质量效益。

公示承诺是书面的东西,是公开承诺工作的"上篇文章",关键是要做好履行承诺的"下篇文章"。笔者认为应抓好三个方面的工作:一是将公开承诺的过程作为加强自身修养的过程,每天对照党员标准反省一下,看思想有没有"长毛",行为有没有出轨,形象有没有出格,不断改造自己的主观世界,切实增强党性修养;二是将公开承诺的过程作为接受群众监督的过程。党员干得怎么样,群众最有发言权。注重培养自己闻过则喜的宽阔胸襟,把批评和监督当作对自己的关心爱护,把自己置于组织和群众的监督之下;三是要将公开承诺的过程作为推动工作落实的过程,每个支部和党员都要把承诺当责任,根据自己的公开承诺,制定好履诺情况进度表,逐项细化抓好落实,确保承诺兑现。

承诺是言,履诺是行,承诺容易履诺难。在创先争优活动中,我们既要抓好公示承诺的工作,更要加大履行承诺的力度,惟其如此,方能推动创先争优活动的深入开展。

(刊于 2010 年 11 月 16 日《战士报》、2011 年 4 月 14 日总政《宣传简报》网络版)

喊响"看我的"

"政治路线确定之后,干部就是决定的因素。"开展群众路线教育实践活动,领导干部在抵制"四风"侵蚀、培育新风正气中发挥着表率作用。然而部分领导干部不愿"领"、不敢"领"、不会"领",直接影响实践活动成效。笔者认为,作为领导干部,要勇于担当,敢于喊响"看我的"。

喊响"看我的",就要在认清使命中敢于担当。军人与使命同生,军人与使命同在。习主席提出"听党指挥、能打胜仗、作风优良"的强军目标为新时期新阶段我军的历史使命赋予了新的时代内涵。如果每名军人是实现"强军梦"的"梦之队"队员,那么各级领导干部就是其绝对主力。当下,国际形势复杂多变,军队正处于改革的关键期。领导干部应当勇于担起职责使命,做到标准朝着使命看,工作围着使命转,用表率凝聚兵心士气,引领官兵为履行使命而共同奋斗。

喊响"看我的",就要在践行宗旨中率先垂范。"意莫高于爱民,行莫厚于乐民。"基层是军队的基础,官兵是军队的主体。各级领导干部要坚持心系基层、服务官兵,牢固树立"基层至上、士兵第一"的观念,始终把工作重心放在基层。同时,更要在执行各种急难险重任务中把官兵利益举过头顶,当先锋、打头阵、作表率,以良好作风和形象带领部队科学发展。

喊响"看我的",就要在改进作风中走在前列。"善禁者,先禁其身而后人"。好的作风是抓出来的,更是领导干部以身作则、模范带头干出来的,光说不练本身就是作风不纯的体现。因此,领导干部必须在深刻自我剖析的基础上,以真转真改的态度、立言立行的决心,全面贯彻"照镜子、正衣冠、洗洗澡、治治病"的总要求,带头征集意见、带头开展谈心、带头进行批评和自我批评、带头边查边改,以实现自我净化、自我完善、自我革新、自我提高。

(刊于 2013 年 8 月 6 日《战士报》)

"走近"还须"走进"

在开展党的群众路线教育实践活动中,各级党员干部纷纷打起背包走出机关、蹲连住班,赢得了官兵"点赞"。然而,部分党员干部身体离官兵近了,却离走进官兵心灵还有些差距。

践行党的群众路线,汇聚强军兴军力量,"走近"还须"走进"。如何才能真正"走进"官兵呢?笔者认为应在三个"带着"上下功夫:一是带着真感情。部队建设根基在官兵、智慧在官兵、力量在官兵,必须端正对官兵的根本态度,自觉做到"政治上爱、生活上爱、真诚地爱",真正扑下身子与兵交朋友,听兵心里话,解兵烦心事,多送笑脸、少些冷漠,多给鼓励、少些批评,让基层官兵感到可信可亲可敬。二是带着大责任。走进官兵的主要职责是帮带基层促发展、提升战力谋打赢。这就要求深度了解基层建设长短,帮助基层理清建设思路,制定发展的具体举措;认真分析梳理基层存在的诸多实际问题,视轻重缓急着力解决基层自身无力解决的困难;找准制约战斗力提升的"短板",指导基层克服危不施训、险不练兵等消极保安全现象,真正把连队带成刀尖子,把战士带成小老虎。三是带着好形象。党员干部走进群众,无论职务高低,都要严于律己,树好形象,在态度上放下"架子",在作风上务实简约,在生活上勤俭简朴,在遵章守纪上不搞例外,在帮困解难上满腔热忱,时时以普通一兵的标准严格要求自己,切实维护好党员干部的形象,为基层官兵做好表率。

(与王续合作,刊于2014年5月19日《战士报》)

"信用缩水"当照"荣辱镜"

在现实生活中,少数领导干部轻诺恣行,嘴上唱着高调,实际行动不对号,答应官兵解决的问题,不是忘诸脑后,就是"打太极"。部队当下正处于第二批党的群众教育路线教育实践活动查摆问题、开展批评的关键阶段,"信用缩水"的党员领导干部不妨多照照"荣辱镜",从"承诺"二字上深刻剖析。

承诺要讲党性。讲诚信是我党性质、宗旨的重要体现,重承诺是一名党员领导干部的处事之基。任何弄虚作假、欺瞒诈骗的言行都与我们党的性质、宗旨和世界观不相容,与党员干部的行为准则相违背。口是心非、言行不一、弄虚作假、愚弄官兵等现象,是一种低级趣味,是一种官场浊流,更是一名心怀浩然正气的领导干部所不齿的"鬼把戏"。党员领导干部必须力戒夸夸其谈、哗众取宠,坚持把承诺许诺的出发点放在全心全意为官兵服务上,放在一心一意谋打赢上,恪守党性原则,堂正做人,务实为官。

承诺要依法度。"与人不以诚,则是丧其德而增人之怨"。党员领导干部手中多少有些权力,面对种种诱惑和人情,少数同志不该承诺的瞎承诺,导致以权压法、以言代法在一定范围还不同程度地存在。俗话说:"破山中贼易,破心中鬼难"。党员领导干部应树立严己的品格,定位好自身角色,固牢法规意识和法纪观念,常怀"吾日三省吾身"的姿态,不该说的坚决不张嘴,不该做的坚决不伸手,做到按章办事不失职,履行职责不越权。

承诺要重落实。若不行"踏石留印""抓铁有痕"之举,只是蜻蜓点水、走马观花,缺乏实干细致的工作作风,"留印""有痕"也就成了空谈。承诺更要履诺。党员领导干部应把履行承诺当作自己的职责使命,在深入官兵调研的基础上,明确履行承诺的时间节点和完成期限,力求达到官兵满意的效果。

(与郭睿合作,刊于 2014 年 7 月 11 日《战士报》)

做好官兵期盼的"下回分解"

教育实践活动开展以来,各级从官兵最关心的具体问题抓起,从官兵不满意的地方改起,赢得了官兵点赞。特别是以专题民主生活会召开为契机,通过问卷调查、集体座谈、个别谈心等形式,扎实搜集官兵发自内心的呼声与期盼,及时为基层解难题办实事送温暖。然而,当前官兵更希望各级领导机关能"乘胜追击",做好官兵期盼的"下回分解",在打通"最后一公里"中深化教育实践活动。为此,笔者认为需从三个方面下功夫。

固牢为兵服务理念。"视卒如婴儿,故可以与之赴深溪,视卒如爱子,故可以与之俱死"。兵事连兵心,服务无止境。如果把为官兵办了几件实事,就认为树牢了为兵服务意识,那必将本末倒置,行之不远。只有正本清源站稳立场,才能端正对官兵的根本态度,才能牢固树立为官兵服务的理念。这就要求我们,想事情、作决策、抓工作时,多衡量是否有利于基层建设的发展进步,是否有利于部队战斗力的生成提高,是否有利于官兵的全面发展,始终坚持把官兵利益作为第一考量,把官兵满意作为第一标准,把关心官兵疾苦作为第一责任,少想上级知道不知道,多想官兵需要不需要。只有把基层官兵放在心上,基层官兵才会把事业扛在肩上,才把能打仗、打胜仗作为自己的神圣使命和不懈追求。

践行为兵服务承诺。人无信不立,业无信难兴,政无信必颓。教育实践活动中,各级都针对查摆出来的问题制订了整改措施,明确了整改时限,并郑重向官兵作出公开承诺。然而少数单位在整改过程中"只闻楼梯响,不见人下来",或拖拖拉拉,或避重就轻,或束之高阁。践行承诺,不来真的,不见动静,一切等于零。只有动真格解决问题,才能赢得官兵的真心。践行为兵服务承诺,应对每项工作都要具体研究,末端细化,制订措施,一件一件地落实,并定期公布履行承诺情况,主动接受官兵监督,真正做到说得让人信,做得让人敬,管得让人服,使少说空话、多办实事形成风气,形成规矩,用实实在在的行动取信于兵。

健全为兵服务机制。没有规矩,不成方圆。服务官兵,不是一阵风,而要聚沙成塔,持续用力,倘若"三天打鱼两天晒网"式的服务,只能适得其反。把为兵服务从口头承诺变为自觉行动,必须建章立制。没有制度保障,难成服务之果。教育实践活动中,要对已有的制度进行认真梳理,把前期创造的成功做法和经验以制度的形式固化下来、坚持下去,把经过实践检验行之有效、官兵认可的制度纳入贯彻群众路线的长效机制。要进一步优化制度设计,紧盯末端细节,做到大病小病都要医,对上对下都要严,治标治本都要狠,以实在管用来细化量化,避免"牛栏关猫"。同时要完善奖惩问责制度,把回应官兵的绩效与个人利益挂起钩来,与考核使用干部结合起来,奖优罚劣,真正使回应官兵关切从"软指标"变成为"硬杠杠"。

(与郭睿合作,刊于 2014 年 8 月 6 日《战士报》)

关键是抓好整改落实

当前,各单位党委常委相继召开了专题民主生活会,班子成员自觉拿起批评与自我批评的思想武器,真刀真枪开展思想交锋,达到了"红红脸、出出汗、排排毒、治治病"的效果。然而不可忽视的是,会议结束后,少数同志产生松懈麻痹思想,践行承诺、聚力整改的热情和力度有所减弱,致使会议效果大打折扣,影响了教育实践活动的成效。笔者认为,改作风关键是抓好整改落实,做好民主生活会的"下篇文章"。

破除"闯关"思想,提振精神状态。习总书记指出,"要防止一些同志产生对照检查就是'闯关'的思想,不能以为过了这一关就可以万事大吉了"。克服"闯关"思想,就要以习总书记关于作风建设系列重要论述为指导,对照"四面镜子"和"三严三实"要求,荡涤思想尘埃,常补精神之"钙",立起干事创业的高标准。要不断解剖自己,思己之责、查己之过,以"一日三省吾身"的精神状态推进作风改进,保持"最后一公里"不减速。

解决实际问题,回应官兵关切。召开民主生活会的过程,就是查摆问题的过程。各级通过问卷调查、座谈交流、民主测评等形式收集到的意见建议,其实就是官兵发自内心的呼声。会好诊号好脉,猛药去疴是关键。对查摆出的具体问题,既要深入剖析原因,又要按轻重缓急和难易程度,分别提出整改落实目标、解决兑现方式和工作时限要求,明确整改领导责任和具体人员职责,并按照计划逐个挂账销号,切实做到事事有回音、件件有着落。要实行开门整改,把整改工作全过程置于官兵监督之下,请官兵参与、让官兵评判,确保教育实践活动善始善终、取信于兵。

坚持制度跟进,确保长效抓建。制度问题不解决,思想作风问题也解决不了。防止"四风"问题回潮反弹,关键要在建章立制上下功夫、在制度执行上使长劲。扎紧制度"铁笼子",一方面要不断完善配套细化制度,形成便于落实、便于操作的制度规定,明确规定该如何抓、什么时候抓、什么标准抓等末端细节,并作为检查考评的重点。另一方面要严格执纪,维护制度的刚性约束。对违反制度的行为,发现一起,查处一起,问责一起,绝不允许上有政策、下有对策,绝不允许打"擦边球",以制度的刚性运行推动作风建设常态化、长效化。

(刊于 2014 年 8 月 12 日《战士报》)

以"眼中有敌"境界抓作风

随着改革开放的深入,我国的 GDP 已接近德法英三国的总和,到处呈现出欣欣向荣的景象。民众看到的是盛世,但军人眼中必须有敌情。当前,各级都在狠抓作风建设,作为军人,要以"眼中有敌"的境界抓实作风建设。

用打仗意识牵引作风建设。30 多年的和平,让部分官兵患上了"和平病"。实际上,我国安全面临复杂严峻的挑战。历史昭示我们,一个国家要生生不息、繁荣发展,必须有强大的军事实力做后盾。打仗意识越浓厚,战火硝烟就越远离。"国虽大,好战必亡。天下虽安,忘战必危"。对于军人来说,最大的危险是眼中没有敌情。穿上军装就是披上战袍,要真正使"当兵打仗、带兵打仗、随时准备打仗"的理念融入官兵的灵魂和血脉,时刻用打仗意识牵引作风建设,紧绷准备打仗这根弦,随时等待出征号令。

用打赢能力强化作风建设。打赢能力与作风建设息息相关。当今世界,以信息化为主导的战争形态已经走上历史舞台,必须以务实的作风锻造打赢信息化战争的铁拳。要厚实军事素养,掌握马克思主义战争观和毛泽东军事思想、联合作战思想、信息化和军兵种等知识,切实把学习新理论新知识新技术作为提高能力素质的当务之急、重中之重。要苦练军事技能。实践证明,武器装备只有与人实现有机结合,打起仗来才能最大限度地发挥效能。要研讨制胜之策。只有开动脑筋,用心琢磨,演练新战术、钻研新训法、探索新战法,才能不断提高能打仗打胜仗的能力素质。

用战斗精神磨砺作风建设。作风硬,则战斗力强;作风软,部队就会散。每个军人都要自觉以军事斗争准备为重要实践平台,着眼适应信息化战争的需要,从难从严从实战要求出发,既练技术战术,也练意志作风,实现战斗精神与打仗能力的同频共振。注重通过执行重大任务、参加重大演习磨砺钢铁般的意志,培养一不怕苦、二不怕死的英雄气概,讲求科学、认真严谨的科学精神,严守纪律、团结协同的团队意识,处变不惊、坚毅顽强的意志品格,做到每执行一次重大任务,战斗作风就受到一次锤炼;每组织一次演练行动,战斗作风就得到一次升华。

(刊于2013年3月26日《战士报》)

多"头"发力改作风

一段时间以来,各单位坚决贯彻军委的部署要求,采取有力措施加强作风建设,取得了初步成效。然而,改进作风不是一朝一夕之功,必须深入持久地开展下去,才能让群众点头,才能汇聚磅礴的正能量,不断推进作风的根本好转。

严字当头,落实规定不走样。目前作风建设虽然取得初步成效,但在思想认识、解决问题制度机制等方面还存在一些矛盾和问题,正处于不进则退的关键期、往深里走的攻坚期、决心意志的考验期。必须坚持严字当头,认真贯彻军委"十项规定",从转变文风会风严起,从厉行节约严起,从轻车简从严起,从廉洁自律严起,抓住官兵反映强烈的不正之风,抓住深层次矛盾和问题,以铁的决心、铁的手段、铁的纪律抓整改。一项制度就是一道防线,一条规定就是一道关卡。特别是要对顶风违纪的人和事严肃查处,下猛药、出重拳、动真格,不解决问题不撒手,不达目的不罢休。

领导带头,敢于较真不马虎。领导干部的一言一行、一举一动,群众看在眼里、记在心上。改进作风,领导必须带头拿自己开刀。风成于上,习化于下,上有引领,下必赴焉。这就要求领导干部要有"向我开炮"的勇气、"刮骨疗伤"的豪气、"舍我其谁"的正气,围绕用人、用权、用钱、用车等重点领域,查找自身问题一丝不苟,解决自身问题一抓到底,一级做给一级看,一级带着一级干,树立良好的风气导向,让清廉之风一级一级吹下去,使正能量一级一级传递汇聚。

群众点头,明确标准不动摇。改进作风态度诚不诚、举措实不实、效果好不好,群众点头是标准。自我敷衍塞责不行,自我感觉良好不可,必须坚持这个标准不动摇,这就要求每个党员干部有敞开大门整改的态度、接受群众监督的自觉、弘扬优良作风的习惯。经常扪心自问,看看自己不良习气有哪些,到底改没改,改了多少,效果如何,把诸如此类问题交给群众来评议打分,让群众监督与个人自律形成强大合力,不断督促自己照镜子、正衣冠、洗洗澡、治治病。唯如此,何愁风气不为之一新,何愁群众不点头称道。

(刊于2013年5月7日《战士报》)

谨记基层至上

军队的基础是基层,军队的一切活动离不开基层。牢固树立基层至上的理念,必须急基层之所急,解基层之所难,真正把关爱送到家,把服务尽到位,充分调动基层的积极性和创造性,才能不断夯实部队建设发展的基础。

基层至上,就是要真心情系基层。"没有基层,哪来领导机关?"所以,领导和机关必须端正对基层的根本态度,始终心系基层,倾听基层呼声,掌握基层情况,把基层的诉求当作第一信号,把基层的利益作为第一选择。领导和机关唯有把基层官兵放在心上,基层官兵才会把部队建设放在心上,才把能打仗、打胜仗作为自己的神圣使命和不懈追求。

基层至上,就是要实干服务基层。服务基层,领导和机关不能只停留在文电中、口号里,要把服务基层当作重要职责,把讲在会上、贴在墙上的口号和要求转化为主动为服务基层的具体行动,满腔热情地帮助基层配套生活设施、改善训练条件、创造求知环境,切实把组织的温暖送到基层。

基层至上,就是要科学帮带基层。加强对基层建设的科学指导,是领导和机关的重要职能。因此,在工作检查、蹲点代职等下基层时机,切不可走马观花,要沉下心来摸清弱项"短板",帮助基层分析建设形势,指出存在问题,查摆原因教训,理清工作思路,提升建设基层的层次质量。

(刊于2013年1月15日《战士报》)

用好基层官兵这面镜子

古人云：以人为镜，可知得失。揽镜自照，既可洁体修身，又能推进工作。在当下持续深入改进作风、纯正基层部队风气的新常态下，笔者认为，领导干部必须以基层官兵为镜，全方面照，以推动基层作风大转变。

善用"反光镜"，对照基层校自身。"知屋漏者在宇下，知政失者在草野"。官兵处在部队建设第一线，党委决策是否科学、机关指导是否有力、领导关心是否到位，他们了解最清楚，感受最真切。上面千条线，下面一根针。问题在基层，根子在上头。这就要求我们必须善用"反光镜"，用正确的视角、反思的心态看待基层难题积弊，闻"微言"而不弃，听"忿言"而不怒，知"错言"而不怨，掌握兵心所向、兵怨所在、兵情所盼，及时校正指导工作的偏差，催生干事创业的激情，推动难题积弊的整改，促进基层全面建设。

常用"放大镜"，以小见大查问题。"千里之堤，溃于蚁穴"。小问题往往存在大隐患，要常用"放大镜"，以小见大，防微杜渐。服务基层是领导干部的主责主业，见微知著查问题，就是要以官兵需求为第一要务，以官兵期盼为第一责任，以官兵满意为第一标准，真心实意解决好官兵身边的一个个小纠纷、小矛盾、小难题。因此，我们要始终以如临深渊如履薄冰之心来重视"小"字，从点滴小事抓起，从身边琐事严起，以小见大，心细如发，对影响基层发展大局的苗头性、倾向性问题见之于未萌，预之于未发，把工作抓实抓细，把问题消除在萌芽状态。

活用"透视镜"，透过表象看本质。闪光的并不都是金子，动听的并不都是良言。抓建基层不能"一叶障目"，对待问题不能就事论事，否则便会迷失方向，把握不住基层的脉，点不到基层的穴。只有透过现象看本质，活用"透视镜"，认真剖析基层问题产生的根源，让"潜在问题"清晰明朗，才能找准病灶，对症下药。"操千曲而后晓声，观千剑而后识器"，这就要求我们多走近官兵，多了解情况，多些理性思考，做好去粗取精、去伪存真和由此及彼、由表及里的梳理归纳，形成具有普遍指导意义的解决问题的思路举措，不达目的不罢休，不见成效不撒手，在解决问题中切实提高基层建设的质量。

（刊于 2015 年 6 月 8 日《战士报》）

密切官兵关系　　营造良好氛围

官兵是基层建设的主体。一个单位如果官兵关系紧张,部队建设就容易出状况、拉"警报"。在深入开展党的群众路线教育实践活动中,作为领导干部,如何以实际行动密切官兵关系,取得群众满意的成效?笔者认为应从以下四个方面下功夫:

一要深入基层知兵情。"把官兵放在心中最高位置",首先要以了解兵情、听取兵意为起点,只有这样才能真正知道官兵在想什么、做什么,有什么需要、有什么困难,做到兵有所呼,我有所应。基层领导干部要深入基层,深入一线,做到思想上尊重官兵、感情上贴近官兵、工作上依靠官兵,真诚倾听官兵的呼声,真实反映官兵的愿望,真情关心官兵的疾苦。只有坚持工作重心下移,筹划工作才具有系统性、综合性、针对性;才能在实践中找准"上下一致"的结合点,确保官兵的根本利益得到实现。

二要广开渠道集兵智。俗话说,"三个臭皮匠,赛过诸葛亮"。基层领导干部要拓宽民主渠道,虚心向官兵学习,拜官兵为师,广泛听取官兵的意见建议,充分尊重广大官兵的首创精神,善于集中广大官兵的智慧力量,最大限度地调动广大官兵的积极性。实践证明,党委决策只有深深扎根于官兵的创造性实践之中,才能做到实事求是、心中有数,从而增强决策的科学性,减少工作的盲目性。

三要扑下身子解兵难。群众利益无小事。凡是涉及官兵的切身利益和实际困难的事情,再小也要竭尽全力去办。要坚持把官兵需求作为"第一追求",做到"眼睛向下看,精力向下用,财力向下投",大力加强"三个一线""四个基本"建设,重视做好"两个经常",用丰富多彩的军营文化陶冶官兵思想情操,促进官兵成长成才,切实把官兵的切身利益实现好、维护好、发展好,把基层的积极性引导好、把握好、发挥好,提升基层建设整体水平。

四要言行一致聚兵心。"成以信,毁于随""言必行,行必果"。当前,个别基层领导干部只说不做,光打雷,不下雨,满足于坐而论道,而不愿意身体力行,这样既损害了党在官兵中的威信,更挫伤了官兵推进建设事业的积极性。因此,基层领导干部一定要从讲大局、讲团结、讲稳定的高度,既"立言",又"立行",时时、处处、事事用自己的模范行动给官兵做样子,将真理的力量和人格的力量统一起来,从而形成巨大的说服力、感染力、号召力和凝聚力。

(刊于 2013 年 10 月 14 日《战士报》)

说兵话，请再朴实些

"语言是思想的物质外壳"。如何讲话，折射出领导干部的基本素质和精神状态，体现其修养、作风、能力和水平。那么，领导干部如何做到端正话风，让战士听得清楚、明白、真切，使人觉得朴实、清新呢？

讲货真价实的话，剔除不切实际的空话。话风体现作风，作风扎实，讲话自然能切中要害、掷地有声。只有贴近战士，倾听战士呼声，了解战士意愿，对战士身边的事了然于胸，掌握战士中最真实的第一手资料，讲起话来才会胸有成竹，说出来的话才会真切感人。只有端正话风，敢讲真话，讲出那些在调查研究基础上反映事物本来面目的真话，这样的话才有力量，才有说服力，才能征服人。

讲体现思想的话，剔除千篇一律的套话。少数领导干部总是翻来覆去讲千篇一律的套话，缺少具有真知灼见、能够发人深省的思想火花，甚至于离开讲稿就不会讲话。要想自己讲出有思想、有见地的话，就必须通过刻苦学习使脑子里少一点"官典"、多一些"经典"，肚子里少一些"酒水"、多一些"墨水"，笔记里少一点"抄来"、多一些"神来"，只有以扎实的学习、广博的知识、深入的思考为基础，讲出来的话才能体现思想性，具有启发性。

讲通俗易懂的话，剔除味同嚼蜡的"官话"。领导干部面对战士讲话，要尽可能通俗易懂，把晦涩的理论、深刻的道理用直白的语言表达出来，使群众易于理解、便于接受、能够认同。"真水无香"，说通俗易懂的话是一种返璞归真的大境界。当今时代，新事物、新知识、新问题不断涌现，没有"增量"，只吃"存货"，谁都难免会有江郎才尽的时候，只有坚持不懈、终身学习，向实践学习，向战士学习，不断更新知识，不断创新观念，才能跟上时代前进的步伐，才能讲出富有时代气息的鲜活话语。

（刊于2013年4月3日《战士报》）

辩证对待"牢骚话"

日常生活中，部分官兵因某种需要得不到满足，就容易产生抱怨，发发"牢骚"，讲讲"怪话"。笔者认为，作为基层带兵人，要善于辩证对待官兵的"牢骚话"。

所谓牢骚,其本质是一种试图通过语言表达不满,以求得内心痛快、平衡的心理过程,它是工作中各种矛盾的现实心理反应。一个单位民主制度不健全,民主渠道不通畅,战士有话没处说,合理要求得不到满足,敏感事务处理不公等问题,是滋生"牢骚话"的"温床"。

那么,如何辩证对待官兵"牢骚话"?笔者认为,应该做到"四心":一要真心倾听。作为基层带兵人,对官兵的"牢骚"要能够静下心来认真倾听,即使有些言语比较偏激,也要真正做到言者无罪,闻者足戒,有则改之,无则加勉。二要静心思考。思考的过程就是由事入理、由浅入深加工的过程。官兵的"牢骚",有浅层次的,也有深层次的;有表面的,也带有本质的;有善意的,也有泄私愤的。为此,基层带兵人要静心思考官兵的"牢骚"是怎么产生的,思想症结在哪里,今后应从哪些方面加以改进,等等,切实把产生"牢骚"的前因后果思考透彻。三要耐心引导。面对官兵的"牢骚",基层带兵人要及时与之交流沟通,耐心进行心理疏导,教育官兵提高思想觉悟,公正客观看待存在的矛盾问题,同时善于采纳官兵的合理建议,满足官兵的正当需求。四要用心整改。基层官兵战斗在部队建设的第一线,对部队工作得失了解最真实、最全面,对基层主要问题看得最清楚、最明白。作为基层带兵人,要善于从官兵的"牢骚"中查找工作中的不足,敢于正视问题,用心加以整改。

由是观之,辩证对待官兵的"牢骚话"大有裨益。

(与金明华合作,刊于2012年9月26日《战士报》)

强化党章意识　勇担党员责任

习近平同志指出:"党章就是党的根本大法,是全党必须遵循的总规矩。"党的十八大对党章作了进一步修订,固化了十年来党的重大理论成果、实践成果和制度成果,实现了党章的又一次与时俱进。广大党员要充分利用全党学习贯彻十八大精神的契机,深入开展党章学习教育活动,牢固树立党章意识,自觉坚定政治信仰,不断纯洁党性修养,在履职尽责中切实发挥好先锋模范作用。

联系光辉历程学,在追根溯源中坚定信仰。欲知大道必先知史,学好党史有利于深刻感悟党章的精髓,强化党章意识。我们党先后16次对党章进行修改完善。党章不断修正和完善的过程,是我们党发展历程的缩影和展示,是一部中国共产党攻坚克难、百折不挠、不断进取的奋斗史,是中国共产党在理论、实践和制度上从幼稚走向成熟的发展史。党的历史是对党章的最好诠释,透过历史的烟雨,回顾92年的风雨历程,党在历史进程中的探索和努力、成功和挫折、经验和教训,都在党章中有一定的体现。全面系统地回顾党的奋斗历程,有助于深化对党章的理解,加深对党的情感认同,确保在任何时候、任何情况下做到政治信仰不变、政治立场不移、政治方向不偏。

把握时代内涵学,在学深悟透中增强党性。党章承载着共产党人的理想、主义和旗帜,规定着党员的使命、责任和义务。广大党员要牢固树立党章意识,全面掌握党章内容。新修订完善的党章,从推进党和国家事业的发展、推进党的建设出发,把党领导人民革命、建设和改革事业及党的自身建设中取得的重大实践成果、理论成果、制度成果更加系统全面地体现在党章中。历史证明,党性的强弱决定事业的成败,必须在把握党章的时代内涵中增强党性修养。首先,要在理论学习中增强党性。用党的创新理论武装头脑,是共产党员增强党性、加强党性修养的第一途径和基本方法。其次,要在提升境界中增强党性。时刻保持如履薄冰的心态,不断提升自己的道德修养和自我反省能力,不断清除积滞于灵魂深处的不合时宜的陈腐观念,达到自我净化、自我完善、自我革新、自我提高。再次,要在改进作风中增强党性。党性是作风的内在依据,作风是党性的外在表现。党的优良传统和作风,党章规定得非常明确,学习党章,就是要在改进作风中坚强党性,铁心跟党走,永远向前进。

紧贴使命任务学,在实践转化中催生责任。要带头铸牢打赢意识。广大党员必须将落实党章规定的职责要求与履行使命任务统一起来,坚持从难从严标准,大力培育适应未来作战需要的战斗精神、战斗意志和战斗作风,自觉将练兵备战的成果作为检验学习贯彻党章的效果。要带头锤炼打赢本领。把学习贯彻党章同提高打赢能力结合起来,与做好本职工作结合起来,与参加重大军事活动结合起来,用学习新知识、增长新才干、培育新作风的模范行动,影响和推动部队战斗力的提高。

(刊于 2013 年 3 月 13 日《战士报》)

在"明目""洗耳""修身"上下功夫

党委书记要把坚定的党性作为立身之本,在学习和实践中自觉加强党性修养。

一要"明目"。"明目",就是要更新知识结构,提高政治素质,成为理论学习的模范。党性修养最核心的内容是树立坚定正确的政治方向,坚定共产主义理想和建设有中国特色社会主义信念。没有理论上的成熟,就没有政治上的清醒和坚定。正如恩格斯所说,"一个民族要站在科学的最高峰,就一刻也离不开理论思维。"具备较高的理论水平,看问题才有鉴别和深度,干工作才有动力和方向。实践证明,马克思主义的世界观和方法论,是我们观察一切现象和处理一切问题的基本思想武器。如果不能正确地掌握马列主义、毛泽东思想,特别是邓小平理论,或一无所知,或一知半解,或似是而非,就不能正确认识和解决改革开放中面临的各种新情况新问题。"心明才能眼亮",因此,党委书记要担负起自己的历史责任,就必须孜孜不倦地学习马克思主义。当前,重点是适应国家改革开放进一步深入和机构精简人员分流的需要,用邓小平理论武装头脑,把学习邓小平理论放在中国改革开放和现代化建设、放在世界经济政治格局正发生前所未有的大变化的背景下,和学习十五大报告结合起来,和学习马列主义、毛泽东思想经典原著结合起来,掌握其科学体系,运用其基本立场、观点和方法,分析和解决现实工作中遇到的各种困难和矛盾,不断提高科学思维能力;适应国家经济发展战略推进的要求,认真学习和掌握现代化科学知识,在实践中不断探索市场经济条件下如何做好群众思想政治工作,加强两个文明建设的途径,提高驾驭全局和科学决策的能力。

二要"洗耳"。"洗耳",就是要正确对待各种不同的意见,虚心接受群众监督,成为广开言路的模范。这不仅仅是个认识论和方法论的问题,也是一个党性的问题,政治觉悟问题。毛泽东同志曾经指出,"群众是真正的英雄,而我们自己则往往是幼稚可笑的",教导我们要有眼睛向下的决心和敢当小学生的精神,树立马克思主义的群众观。在我们党内没有任何特殊的党员,没有任何不受约束的权力。所以党委书记要以身作则,时刻想到自己是党组织中的普通一员,定期进行党内思想交锋,还要时刻想到自己是人民中的一员,经常置身于群众的监督之下,交诤友,纳忠言,以谦虚、诚实的态度倾听其批评意见,闻过则喜,闻过则改,发现和缩短自己在党性上的差距,深入基层,倾听基层群众的呼声,在"洗耳恭听"的基础上,认真收集整理,按党性原则要求,切实加以整改,在工作实践中发展自我,提高自我,完善自我,推进领导决策的科学化民主化。当了领导,深入基层亲近群众的机会相对减少,如果不常"洗耳",听不进不同意见,真正正派的人、敢于提意见的人和你疏远了,那是很危险的。

三要"修身"。"修身"就是要严于解剖自己,塑造人格力量,成为律己容人的模范。我们在进行党性的自我锻炼时,也不妨采用"吾日三省吾身"的办法,每逢事毕,回顾检查一下自己的言行,反问其得失与正误。特别是注重以党的利益和原则为尺子,体察反省,廉洁自律,两袖清风,艰苦奋斗,克己奉公,"正其谊不谋其利,明其道不计其功",自觉做到"自重、自省、自警、自勉",坚决抵制和克服以权谋私、权钱交易、贪污受贿等腐败现象。同时,严格要求和管理自己身边的工作人员和家庭成员,始终保持"慎独"。作为党委书记,还要注重情感效应和意志锻炼,虚怀若谷,大肚容人;循循善诱,以理服人;和若春风,以情感人,这样才能永葆共产党员的政治本色和浩然正气,增强领导者的号召力、向心力和凝聚力,将自己的领导艺术提高到一个新层次。

(刊于2000年3月4日《株洲日报》)

谨记"四不"塑清廉

党的十八大报告指出,反腐倡廉必须常抓不懈,拒腐防变必须警钟长鸣,要坚定不移反对腐败,永葆共产党员清正廉洁的政治本色。党员领导干部怎样才能自觉远离职务犯罪,树好清廉形象?笔者认为要在"四不"上下功夫:

固本强基不断线,筑牢思想"防火墙"。首先要学好创新理论,用信念导航人生。坚定马克思主义信仰、中国特色社会主义信念是我们的政治灵魂,必须加强加深创新理论的学习,打牢思想理论基础,树立起正确的权力观、地位观和利益观,防止思想"沙化"、精神"颓化"、意志"退化"。其次要掌握政策法规,用制度规范言行。知之深切方能行之自觉。党员领导干部应对政策法规做到熟知熟记、吃透精神、准确掌握。在学习的基础上,注重运用法规制度理清工作思路,组织指导工作,确保依法决策、民主决策、科学决策。再次要加强警示教育,用案例自警自励。定期观看《歧路危情》《死囚心路》等专题警示教育片,听取服刑人员现身说法,强化党性修养,高筑思想堤坝。

遵章守纪不逾矩,扎紧制度"铁笼子"。要落实党管干部原则。许多职务犯罪案件都与看人不准、用人不当有直接关系。必须坚持德才兼备、以德为先的用人标准,实行民主、公开、竞争、择优基本方针,树立靠素质立身、靠实干进步、靠本分做人的理念,运用好民主测评和组织推荐制度,自觉按程序和规定选人用人。要落实民主集中制。民主集中制是党的根本组织原则,党员领导干部必须增强贯彻执行的自觉性坚定性,强化科学用权,严格落实集体领导和个人分工负责的制度。要落实财经管理制度。紧紧扭住党委理财这个总揽,坚持"经费保障向战斗力聚焦、经费投入向基层倾斜"的原则,健全民主理财、财务集中统管、联审会签、经费责任审批等制度机制,坚持用制度管财用财理财。

强化监督不松懈,念好法纪"紧箍咒"。历史和现实都表明,不受监督的权力必然导致腐败。要强化监督意识。党员领导干部应主动把自己置于党组织和群众的监督之下。要突出监督重点。把重点放在领导机关和领导干部等腐败多发部位和领域,尤其要加大军政"一把手"的监管力度,防止权力的腐化变质。在监督时间上,关注逢年过节、婚丧喜庆、干部转业、职务升迁等特殊时期,对八小时之外的"生活圈""交往圈""娱乐圈",也要作为一个重要方面予以监督。要拓宽民主渠道。公开是监督的前提。对于干部任免、士官选改考学、困难补助发放等涉及基层官兵切身利益的问题,坚持阳光操作,确保基层官兵的知情权。要利用好政工网信息平台,开设监督信箱等,保障基层官兵参与监督的话语权,提升基层官兵监督的积极性。

严格执纪不留情,架起带电"高压线"。对职务犯罪的惩治本身也是一种预防措施,通过惩治可以有效警示和威慑潜在的职务犯罪分子。历史告诉我们,贪腐现象具有很强的传染性,对于已经暴露的带苗头性、倾向性的问题如不及时查纠,必将愈演愈烈,一发难收。因此,贪腐问题一经发现,必须抓紧从快把问题查清、把责任查明,对违法违纪分子形成震慑力。同时查处必须从严,决不迁就姑息,坚决杜绝隐案不报、有案不查、降格处理和以罚代刑的现象,形成人人守法、人人护法的良好局面。

(刊于2014年5月27日《战士报》)

发挥监督职能　预防违法犯罪

历史和现实表明,不受监督的权力必然导致腐败。在新的历史条件下,必须充分发挥监督职能,才能确保权力正确行使,远离违法犯罪。

强化监督意识。首先,要树牢监督是党性的观念。当前,不愿监督、不敢监督、不会监督的现象比较普遍。每个党员必须从讲党性的高度,加强党性修养,强化监督意识。其次,要树牢监督是责任的观念。党员干部时刻牢记权力是党和人民赋予的,只能用来为人民谋利益,这是党员的责任和追求,必须主动把自己置于党组织和人民群众的监督之下。再次,要树牢监督是爱护的观念。监督是一面镜子,经常照一照,就可以知荣辱、纠过失、促进步。组织党员学习加强党内监督的制度规定,充分认清监督不仅仅是"紧箍咒",更是"护身符",从而正确看待监督,主动接受监督。

突出监督重点。要瞄准重点人员。领导干部手中大多掌握一定权力和资源,加大党内监督,就要把重点放在权力重大、位置重要的领导干部身上,尤其要加大对军政主官的监管力度,防止权力腐化变质。要突出敏感事项。加大对干部选拔任用、士官选改、经费管理、工程建设、物资采购等事项的管理监督,坚持做到年初工作有计划、月月有检查、季度有分析、年度有讲评,发现苗头及时纠正。要延伸监督时间。关注重大节日、干部转业、职务升迁等特殊时期,关注党员领导干部八小时之外的"生活圈""社交圈""娱乐圈"等。

拓宽监督渠道。认真贯彻民主集中制原则,通过思想汇报、过组织生活等方式开展好党内监督。同时,还要认真抓好群众监督和舆论监督。公开是监督的前提。坚持事务公开，对干部任免、士官选改、入党考学等涉及基层官兵切身利益的事项，公开名额、标准、条件和结果，实行阳光操作，确保基层官兵的知情权。开设举报电话和网络信箱，定期召开官兵恳谈会，畅通基层诉求和意见建议的表达渠道，确保官兵的参与权、话语权。对官兵反映的问题，要严肃对待，认真整改，用务实的态度保护官兵参与监督的积极性。

健全监督机制。要严格领导选拔监督机制。许多职务犯罪案件都与看人不准、用人不当有直接关系。必须坚持德才兼备、以德为先的用人标准，把握民主、公开、竞争、择优的基本方针，树立靠素质立身、靠实绩进步的鲜明导向，自觉按标准选人用人。严格权力运行监督机制。各级纪委要对监督责任进行清晰界定，明确上级纪委承担对下一级党组织及其成员，特别是正、副书记的监督责任，并加强对本级党委议事决策制度落实情况的检查监督。严格事后监督机制。执法必严是确保监督有力的重要手段。党纪国法面前人人平等，对于违法乱纪的领导干部要敢于碰硬，发现一个、查处一个，只有这样，才能始终保持高压态势、起到震慑作用。

（与郭睿合作，刊于2013年10月23日《战士报》）

用好监督这把戒尺

历史和现实表明，监督是最好的防腐剂，不受监督的权力必然导致腐败。只有织密群众监督之网，开启全天候探照灯，才能让"隐身人"无处藏身。

要强化监督意识。知屋漏者在宇下，知政失者在草野。领导干部作风怎么样，官兵看得最清楚；用权公不公，群众最有发言权。因此，领导干部必须强化监督意识，树牢监督就是责任的观念，自觉接受监督，保证权力为公成为一种崇高追求和神圣职责；树牢监督就是爱护的观念，自觉把自己置于党组织和群众的监督之下，这既是对自己的约束，更是对自我的保护；树牢监督就是戒尺的观念，监督对每个人来说，既是紧箍咒，也是护身符，既是摄像头，也是正容镜。只有心存敬畏，用好监督这把戒尺，时刻用它来警醒和鞭策自己，才能更好地行使权力。

要延伸监督领域。扩大监督领域和范围，把监督的触角延伸到领导干部活动的方方面面，是提高监督质量的有效办法。为此，要突出监督好"工作圈"。要把重点放在腐败多发部位和领域，通过完善事务公开、述职述廉、民主评议等形式，切实做到领导干部的权力运行到哪里，组织和群众的监督就延伸到哪里；监督好"社交圈"，要采取专题教育、定期汇报思想、随机抽查等形式，了解掌握领导干部社会交往情况；监督好"生活圈"，不定期对部队驻地周围消费、娱乐场所进行巡查，并对群众反映强烈的人和事进行查处，使之独善其身，洁身自好。

要拓宽监督渠道。公开是监督的前提，要确保权力正确使用，使权力在阳光下运行，就必须拓宽监督渠道，让群众便于监督。要完善监督机制，畅通党内和党外民主监督渠道，突出纪检监察机构的职能地位，充分发挥纪检、信访、新闻舆论等监督作用。要深化事务公开，提高工作透明度和公信力，发挥事务公开的民主监督作用，特别是对于干部选拔、士官选改、入党考学等涉及基层官兵切身利益的事项，要严格按规定和程序要求，充分尊重、维护和保障广大官兵知情权、参与权、监督权。

(与金明华合作，刊于 2014 年 10 月 28 日《战士报》)

弄虚作假也是一种腐败

目前，一些基层干部弄虚作假的现象仍未得到有效遏制：有的上面"加压"，下面"加水"，上报数字浮夸虚报；有的为迎接检查大搞"面子工程"，夸大成绩，遮掩问题，汇报情况欺上瞒下；有的热衷出名挂号，工作没有多大成效，经验早就总结出来了。其目的很明显，炫耀"政绩"，谋求职位晋升。

弄虚作假，贻害无穷。一是使信息失真，上级不能了解下面的实情，容易造成决策失误，而决策失误是最大的浪费；二是破坏党群干群关系，挫伤群众的积极性，损害党的形象，危害党的事业；三是弄虚作假可能会骗得一时荣誉，但一旦真相大白，就会身败名裂，自毁前程。由此可见，弄虚作假就是一种腐败行为，必须坚决惩治。

解决这个问题，首先要多加强教育。当前要利用"三讲"教育的有利时机，在各级干部特别是基层干部中加强党的实事求是的思想路线教育，把群众的利益和要求作为决策的根本出发点，把群众拥护不拥护、赞成不赞成、答应不答应、满意不满意作为工作的一个根本原则，努力为群众办实事、办好事，实实在在干事业，一步一步脚印为群众谋利益。其次要加强制度建设。对违反规定者，一经发现，严肃查处。对弄虚作假造成严重经济损失的要追究刑事责任，决不手软。再次，各级干部要严格自律，始终牢记自己是人民公仆，切实转变工作作风，心往基层想，人往基层走，求真务实，自觉做到上不愧党，下不愧民。这样，弄虚作假则休矣！

(刊于 2000 年 10 月 8 日《株洲日报》)

落榜生要学会面对挫折

　　一年一度的军队院校招生考试已经结束,部分战友无缘金榜题名,我们对落榜战友表示深深的理解。面对失败与挫折,历来存在截然不同的两种态度:一种是悲观失望,不思进取,成为一事无成的弱者;另一种是正视现实,愈挫愈奋,重新扬起前进的风帆。第二种态度是值得赞赏和提倡的。

　　首先,面对落榜要有正确的认识。既然是考试,就必然有部分战友落榜,这是一种客观存在,也是很正常的事情。落榜后用眼泪浸泡叹息,感到悲观失望是不必要的。"自古雄才多磨难",古往今来,凡成就一番事业者,在通往成功的路上,无不伴随着失败。世界著名科学家、大西洋海底第一条电缆的设计者威廉.汤姆逊教授曾说过:有两个字最能代表我50年的奋斗历程,这就是"失败"。由此看来,落榜并不可怕,可怕是失去自信和斗志。在人生旅途上,考试落榜只是失败的一个小小驿站。品尝失败,并不都是坏事,它能使人经受磨炼和考验,使人变得成熟和坚强。"闲看庭前花开花落,笑对天外云卷云舒。"只有正确认识落榜,才能变坏事为好事,用失败的经验扣开成功的大门。

　　其次,面对落榜要有正确的态度。"胜不骄,败不馁",凡志向远大之人在挫折面前都能保持良好的心态。作为新时代的革命军人,更应该具有坚强的意志、不屈不挠的气概。"天生我材必有用。"为了不让昨日的汗水付之东流,你就必须在跌倒与奋起中领悟人生的酸甜苦辣;为了不让昔日的美好向往化为泡影,你就必须学会在默默忍耐中增强跨越失败的勇气。亲朋好友虽然期望我们成功,但更希望我们不被落榜所击倒,以乐观的态度和勇敢的精神迎接挑战。正如张海迪所说,"宁愿一百次跌倒,也要一百零一次地爬起来。"

　　再次,面对落榜要有正确的目标。"江东子弟多才俊,卷土重来未可知"。落榜只是人生道路上的一个坎,而绝不是终点,今后的道路还很长,机会还很多。入学深造是实现远大理想、立志成才的重要途径,但不是唯一途径。"全军学雷锋标兵"兰州军区某部修理所战士李润虎,参加军校考试连续三年名落孙山后,他安心本职工作,刻苦钻研专业技术,成为30多种武器装备的修理能手,并被破格提干。"山重水复疑无路,柳暗花明又一村"。只有坚持不懈地努力,成功之路就在脚下。

　　本杰明.富兰克林有一句十分诙谐的名言——"傻瓜的日子是在沮丧中吞噬意志;智者的日子是在奋斗中定格人生。"战友,真诚地期待你:跨越失败!

(刊于2007年6月25日《战士报》)

理直何须气壮

近日,笔者下基层蹲点,听说了这样一件事:两名战士因收错衣服发生争执,吵得面红脖子粗,差点动手打起来。当连队干部找他们了解情况时,双方还余怒未消,各执一词,都说对方不是,自己有理。

听罢想起另一则真实的故事:一名战士在拥挤的公共汽车上被一女青年踩了一脚,这名战士却微笑着连连向女青年道歉,"对不起,我的脚不小心跑到你脚下去了。"战士的幽默赢得了女青年的芳心,后来他们成了夫妻。

两件类似的事情,采取的态度不一样,其结果也迥然有异,至少给我们一个启示:相互谦让天地宽,理直何须都气壮。

在我们日常生活中,难免会发生一些磕磕碰碰的事,有时候还真难分清谁对谁错,关键在于采取何种态度去对待和处理。譬如:在体能训练中心玩球时不小心发生了"弹性碰撞",在宿舍让人不小心摔碎了心爱的杯子等等,在这种情况下,即使自以为很有道理的一方,说一声"对不起"又有什么关系呢?干戈转瞬间就可以化为玉帛;倘若斤斤计较,得理不饶人,张口就是"我操!""你他妈的!"等等,出言不逊,破口大骂,对方本想道歉也不愿意了。俗话说,良言一句三冬暖,恶语伤人六月寒。你恶语相向,对方即便没理也会以牙还牙,结果只能是激化矛盾,破坏彼此间的感情和团结,甚至大动干戈,小事酿出大祸。因而得理也要讲理,这是一个人良好品德修养的体现。战友战友,亲如兄弟。作为革命集体中的一员,要宽容平和待人处事,做到以"理"服人,又以"礼"待人,自觉珍惜和维护部队这个大家庭的团结,更应以良好的形象带头和促进社会文明风气的根本好转。

有鉴于此,理直未必都要气壮。

(刊于 2008 年 11 月 27 日《战士报》、8 月 27 日总政《宣传简报》网络版)

莫进新房忘营房

前不久,笔者应邀参加一老战友的婚宴,正当主宾尽欢之际,一位首长即兴发言,"希望新郎不要进了新房忘营房!"听罢此言,笔者不禁为这句精彩的叮嘱叫好。

随着改革开放和社会主义市场经济的逐步深化,"四个多样化"对官兵的思想观念、价值取向、行为方式的影响越来越广泛。关注新生事物,崇尚社会时尚,提高幸福指数,成为部分官兵的追求。于是乎,有的官兵精力不集中,想家庭事多,想部队建设事少,上班没精神,下班就急匆匆往家赶,节假日更是忙于陪伴妻儿逛街购物,满心沉醉于营造自己温馨的小家,却忘记了在营区多转转,忘记了和战士们呆在一起多聊聊天。

诚然,对于我们官兵来说,婚姻家庭的重要性不言而喻,每个军人都需要心灵的港湾,每名官兵都必须勇敢承担起家庭的责任。然而,军队与使命共生,军人与使命同在。作为一名军人,必须时时保持昂扬的精神状态,做到召之即来,来之能战,战之能胜。《亮剑》中的主人公李云龙新婚之夜也没有忘记他的责任,毅然坚持查铺查哨。正是他强烈的事业心责任感,才使部队免遭灭顶之灾。虽然现在是和平时期,但历史的经验教训早就告诉我们:天下虽安,忘战必危。如果我们过分沉迷于个人"小天地"的营造,忘记了部队"大家庭"的建设,不仅是对家人、对家庭的极端不负责任,更是严重地损害了战斗力的生成。只有正确处理好"小家"和"大家"的关系,才能实现事业进步和家庭幸福的"双丰收",才能不辱自己肩负的使命。

随着年终岁末的临近,又到了结婚的高峰期,许多官兵即将走进婚姻的殿堂,在祝福官兵婚姻幸福的同时,笔者也向战友们进一言:莫进新房忘营房。

(与张海亮合作,刊于2009年12月24日《战士报》)

"破蛹而出"方成蝶

刚刚成形的蝴蝶被蛹壳卡住,挣扎数小时仍没有解脱。一位好心的老人于心不忍,就用剪刀剪开蛹壳,帮助蝴蝶破壳而出。可是,这只蝴蝶一出世便身躯臃肿、翅膀干瘪,根本飞不起来,不久就死了。老人百思不得其解,蝴蝶为什么会死去呢?原来,蝴蝶的成长必须在蛹中经过痛苦的挣扎,直到翅膀强壮了才会破蛹而出,展翅飞翔。而这只蝴蝶失去了成长的必由过程,虽然省略了成长的艰苦,却以悲惨死去收场。

这则故事寓意深远,细细品味之下,军营里的"80后""90后",其军旅成长过程何尝不是这样呢?不经历艰苦磨砺,就很难实现从地方青年到合格军人、优秀士兵的转变。不经历风吹雨打,就难以成为素质过硬的真正军人。

自古雄才多磨难,从来纨绔少伟男。纵观古今,大凡名人伟人,其成就都是从辛苦和忍耐中点滴积累而成，他们都很注重在艰苦环境中培养自己坚忍不拔的意志。孔子的高徒颜回家境贫寒，屋舍破陋，卧在席上只能蜷着身子。他处在这样的恶劣环境里却自得其乐，学有所成。大家熟悉的《真心英雄》，写出了吃苦的价值：不经历风雨，怎么见彩虹，没有人能随随便便成功。诚然，无论何时何地，只有经历熔炼和磨难，人的潜能才会激发，视野才会开阔，思想才会升华，人生才能走向成功。

一个人如果能吃常人不能吃的苦，必然能做常人不能做的事。作为一名胸怀保家卫国之志的热血青年，军装就意味着牺牲和奉献，时刻面临艰难困苦的考验。置身于艰苦的军旅生活，每名官兵都应该面对现实，正视困难，挑战自我，敢于吃苦，以积极的心态投入到艰苦的教育训练中去，早日练就过硬的军事本领和强健的体魄。唯如此，才能成为合格的钢铁战士。

(与张海亮合作，刊于2009年10月13日《战士报》)

止谤莫如自修

某友立志自考中文本科，深感英语基础差，便多次向单位一女同事请教。一些人便到处张扬其作风不正，关系暧昧，尽管他一再表白，无奈"众口铄金"，一气之下，将书本付之一炬，搁浅学业。

在日常生活和工作中，或为达到不可告人的目的，或纯属寻找无聊闲谈的刺激，难免会遇到一些道人坏话损人名誉的事情。虽说"流言止于智者"，可现实生活中像这样的智者并不很多。那么怎样对待这些不负责任的议论？历来有截然不同的态度：或问心无愧，便堂堂正正"走自己的路，让别人去说吧"；或听到流言怒火中烧，盘根究底，查处流言制造者，拳脚相加，拼个你死我活；或自感世态炎凉，从此一蹶不振，偃旗息鼓。

三国时代的王昶曾告诉我们，"救寒莫如重裘，止谤莫如自修"。意思是说，面对诽谤，应先从自身找原因，像抵御寒冷只有多加衣服一样，要阻止诽谤，不如加强自身修养。可见，"自修"对于排除流言的干扰是十分重要的。

"止谤莫如自修"，辩证地说明了"止谤"与"自修"的关系。在现实生活中，制造流言，诽谤他人的小人可以说比比皆是。一味"止谤"，很可能事倍功半，费力不讨好，浪费了精力和时间，影响了学习和工作。俗话说："身正不怕影子斜"，正确的态度是冷静——反省——自修。

(刊于2000年8月13日《株洲日报》)

倡"五官端正"

常言道,"廉生威",意为干部廉洁,群众拥护,威信自高。那么廉从何来?笔者认为,"五官端正"。

何谓"五官端正"?口严,讲政治,有原则,下基层严格按规定;目明,观六路,善分析,发现基层问题并尽力解决;耳聪,听八方,纳谏如流,善于倾听基层的意见和愿望,并圆满答复;手净,不伸手向基层捞取个人好处;腿勤,向下走,联系群众,与群众打成一片。"五官端正",清清白白为官,堂堂正正做人,上不愧党,下不愧民,群众焉有不拥护之理?

然而,有的干部"五官"就不那么端正了:口"吃",不习惯工作标准餐,嗜好用公款大吃大喝;眼瞎,对基层存在的问题,或熟视无睹,或一叶障目;耳聋,听不到基层的意见和群众的呼声;手贪,对下面送来的礼品来之不拒,甚至明索暗取;腿懒,办公室里喝着茶水看材料,拿着电话听汇报,不愿下基层。即使下基层也是走马观花,蜻蜓点水。如此"五官不正",群众岂敢欢迎?

在发展社会主义市场经济的今天,涌现了像孔繁森、李国安等一大批"五官端正"的干部,在人民群众心中树起了一座座丰碑。其实,做到"五官端正"也并不难,只要你时刻铭记自己是人民公仆,忠心向党,竭诚为民,"五官端正"自然就端正了。

愿每位干部都"五官端正"!

(刊于1998年12月6日《株洲日报》)

闲话"言"而无"信"

随着程控电话的普及,如今,节假日前后,人们纷纷拿起电话与亲友联系,却忽略了以往的书信沟通,真可谓"言"而无"信"。其原因很简单:花点钱,图省事,且能听到亲友的声音。对此,笔者有不同的想法。

电话,是社会发展的产物,具有快捷、灵活、直接的特点,大大方便了人们生活。但一味"言"而无"信",至少存在三个问题:一是开支大,不实惠。拨个电话,少则几元,多则几十元,不利于培养勤俭节约、艰苦奋斗的好作风。二是时间段,容量小。接通电话,时间就是金钱,对方会替你考虑,知而不言,言而不尽,不利于充分交流思想,抒发情感。三是思考少,空谈多。几句寒暄,疏于提笔,不利于培养写作能力。如果打电话主要是为了听听亲友的声音,录盘磁带邮过来,岂不更好?

其实,书信具有不可替代的功能。它是思考的结晶、情感的记录,是一笔难得的财富、一种永恒的纪念。傅雷先生充满父爱的教子篇《傅雷家书》,鲁迅先生和许广平女士互诉衷肠的《两地书》等,莫不如此。即使是平平淡淡、普普通通的一封信,也常常使远方的亲友喜不自胜,反复阅读,感受到人世间的真情。书信沟通,该是一种怎样的幸福!

拿起手中的笔吧,让我们少一些"言"而无"信",多一些"鸿雁传书"。

(刊于1999年2月17日《株洲日报》、1月11日《战士报》)

文明,从我做起

据报载,山东省某市开展了"文明,从我做起"活动,市民自觉从不说脏话、不乱扔果皮等小事做起。读罢不禁为之叫好!

在我们生活的城市中,常常可以看到这样的人,大错不犯,小错不断,给周围的人乃至社会造成一些小麻烦。比如,路口亮起红灯,他置之不理,依然踩着单车向前冲;粉刷一新的墙壁,他非要在上面贴上乌七八糟的广告;IC卡电话亭,他硬是要摘掉话筒,打破玻璃;夜深人静时,工作了一天的人们昏昏欲睡,他却开足音响声嘶力竭地高喊"你爱不爱我"……

对上述不文明行为,大多数人是看不惯的,却又觉得不是什么大事,很少人出面劝阻,有关部门也较少管理。然而,经验告诉我们,不拘小节虽是小事,但危害不可低估。不是有为两元钱而夺去人命的吗?不是有因小事发生口角而酿成重伤的吗?因此,当事者也好,旁观者也罢,让我们也来开展一个"文明,从我做起"活动,进一步美化我们的生活环境,提升人们的生活品位。

(刊于2001年6月8日《株洲日报》)

学会宽容

现实生活中,人与人之间存在着不同的利益和矛盾,相互之间难免产生一些误解和分歧。如果处理不当就会酿成纠纷、冲突或伤害;如果处理得当便能相安无事，息事宁人，重修于好，化干戈为玉帛。其中关键是双方要学会必要的宽容。俗话说，"退一步，海阔天空；让三分，心平气和"。

宽容是一种智慧。当双方发生矛盾和冲突时，特别是当个人的人身权利和经济利益受到侵害时，有理智的人会保持清醒头脑，对自己有所克制，利用自己的才智，耐心说服，委婉规劝；即使对方仍蛮不讲理，我行我素，他也不会恶语相加，更不会轻易采取过激行为。这样，就能理智地解决问题，以较小的代价获得圆满的结局，最终握手言和。

宽容是一种大度。人的一生，会遇到许多不愉快和难堪的事情，此时最能体现一个人的修养、气质和风度。因此历史上那些在关键时刻能够以大局为重，宽容、制怒、以柔克刚的人向来为人们所称道。战国时期廉颇与蔺相如的将相和，西汉名将韩信的胯下之辱，真算得上将军额头跑得马，宰相肚里能撑船。连一点小委屈都受不了，岂能干得了大事。

宽容是一种美德。它包含着真诚、善良、同情、自信。按事情的轻重，你能宽容到对方多少，宽容到什么程度，都体现着你的涵养。中国有句古话，叫"和为贵"，人与人之间的相处交往，应相互尊重，相互谅解，相互帮助，而决不能强人所难，以邻为壑，勾心斗角，否则就会一损俱损，两败俱伤。

让我们学会宽容，如法国作家伏尔泰在遗言中所说，"宽容是什么？它是人性的特点，我们都有缺点和错误，就让我们原谅彼此的愚蠢吧！"

(刊于 2000 年 9 月 3 日《株洲日报》)

家赌当戒

据《法制日报》载文，五六十年代为了一支烟的输赢会被家庭和社会视为"赌博"行为，是要加以批判和教育的。读罢想起当今时髦的家赌，笔者颇有一些感慨。

一谈到赌博，人们都知道是丑恶行为，但往往对有点"小意思"的家赌却看不到其不良影响。于是乎，每逢闲暇、自家人就摆开战场，一元、二元或八元、十元，筹码不大，父子上阵，婆媳"冲锋"，孙儿助威，钞票进进出出，忙得不亦乐乎。家赌的"好处"就是自家人赌钱转来转去也转不到外人手里，输者痛快，赢者不当回事，择日做东下馆子大家撮。

其实，家赌也是赌。笔者认为至少有三个方面的弊病。其一，家赌培养赌徒，是赌徒的摇篮。有的从家赌中学得"技术"，尝到"甜头"，进而见牌手痒，"杀"向社会，开始赌博生涯，甚至走上犯罪道路。其二，家赌影响孩子的学习进步。大人的家赌行为势必对孩子产生引导作用。一些孩子在"八仙桌"旁耳濡目染,对麻将无师自通,偶尔也堂而皇之地成为大人"三缺一"的"替补队员"。时间久了,玩麻将就"转正"了,学习兴趣自然下降。现在中小学生"微型赌博"现象屡见不鲜,且有蔓延之势,家赌不能不说是一个重要原因。其三,家赌干扰了左邻右舍的正常休息。尤其是上三班的,有说不出的苦衷,或出走回避,或强迫自己适应环境,或强硬对抗,结果造成邻里关系紧张。

当然,每逢过节,家人团聚,打打扑克,搓搓麻将,玩玩乐乐,适可而止,无可厚非。但如果把正常的娱乐活动与丑恶的赌博行为连在一起,使"娱乐"变"愚乐",则贻害无穷。

有鉴于此,家赌当戒!

(刊于1999年3月22日《湖南日报》头版、1月25日《株洲日报》)

唱响国歌

每每听到雄浑激越的国歌响起时,我就情不自禁地自动立正,眼前浮现出鸦片战争、甲午风云、二七风暴、长征铁流、百团会战、淮海烽烟等一幅幅惊天地、泣鬼神的画面,一股珍惜青春、热爱生命和为祖国发愤图强的豪情油然而生。

然而,目前在一些单位却很难听到国歌声了。有的人只是在学生时代唱过国歌,音调不准、歌词模糊的现象比较普通,不少人特别是青少年对国歌歌词的涵义只是一知半解,甚至一无所知。

为什么会出现这种情况呢?或领导重视不够,认为国歌只是在重大场合、重要集会上使用,并且多是放放歌碟,忽视了平时的教唱和练习;或单位宣传引导不够,认为唱什么歌是个人自由,关系不大,国歌无意之中被冷落。有"儒圣"之称的孟子曾言,"闻其乐而知其德"。国歌,曾在民族危亡的关头,激励炎黄子孙冒着敌人的炮火前进,终于推翻了帝国主义、封建主义和官僚资本主义在中国的反动统治,建立了新中国;国歌,在社会主义建设时期,激励无数中华儿女珍惜机遇,自力更生,艰苦奋斗,在旧中国的废墟上建成了一个初步繁荣昌盛的社会主义国家。高唱国歌,弘扬主旋律,也是建设有中国特色社会主义的迫切需要。因为在万众高歌声中所激发出来的忠于祖国、团结向上、勇往直前、无私无畏的精神是不可战胜的。因此可以说,常唱国歌,是进行爱国主义教育的一种有效形式。

会唱国歌,理解国歌的内在涵义,是对每个中华儿女的起码要求,让我们的国歌真正响起来,形成一个人人会唱国歌、个个爱唱国歌的局面。

(刊于1999年1月4日《株洲日报》)

"双联"活动诚为先

"双联"活动,是为推动我市国有企业特别是困难企业的改革和发展,进一步密切党群、干群关系而开展的市直机关联系企业、市直机关干部联系困难职工的活动。"双联"活动要顺利开展,各级领导干部必须要有"诚"的态度。

诚,真心实意,没有虚假也。心系困难企业,情暖困难职工,办实事,做好事,群众才会相信你,衷心拥护你。如果图形式,走过场,"雨过地皮湿",群众不但不相信你,而且还会疏远你,甚至唾骂你。因此,开展"双联"活动,各级领导干部务必表里如一,言行一致,心诚为先。只有这样,才能赢得群众的信赖和尊重。

如何做到"诚"呢？一是要放下"官"架子。深入困难企业,接触困难职工,必须具有眼睛向下甘当小学生的精神,杜绝那种居高临下的"官"气。要时刻想到自己是普通党员、人民公仆,自觉缩短与群众之间的距离,让群众感觉你和若春风,平易近人,是真正的人民勤务员。放下了"官架子",才会拥有群众,掌握下情。二是要经常深入基层。活动初,经常往基层跑,为群众办实事热情高,这是容易做到的。但随着时间推移,容易产生松懈情绪,到基层或走马观花,蜻蜓点水,或"办公室里看材料,拿起电话听汇报",虎头蛇尾,这是不行的。深入基层,就是要做到心往基层想,腿往基层走,经常深入基层倾听企业和职工的呼声和愿望,及时了解他们的困难和要求,积极帮助他们出主意,想办法,尽心尽力解决他们所面临的困难和问题。三是要胸怀大度。困难企业和职工思想相对比较活跃,反映的意见与要求不一定都对,甚至是错误的,个别的还可能相当尖锐。面对这种情况,各级领导干部头脑要清醒,不能感觉不对就这也批评,那也指责。作为领导,对群众要循循善诱,晓之以理,动之以情,把群众的思想引导到正确的轨道上来,引导到携手攻坚、共渡难关、开拓进取上来。

如果各级领导干部采取了"诚"的态度,相信"双联"活动一定会取得好的效果。

(刊于 2000 年 3 月 18 日《株洲日报》)

从群众立碑想到的

据报载,新宁县高毛公路沿线群众,为纪念为民修路致富积劳成疾不幸去世的共产党员毛康柱,自发捐资修建了一块近 3 米高的墨绿色大理石"毛公筑路碑"。

地处湘南边陲山区的新宁县,是我省一个重点贫困县,过去一直没有公路,运输历来靠肩挑手提。交通不便严重阻碍了山区经济发展。毛康柱,一位老共产党员,为了8000山民能走出大山,走出贫困,不畏艰险,呕心沥血,带领群众修路致富,把自己的生命融入了大山。这块碑,是人民群众为毛康柱树立的,更是为我们党树立的;这块碑,体现的是一种民心,展示的是一种精神,矗立的是党的光辉形象。

有人说,共产党人是用特殊材料铸成的,之所以特殊,就在于全心全意为人民服务。每一名共产党员,都来自人民,理所当然要植根人民,服务人民,对人民群众满怀深厚情谊。尤其是在改革开放发展社会主义市场经济条件下,不仅要有爱民之心,为民之德,还要有富民之才,安民之策。要向毛康柱那样,把"群众赞成不赞成,答应不答应,满意不满意"作为自己的工作标准,唯有如此,才能赢得民心,带领群众坚定跟党走。

在社会主义祖国阔步前进的今天,涌现出了像孔繁森、李国安、彭楚政等一大批实践"三个代表"的模范,他们上不愧党,下不愧民,为党的事业挥洒青春和热血;在我们的身边,有许许多多默默奉献的共产党员在,他们夜宿农家话冷暖,同坐板凳拉家常,田间地头解纠纷,一心一意谋快富,忠心向党,竭诚为民,在人民群众心中树立起一座座丰碑。然而,也有少数党员干部成天沉溺于灯红酒绿,"早上围着轮子转,中午围着桌子转,晚上围着裙子转",出现了陈希同、王宝森之流,群众切齿痛恨,哪谈什么立碑?

该不该立碑?群众心中有杆秤。面对群众自发为毛康柱立碑,但愿一些人能脸红并有所觉悟。

(刊于2001年9月17日《株洲日报》)

治理城市"牛皮癣"应有对策

时下,在我们大刀阔斧进行城市改造、美化环境的同时,办假证的传呼、手机号等遍布市区大街小巷的各个角落——人行天桥、广告灯箱、墙壁和电线杆上……处处留下了办假证者用涂料或油漆画下的串串号码,像"牛皮癣"一样污染着我们城市的容颜,影响了我们创建文明卫生城市的氛围。

长期以来,制"牛皮癣"者昼伏夜出,肆无忌惮地在市区街头乱写乱画乱张贴,常常是一栋干干净净的楼房,居民还未搬进去住,那"癣"就捷足先登了。这些"牛皮癣"屡治屡生，群众对此十分反感，却又只能"望'癣'兴叹"。

面对城市"牛皮癣"，我们真的束手无策了吗？据《人民日报》报载，合肥市在彻底根治"牛皮癣"方面摸索出了一套行之有效的经验：各有关部门依法行政，齐抓共管，并严肃处理当事人；对乱张贴性病广告的非法行医者，卫生部门依据规定予以取缔；建委负责清理道路广告上的"牛皮癣"；市政管理部门全面清理灯杆、天桥、桥梁、路牌等公共设施上的"牛皮癣"；工商部门组织房管、物业管理部门对住宅小区楼道进行清理……与此同时，合肥市建立了"牛皮癣"长效整治制度，实行举报有奖，建立全民参与和守土有责机制，城市"牛皮癣"得到了有效根治。

他山之石，可以攻玉。建议我市借鉴合肥市治"癣"经验，加大治理力度，彻底根治"牛皮癣"。

（刊于 2002 年 8 月 16 日《株洲日报》）

谢师何须摆宴

时下，高校招生录取工作已经全面展开，一些金榜题名的考生家长便摆酒设宴，恳请恩师光临，名曰"谢师宴"。针对这种消费心态，我市的宾馆酒楼不失时机地开展"谢师宴"业务，并争先恐后打出各种优惠广告。

尊师重教是国人的传统，金榜题名答谢恩师，亦在情理之中，但答谢恩师何必摆宴呢？谢师摆宴至少有以下三个弊端：一是加重了考生家庭的经济负担。吃上一桌，少则二三百元，多则上千元，对于有孩子上学的家庭来说，应该说不是一个小数目。读高中花了钱，上大学更需要花钱，把钱花在吃上，实在可惜；二是浪费了师生双方的时间和精力。师生经过紧张的高考阶段，双方都比较疲惫，需要静心休养。开学之前，考生要复习复习，老师也要"充充电"，今天这个学生请，明天那个学生请，去也不是，不去也不是，实在是被动；三是助长了攀比之风。摆酒设宴，大肆铺张浪费，既让纯洁的师生关系蒙上阴影，又有悖于国人艰苦奋斗、勤俭节约的传统美德，在社会上容易造成不良影响。

其实，记住老师的教诲，勤奋学习，早日成为国家的有用之才，是答谢老师的最好方式，也是广大老师的心声。

金榜题名的考生，谢师不必摆宴！

（刊于 2000 年 8 月 21 日《株洲日报》）

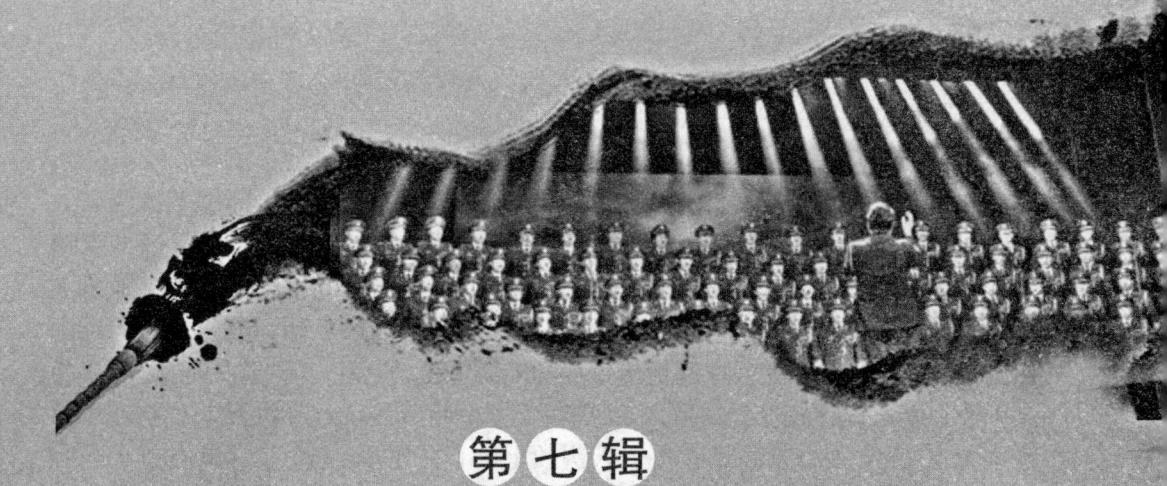

第七辑

心灵吟唱

（情怀随感类）

- 大爱无疆
- 让历史告诉未来
- 延安窑洞放光辉
- "寻章摘句"习惯好
- 希望
- 祖国，我的爱
- 在学史知史中坚定信仰
- 父爱如炬
- 父爱盈怀
- 父亲送我去参军
- ……

大爱无疆
——读《邓小平时代》有感

哈佛大学傅高义教授"十年磨一剑",撰写成《邓小平时代》。此书不愧为名人传记中的上乘之作,全面客观地讲述了邓小平同志在坚定的共产主义信仰支撑下,以出色的政治勇气、智慧和胆略,领导中国人民开创"20世纪人类社会最了不起的成就"——邓小平时代的史实。邓小平同志一生波澜壮阔,身经百战,历经磨难,几度沉浮,是无疆大爱撑起他传奇般的光辉人生,铸就一个时代的辉煌。

铁心爱党,信仰坚定如磐石。法国哲学家萨特曾经说过:"世界上有两样东西是亘古不变的,一个是高悬在每个人头顶上的日月星辰,一个是深藏在每个人心底的高贵信仰。"邓小平同志对党的无限热爱与坚定信仰,体现在他近乎本能的忠诚上,更体现在他勇于担当的品格上。1919年,年仅14岁的他就参与了"五四运动"的示威活动。在法国留学期间,求学无门及艰苦的劳工生活让他深刻认识到马克思主义是救国真理,不到20岁就毅然加入中国共产党。"当邓小平在21岁那年离开法国时,他已经成了立场坚定、富有经验的革命领导人。""从那时起直到70年后去世,中国共产党始终是邓小平生活的中心。"他从来没有因个人的遭遇而消沉、悲观,无论环境怎样恶劣,从没有动摇自己的信仰,从没有放弃斗争,也从没有忘记作为一名共产党员的责任。在邓小平退出政治舞台时,他给全体政治局成员的信中写道:"我的生命是属于党,属于国家的,退下来以后我将继续忠于党和国家的事业。"为什么他能在逆境面前选择坚定,是非面前选择正义,风浪面前选择从容,高压面前选择抗争? 就是因为他铁心爱党,信仰坚定。

忠心爱民,痴心报国志不移。"我是中国人民的儿子,我深情地爱着我的祖国和人民。"朴实无华而又饱蘸真情的话语,表达了邓小平同志对祖国和人民的无限忠诚,更是他一生爱国情怀的真实写照。为了救国,年仅16岁的他从偏远的四川广安农舍走出,远渡重洋,勤工俭学。新中国建立以后,他思考最多的是国家的发展,念想最多的是人民的疾苦。第三次复出后,他以极大的政治勇气,对"文化大革命"造成的混乱局面进行全面整顿。面对处于崩溃边缘的形势,邓小平和党的许多领导同志一起,深刻研究中国国情,总结历史和现实经验,创造性地寻求、探索并具体实践中国式的现代化建设道路,创立和发展了邓小平理论,科学地阐明了建设什么样的社会主义,怎样建设社会主义的大问题,使我国人民的物质文化生活发生了翻天覆地的巨大变化。

真心爱家,铁血柔情似甘露。无情未必真豪杰,怜子如何不丈夫。书中用专门一小章节"家人相濡以沫"来描述邓小平的家庭生活,尤其是在江西下放时他与家人互相扶持、互相关心的点滴,让人回味悠长。"邓小平在江西写的大多数信件都是为了请求允许孩子回家探亲、安排他们在南昌附近工作、让邓朴方得到必要的治疗。他的女儿邓榕说,他一生中除了为孩子以外,从来没有写过这么多信。"因受他的牵连而致残的儿子邓朴方来江西后,每天只能躺在床上看书听广播。这个北大物理系的高材生,对无线电和电机方面的活儿精通。为了缓解儿子的身心压力,表达一个父亲难以名状的愧疚之情,他决定借收音机给朴方修理,以转移儿子的注意力。在家中,他生火、做饭、砍柴、种地、喂鸡,照顾卧病在床的邓朴方,尽着一个丈夫、父亲的义务。至功伟人亦有铁血柔情,爱如春雨润泽亲人心扉,家庭是邓小平心中最温暖的港湾,让他始终充满前行的力量。

掩卷沉思,历史是一座桥梁,从过去通向未来;伟人是一座丰碑,指引事业的前进方向。党旗飘飘,催促着我们胸怀大爱,勇担使命;军旗猎猎,激励着我们枕戈待旦,只等党的一声召唤!

(刊于2013年11月13日《战士报》,荣获军区读书征文活动一等奖)

让历史告诉未来
——读惠梦的《烽火五台山》

读罢由解放军出版社出版、惠梦著的《烽火五台山》一书,掩卷而思,那段饱含中华民族血泪史的抗争岁月,一幕一幕重现在我的脑海。作者经过七年的磨难,才完成这部融军事、宗教题材于一体的长篇小说,无可置疑,这是一部既有历史意义、也有现实意义的文学作品。

68年前卢沟桥的罪恶枪声,揭开了日本帝国主义全面侵华的序幕,巍巍华夏自此备受日寇铁蹄蹂躏。从1937年9月开始,日军先后动用50多万兵力对我华北根据地进行100多次千人以上规模的扫荡,实行烧光、杀光、抢光的"三光政策"。作为华北抗日根据地的重要依托——五台山,便淹没在战火硝烟中,寺庙被践踏,僧人被杀戮,文物被洗劫,村庄被烧毁,无辜的人民饱受欺凌……面对侵略者的凶残狂暴,五台山的僧侣们组成自卫队,并在中国共产党的领导下与日寇进行英勇战斗。他们视死如归、慷慨赴死,演绎了一部自尊自强、不屈不挠的爱国主义的悲壮篇章。

作者在创作小说时,查找了大量的经书、佛教资料,融会贯通,并以娴熟的文笔、严谨的创作态度,紧紧围绕五台山的一支僧侣组成的自卫队展开情节,用细腻的描写手法,把每个场景和人物形象地展现在读者面前。小说主题昂扬,气势恢弘,讴歌了以聂荣臻为首的八路军指战员尊重宗教信仰、团结各民族人士、共同抵抗侵略者的民族气概和爱国主义精神,也充分展示了中华民族不屈不挠的铮铮铁骨。

今天,五台山的硝烟已经远去,晨钟接暮鼓,黄卷伴青灯,一片生机祥和的景象,但战争的创伤却不能忘记。曾几何时,有的人淡忘了这段历史,只记得七月七日的"鹊桥相会",不知道"七·七"卢沟桥事变;只知道五台山的秀丽风光,却不知道五台山的悲壮历史;只知道"武侠传奇",却不知道"百团大战";想的是自己、享受、物欲,想不到是历史与责任……历经过苦难并不可怕,可怕的是好了伤疤忘了痛;蒙受过耻辱并不心酸,心酸的是对历史的无知和淡漠——"忘记过去就意味着背叛"。

以史为鉴,可知兴替。落后就要挨打,这是千古不变的真理。既然世界上没有永远的强大,也没有永远的落后,我们应抓住机遇,不懈奋斗,卧薪尝胆,将和平之剑锻造得更加坚韧更加锐利。前车之覆,后车之鉴。决不能让历史悲剧重演!不要问战争离我们有多远,战争也许就在明天。苦练精兵,捍卫和平是我们这一代军人的使命!作为一名军人,我时刻准备着,准备着用自己的鲜血和生命去捍卫祖国和平的天空!

(刊于2005年12月20日《战士报》)

延安窑洞放光辉
——《论持久战》写作发表的前前后后

76年前,对抗战时局产生重大影响的著名文章——《论持久战》,这是一代伟人毛泽东在延安凤凰山下的一处普通的窑洞挥笔写下的。

1937年抗战全面爆发后,中国国内出现了"亡国论"和"速胜论"的论调。有些人认为"战必败""再战必亡",也有些人幻想单纯依靠政府、军队和外援能迅速取胜。为了澄清人们思想上的混乱,坚定全国军民抗战的决心,指引全国人民正确开展抗战,毛泽东深感有必要对抗战十个月的经验"做个总结性的解释"。

而早在《论持久战》发表之前,我党主要领导人的文章、谈话中,已经初步提出了"持久战"的思想观点。如1936年7月,毛泽东同斯诺谈话时就已提出坚持持久抗战的各项方针。抗战初期,毛泽东指出:"最后胜负要在持久战中去解决。"1937

年7月15日,朱德在《解放》周刊发表题为《实行对日抗战》的文章,指出对日作战将是一个持久而艰苦的抗战。1937年10月,刘少奇发表了《抗日游击战争中的若干基本问题》,明确提出要坚持长期的游击战争。周恩来在1938年1月7日发表的《怎样进行持久抗战》一文中,较为系统地回答了怎样进行持久抗战的问题。《论持久战》正是毛泽东在汲取中国共产党人集体智慧的基础上,经过深入研究和思考完成的一部历史性的著作。

全面抗战以来,毛泽东着重研读了克劳塞维茨等人的军事著作和大量马克思主义哲学著作,在延安组织了《战争论》研究小组。通过认真思考和深入研究,毛泽东将其丰富的革命实践经验升华为高度的理论概括。1938年5月26日到6月3日,毛泽东在延安抗战研究会上作了几次《论持久战》的长篇讲演。在《论持久战》讲演中,毛泽东指出:日本的侵略战争是退步的、野蛮的,中国的反侵略战争是进步的、正义的;日本是一个小国,经不起长期战争,而中国是一个大国,能够支持长期战争;日本失道寡助,中国能获得世界上广泛的支持与同情。因此,中国不会亡,最后胜利是中国的。但中国也不能速胜,抗日战争是持久战。

《论持久战》演讲稿经过毛泽东整理修改后,先在延安油印出来在党内传阅。1938年7月1日,《论持久战》在延安《解放》第43、44期(合刊)正式刊出。当月,延安解放社出版了单行本,封面上有毛泽东亲笔题写的书名和署名;扉页上有毛泽东的题词:"坚持抗战,坚持统一战线,坚持持久战,最后胜利必然是中国的。"此后,各根据地内印发了多种单行本。同时党中央决定向国统区发行。1938年7月25日,汉口新华日报馆出版了单行本,重庆、桂林、西安等地的新华日报馆,也相继出版了铅印订正本。《论持久战》在国民党内引起了积极反响。傅作义将军不仅自己阅读,还令所属各部官兵阅读,并指示各部军政干部学校开展学习。卫立煌将军则让秘书找来《论持久战》陪他一起研读。白崇禧将军读完《论持久战》后,极为叹服,认为这是克敌制胜的最高战略方针,并向蒋介石推荐。在蒋介石的支持下,白崇禧把《论持久战》的精神概括为:"积小胜为大胜,以空间换时间。"同时在征得周恩来的同意后,以国民党军委会的名义通令全国,把《论持久战》作为全国抗战的指导思想。《论持久战》还被翻译成英文向海外发行,周恩来委托宋庆龄找人翻译,爱泼斯坦等参加了翻译工作,毛泽东专门为英译本写了序言,《论持久战》在海外同样得到了高度评价。

毛泽东的《论持久战》之所以能够在国内外迅速产生巨大影响,主要是它不仅回答了困扰人们思想的种种问题,而且使人们对战争的发展过程和前途有了一个清楚的认识,大大提高了全国军民坚持抗战的信心,指导中国人民最终取得了抗战的伟大胜利。

(刊于2014年9月24日《战士报》)

"寻章摘句"习惯好

某仓库上士陈宏贵是战友们公认的"小秀才",他只有初中文化,却连续3年蝉联"理论学习之星"。问及个中奥妙,小陈抱出厚逾一尺的摘抄笔记:"读书看报中,每当发现好观点、好句子,我就会摘抄下来,并灵活运用到学习中!"回答虽简,却揭示了一个理:养成"寻章摘句"的好习惯,既能拓宽知识视野,又能提升人生品位,不失为一种好的学习方法。

古往今来,借助"寻章摘句"成才的例子不胜枚举。数学家华罗庚幼年家贫,初中未毕业便辍学在家,对数学有着强烈兴趣的他,凭着一本从老师那儿摘抄来的50多页的《微积分》,最终走进了数学王国的殿堂。清朝作家蒲松龄,曾在柳泉摆设茶摊,请过路人喝茶讲故事,回家后择其精华,整理成册,最终成就了不朽名著《聊斋志异》。可见,"寻章摘句"的过程,就是向先辈高手汲取知识营养的过程,就是"站在巨人肩膀上"积淀知识能量的过程。只要日积月累坚持,定能收获巨大的知识宝藏。

养成"寻章摘句"的习惯,就要像蜜蜂采蜜彰显主动求索的拼劲。《动物世界》中提到,蜜蜂总是不停地找寻蜜源、反复采蜜,有时一天要飞行几十公里甚至上百公里的路程。如果没有主动作为的拼劲,哪能赢得古人"不论平地与山尖,无限风光尽被占"的赞誉?当前,创建学习型军营的号角已经响彻部队的角角落落,绿色军营学风渐盛。要想在军营成长成才,就必须具备蜜蜂那种主动作为的拼劲,以时不我待的紧迫意识充电强能,在"寻章摘句"中实现"素质升级"。

养成"寻章摘句"的习惯,就要像滴水穿石拥有持之以恒的韧劲。东晋太守张崇崖在处置偷钱的库吏时,留下了"绳锯木断,水滴石穿"的名言,至今仍为人称道。养成"寻章摘句"的习惯,就必须具备滴水穿石这种持之以恒的韧劲,把摘抄经典当作每天的"必修课",当成一种愉快的享受,抓紧时间摘抄,长年坚持,日积月累,定有所成。相反,平时坐不住,心不静,动笔少,兴趣和热情来了才抄一抄,"三天打鱼,两天晒网",最终也会一事无成。

养成"寻章摘句"的习惯,就要像老牛反刍具备寻根探源的钻劲。老牛有个独特的反刍行为,在闲暇时喜欢把吃进肚里的草料翻出来,再细细咀嚼消化。要想养成"寻章摘句"的习惯,就必须学习"老牛反刍"的精神,不仅要学会"摘抄",更要学会"咀嚼"。只有带着问题摘抄,才能拓宽自己的知识面;只有对摘抄的知识反复消化,才能领悟经典的精髓,让知识真正入脑入心。

(与张海亮合作,刊于2012年11月22日《战士报》)

希望

　　这几天心里颇不宁静,独自徘徊在营区的林阴小道,无比愤怒的不只是我,还有我的影子。

　　当美国五枚罪恶的导弹袭击我驻南使馆的硝烟还没有散去的时候,又传来了让人震惊的消息:4月1日这天,美国侦察机撞毁我军用飞机,并悍然侵犯我领空。如此暴行,能不让人愤怒吗?

　　作为一名军人,我的心再也无法沉默。虽然我不能像英雄王伟那样与敌人兵戈相见,但我要对得起军人这个光荣的称呼。我是做思想政治教育工作的。为了讲好"爱本职,练精兵,捍卫祖国主权"这堂课,我连续几天通宵达旦搜集资料,整理美国百年来的罪恶史实,反复修改政治教育提纲,旨在希望战士们更加清楚地看到一个"自由民主"国度的丑恶嘴脸:过去,他们在我们的土地上是怎样的横行霸道,无恶不作;今天,仍不甘心退出在华利益,对年轻的共和国虎视眈眈,千方百计阻止祖国强大——抛出"和平演变"策略、向"台湾"出售高新武器、将战略重点从欧洲转向亚太、部署弹道导弹防御系统、阻止北京申奥……一桩桩,一件件,哪里有祖国的前进号角,哪里就有鬼子的不谐音符。不要询问战争离我们有多远,战争就在我们身边。苦练精兵,捍卫和平是我们这一代军人的使命!

　　在编写政治教育提纲时,面对我们的祖国从耻辱里走出二十世纪的结束,又从耻辱里迎来新世纪的开始,我的心在滴血。我相信党的决策是英明的、伟大的——有理有节有利地解决中美争端,抓住和平机遇,强我综合国力。美国之所以到处挥舞大棒,充当世界警察,不就是依仗腰包鼓鼓国力雄厚吗?我多么希望听到向美国鬼子宣战的号令,但这只是一时冲动,因为我们没有美国强大。尽管伟人教导我们"一切帝国主义都是纸老虎",但只要是老虎,即使是纸的,它也要吃人。落后就要挨打,这是千古不变的真理。我知道,一旦宣战,如果是局部战争,受害最大的是中国人民,那正中了美国鬼子的奸计;如果是世界大战,那也许将是全人类的毁灭。既然世界上没有永远的强大,也没有永远的落后,我们何不抓住机遇,不懈奋斗,卧薪尝胆,将和平之剑锻造得更加坚韧更加锐利呢?!

　　"提高警惕,保卫祖国!一、二、三、四——"操场上,战士们的番号叫得震天响。这些天来,战士们都习惯了思索,没有了往日的欢笑,还自觉加大训练强度。战士小左的400米障碍成绩良好,仍不罢休,为了跑出优秀成绩,他正一趟又一趟来来回回反复训练。看着不知疲惫刻苦训练的战士们,我忽然想起南岳衡山的朝圣者,他们一步一拜,一拜一步,为着一个虚无缥缈的神灵,为着一个没有活力的偶像,他们是那样的虔诚。而我们的战士对祖国对人民的爱不比他们的虔诚更浓厚更炽烈更伟大吗?

军营的广播又开始播送各地群众反对美国暴行的新闻,这让人感到欣喜。我想起了鲁迅先生的话,"希望是本无所谓有,无所谓无的。这正如地上的路;其实地上本没有路,走的人多了,也便成了路。"是的,路就在我们脚下!

记得有一位名人曾经说过,"难道生命是那样可贵,和平是那样美好,竟值得用戴枷锁和做奴隶去换取吗?"作为一名军人,我时刻准备着,准备着用自己的鲜血和生命去捍卫祖国和平的天空!

(刊于 2000 年 4 月 8 日《株洲日报》)

祖国,我的爱

黄沙万里,声声驼铃响彻的唐藩古道是我沉宏的祖国;九曲黄河,点点白帆载走的千年涛声是我眷念的祖国;悠悠黄海,艘艘军舰沉没的百年哀叹是我多难的祖国;万古长城,个个垛口镶嵌的蓬勃朝阳是我壮丽的祖国!

消散而去的是云烟,风化不了的是记忆。从毛泽东同志威武地站在天安门城楼,向全世界庄严宣告中国人民站起来,到现在只有短暂的 50 年。然而,我们都有一个鲜明的体验:祖国,从未有过如此辉煌:农村是粮食垒成的高原,城市是大楼重叠的群山,立交桥纵横交错,高速路四通八达,海南岛能吃上陕北的小米粥,哈尔滨可品尝广东的鲜荔枝,乌鲁木齐的服装城,摆满了苏杭的丝绸,南京的街巷,哈密瓜随处可见。祖国,到处洋溢着人民的笑脸,到处充满了生活的希望。

当我们欢欣鼓舞庆祝建国 50 周年,迎接澳门回归,昂首阔步迈入新世纪的时候,五枚罪恶的导弹再次让我们面对了一个沉痛的耻辱:1999 年 5 月 8 日凌晨,以美国为首的北约悍然用五枚导弹袭击我驻南使馆,公然侵犯我国主权。

我是一名军人,原以为战争是那么的遥远,那么的陌生,没想到它就发生在我们的身边,就发生在我们的眼前。中华民族是不屈的,但仅仅不屈是不够的。历史早已昭示我们,落后就要挨打;现实再次警醒我们,强大才能扬威。

作为一名军人,我更加深深地感到了手中钢枪的份量,学习政治理论,学习高新技术,练就过硬本领,是我们这一代军人的使命。也许,我永远是一名普通军人,但我要尽到一名普通军人的神圣职责,为祖国的和平奉献自己的忠诚和勇敢、热血和生命!

相信有一天,岁月会告诉我:自豪吧,中国军人!

(刊于 1999 年 9 月 26 日《株洲日报》)

在学史知史中坚定信仰

欲知大道必先知史。透过历史的烟雨，南湖的红船、井冈的星火、长征的铁流、太行的硝烟、淮海的烽火……翻开党的历史，无疑是打开一座巨大的精神宝藏，每一个光辉的名字都是一座精神的丰碑，每一个红色的故事都是一个不朽的传奇，让我们从并不如烟的往事中感悟崇高与悲壮，理解信念与担当。

信仰由学而坚。学习党史，可以坚定我们的崇高信仰。现在正处在一个多元化的时代，有的人信奉权力，有的人信奉金钱，更多的人却在追寻"地球上的红飘带"。二万五千里长征，红军爬雪山，过草地，平均每行进一公里，就有三、四名战士献出宝贵的生命，然而更多的共产党人前赴后继，一次次从绝境中挺直脊梁，走向胜利。只有具体的记忆和切实的感动，才可能孕育出感性的认知；有了感性的认知，才可能出现理性的认同。追忆红色的岁月，我们不难发现，信仰是人生的力量，真正的光荣和高尚，永远属于那些信仰坚定、为党和人民的事业而忘我奋斗无私奉献的人们。

党性由学而进。学习党史，可以锤炼我们的坚强党性。一个共产党的高官被俘后，敌人却从他身上搜不出一个铜板，留给后人的是一部《清贫》；长征时期，掌管被服发放大权的军需股长冻死在一棵小树旁；一件睡衣，共和国的领袖穿了20多年，上面竟然打了73个补丁……一行行浸透血泪和高尚的文字让我们肃然起敬，时时震撼着我们的心灵。历史证明，党性的强弱决定事业的成败。强化党性，决不能停留在简单的口头表白上，更需要在日积月累的实践磨砺和行为养成中，一点一滴强化党的意识，一言一行维护党的形象，一举一动听从党的号令，铁心跟党走，永远向前进。

使命由学而生。学习党史，可以强化我们的时代责任。中国人做了几代的强国梦，却只有在镰刀斧头旗帜的指引下才让"东亚病夫"成为尘封的历史记忆。暗淡了刀光剑影，远去了鼓角争鸣。近30年的和平环境，部分官兵滋长了和平麻痹思想。事实上，我们的周边并不太平，还有敌国外患，祖国尚未统一，分裂主义势力仍对我构成威胁。历史昭示我们，落后就要挨打，强军才能扬威。作为共和国的军人，必须居安思危，枕戈待旦，将和平之剑锻造得更加坚韧、更加锐利。

(刊于2011年6月20日《战士报》、2012年11月1日《解放军报》)

父爱如炬

深情地回眸,看见父亲站在月台上,以一种复杂的心情,目送儿子渐渐消失的身影。

父亲是一位普通地道的农民,一辈子就是靠种地吃饭。小时候,家境贫寒,父亲总是起早贪黑地干活,艰难地支撑着上有两老、下有四小的八口之家。尽管如此,父亲总是对我们说:"只要是为了读书,花多少钱我都会给,哪怕是去讨米要饭,只希望你们成为有用的人。"那时,父亲一年到头难得添上一件新衣服,一件衣服总是补丁压补丁,缝缝补补又三年。记得我上初三时参加地区会考,需交报考费50元,父亲得知后没有半点犹豫,把身上仅有的50元钱给了我。后来我才知道:前半月,天刚蒙蒙亮,父亲便起了床。当他端起一杯水准备洗漱时,突然感到双腿发软,虚汗直冒,两眼昏花,坚持不住倒在了地上。经医生诊治,他患了比较严重的血吸虫病。这50元钱是父亲准备给自己买药的。那年秋冬,父亲硬是撑着,没有去医院买过药。

一直忘不了那个中午,在县城一中读高中的我正在教室里看书,听到有人叫我,急匆匆开门一看,竟是父亲。他满头大汗,脸上挂满微笑。父亲说天热了,家里的桃子熟了,给我送几个尝尝鲜,还说现在白天时间长了,年轻人肚子容易饿,带来了自家磨的面粉,饿了可以泡点开水充充饥。说着,从自行车架上取下一个沉甸甸的挂包递给我。父亲简单地问候了几句,便踏上了回家的路。从我家到县城,来回需要四个多小时,就是为了给我送几个桃子和几斤面粉。当时我暗自责怪父亲把我还当成小孩子。回家后母亲告诉我,那次是父亲晚上在梦中见到了我,非要到学校看看我好不好……

告别了送站的父亲,我独自坐在火车上,任思绪化作风中的叶子自由飞翔,无意中又落到往日的一幕上。

1991年2月,在北京学习的我放假回家。为了不让父亲去车站接我,我写信没有告诉父亲回家的具体时间。下了汽车,灰蒙蒙的天空,淅沥沥的小雨,我提着沉重的行李慢慢走近出站口,这时惊奇地听到有人呼唤我的乳名,一个熟悉的身影映入眼帘,竟然是父亲。原来父亲为了接到我,已是第五天在这里等候了。望着面容消瘦、两鬓斑白而又神采奕奕的父亲,我的心温暖而又潮湿,嗫嚅着说不出一句话来。

后来,揣着父亲送的一支金色钢笔,我回到了部队。尽管离别父亲多年,但他对我的爱,如一团火炬,时时温暖着我的心房,成为人生路上催我奋进的力量。

(刊于1999年6月20日《株洲日报》)

父爱盈怀

一双榆树皮般粗糙的手轻轻地为我掖着奄拉到床边的被角,不小心触摸到我的脸颊,朦胧中冰冷的寒夜猝然多了一股暖流,就这样,我在父亲的丝丝关爱中渐渐长大。

聪明好学的我一直是父亲的骄傲,而父亲也是我人生的第一导师。读小学的时候,碰上大雨大雪,路滑难走,父亲便背着我上学,我背着书包伏在他厚实的背上,听他讲好多好多的故事,让我悟出一些做人的道理。

初中毕业后,我考上了全县最有名气的一中。接到录取通知书的那天,父亲比我还高兴,与母亲商量如何凑齐寄宿费、学杂费、生活费。那时的我早已深深体会到父亲挣钱的艰难,但父亲总是笑呵呵地对我说,"军伢子,你只管好好读书,家里的事不要想那么多,有爸爸呢。"

总也忘不了那年夏日,天空中没有一丝云彩,不知疲倦的蝉儿"知了知了"叫得满天都是,正午的太阳烤得宿舍像蒸笼,我睡不着,躺在床上看书,忽然听见有人轻轻地敲门,接着传来熟悉的轻声呼唤:"军伢子——"我赶紧下了床,门外站着的竟是父亲。时至今日,我依然清晰地记得父亲那时的模样:又高又瘦的,头发有些凌乱,黝黑的脸庞晒得发红,额头眼角已被岁月过早地刻下了一道道深深的皱纹,汗水混着灰尘顺着脸颊一滴一滴地往下淌……

站在树阴下,父亲拉着我的手,询问了我的学习情况,然后从自行车前挂着的篮子里取出个布袋子,打开一看,有六个鸡蛋。父亲笑着对我说:"你太瘦了,吃几个鸡蛋补补身子。我给你带了一点生活费,平时要注意营养。"说着,父亲从口袋里掏出叠得整整齐齐的十张十元的钞票,不容分说地塞进了我的上衣口袋。

望着父亲匆匆离去的背影,手捧着那六个圆滚滚的鸡蛋,我的泪水终于忍不住夺眶而出。我清楚地知道,从家里到学校足足三十五公里路,父亲踩着自行车,冒着酷暑,一路风尘仆仆,只是为了看看儿子,他自己平时节省到了极点,却将钱毫无保留地花在我身上,我想起朱自清的《背影》,泪水又一次朦胧了我的眼睛。

后来听母亲说,那六个鸡蛋原本是给父亲路上作早餐和中餐的,父亲没舍得吃,全留给了我,自己却饿着肚子一整天,听了真叫人有些心酸。

随着岁月的流逝,我已是而立之年,父亲也苍老了许多,军旅生涯不容我伴随他左右,思乡的情绪常常萦绕在心头。当我疲惫的时候,远方有一种爱,会超越时空,鼓励我走好人生之路,这就是父爱。

(刊于 2002 年 8 月 27 日《株洲日报》)

父亲送我去参军

我是带着无比内疚的心情踏上从军旅途的,虽然已过十年,许多往事随着岁月的流逝渐渐被淡忘,但父亲送我参军的那一幕仍时时清晰地浮现在我的脑海。

记得那年高考落榜后,失落的痛楚,冷言冷语的嘲讽,气得我把父亲精心经营的书屋弄得乱七八糟,一天到晚足不出户。

是父亲帮我走出了那段灰色的日子。"好男儿志在四方,当兵去吧!"我默默地看着正在整理书屋的父亲,使劲地点了点头。父亲当天便骑自行车到乡武装部给我报了名。

无边的雨帘中,父亲用自行车驮着我艰难地行驶在弯弯曲曲的乡间小路上。我多次提出我来驮他,可他硬是不答应。因为上次在乡医院第一次体检,我是自个儿急匆匆骑自行车去的,导致血压有点偏高,差点淘汰。父亲得知后,出于稳妥起见,坚持送我去县医院进行复检。雨越下越大,父亲驾车也越来越小心,生怕有什么闪失影响我体检的成绩。我躲在父亲那单薄的背后,听到父亲急促的喘息声和破车发出的吱呀声,一股酸楚涌上心头,我的眼睛矇眬了,脸上湿湿的,不知是雨还是泪。经过两个多小时的跋涉,终于到达县城,按时参加了体检。

幸亏功夫不负有心人,我接到了大红的入伍通知书,终于穿上了绿色的军装。然而父亲却因那天淋雨发病而住进了医院。我是多么希望能留下来照顾他呀!但父亲千辛万苦冒雨送我去体检,不就是希望我能成为一名光荣的战士,能为国防事业做点贡献么?

临走前,父亲提前出了院,专程为我送行。看着周围簇拥的人流,他好像有许多话儿要说,但始终没有说出来。在汽车启动的那一刻,我看到他眼里溢满了晶莹的泪花,站在那里一动不动,目送儿子渐渐远去。

历经几年军旅生涯的磨炼,我虽然取得了一些成绩,但总觉得远远不够,回想父亲送我参军的情景,总觉得欠父亲的实在太多太多。

(刊于2001年11月19日《株洲日报》)

雨中的妈妈

雨，淅淅沥沥地下着。

透过丝丝雨帘，我又看到了我的母亲，看到了母亲那只风雨中颤抖的手，想起了母亲送我上军校的情景……

记得临走那天，细雨霏霏，母亲一大早起来，执意要送我到车站。雨丝无声地飘飞，我们默默地行走，沿着泥泞的山路，好不容易到了车站。我要乘坐的那辆车静静地停在那里。我把行李放在汽车上，转过身来，忽然，我愣住了，母亲那饱经风霜的脸上淌着两行泪水，嘴角嗫嚅着，像要讲什么。我呆呆地站着，不知如何是好。好一会，才听到母亲颤声地说："孩子，你一个人到重庆上军校不容易，本该让你多带些钱，可家里的情况你也清楚。这是妈前几天挣的一点钱，你就紧着些花吧。"说着，从衣兜里掏出一个红布包，一层一层哆哆嗦嗦地打开，拿出叠得整整齐齐五张10元的钞票，数了数，才小心翼翼地塞进我的口袋，扣上扣子，又在外面按了按。母亲的目光在我的脸上停留了许久，她那辛酸的眼泪滴在我的手上。一股温温暖暖的感动细细密密地溢满我的心扉，我的眼睛朦胧了，鼻子有些酸涩，脸上湿漉漉的，不知是雨还是泪。看着母亲颤抖的手，恍惚间，我看到了烈日炎炎的仲夏，躬身的母亲"汗滴禾下土"的情景，看到了寒风刺骨的冬晨，瘦弱的母亲担着一角钱一斤的萝卜赶集的背影……

50元钱，对一个普通的农民家庭来说是不难有的。然而在依然躺着贫困的偏远山村，得到它所付出的代价远远超过了它本身的价值。我深深懂得这50元钱的份量，它凝聚着母亲多少辛劳的汗水，蕴含着母亲对儿子的多少希冀！

从那以后，每当看到战友们着便装穿皮鞋自己产生购买欲望时，每当腰酸背疼想借口逃避训练时，每当想敷衍工作放松学习时，我就会想起我的母亲，眼前就浮现出母亲那风雨中颤抖的手。

如今，在部队工作已经八年了，生活条件有了改善，但我总忘不了母亲那只风雨中颤抖的手。这手，时时鞭策我勤俭节约，刻苦训练，努力工作，以回报深厚无言的母爱。

(刊于1999年1月3日《株洲日报》)

烛光

多年没有在烛光下看书学习了。今天突然停电,我点燃了一枝蜡烛,不禁唤醒心灵深处对烛光的记忆。

记得初中夜读时,我就常常点蜡烛。那时乡下供电不足,停电是常有的事。同学们都从家里带来了煤油灯,或是用墨水瓶简易做一个。我呢,嫌煤油气味难闻,且烟多熏眼,一支坚持买蜡烛。在摇曳的烛光中,看历史地理,习物理几何,背名篇佳作。后来到县城一中读书,虽然城里条件要好一些,但并未与烛光绝缘。高考前夕,学习压力沉重,老觉得时间紧张,于是喜欢让温馨的烛光伴着我潜心苦读。

高中毕业后,我回乡务农,闲暇时间,便以书为侣。家乡没有电,常常是在烛光中看书到深夜。母亲发现我喜欢夜读,特地托人做了一个烛台——古铜色的半球形底座,顶端镶嵌一个圆形凹盆,凹盆正好插下蜡烛。夜幕降临,我坐在烛光下读书学习,母亲总是拿着针线活儿坐在旁边陪伴我。有一天晚上,我读邓康延的文章《母爱的原野》,转过头来看看母亲。母亲坐在我旁边编织毛衣,烛光映照着她那张布满细细密密皱纹的脸,那么慈祥,那么柔和。我惊奇地发现,母亲的头发已悄然花白,粗糙的手背和点点老年斑细致地刻画出生活的辛劳和岁月的沧桑。我的心一阵激动,眼眶中的液体如烛泪一般静静往下淌。无声的烛光早已融进了母亲的爱心。我懂得了为什么歌唱《烛光里的妈妈》的人总是泪眼涟涟。

点亮一支蜡烛,便拥有一方光明,于是,年轻的心伴着火苗一起跳跃,世俗之念随烛光一起流逝,灵魂又一次得到净化,胸襟隐隐坦荡了许多,对"春蚕到死丝方尽,蜡炬成灰泪始干"的蕴意有了更深的理解。参军后,开始在耀如白昼的电灯下看书,我渐渐远离了烛光,但内心深处一直坚守读书人的本色。

蜡烛快燃尽了。点点烛泪,晶莹如珍珠。溶溶烛光,我温馨的记忆。

(刊于1999年9月19日《株洲日报》)

走过去,前面是片天

人生有许多迷雾区。退一步,山重水复;跨一步,天高地阔。

得知因谣言中伤我从政治机关下放到基层"锻炼"的消息,是在一个风和日丽的午后。可是在我的感觉里,天空竟一下子变得阴冷潮湿起来,我的希望、信心和深藏体内的自尊在那一刻都被这无情的消息击得粉碎。长时间坐在冰冷的椅子上,任凭泪水在酸涩的眼眶里打转,任凭血液在痛苦的心胸里流淌,自己的思绪纷乱到了极点。

战友们带着鼓励和安慰来了,同事们带着热情和友谊来了,但这一切都丝毫不能让我从被谣言中伤的惆怅中解脱。想想自己立志从军10余载,严守军纪,刻苦训练,踏实工作,从没有休过一次完整的假期,更谈不上帮助年迈的父母干些力所能及的农活。可如今……当落日的余晖钻进屋内,把光怪陆离的色彩涂满一墙时,我真想放声大哭,为了自己的追求,那份勤奋、那份期待、那份痴想,难道真的像五光十色的肥皂泡一样破碎了吗?

晚上,电话响了,是母亲打来的。我拿起话筒,一语不发,只是委屈地抽泣。电话那端传来母亲焦急颤抖的声音,"是克军吗?发生了什么事?"待我把事情缘由告诉母亲时,好久才传来母亲坚定的声音,"孩子,你要记住,以后遇到天大的难处,也要咬牙挺住,走过去,前面是片天。"

不懂哲学的母亲说了一句哲言。母亲的声音我熟悉得不能再熟悉,但此时每一字每一句竟前所未有地震撼我的心灵。忽然间,我想起一位朋友来。他在一次意外事故中不幸受伤,从此,一架轮椅代替了他的双腿。他也曾彷徨过、痛苦过、消沉过,但当他从沉痛中"醒"来之后,仿佛变了一个人。与命运抗争中的拼搏是一言难尽的,然而轮椅上诞生的13项科研成果重新证明了他的价值。与他比较起来,我一个四肢健全的人,这点挫折算得了什么?很多时候,艰难挫折不足以将我们击倒,而我们自己却首先支撑不住倒在了地上,丧失了毅力和勇气。我重新点燃心中希望的灯火,又全身心投入到学习中去。

也许真的是这样,天无绝人之路,上帝在关闭所有门的时候,必定会为你留下一扇窗来眺望光明。伴随流逝的岁月,我终于没有被谣言击倒,只因我渴望前面的那片天。

现在,每当我遇到什么困难时,耳边依然会响起母亲的那句话,"走过去,前面是片天!"

(刊于2000年10月31日《株洲日报》)

走进图书馆

今天是周末,我顶着胭脂般朝霞染红的天空,走进了图书馆。

步入大厅,"书籍是人类进步的阶梯"几个大字赫然映入眼帘,一股凝重的文化气息扑鼻而来。外借处，早已布满了三三两两借书的人们，他们警惕的目光在书架上来回搜索，渴望找到属于自己的一份惊喜。阅览室里，在座的人很多，大都是年轻人。他们自备纸笔，面前堆放着各类报纸杂志，边看边记，时光在他们自由的笔下汩汩流淌。此刻的图书馆犹如一个不可抗拒的磁场，深深吸引着这些求知者的心。

　　我从书架上取下一本杂志。这时，一位老人引起了我的注意。他静静地坐在阅览室一角，满头银发，但精神矍铄，属鹤发童颜类，面前摆了一摞《参考消息》，左手拿着放大镜，右手握着钢笔，时而皱眉苦思，时而会心微笑，时而奋笔疾书。我在老人身边坐下。从谈话中得知，老人姓李，参加过抗美援朝战争，是"万岁军"的一名小战士。提及"万岁军"，老人滔滔不绝，眉飞色舞，目光中充满了自豪。在第二次战役中，我38军痛击美国侵略者。时任中国人民志愿军司令员的彭德怀同志挥毫泼墨，写下了"38军万岁"以示庆贺，后来"万岁军"便传遍大江南北。

　　当我询问老人上图书馆的缘由时，老人的语调慢慢低沉起来。也就是那场战争，他所在的班不幸被敌人包围。为了突围，李老坚持要去引开敌人，班长却紧紧地握着他的手，深情而又坚定地望着他，"你年龄最小，要去见马克思，你也是最后一个！"李老活了下来，是班长和战友用生命换回来的。战斗结束后，李老跪在班长牺牲的地方，久久地亲吻着给了他第二次生命的热土。他忘不了班长，忘不了班长临行前那坚定而又深情的目光。活着，并且工作着，是一件多么美好的事情，退了休也要做点有意义的事。于是，他选择了义务为中小学生进行国防知识和党的优良传统知识讲座。为了讲好每一堂课，他都要广泛查阅资料，精心准备，图书馆便成了"充电"的好地方。凝望着这位年过花甲的老人，我心中充满了无限的敬意。

　　不知过了多久，我换取一本杂志，正面碰上一名左手拄拐棍的女孩。女孩家住人民路，三年前一次意外车祸给她带来了不幸。然而女孩不仅没有被痛苦击倒，还坚持上电大，每逢周末都来这里学习，已经坚持两年了。听着她的话，我陷入了沉思：同样是周末，可人们对待的态度迥然不同，收获自然也不一样。多一份耕耘，就多一份收获，成功永远偏袒惜时如金的人们。

　　是的，图书馆不仅是一个空间的存在，更是一种时间状态的转换。它引导我进入新的时空，进入心灵世界和独特的生命体验。今天，我边看边做笔记，整整一天，只啃了三个面包，喝了一瓶矿泉水，却查阅了不少资料，写下了数千字的笔记。我觉得自己不仅收获了知识，更收获了一种理念，心中满是幸福。

（刊于 2000 年 8 月 27 日《株洲日报》）

读书伴我从军路

我是个喜欢读书的人,特别是参军后,每到双休日,我便抱着一本好书读得津津有味,个别战友笑我是个"书虫",但我不为所动。我知道在部队里能够自己支配的时间少,只有挤时间才能做到习武读书两不误。

新兵下连后,我担任文书,不住集体宿舍,还负责连队图书室。读书的条件比战友们优越得多。古人说,"三日不学,面目可憎",我当时就有这种感觉。每天早晚,我便往图书室跑,一本接着一本读。后来因面临军校招生考试,准备调离文书这个岗位,顿时感到好多书还没有读完,于是干脆把被子搬进图书室,挑灯夜战,几乎到了废寝忘食的地步,一个月下来,眼窝陷了进去,人整个儿瘦了一圈,硬是啃了100多本书籍,名人传记、唐诗宋词、生活随笔等,尽在我涉猎之内,成为读遍连队所有藏书的第一人。

后来到重庆一所军校读书。军校的图书馆古朴而陈旧,但藏书极其丰富。图书馆成为我最好的去处。目光聚焦书行,将人生的烦恼忧愁抛之脑后,博览群书,探幽人生,纵观历史,其乐融融。但丁的《神曲》、莫泊桑的《项链》、方志敏的《清贫》……一本书就是一重天地,读累了便伏案而睡,睡醒了再读。有时睡过了闭馆时间而被工作人员叫醒,迷迷糊糊地出了图书馆,竟不知往何处去,冥冥之中诞生一个愿望:有一个不下班的图书馆该多好啊!

军营男儿的情感日积月累,潮水般漫过心灵的堤岸。于是便有感而发,试着写一些文章,羞答答地投寄出去,居然有200多篇变成了铅字,心中那份喜悦,自是不言而喻,也许这就是读书的好处吧。

现在,我已成长为一名正连职军官,但每天坚持读书的习惯一直在延续。因为,读书是我人生的"加油站"。当我遇到挫折时,它鼓励我做生活的强者;当我遇到困难时,它引导我渡过难关;当我满足现状不思进取时,它警示我世上没有一件事能够在安闲自在中获得成功。

(刊于2000年7月9日《株洲日报》)

潇洒读书

　　初涉世间,年少轻狂的我一意孤行,将父母的叮咛、亲人的嘱托抛入云霄。几度春秋,蓦然回首,才发现人生的书页有太多的空白,终于醒悟青春是不能挥霍的。于是,我开始读书。

　　记得有人说过,"书山有路勤为径,学海无涯苦作舟"。读书的确是一件苦事。然而书是心灵的衣衫,能给人以知识、智慧和快乐。读书,也是很潇洒的事情。

　　灿烂的阳光下,拾级而上,站立山顶,迎风展开书页,读着伟人"俱往矣,数风流人物,还看今朝"的词句,欣欣然,一股豪情油然而生。仰望苍穹,天高云淡;远眺山水,气象万千,真是"一带江山如画,风物向秋潇洒",不禁惊叹"江山如此多娇"——这是登山诵读的潇洒。

　　下雨的日子里,手捧一卷独坐书房,看窗外朦朦的一片,丝丝斜风细雨,缕缕缠缠绵绵,不闻车马人声之喧闹,大自然在雨中默默地归于沉寂。我在书中潇洒地汲取营养,静静地咀嚼着"案中山水美,读书滋味长"的蕴意——这是雨季寻读的潇洒。

　　柔和的烛光中,取一本散发着墨香的书籍拥在胸口。读罢李商隐的《无题》,骚动的心儿伴着火苗一起跳跃,世俗之念随着烛泪悄悄流逝。灵魂又一次得到净化,胸襟隐隐坦荡了许多,总是感到奉献是人生的真谛,奉献的人生是潇洒的人生——这是烛光伴读的潇洒。

　　读书,没有旋转舞厅的浪漫,没有摇滚鼓乐的伴奏,远离了尘世的喧嚣,淡泊了名利的羁绊,坚定着追求的信念,收获着生命的厚实。

　　读书,真的好潇洒!

(刊于1999年2月28日《株洲日报》)

寂寞的美丽

　　白天的工作繁琐而忙碌。到了晚上,房子里便常常只剩下一心自考中文的我。于是这难得寂寞的夜晚,成为我非常宝贵的时光。

　　空荡荡的院落里,寂寞的我痴情地守着一盏孤灯,把思绪深深地浸入书中,目光在字里行间悠然地穿梭。看着那些繁简有序、疏密有致的文字组成的风景,真有一种夏日临风般的爽快。饿了,冲一包方便面,吃后上阳台舒一舒筋骨,闻一闻茉莉花的淡淡幽香;倦了,或静坐窗前看江面飘飞的五彩渔灯、都市华灯错落的缤纷,或闭上眼睛听那风拂松林的天籁、江水柔和的涛声,便感到生命蓬蓬勃勃的力量。

偶尔在蛙鸣月圆或月明霜重的夜晚,寂寞会袭入我年轻的心。我便在空旷的院落里徜徉,想念故乡的袅袅炊烟,回首身后的串串脚印,憧憬未来的星星点点……就是在那些寂寞的静夜里,我懂得了生命应是坚韧的犁铧,而不是弱不禁风林黛玉手中的纤纤花锄;信念应是雄浑的黄吕大钟,而不是嘈嘈切切的丝竹管弦。寂寞,磨亮了我那锈蚀的思想,使我开始变得坚强起来,虽然也曾流过泪,但成熟了我的思想和追求,生命逐渐变得丰厚而充实。

"心远地自偏"。寂寞不一定要到深山大泽里去寻求,只要内心清静,随便在市井人流中、卡拉OK厅里,都可感觉空灵悠逸的境界。

寂寞中读书,拓宽了自己的视野;寂寞中思考,感悟到许多人生的哲理;寂寞中忍耐,坚定了自己不屈的信念。偶尔把一些思考倾注于笔端,藉以抒发胸臆,也常常收获一份难以言状的喜悦。

滚滚红尘中,落寞人世间。人们很容易附庸入俗、随波逐流,最终迷失方向,而寂寞能使我彻底地把握自己,真实地挖掘自己。

寂寞美丽。

(刊于1998年2月27日《株洲日报》)

军歌

凡看过电影《上甘岭》的人,就不会忘记《我的祖国》这首歌——那是在作战条件异常艰苦、连喝口水都要付出鲜血和生命的时刻,英勇的志愿军战士唱响的,首先是独唱,然后是多个人唱,最后是集体唱,对祖国的爱,对人民的情,对敌人的恨,如排山倒海,汹涌而至。什么是苦难,什么是死亡,全都抛之脑后,只有一个信念:保家卫国。这就是军歌的力量。

参军后,在歌声响彻军营的天地里,可以说是歌伴我行,我随歌走,渐渐地,我对军歌的内涵不断有更深的感悟、更深的理解……

记得刚入伍时,听老兵们讲,《军歌》《战友之歌》是每个战士步入军营必须首先学会的两首歌。果然,指导员第一次教我们唱的就是这两首歌。他说,凡是不会唱《军歌》的战士,就不是真正的战士;凡是不懂唱《战友之歌》的军人,就永远不会懂得战友这两个字的确切份量。那次,我们唱得好认真,很快就学会了。从此,饭前一支歌,集会来几首,成为军旅生涯的一个亮丽音符。

以后每年的"八一""十一"等重大节日,部队都要组织歌咏晚会。在那熊熊燃烧的篝火旁,官兵们激情飞扬,《当兵的人》《一二三四》《血染的风采》《打靶归来》……一首接一首,高亢、雄壮、奋进、激越,响彻云霄,气贯长虹,简直是士气的大展示。

真正完全让我懂得军歌的意义,是在长江临湘段大堤的抗洪抢险前线。

那是1996年7月,洪水肆虐,浊浪滔天,长江第五次洪峰抵达岳阳。临湘大堤连连告急,险象环生。32公里的堤段上,我们35名官兵组成的"抗洪突击队"是哪里需要就奔向哪里,哪是危险就冲向哪里。连续奋战了两天两夜的我们刚休息不到半小时,突然接到防汛指挥部的紧急电话,石马矶大堤堤基塌陷,引发近50米内滑坡,必须火速增援。政委徐松柏立即吹响了紧急集合哨。出发前,他一反常情,没有作动员,只是指挥我们集体唱一首《军歌》,"向前向前向前,我们的队伍向太阳,脚踏着祖国的大地,背负着民族的希望……"指挥者苍劲有力,全神贯注;歌唱者节奏铿锵,斗志昂扬。歌声震颤了大地,久久回荡在大堤夜空。官兵们的干劲一下子调动了起来,个个如出海的蛟龙、下山的猛虎,在歌声中雄赳赳气昂昂地奔向事发地点,不到5个小时就排除了险情。亲身经历了那场洪水的洗礼,使我懂得了为什么一首《马赛曲》会使整个法兰西紧紧团结在一起救国于危亡;一首《国际歌》会使千千万万无产者联合起来争取独立解放的缘由了。

歌唱军歌,人心凝聚。军歌,是前进的号角,更是胜利的旗帜!

(刊于2011年3月5日《战士报》、2004年8月1日《长沙晚报》、2000年8月6日《株洲日报》)

中秋有泪

自从1990年在云雾山哨所度过一个中秋节后,每年的八月十五,我便不再只有遥望故乡、思念亲人的温馨情愫了。班长的容颜年年重叠在那轮皎洁的明月上,如水的月光下,他的歌声也会由远及近慢慢荡漾我的耳畔。

站在云雾山脚下,抬头望不到山顶,只看到薄纱一样的山雾围着山腰缓缓地游动。山腰上的哨所像一叶扁舟,孤零零停泊在薄云的港湾里。七、八个战士就生活在这里。新兵下连后,我和小肖同时分配到这个哨所。哨所里最高职务是班长。班长姓胡,长睫毛,大眼睛,目光炯炯有神,来自川北的一个小山村,贫困是他们那里唯一的特色。听老兵们说,班长的父母年迈体弱,长期卧病在床。每月的工资,他几乎都寄回家,给父母买药治病,是连队有名的孝子。整整八年,班长一直坚守在这个哨所,看护着祖国的界碑。岁月烟尘染旧的营房,清简质朴的生活,一切都像是在他的心中扎下了根。

大山是寂寞的,电视屏幕全是"雪花飘飘",收不到信号。几盘关于二战的录像带不知放了多少遍。"白天兵看兵,晚上数星星"成了我们每天的必修课。为了驱赶寂寞,班长每天都对着大山给我们唱上几曲,《长城长》《骏马奔驰保边疆》《在那桃花盛开的地方》等,高亢雄壮,奋进激越,唱得山风吹着树叶哗哗响,唱得彩霞飞舞军旗迎风飘。班长的歌声如欢快的音符在哨所跳跃,充实我们在大山的每一天。

转眼中秋节快到了。轮到小肖下山去挑米和菜。因比平时多了月饼、葡萄酒等过节物资,班长决定亲自陪同前往。我们住在山上的一切生活用品只能从山下挑上来。从山脚下连部里,他和小肖轮流挑着一百多斤的东西往山上爬,快到被老百姓称作"鬼见愁"的悬崖时,班长把担子从小肖的肩上抢了过来。小肖频频回头提醒班长小心,不料踩在一块滑动的石板上,眼看有掉下去的危险。班长急忙冲上去猛地推了小肖一把,小肖获救了,而班长在推小肖的那一刹那间,脚下一滑,掉下了山崖……

"班长!——"整座大山久久地回荡着小肖撕心裂肺的呼唤。

班长,你怎么走得那么匆忙?你不是说好中秋节晚上,我们七、八个人围在熊熊的篝火旁,品一口葡萄酒,吃一口月饼,来一个"举杯邀明月"吗?你不是说月亮圆了,给我们唱上一首你最拿手的《十五的月亮》吗?……

班长的骨灰没有带回家乡,而是留在他守卫了八年的哨所,时刻陪伴着大山。

岁月如歌,我离开那个哨所一晃9年多了。但每年的中秋节,我都静静地伫立窗前,遥望明月,想起我那留在大山的班长。默默的泪水中,流淌的不仅仅是真挚,而是让这颗如今常常在是是非非、恩恩怨怨面前显得轻浮的心灵重新得到大山的洗礼。于是,我把班长的英魂装进行囊,跋涉未来的人生旅途。

(刊于2001年11月10日《战士报》、2000年9月12日《株洲日报》)

心愿

连长家在驻地,从连队出发步行只需15分钟便可到家。可结婚八年来,连长从未回家与妻子过一个完整的中秋节。中秋回家赏月,一直是连长和妻子的心愿。

前次中秋节,连长向领导请了一天假,还特意上街买了一大包上乘月饼,准备回家陪妻子过中秋节。谁知人未到家,电话先到。驻地发生森林火灾,必须火速支援。连长丢下那包月饼，撒腿跑回了连队。上次中秋节，连长"有进步"，早早地请好了假，在家平安度过了四五天，再过一天就是中秋节了。又是一个"速归队"，连长被抽调到广西边防参加军事演习，必须即日启程。

这次"西线无战事"。连长说是还还"愿"，把妻子请到了连队过中秋。

中秋节这天，丽日晴空，偶尔吹来丝丝凉风，令人格外惬意。连长一大早就陪妻子去逛街，还给她买了一套新潮时装。

妻子高兴，他心里舒畅，奔波了大半天也毫无倦意。一回到连队，连长便收拾房间，将桌子和凳子放到窗前，他要选一个最佳位置，准备晚餐后与妻子一起赏月。妻子围在连长身旁像一只快活的小鹿，欢快地蹦来蹦去。

"报告！"通信员一声报告，霎时凝固了屋子里的欢乐。"战士小王肚子痛得厉害，服了药也不管用。""走，看看去。"连长跟妻子打了个招呼，披上军装急匆匆地来到了战士小王的床前。只见小王肚子痛得在床上抱成一团。他二话没说，背起小王登上车就往医院赶。医生检查确诊，小王患的是急性阑尾炎，需马上做手术。

手术室里，紧张有序地忙了一个多小时，连长急得在门口直打转。

手术顺利结束了，他望着安详地躺在病榻上的小王，悬着的心才放下来。连长想到今天是中秋节，妻子需要他，可生病住院的小王更需要他，他决定留下来陪小王。

夜幕早已降临，各家各户从门窗泻出节日的辉煌和团聚的喧闹。一轮圆如轮盘的圆月，皎皎地挂在夜空，洒向大地一片银辉。遥望明月，连长轻声自言自语道："但愿人长久，千里共婵娟。"

（刊于 2001 年 10 月 9 日《株洲日报》）

月上柳梢

夜幕降临，月上柳梢。各家各户从门窗泻出节日的灯辉和团聚的喧闹，远处不时传来撩拨人心的爆竹声。

又一个中秋到了，队长如约来到哨所相思树下，久久地仰望那轮中秋圆月……

已近不惑之年的队长，记不清和家人在一起过了几个中秋节了。至少入伍20年，中秋月下还未留下全家赏月团聚的欢声笑语。于是乎，他的妻子发生感叹，"给当兵的做老婆，没有中秋节！"

队长清楚地记得：去年中秋节前夕，他向妻子拍着胸脯表示："只要前方无战事，中秋定当回家赏月。"

为了迎接他回家过节，那天一大早，妻子就去了汽车停靠站。每趟公共汽车开过来,总是牵去她期待的目光。停车,下人,车走人空,直到最后一趟公共汽车消失在苍茫的夜色中。

因驻地发生森林火灾,部队接到命令,必须火速支援。作为一队之长,虽然领导批了假,但怎能一走了之呢?于是他又一次失约了。晚上,7岁的儿子打来电话,"爸爸,你咋不回来?妈妈把月饼送到嘴边又放下了,她说心中的月亮不圆,吃月饼就少了味道。我也跟着没有吃……"

阴历八月十九,队长很晚才赶回家。一进门,妻子和儿子忙开了,连蹦带跳地把各种花色品种的月饼摆在窗前,有台式月饼、广式月饼……队长被她们的举动弄得不知所措。妻子一把将队长按在凳子上,嫣然一笑,"赏月,过中秋!"他忍不住大笑起来,"这月亮被天狗咬缺了,还赏什么月。"妻子抓起一块月饼,塞进队长嘴里,"天上的月亮缺,心中的月亮圆,今天我家过中秋节,这就叫军人家庭过特殊的中秋节,懂吗?"

那晚,在溶溶的月色中,队长和妻子久久地依偎在窗前……

又一个中秋节了。那圆如轮盘的明月,皎皎地悬挂在夜空,洒向大地一片银辉。遥望明月,队长轻声自言自语道:军人的爱心是圆的,千家万户团聚不就是我们的节日吗?!

(刊于2000年9月10日《株洲日报》)

战友情深

当过兵的人,提到战友这两个字眼,自然会同友爱、希望、温暖相联系,即使是最高明的语言学家,也难以准确表达其蕴意的凝重和深沉。我参军不久就遇到了这样两件事,今天忆及,仍然禁不住热泪盈眶。

那年春,一辆绿色的军用卡车把我们拉到了衡阳某部新兵营,迎接我们的是排长杨爱国。他个儿不高,标准的平头,黑黝黝的脸庞,目光炯炯有神。他的训练动员简洁明了,"战场无亚军,只有平时多流汗,战时才能少流血。"我们在他的带领下开始了紧张的新兵生活。

记得在一次侦察演练中,我路过一家农舍,一条大黄狗迎面扑来,我习惯地拉动枪机吓唬它,直到主人出来,才结束了这场人和狗的"战斗"。我平端着枪同老乡交谈,不料刚才慌忙中推弹上膛,这时无意中扣动扳机,"砰"的一声,多险呀!子弹从老乡耳边呼啸而过。老乡吓得瘫在地上,我也不知所措地傻站着。听到枪声,排长慌忙跑来,了解事情经过后,瞪了我一眼,耐着性子不停地安慰老乡。

闯下这样的大祸，我很害怕。回到宿舍，我躺在床上呆呆地望着天花板，任凭泪水悄悄地滑落。忽然，感到有人推我，原来是排长。他端来一碗饭菜，蹲在地上，两眼瞪着，把饭塞在我手上，说："战士流血不流泪，看你哪像个兵！"过了一会，他以缓和的口气说："这事不能全怪你，刚到部队，有些规定不熟悉。但你要始终记住，无论有没有子弹，枪口不能对人。你平端枪与人说话，这是严重违反规定的……"自己惹了祸，很内疚，一直等组织处分，但谁也没提这个事。后来听说排长自己扛下全部责任，向组织作了深刻检查。我深感羞愧不安，同时真切地感受到部队大家庭的温暖。

为提高身体素质，体能训练我们一直没有间断过。那天排长带领我们冲山头。下令后，我们30多个新兵紧跟排长往山上冲。不料一条土蛇从草丛中窜出，狠狠地咬了我一口，排长见状，扔下腰带连滚带爬地跑到我身边，迅速从自己衣服上撕下一大块布紧紧地扎在我的腿上，用嘴拼命地将蛇毒吸出，然后在山上到处找草药，嚼成泥巴似的，贴在我的伤口处，一溜小跑把我背到了卫生队。望着排长黑黝黝的脸庞，红肿的嘴角渗出的点点血渍，我哭了。

我们常说，战友战友亲如兄弟，只有经过军营锤炼的人才能真正懂得战友的份量。我和杨排长在一起生活的时间并不长，只有四个月，但终生难忘。每每与人谈起新兵生活，我就想起排长，心中总是充满着无限的尊敬和思念之情。

（刊于2000年9月28日《株洲日报》）

那抹燃烧的晚霞

走出军校的大门，揣着一张"分配通知书"，我背起行囊去了湘北山沟沟的一座军营。

那是一个仓库，三面环山，没有围墙，陈旧的营房散落在一条狭长而荒凉的山沟里。那儿离最近的集市少说也有十里路，部队几乎没有什么娱乐活动，一个月看场电影就算过节了。由于整天收发军用物资，那些当兵的浑身上下脏乎乎的，仿佛是些穿着军装的农民。我代理指导员，手下就有三十多个这样的兵。

在城里工作的"那位"，得知我钻进穷山沟当了"搬运工"，认为这样是永远没出息没前途的。不久，便无情地与我断绝了书信来往。

分配上的不顺心和女友的不理解，使我的精神防线彻底崩溃了。一连数日，我心乱如麻，精神恍惚，一天到晚懒得说上几句话，训练时总心不在焉。一天晚饭后，我正躺在床上望着天花板发呆。咚！咚！咚！几声清脆的敲门声打断了我的思绪。一会儿，从门缝里露出几张被太阳晒得黝黑的熟悉脸庞，紧接着进来几个战士，他们相互推挤着,似乎有什么话要对我说。当时,由于心烦,我就大声地对他们说:"有什么事,赶快说呀!"班长小唐低着头走过来,怯怯地说,"指导员,这是我们连队战士写给您的一封信。"说完,神神秘秘地从背后摸出一封信,放在书桌上后就一溜烟跑了。

我迟疑地打开信,只见上面歪歪斜斜地写着:

敬爱的指导员:

看到您这段时间郁郁寡欢,我们连队战士都很难过。虽然我们不知道您遇到了什么挫折,但您不是常这样对我们说吗——舒适生活流于平淡,磨难人生才显非凡。直面挫折,迎接挑战,这才是强者。

指导员,我们相信您永远是任何挫折都击不倒的强者。

全连战士

看着这封信,我的心被深深地震撼了!感情的潮水在放纵奔流着,一股难以言状的热流霎时流遍全身。这些战士不仅要吞噬超负荷收发的劳苦,还要忍受单调寂寞的折磨,却又如此善解人意,竟然懂得用这种独特的方式包扎我心灵的伤口,暗示我如何面对挫折。我第一次真正意识到当一名基层干部是多么光荣,多么自豪!这封信,像一阵春风拂去了我天空的阴云,像一泓清泉洗去了我心灵的尘埃,更像催征的战鼓,鼓励我跨越挫折,扬鞭策马,奔驰在人生前进的路上……

我推开窗户,太阳已经跌进了山谷。天边,一抹燃烧的晚霞,如火,似血,映红了远处的山巅,竟是那么灿烂,那么迷人……

从那以后,我不再苦痛,不再彷徨,而是顽强地振作起来。这封信,时时给我无穷的力量,使我一次次从挫折中奋起,并多次自豪地站在高高的领奖台上。

这件事已经过去六年了,我也调离了那个山沟沟。但我一直珍藏着战士们写给我的信,总希望读完信后还能看到天边那抹燃烧的晚霞。

(刊于2004年3月11日《株洲日报》)

琴声悠悠

真正拥有一把自己的口琴,是在那年行将退伍女友遥告"吹灯"的时候。那时我义务期将满,自己一事无成,恋爱两年的女友又下了"最后通牒",苦苦逼我承诺"扛不上星也一定要转个志愿兵"。也许是命中注定我只能孤独地流浪,于是买来一把口琴相伴。

口琴小巧方便,音符不繁。我对照说明书慢慢练习,不出一星期,居然也能找准每个发音的位置。我学会吹奏的第一首歌是《中国人民解放军军歌》,"向前,向前,向前!我们的队伍向太阳,脚踏着祖国的大地,背负着民族的希望……"歌词高亢激昂,旋律铿锵有力,我的思绪跟着欢快的音符一起跳跃。吹啊吹啊,吹去了我心中的郁闷与惆怅,激起了我对美好生活的追求与向往。渐渐地,我意识到当一名战士是多么自豪,多么神圣!我何须悲伤,何须苦痛:战士自有战士的爱情——心美如画,忠贞不渝;战士自有战士的责任——肩挑万里江山,心系祖国安危。从此,我像铆足了劲的发条,搞起军事训练来总有使不完的劲。那年团里搞军事比武,我获得了武装越野第一名,被评为"军事训练标兵"。颁奖的那天晚上,月光如水,大地一片晶莹。我独自来到营房后面的小山坡,拿出心爱的口琴,欢快的音乐便开始在静静的原野舒缓地流淌……那种愉快,那种轻松,那种惬意,怎能一言以尽之?

后来,我入了党,考上军校提了干,但吹奏口琴的习惯一直保留着。闲暇时分,我便坐在宿舍窗前吹奏口琴,从《十五的月亮》到《我的中国心》,从《在那桃花盛开的地方》到《骏马奔驰保边疆》……一串串跳跃的音符,一缕缕激越的旋律,看不见,摸不着,却能酿造美丽的情致,凝结温馨的意境,催人不懈地追求。它还破译心灵的密码,让生命充满欢乐。

吹奏口琴,不需要布景与演员,不需要线条和色彩。摆上乐谱,拿出口琴,席地而坐,便可自由吹奏生活的乐章。

一个个美丽的希望,一道道沟一道道坎,这就是生活。小小口琴,伴我不倦地攀登、追寻,时时让我感到生命蓬蓬勃勃的力量。

琴声悠悠。

(刊于2001年5月8日《株洲日报》)

老兵阿牛

阿牛是从川北那个遥远的贫困山村来到这个繁华都市的,一眨眼已经整整五年了。同一个车皮来的战友,有的在上军校,有的在学技术,有的早已退伍。而他,还在当警卫班长,每天就是站在营房门前的那个石墩上,敬礼、验证、放行……单调又枯燥。

铁打的营盘流水的兵。"又到该退伍的时候了。"阿牛望着随风飘落的秋叶,喃喃地说。他几个要好的战友退伍后在驻地打工,月薪上千元。战友小陈还自己开了一家广告公司,生意红红火火,多次邀请他入伙一起干。最近父亲也一连几封信叮嘱,提不了干就赶早脱军装,趁几个熟人关系到驻地城市找个好工作,千万不要再回贫困的老家了。上个星期,得知附近金城大商场招聘保安,阿牛利用休息时间到商场参加应试,没想到商场的高老总看到他后,眼睛笑成了一条缝,"你不就是那个抓抢劫犯的警卫班长阿牛吗?来吧,真诚欢迎你,让你当领班,月薪2000元。"哦,阿牛想起来了,那是前年逛街时,两名罪犯对一女青年实施抢劫,阿牛听到呼救声,立即追捕抢劫犯,凭着那身在军营练就的擒拿硬功,三下五除二就将两名罪犯制服,扭送到了公安机关,驻地报纸和电视台对此进行了重点报道。一时间,阿牛成了驻地的新闻人物。高老总拽着阿牛的胳膊,要请阿牛去吃顿饭,算是为他接风。这真是天大的好事,阿牛喜出望外,没想到找个工作这么容易,没想到一个月可以拿这么多钱,没有想到高老总这么器重军人。他想起了"鸿鹄高飞,一举万里"的诗句,坚定地望着远方,目光透过天边边那一抹抹燃烧的晚霞……

明天,阿牛就要离开那个站了五年的神圣哨位了,不知怎的,心中总觉得有一丝遗憾。但想到铁打的营盘流水的兵,想到金城大商场的豪华,想到2000元的月薪,心中也就坦然了些许。

晚上,阿牛开始收拾自己的行李物品。这时,连长走了进来,拍了拍阿牛厚实的肩膀,"阿牛,再留一年吧?"阿牛是警卫班长,连队的先进典型,曾两次立功,多次被评为"优秀士兵"。阿牛沉默了,他想起了父亲的叮嘱,想起了金城大商场高老总的信任与微笑……抬头望了望连长,连长的目光充满了赤诚与希望。他喉结动了动,却没有出声。连长走了,阿牛怔怔地站在原地没有动,不知什么时候,阿牛的背包又重新回到了铺位上。

军号响了,该熄灯了,喧闹了一天的军营又沉寂下来,但那嘹亮的军号声似乎久久地回荡在军营的夜空,回荡在阿牛的心里……

(刊于2002年1月7日《株洲日报》)

秋叶

宿舍的一张课桌紧挨着窗口。不论阳光也好,风雨也罢,他都能透过这蓝色的玻璃看到秋叶,得到亲切的感受。

他喜欢外面的一切,包括那座山。他喜欢山那种墨绿墨绿的颜色,他觉得这样才能象征生命的真正存在。即使萧瑟的风雨把秋叶一扫而光,也并不代表生命的结束,而是又一次新的开始。

生活也是一样,没有结束,只有开始。就像椭圆形的跑道,终点是又一次新的开始。那年秋天,他跨入军营,便开始以汗水为墨,用枪刺作笔,在青春火红的底色上书写自己壮丽的人生:摸爬滚打挥洒风流,饮冰卧雪浇铸忠诚,浑厚的嗓音激荡着铁的力量,绿色的征衣折射出青春的光芒。一座座山,一道道坎,都是他作为一名战士的豪情……

已经看了两遍落叶的过程,现在第三次又开始了。"咚!咚!咚"三声门响,门外传来了列兵的声音。怎么就成了老兵呢?好像一切才开始呢。

秋叶,带着孕育了整整一年厚重的金黄,又和他不期而遇了。他沉醉在金色的世界里,任秋叶飘飘,片片落向大地,那红色或黄色的秋叶,宛如老兵身上的迷彩。不需象西山的红枫如火如霞,有一片秋叶,他就可感知老兵的沉稳和洒脱。"老兵"这两个字眼在他心中有着更深的蕴意。

面对默默飘零的秋叶,当兵两年的他终于明白,新兵到老兵不仅是时间的推移,更重要的是千里之行,始于足下。"铁打的营盘流水的兵",老兵双手磨出深痕的枪托,正在一代代虔诚地传递,伴着秋叶。

秋叶,焕发着生命的灵光,年复一年,永远在从军路上摇曳飘洒,军旅之路也因此更显凝重威严。

一缕阳光从蓝色玻璃中射进来,他打开窗户,一片秋叶遍夕阳。

(刊于 2001 年 1 月 28 日《株洲日报》)

一抔黄土

兵的绿色挎包里,珍藏着一样东西,那是入伍前奶奶送他的礼物——一抔黄土。

兵的故乡在太行山脚下一个偏远的小山村。"日出而作,日入而息,凿井而饮,耕田而食",故乡的人们在这片美丽的黄土地上愉快地生活着。

高中毕业后,兵报名参了军。临行那天,村民们给他披红戴花,举行了隆重的欢送仪式,一朵朵灿烂的喇叭花在乡亲们的脸上幸福地绽放。要知道,村里已经八年没走一个兵了。

送行的客车静静地停在乡政府门口,车上"一人参军全家光荣"的大红标语分外显眼。兵正准备把背包放在汽车上,这时,远远地看见奶奶拄着一根拐杖,姗姗而来。兵愣了一下,不是早就说好不要奶奶送行的吗?兵迅速跑过去,扶着奶奶。奶奶慈祥地望着即将远行的孙儿,缓缓地抚摸着他稚嫩的脸庞,然后小心翼翼地从口袋里掏出一个小红布包。

"你就离开家乡了,奶奶没有什么送你的,就将家乡的一抔黄土送给你吧。它是有灵性的,会保佑你好好当兵的。"

望着这抔黄土,兵想起了爷爷。听父亲说当年爷爷要去太行山找游击队打日本鬼子，奶奶很支持。临走的时候，奶奶就送给爷爷一抔黄土，鼓励爷爷多杀几个鬼子。爷爷表现很勇敢，多次荣立战功。在一次战斗中，部队不幸被敌人包围。爷爷坚持说自己在太行山长大，是太行山的儿子，比其他战友熟悉地形，强烈要求留下来掩护部队突围。爷爷在山上与敌人周旋一整天后，终因寡不敌众，光荣牺牲。当人们清理爷爷的遗物时，发现爷爷手里还攥着奶奶送给他的一抔黄土。

也许正是一抔黄土的灵性，兵来到部队后，便开始以汗水为墨，枪刺作笔，在青春火红的底色上书写着自己的军旅人生，摸爬滚打挥洒风流，饮冰卧雪浇铸忠诚。学习、工作、训练，样样干得相当出色，当兵一年就入了党，当上了班长。

后来奶奶病故，家里没让兵知道。只是后来在信中提及此事，说当兵事大，家里事小，不要兵回家，这是奶奶临终的心愿。捧着来信，想起疼爱他的奶奶和入伍前与奶奶告别的情景，兵禁不住哭了。晚上，兵跑到营房后面的小山坡上，虔诚地拿出奶奶送给他的一抔黄土，面对它连磕了三个头……兵训练更刻苦了。

如今，兵的奶奶去世多年了，一抔黄土成了兵永久的珍藏。

（刊于2005年12月17日《战士报》、2001年7月30日《株洲日报》）

海岛上的兵

与来单位培训的新战士共同进行绿化劳动时，我认识了一位来自海岛上的兵。

他叫李华，刚满二十岁，中等身材，圆圆的脸蛋黑得发亮，那是长年带咸味的海风吹拂留给他的"纪念"。这次来单位学习，是他当兵三年第一次离开那个小岛。谈起他所在的连队，李华竟滔滔不绝，目光中充满了自豪。

他们连队常年守卫在茫茫南海中的一个无名小岛，面积只有4.5平方公里。沿着海边散步，半天可以走上一两个来回。但从大陆乘飞艇到海岛需要近5个小时。别看这个岛小，却是海防前哨，处于对敌作战的前沿。由于远离大陆，交通极为不便，加之海浪风暴时有发生，战士们与亲朋好友的联系便只能靠平均一周一个来回的飞艇了。在信息高度发达的今天，没有一个女孩愿意享受长年相思这不死不活的折磨。连队80多名官兵竟没有一个同志谈上恋爱或结婚的，是军区出了名的"光棍连队"。连长三十二了，去年在军区举行的军事大比武中，获得三项全能冠军，个人荣立二等功，同时也赢得了许多姑娘的青睐。但这些姑娘几乎都只有一个要求，要连长想方设法调离海岛。在岛上生活了六年的连长按理说可以向组织提出自己的合理要求，但他没有这样做，又默默地回到了那个小岛。他知道听不到大海的涛声，他会失眠的。小岛在他心中扎下了根。

全连战士都很敬佩连长。连长刚上海岛时,这里一片荒芜。当晚,狂风怒吼,大雨倾盆,帐篷被掀进大海。早餐,大家啃干粮,喝咸水,有的战士直抹眼泪。"扎根海岛,把海岛建设成为钢铁前哨!"连长在全体官兵面前,带头举起右手,面向大海宣誓。他带领全连官兵打炮眼,挖战壕,筑工程,提前三个月完成国防施工任务。官兵凭着自己的双手,在荒岛上安了"家"。尽管这里远离上级机关,但军营生活相当正规。清早军号一响,全连同志跟着连长跑上一个五公里,白天主要进行400米障碍和登岛战术训练,晚上进行体能比赛。"平时多流汗,战时少流血",是他们叫得最响的一句口号。闲暇时分,连长和官兵们一起开荒种地,养猪种菜,把这块贫瘠的土地变成了"海中的江南"。他们就这样日复一日年复一年地生活在这茫茫大海中小岛上,用自己的青春年华书写着军人的庄严使命和拳拳赤诚。不少战士上岛时哭,离岛时也是哭。新兵上岛时嫌岛太小,条件差,闹别扭想父母时哭;老兵离岛时抓一抔土又是依依不舍地哭。这不是感情脆弱的表现,而是浓浓情感的一种体验!也正是连长的严格要求,海岛上的兵个个都身怀绝技,在各级军事比武中屡摘金牌,连队连续三年被评为"全军军事训练达标先进连"。

当我问及李华,培训结业后是否想回那个海岛时,他嫣然一笑,调皮地在地上写下四个大字——爱岛如家。

(刊于2001年7月31日《株洲日报》)

米兰飘香

沿着弯弯曲曲的山路,步行10多公里,终于到达高中同学郭旭任教的建设村小学。

几栋破旧的用泥土筑成的房子散落一地,墙壁上的土砖历经风雨已多处蚀落,形成一个个通气孔。不太平整的黄泥操场上,一副篮球架上的木板已经断裂,篮球框上飘着几根稀拉拉的红头绳。操场一角,简陋的乒乓球台上,两块青砖支撑着的一根细细长棍,在山风中孤凄凄地晃荡着。

郭旭的寝室,低矮、狭小,放一张床和一张书桌,就没有多大空间了。房内墙壁上贴满了旧报纸,但漏雨的痕迹清晰可见。倒是窗前那盆米兰,生机盎然,小小的黄花开在绿叶之间,幽然地散发着淡淡的香味。

刚进去时,我的手脚一时不知往哪儿放,但他的热情爽朗很快冲淡了我心中的悲凉,脑子忽地冒出"室雅何须大,花香不在多"这一名联来。

开饭了,特意加了一盘小葱炒蛋和一瓶农家人自酿的烧酒。三杯下肚,话儿便多了起来,老友相逢真是无话不说,郭旭平时从不提起的事也和盘托出。

郭旭家境贫寒,父亲早逝,母亲长期卧病在床,家中还有两个未成年的弟妹正在上中学。为给母亲治病和供弟妹读书,现已欠债一万多元。他曾谈过三个女朋友,都因家里贫穷而告吹。年近三十的他如今仍是孑然一身。

我一时语塞,找不到合适的话安慰他,生怕触及他内心的伤痛。

片刻,他又说,其实这没有什么大不了的事情。常言道,人是要有点精神的,越是艰苦的地方越能锻炼人的意志,生活从来就不相信眼泪。

我抿了一口酒,鼓励他南下打工,也许运气会好一些。

他却怔怔地看着窗前的那盆米兰,缓缓地道出了一段往事。

四年前,学校一下子分来了5名年轻老师,然而不到一年,调走的调走,下海的下海,只剩下他和几名老教师了。偏远,贫穷,生活单调,这里确实没有什么值得留恋的。为改变家庭贫困的命运,他毅然决定南下打工。

在即将踏上汽车离开家乡的那一刻,班上20多名学生忽然出现在他面前,每人手捧一束野外采集的鲜花,他们是专程赶来为自己的老师送行的。面对就要离开自己的老师,他们动情地唱起了淳朴的歌谣,"老师窗前有一盆米兰,小小的黄花开在绿叶间……"歌还没有唱完,个个已泪流满面。面对一个个天真烂漫的脸庞,面对一双双渴求知识的目光,他没有勇气迈开脚步踏上汽车,最终又回到了熟悉的讲台。从那以后,他的窗前便有了一盆米兰。

听着他的话,一缕久违的纯净的感动流水般在我的心中热切而缓缓地蔓延。

一缕阳光射进屋内,照着窗前那盆飘香的米兰。

(刊于2004年9月12日《长沙晚报》、2000年10月19日《株洲日报》)

享受孤独

月牙儿镶在天边,树枝丫摇着晚风,我独自坐在朦胧的月光里,端起一杯淡茶,细细品味夜的寂静和心的孤独。

风携着月光柔柔地滑过我的脸庞。在这月白风清的夜晚,月光用寂静奏出悠远的声音,我的思绪亦随其飘飞,别样的自由。想起年少胸怀壮志,指点江山,激扬文字,名利粪土,读古人"大江东去,浪淘尽,千古风流人物"的词句,欣欣然,仿佛自己便是那风流豪杰,尽情舒展豪情,尽情挥洒青春,尽情播种希望,曙光永远在前方。

也曾爱听忧伤的曲调,苦涩犹如淮北的枳子。一曲《不必勉强》,唱得自己心痛神伤,潸然泪下,对爱的理解仿佛就是燃烧生命,渴望高唱爱的真谛去流浪,直至那所谓浪漫富有诗意的爱情在现实的墙壁上碰得粉碎。失落之余,猛然醒悟:浪漫最无常,平淡才是真。

时光在返璞归真地流淌,我唯有用质朴的双手握住时光的犁铧,默默耕耘岁月的田畴,不论成败,不言惆怅,心中永远是一片湛蓝的天。风雨或许时常来临,亦不失为一道绚丽的风光。因为阴云密布、大雨滂沱之后,终会有一道长虹彩霞在晴空。

落寞人世间,滚滚红尘中,给自己疲惫的心留一方永恒的独处空间,任其歇息、游弋。不管外面的世界多么精彩,多么无奈,面对无数匆匆又来的日子,我都不会迷失自己。

(刊于1999年1月24日《株洲日报》)

"买"座位

每次到市区办事,望着川流不息的行人车辆,我就会情不自禁想起"买"座位的经历来。

那是一个炎炎的午后,天空没有一丝云彩,路边的树叶无力地低垂着,干巴巴地泛着白光。几只蝉儿不知疲倦,"知了知了"地叫得满天都是。我和战友好不容易挤上从株洲到渌口的公共汽车,车上人多得无立足之地,烟味、汗味、汽油味夹杂在一起,叫人直想呕吐。

车开出不久,战友面色惨白,虚汗直冒,我担心她受不了,很着急,我想,有一个座位该多好啊!我的手无意中碰到口袋里的钱夹,脑子里闪出一个念头,何不用钱为战友买一个座位呢,现在社会上不正流行有钱好办事吗?于是,我的目光落到一个座位靠窗的中年人身上,他的眼睛布满了血丝,看上去很疲惫,身边的被子和行李包明显地告诉我他是一个外出归家的打工仔。我对他说:"能把这个座位卖给我吗?20元钱。"他看了看我手中的钞票,又看了看我,满脸迷惘的样子。我急忙解释:"她病了,实在支持不住了。"他笑了笑,二话没说就站了起来。当我感激地把钱硬塞给他时,他依然微笑着,摇了摇头,"俗话说'在家靠父母,出门靠朋友',我虽然没有多少钱,但人情味还是有的!"就这样,战友坐在了靠窗边的那个座位,渐渐脸色有了一丝红润。当我思忖着如何向他致谢时,车停了,他向我点点头,嫣然一笑,匆匆下车便消失在茫茫人海中。

细品往事,也许那位打工仔早已忘记了这件小事。但他甜甜的笑意,满眼的春光却给我的天空涂满了色彩。在金钱侵蚀物欲横流的今天,我从那位打工仔身上看到了一片净土,以致使我在生活中,时时都在主动地为身边的人们做些力所能及的事情。

(刊于2001年5月25日《株洲日报》)

月色依旧

夜幕降临。

淡淡的月光,淡淡的晚风。

我们今生也许有缘无份,你轻轻地对我说。我们还是分手吧,你轻轻地对我说。

我抑制内心的苦痛,敞开胸怀任晚风静静地吹拂……

还记得我们相识的季节吗?你像一只翩飞的蝴蝶在徐徐微风中不期而来,缕缕橙光下,你细细的声音和醉人的气息温柔地飘过,你柔顺的长发微微荡漾,我宁静的心湖由此生出葱绿的情感。

第一次离别,你无言,一路默默地送我到车站。一件咖啡色的毛衣,织满了你的款款深情。我们静静地相偎相依,那一份缠绵,那一份凝视,始终如蜜汁一般,沁润我的心田。

踏上去南国军营的列车,我的行囊多了一颗红豆。

红豆相思,相思何止红豆!细雨霏霏的季节,我的思念就像小雨一样纷纷扬扬;阳光灿烂的日子,白云朵朵牵着我的思念悠悠地飘向你的身边;月夜星光下,你是否听到有个声音在轻轻敲打你的心房,那是我思念的泪滴入了黑夜……沾满柔情的信笺在我们之间来回传递。我们不能花前月下卿卿我我,却相互慰藉:两情若是久长时,又岂在朝朝暮暮!

还记得我们重逢的夜晚吗?那是一个月夜,月色清淡如水,树梢挂满晚风。你轻轻地捧着我的脸,认真地说:我很喜欢绿,你身上的国防绿。你的声音很美,极富韵律感,像是从高处滴落下来清脆的水声。那个晚上,天上的星星眨也不眨,伴随我们很久很久……

晚风吹来,一片凋零的叶子轻柔地滑落在我们面前,打了个旋儿,又随风溶进了苍茫的夜色中。握住你温柔的小手,千言万语,我不知从何说起……

有人说,爱只是一个过程,一种心境,每一段爱情都可能结束。你我的情感,互相占据着对方最美丽的一段生命,又有什么遗憾?

用真诚播洒清风,把问候溶进月色,那么,明天,当风铃响起,当太阳出来,昂起头,又是一片湛蓝的天。

今夜,月色如昔。

(刊于 2000 年 1 月 30 日《株洲日报》)

山道弯弯

荒山,秃岭。秃岭,荒山。

山道弯弯,伸向驻湘中山旮旯某部勤务连。连长紧张训练之余,不时留心这弯弯山道。

有信自山道来,连长一看就知道是她写来的,不料信中丝毫没有往日的情怀,只有让人心寒的几句话,"相逢是歌,分手是情。你我没有相同的口令,不可能走出相同的步伐。让我们彼此挥手,道一声珍重……"

夜深了,连长辗转反侧,点燃一支烟,随着袅袅青烟,他开始想她……

那是1998年春,连长回老家探亲。在公共汽车上,素不相识的她不小心踩了连长一脚,连长反而连声道歉,说自己不小心让脚跑到她脚下去了。连长的幽默引来了四目相对。他见她文静端庄,她见他英姿飒爽,两人顿生好感,互留通讯地址,尔后频频传书。她经常去看望连长时时牵挂的乡下父母,平时帮助两位老人洗衣缝被,双抢时节帮助割谷插秧……就是这弯弯山道,不时捎来她的呢喃,一字一句,情深深,意殷殷,两颗年轻的心紧紧地贴在了一起。

相恋的情愫如痴如醉,可她为什么提出分手呢?正当他心急如焚的时候,家父来信道出了原委:前段时间,她在为他父母房顶检漏时不慎摔伤,乡卫生院的医生说不瘫也会跛。她自感无颜见连长,在病床上作出了分手的痛苦决定。连长如五雷轰顶,他匆匆告假还乡。

医院里,连长出现在她面前,她先是一阵惊喜,继而把苍白的脸深深埋进被子。连长盛了一碗鸡汤端在她面前。开始她不理连长,也不喝汤。连长就讲过去和她相恋的美好情景。一连几天,连长给她讲张海迪的故事,把一本《钢铁是怎样炼成的》给她全部念完,又把当今医学如何发达,要相信祖国医学的道理讲给她听。她明白了,连长还是她心爱的那个他,她一头扑在连长怀里,任凭泪水静静流淌……

心病消除了,一个月假期很快过去,回到部队后的连长四处打听治疗摔伤的药方,一边求医,一边多方搜集治疗摔伤的书籍。他陆续研读了50多本医学书籍,采药、配药、试验、寄回,这样一直持续了四个多月。

也许是爱情力量的伟大,她服用连长配的药方后,竟奇迹般地一天天好起来,并能下地走路了。

有情人终成眷属。情人节那天,连长和她举行了简朴而又热闹的婚礼。

山道弯弯,故事圆圆。

(刊于2000年6月11日《株洲日报》)

风中的承诺

或许在父母以"军"字给我取名的那一刻,我这辈子就注定与军装有着不解的情结,生命的旅程会有一段当兵的岁月。二十岁那年,我报名参了军。当我兴冲冲地拿着大红的入伍通知书找到她时,她眼里一片晶莹,默默地看着我,好半天才羞答答地说了一句话,"我舍不得你走。"

离别那天,天阴沉沉的,寒风习习,细雨纷纷,似离人的泪眼有流不尽的伤悲。她一直牵着我的手,泪儿像断线的珍珠,一颗一颗悄然融入这无边的风雨中。就在汽车即将启动的那一刻,她哽咽着说:"到部队好好干,我在家乡等着你。"我看到她那红肿的眼睛溢满了无声的泪花,雪白的围巾也像她的手一样不停地挥舞着。

她的柔情终究没能将我挽留。带着那份绿色的梦幻,我来到了火热的军营,成为一名南疆卫士。从此,在流浪的相思河畔,远离故乡的我又多了一份对她的牵挂。

"到部队好好干,我在家乡等着你。"为着她的企望和承诺,我像铆足劲的发条,干起活来总有使不完的劲。新兵训练结束时,我得了一个嘉奖,马上写信告诉她。她来信说,看到我的进步,她高兴得一夜没有睡好觉。以后的日子,飞鸿架起了两座心灵的桥梁。在部队,训练场上摸爬滚打,野外长途拉练,对一个出身贫困的农村娃来说算不上辛苦。可是,每当遇到挫折和困难时,她的来信,犹如一只"和平鸽"、一片"红叶"、一艘小船,使我的军旅生活平添了几许慰藉,几许温馨。我把自己成长的足迹,哪怕是指导员的一个口头嘉奖都写信告诉她。在彼此的思念中,我和她心心相印走过了一春一秋。

后来,她的信突然少了。信上没有了以前火辣辣的味。我常常用她工作忙、抽不出时间写信等来劝慰自己,但军事训练一直不敢放松。就在把被团评为"军事训练标兵"的喜讯告诉她的那一天,我收到了她的来信。她说:自从你走后,同乡一位男孩走进了我的世界,他对我很好,就像当初你对我一样。他能给我快乐,委屈的时候能给我一个倾诉的空间。尤其是夜班后的那段小路,茫茫黑夜中,他能陪我静静地走过,帮助我驱逐恐惧与孤寂;起风下雨时,他能为我撑起一方无风无雨的天空。希望你在那边好好干,好女孩肯定会出现在你生活中。

读了她的信,我既没有心灰意冷,也没有萎靡不振。遥望无星无月的夜空,我看到了迟来的答案。上帝的安排是对的,执意违抗只能是自我的迷失。岁月的风雨能改变万物的容颜,何况她那句轻飘飘的承诺。想到这,我的心里很是坦荡、释然,尽管千山万水相隔,我还是至真至诚地遥祝她幸福。

(刊于2000年12月17日《株洲日报》)

春联拾趣

春联,是欢度春节用的对联。每逢新春佳节,各家各户都要张贴春联。国人张贴春联,可谓源远流长,可追溯到五代时的后蜀。据《宋代·蜀世家》说:后蜀国君孟昶在归宋前一年的除夕,在桃符上题写了"新年纳余庆,嘉节号长春"。这便是最早的春联了。

然而春联盛行却始于明代。据清代陈云瞻的《簪云楼杂说》记载:"明太祖都金陵,除夕忽传旨公卿士庶家,门上须加春联一幅。"朱元璋还常带随从到宫外寻常百姓家赏联。一年除夕,他来到一户门前,见大门上未贴春联,龙颜不悦,叫人将主人带来问话。原来该户主人,操刀阉猪,找不到人代写。朱皇帝听罢,略为思考,叫人拿来笔墨纸砚,挥笔写道:"双手劈开生死路,一刀割断是非根",叫主人拿去贴在门上。大清乾隆皇帝也十分垂爱对联,春节期间常到街头巷尾去赏联觅趣。一次,他来到一户门前,见春联为:"数一数二门第,惊天动地人家",横批"先斩后奏",心中不悦,将主人带来问话,主人和一孩童速至。乾隆指着大门问:这春联是你写的吗?主人未答,孩童却道,是我写的。乾隆见是一小孩答话,十分惊讶,便要他将该春联的意思来讲给大家听听。那小孩说:我父亲开粮食货栈,每日粮食进出均要高声唱数记账,故为"数一数二门第";我二叔作烟花爆竹生意,每日沿街叫卖,在街头巷尾放爆竹,故称"惊天动地人家";我三叔是杀猪的,每次杀猪,先用刀在猪脖子上捅个洞,待血流尽后,在猪的后脚上开过小口,用嘴往里吹气,同时用棍棒不停地敲打猪身,因而叫"先斩后奏"。乾隆听了哈哈大笑,称赞小孩才智过人,赏赐了些许银两作压岁钱,乘兴而去。

由此看来,春联的起源、盛行及流传,除春联本身具有老百姓喜闻乐见的艺术魅力外,与统治者的推崇不无关系。

(刊于2001年1月22日《株洲日报》)

同学,请写下毕业赠言

毕业临近,许多同学即将走向新的岗位。几年的军校生活,给我们留下了难忘的回忆,彼此的友谊,像绿色彩带系在心头。

同学,在你远行之前写下赠言吧。

赠言,是闪耀在心灵灿烂的火花,庄重如冲锋的军号,热情如春天的阳光。那深情的祝愿,朴实的哲理,像一部雄壮的出征曲。

　　赠言,是同学心灵再次沟通与认可。一次严格的野外军训,一场激烈的人生价值争论,一次倾心的畅谈,一场紧张的战备预演,只言片语,纺织出军校生活潇洒的画面,散发着跨世纪的宏伟理想,成为相互激励的力量。

　　赠言,贵在情真,言简意深,活泼有趣,豪情满怀,既自勉又互勉,形式、内容、风格五彩缤纷,却是一朵盛开友谊的郁金香。

　　同学们,请命笔吧,在漂亮的毕业留言扉页上,写下你的祝福。

(刊于 1995 年 6 月 8 日《后工报》)

送战友

岁月车轮
辗走了一千多个日日夜夜
圆了一个草绿色的梦

汗水和鲜血
忠诚与坚定
共同铸就了钢铁方阵

紧握双手
相互勉励都不要哭
眼角却挂满串串泪珠

戴上绽放的友谊花
挥洒青春
送你送我踏上新的征程

(刊于 2000 年 12 月 12 日《株洲日报》)

绿色随想曲

大地,任凭骄阳狂吻
杂草,任凭汗水滋润
手握钢枪,潜伏草丛
仿佛置身南疆战场
欣赏一幅战争的风光
丝丝凉风
飘来了情人心醉的呢喃
公园划船上的欢乐
时时在心中飞溅
鸽哨系着阳光的岁月
带着赤子对母亲的思念
组成一道美丽的风景线
战士,在祖国怀抱
也染成了绿色
伴护着刺刀尖上的尊严
守卫祖国永恒的春天

(刊于 2000 年 8 月 1 日《株洲日报》)

水调歌头

国庆感怀

  欲看中华盛,千古唯有今。三步伟略宏图,绘出锦乾坤。任随阴霾重重,何惧雪打霜侵,飓风卷残云。广袤神州地,处处气象新。
  长城壮,泰山丽,江河清。塞北江南,管弦歌舞颂升平。物阜民丰千家乐,政通人和百废兴,巨龙正飞腾。邓选书三卷,导航是明灯。

(刊于 1995 年《后工团讯》第 2 期)

机关干部要能参善谋

人物介绍 Ren Wu Jie Shao

罗克军,湖南澧县人,1970年12月出生,1990年3月入伍,本科文化程度,现为某仓库政治处主任。2006年被评为首届"全军优秀参谋",先后4次荣立三等功。

调整岗位,就是挑战自我

记　者:军队流动性大,你在机关先后3次调整工作岗位,每次调整都要面临新环境、新工作,你是怎样迎接挑战的?

罗克军:的确,在机关当参谋干事,调整工作岗位是"家常便饭"。调整后,有的人会觉得无所适从,有的人把这种调整当作淬火炼钢的契机,每次都有新进步。我入伍以来,有11个年头是在机关度过的。1995年军校毕业,我被分配到某药材仓库业务处当助理员,虽有点"学非所用",但我努力学习药材保管、调拨等业务知识,很快就适应了工作岗位。工作之余,我还经常在报纸上发表一些"豆腐块"文章。后来,仓库领导让我到政治处当组织干事,这期间,工作干得比较顺手。2004年初,上级又把我调整为医院新闻干事。我从未参加过正式的新闻培训,能干好吗?面对组织的信任,我没有退缩。我觉得,热爱是最好的老师,岗位是成才的舞台。只要干一行、爱一行、钻一行,就没有过不去的坎,就没有办不好的事!于是,我又愉快地走上了"新闻路",先后参加了《解放军报》和南京政治学院的新闻函授学习,当年就在各类媒体见稿,先后推出了军区"名医名刀"王连元、专家型院长樊光辉等先进典型。2005年3月,医院有2名军医奉命援助赞比亚,我抓住这条线索进行电话采访,深入了解,写出了5000多字的长篇通讯,在《人民日报》《解放军报》上发表。去年9月初,中央电视台军事频道播出了由我策划拍摄的《苗女秀花的悲欢》《浏阳河畔"连心桥"》两部专题片,分别从为兵、为民服务两个不同的角度,展示了军队医院的良好形象,引起一定反响。

只要用心,重复也能超越

记　者:你在机关多年,每天重复着熟悉的工作,难免会让人产生"心理疲劳",你是怎样战胜这种"疲劳"的?

罗克军:"当代工人楷模"许振超说过一句话:只要用心,重复也是一种境界。机关工作有一定的程序性,但绝不是千篇一律。我记得刚当干事时,一位领导告诫我,当干事就是要"愿干事、多干事、会干事"。愿干事是一种心态,多干事是一种勤奋,会干事就是要不断学习充电,使自己在"重复"中不断取得新成绩。我觉得,学习是工作,是责任,更是一种境界。机关干部不应只满足于写写材料、发发文件,而是要不断充电。我每天坚持看书读报,多年来从不间断。2003年7月,为迎接军区在我们分部召开的正规化管理现场会,上级指定我担任专题汇报片的摄制任务。在时间紧、任务重、标准高的情况下,我到新华书店购买书籍,到兄弟单位借专题片观看,向电视台老师请教,边学边干,就这样连续苦干一个多月,出色地完成了《旗帜高扬在千里联勤战线上》摄制任务。有个事你可能不相信,我曾在一个半月内,设计制作出184块宣传画和板报。当时,我们单位被确定为军区从严治军现场会的观摩点,营院里要新建文化长廊,规范科室简介、知识宣教、温馨提示等标牌,由我具体负责策划、制作。这的确不是一件容易事,但办法总比困难多,我白天泡在科室,搜集资料,晚上精心思考,拟制方案,特别是最后一个星期,我基本上没怎么休息,排版、设计、校对、呈阅,终于如期啃下了这块"硬骨头"。为此,组织上给我记了三等功。这也给了我很大安慰:苦熬没有头,苦干有奔头,只要努力干好每一件事,就会有一种新的认识和境界。

换位思考,点滴体现职责

记　者:有一句"脸难看、事难办、门难进"的话,道出了少数机关干部作风不实、形象不佳的事实。对此,你有什么看法?

罗克军:"不让领导说两遍,不让基层跑两趟",这句话应该是机关干部的座右铭。去年7月,我经历过这样一件难忘的事,在换发工作服时,护士小张因为不合身想找机关帮忙调换一件。可没想到机关人员因为开会、出差等原因,她连跑了3趟也没换成,最后还是查房的李春华政委出面才得以如愿。随即,医院开展了机关干部教育整顿,通过这件事,给机关干部敲响了警钟:今天的事今天办,能办的事马上办,基层的事优先办,困难的事设法办,所有的事认真办,督促大家纠正"小机关大架子"的风气。这件事让我深深体会到,虽然基层部队的机关是"小机关",这里的机关干部也很普通,但树立良好的机关形象,我们人人有责。面对基层官兵,我们只有树立"形象就是窗口,服务就是职责"的意识,换个角度看问题,才能真正做到一张笑脸相迎,一把椅子让座,一杯茶水相送,一颗热心办事,想基层之所想,急官兵之所急,基层才能办好事,自己才能尽好责!那么,你就会成为受官兵欢迎的人。

(与罗衡辉、张海亮合作,刊于 2007 年 4 月 16 日《战士报》)

不断密切官兵关系　汇聚保障打赢力量
——2014 年 4 月在分部教育实践活动典型事迹报告会上的体会交流发言

党的群众路线是中国共产党人把马克思主义的群众观点创造性地运用到党的全部工作中形成的党的根本工作路线、根本领导方法和工作方法。在这次教育实践活动中,通过聆听专题讲座、观看辅导录像、查阅权威解读,我对党的群众路线有了更深的理解和感悟,品读出一名共产党员的自信与豪迈,一名革命军人使命与追求,一名领导干部的责任与担当。下面我谈四点粗浅体会:

我的第一点体会是,"群众在你心中有多重,你在群众心中就有多重"——践行群众路线必须心里装着官兵,深入基层润兵味。深入群众鱼得水,脱离群众树断根。苏共 20 万党员夺天下、200 万党员保天下、2000 万党员失天下的历史悲剧时刻警示我们,必须把人民放在心中最高位置。开展这次教育实践活动,核心就是保持党同人民群众的血肉联系。战争年代,官兵同睡一个战壕,同喝一锅清粥,肝胆相照、生死与共。和平时期,开国将帅下部队一直保留着摸被子、掀锅盖、拉家常等习惯。然而现在部分干部下基层是"名单当兵""背包蹲连",搞调研是"坐在车上转""隔着玻璃看",对官兵不打不骂也不爱,不疏不离也不近,不冷不热也不亲。学习中我感到,心里装着官兵,首先要知兵情。吃别人嚼过的馍没味道,要下高楼、出深院,亲自深入基层调查,掌握第一手情况。只有真正知道官兵在想什么、做什么、有什么需要、有什么困难,才能做到兵有所呼,我有所应。活动一开始,仓库常委就自觉做到多在营区转、多往基层跑、多到洞库干、多去哨所看,闻"微言"而不弃,闻"怨言"而不怒,闻"错言"而不怨,从中听出兵心所向、兵怨所在、兵情所盼。其次要交兵友。焦裕禄在兰考当书记时,喜欢交四种朋友,热爱劳动的朋友、有一技之长的朋友、生活困难的朋友、人穷志不穷的朋友,并且发出了"不和群众在一起,你到底要为谁服务"的告诫。"将之求胜者,先致爱于兵"。只有与兵为友,常拉家常,常问冷暖,常给"点赞",才能开好战士"揪心锁",打通思想"堰塞湖",编织创业"同心结"。再次要浓兵味。习主席号召领导机关"下连当兵、蹲连住班",就是要求各级领导干部重温兵之初,浸润兵之味。经常端端战士的饭碗,闻闻战士的汗味,睡睡战士的床铺,坐坐战士的马扎,与战士训在一块、干在一起、玩在一处,就能在摸爬滚打、水乳交融中浓郁兵味,升华情感。实践证明,只有心里装着官兵,才能打开了解官兵、感知部队的窗户,指导基层才会有泥土的厚度,工作落实才会有心灵的温度,战力提升才会有硝烟的浓度。

我的第二点体会是,"群众是真正的英雄,而我们自己往往是幼稚可笑的"——践行群众路线必须尊重依靠官兵,广开渠道集兵智。群众中蕴藏着无穷智慧,只有尊重官兵主体地位,虚心向群众学习才能提高自己。战争年代的游击战、地道战、地雷战,来自群众智慧;基层建设的"双四一""四个基本"等活动,源于官兵实践。"知屋漏者在宇下,知政失者在草野"。官兵处在部队建设第一线,党委决策是否科学、机关指导是否有力、领导关心是否到位,他们了解最清楚,感受最真切。我在实践中体会到,尊重官兵主体地位,真正以基层为镜,拜官兵为师,官兵就会产生当家作主的自豪感,就会把当兵当事业、把岗位当战位。今年3月,仓库受领联勤部"三长"集训3个课目汇报演示和2个正规化管理现场观摩任务,特别是后方仓库营区应急分队处突课目,没有现成样板,没有具体标准,没有经验借鉴。为搞好示范引路,我们多次召开训练骨干会议,就情况想定、器材配备、指挥流程、个人动作、部队行动等发动官兵建言献策,还在网上征求意见,设立"金点子"奖,经过一点一滴推敲、一招一式精练,探索出后方仓库应急处突的新路子,受到联勤部首长的高度评价。实践证明,办法在实践中,点子在群众中。只有尊重依靠官兵,就会形成"打赢重担众人挑,人人肩上有指标"的良好局面,就能锤炼一支拉得出、供得上、打得赢的保障精兵。

我的第三点体会是,"脚下沾有多少泥土,心中就沉淀多少真情"——践行群众路线必须赤诚服务官兵,扑下身子解兵难。焦裕禄在兰考的470多天中,靠着一辆自行车和一双铁脚板,对全县149个生产大队中的120多个进行走访调研,掌握了水、沙、碱发生发展的规律,打响了治理"三害"的攻坚战。他的光辉事迹和崇高精神启迪我们:爱岗敬业、服务官兵的传统不能变,"基层第一,士兵至上"的理念不能丢。一要热心办实在事。基层期盼的,就是党委要决策的;官兵关注的,就是领导要关心的。仓库训练任务重,官兵作战靴破损快,我们每年自筹经费为每名战士增配一双;冬季天气寒冷,我们为每名战士增配一床棉被,哨所安装太阳能热水器、洗衣机、烘干机等设备,把实事办到官兵心坎。还为每个基层队所配置多媒体教室、大屏幕彩电、高档音响设施,定期更新图书杂志,使官兵学有场所,乐有去处,玩有器材,丰富官兵业余文化生活。二要真心谋长远事。带兵带上成才路,爱兵爱在根本处。针对带兵人与战士年龄、兵龄、党龄倒挂,存在新兵管老兵、硕士带战士、书生当书记现象,仓库每年举办干部培训,增强干部履职尽责、按纲抓建能力。通过开办素质教育大课堂、创办库报《燕子窝兵语》、开展"日读一文、周写一篇、月读一本"读书成才活动,有效提高了官兵素质。仅去年,仓库就有3名干部走上兄弟单位领导岗位、2名上调分部机关、4名战士考上军校。实践证明,提高官兵素质,谋求长远发展,就是对官兵的真正关爱,就能锻造堂堂正气、融融暖气、虎虎生气的战斗集体。三要尽心解烦心事。实践让我体会到,只有把官兵的难事放在心上,官兵才会把事业挑在肩上。去年8月,四级军士长李永胜,小孩想进郴州市九完小上学,却苦于没有门路。我和曹主任主动圆了他的心愿。这让他内心充满感激,确定转业后依然奋战在水电岗位上,绘制了仓库有史以来第一幅完整的水电管网图,带着新手走遍了15公里范围内的角角落落,并把一手绝活传给了战友。去年来,仓库先后为3名官兵解决家庭涉法问题,为10名经济困难的战士发放补助,让官兵深切感受到军营大家庭的温暖,扎根山沟、岗位建功成为官兵的自觉行动,有力推动了仓库全面建设不断跃升。

我的第四点体会是,"群众不仅要听你怎么说,更要看你怎么干"——践行群众路线必须示范引领官兵,以上率下聚兵心。 习总书记强调,党内脱离群众的现象大量存在,集中表现在"四风"上,要对作风之弊、行为之垢来一次大排查、大检修。打铁还须自身硬,正人必先正自己。新一届中央领导十分注重这一点,出台了"改进工作作风、密切联系群众"八项规定,带头改进会风文风,厉行勤俭节约,反对奢侈浪费,密集走基层,公开个人与家庭情况,被人民群众誉为"聚党心得民心之举",产生了强大的示范效应。学习中我感到,领导干部是这次教育实践活动的重点,既要当好组织者监督者,更应当好实践者引领者,带头清除思想灰尘,纠正行为偏差,树立良好导向,自觉做到"三个始终":始终恪守一个"学"字。焦裕禄去世后,人们在他病床的枕下发现两本书:一本是《毛泽东选集》,一本是《论共产党员的修养》,这说明他坚定的政治信仰、高尚的道德情操来自于生命不息、学习不止的追求。我们要少闻酒香多闻墨香,少上牌桌多上书桌,既提升境界,又远离庸俗,滋养我们的精神家园;始终心怀一个"公"字。牢固确立战斗力标准,强化"在位一天、赶考一天"的意识,确立"为官一任、造福一方"的抱负,把心放正,把水端平,把腰挺直,多想官兵少想自己,多想事业少想名利,强化任期内带兵打仗的使命担当,磨砺军人生来为战胜的血性品质,培育枕戈待旦引而待发的备战意识,真正把大公无私化为一种高度的政治责任;始终做到一个"廉"字。做官能使人"风光",也会带来"风险"。只有廉洁自律,人生才会充满阳光。必须牢记"奢靡之始,危亡之渐"的古训,坚持严于律己,做到自重、自警、自省、自励,慎权、慎微、慎独、慎初,以平和之心对待名,不为名所累;以淡泊之心对待位,不为位所困;以知足之心对待利,不为利所诱;以敬畏之心对待权,不为权所惑,一身正气,两袖清风,始终保持共产党人的政治本色。

(刊于2014年4月24日《战士报》三版头条)

忠实履行"班长"职责　争当合格党委书记
——2012年6月在军区联勤部新任团职领导干部培训会上的体会交流发言

当前,联勤部队大项活动多,工作任务重,安全压力大。在这种情况下,联勤部党委首长下决心举办新任团职领导干部培训班,充分体现了联勤部党委首长对部队长远发展的高度关注,对基层全面建设的倾心关怀,对基层部队领导的真情关爱。这次培训,时间不长,但主题集中,着眼岗位需要,盯着职责补课,规范领导行为,提高了自己胜任本职工作的能力素质,增强了带部队谋发展的信心决心,特别是对如何当好党委书记一职有了更深的理解和感悟。下面谈几点粗浅体会,不对之处敬请首长和同志们批评指正。

一、学为用之先,知为行之始。培训让我认识到,要当好党委书记,就必须勤学习,始终深怀本领恐慌刻苦钻研强素质。有位哲人曾说过,"凡是伟大的领导者都是伟大的读书者。"只有勤学习,把学习作为一种需要、一种职责、一种使命来追求,才能不断提升思想境界、厚实政治素养、端正人生航向,才能积才气、显朝气、养静气、有底气。一要学好创新理论,用信念导航人生。政治上的坚定源于理论上的清醒,行动上的自觉源于思想上的成熟。要当好党委书记,首要的是坚持不懈地用党的创新理论武装头脑。党的创新理论内涵丰富、博大精深,要求我们抓住原文原著学、把握精髓要义学、围绕发展脉络学,重点读好"三本书",搞好"三个结合",掌握"三个重点","三本书"即《高中级领导干部理论学习读本》《中国特色社会主义理论体系读本》《国防和军队建设贯彻落实科学发展观重要论述摘编》;"三个结合"就是与研读马列主义、毛泽东思想经典著作相结合,与学习党的路线方针政策相结合,与学习党的三代领导核心和胡主席治国理政伟大实践相结合;"三个重点"就是学好科学发展观重大战略思想、胡主席新形势下国防和军队建设重要论述和马列主义经典著作,不断夯实高举旗帜、听党指挥、履行使命的思想政治基础,坚定政治信仰,固牢精神支柱,做政治上的明白人。二要学好政策法规,用制度规范言行。没有铁规矩,不能成方圆。党的政策法规、军队的条令条例、单位的规章制度,是开展工作推动发展的基础和遵循。知之深切才能行之自觉。要当好党委书记,必须强化政策法规意识,对政策法规做到熟知熟记,吃透精神,准确掌握,知道"雷区"在哪里、"高压线"在何方,明白哪些可为、哪些不可为。古人说,"论先后,知为先;论轻重,行为重。"在学习的基础上,学会运用法规制度理清工作思路,依据法规制度想问题作决策,做到思考问题从法规制度出发,时刻想到法规制度是怎么定的；筹划部署工作以法规制度为依据，按照法规制度办事；组织指导工作以法规制度为准绳，遵循部队建设的规律，以良好的法规素养和政策水平，确保党委依法决策、机关依法指导、部队依法运转。三要学好科学文化，用知识拓宽视野。在学习职责相关、工作所需的知识技能基础上，坚持把科学文化知识作为必修课，按照自学计划阅读优秀书籍，在品读历史中明是非、知兴替，在学习经济中察规律、长见识，在钻研哲学中开心智、启思维，在阅读文学中怡身心、增长情，用知识丰富大脑，提升人生境界，端正价值追求。

二、任命是使命，责任高过天。培训让我认识到，要当好党委书记，就必须明职责，始终把岗位当战位勇于担当谋发展。俗话说，部队好不好，关键在领导；班子行不行，关键前两名。党委书记是部队建设的领头雁，岗位神圣，责任重大。《军队党委工作条例》明确规定了党委书记的5条职责。通过学习培训，我感到要履行好党委书记职责，主要抓好三件事：一是尽心统班子。这是书记的分内职责和第一责任。因为部队建设、各项工作都是靠班子成员按职责共同抓好落实的，书记不可能去单打独斗。首先是用心建班子，也就是在班子建设问题上不能丝毫懈怠，必须全身心地投入，尤其要注重在思想上建好班子；其次是用情聚班子，团结是班子的生命，抓好班子团结必须付诸真情，多换位思考，多沟通交流，多谈心交心，做到取长补短、优势互补，切实形成班子的整体合力；再次是用气正班子，原则正气是班子的战斗力所在，作为党委书记必须始终注意给班子内部贯注一种正气，本着对单位发展负责的精神，勇于揭短亮丑，敢于思想交锋，杜绝无原则的一团和气。二是细心带部队。作为党委书记，我感到带部队最主要的是带旗帜、带方向、带思想、带作风，落实到操作层面就是"三带"：一带风气。风气上的事再小也是大事，风气不正不仅什么事干不成，还有可能出事故案件；二带秩序。秩序不正，管理必乱。因此在贯彻落实条令条例基础上，要结合本单位实际，不断研究创新部队管理方面的制度机制，正规部队"四个秩序"；三带队伍。部队建设的各项工作，最终要靠干部骨干队伍抓落实，要通过办班培训、挂钩蹲点、结对帮带等多种形式抓好干部、党员和士官队伍建设，提高他们抓建部队的能力素质，夯实基层发展的人才基础。三是热心谋发展。上级党委把一支部队交给我们，究竟往什么方向和目标建设发展，这是党委书记的首要职责，也是检验党委书记本领和层次的大问题。要善于围绕全局抓大事谋，围绕长远打基础谋，围绕好快保稳定谋，确保部队建设始终处于科学发展、安全发展的轨道上。"众人拾柴火焰高。"特别是要利用好每年度的党委扩大会议、党代表大会、党代表会议，以及部队组建纪念日等时机，发动官兵集思广益，谋划好部队建设发展的阶段计划和长远规划。同时向落实发展规划发力，做每一件事，抓每一项工作，都注重调查研究，讲究科学方法，尊重客观规律，不仅有部署、有要求，还要跟踪问效，加强检查督导，确保落到实处、落到末端。

三、感召力如铁，形象如生命。培训让我认识到，要当好党委书记，就必须扬正气,始终锤炼人品官德感召部队励士气。古人说,"其身正,不令而从。其身不正,虽令不从。"这说明带好部队,一靠真理的力量,二靠人格的魅力。我感到要当好党委书记,就必须锤炼人品官德,以自身的良好形象感召部队凝聚兵心。一是树立公道正派的形象。"公生明,廉生威"。领导干部处事公道,为官公正,为人正派,才能树正气、赢人心,反之必将丢失个人正气、败坏单位风气、影响军心士气。因此,要当好党委书记,就应该正确处理好权利与义务、用权与尽责、做人与做官的关系,解决好"为谁服务、为谁掌权、怎样用权"的问题,常修为政之德、常思贪欲之害、常怀律己之心,坚持在处事用权上以坚定党性自律、以领导职责自醒、以高尚追求自励、以党纪法规自警,自觉做到公道正派、襟怀坦荡。只有这样,才能顶得住歪风,陶然于正气,取信于官兵,凝聚于人心。二是树立真抓实干的形象。实干兴邦,空谈误国。我感到,党委书记要弘扬好求真务实作风,应着力在"三劲"上下功夫。首先,要有脚踏实地的干劲。说话办事重实际、求实效,不喊哗众取宠的空口号,不搞华而不实的假把式,不提脱离实际的高指标,切实把心思和精力放在谋发展、解难题、求落实上。其次,要有一抓到底的韧劲。既要有一年抓几件大事的气魄,更要有几年抓一件难事的韧劲,始终把时间精力向重点难点工作倾斜,切实把每一项工作落实到末端。再次,要有解决问题的狠劲。经常深入一线调查研究,倾听群众呼声,了解官兵意愿,做到检查指导到一线,跟踪问效到一线,解决问题到一线。对事关部队全局、影响战斗力生成的深层次矛盾和问题,有迎难而上的勇气,不管困难阻力多大,也一项一项抓整改,不解决问题不撒手,牢牢掌握工作的主动性。三是树立开拓进取的形象。锐意进取、争先创优,是科学指导工作、谋求创新发展的动力源泉。要当好党委书记,就要坚持高起点定位,时刻用"无功就是过、不进就是退、平庸就是错"来警示鞭策自己,始终保持见第一就争、见红旗就扛的进取精神,切实做到贯彻上级指示坚决彻底、不打折扣,想方设法完成工作,千方百计化解矛盾,营造人人想争先、个个有动力、大家献智慧的良好氛围,力争干出一流的工作、创出一流的业绩、带出一流的部队。

一打纲领不如一次行动,学习的目的全在于运用。我将牢记各位首长的谆谆教诲,把这次学习培训的成果充分运用于实践,始终昂扬精神状态,忠实履行岗位职责,不辜负上级党委首长的期望和重托,为推动部队全面建设科学发展安全发展奉献自己的智慧和力量!

(收录在《抓学习强素质促发展,不断提高联勤部队全面建设水平》一书中)

立足"勤"字求作为
切实提升基层政治工作质量

——2009年8月在军区联勤部政治部(处)主任集训会上的经验交流发言

我们仓库地处"湘南第一峰"五盖山下,环境艰苦,常年大雾迷漫。自2007年3月任现职以来,在上级政治机关和仓库党委领导下,我注重紧贴实际抓教育,落实纲要强基层,树标立杆扬正气,积极发挥思想政治工作的服务保证作用,较好地促进了仓库全面建设,先后有28项工作受到总部、军区表彰,业务规范化建设跨入全军先进行列。

我的第一点体会是,"学习是进步之源"。要履行好职责就必须勤学习,在刻苦钻研中增强自身素质。俗话说,"磨刀不误砍柴工"。要谋求政治工作的创新发展,就必须着眼使命强本领。为此我始终把学习作为履职尽责的第一要务。一是在学习文件中提高。党的路线、方针、政策和上级文件,是政治机关开展工作的基本武器。平时我注重创新理论的学习,每项新政策出台,做到先学一步,学深一些,以指导基层学习。对于相关政策规定,我会摘抄重点要点,随用随翻随对照,力求所提的每个方案、出手的每件事都符合政策。二是在看报剪贴中积淀。报纸是党的喉舌,是开展工作的指南。我把看报剪贴作为一种需求,一种职责,从中汲取新思想、新经验,并运用于工作中。当看到《从"百家讲坛"想到的》这篇文章时,我萌发了开设"南岭讲坛"提升官兵素质的念头。两年来,仓库坚持每周四晚进行素质教育,或人生感悟、或信息讲座、或时事解读,只要内容健康,人人都可登台开讲。此举培养了一批教育骨干,干事曾杰志被联勤部评为"优秀政治教员"。三是在重大活动中锤炼。我先后被抽调参加联勤部干部和士官教育管理现场会、军区安全条例集训、联勤部培育当代革命军人核心价值观教育先行、模范军医莫放林宣传推广等重大活动的材料撰写和新闻报道工作,加了不少班,熬了不少夜,但各级领导特别是分部政治部吴剑辉主任深邃的思想高度、高超的写作技巧让我增长了本领,收获了才干,多篇经验材料、长篇通讯在军内重要报纸杂志发表。

我的第二点体会是,"脚板底下出真知"。要履行好职责就必须勤深入,在亲知深知中科学抓建基层。作为政治处主任,岗位在基层,责任是抓基层。仓库点多线长,七八个执勤点分散在五公里沿线上。为让思想政治工作上操场、进哨所、入库房,我力争做到"四多",即多在营区转、多往基层跑、多到洞库干、多去哨所看,在深入基层中找准需要解决的问题。去年3月,针对基层干部流动快、支委成分新、士官支委增多、支部工作套路不懂不会问题突出等实际,我建议并扎实开展了为期一周的支部工作培训,重点抓"五个一":即一次专题辅导、一次支部工作流程演示、一次重点难点问题研讨、一次支部建设现场参观、一次党务基本知识测试,较好地解决了支部大会"功能残缺"、集体领导"走样变形"、组织生活"偷工减料"、能力素质"先天不足"等问题,基层建设全面提高,当年警卫勤务一连被联勤部评为"标兵连队",警卫勤务二连党支部被军区评为先进。我从中得到启迪,只要留心用心,多深入官兵,就能找到抓好基层建设的思路和途径。去年7月,在与8号哨所战士聊天时,他们反映能否创办一张仓库自己的报纸。环境艰苦,更要构筑好先进文化的载体。尽管政治处只有两名干部,人少事多,我还是建议党委创办库报《燕子窝兵语》,每月一期。库报自去年8月1日创刊后,官兵人人钻研写作,个个动手写稿,学习热情高涨,65%的官兵都发表过文章。今年6月23日,联勤部刘政委视察仓库时,对每一期库报都一一仔细观看,并给予了高度评价。

我的第三点体会是,"一名典型就是一面旗帜"。要履行好职责就必须勤引路,在树标立杆中激发双争活力。实践证明,手中有典型,工作就有标准,建设才会有突破。我注重从三个方面努力:一是弘扬传统,用"燕子窝"精神熏陶。仓库地处南岭腹地"燕子窝",历代官兵励精图治,用青春和汗水改变落后面貌,形成了"艰苦奋斗、不惧苦累、爱军精武、争先创优"的"燕子窝"精神。每逢新兵下连、干部调入,我都要安排参观荣誉室,让他们聆听每面锦旗奖牌的来历;到营区走一走,了解每条道路、每个洞库、每个哨所的发展变化;教唱库歌《燕子窝兵谣》,让"燕子窝"精神深深扎根官兵的心灵。二是精心培育,用先进标准激励。保管队战士陈宏贵是怀着报考军校的梦想来当兵的,却以3分之差名落孙山。针对他文化程度较高、爱好操枪弄炮的特点,我建议把他调整到检修所从事火炮维修。好兵向南林的事迹报道后,我把当天的报纸送他一份,告诉他这就是好兵的标准,这就是奋斗的方向。他很快调整人生坐标,不久就系统地掌握火炮维修技术。火炮维修一直采用传统的"刷油法",耗时长,油层不均,封纸生气泡、炮管易腐蚀。他大胆革新,成功发明了"浇油法",提高了武器装备的战斗力,这项技术被军区推广应用,他被军区评为"理论学习先进个人"。实践让我体会到,培养典型必须找准闪光点,用真情,使长劲。三是广泛宣传,用优秀事迹感召。"点亮一盏灯,照亮一大片。"三年来,仓库涌现出"全军优秀士官"张练、"联勤部优秀基层干部"胡孟良、"网络技术能手"黄雁飞等一批典型。我们在荣誉室和文化长廊展出他们的照片,让典型成为官兵心中的"明星";召开典型事迹报告会,让扎根山沟的官兵讲奉献精神,让建功岗位的官兵讲敬业精神;加大报道力度,仅今年就在《战士报》头版头条宣传了"军区百佳军事教练员"彭国成、二版显要位置宣传了"军区理论学习先进个人"陈宏贵、"联勤部优秀士官"李永胜等人的先进事迹,引起广大官兵思想上的强烈共鸣,纷纷把忠于使命、无私奉献作为自己的崇高追求。近年来,先后有21名同志立功,23名同志被分部以上机关评为先进。

我的第四点体会是,"身教重于言教。"要履行好职责就必须勤律已,在率先垂范中树立良好形象。古人说,"德无常师,主善为师","桃李不言,下自成蹊"。作为一名政工干部,以身作则远胜于空洞说教。因此我注重用实际行动来感染官兵。去年初,南方遭受百年不遇的特大雨雪冰冻灾害。驻地郴州是重灾区,我和党委一班人带领官兵迅即行动,在农贸市场抢救遇险群众、在京珠高速破除坚冰、在107国道疏导交通。良田至宜章路段,被困车辆4000多台。我受命带领一个组40名官兵,在长达10公里的国道上执勤,调整占道车辆,发放温馨提示,分发所带食品。经过三天艰苦努力,终于打通了107国道,而我和战士们一日三餐就是几个馒头和一瓶矿泉水。领导带头上,部属干劲添。仓库先后紧急出动1600余人次,连续苦战15天,被军区评为"抗灾救灾先进单位",我也受到上级通报表彰。今年元月,为报道仓库业务正规化建设试点成果,我带着左干事加班加点,连续干了两个通宵。有人问他累不累,他却说,"主任带着干,就是吃苦也能品出甜味来!"这句话很让我感动,同时也让我更加懂得模范带头的份量。后来此稿在《战士报》发了半版,在《解放军报》二版头条加按语发了三分之一版。实践让我体会到,领导的行动就是无声的命令,必须重"唱功"更重"做功"。

(收录在《联勤部政治部〈处〉主任集训文件材料汇编》一书中)

善奏团结曲　共谱奋进歌

团结是一种胸怀、品格和境界,是党支部建设永恒的主题。在任指导员期间,我坚持用共同的事业追求、稳固的感情纽带、坚强的党性修养来维护班子团结,有力推动了连队建设,党支部连续两年被上级评为先进,连队连续两年被评为基层建设先进单位。实践中,作为指导员、党支部书记,我觉得增强班子团结需要在四个方面下功夫:

一、主官一条心,上下拧成绳。加强支部班子团结,必须下好及时雨,消除分歧补好台

俗话说,"相互补台,好戏连台。"作为班子核心的军政主官,必须在推动连队建设又好又快发展这个共同目标下,心往一块想,劲往一处使,做到思想上多交流,感情上多联络,工作上多协作,求同存异,共谋发展。刚到连队时,战士们私下有些议论,一个是正排职代理指导员,一个是正连满三年的连长,连队事儿谁说了算?这不

是秃子上的虱子——明摆着。连队位置偏僻,交通不便,信息闭塞,环境艰苦,常年云雾缭绕。白天闻鸟鸣,晚上数星星,成了连队官兵艰苦生活的写照。为活跃官兵业余文化生活,我产生了购买6台电脑的想法,这在当时还是比较新鲜的事。起初连长觉得花钱太多,且没有经费来源,断然否决了我的想法。我就经常利用晚饭后一起散步的机会,与他一起探讨计算机的普及趋势和对部队建设发展的影响,反复给他做工作,讲述购买电脑,既可玩游戏活跃官兵业余生活,又可学习文档编辑提高官兵素质,是创建学习型连队的具体举措。至于经费来源,我建议向机关申请一点、军工自建筹措一点、农副业生产收益补充一点的办法。慢慢地,他接受了我的想法。电脑买回后,我发挥自身专长,开设周末讲坛,给战士传授电脑应用方面的基础知识,定期组织打字和文档编辑比赛,官兵工作积极性明显高涨。年底连队战士人人会五笔打字、个个会文档编辑,赢得了"电脑连"的雅号,连长为此被评为"优秀基层带兵干部"。经过此事后,副书记朱伟主动与我约好"三不争",即不争权利大小,不争谁说了算,不争地位高低。在骨干任用、经费开支、立功受奖等敏感问题上,虚心听取对方意见,有话当面讲,不在背后搞动作。事实证明,只要正副书记经常交心通气,下好及时雨,上下就会精诚团结,连队建设就会蓬勃发展。

二、三个臭皮匠,赛过诸葛亮。加强支部班子团结,必须耳听八方言,集思广益谋发展

支部班子的领导能力,不是班子成员个体素质的简单相加,而是班子集体智慧的有效聚合。连队班子5名成员,连长朱伟是"联勤部优秀连长",排长刘宁波是军事训练标兵,司务长唐炳育是优秀士兵提干,班长唐盛是有名的射击能手。可以说,每名成员个性突出、个体优秀。但在实际工作中,我们并没有一盘散沙,针尖对麦芒,而是同频共振,实现了"5+1>5"的聚变。为促进连队建设,我们定期召开支委会,对连队思想政治、军事训练、作风纪律和管理形势进行集体"把脉"会诊。我和副书记自觉摆正在集体领导中的位置,发扬民主,集思广益,坚持重大问题集体讨论决定,提高了支部领导的整体效应。1996年7月,洪水肆虐,浊浪滔天,长江第五次洪峰抵达岳阳。驻地临湘大堤连连告急,险象环生。我连奉命开赴抗洪抢险前线。为高标准完成抗洪抢险任务,我们专门召开支委会,引导大家围绕任务想办法、出点子,会上大家畅所欲言,最终形成了科学合理的意见,成立组织指挥、宣传鼓动、后勤保障3个组,分工负责。特别是采纳了排长刘宁波的建议,成立由党员骨干组织的"抗洪突击队",发挥了重要作用。32公里的堤段上,我连15名官兵组成的"抗洪突击队"是哪里需要就奔向哪里,哪是危险就冲向哪里。石马矶大堤堤基塌陷,引发近50米内滑坡,必须火速增援。我连"抗洪突击队"迅速奔向事发地点,不到5个小时就和当地群众一道排除了险情,驻地电视台、报纸对我连先进事迹进行了长篇报道。1997年11月,上级组织军事考核,连长妻子到了分娩期,正在

休假。为全力以赴迎考,我坚持每天召开一次碰头会,每周进行一次形势分析,每半月进行一次训练考核,形成了支部统揽抓、支委分工抓、上下合力抓的良好局面,最终全连考核成绩优秀。实践让我体会到,每名支委自觉以"一家人的感情、一条船的意识、一盘棋的思想",心情舒畅干工作,团结和谐促发展,"一班人"的整体效能就能得到充分发挥。

三、大事讲原则,小事讲风格。加强支部班子团结,必须善敲当面锣,思想交锋敢较真

班子成员在一起共事,由于个性特点、个人经历等方面的差异,难免出现认识上的不同,这就要求正副书记大事讲原则,小事讲风格,用党性原则统一思想。98年底,管理处财务助理员岗位空缺,一心想调整到机关工作的司务长意外落选,加之对象"吹灯",便"撂挑子"闹起了转业。当时正值年终考评,连队任务很重,他却以找对象为由请求休假。连长未批竟然大吵一顿。我和连长商议召开一次支委民主生活会,用集体谈心方式帮带司务长。会上,排长刘宁波首先"开炮",干部干部,先干一步,如果干部因个人原因"撂挑子",身后那么多战士怎么想?班长唐盛当场拍着胸脯表态,虽然自己面临走留,保证工作标准不降,工作干劲不减。作为一名支委,即使想转业,也应在位一分钟,干好六十秒,为部属作表率。其他支委从肩负职责、连队荣誉等角度阐明了自己的看法,讲得司务长脸红心跳、心服口服。会后,连长利用家在驻地的优势,积极为其牵线搭桥,让司务长深受感动。在后来的一次支委会上,司务长就先前的欠妥做法作了诚恳检讨,并保证凡是支部分配的工作,坚决不折不扣地完成好。在工作中,我们做到了"难得是诤友,当面敢批评";在荣誉面前,我们也是互谦互让,不争不抢。在1996年那次抗洪抢险中,连队事迹突出,上级要求上报立功人选,委员们相互推让。有的委员考虑到我在一线抗洪抢险的同时,还积极撰写新闻报道,较好地宣扬了连队官兵的先进事迹,建议为我请功。我觉得副书记在抗灾救灾中组织严密,率先垂范,担任"抗洪突击队"队长,贡献更突出,坚持推荐他。经上级党委研究,组织上为副书记记了三等功。经验表明,大事讲原则,小事讲风格,互谅互让,推功揽过,就能结下深厚情谊,"一班人"才能协调一致。

四、没有铁规矩,不能成方圆。加强支部班子团结,必须常亮红绿灯,按章行事抓规范

实践表明,懂规矩、守规矩、按规矩办事是班子搞好团结的重要保证。"一班人"在一起共事,如果没有统一的行为规范,就会我行我素,搞不好团结。有了严格的制度作保证,就能确保权力运行从根本上得到规范。**一方面,把制度建起来,常学铁规矩,做到有章可循**。我们利用各种时机,组织支委成员学习党的三代领导核心有关民主集中制的精辟论述和"十六字"原则,提高支部贯彻落实民主集中制和

党内生活各项准则的自觉性。坚持以执行民主集中制为切入点，根据《党章》《政工条例》和上级有关规定，结合连队实际，制定了《支部议事规则》《连队后勤管理规定》等制度，对权力运行进行全方面规范，也为班子团结共事提供了机制保证。通过一手抓按章办事思想认识的提高，一手抓条条框框的熟悉，使大家自觉做到懂规矩，守规矩，为加强团结打下了良好的思想基础。另一方面，严格落实制度，常亮红绿灯，做到按章行事。有一次，连长的老同学来部队看他，事后他拿来一张300多元的就餐发票请司务长报销，司务长觉得他是接待自己的朋友，属个人私事，不符合连队经费管理规定，坚持不予报销，两人还发生了争执。知道此事后，我找连长谈心，指出花钱事小，制度事大，规定面前人人平等。连长认识到了自己的错误，在支委会上主动作了检讨。这件事对班子成员触动很大，之后再也没有出现违规报销票据之类的事情，"一班人"也比以前更团结了。实践让我体会到，制度是干好工作的前提，任何时候都不能破。只有严格按制度办事，才能净化班子风气，营造团结和谐的工作氛围。

（刊于2012年《政治指导员》第23期《老指导员传经》栏目）

军营是成长的沃土　组织是进步的靠山
——2007年4月在分部"感恩、尽责、自律"恳谈会上的体会交流发言

我是1990年3月入伍的，1995年7月毕业于后勤工程学院，历任业务处助理员、政治处干事、指导员、训练处参谋、政治处协理员等职，现为XX仓库政治处主任。先后4次提前晋职，4次荣立三等功，去年11月被四总部评为"全军优秀参谋"。回顾自己17年的从军历程，我深深感到，军营是成长的沃土，组织是进步的靠山。借这次"感恩、尽责、自律"恳谈会，我谈几点体会：

第一点体会是，给工作就是给待遇。 组织的调整使用，不断坚定我的追求，成为我履职尽责的导航标。1995年7月毕业后，我先后10余次调整工作岗位，有三年时间在分部宣传科、秘书科、干部科帮助工作。我觉得组织不断调整我的岗位，就是给我待遇，实事上也成为我淬火加钢的机会。军校毕业时一纸命令，我被分配到万峰山下某药材仓库当助理员，当时真有点"学非所用"的痛楚。政委徐松柏似乎看出了我的心思，找我谈心，"岗位就是战位，工作就是事业，你要珍惜组织对你的信任。"我迅速走出用非所学的尴尬，努力学习药材保管、调拨等业务知识，很快适应岗位，成为药材业务骨干。面对高耸的山峰，面对艰苦的环境，面对可爱的官兵，我常常有感而发，经常在报纸上发表一点"豆腐块"。后来，仓库领导又让我改

行到政治处当干事，我刻苦钻研，学习了大量政工方面的知识，增长了才干，也坚定了我的追求。2004年底，组织上要调整我为163医院宣传干事，可以说，医院的新闻工作关系到医院的经济效益和社会效益，责任重大，而我对新闻方面懂得比较少，而单位连续多年是分部新闻报道先进单位，真有点担心胜任不了。当我彷徨的时候，医院政委李春华、政治处主任陈福光找我谈话，"热爱是最好的老师，岗位是成长的舞台。只要干一行，爱一行，钻一行，就没有干不好的事，就没有过不去的坎。相信你一定能干得出色！"于是我愉快地走上了新闻路。为干好这份工作，我先后参加《解放军报》和南京政治学院的新闻函授学习，当年就在各类媒体见报，先后推出了军区"名医名刀"王连元、专家型院长樊光辉等一批典型。2005年3月，医院2名军医奉命援助赞比亚，我拿起电话深入采访，写出了5000多字的长篇通讯，先后在《人民日报》《解放军报》发表，《战士报》《三湘都市报》等20多家媒体整版刊发。2006年，我深入科室采访，成功编导了25分钟的两个专题节目即《苗女秀花的悲欢》和《浏阳河畔连心桥》在中央电视台播出，在军地引起一定反响。我深深知道，这些成绩的取得，源于组织的岗位调整，使我逐步成长为素质比较全面、业务比较过硬的政治干部，让我始终鼓满风帆，履职尽责。

第二点体会是，有耕耘就会有收获。组织的鼓励鞭策，常常激励我的斗志，成为我岗位成才的加速器。有的战友戏说，我一直是个干苦活的命。是的，虽我岗位调整频繁，但长期呆的部门是被誉为"清水衙门"政治机关，从事的是条件艰苦、工作辛苦、生活清苦的政治工作。2003年5月，军区、联勤部在分部召开正规化管理现场会，我被抽调去拍摄反映分部全面建设的专题汇报片。这在当时可是个全新的工作，我到新华书店购买书籍学习，向电视台教师请教，到兄弟单位借专题汇报片观看，撰写文本，到分部所属单位拍摄镜头，没睡一天好觉，没吃一顿好饭，连续苦战57天，终于完成拍摄任务，在会上放映后受到与会领导的高度评价。年底，分部专门给我一个立功指标。这让我感到无比欣慰。在163医院工作的四年间，我没休过一天假，节假日经常是在采访写稿中度过。一份耕耘一份收获，我先后在《解放军报》《战士报》《政治指导员》等报纸杂志发表文章2000余篇，连续4年被联勤部评为新闻报道先进个人，3次荣立三等功，两次提前晋职，并被四总部评为"全军优秀参谋"。一个个荣誉，一次次激励，让我觉得苦干有奔头，苦中有乐趣。实践使我体会到，在组织的关怀下，最好的礼物是成绩，最大的本钱是素质，最佳的途径是奋斗。是组织的鼓励，激发我的斗志，在干好本职工作的同时不断提升自己的能力素质。

第三点体会是，动人心者莫乎于情。组织的亲切关怀，时时温暖我的心坎，成为我勤奋工作的催化剂。2001年12月，我与妻子结婚，当时我在油料训练大队工作，而妻子在163医院上班。2003年初，妻子怀孕后挺着大肚子独自一人上下班，身边没有人照顾，我很担心，期盼结束两地分居生活。当参与完成军区联勤部在油料训练大队小康教育先行后，我利用双休日回长沙，去看望54天没有见面的妻子。在163医院百米文化长廊碰上医院政委李春华，他关切地问起我的家庭情况，很同情我当时的处境，当场承诺将我的情况向分部领导反映，争取调入163医院工作。163医院驻在省城，单位发展好。调入163医院是多少人梦寐以求的，然而我没花一分钱就调进了医院。我知道，没有领导的关心，没有组织的关怀，我怎能调入163医院呢？后来，163医院院长和政委在住房相当紧张的情况下，特批一套两房两厅房子给我，还为我解决了在南京政治学院的上学费用。每当想起这些事，我心里都充满了感激之情。就是离开医院到XX仓库报到时，樊光辉院长紧紧地握住我的手说，"小罗，放心去拼搏吧，这边家里有什么困难可随时打电话给我。"握住院长温暖的手，一股暖流流遍全身。

感恩更思报恩。我只有拼命地工作来回报关心我的领导，关怀我的组织。我知道组织的恩情高如天深似海，是没法报答的，但是我要时时告诫自己，必须始终保持一种知难而进的精神状态，始终保持一种知责而为的工作干劲，把工作当事业干，自觉创放心岗位，争一流成绩。

天道酬勤
——2008年2月在分部新闻工作会议上的经验交流发言

近年来，我结合工作搞报道，笔耕不辍，先后在《解放军报》《战士报》等军地媒体刊用稿件2200余篇，特别是2006年，在《战士报》刊用了5个头版头条，在中央电视台播发两个25分钟的专题。由于报道成绩显著，我连续五年被军区联勤部评为新闻报道先进个人，连续四年被《战士报》评为优秀通讯员、被《政治指导员》评为优秀特约记者，多篇稿件被《战士报》《政治指导员》等报纸杂志评为优质稿。

我的第一点体会是，学习是进步之源。要写好报道就必须勤学，在刻苦钻研中增强素质。俗话说，学习是工作，而且是更重要的工作。"磨刀不误砍柴工"，平时注意丰富大脑，关键时总能派上用场。一是学文件。刚开始学写报道时，是在油料训练大队期间，时任政委的吴剑辉副主任要求我多学文件。他说，吃透文件就能把握方向，就容易上头版头条。吴副主任手把手教、面对面帮，让我逐步掌握了新闻写作的基本知识，让我学会了如何从文件中寻找思想，养成了阅读文件的良好习惯。事实证明，功夫没有白费，在以后的工作实践中，我越发感到，军委、总部文件和军委首长讲话精神，一定意义上讲，就是部队工作的指针和方向。学好文件，对搞好新闻报道有很大帮助。2005年底，广州军区杨德清政委视察163医院，并亲自去病房看望一名素不相识的12岁重症小女孩，将军的爱民之情溢于言表。关注民生,以人为本,这符合文件精神和时代特征,我感到这是一个很好的新闻由头,可以借助这个平台和时代背景采写医院为民服务的稿件。后来,与分部政治部李海斌干事共同合作,写出了《军中红十字,真情满三湘》的长篇通讯,在《战士报》头版头条位置刊登,被《政治指导员》《湖南科技报》《家庭导报》等媒体采用。二是读报纸。报纸是党的喉舌。文章必须合时而作。作为报道员,就要善于从中汲取新思想、新观点、新论断,并运用于自己的写作中,求真、求新、求深。刘勰在《文心雕龙》里说,"操千曲而后识声,观千剑而后识器"。报纸看多了,版面栏目清楚了,文章风格熟悉了,对于自己写报道心中也就有谱了。多年来,我把看报作为一种需求,一种乐趣,一种职责。当天的报刊,特别是《解放军报》和《战士报》,力求当天看完。如果说我在写作上有点收获、工作中小有成绩的话,应该说首先得益于看报。三是重积累。写稿要做到言之有理、言之有物、言之有序、言之有趣,就必须学会积累资料,积累语言,经典的话,哲理的话,警语格言,俗话俚语,都是丰富自己思想和文章的血肉。处处留心皆学问,我把剪辑的资料分类存放,政治教育类、军事训练类、后勤管理类、人物通讯类、党委工作类等,找起来就比较方便。现在我共剪辑了8本资料,并常常拿出来学习。记得在撰写XX仓库花60万元购买农田谋发展的稿件时,一直苦于找不到好标题,拟了好几个都不满意,后来我突然想到曾看过一篇文章《风物长宜放眼量》,立即拟出《放开眼量算大账》这个标题,对该部党委来说,既大气又贴切,后来这篇文章在《战士报》二版头条位置刊登。可见平时注重积累,赶写有关稿件时,就可提高工作效率。

  我的第二点体会是,脚板底下出新闻。要写好报道就必须勤跑,在深入基层中寻找素材。毛泽东同志曾经讲过,"没有调查就没有发言权。"文章之源,本乎天地。报道要用事实说话,腿不勤是不行的。记得为采写163医院为兵服务的先进事迹,我先后请教过3位院领导,找医务处和对外联络办的同志了解情况,还到病案室查找相关数据,了解情况就整整跑了大半天。跑是有收获的,我发现患者出院后,每人都领到一张绿色的联系卡,上面有病情介绍、出院后注意事项、主治医生联系方式等。我就从这小小的出院联系卡着手,写成了《出院伴"绿卡",随访成制度》的稿件,后来这篇稿件在《解放军报》头版刊用,被《战士报》加框采用,编辑还写了评论。我从中得到启迪,只要留心用心,多深入基层,多走近官兵,就会发现很多关于部队建设的鲜活素材。

  我的第三点体会是,深思才能深刻。要写好报道就必须勤思,在反复推敲中提炼主题。2005年3月,军区派出12名专家组成的医疗队援助赞比亚,163医院有两名军医参加。当我得知这一消息时,我觉得这是宣传军队医院、展示军医形象的大好时机。为此,我上网查阅了大量相关资料,通过电子邮件与医疗组成员联系,反复打电话与他们沟通,详细了解他们在国外的工作、学习和生活情况。一次次沟通,一次次感动,一次次思索,面对两万多字的原始采访素材,到底应确立一个什么样的主题?我在反复阅读中思考,在反复思考中推敲,一个念头迅速跳进我的脑海,他们不就是

"白求恩"的传人吗？我站在军区援赞医疗组的高度，最终以《中国"白求恩"在非洲》为题写成了 5000 多字的稿件，在《战士报》以整版篇幅刊登，在《解放军报》发了近半个版，《人民日报》《湖南日报》《三湘都市报》等 20 多家媒体采用了这篇稿件。时任解放军报驻广州军区记者站站长彭泽成专门打来电话，说这篇文章写得太漂亮了，鼓励我好好干。在他们援助赞比亚归来前夕，我又思考如何对他们进行后续报道，请他们将在赞比亚工作、生活和学习的镜头拍摄下来发给我。得到这些素材后，我及时与各电视媒体沟通，进行新闻策划，在他们归来时，湖南卫视、湖南经视等进行了专题报道，宣传获得了很大成功，163 医院一时声名鹊起。实践让我体会到，写作是思维的训练，对一些重大事件保持敏感，深入思考，就能把握实质，写出好稿。

  我的第四点体会是，新闻不能过夜。要写好报道就必须勤练，在吃苦快干中打磨提高。新闻是"易碎品"，稍一延误就没有了价值，只有抢占先机才能提高稿件命中率。要做到这点，就必须勤于吃苦，勤于动笔，快写快发。搞报道以来，我采访本从不离身，遇到有价值的新闻线索我都会随手记下或一气呵成。今年初，罕见冰冻突袭三湘大地，郴州更是冰冻重灾区。我们仓库迅速行动，积极帮助驻地抗冰救灾，在良田农贸市场抢救遇险群众，在京珠高速公路上破除坚冰，在 107 国道上疏导交通，官兵们不怕疲劳、连续作战、战冰斗雪、无私奉献的精神深深感染了我。我决心把官兵的先进事迹报道出来。在天气严寒、交通不畅、停水断电、军线中断、外线不通的情况下，经过 6 个多小时的艰苦跋涉，我从救灾现场赶到郴州市区已是晚上八点多钟。有同事劝我好好歇一歇，等明天再写。可我觉得新闻是讲时效的，怕吃苦，不动笔永远干不出成绩！我连夜赶写稿件，在寒冷的冬夜写出了 2000 多字的文字稿、精选了 4 幅图片发往军地媒体，先后被《战士报》《湖南日报》《郴州日报》采用，有力地宣传了仓库官兵抗冰救灾的感人事迹。2 月 16 日，也就是正月初十，我又奉命撰写关于汽车营支援驻地重建家园的长篇通讯。为了赶时效，我整整一个通宵没有合眼，后来这篇稿件在《战士报》和《汽车管理杂志》刊发。勤能补拙是良训，一分辛苦一分才。实践让我体会到，搞报道没有捷径可言，没有窍门可找，只能"三更灯火五更鸡"地拼搏奋斗。

（刊于 2008 年 8 月 19 日《战士报》）

岗位就是战位　　工作就是事业
——2005 年 3 月在 163 医院典型事迹报告会上的经验交流发言

  "如果你是一滴水，你是否滋润了一寸土地？如果你是一线阳光，你是否照亮了一分黑暗？如果你是一颗粮食，你是否哺育了有用的生命？如果你是一颗最小的螺丝钉,你是否永远坚守在你生活的岗位上?"47年前,一位平凡而伟大的共产主义战士就告诫我们,岗位是建功立业的最好舞台,工作是干事创业的最佳途径。

去年4月7日,政治处陈福光主任找我谈话,要我具体负责政治教育、群联工作的同时,把宣传报道工作挑起来。我感到前所未有的压力:多年来宣传报道一直是医院的亮点和特色,可以说屡创辉煌;调入医院时间不长,对基层科室情况不甚了解;长沙这座城市比较陌生,与新闻媒体没打过交道;自己是业余报道员,没有经过专业培训。要挑起这副重担,对我来说确实有相当大的难度。领导似乎看出了我的心思,找我谈话,"热爱是最好的老师,岗位是成才的舞台",给我加油鼓劲。"人生能有几回搏,此时不搏待何时!"我决定迎难而上,把岗位当战位,视工作为事业,坚持做到以下四点:

第一,书报刊物经常看。报纸是党的喉舌。文章必须合时而作。作为政治干部,就要善于从中汲取新思想、新观点、新论断,并运用于自己的写作中,求真、求新、求深。一年来,我把读书看报作为一种需求、一种乐趣、一种职责。当天的报刊,特别是《解放军报》和《战士报》,力求当天看完。如果说我在写作上有点收获、工作中小有成绩的话,应该说首先得益于读书看报。

第二,积累资料穿成串。写稿要做到言之有理、言之有物、言之有序、言之有趣。处处留心皆学问。搞报道要学会积累资料,积累语言,经典的话,哲理的话,警语格言,俗话俚语,都是丰富自己思想和文章的血肉。我把剪辑的资料分类存放,政治教育类、军事训练类、后勤管理类、人物通讯类、党委工作类等,找起来就比较方便。现在我共剪辑了8本资料,并常常拿出来看。记得在写关于创伤急救中心稿件时,一直苦于找不到好标题,拟了好几个都不满意,后来我突然想到曾看过的一篇文章《爱心守护神》,立即拟出《生死时速保护神》这个标题,对创伤急救中心来说,既形象又贴切,后来这篇文章先后被《大众卫生报》《湘声报》《家庭导报》等媒体采用。可见平时多积累,赶写有关稿件时,就可提高工作效率。

第三,本职工作积极干。在医院负责宣传报道,不可能像专职新闻干事那样一门心思搞报道,必须要处理好工作和写报道的关系。只有立足本职岗位把工作干好,才能腾出更多精力写报道。去年,医院共开展了六项专题教育,每次专题教育展开,基本做到党委议教、调查摸底、教育动员、督导检查、每日讲评、教育总结等,建立了有效的运行机制,保证了教育规范落实。我坚持结合工作写稿,做到相互促进。如干部自律教育期间,我结合医院实际写稿,其经验材料分别被军区、联勤部和分部转发。实践让我体会到:要想反映先进的工作,就必须是这项工作的内行;要写好一个先进人物,就必须和这个先进人物成为朋友;而要使稿件有生命力,增强宣传效果,就必须要在保证政治性的同时尽量做到具有思想性、鲜活性和生动性。

第四,业余写作不间断。写稿被称之为"爬格子","一个"爬"字道出了写稿人的艰辛。我坚持从摆脱事务性工作中"腾"时间,从减少应酬中"挤"时间,从业余生活中"抠"时间,牢记一个"勤"字:腿勤——俗话说,"脚板底下出新闻"。搞报道腿不勤是不行的。为采写医院为兵服务的先进事迹,我先后请教过彭副院长、医务处郭主任、找医务处和对外联络办的同志了解情况,还到病案室查找相关数据。了解情况就整整跑了大半天,后来这篇稿件在《解放军报》发表,被《战士报》加框采用,编辑还写了评论。手勤——写稿的人都盼望作品发表,可要达到这个目标必须手要勤。搞报道一年来,采访本从不离身,遇到有价值的新闻线索我都会随手记下或一气呵成。今年元旦,医院成功切除衡阳籍侏儒老人刘姣莲长了36年的肿瘤。我立即对外五科进行采访,有些人不理解,元旦放假也不歇一歇?可我觉得作为搞报道手不勤是永远干不出成绩的!付出终有回报。这篇消息在《三湘都市报》《潇湘晨报》刊发。为扩大对医院的宣传,当晚我写到凌晨四点钟,将这一事件写成了3000多字的长篇通讯,配上图片,先后在《湘声报》《今日女报》《湖南科技报》《衡阳晚报》等报刊发表,有力地宣传了医院的精湛医术,树立了医院的爱民形象。脑勤——深思才能深刻,思索才有探索。去年11月初,当我得知中山医科大学在11月底要举办嗅鞘细胞移植理论研究会时,我考虑到医院嗅鞘细胞移植手术成功消息必须在此前发布才有影响。为此,我上网查阅大量相关资料,多次向王连元将军和卢明副主任请教,仔细阅读患者40多页的病历,反复打电话与患者沟通,详细了解医院嗅鞘细胞移植手术情况,当证实手术有实质性突破并确属中南地区首例时,我立即向院党委报告召开记者见面会并获通过,奔赴衡阳回访,翻录拍摄资料,撰写新闻通稿,查找相关证明,邀请新闻媒体,筹备会议召开,7天时间我没有睡一个好觉,却把最初的思考变成了现实,湖南卫视、湖南经视、《湖南日报》《三湘都市报》等十几家媒体争相报道了医院嗅鞘细胞移植成功治疗截瘫的消息,为医院赢得了较好的社会效益和经济效益。

勤能补拙是良训,一分辛苦一分才。去年,牺牲了多少休息时间,我不知道。用我爱人的话说,他哪天不加班就不正常。负责宣传报道一年来,我在军内外媒体发表文章376篇,其中整版报道5篇,半版以上报道15篇,在《部队管理》《政治指导员》《基层政治工作研究》等杂志刊发材料19篇,医院成为分部转发材料篇数最多的单位。我个人被分部、联勤部评为"新闻报道先进个人",先后被几家新闻单位评为优秀特约记者和优秀通讯员。

成绩属于过去,未来任重道远。有人说,工作是生命中最珍贵的礼物。我将把工作当事业干,让青春在平凡岗位闪光。

号角催征扬帆时
——2013年6月4日在军区第十次党代会分组讨论会上的发言

这次，我代表XX仓库71名党员光荣出席军区第十次党代会，亲身感受大会的盛况，亲耳倾听高端的发声，倍感振奋，深受鼓舞。这次大会是我们军区部队奋斗历程中又一次承前启后、继往开来的盛会，全区关注、部队期盼、官兵欣喜。今天上午，认真听取了军区魏亮政委代表军区第九届委员会所作的工作报告，感受颇多，主要是"四个度"：

一是站位立意有高度。报告全面围绕学习贯彻党的十八大精神、主题主线重大战略思想，特别是围绕习主席视察战区部队首次提出的"三个牢记"战略思想和政治嘱托来布局谋篇，鲜明提出了军区部队的五项战略任务，并对军区部队现代化建设和军事斗争准备及党的建设进行了战略部署。可以说，这篇报告与强军目标同频共振，与使命任务一脉相承，与官兵期盼遥相呼应，体现的是力量，反映的是志向，彰显的是信念，既有战略思想，又有任务部署，充分反映了军区党委的高瞻远瞩和深谋远虑，让我们对军区党委充满信心，对军区建设未来充满希望，更加坚定听党话、跟党走的政治自觉和历史自觉。

二是问题挖掘有深度。问题是时代的声音。报告按照习主席提出的"不回避矛盾、不掩盖问题"的要求，围绕"三个牢记"的政治嘱托，对军区部队建设存在的问题进行了深入剖析，主要是"三个不相适应"，即铸牢强军之魂——但政治教育有效性与形式任务要求不相适应；扭住强军之要——但军队斗争准备质量与能打胜仗要求不相适应；夯实强军之基——但部队正规化建设与依法治军从严治军要求不相适应。我感受较深一句话是报告提出的，"随时准备打仗思想不够牢固，以不打仗心态抓作战准备现象不同程度存在"。是的，30多年的和平，让部分基层官兵患上了"和平病"：不敢打仗——缺乏战斗精神；不会打仗——缺乏现代军事素质；不能打仗——缺乏充分准备。因此，可以说，报告讲问题切中要害，不回避，不遮掩，相信只有发现问题、直面问题、揭露问题，才能集聚推动科学发展的正能量。

三是部署举措有力度。报告以较长篇幅对军区未来五年甚至更长时间的现代化建设和军事斗争准备及党的建设进行了战略部署，绘出了军区部队建设的宏伟蓝图和发展路线图，明确了今后五年工作的指导思想、四项具体奋斗目标、四项基本要求、四项主要任务，蓝图已经绘就，目标已经明确，号角已经吹响，相信在军区党委坚强有力的领导下，就一定能实现报告提出的"军区部队建设发展'十二五'规划、军事斗争准备长期规划目标任务",就一定能开创军区部队全面建设新局面。

四是感悟报告有热度。魏亮政委的报告,像声声号角,催人奋进,听后让人热血沸腾、激情澎湃。西方有句谚语:当一个人激情澎湃地工作时,上帝也会为他让路。下步,我们将坚决贯彻军区党委的决策部署,迅即行动,精心组织,在部队迅速兴起学习军区党代会精神的热潮,在促进仓库建设全面进步、整体提高上见成效。我们仓库地处山沟、点多线长、岗位分散、专业众多、收发储运任务繁重。作为仓库政委、党委书记、主官,我将主要担好"三责":首先是担起保障打赢之责。近年来,仓库在军事训练上下了不少功夫,率先提出了"一岗多人会,一人会多岗"的目标,分部在仓库召开岗位练兵动员部署暨现场观摩会,并成为联勤部首批后勤训练一级单位,但对照"召之即来、来之能战、战之必胜"还有很大差距。战场打不赢,一切等于零,坚持引导官兵树牢"穿上军装就是披上战袍""后勤先行、后勤先战"的理念,叫响"精忠报国、精武强能"口号,把官兵思想聚焦在谋打赢、练打赢上来。坚持一切向打赢聚力,一切为打赢服务,做到仗怎么打,兵就怎么练,真正把战士带成小老虎,把连队带成刀尖子,确保一声令下,拉得出、供得上、打得赢。其次担起科学发展之责。部队建设平时过得硬,战时才能打得赢。这就要求必须全面搞建设,扎实打基础,反复扎落实,特别是要坚决落实5月28日联勤部吴社洲政委视察仓库所作的"加强两个帮带、落实两个经常"的指示要求,狠抓重点,让组织"强"起来,抓好党委支部能力建设,建强军官、士官和党员队伍,发挥党委的核心领导作用、支部战斗堡垒作用和党员先锋模范作用;力克难点,让人才"硬"起来,坚持用战斗力标准选人用人,结合使命任务广泛开展岗位练兵活动,苦练战斗本领,培养打赢人才;突破弱点,让经常性工作"实"起来,广泛开展"三五百米散散步、三五分钟聊聊天、三五句话提提醒"活动,把准官兵思想脉搏,有针对性地做好工作。加大依法治军、从严治军力度,严格用条令条例规范官兵言行,切实解决管理松懈、作风松散、纪律松弛等问题,推动部队建设科学发展。再次,担起改进作风之责。中央政治局的"八条规定"、军委的"十项规定"、军区的"十二条措施",是表率,是样板,更是号令。报告在加强党的建设中以较大篇幅阐述了改进作风的要求。作风连着战斗力,作为仓库主官,就是要牢固树立把仓库当作大连队带的理念,找回兵的状态,保持兵的本色,严字当头,落实规定不走样;领导带头,敢于较真不马虎;群众点头,明确标准不动摇,以优良作风凝聚兵心士气。

"黄河落天走东海,万里写入胸怀间"。军区建设的壮美蓝图,呼唤着我们激发同心同德的信心和力量。有句名言说得好,"工作着是美丽的。"我们将深入贯彻军区党代会精神,为实现军区五年奋斗目标贡献自己的青春和力量!